Angela Pajec

Außer Kontrolle

Ein Münster Krimi

agenda Verlag
Münster
2019

Bibliografische Information der Deutschen Nationalbibliothek
Die Deutsche Nationalbibliothek verzeichnet diese Publikation in der Deutschen Nationalbibliografie; detaillierte bibliografische Daten sind im Internet über http://dnb.dnb.de abrufbar.

Drubbel 4, D-48143 Münster
Tel. +49-(0)251-799610, Fax +49-(0)251-799519
info@agenda.de, www.agenda.de

Umschlagabbildung: ChriSes / photocase.de

Druck und Bindung: TOTEM, Inowroclaw, Polen

ISBN 978-3-89688-626-2

Niemals wurde ich gefragt, wie ich mich fühle
Ich war ein Nichts.
Früh begann ich, über das Leben nachzudenken
und begriff, was es bedeutet, ein Niemand zu sein.
Mein Leben begann damit, dass Ärzte,
kaum dass ich das Licht der Welt erblickt hatte,
um mein Leben kämpften.
Diesen Medizinern kann ich keinen Dank zollen.
Sie gewannen den Kampf um mein Dasein
und stellten mich somit auf die Bühne,
die sich Leben nennt.
Mein Leben.

Teil 1

1

Sonntag, 21. August

Zwei Söhne. Zweimal die gleiche Situation, und Kerstin Wagner schwor ihnen bittere Rache. Mit welcher Berechtigung hatte diese Familie überhaupt einen Grund so arrogant zu sein?, fragte sie sich. Und sie selbst? Sie war dieser Familie nie exquisit genug gewesen. In dem Moment beglückwünschte sich Kerstin, denn sie war diejenige, die das Geheimnis der versnobten Familie kannte und bezweifelte, dass der Rest der Familie überhaupt davon Kenntnis hatte. Diesmal würde die Familie nicht ungeschoren davonkommen.

„Ihr verdammten Bastarde. Euch werde ich es zeigen." Wütend schlug Kerstin mit der flachen Hand auf das Steuer ihres alten Renault. Am liebsten hätte sie ihre unbändige Wut in die laue Nacht hinausgeschrien.

Auf der linken Seite tauchte das beleuchtete Schloss von Münster auf. Verächtlich nahm sie die wunderschöne Kulisse wahr. In ihr tobten die unterschiedlichsten Gefühle, die sie kaum zu unterdrücken vermochte: entsetzliche Enttäuschung über die Erniedrigung, die ihr erneut widerfahren war. Dazu blanker Hass wegen der Unverschämtheit seiner Worte, die von ihm nicht einmal persönlich ausgesprochen worden waren. Dazu war er zu feige gewesen.

„Ich habe das Interesse an dir verloren. Unsere Wege trennen sich hiermit", hatte er geschrieben. Billig und geschmacklos in ihren Augen. Was hatte sie auch anderes erwarten können? – Von der ganzen Familie.

Und nun wollte er sie noch einmal sehen. Natürlich heimlich.

Sie hatte nichts mehr zu verlieren. Das, was sie am meisten deprimierte, war ihre eigene Dummheit. Ihre Naivität! Die Erkenntnis, dass er auch nur mit ihr gespielt und sie selbst einfach zu hoch gepokert und verloren hatte. Diese Situation wurde für sie dadurch nicht besser, aber die Folgen würde sie nicht allein tragen. Dafür würde sie schon sorgen.

Der seichte, warme Fahrtwind, der durch die heruntergelassenen Seitenscheiben ihres Wagens wehte, spielte mit ihren langen blonden Haaren. Eine drückende Schwüle lag in der Luft und in der Ferne zuckten die ersten Blitze am nächtlichen Himmel von Münster. Die Bewohner beobachteten mit Sorge den Verlauf des Gewitters, denn erst ein paar Tagen zuvor hatte ein schweres Unwetter zahlreiche Schäden hinterlassen. Für Kerstin Wagner war das der geringste Kummer. Ihre Sorgen waren einer anderen Kategorie zuzuordnen.

Die Ampeln waren auf Grün geschaltet. Die Straßen wie leergefegt. Für Kerstin bedeutete es: kurz vor Mitternacht freie Fahrt zu ihrem Treffpunkt.

Sie wusste, dass es für den Sohn aus ehrbarem Hause von Anfang an oberste Priorität gewesen war, dass ihre Beziehung nicht an die Öffentlichkeit drang. Schließlich gehörten er und seine Familie zu den oberen Zehntausend in Münster. Und zum anderen war er verheiratet, was ihn allerdings nicht daran gehindert hatte, mit ihr ein Verhältnis zu beginnen. Was für ein Skandal! Aber für diesen öffentlichen Eklat würde sie sorgen.

Das, was sie sich, während sie das Steuerrad fest umklammerte, eingestand, war, dass sie es genossen hatte, einen Fuß in die Tür der Reichen und Mächtigen zu stellen. Dieses Flair zu schnuppern, von dem sie bislang keine Ahnung gehabt hatte. Dieses Hochgefühl, wenn sie vor langer Zeit mit dem jüngeren Bruder ein Restaurant betrat und fürstlich bedient wurde. Die schicken Autos in der großen Garage, in denen man wie in einer Sänfte saß und keine Unebenheiten auf der Straße bemerkte. Natürlich mit Chauffeur – und hinter der Glasscheibe, die sie von dem Fahrer trennten, hatte Martin ihr Champagner gereicht. Oder, was sie noch mehr genossen hatte, die schnellere Variante: Es war wie im Rausch gewesen, wenn er mit ihr im offenen Cabrio über die Autobahnen nur so dahin gebraust war.

Hatte sie wirklich geglaubt, dass sie das auch mit dem älteren Bruder erleben würde? Nein, sagte sie sich. Bei ihm gab es nur heimliche Treffen. Billige Hotels, in denen niemand danach fragte, woher sie kamen. Oder ein kurzes Date in einem verborgenen Waldstück.

Wütend fuhr sie sich mit dem Handrücken über die Wange, um die Tränen zu entfernen. Er sollte auf keinen Fall denken, dass sie seinetwegen auch nur eine Träne vergoss. Das war er nicht wert. Nein! Er nicht und auch niemand anderes aus dieser versnobten Familie.

Knapp vier Kilometer trennten sie von ihrem Elternhaus in Münster Nienberge. Für einen kurzen Moment dachte Kerstin an ihre Mutter. Wie immer würde sie bestimmt schon warten, obwohl es bereits auf Mitternacht zuging.

Ulla Wagner liebte den kleinen Plausch mit ihrer Tochter. Egal, wie spät sie nach Hause kam, doch Kerstin verspürte zu der späten Stunde und nach dieser Enttäuschung keine Lust auf diese Art von Unterhaltung. Was hätte sie ihrer Mutter auch erzählen sollen? Von ihrer jetzigen Liebschaft hatte sie keine Ahnung. Und das war gut so. Schon bei dem jüngeren Sohn der Familie hatte sie ihre ständigen Bedenken geäußert.

Bei ihrer Tochter waren sie nicht auf fruchtbaren Boden gefallen.

Erneut klingelte Kerstins Handy.

Den Anruf sollte ich ignorieren, überlegte sie für einen kurzen Augenblick, aber ihre Neugierde gewann die Oberhand. Hatte der Bastard es sich doch plötzlich wieder anders überlegt?

Sie vernahm die rauchige, sanfte und verführerische Stimme eines Mannes, der sie wie hypnotisiert lauschte. Sie umklammerte ihr Smartphone und drückte es fest an ihr Ohr, während sie ihren Wagen über die Straße lenkte. Sie bemerkte nicht, wie ihre Finger leicht zitterten. Ihr Puls beschleunigte sich. Das Gehörte ließ ihren Verstand verstummen, der ihr deutlich signalisierte, dem übermächtigen Werben dieses Mannes zu widerstehen. Doch sie schenkte der widerstrebenden Stimme in ihrem Inneren keine Beachtung.

Es war kurz vor Mitternacht, als Kerstin ihr Auto langsam auf dem Forstweg, nahe der Autobahn, ausrollen ließ.

Er stand an einen Holzstoß gelehnt. Seine rechte Hand steckte in der Tasche seiner schwarzen Hose. Für einen kurzen Augenblick blendeten ihn die Scheinwerfer ihres Autos. Abschätzig trafen sich ihre Blicke durch die Frontscheibe. Kerstin öffnete langsam die Fahrertür. Graziös stieg sie aus und schritt langsam, auf ihren High Heels, mit einem gezielten Hüftschwung auf ihn zu, ohne den Blick von ihm abzuwenden. Sie genoss den bewundernden Blick, mit dem er sie betrachtete.

Die Dunkelheit wurde durch das Wetterleuchten erhellt. Kerstin vernahm weder das verhaltene Grollen aus weiter Ferne noch das leise Rauschen der Bäume.

In dieser Nacht wartete nicht nur Ulla Wagner vergeblich auf Kerstin.

2

Montag, 22. August

Kurz vor sechs Uhr morgens. Für den Forstangestellten Rolf Gerber war es der erste Arbeitstag nach einem vierzehntägigen, buchstäblich ins Wasser gefallenen Urlaub. Seine Planung, in der wohlverdienten Freizeit die Neugestaltung seines Gartens zu vollziehen, war durch viele Regentage zum Scheitern verurteilt gewesen.

Rolfs Laune an diesem frühen Morgen war auf dem Tiefstand. Das Wetter erwog plötzlich beständiger zu werden. Zu allem Übel kam noch seine Unvernunft vom gestrigen Abend hinzu – der vierzigste Geburtstag seines Freundes, an dem er einfach zu tief ins Glas geschaut hatte. Rolf litt Höllenqualen. Hinter seiner Stirn spürte er einen unerträglich pochenden Schmerz. Kleine Schweißperlen bildeten sich auf seiner breiten Stirn, die er mit dem muskulösen, nackten Unterarm abwischte. Ihm war übel.

Dass sich dieses Gefühl noch verstärken würde, ahnte er in diesen Minuten nicht, als er die Seitenscheibe des Kastenwagens der Forstbehörde Münster öffnete und auf dem Weg nach Nienberge abbog. Selbst zu der frühen Morgenstunde strömte ein Schwall warmer, schwüler Luft ins Innere des Wagens. Das ferne Gewitter in der vorherigen Nacht, hatte Münster dieses Mal weitgehend verschont.

Rolf blickte kurz zur Seite. Neben ihm auf dem Beifahrersitz saß der achtzehnjährige Auszubildende Edwin Berger. In Rolfs Augen ein Grünschnabel, der nichts anderes im Kopf hatte, als die Sensationspresse, in die er sich wie an jedem Morgen, wenn sie unterwegs waren, gerade vertiefte. Alleine schon das Titelbild verursachte Rolf Magenschmerzen, aber für Edwin konnte es gar nicht grausam genug sein. Edwin benötigte ständig einen gewissen Nervenkitzel, und je grausamer die Schlagzeilen waren, desto zufriedener begann er den Arbeitstag.

Rolf warf dem Jugendlichen einen düsteren Blick zu, den dieser nicht bemerkte. Edwins Augen waren fest auf das Foto geheftet, auf dem der schwere Unfall dokumentiert wurde, den ein Geisterfahrer auf der Autobahn am Vortag verursacht hatte. Ohne aufzusehen, betätigte Edwin den Knopf des Radios und hatte es nur *Arrival*, dem Lieblingssong seines Ausbilders, zu verdanken, dass er nicht erneut dessen Unmut zu spüren bekam.

Es war sechs Uhr.

Das Lied wurde von dem Nachrichtensprecher abrupt unterbrochen. Rolf ärgerte sich maßlos darüber, vor allem, wenn es seine Lieblingslieder betraf. Wütend drehte er das Radio aus. Er wollte nichts hören. Schon gar nicht den Wetterbericht, der unweigerlich folgen würde. Seine tiefliegenden, blassen grau-grünen

Augen hinter der dicken Hornbrille starrten in den Seitenspiegel, und er zog seine buschigen Augenbrauen zusammen. Gleich zwei Autos setzten zu einem Überholvorgang an.

„Was haben die denn vor? Sehen die Idioten denn den Gegenverkehr nicht?" Verständnislos schüttelte Rolf seinen schmerzenden Kopf, drückte auf die Hupe und starrte durch die Windschutzscheibe. Das war nicht *sein* Morgen.

Der noch vorhandene Alkoholspiegel ließ ihn schwungvoller als beabsichtigt, kurz nach den waghalsigen Überholvorgängen, links auf einen Waldweg einbiegen. Unvermittelt trat er auf die Bremse. Die Reifen hinterließen ihre Spuren auf dem weichen Waldboden. Mit weit aufgerissenen Augen kam er direkt vor einem roten Renault zum Stehen. Durch den abrupten Bremsvorgang wurde Edwin in den Sicherheitsgurt gedrückt. Seine Arbeitstasche rutschte in den Fußraum, und erstaunt ließ er die Zeitung sinken. So etwas liebte Edwin. Etwas Unvorhergesehenes. Seine Antennen standen sofort auf Empfang, und in seinem Körper spürte er ein nervöses Vibrieren.

Edwins Devise zu leben, war ein Erbe seines irischen Vaters, den er nie kennengelernt hatte. Sein Erzeuger war noch vor seiner Geburt in sein Heimatland zurückgekehrt, um bei den Straßenunruhen in Dublin mitzuwirken. Und was seine Mutter betraf, sie war nahe am Verzweifeln. Wann immer sie ihren Sohn zu Gesicht bekam, erinnerte er sie an ihren unverzeihlichen Fehltritt einer einzigen Nacht, da er die komplette Palette der Gene des Iren geerbt hatte. Seine Haare besaßen die Farbe einer reifen Karotte und waren kaum zu bändigen, die helle Haut, die übersät war mit unzähligen Sommersprossen, war eins zu eins die seines Vaters. Ganz zu schweigen von Edwins IQ, der in der unteren Bewertungsliste zu finden war.

„Verdammt! Das hat mir heute Morgen noch gefehlt. Welcher Idiot hat denn den Wagen hier abgestellt?"

Rolf fluchte laut und starrte auf das Auto vor ihm. Er sah keine Möglichkeit, als den Kastenwagen hinter dem Renault zu parken. Er drehte abrupt den Schlüssel im Zündschloss um. Augenblicklich verstummte der Motor. Wütend stieg er aus, knallte die Fahrertür mit Gewalt zu und zuckte bei dem Knall merklich zusammen, der unweigerlich seinen Kopfschmerz verstärkte. Rolf schritt zu dem Fahrzeug und bemerkte sofort die geöffneten Seitenscheiben.

Weit kann der Fahrer nicht sein, dachte er nur. „Na, der kann gleich was erleben."

Edwin tat es ihm gleich, denn um nichts auf der Welt wollte er dieses wichtige Ereignis verpassen. Grinsend und breitbeinig stellte er sich neben die beiden Wagen. Er starrte auf die Stoßstangen, die sich fast berührten.

„Da passt keine Zeitung mehr zwischen", bemerkte er und grinste seinen Vorgesetzten herausfordernd an.

Immer diese dummen Sprüche, dachte Rolf. Er warf seinem Auszubildenden einen bitterbösen Blick zu.

Edwin ließ sich dadurch nicht erschüttern. Szenen wie diese kannte er zu genüge.

Mit seinen Händen tief in den Hosentaschen vergraben, ging Rolf ein paar Schritte in das Waldstück hinein und rief laut: „Hallo?!“ Frustriert ging er zurück, als ihm niemand antwortete, geschweige denn jemand aus dem Waldstück heraus in Erscheinung trat. Derweilen untersuchte Edwin neugierig den Wagen. Mit einer Hand auf dem Wagendach abgestützt, schob er seinen Kopf durch das geöffnete Seitenfenster und blickte ins Innere. Auf dem Rücksitz sah er Lehrbücher liegen, die für ihn böhmischen Dörfern glichen. Es reichte ihm schon, wenn er in die Fachbücher des Forstbetriebes schauen musste. Ein Jahr benötigte er noch bis zur Abschlussprüfung. Er war sich sicher, dass er diesen Beruf nicht als seine Berufung ansah, aber seine Mutter war mit dem Obersten der Forstbehörde befreundet. Seine Chancen aus der Nummer rauszukommen, waren aussichtslos gewesen, denn zu dem Zeitpunkt war er noch minderjährig und hatte sich beugen müssen. Lieber wäre er der Berufsfeuerwehr beigetreten.

„Rolf!“, rief er seinem Vorgesetzten zu. „Der Autoschlüssel steckt noch. Das ist aber ein großer Leichtsinn.“

„Das nützt uns auch nicht viel. Glaubst du, ich fahre den Wagen zur Seite? Den Teufel werde ich tun“, schnaubte Rolf. „Wir werden direkt hinter diesem Wagen stehen bleiben. Das wird dem Fahrer eine Lehre sein. In Zukunft wird der anständig parken.“ Gereizt schlug Rolf auf das Wagendach des Renaults. Es würde ihnen nichts anderes übrigbleiben, als die Gerätschaften zum Fällen der Bäume bis in den Wald zu schleppen. Und das bei dem Wetter, dachte er ärgerlich.

Kurz darauf schritten sie in ihren Schutzanzügen, die Werkzeuge über die Schultern gehängt, den Waldweg entlang. Edwin griff in seine Brusttasche und fischte nach einer Zigarette. Noch ehe er sie anzünden konnte, vernahm er Rolfs erboste Stimme.

„Willst du auch noch einen Waldbrand provozieren?“

Das wird wirklich ein anstrengender Tag, dachte Edwin und steckte die Zigarette wieder zurück in die Packung. Waldbrand – wieso Waldbrand? Es hatte doch so viel geregnet! Bei dem Gedanken an ein bedrohliches Feuer schoss ein gewaltiger Stoß Adrenalin durch den Körper des Jugendlichen.

Trotz der angenehmen Temperatur der im satten Grün stehenden Buchen, liefen Rolf kleine Rinnsale von Schweiß den Rücken entlang. Sein Hemd war schon durchgeschwitzt, bevor er überhaupt mit der Arbeit begonnen hatte. Es klebte regelrecht an seinem Körper. Und in seinem Kopf summte ein ganzer Bienenschwarm. Anders als gewöhnlich war Rolfs Gang schleppend, als er mit geneigtem Kopf Edwin voranging. Er dachte über den Unverstand seines jungen Kollegen nach, der ihm manchmal gehörig auf die Nerven ging. Warum man ihm ausgerechnet diesen Auszubildenden aufs Auge gedrückt hatte, konnte er nicht nachvollziehen. Überhaupt fühlte er sich für diese Art von Ausbildung nicht berufen. Erneut zog er sein kariertes Taschentuch aus der Hosentasche und wischte sich den Schweiß vom Gesicht. Die Haare wellten sich feucht über seiner Stirn, und ein Presslufthammer schien in seinem Gehirn tätig zu sein. Dabei benötigte er für seinen Beruf nicht nur Geschick, sondern auch seine ganze Konzentration.

Anders dagegen Edwin, der fröhlich pfeifend hinter seinem Vorgesetzten herging. Er ließ sich seine gute Laune nicht verderben. In Gedanken war er beim Vorabend, an dem er sich mit seinen Kumpels zwei wirklich starke Horrorstreifen angesehen hatte. Je mehr Blut floss, desto besser waren diese Filme. Zu Hause hatte er sich eine eigene Videothek eingerichtet. Diese wurde dank eines Freundes bei der hiesigen Feuerwehr durch eigene Kreationen ergänzt. Ein kleiner Wink, eine Information über außergewöhnliche Ereignisse, und er fuhr zu den grausigen Stätten, um die „Sensation" – das Leid anderer Menschen – zu filmen.

Ein schriller Pfiff hallte schmerzlich in Rolfs Ohren und ließ ihn erbost zurückblicken. Konnte dieser Bengel nicht einmal auf seinen Zustand Rücksicht nehmen? Er drehte sich wütend um und blickte auf die ausgestreckte Hand des Auszubildenden, die nach rechts zeigte.

„Da liegt jemand!" Bis in seine Haarspitzen spürte Edwin den Nervenkitzel. Schnellen Schrittes ging er auf die schlanken Beine zu, die hinter einer imposanten Buche hervorlugten. Noch nichts Böses ahnend, folgte Rolf ihm und ging auf den Baum zu. Er blieb abrupt stehen. Laub raschelte unter seinen Füßen. Über ihm flog eine Vogelschar aus dem Blattwerk gen Himmel.

Erschrocken riss Rolf die Augen auf, als er auf die junge Frau blickte, die schräg am Stamm lehnte. Ihre langen blonden Haare verdeckten ihr Gesicht, das auf ihre Brust gesenkt war. Die linke Hand lag zu einer Faust geballt in ihrem Schoß.

Edwins blaue Augen wanderten an den wohlgeformten, gebräunten Beinen entlang, blieben für einen Moment an dem weißen Minirock haften, ruhten dann auf dem aufreizenden, schwarzen Oberteil, das verrutscht am Oberkörper hing und den Blick auf eine pralle Brust freigab. Er kniete sich nieder.

„Warum legt sie sich hier an den Baum, wenn sie schlafen will? Das hätte sie auch bequemer im Auto tun können." Edwin schüttelte verständnislos den Kopf.

„Keine Ahnung. Sie kann trotzdem nicht hier liegen bleiben." Rolf wunderte sich ebenfalls und bückte sich zu der Frau hinab, fasste ihre Schultern und schüttelte sie leicht. „Hallo! Sie können hier nicht schlafen." Erneut fasste er heftiger an ihren Oberarm, als sie nicht reagierte. Durch die unsanfte Berührung rutschte die Frau zur Seite. Ihre blonden Haare verfingen sich an der Baumrinde, hafteten wie Spinnweben an dem Holz und Rolf sah in saphirfarbene Augen, die starr zum Himmel blickten. Entsetzt wich er einen Schritt zurück. Mit weit aufgerissenen Augen starrte er auf den roten blutunterlaufenen Streifen an ihrem Hals.

„Mein Gott, die Frau ist tot!“, schrie er entsetzt und hielt sich am Baum fest. Sein Magen rebellierte. Er schluckte und musste sich abwenden. Fast hätte er seinen Mageninhalt auf der Toten hinterlassen. So übel war ihm schon lange nicht mehr gewesen.

„Das sehe ich!“ Edwin konnte sich ein Grinsen nicht verkneifen. Weichei, dachte er nur verächtlich, als er für einen kurzen Augenblick seinen Ausbilder betrachtete. Dann wandte er sich dem Frauenkörper zu. Fasziniert kniete Edwin vor der Toten. „Und kalt ist sie auch schon. Muss wohl schon länger hier liegen“, bemerkte er, als er nicht nur ihr Gesicht berührte. Er musterte alles ganz genau. Seine Finger strichen über die Male am Hals. Dass er dieses Szenario einmal in Wirklichkeit erleben durfte – für ihn war es ein Glückstag.

Es war vergeblich. Rolf bekam das Zittern seines Körpers nicht unter Kontrolle. Krampfhaft hielt er sich am Baum fest – krallte seine derben, schwieligen Hände hilflos in den Stamm. Er wünschte sich nur eins: in seinem Bett zu liegen und das hier einen bösen Traum sein zu lassen.

Edwin zückte sein Handy, kniete vor der Toten, um sie zu fotografieren. Mit den Fotos würde er bei seinen Freunden seine Entdeckung besser kommentieren können. Außerdem sah er sich schon in der morgigen Presse mit den dazugehörigen Schlagzeilen versehen. Auf so etwas hatte er schon lange gewartet.

Bevor er auch nur ein Foto schießen konnte, verspürte er einen heftigen Tritt in seine linke Seite und blickte verdattert zu seinem Vorgesetzten hoch, der ihn, weiß wie die Wand, mit wütend funkelnden Augen ansah.

„Ruf lieber die Polizei. Das wäre gescheiter.“

***

An diesem Morgen spürte ich, dass etwas in der Luft lag, nur konnte ich es noch nicht konkretisieren. Es war kurz vor sieben, und mich überkam eine sentimentale Stimmung, die ich schon lange nicht mehr in dieser Art verspürt hatte. Ich stand mit einer Tasse Kaffee vor dem geöffneten Küchenfenster, lauschte dem Morgenkonzert der Vögel im Garten und sah an dem alten Apfelbaum entlang, den meine Großeltern vor Jahrzehnten genau an dieser Stelle gepflanzt hatten.

Mein Blick blieb am Stamm des alten Baumes hängen, der mich an die faltigen Hände meiner Großmutter erinnerte, die ich, wann immer ich sie als Kind sah, staunend betrachtet hatte und mich damals oft gefragt hatte, ob meine eigenen eines Tages auch so aussehen würden. Noch war ich weit davon entfernt und musste schmunzeln.

Ich erinnere mich gerne an meine Großmutter. Sie war eine gütige Frau, die viel Stärke besaß und immer für die Menschen in ihrem Umfeld da zu sein vermochte.

Ebenso mein Großvater, der sich die Zeit für mich nahm, unendliche Fragen von mir mit Geduld zu beantworten und mir zu verstehen gab, was Recht und Unrecht war. Vor diesem Hintergrund und der Schärfung meines Gewissens, war es eines Tages mein Wunsch gewesen zur Polizei zu gehen, um der Menschheit zu dienen.

Ich wandte mich dem Küchentisch zu, auf dem meine Zeitung lag, und strich liebevoll über die Tischplatte, über die blank gescheuerte Oberfläche, die zahlreiche Risse und Kerben aufwies. An diesem Tisch hatte ich als Kind gesessen, hatte gelacht und geweint, meine leidigen Schulaufgaben erledigt und die Mahlzeiten mit meinen Großeltern eingenommen. Bei ihnen hatte ich nach dem frühen Tod meiner Mutter den Rest meiner Kindheit verbracht.

„Ein Kind sollte niemals vor den Eltern aus dem Leben scheiden", waren die Worte meiner Großmutter gewesen. Der Tod der einzigen Tochter hatte meine Großeltern schwer getroffen.

Warum musste ich ausgerechnet heute an diesen Satz denken? Ich, der sentimentale Narr, der ich nun mal war. Ich schüttelte den Kopf, stellte meine Kaffeetasse neben die Zeitung, zog den alten Stuhl mit der bräunlichen Polsterung heran und schon weilten meine Gedanken wieder in der Vergangenheit, von der ich mich an dem Morgen nicht losreißen konnte. Trotz der Trauer in diesem Haus konnte ich mich glücklich schätzen, denn wunderschöne Erinnerungen an meine Kindheit – Vertrautheit und das Gefühl geborgen zu sein – waren tief in mir verankert. Aus Erfahrung wusste ich, dass nicht jeder Mensch das für sich beanspruchen konnte.

Und diese Erlebnisse in meiner Kindheit konnte mir niemand nehmen. Ebenso nicht das Haus, das ich geerbt hatte und das viele alte, wunderschöne Möbel sein Eigen nannte, von denen ich mich nie trennen würde. Jedes Teil hatte seine Geschichte, und zu dieser Geschichte gehörte ich ebenfalls seit achtundvierzig Jahren untrennbar dazu.

Ich schlug den Wirtschaftsteil der Westfälischen Zeitung auf und nahm einen Schluck aus der Kaffeetasse, als mein Telefon in der Diele klingelte. Ich sah auf die Armbanduhr, ein schlichtes Erbschmuckstück meines Vaters. Auch wenn sie in ihren alten Tagen nicht immer so tickte, wie ich es mir wünschte, war es eine dumme Angewohnheit von mir, wenn das Telefon läutete, darauf zuschauen.

Es klingelte unaufhörlich weiter, und ich fühlte mich in diesem Moment in meinen Erinnerungen gestört. Einen Augenblick später begriff ich, wer mich in dieser Stunde zu erreichen versuchte. Es konnte nur Kommissarin Jill Kirchhoff sein, meine junge Kollegin aus dem Präsidium, die meist schon vor mir am Schreibtisch saß.

Da ich im Augenblick keine aktuellen Fälle zu bearbeiten hatte, nahm ich es heute Morgen nicht so ernst mit dem Beginn der Pflicht, bewegte mich aber dennoch zum Hörer und vernahm die dunkle Stimme von Jill, die mir ruhig und sachlich in kurzen Sätzen von einem Fundort berichtete. Unseren Kollegen, Kommissar Frank Wirtz, hätte sie schon benachrichtigt und er sei auf dem Weg dorthin.

Kinder sollten nicht vor ihren Eltern aus dem Leben scheiden. Da war er wieder. Dieser Satz, der mir nicht mehr aus dem Kopf ging, als ich eiligst in Richtung Fundort fuhr.

***

Rolf hielt sich krampfhaft an seiner Tasse Kaffee fest, als er einen Beamten auf sich zukommen sah. Seine Hände zitterten. Er blickte verstohlen um sich. Überall wimmelte es von Polizisten, und er hoffte inbrünstig, dass niemand seinen alkoholisierten Atem bemerken würde. Das hätte ihm an diesem Morgen noch gefehlt. Hätte er sich nur einen weiteren Urlaubstag gegönnt, dann wäre er diesem ganzen Dilemma entkommen, dachte er verärgert. Sein Magen rebellierte noch immer, und der Druck in seinem Kopf wurde, trotz des Schmerzmittels, nicht geringer.

***

Mein Kollege, Kommissar Frank Wirtz, und ich kamen fast gleichzeitig am Tatort an und betraten das von der Spurensicherung weiträumig mit rot-weißen Bändern abgesteckte Territorium.

Zielstrebig ging ich, nur mit leichtem Hemd und einer hellen Sommerhose bekleidet, auf den Rechtsmediziner Ulrich Mertens zu, der neben der Leiche kniete. Ein Polizeibeamter wandte sich an Frank und wies auf die beiden Forstarbeiter, die abseits an einem Holzstoß lehnten. Ich sah, wie Frank zügig und mit gezücktem Notizbuch auf die beiden Männer zuschritt.

***

Frank sah schon von Weitem den glänzenden Schweiß auf der Stirn des Älteren, während er ein seltsames Glitzern in den Augen des Jüngeren bemerkte. Vermutlich, so ahnte er, hätte dieser sich am liebsten neben dem Rechtsmediziner niedergelassen, um ihm bei seiner Arbeit über die Schulter zu blicken.

„Sie haben also die Tote gefunden?“ Rolf nickte verhalten und nippte an seinem Becher mit Kaffee. Hinter seiner Kaffeetasse versteckt, erklärte er kurz die Sachlage und wies mit der Hand auf das Auto, das kaum fünfzig Meter von ihnen entfernt verlassen dort stand. Frank notierte alles und nahm die Personalien der beiden Forstarbeiter auf. „Haben Sie am Fundort irgendetwas verändert oder berührt?“ Frank blickte abwartend von Rolf zu Edwin.

„Ja, ich habe die Leiche angefasst. Ich wollte ...“ Edwin bemerkte Franks abschätzigen Blick und schluckte in diesem Fall, was ihm immens schwerfiel, jedes weitere Wort herunter. Dass er spüren wollte, wie sich eine Tote anfühlte, sollte er dem Kommissar wohl besser verschweigen, kam es ihm gerade noch rechtzeitig in den Sinn.

Frank schüttelte nur mit dem Kopf.

„Und was ist mit dem Wagen? Haben Sie da womöglich auch ...?“

„Naja. Die Scheiben waren ja heruntergedreht. Ich habe einen Blick hineingeworfen. Sind nur viele Lehrbücher, die dort herumliegen.“ Wenig schuldbewusst blickte Edwin Frank an.

„Haben Sie von den Gegenständen etwas angefasst oder vielleicht auch herausgenommen?“

„Nein. Der Kram interessiert mich nicht“, grinste Edwin frech und zog erneut seine Zigaretten aus der Brusttasche, aber auch Frank wies ihn daraufhin, dass Rauchen an diesem Ort wohl nicht angebracht sei.

„Ja, ja. Ich weiß. Es könnte einen Waldbrand geben.“

„Korrekt.“

***

Ich stand vor der Toten und sah bestürzt auf die junge Frau hinab. Ein anderes Bild entstand vor meinen Augen. Nein. Ich verbot mir daran zu denken und wischte mir mit der linken Hand kurz über meine Stirn. Ich musste mich jetzt allein auf diesen Fall konzentrieren. Mein Blick steckte den Fundort ab. Mir entging dabei kein Detail, und ich streifte währenddessen Handschuhe über meine Hände, hob sachte die Haare der Toten hoch und besah den Hals der Leiche. Auch ohne Mertens Zustimmung war es für mich eindeutig, dass die junge Frau erdrosselt worden war.

Der Metallkoffer stand aufgeklappt neben Mertens, und mein Blick wanderte zu dem Inhalt, den einzelnen, etikettierten kleinen Plastikbeuteln, in denen diverse Details für weitere Untersuchungen der Spurensicherung von Wichtigkeit waren.

„Kannst du mir schon etwas Näheres über die Todeszeit sagen?“

„Zirka sechs bis acht Stunden her, vermute ich.“

„Also so um Mitternacht? Ist der Fundort gleichzeitig der Tatort?“

„Es sieht fast so aus.“

Bedeutungsvoll sah Ulrich Mertens mich an. „Wir müssen von ihnen Finger- sowie Fußabdrücke nehmen.“ Während er zu mir sprach, blickte mein Freund

Ulrich auf die Hand der Toten und besah sich ihre langen, rot lackierten Nägel. Ich folgte seinem Blick und ließ ihn dann weiter über den Waldboden schweifen.
„Ein Kampf hat hier wohl nicht stattgefunden. Der Waldboden ...“
„Ich glaube es auch nicht. Aber damit befasst sich Versmann.“ Mertens wandte den Kopf in die Richtung, wo Volker Versmann, in einen weißen Anzug gehüllt, mit seinen Kollegen der kriminalistischen Abteilung weiträumig den Wald absuchte.
Ich trat ein paar Schritte zur Seite und sah auf das Erbrochene neben dem Baum. Schmunzelnd erklärte mir Mertens, dass das die Hinterlassenschaft des älteren Forstarbeiters sei, ehe ich weitere Fragen stellen konnte.
„Riecht aber ein bisschen eigenartig. Ich würde sagen, etwas zu viel Alkohol.“
„Du hattest schon immer eine feine Nase, mein Freund.“ Mertens grinste mich an.
„Nach einem sexuell motivierten Delikt sieht es auch nicht aus.“
„Nein. Das schließe ich auch eher aus, denn die Kleidung sitzt fast ordnungsgemäß am Körper, aber das kann ich ...“
„Ja, ich weiß. Dein Bericht. Wann kann ich damit rechnen, Ulrich?“ Verzweifelt rollte der Rechtsmediziner seine hervorstehenden blassblauen Augen und sog hörbar die Luft ein.
„Ich habe nicht nur diese eine Tote in meinen Kühlräumen, die darauf wartet von mir untersucht zu werden. Morgen Nachmittag, frühestens. Ich werde wohl wieder eine Nachtschicht einlegen, um dir das Ergebnis zu übermitteln.“
„Ich weiß, dass ich mich auf dich verlassen kann, Ulrich!“
Ich klopfte meinem Freund auf die Schulter und wandte mich betrübt ab, denn meine traurigen Gedanken kehrten zurück. Dagegen konnte ich mich noch so sehr wehren. Sie waren da, und sie würden es auch immer bleiben. Die Erinnerungen an eine schmerzhafte Zeit. Vier Jahre würden es im kommenden Oktober werden. Ich konnte es noch immer nicht begreifen.
Weilten eine Stunde zuvor meine Gedanken noch in der Kindheit, so übermannten mich an diesem Ort, wo eine junge Frau getötet wurde, Erinnerungen an die schlimmste Zeit meines Lebens. Es war die Hölle.
Ein Kind sollte auch nicht vor dem Vater sterben.
Ich blickte zum Himmel und erinnerte mich an den Herbsttag, an dem die Wildgänse in ihrer Formation flogen.
Ich war völlig ahnungslos, was mich erwartete, als mein Team in Kralmanns Wald gerufen wurde. Pilzsammler hatten eine Tote entdeckt, die unter Laub dort begraben lag. Mit Entsetzen musste ich am Fundort der Leiche feststellen, dass es sich bei der jungen Frau um meine eigene Tochter handelte. Diesen Anblick würde ich nie wieder vergessen. Das wusste ich genau. Es war, als wenn man mir ein Brenneisen auf meinen Körper gesetzt hätte. Unwiderruflich würde dieser Schmerz vorhanden sein.

Meine Tochter war wie Müll in dem Waldstück abgelegt worden, um das Verbrechen zu verschleiern. Oder vielleicht auch mit dem Hintergedanken, dass man mir das Verbrechen anlasten würde. Ich hatte es von einem Teil der Kollegen im Präsidium vernommen, denn zu viele wussten, dass ich genau in diesem Wald nach anstrengenden Tagen die Ruhe genoss – dass ich die Natur liebte und auch die Tiere gerne beobachtete. Jedenfalls war mir das alles bis zu jenem Tag wichtig gewesen, aber seit dem Verbrechen hatte ich keinen Schritt mehr in den Wald gesetzt. Ich war seitdem regelrecht in einem Alptraum gefangen.

Der Blick auf die junge blonde Frau ließ Gefühle in mir aufkommen, die ich mühsam zu unterdrücken versuchte. Diesen Schmerz, den ich damals beim Anblick Marinas empfunden hatte, kam verstärkt zurück. Dieses Bild ließ sich nicht verdrängen. Nie mehr. Am Tag und besonders in den einsamen Nächten, schien es mich zu zerreißen. Wenn ich auch glaubte, den größten Schmerz überwunden zu haben, so wurde ich hier am Tatort eines Besseren belehrt. Erneut nahm der Schmerz Besitz von mir und packte mich mit voller Wucht. Wieder ein junges Leben, dachte ich verzweifelt.

Ich wandte mich von der Toten ab. Ihren Anblick konnte ich nicht mehr ertragen. In mir kamen Zweifel hoch, ob meine Entscheidung vor einem Dreivierteljahr richtig gewesen war, in meine alte Position als Kriminalhauptkommissar der Mordkommission zurückzukehren. Nach dem ganzen damaligen Leid konnte ich keine Leichen mehr ertragen, obwohl ich meinen Beruf immer als Berufung gesehen hatte, aber diese sinnlosen Tötungsdelikte, diese Trauer der Überlebenden, meine Hilflosigkeit, wenn ich vor Familien stand und Fragen über Fragen beantworten sollte, auf die es keine Antworten gab. Ich selbst hatte lange danach gesucht und sie bis heute nicht beantwortet bekommen.

Mein Kündigungsschreiben hatte beim Polizeipräsidenten auf dem Schreibtisch gelegen, zusammen mit meinem Dienstausweis und meiner Waffe. Wenn mein Chef für die Entscheidung auch Verständnis bewiesen hatte, so unterbreitete er mir das Angebot, mich für einige Zeit in den Innendienst versetzen zu lassen. Nach zwei Monaten, die ich in meiner Trauer, wie in einem Vakuum verbrachte, entschied ich mich, dieses Angebot anzunehmen. Sicher, es war für ein paar Jahre, die daraus geworden waren, ein ruhiger Job gewesen, die Akten für Kleindelikte zu bearbeiten, aber es hatte mich nicht wirklich ausgefüllt.

Und nun war es zwar nicht die erste Leiche seit meiner Rückkehr, nicht der erste Tatort, nicht das erste Mal, dass ich wieder die Ermittlungen leitete, aber es war die erste Tote, die mich erneut an meine Tochter erinnerte. Ein junges Leben, dem noch alle Türen offen gestanden hätten. Ich starrte weiter nach oben, sah ins Laub der Bäume. Der Schmerz, die Verzweiflung in meinem Inneren ließ mich nicht zur Ruhe kommen.

„Hier sind die Papiere der Toten." Frank unterbrach meine traurigen, verzehrenden Gedanken. „Kerstin Wagner, dreiundzwanzig, Studentin an der Universität Münster. Studiengang Biologie. Ihre Tasche lag im Wagen, der nicht verschlossen war."

Meine Tochter durfte nicht so alt werden, dachte ich verzweifelt. Marinas Leben wurde jäh beendet, als sie neunzehn war.

„Es scheint von den Papieren nichts zu fehlen. In der Geldbörse befinden sich circa einhundertzwanzig Euro. Auf Geld scheint der Täter es nicht abgesehen zu haben. Ich vermute aber, dass der Laptop mitgenommen wurde. Dies ist die dazugehörige Tasche." Frank klopfte auf den Gegenstand, der in einer Plastikhülle steckte und unter seinem Arm klemmte.

„Was ist mit einem Handy?"

„Ich habe nichts dergleichen gefunden."

„Heutzutage ist es eigentlich unüblich, ohne Handy unterwegs zu sein", überlegte ich laut und sah meinen fünfunddreißigjährigen Kollegen fragend an.

„Vielleicht hat sie es vergessen oder zu Hause gelassen. Es gibt viele verschiedene Möglichkeiten."

„Ja, da magst du recht haben, Frank." Aber das glaubte ich nicht. Ich sah mich um. Was war hier geschehen? War Frau Wagner mit einem Freund hierhergefahren? Hatte es einen Streit gegeben? Das würde erklären, warum der Wagen nicht verschlossen worden war. Die Tote hatte vielleicht wütend ihr Auto verlassen. Wurde der Freund womöglich zudringlich?

Kein Handy. Kein Laptop. Wenn es ein Freund gewesen war, warum hatte er dann diese Dinge entwendet? Wollte hier jemand bewusst seine Spuren beseitigen? Noch hoffte ich auf zahlreiche Spuren am Auto und auch an der Tasche, die wir verwenden konnten. Vielleicht würde uns diese Fährte zum Täter führen.

Ich fuhr mir mit der Hand übers Kinn.

Frank, dessen Blick meiner Handbewegung gefolgt war, kannte wahrscheinlich diese Geste zur Genüge. Es gab zu viele unbeantwortete, ungeklärte Fragen, die mich bewegten. Er klopfte mir auf die Schulter.

„Wir werden es herausfinden, Walter. Wie sagst du immer so schön? Es gibt kein perfektes Verbrechen."

Ich nickte nachdenklich und wandte mich vom Tatort ab. Ich konnte den Anblick nicht mehr ertragen. Wir gingen langsamen Schrittes zu meinem Auto, das ich an der Straße abgestellt hatte.

„Was hast du sonst noch über die Tote in Erfahrung gebracht?"

„Außer der leeren Laptoptasche befanden sich Lehrbücher, etliche Notizen auf losen Blättern, ein Stundennachweis von einer Kneipe und ein Arbeitsvertrag der Firma Frobes im Auto." Frank reichte mir den Vertrag. „Und die Handtasche hier." Er zog unter seinem Arm eine weitere Tasche hervor, die ebenso wie der Vertrag vorsorglich in einer Plastikhülle steckte. „Kerstin Wagner wohnte übrigens hier ganz in der Nähe“, bemerkte Frank und sah meinen erstaunten Blick. Er wies nach Osten. „In der Siedlung wohnt eine Cousine von mir. Daher kam mir die Straße gleich bekannt vor“, klärte er mich auf.

„Dann wäre Frau Wagner ja fast zu Hause gewesen. Was hat sie nur dazu veranlasst, hier zu halten? Es muss ein Treffpunkt gewesen sein. Anders kann ich es mir nicht vorstellen. Aber mit wem?“ Ich blickte zurück, erfasste noch einmal das gesamte Bild, das sich mir bot, und wandte mich Frank wieder zu. Wir schritten an dem älteren Wagen von Kerstin entlang. „Der Wagen muss sofort auf Spuren untersucht werden.“

„Das habe ich schon veranlasst. Er wird gleich abgeholt.“

„Was ist mit den Aussagen der beiden Forstarbeiter?“

Frank blieb abrupt stehen, gab mir die konkrete Schilderung Gerbers wieder und bemerkte nebenbei, was er bei dem älteren Forstarbeiter festgestellt hatte.

„Ja, mir ist es dort hinten, hinter dem Baum, auch schon aufgefallen. Damit werden wir uns jetzt aber nicht befassen. Wahrscheinlich ist der Mann an diesem Morgen schon genug bestraft worden. Aber er sollte lieber nicht mehr selbst fahren. Das könnte ich mit meinem Gewissen nicht vereinbaren.“

„Das habe ich schon durchblicken lassen. Auch, dass sie heute hier nicht mehr arbeiten können. Ein Beamter wird die beiden Männer zurück zum Betrieb fahren.“

„Was ist mit dem Jüngeren? Hat er keinen Führerschein?“

„Das ist mir vielleicht ein Vogel, so ein Schaulustiger! Einer, der mordsmäßigen Spaß an Sensationen hat. Edwin Berger heißt er, und er hat keine Fahrerlaubnis. Die wurde ihm vor drei Wochen wieder abgenommen. Er hatte gerade ein Vierteljahr seinen Schein“, grinste Frank.

Ich wollte etwas darauf erwidern, als Franks Handy klingelte. Er wandte sich kurz von mir ab, nahm das Gespräch an, nickte ein paar Mal, klappte sein Handy zu und steckte es zurück in seine Hosentasche.

„Das war Jill. Es ist gerade eine Vermisstenanzeige in der Zentrale eingegangen. Ulla Wagner. Die Mutter der Toten hat ihre Tochter als vermisst gemeldet.“

„Kinder sollten nicht vor ihren Eltern sterben.“

„Was hast du gerade gemurmelt, Walter?“

„Ach, nichts. Lass uns zu ihr fahren. Bringen wir es hinter uns.“

„Ich kann einen Kollegen mitnehmen, wenn dir das lieber ist.“

„Nein. Es ist schon in Ordnung. Danke trotzdem für deine Rücksicht.“ Ich lächelte schwach.

„Ich fahre mit dir, Frank. Meinen Wagen wird ein Kollege später zum Präsidium fahren.“

Frank parkte den Wagen vor dem Einfamilienhaus der Wagners. Noch bevor wir das Auto verließen, öffnete sich die Haustür. Angstvoll sah uns eine kleine, zierliche Frau mit kurzen dunkelblonden Haaren an. Wir blickten uns wissend an, stiegen aus und gingen auf die Frau zu. Mein Gang war eher schleppend.

Als Frau Wagner unsere ernsten Gesichter sah, ahnte sie wohl schon, dass etwas Schlimmes mit ihrer Tochter geschehen sein musste. Zitternd fuhr sie mit ihrer Hand zum Herzen.

„Frau Wagner?“ Sie nickte. Sie war keines Wortes fähig. Eine eiserne Hand schien sich um ihre Kehle zu legen. „Wir sind von der Kriminalpolizei, Frau Wagner ... wir haben keine gute Nachricht für Sie.“

Ich sah die Tränen in ihren Augen aufsteigen und wusste, sie würden lange nicht wieder trocknen.

„Kerstin?“, kam es flüsternd über ihre Lippen.

Ich konnte nur beklommen nicken.

Frau Wagner ließ uns beide eintreten. Noch bevor wir den Wohnraum betraten, klammerte sie sich verzweifelt am Türrahmen fest und drückte den Kopf an das kalte Holz. Ihr Körper bebte. Tief aus ihrem Inneren schluchzte sie laut auf. Im letzten Moment fing ich die zierliche Frau auf, die ohnmächtig vor meinen Füßen zusammensackte.

Leicht wie eine Feder, dachte ich betrübt, als ich Frau Wagner auf den Arm nahm, die geöffnete Tür zum Schlafzimmer erblickte und zielstrebig darauf zuging. Ich legte sie auf das frisch geglättete Bett. Ihre Augenlider waren fest verschlossen, ich fühlte ihren Puls, der nur schwach zu vernehmen war, und rief Frank zu, dass er sofort einen Notarztwagen rufen möge. Meine Finger strichen über die blasse Wange.

„Frau Wagner? Frau Wagner. Hören Sie mich?“

Ihre Lider begannen zu flattern, und sie wandte ihren Kopf in meine Richtung. Verzweifelt griff sie nach meiner Hand, die ich beruhigend drückte.

„Was ist mit ... Kerstin? Hatte sie ... einen Unfall?“

Was sollte ich in diesem Moment antworten. Wie sollte ich ihr erklären, dass die Tochter einem Verbrechen zum Opfer gefallen war. Ich fühlte mich gegenüber dem Ganzen hilflos und war nicht in der Lage der Mutter zu erklären, was ich erst vor Kurzem Grausames gesehen hatte. Verzweifelt schüttelte ich den Kopf und schlug die Augen nieder.

„Ihre Tochter wurde hier in der Nähe in einem Waldstück von Forstarbeitern tot aufgefunden“, sagte Frank leise.

Ich drehte mich zu ihm um. Frank stand hinter mir und blickte auf Frau Wagner. Sollte ich ihm in diesem Moment für seine Worte dankbar sein? Frank hatte keine Ahnung, wie sich dieser Schmerz anfühlte.

Von Weitem war das Martinshorn des Notarztes zu hören. Erleichtert atmete ich auf. Die Tränen der Frau konnte ich nicht mehr ertragen. Sie erinnerten mich an meine eigenen, die ich vor vielen Jahren vergossen hatte.

„Dürfen wir uns im Zimmer Ihrer Tochter umsehen, Frau Wagner?"
Ich stand neben der Bahre, auf die die Sanitäter die vom Schicksal im Stich gelassene Frau gebettet hatten. Ich bemerkte das kurze Nicken, ehe sie die Augen schloss und den Kopf abwendete.
Da wir nicht erfahren hatten, wo sich das Zimmer der Tochter befand, sahen wir uns kurz in den Räumen im Erdgeschoss um, öffneten einzelne Türen, und ich war beeindruckt. Selbst zu dieser frühen Stunde fand ich eine sauber aufgeräumte und doch so gemütliche Wohnung vor. Und was den Geschmack der Einrichtung betraf, da hatte Frau Wagner sehr viel Fingerspitzengefühl bewiesen. Mein Blick blieb am Sekretär im Wohnzimmer hängen, der vor mir an der gegenüberliegenden Wand stand, als ich die Zimmertür öffnete. Ich erblickte Familienfotos.
Eine kleine, glücklich lächelnde Familie, waren meine Gedanken, als ich auf die Bilder blickte. Die es so nicht mehr geben würde. Ich stutzte und bemerkte das einzelne Foto des Mannes, bei dem am rechten Rand des Rahmens eine schwarze Schleife befestigt war. Eine Kerze stand vor dem Foto, und die Flamme flackerte leicht im Windzug. Oh mein Gott, überdachte ich bestürzt die Lage. Die Frage nach dem Mann und auch Vater hatte sich somit für mich erledigt.
„Wir werden Frau Wagner mit in die Klinik nehmen. Sie hat einen Schock, und der Kreislauf lässt zu wünschen übrig." Der Arzt stand in der Wohnungstür. Ich blickte über meine Schulter in seine Richtung.
„In welches Krankenhaus wird Frau Wagner eingeliefert?", wollte ich wissen.
„Ins Raphael."
„Wann rechnen Sie damit, dass wir mit Frau Wagner sprechen können?"
„Schwer zu sagen. Heute auf jeden Fall nicht mehr. Ich habe ihr ein stärkeres Beruhigungsmittel gespritzt und den Kreislauf stabilisiert. Mehr kann ich im Augenblick nicht für die Frau tun." Bedauernd zuckte der Arzt mit den Schultern.
Bevor die beiden Sanitäter die Bahre hinaus zum Krankenwagen trugen, blickte ich noch einmal auf Frau Wagner, die so verloren wirkte, wie sie in Decken gehüllt an mir vorbei getragen wurde. Ich hätte sie gerne tröstend berührt, unterließ es aber.
Frank stand auf der oberen Treppenstufe im Obergeschoss und gab mir zu verstehen, dass sich das Zimmer von Kerstin oben, am Ende des langen Flurs rechts befand. Als wir den Raum betraten, sahen wir uns verwundert an, denn das Zimmer hinterließ im Gegensatz zu den Räumen im Erdgeschoss, die wir zuvor gesehen hatten, einen weniger aufgeräumten Eindruck. Überall lagen Kleidungsstücke verteilt, das Bett war zerwühlt, und auf dem Schreibtisch war das reinste Chaos zu erkennen.
Ich öffnete den Kleiderschrank. Auch hier herrschte wahres Chaos. Mehrere Kleidungsstücke hingen über einen Kleiderbügel verteilt, Pullover und T-Shirts waren achtlos in die Schrankfächer geworfen worden. Ich suchte nach bestimm-

ten Textilien, in etwa im Stil der Kleidung, die die Tote zum Zeitpunkt ihres Auffindens getragen hatte. Im Schrank waren reichlich davon vorhanden.

Frank suchte währenddessen auf dem überfüllten Schreibtisch nach einem Anhaltspunkt, der uns, wenn auch nur fürs Erste, auf eine Spur zum Täter führen würde.

„Fehlanzeige, Walter. Weder der Laptop noch das Handy befinden sich in diesen Räumlichkeiten. Auch kann ich kein Notizbuch oder einen Terminkalender finden."

„Vermutlich sind auch diese Dinge aus der Tasche entwendet worden."

„Ja, davon müssen wir dann wohl ausgehen."

Deprimiert verließen wir unverrichteter Dinge das Haus der Wagners.

***

Kaum, dass Edwin und auch Rolf bei der Forstbehörde von einem Polizeibeamten abgesetzt worden waren – nicht ohne eine Verwarnung für den Älteren –, schwang sich Edwin auf sein Fahrrad und radelte so schnell er konnte zu seinem Freund, der hauptberuflich bei der Feuerwehr tätig war.

Innerlich platzte Edwin fast vor Mitteilungsdrang und wollte seinem Kumpel persönlich von den Geschehnissen am Morgen berichten. Der würde vor Neid erblassen. Endlich war seine Sternstunde gekommen. Er, Edwin, würde am nächsten Tag in der Zeitung stehen, denn ein Reporter hatte ihn nicht nur fotografiert, sondern auch interviewt, nachdem für die Presse ersichtlich war, dass *er* die Tote gefunden hatte. Endlich hatte er das von sich geben können, was er vor dem Kommissar hatte verschweigen müssen.

Rolf hatte sich nur noch angewidert abgewandt und sich gedacht, dass diesem Menschen nicht mehr zu helfen war. Ihm graute schon davor, die nächsten Tage mit ihm arbeiten zu müssen, und er nahm sich vor, dringend ein ernstes Wort mit der oberen Forstbehörde zu reden.

***

„Bevor wir uns dem Arbeitsvertrag der Firma Frobes zuwenden, der ein kleiner Ansatzpunkt ist, sollten wir die Verwaltung der Universität aufsuchen. Irgendwo müssen wir mit der Suche nach dem Täter beginnen." Ich nickte zustimmend mit dem Kopf in Richtung Frank, um dies zu bestätigen. Die gleiche Überlegung hatte ich ebenfalls in Erwägung gezogen.

„Soviel ich weiß, sind allerdings noch Semesterferien. Ob wir überhaupt Glück haben, dort jemanden anzutreffen?" Frank lenkte den Dienstwagen in Richtung Universität.

„Irgendjemanden wird es wohl geben, der uns eine Auskunft geben kann. Die Verwaltung wird nicht komplett geschlossen sein", antwortete ich ihm. Ich hoffte es, denn mit den Öffnungszeiten, geschweige denn dem Lehrplan einer Universität, kannte ich mich nicht aus.

„Student müsste man sein", ließ Frank mit einem schmachtenden Blick verlauten, „die vielen Semesterferien, morgens lange schlafen, nächtelang feiern. Ein wirklich aufregendes Leben."

„Ich glaube, du irrst dich gewaltig, Frank. Das mag vielleicht für einige so sein, aber nicht für den größten Teil der Studenten. Nein, das glaube ich nicht."

Wir gingen den langen Flur zum Sekretariat entlang. Die Tür stand offen. Zwei Sekretärinnen – beide mit einer Tasse Kaffee in der Hand – saßen gemütlich zusammen und diskutierten angeregt über die neusten Gerüchte rund um einen Dozenten. Wir wollten nicht lauschen, aber so wie wir dem Gespräch entnahmen, hatte dieser gewisse Herr mit einer Studentin ein Verhältnis begonnen. Wir sahen uns hoffnungsvoll an.

Erschrocken hoben die beiden Frauen ihre Köpfe, als wir wiederholt an den Türrahmen klopften. Sie waren so mit dem neuesten Tratsch beschäftigt, dass sie uns vollkommen überhört hatten.

„Wir sind von der Kriminalpolizei. Winter, und das ist mein Kollege Kommissar Wirtz. Wir hielten den Frauen unsere Ausweise entgegen. „Vielleicht können Sie uns mit einer Auskunft dienen, in Bezug auf Frau Kerstin Wagner. Sie war doch hier als Studentin eingeschrieben?"

„Da müsste ich erst einmal nachsehen. Es gibt so viele Studenten. Wir kennen sie nicht alle persönlich."

Ich schob der Frau den Studentenausweis von Kerstin Wagner hinüber.

„Ist zufällig jemand anwesend, der Frau Wagner kennen könnte? Dozenten, Kommilitonen?"

Die beiden Frauen sahen sich an und zuckten nur mit den Schultern. Die ältere der Beiden ging zu dem großen grauen Aktenschrank, zog eine Schublade heraus, nachdem sie einen Blick auf den Ausweis geworfen hatte, und suchte die Mappe, in der die einzelnen Lehrpläne abgelegt waren.

„Klaus Graber. Er ist einer der Dozenten von Frau Wagner. Ich habe ihn vor ein paar Tagen noch hier im Gebäude gesehen. Soviel ich weiß, ist er nicht im Urlaub. Was hat denn Graber mit Frau ...?" Die ältere Sekretärin verstummte, als sie meinen Blick auffing. „Soll ich Ihnen die Adresse aufschreiben?"

„Das wäre sehr freundlich von Ihnen. Wir würden uns gerne mit Herrn Graber über Frau Wagner unterhalten." Während ich mich im Büro umsah, das meinem sehr ähnlich war – die Aktenschränke waren in Grau gehalten, und die Schreibtische hatten auch schon bessere Zeiten gesehen –, überlegte ich, ob ich das vorangegangene Gespräch der beiden Frauen zur Sprache bringen sollte. Bestimmte

Namen waren nicht gefallen, aber es könnte doch zufällig der Dozent sein, von dem die Rede war. „Ihr Gespräch eben. Nicht, dass wir lauschen wollten, aber handelte es sich dabei um diesen Dozenten Graber?“

Die Sekretärinnen warfen sich einen Blick zu, der für mein Empfinden zu intensiv war. Verstohlen schüttelten beide mit dem Kopf. Nun war ich auf den liebenswerten Herrn Graber erst recht gespannt. Vor allem auf die Antworten auf unsere Fragen.

Ich sah ihre Neugierde, als die ältere Sekretärin mir die Adresse des Dozenten über den Tresen schob. Aber ich sah keinerlei Veranlassung, die Frau über weitere Details aufzuklären, außer dass wir in einem Mordfall ermittelten. Wie erstarrt blickte sie mich mit weit aufgerissenen Augen an. Ihr Mund stand offen. Am liebsten hätte ich ihn ihr mit der Hand wieder geschlossen. Ohne weiter darauf einzugehen, stieß ich Frank an, der mit seinen Augen die jüngere der beiden Frauen verschlang. Fast widerstrebend folgte mir mein Kollege, der, bevor er die Tür hinter sich endgültig schloss, noch einen Blick über seine Schulter wagte. Ein charmantes Lächeln strahlte ihm entgegen.

Was Frauen betraf, war mein Kollege für mich ein Buch mit sieben Siegeln. In meinen Augen hatte er einen zu großen Verschleiß, was das weibliche Geschlecht betraf. Warum Franks Beziehungen nie länger als ein paar Wochen hielten, konnte ich durchaus verstehen. Kaum eine an der Hand, richtete er den Blick auf die nächste Kandidatin.

Mit einer stattlichen Größe von einem Meter neunundachtzig und dem sehr gut trainierten Körper, auf den Frank, auch was die Pflege betraf, besonderen Wert legte, war er sich seines Aussehens stets bewusst. Den einzigen Makel, den er empfand, war eine feine Narbe, die sich von der linken Augenbraue zur Wange zog und ein Andenken eines polizeilichen Einsatzes vor Jahren war. Aber wenn ich sah, wie seine ungewöhnlich dunkelblauen Augen beim Anblick einer Frau erstrahlten, gab ihm genau diese feine Narbe ein interessantes Aussehen.

Vermutlich lag es an zu hohen Ansprüchen oder auch an den Frauen selbst, die es Frank zu einfach machten, vermutete ich, sodass mein Kollege sich nicht entscheiden konnte. Ich würde es wohl nicht mehr erleben, dass Frank in den Hafen der Ehe segeln würde.

Während Frank als Nächstes die Firma Frobes, ein renommierter Möbeldesigner, ansteuerte, beschäftigte ich mich mit dem Arbeitsvertrag, der zwischen vielen losen Blättern auf der Rückbank des älteren roten Renaults gelegen hatte. Jetzt, da ich das Zimmer von Kerstin Wagner kannte, wunderte ich mich nicht mehr über das Chaos, das in ihrem Auto herrschte.

Von der Mutter konnte die junge Frau es nicht haben, dachte ich. Wahrscheinlich hatte Kerstins Mutter auf verlorenem Posten gekämpft, wenn sie die Tochter zur Ordnung gerufen hatte.

Frobes. Hatte ich nicht erst vor Kurzem davon ein Prospekt in der Tageszeitung vorgefunden?, überlegte ich. Ja. Die Möbel waren alle hochmodern gewesen, und das Blatt war sofort in die für Altpapier vorhandene Kiste verbannt worden.

„Es ist wirklich nicht viel. Bisher haben wir wirklich nicht viel in der Hand, was das Leben von Kerstin Wagner angeht."

„Wir stehen ja auch erst am Anfang, Walter", murmelte mein Kollege.

„Ja, aber wie du weißt, ist es die ganz entscheidende Phase. Mich beschäftigt gerade eine wichtige Frage: Warum hat Frau Wagner dem Personalchef noch nicht den Vertrag zukommen lassen? Das Einstellungsdatum ist immerhin auf den ersten August datiert. Da aber das Schriftstück noch nicht unterschrieben ist", überlege ich, „stellt sich die Frage, ob dieses Arbeitsverhältnis überhaupt zustande gekommen ist?" Diese bedeutungsvolle Information würden wir hoffentlich gleich bekommen, ging es mir durch den Kopf, als Frank vor der rot-weißen Schranke hielt, die das Firmengelände absperrte. Frank hielt dem älteren Mann hinter der Scheibe der Pförtnerloge seinen Polizeiausweis entgegen und fragte nach dem Personalbüro.

Wilfried Hunsche, der Personalchef, blickte uns erstaunt an, als wir vor seinem Schreibtisch Stellung bezogen. Wir hielten ihm unsere Ausweise entgegen. Fast entsetzt wanderten seine Augen von mir zu Frank, und ich fragte mich sofort, was dieser Mann vor uns zu verbergen hatte.

„Polizei? Was kann ich für Sie tun?" Sein Gesicht war ein einziges Fragezeichen.

„Herr ...?", ich schaute auf das Namensschild auf dem Schreibtisch, „... Herr Hunsche. Wir haben hier einen Arbeitsvertrag von Kerstin Wagner vorliegen und wüssten gerne von Ihnen, ob Sie uns Näheres dazu sagen können." Ich reichte den Vertrag dem Personalchef.

„Was ist mit dem Vertrag? Ist etwas nicht in Ordnung?"

„Mit dem Schriftstück wird wohl alles seine Richtigkeit haben, Herr Hunsche. Aber wir hätten gerne ein paar Informationen über Frau Wagner. Da sie den Vertrag noch nicht unterschrieben hat, stellt sich uns die Frage, ob die junge Frau trotz allem in der Firma beschäftigt ist."

„Nein. Das ist sie nicht."

„Nein? Die Tätigkeit begann ursprünglich am ersten August. Wir haben heute den zweiundzwanzigsten. Also hat Frau Wagner ihre Arbeitsstelle nicht angetreten?"

„Nein. Ich habe es auch nicht verstanden."

„Und Sie haben das nicht überprüft? Vielleicht Frau Wagner angerufen?"

„Nein. Dazu sah ich keinerlei Veranlassung."

„Ist das so üblich?", fragte ich leicht erstaunt.

Hier stimmte etwas nicht. Das sagte mir mein Bauchgefühl. Außerdem bemerkte ich feine Schweißperlen auf seiner Stirn. Und es war nicht warm in dem Büro.
„Wann haben Sie Frau Wagner diesen Vertrag ausgehändigt?“
„Das war vor fast genau vier Wochen. Da hat sie hier vor meinem Schreibtisch gesessen. Seitdem habe ich Frau Wagner nicht mehr gesehen.“
„Das ist allerdings verwunderlich. Und Sie haben keine Ahnung, warum sie nicht zur Arbeit erschienen ist?“
„Nein. Leider kann ich Ihnen darüber keine Auskunft geben. Ich habe wirklich keine Ahnung, warum Frau Wagner die ihr angebotene Stelle nicht angetreten hat.“ Bedauernd hob Hunsche seine Schultern.
„Hier steht, dass Frau Wagner als Telefonistin beschäftigt werden sollte.“
„Ja, die Firma stellt in den Semesterferien des Öfteren Studenten ein. Die Tätigkeiten sind unterschiedlicher Art.“
„War es das erste Mal, dass sich Frau Wagner hier bei Ihnen beworben hat?“
Der Personalchef blickte auf seine Finger, nahm etliche Papiere in die Hand und ordnete sie. Er wusste nicht, wie er reagieren sollte.
Mir dauerte es zu lange, ehe Herr Hunsche antwortete. Herausfordernd sah ich den Mann an.
„Es war das erste Mal. … Frau Wagner besitzt eine sehr angenehme Stimme, meine ich mich zu erinnern. Aus diesem Grund ... hatte ich Frau Wagner ... für die Rezeption vorgesehen.“
„Sie entscheiden, wer wo eingesetzt wird?“
„Ja, nach Rücksprache mit der Firmenleitung. Was ist denn nun mit Frau Wagner? Kann ich noch mit ihrem Kommen rechnen? Obwohl die Semesterferien nur noch vier Wochen dauern?“ Ich blickte auf den Personalchef herab, der uns daraufhin bat vor seinem Schreibtisch Platz zu nehmen und ließ seine Frage offen im Raum stehen.
„Ich bekomme die Anweisung von Herrn Frobes. Die Entscheidung, wo ich die Bewerberinnen einsetze, liegt allein in meiner Verantwortung. Bislang gab es auch noch nie Probleme mit den Bewerbern, erklärte Hunsche uns von Neuem.“
„Und Sie stellen nur Studentinnen ein?“
„Nein. Es gibt auch zahlreiche männliche Bewerber.“
„Und hat Herr Frobes Sie damit konfrontiert, dass Sie die Stelle an der Rezeption nicht besetzt haben? Es muss einen Chef doch verwundern, wenn die ausgeschriebene Stelle nicht zu dem Zeitpunkt, der angegeben wurde, vergeben wird.“
Hunsche schüttelte den Kopf und stellte mir stattdessen erneut die Frage, warum wir uns so sehr für die junge Frau interessierten. Ich ignorierte ein weiteres Mal die Neugier des Personalchefs. Die warnende Stimme in meinem Inneren vertiefte sich mit jeder Minute.
„Können Sie uns vielleicht sonst noch etwas über Frau Wagner berichten?“

Auch Frank schien die Unsicherheit des Personalchefs zu spüren. Irgendetwas sollte hier wohlweislich verschwiegen werden.

„Nein. Nichts Wesentliches“, gab uns Hunsche zu verstehen. Seine Stimme zitterte leicht. Bei seinen nächsten Worten bemerkte ich einen für uns unerklärlichen Glanz in den Augen des Personalchefs.

Er hätte Frau Wagner sympathisch gefunden. Sie wäre aufgeschlossen gewesen und hätte mit ihm über ihr Studium geplaudert. „Frau Wagner hat mir von ihren späteren Plänen berichtet. Sie studiert Biologie“, erklärte er uns beiden.

„Frau Wagner hat doch bestimmt ein Bewerbungsschreiben vorgelegt? Könnten wir einen Blick darauf werfen?“

„Es tut mir leid. So ein Schreiben kann ich Ihnen nicht geben. Es existiert nicht“, ließ er leise verlauten, als er meinen erstaunten Blick bemerkte.

„Ist das so üblich?“

Auf meine Frage blieb mir Hunsche eine Antwort schuldig. Mein ungutes Gefühl verstärkte sich. Was wurde hier gespielt, was wir nicht erfahren sollten? In diesem Augenblick wurde mir klar, dass Herr Hunsche zu keinen weiteren Aussagen zu bewegen war. Ich bedauerte es und erhob mich von meinem Stuhl. Mein Feinsinn sagte mir, dass das hier nicht das letzte Gespräch mit dem Personalchef gewesen war.

„Kerstin Wagner ist einem Verbrechen zum Opfer gefallen, und dieser Arbeitsvertrag hat im Wagen gelegen.“ Ich ließ Hunsche nicht aus den Augen, der sichtlich erschüttert, betroffen von einem zum anderen blickte. „Wir werden uns sicher noch einmal mit Ihnen unterhalten, Herr Hunsche.“ Ich legte ihm meine Karte auf den Schreibtisch. „Und sollte Ihnen vorher noch etwas einfallen, dann informieren Sie mich bitte.“

***

Wie erstarrt saß der Personalchef hinter seinem Schreibtisch, den Kopf in Richtung Fenster gewandt, das den Blick auf den Werkshof freigab. Er hatte nicht einmal mehr bemerkt, wie die Kommissare sein Büro verließen, denn vor seinen Augen liefen Szenen ab, die er dem Beamten nicht erklären konnte.

Es war nicht nur einmal gewesen, dass er Frau Wagner hier über den Betriebshof hatte gehen sehen. Die junge Frau war eine wahre Augenweide. Alles an ihr schien wohlgeformt zu sein. Allein ihre langen Beine hatten ihn am meisten fasziniert, die unter dem kurzen Minirock noch länger erschienen, als sie eh schon waren. Ihr Gang war graziös gewesen, wenn sie einen Fuß vor den anderen stellte. Der Hüftschwung wirkte wie einstudiert, mit dem sie nicht nur ihn beeindruckt hatte. Ihre hautengen Oberteile waren ebenfalls sehr gewagt gewesen, sagte er sich. Wenn er auch schon seit geraumer Zeit die fünfzig überschritten hatte, war er schließlich auch nur ein Mann, der sich einen solchen Anblick nicht entgehen ließ. Er hatte solch eine Perfektion vorher noch nie gesehen. Und jetzt würde er sich nie mehr an ihrem Wesen erfreuen können.

Hunsches Blick richtete sich auf die Karte, die der Kommissar ihm dort hingelegt hatte. Er nahm sie in die Hand, drehte sie ein paar Mal zwischen seinen Fingern und ließ sie in seiner Jackentasche verschwinden.

Dass er in diesem Fall keine Handhabe hatte, was die Einstellung von Frau Wagner betraf, hätte er den Beamten erklären können und dazu noch Einiges mehr, aber dann hätte er seinen Platz im Personalbüro sofort räumen können.

Aber er sorgte dafür, dass sich die Nachricht vom Tod der Studentin in Windeseile in der Firma verbreitete. Bis hinauf in die Chefetage.

***

Klaus Graber stieg genau zu dem Zeitpunkt, als wir vor dem schmucken Bungalow hielten, aus seinem Mercedes, den er vor der Garage geparkt hatte, und blickte erstaunt auf, als wir über den gepflasterten Gartenweg auf ihn zu kamen.

Frank bemerkte den Porsche in der offenen Garage, und sein Herz frohlockte.

„So einen schnittigen Wagen würde ich auch gerne fahren“, raunte er mir zu.

„Ich denke, du liebst dein Fahrrad, mit dem du dich überall hinbewegst. Und denk dran: In der Stadt gibt es für dich nie Parkplatzprobleme.“

„Herr Graber? Können wir Sie einen Augenblick sprechen? Kriminalpolizei. Mein Name ist Winter, und das ist mein Kollege, Kommissar Wirtz. Wir hätten ein paar Fragen an Sie.“

„Wenn ich zu schnell gefahren wäre, dann käme bestimmt nicht die Kripo zu mir,“ versuchte Graber zu scherzen. „Ich kann mir nicht vorstellen, worum es sich handeln könnte. Aber kommen Sie mit ins Haus.“ Graber schritt zielstrebig zur Haustür, schloss sie auf und ließ uns eintreten.

„Wir haben Ihre Adresse vom Sekretariat der Universität“, erklärte ich ihm, als wir Klaus Graber in den Wohnraum folgten. Das Wohnzimmer, so schätzte ich verwundert, hatte ein Ausmaß von wenigstens achtzig Quadratmetern. Manche Familien besaßen eine ganze Wohnung in diesem Ausmaß. Die Fensterscheiben reichten bis zum Boden, und im Garten erkannte ich einen riesigen Swimmingpool, der zum größten Teil überdacht war.

„Ich habe meine Frau und meinen Sohn zum Bahnhof gebracht. Der Zug hatte Verspätung. Ich habe leider auch nicht lange Zeit, da ich noch einen Termin wahrnehmen muss. Eigentlich hätten Sie mich jetzt gar nicht angetroffen, aber ich habe wichtige Unterlagen vergessen. Um was geht es denn? Nehmen Sie doch bitte Platz.“ Ich konnte ihm kaum folgen, so schnell sprudelten die Worte über seine vollen Lippen.

Wir ließen uns in die mit weißem Leder bezogene Couch sinken, während Graber sich uns gegenüber im Sessel niederließ, die Beine übereinanderschlug und seine Hände auf die Armlehnen legte. Seine gepflegten Finger trommelten leicht auf das Polster. Ich blickte den Dozenten unverhohlen an, und mir fiel das Gespräch der Sekretärinnen wieder ein. Grabers Alter schätzte ich auf knapp vierzig. So wie er aussah, konnte ich mir vorstellen, dass so manche Studentin mit ihm zu flirten versuchte. Allein seine verwegene, rauchige Stimme kam bei Frauen bestimmt gut an.

„Kerstin Wagner ist eine Ihrer Studentinnen?“, begann ich das Gespräch. Frank schlug seinen Block auf.

„Ja. Sogar eine der Besten. Ihre Leistungen sind hervorragend. Was ist mit Frau Wagner?“

„Frau Wagner ist in der letzten Nacht getötet worden.“

„Das gibt es doch nicht. Ich bin … entsetzt.“ Er fuhr sich mit den Händen zur Stirn und starrte uns an. „Kerstin Wagner? Das kann ich nicht glauben. Sie war so voller Lebenslust.“ Graber schüttelte den Kopf und fuhr sich anschließend mit den Fingern durch die kurz geschnittenen, hellblonden Haare. Sein gebräuntes Gesicht schien eine Spur blasser zu werden.

„Wie gut kannten Sie Kerstin Wagner?“

„Nicht viel besser als die anderen Studenten.“ Für mich kam die Antwort entschieden zu schnell aus Grabers Mund. Wie einstudiert. „Wie ich schon erwähnte, sie war in ihrem Studiengang die Beste. Ihre Noten waren exzellent. Ich habe Frau Wagner niemals erlebt, dass sie, so wie manch andere Kommilitonen, ihr Studium nicht ernst nahm. Sie war jetzt im vierten Semester, und durch die Leistungen, die sie erbrachte, hätte sie auf jeden Fall in der Regelstudienzeit, wenn nicht sogar früher, ihren Abschluss mit Bravour bewältigt. Frau Wagner wollte im Anschluss an ihr Studium in die Forschung gehen.“

Ich fragte mich, ob er im Hörsaal auch dieses Tempo beim Reden an den Tag legte? Ich fand es einfach erstaunlich. „Wie war denn Ihr Verhältnis zu Frau Wagner?“ Neugierig sah ich ihn an.

Irritiert blickte Graber mich an und ließ sich erneut in den Sessel gleiten.

„Wie darf ich das verstehen?“ Die Schärfe in seiner Stimme war nicht zu überhören.

„Kannten Sie Kerstin Wagner näher?“

Graber schüttelte fassungslos den Kopf. Wahrscheinlich empfand er meine Frage als Unverschämtheit, die von meiner Seite aus reine Provokation war.

„Hören Sie! Frau Wagner“, er betonte den Namen, „war eine von vielen Studenten, die meine Vorlesungen besuchten. Und mehr Nähe gab es nicht. Ich glaube, ich habe mich klar genug ausgedrückt. Verstehen Sie mich?“

„Ich wollte Ihnen nicht zu nahetreten, Herr Graber, aber wir müssen alle Möglichkeiten in Erwägung ziehen. Sie schwärmten ja eben geradezu von der Studentin. War Frau Wagner bei den Kommilitonen beliebt?", wechselte ich abrupt das Thema.

Graber hatte sich noch nicht von dem Schock erholt, dass wir ihm ein Verhältnis mit einer seiner Studentinnen zutrauten. Daher wählte er seine nächsten Worte mit Bedacht.

„Na ja. Bei vielen Kommilitonen war Frau Wagner als Streberin verschrien. Aber wie ich das beurteilen kann ..., nein, das ist nicht richtig formuliert. Kerstin hat es selbst einmal erwähnt, dass sie ein fotografisches Gedächtnis hat. Es fiel ihr nicht schwer, den Stoff im Studium aufzunehmen."

Ich bemerkte, wie Frank den Dozenten erstaunt ansah. Dass es so etwas überhaupt gab, hatte er schon gehört, aber es nicht wirklich glauben können. Ich erinnerte mich an ein Gespräch vor längerer Zeit, in dem Frank lächelnd von sich gegeben hatte, dass er während seiner Schulzeit und auch später während der Ausbildung zum Kommissar Probleme hatte, das erlernte Wissen fest im Kopf zu verankern. Kaum hätte er den Stoff aufgenommen, hätte sich dieser auch schon wieder in Luft aufgelöst.

Eine weitere Frage von mir, ob Herr Graber eventuell Kenntnis darüber hatte, inwieweit Frau Wagner mit männlichen Kommilitonen befreundet gewesen war, beantwortete er mit einem Kopfschütteln und fuhr sich mit der Hand am Nacken entlang. Sollte ich diese ständigen Bewegungen mit seinen Händen als Nervosität deuten?

„Bestimmt … waren die jungen Männer einem Flirt nicht abgeneigt."

Ich staunte. Der Mann war auch dazu fähig langsam zu sprechen, aber ich überhörte nicht den schwärmerischen Ton Grabers, als er Kerstin als eine Augenweide beschrieb. Graber bemerkte meinen erstaunten Blick und hätte sich bestimmt am liebsten auf die Zunge gebissen.

„Nein, nicht was Sie denken." Grabers Stimme bekam erneut einen grollenden Unterton. „Sie haben Frau Wagner nicht kennengelernt. Wenn man da als Mann nicht einen Blick riskieren darf. Ich bitte Sie."

„Und Sie gehörten auch dazu?"

„Ich bin verheiratet, habe einen zehnjährigen Sohn, und meine Ehe ist als glücklich zu bezeichnen."

„Wo waren Sie gestern Abend, um es konkret zu sagen, zwischen dreiundzwanzig Uhr und Mitternacht? Ich muss Sie das fragen."

„Mit meiner Frau im Bett, wenn Sie es so konkret wissen wollen. Wir bemühen uns schon seit längerer Zeit um weiteren Nachwuchs." Das war deutlich. Frank konnte sich bei meinem verdutzten Blick ein Grinsen nicht verkneifen.

„Wenn nötig, dann kann uns Ihre Frau dieses bestimmt bezeugen?" Graber schnaufte nur bei meinen Worten.

Frank versuchte die Situation zu retten, indem er Graber fragte, ob er uns vielleicht Namen von Kommilitonen nennen könnte, mit denen Kerstin Wagner in der Universität zusammen war.
„Da bin ich überfragt“, antwortete Graber, immer noch entrüstet.
„Mit wem hat Frau Wagner zusammen im Hörsaal gesessen?“
Grabers Finger wanderten zur Schläfe, er zog die Stirn in Falten.
„Kurda ... Kurda ... Wie war denn noch einmal der Vorname? Ach ja. Julia. Julia Kurda. Die beiden haben während des Unterrichts immer zusammengesessen. Ob sie auch privat befreundet waren, entzieht sich meiner Kenntnis.“
„Wissen Sie, wo wir Frau Kurda erreichen können?“
„Meines Wissens kommt Frau Kurda auch aus Münster. Die Adressen meiner Studenten habe ich aber leider nicht zu Hause, Sie bekommen sie natürlich an der Universität oder ...“, betonte Graber ausdrücklich und verwies auf das gute, alte Telefonbuch.
„Wissen Sie, ob Frau Wagner neben ihrem Studium irgendwo beschäftigt war?“
„Das sind viele Studenten. Aber wo? Keine Ahnung.“
„Wir danken Ihnen, Herr Graber. Sie haben uns sehr geholfen.“ Auch hier hinterließ ich mein Kärtchen, das ich auf den blanken Glastisch legte, auf dem eine einzelne rote Rose in einer schmalen Vase stand.

***

Obwohl ich mir bewusst war, dass ich Frau Wagner, Kerstins Mutter, noch keine Befragung zumuten konnte, war es mir ein Bedürfnis zu erfahren, wie es der Frau ging, die mein ganzes Mitgefühl besaß. Frank parkte kurz den Wagen vor dem Eingang der Klinik, und ich betrat das Portal.
Genervt von meinen unzähligen Fragen nahm die ältere Frau an der Anmeldung der Klinik den Hörer in die Hand und rief auf der Station an, um mir kurz darauf zu erklären, dass es einen Bruder von Frau Wagner gäbe, den der Arzt selbst benachrichtigt hätte. Da er aber in Dresden wohne, sei er natürlich noch nicht eingetroffen. Um mehr über den genauen Gesundheitszustand der Frau zu erfahren, wurde ich an den behandelnden Arzt verwiesen, der aber nicht anwesend war. Höflich bedankte ich mich und verließ die medizinische Einrichtung.
„Ja, da kann man nichts machen“, hörte ich die letzten Worte von Franks Telefonat, als ich in den Dienstwagen einstieg. „Jill hat mir Adresse und auch die Telefonnummer von Julia Kurda durchgegeben. Ich habe gerade mit deren Mutter gesprochen. Ihre Tochter ist gestern nach Leverkusen gefahren. So wie ich sie verstanden habe, geht es um ein Praktikum. Sie erwartet Julia morgen Mittag zurück und sie wird ihre Tochter sofort zu uns aufs Präsidium schicken.“
„Hast du Frau Kurda von Kerstins Tod erzählt?“

„Ja, Walter, natürlich. Das Gespräch war sehr interessant. Bei der Gelegenheit habe ich erfahren, dass Frau Kurda gar nicht so begeistert über die Freundschaft zwischen ihrer Tochter und Kerstin war. Die beiden haben bis vor einem Jahr in einer Wohngemeinschaft gewohnt. Kerstin wäre nicht gerade die Ordentliche von beiden gewesen, was wir ja auch schon festgestellt haben. Außerdem wäre ihr der lockere Lebenswandel der Freundin ihrer Tochter ein Dorn im Auge gewesen. Frau Kurda sprach von wechselnden Männerbekanntschaften."

„Das kann ja heiter werden. Konnte dir Frau Kurda vielleicht Namen nennen?"

„Nein. Leider Fehlanzeige. Dazu wollte sie sich nicht äußern. Aber die wird uns bestimmt Julia verraten."

***

Verschwitzt betrat ich am frühen Nachmittag mein Büro. Der Ventilator war eingeschaltet und die Temperaturen in den Räumlichkeiten waren angenehmer, als die drückende Schwüle, die draußen herrschte. Jill saß vor ihrem Computer und blickte mich mit einem Lächeln auf den Lippen an.

„Der Staatsanwalt wartet in seinem Büro auf Sie. Außerdem haben schon drei Mal Reporter angerufen und möchten Näheres über den Mord erfahren."

Die Presse hatte mir gerade noch gefehlt. Was sollte ich den Reportern denn sagen? Wir tappten ja selbst noch vollkommen im Dunkeln. Mit den wenigen Informationen, die wir im Augenblick in der Hand hielten, war noch lange kein Täter in Sicht. Vermutungen vielleicht, aber ich würde mich hüten, diese auszusprechen. In meinen Augen war die Presse eine gierige Meute, die oft noch vor der Polizei am Tatort war, sich nicht vertrösten ließ und dann Texte verfasste, die nicht unseren Worten entsprachen. Ich war mir vollauf bewusst, warum der Staatsanwalt mich in sein Büro zitierte. Die bevorstehende Pressekonferenz. Mir graute davor. Frustriert fuhr ich durch meine dunkelblonden Haare, die an den Schläfen schon leicht graumeliert waren.

„Haben Sie Julia Kurda erreicht?" Jill blickte von ihrem Schreibtisch zu mir herüber.

„Nein. Wir können sie frühestens morgen Nachmittag im Präsidium erwarten. Frank hat nur mit der Mutter gesprochen. Auf die junge Frau bin ich sehr gespannt." Und ich erzählte Jill von dem Gespräch, das Frank mit der Mutter geführt hatte. „In der Firma Frobes konnte uns der Personalchef auch nichts Befriedigendes sagen. Herr Hunsche war selbst erstaunt, dass sich Kerstin Wagner nicht mehr gemeldet hat. Aber ich werde das Gefühl nicht los, dass hinter der ganzen Sache mehr steckt, als er uns zu sagen pflegte. Und Frau Wagner, Kerstin Wagners Mutter, ist mit einem Schock und Kreislaufversagen in die Klinik eingewiesen worden. Vor morgen, wenn überhaupt, können wir sie nicht zu ihrer

Tochter befragen. Es gibt kein Handy, keinen Laptop, kein Adress- oder Notizbuch. Das sind Gegenstände, die, so vermuten wir, vom Täter entwendet wurden. In der Wohnung von Frau Wagner haben wir uns kurz umgesehen. Auch dort haben wir nichts gefunden, was unsere Vermutung bestätigt. Hier …“, ich kam um meinen Schreibtisch herum und überreichte Jill zwei Fotos von Kerstin Wagner, die ich aus dem Hause Wagner mitgenommen hatte. „… ich denke, die Bilder sind noch neueren Datums.“

„Das ist die Tote? Ein Model?“ Jill hielt beide Fotos in den Händen und sah von einem zum anderen.

„Nein. Soviel wir wissen nicht. Eine Studentin. Aber von ihrer Schönheit ist nicht viel geblieben.“

„Frank erzählte mir, dass Sie den Dozenten von der Universität aufgesucht haben?“

„Ja, aber was ich von Herrn Graber halten soll? Er könnte durchaus als Täter infrage kommen. Ich bin mir da nicht so sicher.“ Ehe ich Jill weiter von dem Gespräch erzählen konnte, klingelte das Telefon auf ihrem Schreibtisch.

Jill griff zum Hörer, legte die Hand über die Muschel und flüsterte mir zu, dass es sich wieder um den Reporter handelte. Ich winkte ab und gab ihr zu verstehen, dass es später eine Pressemitteilung geben würde. Damit verließ ich mein Büro und begab mich zum Staatsanwalt.

3

Dienstag, 23. August

Ein Kollege drückte mir am nächsten Morgen beim Betreten des Präsidiums eine Zeitung in die Hand, die ich mir unter den Arm klemmte und kurz darauf mein Büro betrat. Es war kurz nach halb sieben. Vor vierundzwanzig Stunden hatte ich noch keine Ahnung gehabt, was auf mich zukommen würde. Vielleicht hatte ich schon gespürt, was sich kurz darauf bewahrheitete. War meine sentimentale Wahrnehmung schon gestern Morgen in die Richtung der Worte meiner Großmutter gegangen, so ließ mich auch heute Morgen dieser Satz nicht los.

Ich stand vor meinem Schreibtisch, sichtlich erstaunt, dass der Bericht der Autopsie schon den Weg in mein Büro gefunden hatte. Mein Freund, der Pathologe Ulrich Mertens, hatte wirklich die ganze Nacht durchgearbeitet. Im Stillen dankte ich ihm für die, wie immer sehr präzise Darstellung, die Ulrich zu Papier gebracht hatte, als ich stehend das Deckblatt aufschlug und den Bericht kurz durchblätterte.

Die Luft im Büro war stickig. Ich schaltete den Ventilator an, öffnete ein Fenster und sah kurz auf die Straße unter mir, sah Jill, die ihren kleinen schwarzen Wagen auf den Parkplatz vom Präsidium lenkte und ihn in einer freien Parkbucht abstellte. Sie sah lächelnd zu mir hoch, und ich hob grüßend die Hand. Kommissarin Jill Kirchhoff, meine engagierte Kollegin, die seit einem halben Jahr zu meinem Team gehörte, war eine Computerspezialistin, was ich sehr begrüßte, denn mit dem ganzen technischen Kram konnte ich nicht viel anfangen. Das war auch ein weiterer Grund dafür, wieso Jill mehr im Büro tätig war, als außerhalb des Präsidiums zu ermitteln.

Ich blickte zum Schreibtisch, wo ich achtlos die Zeitung abgelegt hatte, und stutzte, als ich die große Überschrift las und das Titelbild sah. Ich blickte in die verzerrten Züge der Toten und überflog den dazugehörigen Text, der über den Fundort verfasst wurde. Meine Stirn krauste sich mehr und mehr, als ich zwei Spalten weiter die Berichterstattung der Pressekonferenz vom gestrigen Abend studierte.

Warum übernimmt die Presse nicht die Ermittlungen, dachte ich und schmiss frustriert das Blatt in den Papierkorb. Es war sein Geld nicht wert. Doch dann griff ich erneut in den Korb, nahm die Zeitung in die Hand und betrachtete das kleine Foto, das neben der Toten abgebildet worden war. Dieser Rotschopf lächelte mir vom Bild aus entgegen. Wie konnte man nur lächeln, wenn man gerade eine Tote entdeckt hatte? Der Glanz in den Augen von Edwin Berger war selbst hier nicht zu übersehen. Der kurze Text, der unter dem Foto stand, war in meinen Augen einfach nur geschmacklos. Obwohl ich kein Wort mit Berger gewechselt hatte – ich mir also kein Urteil erlauben konnte –, musste ich an Franks Worte denken. Schwungvoll landete das Schmierblatt auf dessen Schreibtisch.

Leise surrte der Ventilator. Die Luft im Büro wurde erträglicher. Ich zog den Stuhl heran und setzte mich hinter meinen Schreibtisch. Vor mir lag die noch relativ dünne Akte von Kerstin Wagner mit den Fotos, welche wir aus ihrem Zimmer mitgenommen hatten. Jill hatte diese am gestrigen Abend mit den wenigen Informationen bestückt, die ich ihr geben konnte. Daneben lag der Bericht der Autopsie. Ich schlug erneut das Deckblatt auf und schloss gequält die Augen, als ich die Bilder der Toten eingehend betrachtete, die von jedem Blickwinkel aus fotografiert worden war. Ich kämpfte gegen den inneren Schmerz, öffnete die Augen, widmete mich der folgenden Seiten und schenkte dem ausführlichen Bericht Mertens meine Aufmerksamkeit. Das, was ich las, ließ zahlreiche Fragen aufkommen. Kerstin Wagner war in der zehnten Woche schwanger gewesen. Gedankenverloren strich ich über mein Kinn. War der Mörder im engsten Freundeskreis zu suchen oder war sie einem Unbekannten zum Opfer gefallen? Das Letztere wollte ich nicht glauben, denn wenn es ein Treffpunkt gewesen war, dann nur mit einer ihr bekannten Person. Warum hätte Kerstin ansonsten in diesem Waldstück halten sollen? Und wer war der Vater des Kindes? Ich seufzte.

Das Telefon klingelte und riss mich aus meinen Überlegungen. Erst beim vierten Mal nahm ich den Hörer ab, ohne den Blick von dem Bericht zu nehmen. Volker Versmann von der Spurensicherung war am Apparat.

„Walter?“ Da war ein Erstaunen in der Stimme Versmanns, das mir nicht entging. Die nächste Frage, ob Jill noch nicht im Büro sei, ließ mich schmunzeln.

„Nein, Volker. Aber wahrscheinlich hast du Neuigkeiten, die du mir bestimmt auch mitteilen kannst?“

„Wir haben den Wagen der Toten untersucht“, überging Versmann meine provozierende Frage.

„Und?“

„Im Inneren des Wagens befinden sich verschiedene Fingerabdrücke, einmal die von Frau Wagner, einige, die wir noch nicht zuordnen können, und innen wie außen deutliche Abdrücke von diesem ... wie hieß er noch gleich? Dem Rothaarigen?“

„Edwin. Edwin Berger.“

„Ja, genau. Die können wir wohl ausschließen. Außerdem befanden sich noch ein paar andere deutliche Fingerabdrücke an der Fahrertür und auf dem Dach des Wagens, die sich leider auch nicht zuordnen lassen. In der Kartei sind sie auf jeden Fall nicht vorhanden.“

„Und das teilst du mir am frühen Morgen mit. Auf nüchternen Magen. Meine Begeisterung hält sich in Grenzen, Volker.“

„Das kann ich mir vorstellen. Du solltest aber dein Frühstück nicht vergessen. Du, der absolute Frühstücksmensch.“

„Lass es gut sein, Volker.“
„Die Batterie des Renaults wies keinerlei Funktion mehr auf. Wie du schon richtig vermutet hast, Walter, ist der Wagen wohl mit eingeschaltetem Licht dort abgestellt worden.“
„Laut Ulrichs Bericht, ist der Todeszeitpunkt gegen Mitternacht gewesen. Also stellt sich nur noch die Frage, wie lange das Licht gebrannt hat. Wenn ich mich recht erinnere, dann hat man doch von der Straße her durchaus Einblick in den Forstweg. Dass das niemandem aufgefallen ist, beschäftigt mich. Oder ist die Straße nachts nicht so sehr befahren?“
„Du kennst doch die drei Affen, Walter“, versuchte Versmann zu scherzen. „Nichts sehen, hören, reden. Aber dein Argument ist nicht ganz von der Hand zu weisen. Wir sollten das überprüfen. Hat Ulrich etwas Brauchbares für dich herausgefunden?“
„Ob es brauchbar ist? Frau Wagner war schwanger. Kein Alkohol im Blut. An ihrem linken Arm befanden sich Hämatome. Ansonsten keine weiteren Verletzungen. Das Opfer hat sich laut dem Bericht der Autopsie nicht gewehrt. Keinerlei Kampfspuren.“
„Aber wir haben zwei verschiedene Arten von Fingerabdrücken an der Leiche lokalisiert. Du kannst dir wahrscheinlich denken, von wem einer davon ist.“
„Etwa die von diesem Berger? Hat der einen Schaden?“
„Sieht so aus Walter.“
„Und der andere Fingerabdruck?“
„Das ist im Augenblick noch ein Rätsel“, gab Versmann mir zu verstehen.
„Was ist mit den Fußspuren im Wald?“ Ich vernahm nur ein Schnaufen vom anderen Ende des Hörers.
„Die Forstarbeiter, oder wohl nur einer von ihnen, hat unzählige Spuren hinterlassen. Wenn dort noch andere vorhanden waren, dann wurden sie zerstört ... bis auf einen. Schuhgröße fünfundvierzig. Der Ältere der Forstarbeiter lebt zwar auch auf großem Fuß, nur dass seine Schuhe eine derbe Sohle mit starkem Profil hatten. Bei dem Abdruck, den ich genommen habe, handelt es sich um eine eher glatte Sohle, und es befanden sich ganz feine Reste von einer Art Filz darauf.“
„Das ist doch schon etwas. Aber Filz? Wie kommst du denn darauf, Volker?“
„Es könnte sich um Teppichfasern handeln. Ich bin dabei, diese noch genau zu untersuchen.“
„Gib mir Bescheid, wenn du weitere Informationen für mich hast.“
Ich beendete das Gespräch, als Jill gerade das Büro betrat.
„Der Bericht ist schon da?“ Am Umschlag erkannte sie die Unterlagen der Pathologie und fragte mich, ob daraus neue Erkenntnisse zu ersehen wären. Ich spürte förmlich, wie sie darauf brannte, tätig zu werden.
„Ja, du kannst die Unterlagen gleich selbst durchsehen. Übrigens ... Versmann

war wohl ziemlich enttäuscht, dass ich schon am Telefon war." Ich blickte lächelnd zu Jill, die nur ihre dunklen Augen verdrehte, und ich erzählte ihr von dem Gespräch mit ihm.

Noch ehe ich mich mit Jill über weitere Informationen unterhalten konnte, betrat Frank das gemeinsame Büro und stöhnte über die Wärme, die schon an diesem Morgen herrschte. Zielstrebig ging er zum Ventilator, zog einen Stuhl heran und setzte sich davor.

„Ich bin gestern Abend noch im *Studentengärtchen* gewesen. Das ist eine Art Studentenkneipe in der Nähe der Aegidiistraße." Erstaunt sah ich Frank kurz an und erinnerte mich aber sofort an den Arbeitsnachweis der Kneipe, der unter dem ganzen Papierkram im Wagen von Kerstin Wagner gelegen hatte.

„Die Tote hat dort zeitweise gearbeitet, aber nicht mehr in den letzten vier Wochen", erklärte uns Frank und wischte sich mit seinem Taschentuch über die Stirn. „Der Betreiber der Kneipe hat Kerstin Wagner als eine Topangestellte beschrieben. Sie wäre bei den Gästen durch ihre freundliche Art sehr beliebt gewesen. Vor allem bei den männlichen Besuchern, gab mir der Wirt mit einem Augenzwinkern zu verstehen, denn sie sei einem Flirt nie aus dem Weg gegangen." Frank schmunzelte. „Kerstin Wagner hat das Arbeitsverhältnis vor gut vier Wochen gekündigt, was er sehr bedauert und nicht verstanden hatte."

„Der Zeitraum würde sich mit dem Arbeitsvertrag bei der Firma Frobes decken. Vielleicht war das Angebot lukrativer?", sprach ich meine Gedanken aus. „Und was sagtest du? Frau Wagner war also einem Flirt nicht abgeneigt." Dieser Satz kam mir doch bekannt vor. „Konnte dir der Besitzer sonst noch etwas über die Tote berichten?" Ich dachte an das, was wir von Graber und auch Hunsche gehört hatten, und an das Foto von Kerstin.

„Nichts, was wir bislang nicht auch schon selbst in Erfahrung gebracht hätten. Über private Dinge würde er sich mit seinen Angestellten nicht unterhalten. Dafür wäre auch keine Zeit. Der Wirt hat den Tod seiner ehemaligen Angestellten sehr bestürzt zu Kenntnis genommen."

„Was ist mit ehemaligen Arbeitskollegen?" Jill sah ihren Kollegen Frank lächelnd an. Sie stand noch immer vor meinem Schreibtisch und wartete darauf, dass ich ihr den Autopsiebericht überreichte.

„Ich habe sie befragt. Laut Aussagen der Angestellten, seien sie nur Kolleginnen gewesen. Ich hatte das Gefühl, dass unter den Frauen eine gewisse Rivalität herrschte."

„Wie kommst du zu der Annahme?", fragte Jill ihren Kollegen und sah ihn herausfordernd an.

Frank zog eine Augenbraue in die Höhe. „Sie gaben mir zu verstehen, dass sie weder ein privates noch ein freundschaftliches Verhältnis zu der Toten gehabt hätten."

„Vielleicht hat sich Frau Wagner als etwas Besonderes gefühlt. Da können Frauen schon ganz schön bissig werden", gab Jill schmunzelnd von sich.

„Du musst es ja wissen!" Abschätzig sah Frank seine Kollegin an.

In meinen Augen gehörte Jill Gott sei Dank nicht zu dieser Art Frau, aber das, so vermutete ich, wollte sich mein Kollege nicht eingestehen. Ich räusperte mich und sah abwartend von einem zum anderen, als es an der Tür klopfte.

Es ging auf acht Uhr zu. Eine junge Frau mit langen kupferfarbenen Locken betrat unser Büro, und ich blickte erstaunt auf, während Franks Augen wieder einmal aufleuchteten.

Jill schüttelte unmerklich amüsiert den Kopf und ging mit dem Bericht, den ich ihr überreicht hatte, zu ihrem Schreibtisch. „Du kannst es wirklich nicht lassen", murmelte sie leise in Franks Richtung, der sie ignorierte, aber ich sie wohl verstanden hatte.

„Mein Name ist Kurda. Julia Kurda. Ich sollte mich bei Ihnen melden. Meine Mutter hat mich gestern sofort angerufen. Ich bin ... ich war die beste Freundin von Kerstin. Es tut mir leid, dass ich erst jetzt kommen kann. Ich hatte ein Vorstellungsgespräch für eine Praktikumsstelle in Leverkusen."

„Ja, das hat uns Ihre Mutter schon gesagt. Gut, dass Sie sofort gekommen sind. Wir haben Sie allerdings erst heute Nachmittag erwartet. Setzen Sie sich doch."

Frank sprang sofort vom Stuhl auf und bat Julia, ganz der Gentleman, in der Nähe des Ventilators Platz zunehmen. Er schob ihr den Stuhl zurecht. Erst ein amüsiertes Hüsteln Jills, die von ihrem Schreibtisch aus das Schauspiel betrachtete, ließ ihn in die Wirklichkeit zurückkehren. Mit zusammengezogenen Augenbrauen sah er zu seiner Kollegin.

Ich warf beiden einen verstohlenen, warnenden Blick zu, bevor ich mich der jungen Frau zuwandte. Frank verschränkte die Arme und begab sich zu dem gegenüberliegenden Aktenschrank, blickte fasziniert zu Julia Kurda und ignorierte Jill, die sich ein weiteres Schmunzeln nicht verkneifen konnte.

„Ja, eigentlich wollte ich erst heute wieder zurückkommen, da ich bei einer Tante hätte übernachten können, aber der Anruf meiner Mutter ..."

„Frau Kurda. Sie sind nicht nur die beste Freundin von Frau Wagner gewesen", unterbrach ich die junge Frau. Mich interessierte jetzt weniger, was Julia weiter für den Tag in Leverkusen geplant hatte. Und die Tante interessierte mich ebenfalls nicht. „Sie beide wohnten eine Zeit lang gemeinsam in einer Art Wohngemeinschaft. Ihre Mutter erwähnte so etwas. Dann können Sie uns sicher Näheres über das Leben ihrer Freundin erzählen." Ich blickte ihr direkt in die Augen, die von einem ungewöhnlichen Grün waren, das mich an sattes Moos erinnerte.

„Ja ... wir hatten gemeinsam eine kleine Wohnung, aber seit Herr Wagner, Kerstins Vater, vor einem Jahr verstorben ist, wohnt ... wohnte Kerstin wieder bei ihrer Mutter. Ulla, ich meine, Frau Wagner, bezieht nur eine kleine Rente." Julias

Augen füllten sich mit Tränen. Vergeblich versuchte sie, diese zu unterdrücken, aber es gelang ihr nicht. Ich konnte mir vorstellen, wie schwer es sie traf, dass ihre Freundin nicht mehr lebte. „Ich habe gestern Abend versucht, Ulla anzurufen“, schniefte Julia, „nachdem ich aus Leverkusen zurückkam. Ich konnte sie leider nicht erreichen.“

„Frau Wagner liegt im Krankenhaus. Wir konnten noch nicht mit ihr sprechen. Darum wäre es gut, wenn wir von Ihnen gewisse Details erfahren würden, die uns bei der Aufklärung helfen. Wann haben Sie Ihre Freundin das letzte Mal gesehen?“

„Das war am letzten Samstag. Wir haben uns zufällig mittags in der Stadt getroffen. Kerstin war mit ihrer Mutter auf dem Markt.“

„Wie war das Verhältnis von Ulla Wagner zu ihrer Tochter?“

„Gut. Kerstin liebte ihre Mutter sehr. Aus diesem Grund ist sie ja auch nach dem verhängnisvollen Unfall ihres Vaters wieder bei ihrer Mutter eingezogen. Ulla konnte Kerstin während des Studiums nicht mehr finanziell unterstützen.“

„Dann ist Ihre Freundin also mehr oder weniger wieder bei der Mutter eingezogen, weil sie die Miete nicht mehr bezahlen konnte?“

„Ja“, gab Julia kleinlaut von sich. „Unsere Wohnung bedeutete Kerstin schon sehr viel. Aber das heißt nicht, dass sie kein gutes Verhältnis zu ihrer Mutter hatte.“

Ich hörte aus ihren Worten einen fast trotzigen Unterton heraus, ließ mir Frau Kurdas Worte durch den Kopf gehen und überdachte die Situation. Lag ich mit meiner Vermutung richtig, dass es für Kerstin Wagner einfach nur Freiheit bedeutete? Wenn ja, dann musste es sie schwer getroffen haben, die gemeinsame kleine Wohnung aufzugeben. Wieder mit der Mutter zusammenzuwohnen, die ein kritisches Auge auf die Tochter warf.

„Und Sie waren die beste Freundin von Kerstin Wagner?“

„Ja!“ Julia öffnete mit zitternden Händen ihre aus braunem Bast gearbeitete Umhängetasche und suchte vergebens nach einem Taschentuch. Jill kam hinter ihrem Schreibtisch hervor und reichte ihr eine Packung. Frau Kurda blickte Jill mit Tränen in den Augen an und bedankte sich.

„Es gibt so einige Ungereimtheiten im Leben Ihrer Freundin, die wir gerne geklärt hätten, und vielleicht können Sie uns diese beantworten. Frau Wagner hatte zum ersten August einen Arbeitsvertrag bei der Firma Frobes. Wie wir erfuhren, ist sie zu dem angegebenen Termin nicht erschienen. Wissen Sie, warum Frau Wagner ihre Stelle nicht angetreten hat?“

„Kerstin hat darüber gesprochen. Ja. Sie hat ... angedeutet, dass sich alles um ... ein paar Wochen verschieben würde. Etwas anderes kann ich Ihnen nicht sagen. Vielleicht kennt Kerstins Mutter die Gründe?“

„Leider konnten wir sie noch nicht dazu befragen. Also, was könnte sie für

Gründe gehabt haben? Wie uns der Personalchef zu verstehen gab, werden in der Firma hauptsächlich Jobs während der Semesterferien vergeben. Wenn sich alles um Wochen verschoben hätte ...“

„Ich habe keine Ahnung.“

„Hatte Ihre Freundin eine feste Beziehung?“ Ich präsentierte die nächste Frage und riss Julia aus ihren Gedanken, die ich zu gerne gekannt hätte. Erschrocken fuhr sie zusammen und sah mich niedergeschlagen an.

„Nein. Kerstin hatte keine Beziehung.“

„Sind Sie sich da sicher? Frau Wagner war in der zehnten Woche schwanger. Wir ...“

„Was? … das kann nicht sein! Das hätte Kerstin mir bestimmt erzählt“, fiel sie mir ins Wort. Julia schien so schockiert von dieser Neuigkeit, dass sie mich mit weit aufgerissenen Augen und offenem Mund anstarrte. Hinter ihrer Stirn arbeitete es. Das konnte ich deutlich erkennen.

„Und doch ist es so. Wir wüssten gerne, mit wem sie eine Beziehung oder auch nur eine Affäre hatte.“ Ungläubig sah Julia mich an und schüttelte den Kopf. Ich ließ sie nicht einen Augenblick aus den Augen und hätte wirklich gerne an ihren Gedanken teilgenommen.

Was verbirgt sie vor uns?, fragte ich mich.

Als ich Frau Kurda erneut auf eventuelle Männerbekanntschaften ihrer Freundin ansprach, schwieg sie beharrlich. Wollte sie keine Vermutungen aussprechen? Niemanden verdächtigen, oder tat sie alle meine Ideen nur als Spinnerei ab? Ich fragte mich weiter, ob Julia wirklich von dem, was sich im Leben ihrer vermeintlich besten Freundin zugetragen hatte, eine Ahnung hatte. Nervös strich die junge Frau sich ständig mit den Fingern über ihren langen bunten Sommerrock, der mich an die Siebzigerjahre erinnerte und wohl, so vermutete ich, vom Flohmarkt stammte. Ich blickte zu Jill, die mit ihren kurzen schwarzen Haaren, den engen Jeans und der dazu passenden Weste einen ganz anderen Typ verkörperte.

„Frau Kurda, ich möchte Ihnen nicht zu nahetreten, aber das Vertrauen Ihrer Freundin war wohl nicht so groß, … wenn sie weder über die Schwangerschaft noch über den Grund der Verschiebung des Arbeitsvertrags ein Wort Ihnen gegenüber verlauten ließ.“ Ich blickte Julia direkt an und wartete auf eine plausible, ehrliche Antwort.

„Ich habe wirklich keine Ahnung. Mir kommt das auch seltsam vor. Wir beide haben uns immer alles erzählt. Warum Kerstin hier ein Geheimnis gemacht hat?“ Julia zuckte wiederholt mit der Schulter. „Es macht mich nicht nur traurig, sondern ich empfinde auch eine gewisse Portion Wut. Wir waren uns immer einig gewesen, ehrlich miteinander umzugehen. Ich weiß wirklich nicht, warum meine Freundin mir all das verschwiegen hat.“

Dieses ehrliche Bekenntnis von Julia erschütterte mich.
„Ihre Freundin hat neben dem Studium gearbeitet?
„Ja. Kerstin war sich für keine Arbeit zu schade."
„Wie sollen wir das verstehen?" Ich lehnte mich in meinem Stuhl zurück und schlug die Beine übereinander. Verschränkte die Arme vor der Brust.
„Kerstins Mutter bekommt nur eine kleine Rente und Kerstin war fest entschlossen, ihr Studium schnell zu beenden. Sie hatte Pläne, die sie nicht aufzugeben gedachte."
„Darf ich fragen, was für Pläne?"
„Kerstins Traum war es, in der Forschung tätig zu sein."
Ja, dachte ich, das hat auch schon Klaus Graber von sich gegeben. „Interessant. Dann war das Studium für Frau Wagner offensichtlich sehr wichtig."
„Ja, das war es. Wir hatten einen gemeinsamen Traum, den wir beide verwirklichen wollten. Eigentlich … hatten Kerstin und ich gestern zusammen ein Vorstellungsgespräch in Leverkusen. Aber sie hat den Termin abgesagt."
„Hat Frau Wagner Ihnen für die Absage einen Grund genannt?"
„Nicht direkt. Kerstin gab mir nur zu verstehen, dass sie sich zu einem späteren Zeitpunkt um eine Praktikantenstelle bewerben würde. Die freien Stellen für die nächsten Semesterferien werden aber jetzt schon besetzt. Ich habe versucht, Kerstin zu überreden, aber sie blieb bei ihrem Standpunkt."
„Sie hatten also vor, gemeinsam in die Forschung zu gehen?"
„Ja. Aber vielleicht hatte ich auch nur diesen Wunsch." Deprimiert sah sie mich bei ihren Worten an.
„Und wie soll ich das verstehen, Frau Kurda?"
„Wenn ich Ihren Worten Glauben schenke, dann sieht die Wirklichkeit ja wohl anders aus. Ich frage mich, ob ich meine Freundin wirklich gekannt habe? Warum hat Kerstin nicht ehrlich mit mir über ihre Pläne gesprochen … oder über ihre Probleme, die sie angeblich hatte?"
„Die Fragen kann ich Ihnen leider nicht beantworten, Frau Kurda. Das entzieht sich meiner Kenntnis", ließ ich verlauten. „Es gibt aber noch weitere Details, auf die ich gerne eine Antwort hätte. Wir haben im Auto von Frau Wagner einen Arbeitsnachweis vom *Studentengärtchen* gefunden. Dort hat sie aber schon vor vier Wochen gekündigt."
Die Arbeitsbescheinigung war laut Datum im Mai ausgestellt worden, und ich fragte mich erneut, ob Kerstin Wagner diese wirklich so lange in ihrem Auto spazieren gefahren hatte? Aber es passte ins Bild, das wir uns, was die Ordnung der jungen Frau betraf, bislang machen konnten.
„War das die einzige Arbeitsstelle Ihrer Freundin?"
„Nein. Kerstin war auch im *Farbklecks* beschäftigt."
Ich betrachtete Frau Kurda eingehend. Wie unterschiedlich doch die beiden

Frauen waren und blickte zu den Fotos hinter mir, die Jill an die Wand geheftet hatte, kurz bevor die junge Frau unser Kommissariat betrat.

Julia folgte meinem Blick und hielt entsetzt den Atem an, als sie die verzerrten Gesichtszüge ihrer Freundin sah.

„Hat sich Ihre Freundin immer so, sagen wir mal, aufreizend angezogen? Wie hier auf dem Foto? Und so geschminkt?“

„Ja. Wenn wir in eine Disko gingen. Und was die Kleidung betrifft? Das war Kerstin. Sie konnte es sich ja auch leisten.“ Verstohlen blickte sie an sich herunter.

Frank ging vom Aktenschrank in Richtung Fenster, drehte sich um und sah Julia von der anderen Seite aus weiter fasziniert an.

„Dass Kerstin im *Studentengärtchen* nicht mehr beschäftigt ist, wusste ich nicht“, gab sie unumwunden zu und blickte Frank mit geröteten Augen an, der die junge Frau wahrscheinlich liebend gerne tröstend in seine Arme geschlossen hätte.

„Hat Ihre Freundin am Einundzwanzigsten in diesem *Farbklecks* gearbeitet?“, lenkte ich die Aufmerksamkeit wieder in meine Richtung.

Frank warf Jill einen Blick zu, die dem Gespräch interessiert lauschte. Ihr Kinn ruhte abgestützt in ihrer rechten Hand.

„Ich weiß es nicht.“

„Hatte Ihre Freundin ..., ich will es einmal etwas krass ausdrücken, einen lockeren Lebensstil? Gab es viele Männerbekanntschaften?“ An Julias Gesichtsausdruck konnte ich erkennen, dass ihr dieses Thema unangenehm war. „Frau Kurda. Wir suchen den Mörder Ihrer Freundin und wären Ihnen dankbar, wenn Sie uns helfen würden.“ Ich blickte Julia freundlich, aber bestimmt an und hätte was darum gegeben, endlich die Wahrheit zu erfahren. „Hatte Ihre Freundin diverse Männerbekanntschaften?“

„Ich weiß es doch nicht“, seufzte Julia und sah auf ihre Hände. Erneut flossen Tränen, die sie nicht zu unterdrücken vermochte.

Eine Pause entstand. Ich blickte einmal in die Runde.

„Ich komme noch einmal auf den Arbeitsvertrag zu sprechen. Hat sich Ihre Freundin selbst um die Arbeitsstelle bei Frobes beworben?“

„Nein. Die hat ihr glaube ich Martin Frobes angeboten.“

Nicht nur Julias Gesichtsausdruck sprach Bände. Sie kniff ihre Lippen fest zusammen. Ihre linke Hand ballte sie zu einer Faust und ich dachte nur: Bingo! Das war ein Volltreffer.

„Ihre Freundin kannte also den Sohn der Frobes näher? Wie nah?“

„Sie waren vor langer Zeit einmal befreundet.“

„Nur befreundet? Oder führten sie eine Beziehung?“ Julia zuckte nur mit den Schultern. In ihrem Gesicht konnte ich lesen, dass sie sich lieber weit von uns entfernt hätte.

„Sind Sie sicher, Frau Kurda, dass Sie gute Freundinnen waren?“ Ich konnte mir diese Frage nicht verkneifen. „War die Beziehung der beiden freundschaftlicher Natur, eher eine Affäre, oder eine feste Beziehung?“

„Ja, Kerstin hatte ein Verhältnis mit Martin Frobes. Aber es ist schon fast ein Jahr her. Ganz bestimmt“, erklärte sie mit Nachdruck, als sie den Blick von mir auffing.

„Könnte Ihre Freundin von Martin Frobes schwanger sein?“

„Keine Ahnung. Ich weiß nicht, ob Kerstin die Beziehung mit Martin wieder aufgefrischt hat. Ich weiß überhaupt nicht mehr, was ich glauben soll.“ Ziemlich gereizt kamen plötzlich die Worte über ihre Lippen. Womöglich war sie auch wütend über sich selbst, dass sie in meine Falle getappt war. Und wohl missmutig über Kerstins Unehrlichkeit ihr gegenüber, vermutete ich.

„Ich möchte wirklich ehrlich zu Ihnen sein, aber es fällt mir unendlich schwer, … ich habe … Die ganze Sache mit dem Arbeitsvertrag ist in meinen Augen nur ein Witz, und das habe ich Kerstin auch vor ein paar Wochen zu verstehen gegeben, woraufhin es zwischen uns einen heftigen Streit gab. Sie stellte mich als Moralapostel hin. Ich … habe mir dann gesagt, … dass es ausschließlich Kerstins Entscheidung ist und wollte mich mit ihr aussprechen. Doch sie gab mir keine Chance dazu. Letzten Samstag … traf ich sie zufällig in Begleitung ihrer Mutter auf dem Markt. Es war das erste Mal nach der hässlichen Auseinandersetzung und ich hoffte, mich mit ihr versöhnen zu können. Aber auch Ulla, ich meine Frau Wagner, konnte mir nicht helfen. Kerstin war zu keinem klärenden Gespräch bereit. Das alles habe ich mit meinen eher besorgten Worten nicht gewollt. Und jetzt ...“ Die Worte sprudelten plötzlich wie von selbst aus ihrem Mund.

Weinend saß Julia vor meinem Schreibtisch, und ich konnte mir vorstellen, wie ihr zumute war. Diese Endgültigkeit. Es war so entmutigend. Von jetzt auf gleich – alles vorbei.

„Wenn ich es richtig betrachte“, hörte ich Jill, „dann waren Sie eine wirkliche Freundin für Frau Wagner. Hat Frau Wagner Ihre Freundschaft ausgenutzt?“

„Ich weiß nicht mehr, was ich denken und glauben soll. Ja, ich wäre für Kerstin immer da gewesen. Selbst, wenn sie schwanger war. Wir hätten eine Lösung gefunden. Dieser unsinnige Tod, die Heimlichkeiten, das mangelnde Vertrauen. Es scheint mir gerade so, als würden Sie mir plötzlich einen Spiegel vor Augen halten, der mir den wahren Charakter von Kerstin zeigt.“ Niedergeschlagen saß sie auf dem Stuhl und blickte auf ihre Hände, die zitterten.

„Wir danken Ihnen für Ihre Hilfe, Frau Kurda. Wir werden bestimmt noch einmal auf Sie zurückkommen, wenn noch Fragen offen sind.“ Ich reichte ihr die Hand und wusste mit Bestimmtheit, dass es nicht das letzte Mal war, dass ich mich mit ihr unterhalten würde.

Ich stand mit Frank und Jill gemeinsam am Fenster, und wir blickten auf die Straße hinunter und sahen, wie Julia Kurda eilig das Präsidium verließ, die Straßenseite wechselte und ihr Handy ans Ohr hielt. Ihr langer bunter Rock wehte um ihre Beine.

„In der Haut von Frau Kurda möchte ich nicht stecken." Jill wandte sich vom Fenster ab und ließ sich hinter ihrem Schreibtisch nieder. „Obwohl ich Julia sehr attraktiv finde, verblasst die natürliche Schönheit neben Kerstin Wagner. Die junge Frau hat überhaupt kein Selbstwertgefühl."

„Ja, das denke ich auch. Entweder hat sie uns aus Freundschaft zu der Toten nicht alles erzählt, oder aber sie hat wirklich über Vieles keine Kenntnis." Ich blickte zu Jill, die mir zunickte.

„Zufällig kenne ich das *Farbklecks"*, ließ Frank vernehmen und schmunzelte. „Ich war nur einmal dort, als ich mit Freunden das Stadtfest besuchte und wir auf ein letztes Bier dort gelandet sind. Mir persönlich war das Publikum zu jung, aber die Bedienung war einfach spitze. Leider habe ich Kerstin Wagner dort nicht angetroffen." Wahrscheinlich hatte mein Kollege noch nachts von langbeinigen Frauen in aufreizender Kleidung, die die Gäste bedienten und den Herren herrliche Einblicke boten, geträumt. Zuzutrauen war es ihm auf jeden Fall. Aus seinen Worten vernahm ich ein großes Versäumnis."

Ich sah endlich die Gelegenheit, Frank und Jill, die mehr im Büro mit Recherchen und Bearbeitung der Akten beschäftigt war, als Team tätig werden zu lassen. Seit einiger Zeit hatte ich bemerkt, dass eine gewisse Rivalität zwischen beiden bestand, die allerdings mehr von meinem Kollegen Frank ausging, dem ich auf den Kopf hätte zusagen können, dass er eifersüchtig auf Jills Tatendrang war. Aber wie ich ihn kannte, hätte er das abgestritten und mich für verrückt erklärt.

Bei Jill hatte ich immer das Gefühl, dass Frank ihr nicht ganz unsympathisch war, der allerdings im Allgemeinen im Präsidium als Schürzenjäger bekannt war, was sie wohl wiederum abschrecken dürfte.

„Frank und du, Jill, ihr beide fahrt jetzt direkt zu Martin Frobes. Er wird euch Einiges erklären müssen", gab ich meine spontane Überlegung zum Ausdruck. „Ich hatte von Anfang an das Gefühl, dass hinter der Geschichte mit dem Arbeitsvertrag mehr steckt. Und im Anschluss stattet ihr diesem *Farbklecks* einen Besuch ab. Wenn das schon geöffnet hat. Ansonsten wird es Überstunden geben. Ich möchte, dass ihr euch gemeinsam dort ein wenig umschaut und Fragen stellt. Es wird Zeit, dass der Fall ins Rollen kommt."

„Wenn wir schon zu Frobes fahren, dann sollten wir auf jeden Fall noch einmal den Personalchef aufsuchen. Zum einen hat er doch erzählt, dass Kerstin sich selbst um die Stelle beworben hat. Das sind ziemlich widersprüchliche Aussagen, wenn man bedenkt, was Frau Kurda eben erzählt hat."

„Ja. Das ist richtig, Jill." Ich zwinkerte ihr heimlich zu und sah aus den Augenwinkeln, wie Frank bei meinen Worten die Augen zur Decke rollte. Was er jetzt dachte, wollte ich lieber nicht wissen.

***

Britta Langner, zweiunddreißig Jahre alt und bis vor einem Vierteljahr überzeugter Single, arbeitete als Reisekauffrau in dem Unternehmen Tramer & Tramer. Es war eine interessante Kombination ihrer Tätigkeit: Für Herbert Tramer verkaufte sie im Reisebüro den Urlaubssuchenden optimale Reisen, während sie für Werner Tramer Hotelanlagen in Urlaubsregionen testete, die er neu mit in sein Reiseunternehmen aufzunehmen gedachte. Brittas sprachliche Begabung kam ihr zugute – sie konnte vier Sprachen fließend – hatte dadurch schon fast den ganzen Erdball erkundet und liebte ihr Leben. Selbstbewusst und mit einem Gespür für die Belange der Menschen meisterte sie bis vor Kurzem ihr Dasein.

Kurz vor halb eins, am dreiundzwanzigsten August, verließ Britta lächelnd das Reisebüro. Sie wandte sich noch einmal ihrem Chef zu, der ihr einen schönen Kurzurlaub wünschte, ehe sie die Tür hinter sich schloss. Dankbar für die zwei zusätzlichen Urlaubstage, die ihr verständnisvoller Chef ihr genehmigt hatte, schritt sie die Salzstraße entlang und dachte an Heiner Beckert, den sie gleich treffen würde.

Wie sehr hatte sich ihr Leben verändert, seit sie Heiner und seinen fünfjährigen Sohn Paul in einem kleinen Ort an der Nordsee kennengelernt hatte. Bis zu diesem Zeitpunkt hatte sie nicht viel von Treueschwüren vor dem Altar und dem ganzen Brimborium gehalten. Aber Heiner hatte ihre Lebensphilosophie heftig durcheinandergewirbelt. Dabei war es Paul gewesen, in den sie sich als Erstes verliebt hatte. Der Fünfjährige hatte sie in dem urigen Fischrestaurant des kleinen Fischerdorfes sofort an Michel von Lönneberga erinnert und sie mit seinem schelmischen Lächeln magisch angezogen. Erst dann war ihr der große blonde Hüne aufgefallen, der den Kleinen an der Hand fasste und nach einem freien Platz Ausschau hielt.

Sie freute sich auf die zwei Urlaubstage mit ihrem neuen Freund und dessen kleinem Sohn. Dass Heiner Beckert nur ein paar Kilometer von ihr entfernt in Handorf wohnte, empfand sie, als sie es erfuhr, als reinen Glücksfall. Dadurch konnten sie sich treffen, wann immer ihnen danach zumute war und waren nicht auf eine Wochenendbeziehung angewiesen. Es hatte wohl alles so sein müssen, dass sie an einem begehrten Ferienort weilte, um ein Hotel zu testen und – nebenbei auch noch die Liebe ihres Lebens traf.

Bislang hatte ihr Chef ihr öfter mal ein paar zusätzliche Urlaubstage genehmigt, die sie sich bei ihrem Arbeitsurlaub gönnte, wie sie es selbst oft scherzhaft nannte. Aber das kam jetzt für sie nicht mehr infrage. Sie hatte kein Bedürfnis mehr, länger als nötig von Münster fernzubleiben.

Eine halbe Stunde habe ich noch Zeit, dachte Britta, als sie auf ihre Uhr sah und spontan ein Geschäft an der Salzstraße betrat, um für Paul noch schnell ein kleines Geschenk zu kaufen. Zu dem Café, das sie zur Mittagszeit als Treffpunkt gewählt hatten, waren es nur ein paar Schritte.

Mit dem liebevoll eingewickelten Geschenk in der Hand, schritt Britta auf den freien Tisch zu und setzte sich unter einen der großen Sonnenschirme. Hier im Schatten war es wesentlich angenehmer, fand sie und blickte bedauernd zu einer Reisegruppe, die vor der St. Lamberti in der prallen Sonne stand und wohl auf eine Führung in der imposanten Kirche wartete. Die Geschichte des Gotteshauses, das im Jahre Tausend zum ersten Mal schriftlich erwähnt wurde, hatte sie selbst bei einer Führung vor längerer Zeit fasziniert.

Die braunen Augen hinter der Sonnenbrille verborgen, ließ Britta ihren Blick über die anderen sommerlich bekleideten Gäste schweifen, die kühle Getränke oder auch Eisbecher vor sich stehen hatten. Magisch angezogen, blieben ihre Augen plötzlich an der Schlagzeile in einer Zeitung hängen, die ein Mann, zwei Tische entfernt von ihr, ausgebreitet vor sich hielt.

Entsetzt starrte sie auf das Foto, das sie an eine Bekannte erinnerte. Sie kniff angestrengt die Augen hinter ihrer Sonnenbrille zusammen und versuchte das Geschriebene der Zeitung zu entziffern. Trotz des Ärgers, den sie verspürte, wenn sie an Jennifer dachte, atmete Britta erleichtert auf, als sie den Namen der Toten entzifferte. Es bestand zwar eine große Ähnlichkeit, aber es war nicht Jennifer.

Der Mann senkte die Zeitung, und für einen kurzen Moment ruhten ihre Blicke hinter den dunklen Brillen aufeinander. In Gedanken noch bei ihrer Bekannten, sah sie ihn abschätzig an und zeigte sich wenig beeindruckt von der Ausstrahlung des Mannes. Für Männer mit langen Haaren oder solche, die, wie ihr Gegenüber, die Haarpracht zu einem Pferdeschwanz trugen, hatte sie nicht viel übrig. Zudem sah er ihr zu gut aus, wie aus einem Modejournal entstiegen, dachte sie. Seine markanten, maskulinen Gesichtszüge und die gebräunte Haut erinnerten sie an einen Südländer.

Sie taxierte ihn – verborgen hinter ihrer Sonnenbrille. Er langte nach seinem Glas Mineralwasser und führte es zum Mund. Ihr Blick blieb länger als nötig an seinen langen, schmalen Fingern hängen, die sie so ausgeprägt noch nie bei einem Mann gesehen hatte.

Gesehen und schon wieder der Vergangenheit angehörend, ahnten beide nicht, welche dramatischen Geschehnisse ihr Leben miteinander verknüpfen würden. Die Weichen waren gestellt.

Augenblicklich wanderten Brittas Gedanken zu Jennifer zurück. Sie nahm sich vor, sobald sie in der kommenden Woche von Rhodos zurückgekehrt war, ein ernstes Wort mit ihr zu sprechen. Das, was sich ihre Bekannte erlaubt hatte, ging einfach zu weit. Dieses Spiel würde sie nicht mehr mitmachen und endgültig einen Schlussstrich unter die für sie belastende Bekanntschaft ziehen.

Britta erschrak, als sie eine Hand auf ihrer Schulter spürte. Augenblicklich war der Artikel in der Zeitung vergessen, der Ärger mit Jennifer gehörte der Vergangenheit an. Ein Strahlen ging über ihre zarten Gesichtszüge, als sie Heiner erblickte. Er beugte sich zu ihr herab und hauchte seiner Freundin einen Kuss auf die Stirn, strich ihr zärtlich über die Wange und legte ihr eine rote Rose auf den Schoß.

Der Mann an dem Tisch sah über seine Zeitung hinweg zu dem Paar. In seiner Fantasie malte er sich aus, wie die Frau mit langen, blonden Haaren aussehen würde. Sie hätte das Gesicht dafür, fand er und studierte heimlich ihre Gesichtszüge, wanderte an den hohen Wangenknochen entlang zu ihren großen Augen, die er jetzt ohne ihre Brille erkennen konnte. Er betrachtete weiter ihren sinnlichen Mund, der so bezaubernd lächeln konnte und blieb an den vollen Lippen hängen. Trotz allem war sie nicht sein Typ. Er blätterte die Zeitung um und konzentrierte sich wieder auf das Foto der Toten. Diese Frau kannte er.

„Du kommst allein? Wo ist Paul?“ Enttäuscht sah sie sich um.

„Paul ist bei seiner Mutter. Meine Ex-Frau hat sich vorgenommen, mir im Augenblick wieder reichlich Probleme zu bereiten.“ Heiner seufzte und ließ sich neben Britta nieder. Er nahm ihre Hand in die seine und erzählte ihr, was er vor einer Stunde in Telgte, in dem Einfamilienhaus, was er seiner geschiedenen Frau überlassen hatte, erlebt hatte. Er berichtete, dass Paul total verstört gewesen wäre und bitterlich geweint hätte, da sein Vater ohne ihn wieder fahren musste. „Dabei hat Paul sich so auf dich gefreut. Er hat mir ganz stolz erzählt, dass er sogar selbst seinen kleinen Koffer gepackt hat. Hier, dieses Bild soll ich dir auf jeden Fall von ihm geben.“ Heiner reichte seiner Freundin ein aufgerolltes Blatt – sie entfernte das Band und wickelte es auseinander. Fast wären ihr die Tränen gekommen, als sie das von Paul gemalte Bild betrachtete. Obwohl er erst fünf Jahre alt war, konnte Britta klar erkennen, dass er den ersten gemeinsam verbrachten Tag, am Strand an der Nordsee, zu Papier gebracht hatte.

„Es hat ihm sehr gut gefallen, nicht wahr?“

„Ja, Britta. Und da liegt das Problem. Meine Ex ist eifersüchtig. Eifersüchtig auf die Frau, für die ich mich entschieden habe.“ Dabei sah er sie liebevoll an. „Und Paul fühlt wohl ebenso wie sein Vater“, schmunzelte Heiner. „Ich bin jetzt seit drei Jahren geschieden, und es gab keinerlei Probleme. Bislang war es ihr immer total egal, wie oft Paul bei mir war. Hauptsache Brigitte hatte ihre Ruhe. Ich habe am Montag einen Termin bei meinem Rechtsanwalt. So geht es nicht weiter. Paul darf nicht darunter leiden. Er ist noch zu jung, um das ganze Drama zu begreifen, und außerdem liebe ich ihn sehr.“

„Paul ist mit seinen fünf Jahren ein sehr intelligenter Junge, Heiner. Glaube mir, dein Sohn wird dich verstehen. Dir sind im Augenblick die Hände gebunden, aber wir werden einen Ausweg finden.“ Hatte sie wirklich *wir* gesagt? Britta musste über ihre Worte schmunzeln. Ja, sie konnte sich das seit einiger Zeit sehr gut vorstellen. Mit Paul, das wusste sie, würde sie sich hervorragend verstehen, und in Heiner, diesem großen, sportlichen Hünen, der trotz der ersten kleinen Fältchen unter den Augen jünger als achtunddreißig wirkte, hatte sie einen Seelenpartner gefunden. Britta strich liebevoll und mitfühlend über seine Wange. Er nahm ihre Finger und hauchte einen Kuss darauf.

Ihn hatte es ebenfalls schwer erwischt und das, obwohl er sich nach der Scheidung weitgehend vom weiblichen Geschlecht fernhalten wollte.

***

Zur gleichen Zeit betraten Frank und Jill das Vorzimmer zu Frobes Büro. Waren beide der Meinung, sofort mit dem Herrn sprechen zu können, wurden sie eines Besseren belehrt. Frank empfand es als große Frechheit, dass Frobes ihn, den Kommissar, in die Schranken wies. Minute um Minute verstrich.

Solange kann ein Telefongespräch nicht dauern, dachte Frank sichtlich gereizt und ging vor dem Schreibtisch der Vorzimmerdame auf und ab. Abwarten war noch nie seine Stärke gewesen.

„Wie lange gedenkt Herr Frobes noch zu telefonieren?“ Die Sekretärin zuckte mit den Schultern und schenkte Frank ein bezauberndes Lächeln. Bemächtigte ihn eben noch der Wunsch, einfach ins Büro zu stürmen und auf die vielen Fragen, die ihn beschäftigten, eine Antwort zu erhalten, so empfand er es plötzlich gar nicht mehr so dramatisch dort zu warten. Was ein Lächeln doch bei ihm bewirken konnte.

Merklich irritiert blickte Jill zu ihrem Kollegen. Sie hatte gegenüber der Tür zu Frobes Büro Stellung bezogen und blätterte gelangweilt in einem aus Hochglanzpapier gestalteten Katalog, der die neusten Möbelkreationen präsentierte. Sie blickte auf ihre Armbanduhr.

Frobes Sekretärin erhob sich hinter ihrem Schreibtisch und ging auf ihren hohen grauen Pumps mit gekonntem Hüftschwung an Frank vorbei. Jill entging nicht, wie der Kollege die junge Frau mit seinen traumhaft schönen Augen taxierte. Sein Blick wanderte an den langen, wohlgeformten Beinen hinauf und blieb an der beträchtlichen Oberweite, die unter einer hellgrau dezent gemusterten Bluse deutlich zu erkennen war, hängen. Der enge, kurze schwarze Rock betonte die überaus schlanke Figur.

Amüsiert stellte Jill wieder einmal fest, wie beeindruckt und fasziniert Männer doch von Frauen waren, die lange Haare hatten und noch längere Beine, die unter kurzen Röcken zutage kamen – und wenn dazu noch ein wahnsinnig großer Busen kam ...Sie sah verstohlen an sich herab. Sie war weder mit der Eleganz der Frau vor ihr, noch mit langen Haaren und Beinen, geschweige denn viel Busen gesegnet. Dafür liebte sie ihre engen Jeans, in denen sie sich wohlfühlte, und die flachen Ballerinas im Sommer sowie die bequemen Stiefelletten im Winter, die immer farblich zu ihren Oberteilen abgestimmt waren. Nie würde sie mit den hohen Schuhen, die so unbequem wirkten – nur vom Zusehen schmerzten schon die Füße –, tauschen wollen.

Jill war mit einer großen Portion Selbstbewusstsein ausgestattet, sodass selbst ihre Größe von nur einem Meter achtundfünfzig wenig daran ändern konnte. Ihr Körper hatte andere Vorzüge: Er war gut durchtrainiert, und niemand hätte vermutet, dass in ihr, trotz des zierlichen Körperbaus, ein wahres Kraftbündel steckte.

Meine Stärken liegen eben woanders verborgen, dachte Jill, und konnte sich ein offensichtliches Grinsen nicht verkneifen, als sie Frank heimlich über die Seiten des Buches beobachtete. Wenn ihr Kollege nur nach den Äußerlichkeiten einer Frau seinen Maßstab setzte, dann würde sie nie bei ihm eine Chance bekommen. Sie nahm sich vor, das Kapitel Frank endgültig zu den Akten zu legen. Sie erkannte nur ein Problem darin – sie sah ihn jeden Tag im Büro.

„Kennen Sie eigentlich Frau Wagner?“, fragte Jill nebenbei Frobes Sekretärin und blätterte weiter unbeteiligt in dem Katalog der Firma.

Die Sekretärin stand mit dem Rücken zu Jill, sodass diese nicht den Wechsel der Gesichtsfarbe der Frau bemerkte. Natürlich kannte sie diese Wagner, dachte sie abfällig – die Tote aus der Zeitung, die hier im Büro erschienen war. Verdammt eilig hatte sie es gehabt, sie einfach zur Seite gedrängt, was sie als reine Unverschämtheit angesehen hatte, und war in das Büro ihres Chefs gestürmt. Was hinter der Tür vor sich gegangen war, davon hatte sie allerdings keine Kenntnis.

Über die späte Antwort – dieses lang gezogene „Neeein“ der Sekretärin – erlaubte sich Jill ihre eigenen Gedanken.

Schwungvoll öffnete Frobes die Tür seines Büros, blickte die Kommissare abschätzig an und ließ sie eintreten. Ein letzter Blickkontakt mit seiner Sekretärin und geräuschvoll schloss er die Tür.

Jill musterte den Mann unverhohlen, der elegant in einem dunkelblauen Anzug von Armani, dem passenden bläulichen Hemd und der dezenten dunkelblau gestreiften Krawatte gekleidet, hinter seinem Schreibtisch stehen blieb und keinerlei Veranlassung sah, den beiden Kommissaren Platz anzubieten.

„Was führt Sie zu mir?“ Arrogant blickte er von einem zum anderen.

Ohne Aufforderung von Seiten Frobes, nahmen sie demonstrativ auf den Stühlen vor dem Schreibtisch Platz. Frank bemerkte Jills Blick, wie sie Frobes mit ihren Augen Paroli bot, aber nicht zuordnen konnte, was er von dieser Dreistigkeit halten sollte. Schließlich nahm auch Frobes hinter seinem Schreibtisch Platz.

Es genügte ein kurzer Blickwechsel zwischen Frank und Jill. Ihre Gedanken gingen in eine Richtung und kamen ohne Worte zum gleichen Resultat, was zwischen ihnen erstaunlich war.

Auf dem schwarzen Teppich waren keine Staubflocken zu entdecken – der gläserne Schreibtisch blitzte vor Sauberkeit –, kein Fingerabdruck war darauf zu erkennen, und die Stühle, auf denen sie saßen, waren unbequem.

Jill taxierte Frobes. In seinen stahlblauen Augen bemerkte sie eine Kälte, die ihr eine leichte Gänsehaut bescherte. Ihr wurde bewusst, dass sie einen knallharten Geschäftsmann, vom akkuraten Schnitt der dunkelblonden Haare bis zur Sohle seiner glänzend polierten schwarzen Schuhe, die sie bei ihrer Musterung durch die gläserne Schreibtischplatte erkannte, vor sich hatten. Der Mann war ihr vom ersten Moment an mehr als unsympathisch.

„Es geht um den Mordfall Kerstin Wagner. Sie kannten ja die junge Frau. Wann haben Sie Frau Wagner das letzte Mal gesehen, Herr Frobes?“, eröffnete Frank das Gespräch.

Frobes öffnete einen Knopf seiner Anzugjacke und schlug elegant ein Bein über das andere.

„Ich kenne keine Kerstin Wagner“, gab er mehr als erstaunt von sich. „Wer soll das sein?“ Mit hochgezogenen Brauen sah er abwechselnd zu den Kommissaren.

Du arroganter Pinsel, dachte Frank und änderte seine Sitzposition.

„Wir fanden im Wagen von Kerstin Wagner einen Arbeitsvertrag Ihrer Firma. Sie haben doch bestimmt von dem Mord an der Studentin in der Tageszeitung gelesen, Herr Frobes.“

„Nein. Es tut mir leid, Sie enttäuschen zu müssen. Ich habe keine Ahnung, wovon Sie sprechen.“

„Haben Sie keine Ahnung vom Tod der Studentin, oder meinen Sie den Arbeitsvertrag, Herr Frobes?“

Irritiert blickte Frobes Frank an.

„Wenn es sich um einen Arbeitsvertrag handelt, dann werden Sie sich bei unserem Personalchef erkundigen müssen.“ In Frobes Stimme war ein drohender Unterton nicht zu überhören. „Unser Personalchef, Herr Hunsche, kümmert sich um die jeweiligen Einstellungen, die wir ...“ Er beendete den Satz nicht, denn das Telefon klingelte. „Ja, sagen Sie Herrn Petrelli, dass ich sofort komme, und begleiten Sie ihn in den Konferenzraum“, hörten sie Frobes Anweisungen. Er legte auf und wandte sich wieder den beiden Ermittlern zu. „Meine Zeit ist leider begrenzt. Ich habe einen weiteren Termin. Die Pflicht ruft.“ Damit schob er seinen Stuhl zurück und machte Anstalten aufzustehen, als Frank ihn deutlich in seine Schranken wies.

„Herr Frobes. Wir sind noch nicht fertig mit unserer Befragung. Wenn es Ihnen allerdings lieber ist, können Sie uns auch gerne aufs Präsidium begleiten. Sie haben uns lange genug warten lassen.“

„Was wollen Sie denn noch wissen? Ich kenne die Frau nicht.“ Frobes Ellenbogen ruhten auf der gläsernen Platte – seine Finger waren zu einer Raute an die Lippen gelegt –, und er blickte abschätzig von Jill zu Frank.

„Nein? Das erstaunt mich. Uns ist etwas anderes bekannt. Vielleicht erklären Sie uns ihr Verhältnis zu Frau Wagner."

„Mein was?" Frobes Blick verdunkelte sich und drohend sah er Frank an, doch dieser ließ sich von dem erbosten Blick nicht beeindrucken. Jill beobachtete Frank von der Seite und war sichtlich erstaunt über die ausdruckslose Miene, die er zur Schau stellte. Eine Coolness, die sie so noch nicht an ihm kannte.

„Ich habe mich doch klar und deutlich ausgedrückt, Herr Frobes. Laut unserer Kenntnis standen Sie und Frau Wagner sich recht nahe. Ich hätte gerne darauf eine Antwort", gab Frank mit nichtssagender Miene von sich. Was er dachte, ließ er nicht erkennen.

Außer Fassung sah Frobes bei dessen Worten zu Frank herüber. Sollte es ein Bluff sein, schien er zu überlegen. Oder, was sollten die Worte sonst für eine Bedeutung haben? Er würde jedenfalls nicht darauf hereinfallen …

„Was unterstellen Sie mir denn da eigentlich?" Die Worte kamen barsch über seine schmalen Lippen und wütend blickte er von Frank zu Jill. Er musste einfach richtig reagieren, dann ... Er kniff seine Lippen zu einem Strich zusammen und seine Augen nahmen einen eiskalten Ausdruck an.

Jill zog unwillkürlich die Schultern zusammen. Die Klimaanlage, so schien ihr, war auf null Grad heruntergefahren worden, und es hätte sie nicht verwundert, wenn plötzlich irgendwo Eiszapfen gewachsen wären.

„Wo waren Sie an dem Abend oder in der Nacht vom einundzwanzigsten auf den zweiundzwanzigsten August?"

„Was soll das Ganze? Ich glaube, dass Sie das nichts angeht."

„Wir sind da aber ganz anderer Meinung, Herr Frobes. Also!"

„Mein Gott. Ich war zu Hause."

„Ich vermute, dass Sie dafür Zeugen haben." Um sein Gegenüber noch weiter zu provozieren und aus der Reserve zu locken, fügte Frank hinzu: „Ich ... bezweifle es allerdings. Wer kann denn Ihr Alibi bezeugen?"

Frobes schien um eine Spur blasser zu werden. Es entging den Kommissaren nicht.

„Ich werde Ihre unverschämten Fragen nicht mehr ohne meinen Anwalt beantworten."

„Wenn Sie den benötigen. Bitte. Wir sehen uns dann auf dem Präsidium wieder."

„Haben Sie das schriftlich?"

„Nein, aber die Vorladung werden wir Ihnen noch heute zukommen lassen, Herr Frobes." Frobes lehnte sich in seinem hohen Bürostuhl zurück und beobachtete Frank.

„Wussten Sie übrigens, dass Frau Wagner schwanger war?" Jill beugte sich bei Franks Frage weit auf ihrem Stuhl vor. Ihre Hände lagen auf ihren festen

Oberschenkeln. Das nervöse Zucken des linken Auges war die einzige Reaktion Frobes. Aber Jill genügte es.

„Nein, ich kenne keine Frau Wagner. Nein, ich hatte mit dieser Frau kein Verhältnis. Und dadurch kann ich auch nicht der Vater dieses Kindes sein. Und nun entschuldigen Sie mich bitte. Ich habe zu arbeiten."

Was hast du zu arbeiten?, dachte Jill, denn auf dem ganzen Schreibtisch lag nicht eine Akte, kein Block oder loses Blatt Papier, wie an ihrem eigenen Arbeitsplatz. Das Einzige, was sich auf der glänzenden Fläche befand, waren ordnungsgemäß drapierte Stifte – nach Farben sortiert –, die Telefonanlage und ein silberner Bilderrahmen.

Frobes erhob sich demonstrativ hinter seinem Schreibtisch, um dieses Theater endgültig zu beenden. Er hatte nicht vor, den Kommissaren auch nur ein Detail zu erklären. In ihm nagten immer noch die unverschämten Vorwürfe, die Kerstin ihm, was seine Familie betraf, an den Kopf geworfen hatte.

Jill erhob sich ebenfalls. Ihre Neugierde konnte sie kaum zähmen, denn die ganze Zeit über hatte sie sich schon gefragt, welches Foto sich im Bilderrahmen verbarg. Schnell, bevor Frobes sie aus dem Büro drängen konnte, griff sie sich den Rahmen und sah erstaunt auf das Foto.

„Ihre Freundin, Herr Frobes?" Jill lächelte ihn süffisant an. Er riss ihr förmlich den Rahmen aus der Hand.

„Nein. Das ist meine Frau. Und jetzt gehen Sie."

„Ihre Frau? So?" Jill zog eine Augenbraue hoch. Frank musste feststellen, dass diese Geste, die von ihrem Piercing nur noch unterstrichen wurde, ihr ein kesses Aussehen verlieh. „Das ist ja hochinteressant. Hat sie eine Ahnung ...?" Jill ließ den Satz unvollendet. Sollte er denken, was er wollte. Sie lächelte ihn weiter an.

Das beherrscht sie perfekt, dachte Frank.

„Dann kann Ihre Frau uns bestimmt bestätigen, dass Sie an dem besagten Abend zu Hause waren?" Frobes beherrschtes Schweigen sagte Jill mehr als viele Worte. Sie blickte an ihm herab. „Was haben Sie eigentlich für eine Schuhgröße, Herr Frobes?"

„Was hat denn meine Schuhgröße mit Frau Wagner zu tun?"

„Nichts, Herr Frobes. Ihre Füße erscheinen mir nur sehr groß. Ungewöhnlich groß."

„Wenn man Größe fünfundvierzig hat, ist das für einen Mann doch wohl normal. Oder?"

„Ich danke Ihnen, Herr Frobes." Innerlich frohlockte Jill. Es war doch so einfach, manchen Menschen ein Geheimnis zu entlocken. „Bitte, Herr Frobes. Bemühen Sie sich nicht." Freundlich, aber bestimmt sah Jill, die mindestens anderthalb Köpfe kleiner war als Frobes, zu ihm hoch, direkt in sein blasses Gesicht. „Wir kennen den Weg." Wie erstarrt blickte Frobes hinter den beiden her.

„Ich bekomme gleich das Würgen. So ein arroganter Pinsel," schimpfte Frank, als sie die Treppe nahmen, anstatt mit dem Lift ins untere Stockwerk zu fahren.

„Ja, das ist schon eine besondere Sorte Mensch. Ich frage mich nur, was Frauen an solchen Männern finden? Aufgeblasene Angeber. Haben die besondere Qualitäten im Bett, oder liegt es am Reichtum, der lockt?" Erstaunt sah Frank seine Kollegin von der Seite aus an. Ihm entging nicht, dass Jill Seiten an sich hatte, die er auch so noch nicht kannte.

„Frobes war ganz schön schockiert, Frank, als du ihn mit der Schwangerschaft konfrontiert hast."

„Ich habe es bemerkt. Er wurde ganz blass. Ich kann mir nicht vorstellen, dass er nichts davon gewusst hat. Als du dir das Foto geschnappt hast. Das war auch nicht schlecht. Ob er wirklich verheiratet ist?"

„Keine Ahnung, aber wir werden es herausbekommen. Interessant wäre auch, wann er geheiratet hat. Ob er schon verheiratet war, als er mit Frau Wagner vor fast einem Jahr eine Beziehung hatte?" Jill bemerkte erst jetzt, dass ihr Kollege sie das erste Mal gelobt hatte. War ihm das überhaupt bewusst, fragte sie sich.

„Danke."

„Wofür?" Frank sah seine Kollegin von der Seite an.

„Nun steht es eins zu eins." Jill lächelte ihn charmant und auch etwas verschmitzt an, als sie den Parkplatz erreichten.

„Was hältst du denn da zwischen deinem Daumen und Zeigefinger?"

„Teppichfasern," war Jills einfache Antwort auf seine Frage. Bevor sie sich aus dem Büro von Frobes entfernten, hatte sie sich kurz gebückt, so getan, als wenn sie ihre Hosenbeine richten musste und an dem Teppich gezupft. Es hatte sie keinerlei Anstrengung gekostet, ein paar Fasern aus dem Teppich zu ziehen, die sie nun in einem kleinen Beutel verstaute. Stillschweigend sah Frank ihr zu und dachte sich, dass es ihm sogar Spaß bereitete mit seiner Kollegin zu ermitteln. Aber diesen Gedanken behielt er für sich.

Er spürte schon den Autogriff an seinen Fingern, als er Jill über das Autodach hinweg mit dem Kopf ein Zeichen gab. Sie drehte sich um, blickte an der Glasfassade empor und sah Frobes oben am Fenster stehen, seine Hände in den Hosentaschen vergraben.

***

Marvin Frobes ließ die Kommissare von seinem Büro aus nicht aus den Augen. Seine Hand, die tief in der Hosentasche steckte, ballte sich zur Faust. Er fragte sich, aus welchem Grund die Kommissare ausgerechnet auf ihn und nicht auf Martin gekommen waren?

Dass es sich im Augenblick um ein großes Missverständnis handelte, konnte er nicht ahnen, genauso wenig wie die beiden Kommissare, die kurze Zeit später eines Besseren belehrt wurden.

Frobes dachte an diesen unsinnigen Arbeitsvertrag. Warum musste Kerstin ihn auch in ihrem Auto liegen lassen, dachte er wütend. Wenn er das nur geahnt hätte. Dieses Arbeitsverhältnis wäre sowieso nicht mehr zustande gekommen. Überhaupt, er hatte sich noch nie erpressen lassen, aber diesem kleinen Luder war es gelungen, ihn vor vollendete Tatsachen zu stellen. Für ihn war es mittlerweile unvorstellbar, dass ihm das mit seinen achtunddreißig Jahren, seinem durchstrukturierten Denken und seiner detaillierten Vorgehensweise passiert war.

Hatte er die kurze Affäre mit ihr als kleine Abwechslung gesehen, um seinem tristen Eheleben mit Constanze zu entfliehen, so hatte sich das Blatt für ihn zum Negativen gewendet, obwohl Kerstin genau wusste, dass er verheiratet und eine Scheidung in seiner Familie undenkbar war.

Marvin Frobes verfluchte in diesem Moment den Tag, als er Kerstin im Haus seiner Eltern kennengelernt hatte. Ebenso seinen drei Jahre jüngeren Bruder Martin, sein Verhältnis mit Kerstin und die delikaten Details, die er über sie ausgeplaudert hatte. Seine Neugierde war geweckt worden, und er hatte Martin um diese Frau beneidet. Wie sehr, hatte er auch seinem Bruder nicht verraten, als die Beziehung der beiden schon längst beendet war.

Er hatte schon nicht mehr an diese junge Frau gedacht, als er sie zufällig auf dem Konzert wiedergesehen hatte. Für ihn war es ein Einfaches gewesen, denn Kerstin war einem Flirt nie abgeneigt. Das wusste er noch zu gut aus der Vergangenheit, wenn sie sich im Haus der Eltern trafen. Marvin hatte nur einmal testen wollen, ob sein Bruder mit seinen Erzählungen übertrieben hatte. Nein, das hatte er wirklich nicht. Aus einem Mal waren unzählige Treffen zustande gekommen, nach denen er regelrecht süchtig gewesen war.

Es war für ihn ein Kinderspiel gewesen.

Frobes stand noch immer am Fenster und dachte über die gegebene Situation nach. Vor seinen Augen entstanden Bilder, die er nicht vergessen wollte. Kerstin in verführerischen Posen. Sie hatte es verstanden, ihre Reize im richtigen Moment gezielt einzusetzen. Ihre großen Augen, die mit einem Kranz dichter schwarzer Wimpern umrandet waren, hatten ihn schmachtend angesehen. Er hatte dem Blick und auch ihrem Körper nicht widerstehen können. Er war regelrecht süchtig nach ihren Fingern gewesen, die sanft seinen Körper berührten. Als er daran dachte, lief ein wohliger Schauer über seinen Rücken, und er meinte, sie noch immer zu spüren. Martin hatte wirklich nicht übertrieben.

Kurz dachte er an seine Frau: Mit ihr verbanden ihn nur noch die öffentlichen Veranstaltungen, bei denen sie beide als das perfekte Ehepaar auftraten. Ansonsten war er ihr keine Rechenschaft mehr schuldig. Und doch konnte Kerstin Constanze in keiner Weise das Wasser reichen.

Gewaltsam zwang er sich zur Vernunft, wandte sich seinem Schreibtisch zu und trommelte mit den Fingern auf der Glasplatte, sodass sich die farbigen Stifte in Bewegung setzten. Verdammt, dachte er, warum musste ihm das passieren? Er behielt doch sonst immer einen kühlen, vor allem einen klaren Kopf. Sein Blick wanderte zu seinem Safe. War dort alles in Sicherheit?, fragte er sich.

***

„Wo finden wir das Personalbüro?“, fragte Jill und hielt dem fernen Blick Frobes stand.

„Dort drüben in dem anderen Winkel des Gebäudes. Wir fahren auf die Rückseite, obwohl wir auch einen direkten Zugang in diesem Trakt gehabt hätten, aber so geben wir Frobes das Gefühl, unverrichteter Dinge gefahren zu sein“, klärte Frank Jill auf.

Herr Hunsche, der Personalchef, kam ihnen mit einer Tasse Kaffee in der Hand auf dem Flur entgegen und erblasste, als er Frank erkannte.

„Wir hätten noch ein paar Fragen an Sie, Herr Hunsche.“ Der Personalchef sah sich verstohlen um und wies stumm auf sein Büro. Jill und Frank tauschten einen Blick, folgten ihm und nahmen vor seinem Schreibtisch Platz. Jill schlug die Beine übereinander, öffnete ihre schwarze Umhängetasche und holte den kleinen Block hervor, den sie auf ihr rechtes Knie legte.

„Herr Hunsche. Mein Vorgesetzter hat Ihnen gestern schon einmal die Frage gestellt, und ich werde sie heute noch einmal wiederholen. Hat Frau Wagner sich hier bei Ihnen persönlich um die Stelle als Telefonistin beworben?“

Mit seinen Händen fuhr Wilfried Hunsche unruhig über die Ablage auf dem Schreibtisch. Für die beiden Kommissare hatte es den Anschein, als wollte er dort Krümel entfernen, die nicht vorhanden waren.

Der Druck in seiner Magengegend verstärkte sich. Er fühlte sich wie in einem Boxring, als wenn er einen heftigen Schlag von seinem Gegner erhalten hätte. Kleine Schweißperlen bildeten sich auf seiner hohen Stirn. Ihm wurde schlagartig bewusst, dass er sich mit seiner Falschaussage in eine prekäre Lage hineinmanövriert hatte. Er saß zwischen den Stühlen.

„Werden Sie meine Aussage ...? Ich meine ... wird Herr Frobes ... davon in Kenntnis gesetzt?“

„Ihnen wäre das unangenehm?“, fragte Jill. Hunsche sah die Kommissarin betrübt an, nickte und erklärte ihr nach kurzem Überlegen, dass er nur noch sechs Jahre bis zur Rente benötigte und kein Interesse daran hätte, sich bis dahin unter den Arbeitssuchenden wiederzufinden. Doch das würde er unweigerlich in Betracht ziehen müssen, wenn er sich den Anweisungen des Seniors widersetzen würde. Seine Stimme wollte ihm kaum gehorchen, und nervös strich er immer wieder mit seinen Händen über den Schreibtisch.

„Das kann ich gut verstehen.“ Jill suchte den Blickkontakt zu Frank, der ihr unmerklich mit den Augen ein Zeichen gab. „Wenn Sie mit uns kooperieren, Herr Hunsche, dann werden wir Ihre erste Aussage streichen. Alles andere hat natürlich unser Vorgesetzter zu entscheiden. Wie war das mit dem Vertrag für Frau Wagner?“, wiederholte Jill erneut Franks erste Frage an den Personalchef.

„Es tut mir leid, wenn ich gestern nicht aufrichtig zu Ihnen war“, gab Hunsche sichtlich bedrückt von sich, „aber ich habe hier eine ... gute Tätigkeit.“ Der Personalchef faltete seine Hände, sah von Frank zu Jill, bevor er seine Aussage revidierte und ihnen erklärte, dass Marvin Frobes, Mitte Juli in seinem Büro erschienen war und ...

„Marvin Frobes?“ Wie aus einem Mund wiederholten die beiden Kommissare den Namen. Erstaunt sahen sie Hunsche an. Eins war klar. Hier lief irgendetwas aus dem Ruder.

„Sie meinen doch sicher Martin Frobes?“, fragte Frank immer noch verblüfft und sah Hunsche gespannt an.

„Nein! Marvin Frobes. Warum sind Sie so erstaunt?“ Nun war es an Hunsche, der nicht verstand, warum ihn die Kommissare so entgeistert anblickten. „Ich dachte Sie wüssten das. Es ist ein Familienbetrieb. Der Senior, Bernhard Frobes, leitet gemeinsam mit seinen Söhnen Marvin, dem älteren, und Martin, dem jüngeren, das Unternehmen.“

„Welcher Sohn weilt denn dort oben im Büro in der Chefetage? Martin oder Marvin? Mit wem haben wir denn gesprochen?“ Frank konnte es immer noch nicht glauben.

„Beide Söhne haben dort, wie auch Frobes Senior, ihr Büro. Ich denke, dass Sie mit Marvin Frobes gesprochen haben. Sein jüngerer Bruder Martin ist gestern Morgen, soviel ich weiß, von seinem Vater, Bernhard Frobes“, betonte Hunsche noch einmal den Namen des Seniors, damit es keine erneuten Verwechslungen gab, „nach Essen in die Zweigniederlassung beordert worden.“

„Gestern Morgen, sagen Sie? War das schon länger geplant?“ Jill blickte gespannt den Personalchef an.

„Das weiß ich nicht. Man bekommt hier so Einiges mit, aber davon habe ich keine Kenntnis.

„Also, was war nun Mitte Juli?“ Jill schlug ihren Block auf und zog den Stift aus der Spirale, den sie dort immer platzierte.

„Herr Frobes, also Marvin, kam in mein Büro und legte mir einen Zettel mit Namen und Adresse auf den Schreibtisch und sagte, wenn Frau Wagner in den nächsten Tagen käme, dann sollte ich ihr einen unbefristeten Arbeitsvertrag als Telefonistin aushändigen. Sie sei Studentin und würde selbst über die Arbeitszeiten bestimmen. Ich war sehr erstaunt darüber, denn in meinen dreißig Jahren hier in der Firma, ist so etwas noch nie vorgekommen.“

Jill bemerkte, wie sich immer mehr kleine Schweißperlen auf der Stirn des Personalchefs bildeten, und ihr fiel auf, wie Hunsche immer wieder zur Tür blickte, als erwartete er jemand Bestimmten. In seinen Augen erkannte sie pure, nackte Angst.

„Kann es sein, dass Marvin Frobes eine Beziehung – oder nur eine Affäre – mit Frau Wagner hatte?“ Jill legte ihren Kopf schräg und sah Hunsche freundlich an. Irgendwie erinnerte der Mann sie an ihren Vater, den sie über alles liebte, der ihr, wenn er es für nötig hielt, auch mal die Meinung sagte, aber ansonsten für seine Tochter sehr viel Verständnis aufbrachte.

„Nein! Das glaube ich nicht. Aber ich kann es auch nicht mit Sicherheit ausschließen. Es passt aber alles irgendwie zusammen. Oder?“ Jill ging nicht weiter auf die Frage ein. Doch ihre Gedankengänge waren ähnlicher Art. Es reimte sich einfach zu gut zusammen. „Das, was ich Ihnen nur erzählen kann, ist, dass der jüngere Frobes und Kerstin Wagner vor längerer Zeit ein Verhältnis hatten.“

„Warum sind Sie sich da so sicher?“ Frank wandte sich an den Personalchef.

„Es ist schon fast ein Jahr her, da habe ich des Öfteren Frau Wagner hier gesehen, wenn sie Martin abholte. Dass da mehr als Freundschaft zwischen ihnen bestand, konnte man deutlich erkennen.“

„Wann haben Sie denn Frau Wagner das letzte Mal hier gesehen? Ich meine nicht, als sie sich den Vertrag abholte.“ Franks Blick verfolgte Hunsche, der sich auf seinem Bürostuhl zur Wand drehte, wo der große Kalender hing.

„Es war Ende Juni. Nicht, dass ich über die Besuche Buch geführt habe, aber wir hatten an dem Tag eine Betriebsversammlung, als plötzlich die Tür geöffnet wurde und Frau Wagner dort stand und ein Zeichen gab.“

„Wem gab sie ein Zeichen?“ Jill notierte sich die Frage von Frank und sah im Anschluss Herrn Hunsche an.

„Ich bin davon ausgegangen, dass es Martin gegolten hat, denn er verließ daraufhin die Betriebsversammlung.“ Dass dem Seniorchef anzusehen war, dass er sehr zornig über diese Störung gewesen war, verschwieg der Personalchef. „Frau Wagner wirkte ... aufgebracht ... hm ... nein, ... ich würde sagen, verstört.“ Herr Hunsche ließ die Situation vor seinen Augen Revue passieren und blickte kurz aus dem Fenster auf den Werkshof. „Mehr kann ich Ihnen nicht dazu sagen.“ Obwohl er wesentlich mehr über die ganze Familie hätte erzählen können, aber das hatte mit dem Fall nichts zu tun.

„Aber Sie sind sich nicht sicher, ob das Zeichen nun dem älteren oder dem jüngeren Bruder gegolten hatte?“ Jill sah den Personalchef mit einem Lächeln auf den Lippen an.

„Nein. Genau kann ich es nicht sagen. Ich bin nur davon ausgegangen, dass es dem Jüngeren galt, weil er ja zu Frau Wagner gegangen ist, da beide vor langer Zeit ein Verhältnis hatten.

„Wie lange ist Marvin Frobes schon verheiratet?“

„Seit etwa zehn Jahren. Warum fragen Sie?“ Erstaunt sah Hunsche Jill an, aber sie wurde einer Antwort enthoben, da Frank die nächste Frage stellte.

„Herr Hunsche, Sie haben uns gestern zu verstehen gegeben, dass Sie verwundert waren, weil Frau Wagner nicht zu dem vereinbarten Termin erschienen ist. Einer Freundin hatte sie gesagt, dass sich der Arbeitsbeginn um vier Wochen verschoben hätte. Wie können Sie sich das erklären?“ Frank sah ihn abwartend an. Irgendwo musste doch des Rätsels Lösung liegen.

„Der Vertrag ist auf den ersten August datiert. Was anderes ist von mir nicht mit Frau Wagner vereinbart worden. Ich habe keine Ahnung, warum sie das so erzählt hat. Aber wenn sie sich laut Vertrag ihre Arbeitszeiten selber einteilen konnte. Wer weiß!“

„Nur noch eine Frage, Herr Hunsche. Wie ist das Verhältnis der Brüder zueinander?“

„Wie ich bislang festgestellt habe, gibt es hier in der Firma keine Rivalität zwischen den beiden. Was privat ist, entzieht sich meiner Kenntnis.“

„Wir benötigen Ihre Aussage für unser Protokoll. Könnten Sie heute nach Feierabend ins Präsidium kommen?“ Jill lächelte ihn aufmunternd an, denn der Mann vor ihr tat ihr irgendwie leid.

„Dann erfahren das ja doch die Frobes.“

„Erst einmal werden wir Ihre Aussage ganz vertraulich behandeln. Ich gebe Ihnen mein Wort darauf, aber wenn es hart auf hart kommt ... Sie haben uns auf jeden Fall sehr weitergeholfen, Herr Hunsche.“

„Also doch das Arbeitsamt“, gab der Personalchef deprimiert von sich. Jill zuckte nur bedauernd mit der Schulter. Sie hätte ihm gerne etwas anderes gesagt, aber aus Erfahrung wusste sie, dass gewisse Aussagen verwendet werden mussten, um einen Täter zu überführen. Was blieb ihr auch anderes übrig. Die Sache war auch so schon verfahren genug.

Jill schob Hunsche ihre Karte über den Schreibtisch, die er, wie schon einen Tag zuvor die von Kommissar Winter, eilig in seiner Jackentasche verschwinden ließ. Wenn auch niemand ihn zum Stillschweigen verpflichtet hatte, Hunsche war die ganze Situation, die zum Arbeitsvertrag geführt hatte, mehr als kurios vorgekommen. Aber er kannte seine Chefs.

Frank und Jill hatten die Tür zum Büro des Personalchefs noch nicht ganz hinter sich geschlossen, als ein Mann, groß und breit wie ein Kleiderschrank, stürmisch auf sie zu kam.

„Sie sind von der Polizei? Was schnüffeln Sie hier herum?“, brüllte Bernhard Frobes unverzüglich los. „Mein Sohn hat mich informiert. Wir haben mit der ganzen Sache nichts zu tun.“ Da die Tür zum Personalbüro noch einen Spaltbreit geöffnet war, hörte Hunsche den Chef toben und wurde in seinem Stuhl ein Stück kleiner. Das hatte ihm gerade noch gefehlt.

„Wir wollten uns nur noch einmal die Bestätigung holen, dass Frau Wagner sich *selbst* um den Arbeitsvertrag bemüht hat. Außerdem hätten wir gerne Ihren Sohn Martin gesprochen, da wir schon hier sind ... dann ...“ Frobes Gesicht lief rot an, und er baute sich vor Jill auf, die sich trotz der gewaltigen Größe des Mannes wenig beeindrucken ließ. Ohne ihm Gelegenheit zu geben zu antworten, fuhr sie fort. „Wo können wir Ihren Sohn antreffen? In seinem Büro?“ Jill wusste, dass der Personalchef ihre Worte verstehen konnte. Sie wollte ein Zeichen setzen, damit er verstand, dass er ihr vertrauen konnte. „Wir würden ihn gerne befragen, da er ja mit Frau Wagner befreundet war.“

„Wer sagt das?“ Drohend blickte Frobes zu Jill herab.

„Wir haben Zeugenaussagen, Herr Frobes. Wo ist Ihr Sohn?“

„Martin ist nicht hier, und nun verlassen Sie das Firmengelände.“

„Dann sehen Sie zu, dass er wieder anwesend ist.“ Jill sah, wie sich bei Frank eine Zornesfalte an der Schläfe bemerkbar machte. Und unterschwellig brodelte es ebenfalls gewaltig. Es war nur eine Frage der Zeit, bis er explodierte.

„Einen schönen guten Tag wünschen wir Ihnen, Herr Frobes.“ Ihr fiel es zwar schwer zu lächeln, doch zwang sie sich zu einem freundlichen Ton. Wie Angestellte mit dieser Art von Chef auskamen, war ihr unbegreiflich. Schnell fasste sie Franks Arm und schob ihn ohne einen Gruß den Flur entlang. Sie raunte: „Schnell, weg hier!“

Frank schüttelte seinen Arm frei und wehrte sich im Weitergehen mit einem Brummeln über die Schulter. „Kannst du mir mal erklären, wie dir entgehen konnte, dass es einen Martin *und* einen Marvin Frobes gibt? Du recherchierst doch sonst immer so gründlich!“

„Irgendwo musst du ja mit deinem Frust bleiben. Aber mich kannst du damit nicht treffen, Frank. *Du* bist heute zum zweiten Male hier.“ Der Blick aus ihren braunen Augen sprach Bände und verfehlte nicht sein Ziel.

***

Bernhard Frobes blickte finster hinter den Kommissaren her. Zu gerne hätte er gewusst, was hier überhaupt gespielt wurde. Seine Sekretärin, nicht sein Sohn, hatte ihn benachrichtigt und so nebenbei erwähnt, dass die Polizei schon am Vortag im Personalbüro gewesen war. Angeblich ging es um einen Arbeitsvertrag, der im Zusammenhang mit einem Mord stand. Frobes Senior fragte sich, warum Martin so dringend nach Essen in die Zweigniederlassung zu fahren gedachte? Hatte er bislang aus Altersgründen seinen Söhnen freie Hand in der Firma gelassen, so wurde ihm in der momentanen Situation bewusst, dass es Zeit war, die Zügel wieder fester in die Hand zunehmen. Und das würde am Abend geschehen, bei einem ernsten Gespräch, das schwor er sich. Und auch Martin würde zugegen sein. Dafür würde er sorgen. Seine Söhne waren ihm mehrere Antworten schuldig. Auch, was das unsinnige Verhältnis zu dieser Wagner betraf. Hatte sein jüngster Sohn das wirklich beendet?

Als die Ermittler außer Reichweite waren, riss Frobes Senior die Tür zum Personalbüro auf.

„Was haben die Schnüffler von Ihnen gewollt, Hunsche?", brüllte er so gleich wieder los.

„Das haben Sie Ihnen doch eben erklärt. Und ich habe es nur bestätigt."

Gut, dachte Hunsche, dass die Tür noch einen Spalt breit offenstand. So hatte er wenigstens mitbekommen, was die nette Kommissarin dem Chef zu verstehen gegeben hatte.

„Das bleibt auch so, Hunsche. Ich hoffe, wir haben uns verstanden. Und wagen Sie ja nicht ..." Damit zog er die Tür mit einem Knall hinter sich zu, sodass sie in den Angeln bebte. Er ging mit derben Schritten den langen Flur entlang. Es wurde wirklich Zeit, dass er sich über gewisse Geschehnisse Klarheit verschaffte.

4

Mittwoch, 24. August

Meine Besorgnis galt weiterhin Kerstin Wagners Mutter, als ich einen Tag später erneut die Klinik betrat und im Büro auf Doktor Alexander Faller wartete, der Ulla Wagner behandelte.

Der Arzt war nicht davon angetan, dass ich seine Patientin mit dem Mord an ihrer Tochter konfrontieren wollte. Ich erklärte ihm nochmals die Dringlichkeit.

„Das kann ich verstehen. Aber verstehen Sie mich auch. Ich bin Arzt und für meine Patienten verantwortlich."

„Wenn es nicht so viele ungeklärte Fragen gäbe, dann wäre ich der Letzte, der diese leidgeprüfte Frau quälen würde. Sie hat mein größtes Mitgefühl. Nur uns läuft die Zeit davon."

Mein Tonfall ließ den Arzt nicht an der Tragweite zweifeln.

Fünf Minuten wurden mir gewährt – Doktor Faller saß rechts in der Ecke und ließ seine Patientin nicht einen Moment aus den Augen. Dank der Schweigepflicht, an die er gebunden war, erlaubte ich ihm die Anwesenheit.

„Frau Wagner. Darf ich Ihnen ein paar Fragen stellen?" Ich trat ans Bett der Frau, legte meine Hand beruhigend auf die ihre, die unruhig auf der Bettdecke hin und her fuhr. Mit großen Augen, die die Tochter wohl von der Mutter geerbt hatte, sah Ulla Wagner mich an, und schon füllten sich ihre Augen mit Tränen. Ich wischte mit meinem Handrücken eine Träne fort, die sich auf dem Weg ins Kissen befand.

„Es tut mir sehr leid, Frau Wagner. Ich hätte Ihnen das alles gerne erspart, aber jede Information ist wichtig bei unseren Ermittlungen. Wie war das Verhältnis zu Ihrer Tochter?"

„Es war gut. Wenn ich auch ... nicht immer mit allem einverstanden war, ... ich habe Kerstin so sehr ... geliebt. Sie war unser einziges Kind. Mein einziger Halt."

Frau Wagner schluchzte laut auf und der Arzt wollte schon aufspringen, aber ich gab ihm zu verstehen, dass alles in Ordnung war. Dabei war nichts in Ordnung. Das wusste ich zur Genüge. Und wie es sich anfühlte, wenn man die einzige Tochter verlor, das konnte nur jemand nachempfinden, der es selbst erlebt hatte. Diese Leere würde durch nichts mehr gefüllt werden können, denn Kinder sollten niemals vor den Eltern aus dem Leben scheiden.

„Hatte Ihre Tochter zum jetzigen Zeitpunkt einen festen Freund, Frau Wagner?" Sie schüttelte nur leicht den Kopf. Ihr Blick, dem ich folgte, ging hinüber zum Fenster. Im seichten Sommerwind bewegten sich leicht die Blätter einer riesigen Trauerweide, die auf der anderen Seite des Krankenhauses stand. Ich blickte zurück auf Frau Wagner, die klein, zierlich und wie verloren in dem großen Krankenbett lag.

„Es ist schon etwas länger her, dass Kerstin ... mir einen jungen Mann vorgestellt hat. Ich ... mochte ihn nicht.“

„Würden Sie mir den Namen sagen?“

„Sie glauben doch nicht …?“

„Frau Wagner. Wir müssen jeder Spur nachgehen. Sie möchten doch bestimmt, ... dass der Fall ... aufgeklärt wird.“

„Ja, natürlich. Finden Sie bitte den Mörder meiner Tochter. Sein Name war Martin.“

„Martin Frobes?“ Erstaunt sah sie mich mit ihren vom vielen Weinen geröteten Augen an. „Den Namen haben wir schon von einer Freundin gehört. Wie lange war Ihre Tochter mit Martin Frobes befreundet?“

„Zu lange, wenn Sie mich fragen. Ich war froh, als Kerstin mir dann erzählte, dass ihre Beziehung beendete sei.“

„Hat Ihnen Ihre Tochter erzählt, dass sie jetzt einen Arbeitsvertrag bei der Firma Frobes bekommen hatte?“

„Nein. Das glaube ich nicht. Nachdem was Kerstin mir damals erzählte, ist es nicht möglich, dass sie so unvernünftig gewesen ist, so einen Vertrag anzunehmen.“

„Und doch ist es so, Frau Wagner. Der Arbeitsvertrag lag im Auto Ihrer Tochter. Allerdings hatte sie ihn nicht unterschrieben. Und die Stelle hat sie auch nicht zum angegebenen Datum angetreten.“

„Dann hat sich Kerstin doch meine Worte von damals zu Herzen genommen.“ Ich war froh, es ihr gesagt zu haben und erblickte Erleichterung in den traurigen Augen.

„Können Sie mir vielleicht noch Namen von weiteren Leuten nennen, mit denen Ihre Tochter befreundet war?“

„Die müssten doch alle in dem Adressbuch von Kerstin stehen.“

„Dieses Buch sowie auch andere Dinge, wie Handy und Laptop, wurden wohl aus der Tasche sowie aus dem Auto Ihrer Tochter entwendet. Wir haben auch in dem Zimmer Ihrer Tochter nichts dergleichen gefunden. Leider haben wir keine Anhaltspunkte, Frau Wagner.“

„Wo hat man Kerstin getötet?“

„In einem Waldstück. Kurz bevor Ihre Tochter zu Hause war. Vermutlich hat sie sich dort noch mit einem Freund oder Bekannten getroffen.“

Frau Wagner schloss erschöpft die Augen. Der Arzt stand auf und wies mit seinem Finger auf die Uhr.

„Einen kleinen Augenblick noch“, gab ich ihm leise zu verstehen. Ich wandte mich wieder Frau Wagner zu, die mich erneut hilflos ansah und meine Hand umfangen hielt.

„Kerstin hatte ihr Handy immer dabei. Sie hat mich doch noch angerufen. Mit Ihrer Vermutung haben Sie bestimmt recht."

„Wann war das? Wie spät?"

„Das war so gegen dreiundzwanzig Uhr oder auch etwas später. Die Nachrichten im Radio waren schon vorbei. Sie rief an, um mir mitzuteilen, dass sie sich noch kurz mit einem Freund treffen wollte. Ich sollte mir keine Sorgen machen. Das war das letzte Mal, dass ich die Stimme ... meiner Tochter gehört habe. Ich werde sie nie wieder hören", schluchzte sie und drückte ein zerknülltes Taschentuch vor ihre Augen. Was sollte ich ihr an Trost spenden? Da gab es nichts. Der Tod war das Endgültigste, das es gab.

„Hat Ihre Tochter Ihnen vielleicht einen Namen genannt, mit wem sie sich treffen wollte?"

„Nein. Sie sprach nur von einem Freund."

„Kannten Sie den Freundeskreis Ihrer Tochter?"

„Ja. Es waren alles Freunde aus ihrer Clique. Die meisten kenne ich auch. Von denen hat niemand Kerstin ... getötet. Das kann nicht sein."

„Bitte, Frau Wagner. Ich benötige Namen."

„Ihre beste Freundin, Julia Kurda, dann Rene Wirsner, Peter Henninger, Ramon Fischer, Christian Albert. Dazu gehörte noch Marlene Fischer, die Schwester von Ramon. Und ich glaube Bettina Weber, die ich aber nicht persönlich kenne. Sie wohnen alle in Münster." Ich notierte schnell die Namen und legte meine Hand zurück auf die von Frau Wagner.

„Ich hätte da noch eine Frage, Frau Wagner." Mir fiel der Streit zwischen den Freundinnen am Samstagmorgen ein – und ich war gespannt auf die Antwort. „Die Freundin Ihrer Tochter sagte uns, dass sie sich am Samstag auf dem Markt getroffen hätten. Was ist dort geschehen?"

„Julia?" Ich nickte. „Julia ist eine ganz Liebe, … eine herzliche junge Frau. Sie und meine Tochter hatten sich wohl gestritten. Ich weiß nicht, worum es dabei ging. Das hat mir meine Tochter nicht erzählt. Ich habe nur mitbekommen, wie Kerstin sich abrupt abgewandt hat, als Julia sich bei ihr entschuldigen wollte. Auf der Fahrt nach Hause habe ich versucht mit Kerstin zu reden, aber leider ohne Erfolg. Sie konnte in dieser Hinsicht sehr stur sein."

„Sie waren die ganze Zeit mit Ihrer Tochter zusammen, oder …?"

„Wir waren die ganze Zeit zusammen, ja."

„Hat Ihre Tochter sonst noch jemanden an dem Morgen getroffen?"

„Nein. Es war nur Julia. Warum fragen Sie danach?"

„Wir haben Zeugenaussagen, die wir überprüfen müssen, Frau Wagner. Ich danke Ihnen. Sie haben mir sehr geholfen. Ich werde wiederkommen, um nach Ihnen zu sehen."

„Finden Sie bitte den Mörder", flüsterte sie noch einmal und sah mich bittend an.

„Das werde ich … Ist Ihr Bruder schon angekommen?“, wechselte ich das Thema, aber die Frau schüttelte traurig den Kopf.

„Ich hätte so gerne einen Menschen an meiner Seite, der mir hilft, den unsagbaren Schmerz zu bewältigen.“ Sie drehte den Kopf zur Seite, schloss die Augen, und für mich war es ein sicheres Zeichen, dass sie alleine sein wollte. Wahrscheinlich würde sie durch die Medikamente etwas Ruhe finden, um schlafen zu können, um dem Schmerz für eine kurze Zeit zu entfliehen.

Als ich wartend vor dem Aufzug stand, dachte ich über ihre Worte nach. Ich kannte vor vier Jahren einen wirklich liebenswerten Menschen, doch die tröstenden Worte konnte ich nicht ertragen. In meiner unbeschreiblichen Trauer wurde ich gegenüber den Lebenden ungerecht.

***

Es war bereits fortgeschrittene Mittagszeit des gleichen Tages, als Frank, mit einer Tasse Kaffee bewaffnet, das gemeinsame Büro betrat. Es wirkte, trotz drei Schreibtischen und Aktenschränken nicht beengt. Jill saß wartend vor meinem Schreibtisch, der Notizblock lag auf ihrem Knie, und sie spielte mit dem Stift, den sie zwischen den Fingern wandern ließ.

„Dann können wir ja beginnen“, eröffnete ich die geplante Besprechung, um die Ermittlungen, nicht nur des gestrigen Tages, zu erörtern. Frank zog seinen Stuhl in Richtung Schreibtisch, schlug die Beine übereinander und platzierte seine Tasse auf dem Oberschenkel. „Jill, hast du die Freunde aus der Clique von Kerstin ausfindig gemacht, die ich dir durchgegeben habe?“

„Ja. Rene Wirsner, Peter Henninger und Ramon Fischer sind schon seit vierzehn Tagen in Frankreich und werden laut Aussage der Eltern, die ich telefonisch erreicht habe, nicht vor Mitte September zurückerwartet. Und Christian Albert arbeitet und wohnt seit zwei Jahren, seit Beendigung seines Studiums, in Berlin. Er ist im Verwaltungswesen tätig, wie mir sein Vater bestätigte. Herr Albert war aber am Wochenende in Münster bei seinen Eltern, da am Samstag ein Ehejubiläum gefeiert wurde, und er ist am Sonntagnachmittag wieder zurück nach Berlin gefahren. Der Vater wollte mir eine Gästeliste zusammenstellen, wenn wir sie benötigen würden. Meine Frage, ob sein Sohn das Familienfest irgendwann verlassen hätte, wurde mit einem hundertprozentigen Nein, von Seiten des Vaters, beantwortet.“ Jill schlug das Blatt ihrer Notizen um. „Mein Gefühl sagt mir, dass wir diese Männer außen vor lassen können. Julia Kurda haben wir kennengelernt. Die Schwester von Ramon, Marlene Fischer, erklärte mir am Telefon, dass Kerstin sich in letzter Zeit sehr verändert hätte. Sie wäre abweisend gewesen, hätte schon fast ein Vierteljahr nichts mehr gemeinsam mit den Freunden unternommen und jegliche Anrufe ignoriert. Ja, … und Bettina Weber habe ich leider noch nicht erreicht, aber wie Frau Fischer mir erklärte, gehörte Frau Weber nicht zur Clique. Sie ist eine Cousine von Peter Henninger und hat einmal bei einer Geburtstagsfeier Kerstin kennengelernt.

Die Ellenbogen auf der Schreibtischkante platziert, massierte ich mit den Fingern meine Schläfen und überdachte Jills Worte, um kurz darauf bestätigend zu nicken. Mein Blick ruhte dabei auf Frank, der genervt zur Decke starrte.

„Wann hattest du denn für die gesamte Recherche noch Zeit?", hörte ich Frank kurz darauf sagen.

Am liebsten hätte ich mit meiner Faust auf die Fläche des Schreibtisches geschlagen. Ich holte tief Luft, aber Jill kam mir zuvor.

„In der Zeit, als du bei Frau Kurda warst. Es war doch gut, dass du mich im Präsidium abgesetzt hast, nachdem wir noch einmal bei dem Dozenten Graber waren. So haben wir beide gleich viel bearbeitet." Lächelnd sah sie ihren Kollegen an, der nur noch verschämt auf seine Füße blickte.

Sehr diplomatische Antwort von Jill, dachte ich und bewunderte meine Kollegin für ihre Kollegialität. Meine Antwort wäre etwas anders ausgefallen. Um meine beiden Kollegen würde ich mir in Zukunft keine Gedanken mehr machen müssen. Jill, die oft einen Schritt voraus war, wusste ihren Kollegen im richtigen Moment zu nehmen. Und das war gut so.

„Und was hast du bei Frau Kurda erreicht, Frank?" Ernst blickte ich meinen Kollegen an.

„Die Frage nach Marvin Frobes konnte sie mir nicht beantworten. Sie weiß, dass es noch einen älteren Bruder gibt, hat ihn aber nie kennengelernt."

„Ja, ich habe schon gehört, dass es zwei Söhne gibt. Das hat keiner von uns ahnen können." Ich nahm unbewusst Jill in Schutz. „Das, was wir beide", ich sah dabei Frank an, „oder auch ihr gestern erfahren habt, sind zwar nur Vermutungen, die wir aber nicht außer Acht lassen sollten. Beide Brüder werden wir gründlich durchleuchten müssen. Und wenn nötig jeden Stein umdrehen.

„Was ist mit der Schuhgröße von Marvin Frobes? Immerhin stimmt sie mit dem Abdruck am Tatort überein." Ich musste innerlich schmunzeln. Jill hatte mir kurz zuvor von dem verblüfften Gesichtsausdruck Frobes erzählt, als er ihr völlig perplex über die Größe seiner Schuhe Auskunft gab.

„Ja, eine kleine Übereinstimmung, aber solange wir nichts Konkretes gegen ihn in der Hand haben, bekommen wir auch keinen Durchsuchungsbeschluss fürs Büro und auch nicht für die Wohnung genehmigt. Wenn natürlich die Teppichfasern, die du Versmann überlassen hast, mit denen in seinem Büro identisch wären, sähe der Fall schon ganz anders aus."

„Ich habe übrigens auch den Arbeitsvertrag Herrn Versmann überlassen", erklärte mir Jill.

„Warum den Arbeitsvertrag?" Franks Gesicht glich einem einzigen Fragezeichen.

„Es sind doch Frobes Fingerabdrücke auf dem Schriftstück zu finden, nachdem du ihm den Vertrag über den Schreibtisch geschoben hast. Vielleicht haben wir Glück und die Abdrücke sind identisch mit denen im Auto von Frau Wagner oder auf dem Wagendach."

„Wann werden die Ergebnisse vorliegen?" Ich hätte Jill gerne für ihre Weitsichtigkeit gelobt, verkniff mir aber jegliche Bemerkung.

„Spätestens morgen Mittag, sagte mir Herr Versmann."

„Dann können wir nur abwarten und hoffen." Mir dauerte es zwar zu lange, aber ich wusste aus Erfahrung, dass in der forensischen Abteilung einige Zeit benötigt wird, um gewisse Daten auszuwerten.

„Wir wissen jetzt auch, dass der Dozent auf großem Fuße lebt. Allerdings Schuhgröße sechsundvierzig. Auch bei ihm hat dieser kleine Trick funktioniert", lachte Jill, als sie mein verdutztes Gesicht sah. „Ansonsten gibt es zu ihm keine Spur, die wir verfolgen könnten."

Jill hatte sich noch einmal, auf meinen Wunsch hin, mit Graber unterhalten.

„Und was habt ihr beide gestern Abend im *Farbklecks,* dieser Studentenkneipe, erreicht?"

„Gleich. Ich möchte noch etwas in Bezug auf Frau Kurda erwähnen", gab mir Frank zu verstehen. „Wir sollten sie auf jeden Fall noch einmal zu uns bitten. Ich werde das Gefühl nicht los,... da gibt es noch irgendetwas, was sie uns verschweigt."

„Okay. Frau Kurda wird morgen noch einmal hier im Präsidium befragt. Am besten zur Mittagszeit." Jill nickte mir zu und notierte den Termin auf ihrem Block.

„Der Besitzer vom *Farbklecks* hat durch die Presse von Kerstins Tod erfahren und ist ebenfalls sichtlich erschüttert. Er bestätigte uns, dass Frau Wagner des Öfteren am Wochenende bei ihm beschäftigt war. So auch am Einundzwanzigsten, bis circa dreiundzwanzig Uhr. Sie sei eine hervorragende Arbeitskraft, freundlich und entgegenkommend, gewesen. Auch er signalisierte uns, was wir schon öfter gehört haben, dass sie bei den männlichen Gästen sehr beliebt war. Am letzten Sonntag sei Kerstin für die spätere Schicht eingeteilt gewesen. Sie hätte ihm aber zu später Stunde zu verstehen gegeben, dass sie einen wichtigen Termin total vergessen hätte. Und er wäre darüber sehr ungehalten gewesen."

„Die Zeiten decken sich mit der Aussage von Ulla Wagner und auch dem Todeszeitpunkt, den Ulrich bestimmte. Um was für einen Termin es sich handelte, hat der Wirt nicht erwähnt?" Fragend sah ich Frank an.

„Nein. Davon hatte er keine Kenntnis. Es wäre auch noch nie vorgekommen, dass Kerstin ihren Dienst frühzeitig abgebrochen hätte. Er erklärte uns aber, dass seine Angestellte, nicht nur an diesem Abend, sondern in den letzten Wochen einen ziemlich niedergeschlagenen Eindruck auf ihn gemacht hätte. Seine mehrfache Frage nach dem *Warum,* hätte sie aber immer ignoriert."

„Die Schwangerschaft wird ihr wohl Probleme bereitet haben. Wenn auch vielleicht nicht körperlich. Aber wenn man an die beruflichen Träume denkt, die Frau Wagner hatte? Gehen wir mal davon aus, dass Frau Wagner mit Marvin Frobes – oder auch erneut mit dem Bruder Martin ein Verhältnis oder nur eine kurze Affäre hatte, die nicht ohne Folgen blieb … Für beide Brüder, egal für welchen, bedeutet das ein Fiasko," gab Frank mir zu verstehen.

„Ja, wenn ich da nur an den alten Frobes denke, dann wäre Frau Wagner bestimmt nicht die Wunschkandidatin in Sachen Schwiegertochter. Und das Kind hätte er schon gar nicht als sein Enkelkind anerkannt", bemerkte Jill und betrachtete Frank, der ihr bestätigend zunickte.

„Martin Frobes haben wir noch nicht kennengelernt, und Marvin Frobes ist schließlich verheiratet. Womöglich hat sie einen der Brüder erpresst, mit dem sie dieses Verhältnis eingegangen ist."

Ich fragte mich, was es wirklich gewesen war? Nur eine kurze Affäre, was so viel hieß wie eine Bettgeschichte. Ein Verhältnis, das oft mit Heimlichkeiten in Verbindung stand, während eine Beziehung eine feste Bindung bedeuten konnte. … Ich war gespannt, wie die Lösung am Ende des Mordfalls aussehen würde.

„Kerstin Wagner hatte andere Ziele im Auge. Wahrscheinlich hat sie Geld für eine Abtreibung gefordert. Und Geld haben die Frobes genug, um so etwas aus der Welt zu schaffen. Das wäre für die Familie ein Leichtes gewesen", waren Franks Überlegungen, die er uns offenbarte.

„Es gibt Beratungsstellen. Dafür benötigt man kein Geld. Es sei denn, sie hätte es illegal erledigen wollen", mischte sich Jill in das Gespräch ein. „Außerdem drängte die Zeit, wenn man bedenkt, dass Kerstin in der zehnten Woche schwanger war. Und wenn Marvin Frobes womöglich der Erzeuger ist, wir haben ihn doch kennengelernt, Frank. Er ist kein Mensch, der sich erpressen lässt."

Frank schmiss den Block auf meinen Schreibtisch und verschränkte seine Arme vor der Brust. „Aber den Arbeitsvertrag hat er ihr trotzdem gegeben. Da hätte er schon das erste Mal Schwäche gezeigt …" Wie ein trotziger Junge saß er auf seinem Stuhl.

„Damit könntest du allerdings recht haben, Frank. Lassen wir mal die Abtreibung außer Acht. Warum der Vertrag, wenn Marvin Frobes sich vielleicht gegen Kerstin entschieden hat?" Jill sah von ihrem Kollegen zu mir hinüber.

„Hat er das überhaupt? Ich ... Wir vermuten doch nur, dass er, wie immer wir es benennen, ein Verhältnis hatte."

„Wir haben seine Fingerabdrücke auf dem Arbeitsvertrag. Dann hätten wir Gewissheit."

„Ja, Jill. Aber auch nur in Bezug auf das Fahrzeug. Einen Beweis für die Vaterschaft, den hätten wir aber nicht. Und einen Täter hätten wir deshalb auch noch nicht. Es bleiben alles nur Vermutungen. Reine Spekulationen."

„Vielleicht hat Marvin Frobes seiner Freundin den Arbeitsvertrag zukommen lassen, um sie besser kontrollieren zu können", nahm Frank noch einmal seine Vermutung auf.

„Ich glaube kaum, wenn ich den Aussagen Glauben schenken darf, dass sich eine Kerstin Wagner hätte kontrollieren lassen. Die wusste genau, was sie wollte. Und Männer hat sie ja eher als Spielzeug angesehen. Wer weiß, wie viele von dieser Spezies da noch im Spiel gewesen sind. Ich gebe ja zu, dass mir Frobes alleine schon unsympathisch ist ... aber ob der mit sich spielen lässt?"

Ich musste beiden recht geben. Mit dem Spielzeug hatte Jill wohl den Nagel auf den Kopf getroffen.

„Auf jeden Fall hat Frobes, egal welcher, ein ganz starkes Motiv, dem wir nachgehen werden. Wie ich heute Morgen von Kerstins Mutter erfahren habe, war ihr Martin Frobes nicht gerade sehr sympathisch. Sie war froh, dass ihre Tochter das Verhältnis beendet hat."

„Eine eindrucksvolle Familie. Knallharte Geschäftsleute. Die schrecken vor nichts zurück. Ich bekomme eine Gänsehaut, wenn ich an die Begegnung mit Marvin und kurz darauf mit dem Senior am Morgen denke." Jill strich sich demonstrativ über ihre nackten Arme, wo ich die leichte Gänsehaut bemerkte.

„Was mich beschäftigt: Wie ist die Arbeitsaufteilung in der Firma zwischen den Brüdern geregelt? Vielleicht hat Marvin Frobes seinem Bruder nur einen Gefallen getan, indem er Kerstin einen Vertrag ausgestellt hat. Wir wissen ja nicht genau, ob Kerstin wirklich erneut ein Verhältnis mit Martin begonnen hat? So nach dem Motto: *Alte Liebe rostet nicht.* Auch das dürfen wir nicht außer Acht lassen. Was ist mit den Arbeitskollegen von Frau Wagner im *Farbklecks*?" Ich wechselte das Thema. Im Augenblick war wirklich alles, was die Frobes-Brüder betraf, nur reine Spekulation.

„Hier sind die Namen und Adressen der Angestellten, die mit Kerstin Wagner an dem Abend zusammengearbeitet haben. Die obersten beiden haben wir in der Kneipe angetroffen, aber auch sie haben uns nicht viel berichtet. Das Übliche. Die anderen sind immer nur am Wochenende dort beschäftigt."

Also waren wir noch nicht einen Schritt weiter. Es deprimierte mich.

***

Es war einer der wenigen lauen Sommerabende, die der August zu bieten hatte, und die nahende Dunkelheit zeugte davon, dass der Herbst vor der Tür stand. Der Himmel war wolkenlos, und vereinzelt sah ich ein paar Sterne am abendlichen Firmament.

Nach einem weiteren Tag ohne ersichtliches Ergebnis, trat ich mit einem Glas Rotwein in der Hand auf die Terrasse meines Hauses, blickte in den Garten, der im Hintergrund dezent durch Solarlampen beleuchtet wurde, und schätzte mich dieser friedlichen Oase glücklich – die ich gerne mit jemandem an meiner Seite geteilt hätte.

Ich stellte den Weinkelch auf den Holztisch und zündete das Windlicht an, das auf dem Tisch stand. Mein Blick fiel auf den Bildband der Kanarischen Inseln, den ich zuvor dort hingelegt hatte.

Nur noch eine gute Woche, überlegte ich, stand vor dem Tisch und schlug das Buch auf. Im Schein der Kerzen sah ich rote Berge aus Vulkangestein – der blaue Himmel und das Meer prangten mir entgegen. Ich seufzte und blickte in meinen geliebten Garten. Eigentlich war hier mein Paradies, und ich fragte mich in diesem Moment, warum ich mich zu der Reise entschieden hatte? Um den Sommer, der kein richtiger gewesen war, zu verlängern, gab ich mir selbst die Antwort. Und, hatte ich nicht nach vier Jahren diesen Urlaub redlich verdient?

Ich ließ mich auf dem gepolsterten Gartenstuhl nieder, nahm das Glas zur Hand, hielt es im Schein der Kerze hoch und betrachtete die Farbe des Weins, die mich an Rubine erinnerte. Oder auch an Blut. Ich schüttelte den Kopf. Schon wieder weilte ich mit meinen Gedanken bei dem Mordfall. Ich fühlte mich nicht in der Lage, diese Bilder aus meinen Gedanken zu verbannen.

Das wäre mir vor vielen Jahren, als meine kleine Familie noch auf mich wartete, nicht passiert. Die aktuellen Fälle konnte ich gedanklich dem Präsidium überlassen, aber nach dem Scheitern meiner Ehe und dem sinnlosen Tod Marinas, fand ich keinen Abstand mehr zu jeglichem Geschehen. Wie sehr hatte sich mein Leben verändert, und ich musste an Eva denken. Meine Ex-Frau, die zu labil gewesen war, um sich ihrem Vater zu widersetzen. Nur einmal war es ihm *nicht* gelungen, der Tochter seinen Willen aufzuzwingen. Dreiundzwanzig Jahre waren seitdem vergangen, als Eva schwanger wurde und mich, den kleinen Streifenpolizisten, wie mein Schwiegervater mich hämisch genannt hatte, heiratete. Wann immer sich ihm eine Gelegenheit bot, hetzte er gegen meine Ehe, verbreitete Lügen über mich, denen Eva, die labil war, Glauben schenkte. Auf Drängen ihres Vaters reichte Eva die Scheidung ein, und ich verlor nicht nur sie, sondern am Ende auch Marina.

Mein Schwiegervater hat wirklich ganze Arbeit geleistet, dachte ich, legte den Kopf an die Polster des Gartenstuhls und blickte zum Himmel empor. Suchte nach zwei Sternen, die ich Marina und auch Eva vor langer Zeit zugeordnet hatte, denn auch meine große Liebe, die Eva immer gewesen war, weilte nicht mehr unter den Lebenden. Fünf Jahre vor Marinas Tod war Eva an Krebs gestorben. Bei Eva traf der Satz meiner Großmutter nicht mehr zu. Ich weiß, es hätte sie zerbrochen, die eigene Tochter zu verlieren.

Briefe, die ich damals verzweifelt an Eva und auch an meine Tochter schrieb, kamen jedes Mal ungeöffnet an mich zurück. Ich kämpfte auf verlorenem Posten, und irgendwann war ich dieses ewigen Kampfes müde geworden. Sehr viel später, nach dem Tod meiner Tochter, als ich die volle Wahrheit erfuhr, war es zu spät gewesen. Für alle Beteiligten. Ich erschauderte und seufzte laut, als ich Bilder heraufbeschwor, unter denen ich viele Jahre gelitten hatte. Und noch immer litt.

Ich konnte mich von dem Gedanken an verlorene Zeiten nicht losreißen. Lag es an meiner Einsamkeit? So wie jetzt an diesem lauen Sommerabend? In den ersten drei Jahren unserer Ehe hatten wir viele schöne Momente erlebt, die auch wohl mit diesem Platz zu tun gehabt hatten, an dem ich gerade saß.

Ich schloss die Augen und ahnte nicht, dass die Weichen für gute, wie auch dramatische Ereignisse gestellt waren, und der Zug unaufhörlich weiterrollte.

5

Donnerstag, 25. August

Jeden Morgen – um Punkt sechs Uhr, egal, ob alltags oder an den Wochenenden, absolvierte Jens Bieber konsequent seine sportlichen Aktivitäten, ohne die er sich nur als halber Mensch wähnte. Zu seinem Aufwärmprogramm gehörte es schon, im Laufschritt die Treppe vom dritten Stock bis zum Erdgeschoss hinunter und in Richtung Aasee zu starten, um dort sein Laufpensum zielbewusst zu vollführen. Und er empfand es jedes Mal als Glück, dass seine Wohnung nur gut fünfhundert Meter vom See entfernt lag.

Egal, wie spät er nachts ins Bett kam, egal, ob die Sonne am Himmel aufging oder Regenwolken ihn bedeckten – wie an diesem Morgen, als es nach dem Gewitter in den frühen Morgenstunden immer noch regnete –, er absolvierte sein Training.

Jens zog die Eingangstür hinter sich zu. Er sah kurz zum Himmel, legte sich das Handtuch um die Schultern und begrüßte den Mann von gegenüber, den er jeden Morgen traf und der auf dem Weg zu seiner Arbeitsstelle war.

Jens sah auf seine Uhr. Dieses war seine wichtigste Stunde des Tages. Beim allmorgendlichen Laufen ordnete er seine Gedanken, die meist mit dem Tagesablauf des Versicherungsunternehmens, in dem er beschäftigt war und wo er sich durch Fleiß und großen Ehrgeiz mit seinen fünfunddreißig Jahren bereits bis in eine Führungsposition hochgearbeitet hatte, zusammenhingen.

Für zehn Uhr war eine Vorstandsversammlung anberaumt. Jens überdachte erneut seinen Verbesserungsvorschlag, den er für gewisse Abteilungen ausgearbeitet hatte, als fast die erste Runde um den See hinter ihm lag. Sein Blick auf die Stoppuhr zeigte ihm, dass er mit dem Ergebnis zufrieden sein konnte, obwohl er erst weit nach Mitternacht zu Bett gegangen war.

Seinen Blick nach vorne gerichtet, lief Jens auf die große, imposante Trauerweide zu. Der Regen rann ihm aus den Haaren, vermischte sich mit dem Schweiß und tropfte in das Handtuch, das um seinen Hals lag. Noch drei, vier Schritte. Plötzlich stutzte er. Kniff seine Augen leicht zusammen und fixierte den Gegenstand, der unter langen, herabhängenden Zweigen sichtbar wurde.

Normalerweise trug Jens eine Brille, aber beim Laufen empfand er sie nur als hinderlich, und wozu hätte er sie auch benötigt, da er den Weg um den Aasee auch mit geschlossenen Augen hätte laufen können. Jeder Meter war ihm nach den drei Jahren, seit er die neue Wohnung bezogen und sich den See zum Laufen auserkoren hatte, mehr als vertraut.

Er nahm einen Teil des Handtuches und wischte sich die Nässe aus dem Gesicht, verlangsamte seinen Lauf und riss erstaunt seine Augen auf, als er zwei Beine erkannte, die unter den Zweigen hervorlugten.

Während er langsam daran vorbeilief, überlegte er angestrengt, ob seine Freunde hier den Teil einer Schaufensterpuppe versteckt hatten? Diesen Scherz empfand er als gar nicht witzig. Aber er traute es ihnen zu. In seinem Freundeskreis war er einer der wenigen, die noch nicht an Familie dachten. Erst am gestrigen Abend, obwohl es mitten unter der Woche gewesen war, hatten sie gemeinsam den Abschied eines Freundes vom Junggesellenleben gefeiert. Wieder ein Freund, der sich dem Unvermeidlichen stellen wollte.

Nein, den Spaß würde er ihnen heute Morgen nicht gönnen. Er lief weiter und versuchte, das Gesehene zu ignorieren. Vermutlich würden seine Freunde hier irgendwo versteckt hinter den Büschen stehen und ihn beobachten. Wie enttäuscht sie sein würden, konnte sich Jens bildlich vorstellen, wenn der Scherz ohne die Reaktion blieb, die sie für ihn vorbereitet hatten. Und noch mehr würden seine Freunde sich ärgern, dass sie seinetwegen so früh aufgestanden wären. Das Lachen wäre dann auf seiner Seite, schmunzelte Jens und nahm wieder sein Tempo auf.

Er sah während des Laufens von links nach rechts. Lauschte auf verhaltenes Lachen oder Stimmen, die nicht vorhanden waren. Außer dem leisen Geräusch, das seine Laufschuhe im feinen Kies von sich gaben, war es absolut still. Und ihm fiel auf, dass er an diesem Morgen der Einzige war, der sein Laufpensum verwirklichte. Die Jogger, die ihm sonst entgegenkamen, hatten es wohl vorgezogen, bei dem Wetter im Haus zu bleiben.

Die Trauerweide lag schon ein paar Meter hinter ihm, als er abrupt stehen blieb. Jens stützte seine Hände auf die Knie, beugte den Kopf nach vorne, und der Schweiß vermengte sich mit dem Regen und tropfte auf den Kiesweg. Sein Atem kam stoßweise aus seiner Kehle. Langsam drehte er sich um, richtete den Blick zurück auf die Weide, als ihm bewusst wurde, was er da eben gesehen hatte. Beine, die in langen braunen Wildlederstiefeln steckten. Er hatte sie gesehen, diese Beine, und seitdem waren erst ein paar Stunden vergangen.

Während er zu Atem kam, sah er deutlich die junge Frau vor sich. Sie hatte in den späten Abendstunden, als er und seine Freunde die Kneipe *Onkel Max* am Aasee betraten, mit einer anderen Frau an der Theke gestanden und allgemeines Aufsehen bei seinen Kumpels erregt. Etliche anzügliche Bemerkungen waren gefallen. Hatte er nicht selbst geglaubt, dass sie sich im Stadtviertel verirrt hätte? Jens ging langsam zu der Trauerweide zurück und sah auf die Beine, die wirklich in braunen Wildlederstiefeln steckten, die bis über die Knie reichten. Er hatte sich nicht geirrt.

Die langen Zweige der Weide streiften durch den leichten Wind immer wieder darüber hinweg. Jens konnte seinen Blick nicht von den Stiefeln lösen. Wie erstarrt stand er davor, unfähig, einen klaren Gedanken zu fassen.

Sein Puls war nach dem intensiven Training, das er seinem Körper abverlangte, schon fast wieder auf dem Normalpunkt angelangt. Trotzdem schlug ihm das Herz bis zum Hals. Egal, dachte er und fuhr sich mit der Hand über die Augen, ob er jetzt in die Falle seiner Freunde tappen würde. Er benötigte einfach Gewissheit, ansonsten würden ihn diese Beine den ganzen Tag begleiten und seine Gedanken bei der kommenden Versammlung durcheinanderbringen.

Sein Herzschlag beschleunigte noch stärker, als er direkt auf die Trauerweide zuging, die Zweige zur Seite bog und mit entsetztem Gesicht auf die junge Frau blickte, die ihn mit unbewegten Augen anstarrte.

***

Kaum, dass Jill ihren roten Regenmantel an den Kleiderhaken hängte, schellte das Telefon auf ihrem Schreibtisch.

„Wer weiß denn, dass wir beide jetzt schon im Büro sind," versuchte Jill zu scherzen und lächelte mich an.

Mein Blick wanderte zur Uhr. Eine dumme Angewohnheit von mir, immer bei Anrufen auf die Uhr zu schauen, die ich mir für lange Zeit untersagt hatte – seit ich damals zu dem Fundort meiner Tochter gerufen worden war. Mittlerweile war diese Marotte wieder zurückgekehrt. Es war kurz nach halb sieben, und ich hörte unbewusst Jill zu, während ich am Schreibtisch saß, den Kopf in die rechte Handfläche gestützt die vorliegenden Protokolle überdachte. Die Aussage von Julia Kurda hatte ich nicht nur einmal gelesen. Ich wurde, wie auch Frank gestern bemerkt hatte, das Gefühl nicht los, mich mit ihr noch einmal eingehend unterhalten zu müssen. Irgendetwas verschwieg sie uns. Ich fragte mich, was und warum?

„Oh mein Gott", vernahm ich wie aus weiter Ferne Jills Worte, hob ruckartig den Kopf und sah abwartend zu meiner Kollegin. Ihre Hand lag an ihrer Stirn, sie nickte und griff gleich darauf zu dem Block, der auf ihrem Schreibtisch lag. Jill notierte schnell alles Wesentliche, was ihr von einem Kollegen aus der Zentrale mitgeteilt wurde.

Mittlerweile kannte ich gewisse Gesten von Jill und erkannte in ihrem Blick Erschütterung. Ich ahnte nichts Gutes.

„Ein Jogger hat am Aasee eine Tote gefunden." Jill riss das Blatt, auf dem sie alles Wichtige notiert hatte, vom Block ab und reichte es mir „Herr Mertens und Versmann sind auch schon benachrichtigt worden und auf dem Weg."

„Hört das denn nie auf?" Frustriert fuhr ich mir über die Augen. „Versuche bitte, Frank zu erreichen."

***

„Kann bitte jemand die Menschen dazu bewegen weiterzugehen?“ Ich drehte mich erbost um. Diese Sensationslust ging mir nicht nur an diesem Morgen gewaltig auf die Nerven, und ich fragte mich oft, woher die Menschen immer wussten, wo ein Verbrechen stattgefunden hatte? Ich zog mir Handschuhe über und beugte mich zu der Leiche, schob die langen blonden Haare zur Seite und sah den roten tief in die Haut gedrückten Streifen am Hals der Toten.

„Wie beim letzten Mal?“ Ich sah meinen Freund Ulrich, den Rechtsmediziner, fragend an.

Versmann und seine Kollegen bei der Spurensicherung waren damit beschäftigt, den Fundort genau zu untersuchen.

„Ja, so könnte man es bezeichnen, Walter. Wenn man vom gleichen Typ ausgeht – die junge Frau wurde eindeutig erdrosselt, aber diesmal war es ... ein scharfer Gegenstand. Ein Draht, würde ich vermuten. Hier, schau dir den Hals an. Tiefe Einschnitte.“ Mertens drehte den Kopf der Toten zur Seite, und ich blickte auf die fast vollständig durchtrennte Halsschlagader.

„Ist die Tote verblutet? Oder war sie schon vorher tot? Könnte der Täter im Nachhinein ...“

„Verblutet ist sie sicherlich, obwohl kaum noch etwas davon vorhanden ist. Das Blut ist im weichen Erdreich versickert, da der Kopf der Toten zur Seite geneigt lag. Zu deiner anderen Frage, Walter: Nein. Nach einem Messer, das wolltest du doch andeuten, sieht die Wunde nicht aus. Da bin ich mir sogar absolut sicher. Der Täter hat seine ganze Kraft angewendet, um das hier zu bewerkstelligen.“

„Der gleiche Typ Frau wie vor drei Tagen.“

„Du meinst, wir haben es mit einem Serientäter zu tun, Walter?“

„Ich weiß es nicht, aber es macht mir Angst. Bei der letzten Pressekonferenz habe ich noch erklärt, dass es sich bei dem Mordfall Kerstin Wagner um einen Einzelfall handelt. Wir hatten einfach noch keine klaren Spuren. Und nun werde ich eines Besseren belehrt.“

Ich blickte auf die Tote. Das Bild von Kerstin Wagner schob sich vor meine Augen. Wie sehr die beiden jungen Frauen sich doch ähnelten. Nicht, dass sie wie Geschwister wirkten, aber die jetzige Tote war ebenso blond, noch stärker geschminkt und die Kleidung noch aufreizender. Mit den langen, angeklebten Wimpern, die sich teils gelöst hatten, wirkte das verzerrte, maskenhafte Gesicht gespenstisch.

„Wann ist der Mord geschehen?“

„Ich würde sagen, dass die Frau wieder so gegen Mitternacht getötet wurde. Und ich denke, dass der Fundort auch gleichzeitig wieder der Tatort ist.“

„Gibt es diesmal Spuren?“

„Ich glaube nicht, dass ich oder Versmann dir was bieten können, Walter. Der Regen in den frühen Morgenstunden hat viel dazu beigetragen, alles zu verwischen. “

Eine Hand berührte meine Schulter. Ich drehte mich um und erblickte Frank, der hinter mir stand.
„Entschuldige, ich habe verschlafen", gab Frank zerknirscht von sich.
„Von sieben Tagen ist das schon das dritte Mal. Du solltest dir einen anständigen Wecker zulegen."
„Das habe ich ja, aber der ist auch nicht zuverlässig", gab Frank reumütig zu. Für Franks verschwörerisches Zwinkern hatte ich nur ein Kopfschütteln übrig.
„Du hast einen ganz schönen Verschleiß, mein Lieber", konnte ich mir nicht verkneifen zu sagen. Wahrscheinlich handelte es sich um seine neueste Errungenschaft, was Freundinnen betraf. In den letzten Tagen hatte ich ein Gespräch unter Kollegen in der Kantine mitbekommen, was meinen Kollegen und Frauen betraf. Frank ging an mir vorbei, sah auf die Tote und überhörte wohlweislich meine Bemerkung.
Ein Beamter kam auf uns zu und reichte mir die Papiere der Toten sowie die kleine hellbraune Handtasche, die neben der Leiche lag, wie er uns erklärte.
„Mona Heiters. Zweiundzwanzig Jahre", bemerkte Frank laut, nachdem er die Brieftasche geöffnet hatte, um nach Informationen zu suchen und blickte mich betroffen an. „Es ist wieder eine Studentin von der Universität Münster." Er hielt den Studentenausweis in der Hand.
„Wie es aussieht, treibt dort jemand sein Unwesen und hat eine Vorliebe für blonde, hübsche Studentinnen", spöttelte Mertens, der sich über die junge Frau beugte und so meinen gequälten Blick nicht bemerkte. Ich sah von Ulrich zu Frank, dem meine schlechte Verfassung erst jetzt auffiel.
„Ist mit dir alles in Ordnung?", äußerte Frank besorgt.
„Ja. Mir geht es nur an die Nieren", war mein einziger Kommentar. Mein Tonfall ließ keine weiteren Fragen zu. Ich richtete mich auf, zog ruckartig die Handschuhe von den Händen und ließ sie in meine Jackentasche verschwinden.
„Brauchbare Spuren?", fragte Frank, an Ulrich gewandt.
Ulrich Mertens, mit seinen hervorstehenden Augen und den schütteren Haaren, die ihm durch den stärker einsetzenden Regen am Kopf klebten, erinnerte viele Kollegen an einen Alien. Ulrich konnte man weiß Gott nicht als gutaussehenden Mann bezeichnen, aber für mich war er ein wirklicher Freund seit Kindertagen.
„Nein, das habe ich Walter schon erklärt. Der Regen in den frühen Morgenstunden hat Vieles fortgewischt. Unsere Kollegen haben schon in sämtliche Richtungen nach Fußabdrücken geforscht. Negativ."
„Der Täter hinterlässt keine Spuren? Da spielt jemand mit uns und hält sich wohl für sehr clever." Frank tippte sich an die Schläfe. „Aber schweben kann er doch auch nicht, oder?"
„Wie ist Ihre Meinung dazu, Kommissar Winter?" Ein Reporter, der sich trotz der Absperrung und der vielen Beamten unbemerkt an den Tatort geschlichen

hatte, trat an mich heran. Ich blickte in Gedanken versunken über den See und hatte ihn gar nicht wahrgenommen. Mich hatte auf der anderen Seite des Sees etwas irritiert, und ich fragte mich, ob ich schon an Halluzinationen litt.

„Ich wüsste nicht, was Sie meinen. Wie kommen Sie überhaupt hierher?"

Der Reporter blickte um sich, lächelte mich verschwörerisch an und gab mir zu verstehen, dass es schließlich sein Job wäre, über solche Taten zu berichten und wiederholte die Worte von Frank.

„Kein Kommentar. Eines sage ich Ihnen nur. Verwenden Sie diesen Satz in einem ihrer Berichte, lernen Sie uns kennen", gab Frank dem Reporter zu verstehen, bevor ich reagieren konnte.

„Morgen früh ... wird es eine Pressekonferenz geben." Ich drehte mich um und ließ den Reporter stehen. Auf ein Zeichen von mir erschien ein Polizeibeamter, der den Berichterstatter höflich aufforderte, sich zu entfernen. Doch zuvor drückte der Journalist schnell auf den Auslöser seiner Kamera und hatte somit als einziger hervorragendes Material für die nächste Ausgabe seiner Zeitung.

„Dort drüben, der Jogger – er hat die Tote gefunden. Das Erstaunliche ist: Er hat sie erst gestern Abend in einer Gaststätte gesehen, sagte mir der Kollege dort drüben. Nimm bitte seine Personalien auf und bitte ihn für heute Nachmittag ins Präsidium."

Frank nickte mir zu und begab sich in Richtung Jens Bieber, der Abseits am Rand der Wiese stand und von einem Fuß auf den anderen trippelte. Ihm schien kalt zu sein, und seine Trainingskleidung war mittlerweile durchnässt.

Ich schlug meinen Kragen höher, als ich mich dem Rechtsmediziner und der Toten erneut zuwandte. Der Regen verstärkte sich. Mir war entsetzlich kalt, was auch mit der erneuten Toten zusammenhing. Der gleiche Typ von Frau. Fast die gleiche Todesursache. Welches Motiv steckte hinter den Morden?

Mein Blick wanderte erneut über den See, als würde mir das Gewässer eine Antwort geben können. Ich kniff meine Augen zusammen. Nein, ich litt nicht an Bewusstseinsstörungen. Auf der gegenüberliegenden Seite nahm ich von Weitem eine Person wahr. Sie war schwarz gekleidet, versuchte, sich hinter einem Busch zu verstecken und sah zu uns hinüber.

„Wenn du meine Meinung hören möchtest, Walter, dann würde ich sagen, dass unser Täter keine blonden Frauen mag." Mertens durchbrach meine Gedankengänge. Nur kurz blickte ich zu Ulrich und wieder zurück zu den Büschen, aber die Person war verschwunden.

„Es sind nicht nur die blonden Haare. Da steckt mehr dahinter." Ich kniete mich neben Mertens, wies auf das geschminkte Gesicht und danach auf die langen roten Fingernägel der Toten. Mir kam der Gedanke, ob die Frauen eventuell ein Doppelleben geführt hatten, von denen niemand eine Ahnung hatte. Ich dachte an die Aussage von Kerstins Arbeitgeber, der zu Protokoll gegeben hatte, dass Kerstin noch einen wichtigen Termin in der Nacht gehabt hätte, als sie das *Farbklecks* verließ. Und so, wie die Tote, Mona Heiters, gekleidet war, war es durchaus nicht auszuschließen, dass sie auch einer gewissen Tätigkeit nachging. Bislang konnte mir nur niemand eine Antwort auf die vielen Fragen geben.

„Ich habe interessante Details für dich, Walter, und werde dir nachher die Ergebnisse ins Büro schicken. Jill ist schon ein Teufelsmädchen." Volker Versmann stand in seinem weißen Anzug vor mir und zwinkerte mir verschwörerisch zu.

„Wovon sprichst du, Volker?"

„Lies einfach die Akte. Ich habe jetzt leider keine Zeit ins Detail zu gehen." Damit wandte sich Versmann ab und ging auf einen Kollegen zu. Ich sah irritiert hinter ihm her.

***

Zufall, dass wir uns begegnet sind.
Sie hat wohl geglaubt, Macht über mich zu besitzen.
Ihre Blicke, die sie mir zuwarf.
Jetzt wird sie niemanden mehr verletzen.
Leider kam mir jemand zuvor.

***

Ich spürte nicht nur den stechenden Schmerz hinter meiner Stirn, sondern auch einen verstärkten Druck in meiner Magengegend, als ich neben Frank in unserem Dienstwagen saß. Ich hatte wieder meinem jungen Kollegen das Steuer überlassen. Franks Fahrrad lehnte an einem Baum, wo er es abgestellt hatte, als er eilig und mit Verspätung am Fundort angekommen war. Unsere Kollegen von der Streife würden es mit zum Präsidium nehmen.

Während wir uns vom Aasee entfernten, um zu den Eltern von Mona Heiters zu fahren, fragte mich Frank, ob mir auch dieser Rotschopf aufgefallen sei, der Abseits von der Meute gestanden und mit einer Kamera hantiert hätte.

Nein, gab ich Frank zu verstehen. Mein Augenmerk hatte mehr der Person gegolten, die ich gegenüber vom Fundort zwischen den Büschen am See bemerkt hatte. Aber ich gab Frank recht, wenn es sich wirklich um den Berger handelte, dass sich die Kollegen mit dem Rotschopf dringend unterhalten mussten. Ganz koscher war der junge Mann wirklich nicht.

Ich griff in die Jackentasche, die Folie der Tablettenpackung knisterte leicht, und drückte unbemerkt zwei Kapseln raus und schob sie in den Mund. Seit dem Mord an Kerstin, war dieses Medikament wieder mein Begleiter. Wie schon vor vier Jahren, als der Schmerz die Oberhand gewann.

Ich bemerkte Franks skeptischen Blick, und vermutlich machte er sich über meinen Zustand seine eigenen Gedanken. Sollte er. Der körperliche Schmerz würde gleich vergehen.

„Ich habe in meinen vielen Berufsjahren immer eine gewisse Distanz bewahrt, wenn ich mit einem Leichnam konfrontiert wurde. Ich habe nur den Menschen gesehen, der ein gewaltsames Ende durch die Hand eines anderen fand. Aber seit dem Tod meiner Tochter ist diese Distanz gebrochen. Vor allem jetzt. Diese jungen Gesichter der Frauen. Ich habe geglaubt ..." Warum erzähle ich das überhaupt? Frank hat keine Ahnung. Und seinen mitleidigen Ausdruck konnte ich wahrlich nicht gebrauchen.

„Verdammter Fahrradfahrer!" Frank fluchte laut, riss das Steuer nach links, um nicht mit einem rücksichtslosen Radler zu kollidieren. Ein Fahrer neben Frank, den er bei dem Ausweichmanöver übersehen hatte und der seinem Fahrstil ausweichen musste, hupte wie wild und tippte sich erbost an die Stirn.

Obwohl Frank als passionierter Fahrradfahrer galt, beherrschte er das Autofahren ebenso gut, wie er nun wieder bewies. Erschrocken blickte ich aus dem Heckfenster, sah in das Gesicht des Radfahrers, der schwarz gekleidet war und kräuselte die Stirn.

„Das Gesicht habe ich schon einmal gesehen."

„Welches Gesicht?"

„Das des Fahrradfahrers. Ich wüsste nur gerne wo."

„Diese Radfahrer meinen, dass sie so rücksichtslos fahren können, nur weil Münster die Stadt der Radler ist", schimpfte Frank weiter und hatte meine Frage nach dem Gesicht schon wieder vergessen.

„Das musst ausgerechnet du sagen. Du bist doch auch ständig mit dem Rad unterwegs. Fährst du immer vorschriftsmäßig?" Ich konnte mir die Frage nicht verkneifen. Dafür erntete ich einen erbosten Blick von Frank, dem der Schreck gehörig in die Glieder gefahren war. Frank setzte den Blinker, fuhr zurück auf die rechte Spur und verließ kurz darauf den Kreisel in Richtung Hammerstraße.

Der Zwischenfall sorgte dafür, dass ich für kurze Zeit von dem, was sich gleich im Hause Heiters abspielen würde, abgelenkt wurde. Meine Gedanken wanderten zu Franks fünfjährigem Betriebsjubiläum vor einem Vierteljahr. Ein leichtes Schmunzeln umspielte trotz der traurigen Situation meine Lippen, denn viele Kollegen der Kriminalpolizei Münster hatten ihm ein Blaulicht für sein schnittiges Rennrad präsentiert und unter allgemeiner Belustigung der Kollegen hatte er etliche Runden auf dem Parkplatz des Präsidiums drehen müssen.

Fahrrad ..., dachte ich nur, und meine Gedanken wirbelten in die nächste Richtung. Es fühlte sich an wie ein Wirbelsturm, der mir das Gesicht des Radlers wieder vor die Augen wehte. Ich war mir ganz sicher, dass ich mit diesen Gesichtszügen schon einmal konfrontiert gewesen war. Nur war mir nicht klar, wo und wann es gewesen war.

Frank ließ den Dienstwagen vor dem Einfamilienhaus der Familie Heiters ausrollen, ohne Anstalten zu unternehmen, diesen ganz auszuschalten. Verblüfft starrte er zu dem Vorgarten. So etwas Akkurates hatte Frank bestimmt noch nicht gesehen, so wie ich seine erstaunte Reaktion deuten konnte.

Weder rechts noch links der nahestehenden Häuser konnte man so einen gepflegten Garten erkennen. Auf den Zentimeter genau umrundeten Kantensteine die gepflegten Blumenbeete und Rasenkanten, die aussahen, als hätte jemand mit dem Lineal daran gearbeitet. Unser Blick wanderte zu den Beeten. Vergebens suchten wir nach dem Unkraut, das nicht vorhanden war.

„Ich weiß, was du denkst Frank, … mein Garten ist mir lieber", holten meine Worte den jungen Kollegen in die Wirklichkeit zurück.

„Ja, das glaube ich dir sofort. Ich mag deinen leicht verwilderten und trotz allem gepflegt wirkenden Garten. Mit dem alten Baumbestand. So etwas werde ich mir leider nicht leisten können, es sei denn, meine zukünftige Frau hat so ein Anwesen."

„Hm, an Auswahl mangelt es dir doch nicht. Noch keine Freundin mit Haus und Garten dabei?"

„Machst du Witze, Walter. Wenn die meine dreißig Quadratmeter sachdienlich eingerichtet und ohne Erbstücke sehen, dann ..."

„Es geht nicht um das Materielle, Frank. Wenn von der Größe einer Wohnung eine Beziehung abhängt, dann ist es nicht die richtige Frau."

„Gut zu wissen. Ich werde in Zukunft sorgfältiger mit den Gegebenheiten umgehen, Walter. Nun bin ich gespannt auf das Innere des Hauses und auf die Eltern. Wie passt so eine Erscheinung wie Mona Heiters in dieses schon fast sterile Umfeld? Es ist schwer vorstellbar." Ich nickte Frank zu, denn er sprach mir aus der Seele, und öffnete die Beifahrertür.

Die Haustür wurde uns von einer sehr jugendlich wirkenden Frau in Jeans und einem weiten dunkelblauen Pullover geöffnet. Ihre langen mittelblonden, gesträhnten Haare trug sie zu einem Zopf geflochten, der ihr schräg über die Schulter fiel. Erstaunt blickte sie uns an.

„Frau Heiters?" Den Ausweis in der Hand stellte ich mich und meinen Kollegen vor.

Diese Momente fürchtete ich. Die blanke Angst in den Augen der Angehörigen. Plötzlich scheint die Welt stehen zu bleiben. Nichts ist mehr so wie ein paar Minuten zuvor. Diese grausamen inneren Qualen. Dieser entsetzliche Schmerz. Es ist, als würde jemand einem das Herz herausreißen. Die ständigen Fragen nach dem *Wieso* und *Warum*. Die Zweifel, was man im Leben der Kinder versäumt hat. Die Endgültigkeit. Begleiter der Trauernden für das ganze Leben.

Ich versuchte, das Gefühl, das mich überrannte, zu unterdrücken. Ich war hier, um so schnell es ging Näheres aus dem Leben von Mona Heiters zu erfahren. Schneller als beim letzten Mal, hoffte ich.

Die Beine schienen Jutta Heiters nicht zu gehören, als sie uns ins Haus bat. Mit schwankenden Schritten entfernte sie sich und wies uns den Weg ins Wohnzimmer. Dabei hatte sie noch keine Ahnung, was sie erwartete. Aber Polizei wird immer gleich mit Unglück in Verbindung gebracht, was es auch hier im Hause der Heiters bedeuten würde.

Während wir ihr folgten, blickte ich mich in der großen, geräumigen Diele um, wo eine kleine, alte, geschnitzte Eichenbank stand, auf der zwei historisch gekleidete Puppen saßen. Darüber hing ein wunderschöner venezianischer Spiegel. Eine Treppe aus hellem Eichenholz, die kein Staubkorn aufwies, führte nach oben. Dort standen ebenfalls Dinge aus älterer Zeit. Der Wohnraum, den wir betraten, war geschmackvoll mit Möbeln aus verschiedenen Epochen bestückt. Für einen Moment schlug mein Herz bei dem Anblick höher, da ich ein Faible für diese alten Möbel besaß, aber auf der anderen Seite wirkte der Raum in meinen Augen wie eine Puppenstube, mit der niemand spielen durfte.

Ein kurzer, verstohlener Blick ins Esszimmer, das an den Wohnraum grenzte, sagte mir, dass Frau Heiters mit dem Abräumen des Frühstückstisches beschäftigt gewesen war. Der Tisch war für drei Personen gedeckt. Mittlerweile war es fast neun Uhr.

Wir ließen uns vorsichtig auf dem weinroten Sofa nieder, das mit akkurat arrangierten, beigefarbenen Kissen bestückt war.

„Ist Ihr Mann auch zu Hause, Frau Heiters?“

„Was ist denn ... geschehen?“ Blass und mit angstvollen Augen stützte sie sich an der Lehne des Sessels ab, ließ sich langsam hineingleiten und blickte uns sorgenvoll an.

Noch ehe ich ihre Frage beantworteten konnte, kam ein älterer Mann mit grünen Gartenhandschuhen, die vor Sauberkeit glänzten, von der überdachten Terrasse ins Wohnzimmer und sah erstaunt von Frank zu mir. Meine Vermutung, dass es sich nur um den Vater von Frau Jutta Heiters handeln konnte, wurde sogleich revidiert, als er sich als Horst Heiters vorstellte und betonte, dass er der Ehemann sei. Mein Erstaunen gab ich nicht zu erkennen. Dass Herr Heiters mindestens zwanzig Jahre älter war als seine Frau, die dem Aussehen nach eher die ältere Schwester von Mona Heiters hätte sein können.

„Ist etwas mit unserer Tochter geschehen?“ Erschrocken blickte er von einem zum anderen, als seine Frau ihm erklärte, dass wir von der Kriminalpolizei seien.

„Es tut uns leid, aber wir haben keine guten Nachrichten für Sie.“

Ich räusperte mich. Ein dicker Kloß schien in meiner Kehle zu stecken. Ich erklärte dem Ehepaar so schonend wie eben möglich, den Tod ihrer Tochter. Jutta Heiters schrie verzweifelt auf. Nach Halt suchend, klammerte sie sich an ihren Mann, der uns verständnislos und ungläubig anstarrte. Seine Arme umfassten liebevoll seine Frau.

„Mona? Unsere Tochter? Das kann nicht sein. Sie müssen sich irren."

„Ich wünschte es wäre so, Herr Heiters. Heute, in den frühen Morgenstunden, wurde eine junge Frau von einem Jogger am Aasee gefunden. Die Papiere, die sie bei sich trug, lauten auf den Namen Mona Heiters. Ihre Tochter war doch Studentin an der Universität Münster und zweiundzwanzig Jahre alt?" Ich spürte mein Herz hinter der Brust heftig schlagen.

„Ja. Unsere Mona ist Studentin. Eine sehr gute sogar. Aber ich kann mir nicht vorstellen, warum meine Tochter an diesem Ort gewesen sein sollte." Er schüttelte immer wieder den Kopf und schien in dem kurzen Moment um Jahre gealtert.

„Das Lokal *Onkel Max* liegt direkt am Aasee. Ihre Tochter ist gestern zu später Stunde dort gesehen worden", erklärte ich dem Ehepaar, ehe Herr Heiters wiederholt erklären konnte, dass seine Tochter nicht am See war.

Seine Frau blickte mich verzweifelt an. Tränen rollten an ihren Wangen entlang, und sie presste die zur Faust geballte Hand an die schmalen Lippen. In ihrem Gesicht war keinerlei Farbe mehr zu erkennen.

„Können wir Ihnen ein paar Fragen stellen?" Horst Heiters nickte. Seine Stimme wollte ihm nicht gehorchen, und ich sah die aufsteigenden Tränen in seinen blassblauen Augen. „Ihre Tochter wohnte noch bei Ihnen?"

„Ja. Meine Mona ... hat oben im Haus eine ... eigene kleine Wohnung."

„Wann haben Sie Ihre Tochter das letzte Mal gesehen?"

„Gestern ... gestern Nachmittag. Sie wollte ... zu einer Freundin ... fahren."

„Und Ihre Tochter ist über Nacht nicht nach Hause gekommen."

„Nein. Mona ist zweiundzwanzig. Meine Tochter ist ... volljährig. Da hat man nicht mehr den Einfluss auf Kinder, den man gerne noch für sich beanspruchen würde."

Diese Aussage von Herrn Heiters, so empfand ich, passte genau in das gesamte Umfeld, das so geordnet wirkte. Außerdem fiel mir auf, dass er immer von *meine Tochter* sprach, und ich fragte mich, ob es wirklich nur seine Tochter oder die gemeinsame mit der Ehefrau war? Wenn sich das nicht aus dem Gespräch ergeben würde, so nahm ich mir vor, das anzusprechen.

„Kam es oft vor, dass Ihre Tochter über Nacht nicht nach Hause kam?"

Heiters, der auf der Lehne des Sessels saß, blickte auf seine Frau herab, die ihr Gesicht an seine Brust presste. Ihr ganzer Körper zitterte so stark, dass es auch uns nicht verborgen blieb.

„Wie schon gesagt. Mona ist volljährig."

„Also waren Sie heute Morgen auch nicht verwundert, dass Ihre Tochter nicht zu Hause war. Wie ich eben bemerkt habe, ist Ihr Frühstückstisch für drei Personen gedeckt."

„Meine Frau deckt immer für meine Tochter mit. Wir wissen ja nicht ..." Missbilligend sah Heiter mich an.

„Sie waren nicht immer damit einverstanden, dass Ihre Tochter dem Frühstück fernblieb? Gab es aus diesem Grund Meinungsverschiedenheiten zwischen Ihnen?“ An Heiters Gesicht konnte ich ablesen, dass ich einen wunden Punkt in seinem Leben getroffen hatte. Er sah aus, als wenn er in eine Zitrone gebissen hätte. „Können Sie mir denn vielleicht sagen, wo Ihre Tochter die Nacht verbracht hat.“

„Mona! Mein kleiner Sonnenschein ...“, schluchzte Frau Heiters und drückte ein Taschentuch vor ihre Augen. „Warum? Warum?“ Ihre Stimme war nur mehr ein Flüstern.

Ihr Mann strich zärtlich über den Kopf seiner Frau.

„Diese Frage kann ich Ihnen leider nicht beantworten. Jedenfalls zu diesem Zeitpunkt noch nicht.“

„Mona wollte bei ihrer ... Freundin Bettina ... übernachten.“ Jutta Heiters schloss gequält die Augen.

„Wo können wir diese Freundin erreichen?“ Frank saß neben mir und notierte alles Wesentliche in seinem Notizbuch.

„Bettina Weber.“ Heiters fragte seine Frau nach der Straße, als er von mir unterbrochen wurde. Ich fragte ihn direkt, ob es sich um die Hornstraße handelte. Franks Blick, als er den Namen der Freundin hörte, bestätigte ich mit einem Nicken.

„Sie kennen Bettina?“ Erstaunt zog Heiters seine grauen Augenbrauen hoch. Auf seiner Stirn vertieften sich die Falten.

„Ich habe den Namen ...“ Nein, entschied ich mich. Noch sah ich keine Veranlassung dem Ehepaar nähere Details über mein Wissen, das mit dem Mordfall Kerstin Wagner in Verbindung stand, zu offenbaren. „Sie war eine gute Freundin Ihrer Tochter?“

„Bettina ist Monas beste Freundin“, schluchzte Jutta Heiters. Sie fliegt am Freitag für ein Jahr nach Neuseeland, und beide wollten gestern Abschied feiern.“

„Ihre Tochter. Hatte sie einen Freund? Eine feste Beziehung?“ Ich beobachtete bei meinen Worten das Ehepaar, doch mein Blick wanderte plötzlich zur Anrichte mir gegenüber, auf der ein Bild stand, das mich magisch fesselte. Ich erhob mich und ging ein paar Schritte darauf zu. „Darf ich?“ Ich wartete keine Einwilligung vonseiten der Eltern ab und nahm den Bilderrahmen in die Hand.

„Das Foto von Mona ist erst im Frühjahr aufgenommen worden“, bemerkte Herr Heiters, erhob sich von der Sessellehne und wollte zu mir kommen. Meine Handbewegung ließ ihn in seinem Vorhaben stocken.

Ich sah ein junges Mädchen – ich hätte es höchstens auf sechzehn geschätzt – mit einem langen Pferdeschwanz, kaum geschminkt, mit Jeans und einer karierten Bluse bekleidet. Sympathisch, ja geradezu glücklich, lächelte Mona in die Kamera. Der Gedanke, der mir beim Anblick von Jutta Heiters in den Sinn gekommen war, bestätigte sich ein weiteres Mal. Mona wirkte wie die jüngere Schwester ihrer Mutter. Für mich war es unglaublich, dass es sich um die gleiche junge Frau handeln sollte, die ich ermordet unter der Trauerweide liegend gesehen hatte. Meine Vermutung, dass die ermordeten Frauen ein Doppelleben geführt hatten, verstärkte sich zunehmend.

„Mona ist Ihre gemeinsame Tochter? Haben Sie noch mehr Kinder?“ Ich stellte das Foto zurück auf die Anrichte.

„Mona hat uns nur Freude bereitet. Ich kann ... es nicht ... verstehen.“ Wie ein Film schien das kurze Leben von Mona vor den Augen von Frau Heiters abzulaufen, als sie mir schluchzend gestand, dass ihr Mann damals schon gut fünfzig gewesen sei, als sie ihm dieses Kind geschenkt hatte. „Wie dankbar war mein Mann, als er die Kleine zum ersten Mal in den Armen hielt. Sein Glück kannte keine Grenzen.“ Sie blickte zu ihrem Mann empor. „Und nun? Es ist alles zerstört. Zerstört durch diese unsinnige Tat, die uns die Tochter genommen hat. Wie sollen wir nur ohne Mona weiterleben?“

Das hatte ich mich vor fast vier Jahren auch gefragt, obwohl ich lange Zeit keinen Kontakt zu meiner Tochter gehabt hatte. Widrige Umstände hatten uns getrennt.

Herr Heiters sah wie verloren hinüber in das Esszimmer, wo immer noch das zum Teil benutzte Frühstücksgeschirr auf dem Tisch stand. Seine Gedanken konnte ich körperlich spüren. Nie wieder würde Mona in diesem Zimmer mit ihren Eltern zusammen an dem Esstisch sitzen und gemeinsam die Mahlzeiten einnehmen. Nie mehr würde sie von ihrem Studium berichten, auf das der Vater wahrscheinlich so stolz gewesen war. Dass Herr Heiters pensionierter Lehrer war, erfuhren wir kurz darauf von ihm, als er uns erklärte, dass er schon immer auf die schulischen Leistungen seiner Tochter großen Wert gelegt hatte und Mona eine fleißige Schülerin gewesen sei. Auch das Studium hätte sie mit sehr viel Ernst begonnen, nie auch nur eine Vorlesung versäumt, da er schließlich das Studium finanziell ermöglichte. Er hätte dadurch auch nichts anderes gelten lassen. Ich schloss für einen kurzen Moment die Augen und war dankbar für meine verständnisvollen Großeltern, die niemals Druck auf mich ausübten. Sie hatten es verstanden, mich anders zu motivieren.

Heiters Stimme war nur noch ein Flüstern. Mühsam kämpfte er mit den Tränen. Verzweifelt schaute Jutta Heiters zu ihrem Mann. Er beugte sich zu seiner Frau und drückte sein Gesicht in ihr Haar.

„Wer hat unserer Mona so etwas angetan?“ Heiters schrie plötzlich seine Wut, seine Frustration heraus. „Wer! Sagen Sie es mir!“, als ich dem Ehepaar erklärt hatte, wie die Tochter ums Leben gekommen war.

Ich schüttelte nur den Kopf. Diesen Zorn des Mannes konnte ich mehr als gut verstehen. Es war schwer zu begreifen, wenn einem das Einzige, was man bedingungslos liebte, endgültig genommen wurde.

„Wir haben noch keine Spur zum Täter, aber Sie könnten uns weiterhelfen. Bitte beantworten Sie deshalb unsere Fragen."

Heiters entschuldigte sich für sein Verhalten. Es war ihm peinlich, dass er so die Fassung verloren hatte. Ich gab ihm zu verstehen, dass ich ihn sehr gut verstehen würde.

„Nein! Nein! Das können Sie nicht verstehen! Was maßen Sie sich an? Haben Sie Kinder?" Frau Heiters sah mich plötzlich erbost an. Ihre Stimme klang brüchig und schrill zugleich.

„Ich habe auch eine Tochter verloren. Sie war neunzehn." In meinem Blick muss so viel Trauer gelegen haben, dass sie mich mit weit aufgerissenen Augen ansah und wahrscheinlich überlegte, ob ich sie nur trösten wollte oder ob meine Worte der Wahrheit entsprachen.

„Das wollte ich nicht", kam es leise von ihren Lippen.

„Das konnten Sie ja auch nicht wissen, Frau Heiters. Aber ich weiß wovon ich spreche."

Frau Heiters rang sichtlich um Fassung und mühsam gab sie uns die Auskunft, die wir so dringend benötigten. Wir erfuhren, dass ihre Tochter gegen fünfzehn Uhr das Haus verlassen hatte, um zu ihrer Freundin zu fahren. Auf die Frage von mir, ob das Ehepaar eine Ahnung hätte, was die jungen Frauen für den Abend geplant haben könnten, sahen sie sich kurz an und schüttelten den Kopf.

„Ich komme noch einmal auf meine Frage zurück. Hatte Ihre Tochter einen Freund?"

„Ja! Mona hatte einen festen Freund", antwortete Herr Heiters, und dem Klang seiner Stimme war zu entnehmen, dass er das nicht befürwortet hatte. Aber Väter reagierten ja oft mit Unverständnis; die Eifersucht, wenn die Tochter flügge wurde, vermutete ich. Mir war leider dieses Gefühl entgangen. „Glauben Sie ..."

„Horst! Wie kannst du nur annehmen, dass ..." Entsetzt sah Jutta ihren Mann an. „Martin hat Mona so sehr geliebt. Niemals würde ich dem jungen Mann so eine Tat zutrauen."

Ich sah plötzlich, trotz der Trauer, einen gewissen Glanz in den Augen der Mutter. Dann erst kam mir zu Bewusstsein, welchen Namen sie genannt hatte, aber ehe ich mich weiter erkundigen konnte, fing sie an zu erzählen und beschrieb uns den Freund ihrer Tochter.

„Mona war so glücklich, als sie uns Martin vorgestellt hat. Ein gut erzogener Mann mit exzellenten Umgangsformen. Und zur Begrüßung überreichte er mir einen wunderschönen Blumenstrauß.

„Ja, davon warst du ja unglaublich beeindruckt", gab Heiters mit einem Kopfschütteln preis, was bei uns tief blicken ließ.

„Martin?", fragten Frank und ich wie aus einem Mund, sahen uns verblüfft an und tauschten einen bedeutungsvollen Blick, der sagen sollte: *Das bleibt vorerst unter uns, wenn sich bewahrheiten sollte, was wir vermuten.* Aber konnte es so viele Zufälle geben?

„Martin weiß bestimmt noch nichts von dem Unglück. Wie sehr muss es ihn treffen", schluchzte Jutta Heiters in ihr Taschentuch und presste es fest vor den Mund. Den vorangegangenen Worten ihres Mannes schien sie keine Bedeutung beizumessen.

Dass Monas Mutter in Martin schon den zukünftigen Schwiegersohn gesehen hatte, konnte man ihren Worten deutlich entnehmen. Ihre Worte waren zwar nicht mehr als ein Murmeln, das von dem Taschentuch verschlungen wurde, aber die Begeisterung konnte das Tuch nicht verbergen.

„Können Sie uns bitte den vollen Namen und die Adresse des jungen Mannes geben?"

„Ja. Martin Frobes. Die Straße müsste in Monas Adressenbuch stehen", erklärte uns Herr Heiters.

„Der Sohn des Firmeninhabers Frobes?"

Zwei ermordete Frauen, und die Fäden liefen im Hause Frobes zusammen. Ich wollte und konnte es in dem Moment nicht glauben.

„Ja. Aber woher wissen Sie ...?" Ich schaute in zwei völlig verblüffte Gesichter.

„Wann haben Sie Herrn Frobes das letzte Mal gesehen?" Ich ging nicht weiter auf die Frage von Horst Heiters ein.

„Martin war am letzten Donnerstag hier und wollte zu Mona, aber sie war leider nicht zu Hause. Ob sie sich später noch getroffen haben, kann ich Ihnen leider nicht sagen." Jutta Heiters sah bei ihren Worten ihren Mann nicht an. Wie mir schien, war Martin Frobes für Herrn Heiters ein rotes Tuch gewesen, was wohl zu einem ständigen Machtkampf in der Familie geführt haben musste.

Franks Finger huschten über das Papier, während er das Datum notierte.

„Wollte sich Ihre Tochter gestern Abend noch mit ihrem Freund treffen?" Auch auf die Frage konnte mir das Ehepaar keine Antwort geben. „Wie lange war Herr Frobes schon mit Ihrer Tochter befreundet? Und wie gut kennen Sie ihn?"

Frau Heiters schien die vielen Fragen nicht zu verstehen, die Martin betrafen. Ihr Blick war ein einziges Fragezeichen.

„Er hat ... sie so sehr ... geliebt." Frau Heiters fuhr mit dem Taschentuch über die vom Weinen geröteten Augen. Ihre Hände zitterten wie Espenlaub. Hilfe suchend blickte sie zu ihrem Mann auf, der ihr sanft über die Schulter strich, aber keine weitere Bemerkung in dieser Hinsicht von sich gab.

„Dürfen wir einen Blick in die Wohnung Ihrer Tochter werfen? Hilfreich wäre es auch, wenn Sie uns Namen und Adressen von Freunden überlassen würden." Ich hatte ein bestimmtes Interesse daran, wie auch in dem Zimmer von Kerstin Wagner, in den Kleiderschrank zu blicken. Bevor ich die Eltern mit meinen Gedanken konfrontieren wollte, hatte ich das Bedürfnis, es selbst herauszufinden.

„Ich werde Ihnen das Notizbuch von unserer Tochter geben. Dort hat sie alles säuberlich vermerkt." Horst Heiters drückte seine Frau zurück in den Sessel, als sie sich erhob, um mit in die Räumlichkeiten der Tochter zu gehen. Er strich ihr dennoch einmal liebevoll über die Wange.

Heiters Gang war schleppend, seine Füße schlurften über die Fliesen, als er vor uns bis zur Treppe ging, die von der Diele ins Obergeschoss führte. Doch bevor er die Treppenstufen emporstieg, zog er, so wie er es vermutlich immer tat, seine Schuhe aus und stellte sie ordnungsgemäß neben die Fußmatte. Frank sah mich verdutzt an, aber ich wusste aus Erfahrung und hatte es oft beobachtet, dass gerade in Zeiten größter Trauer die Angewohnheiten die Betroffenen nicht verließen, die ihnen einen gewissen Halt und einen Grad an Sicherheit boten.

Franks fragender Blick, ob wir der stillen Aufforderung Herrn Heiters nachkommen sollten, verneinte ich mit einem Kopfschütteln. Was hätte es auch für einen Sinn gemacht.

Sichtlich erstaunt blickten wir uns in der geschmackvollen Wohnung von Mona um, die in einen Wohn- und Schlafbereich aufgeteilt war. Rechts neben der Tür befand sich ein kleines Bad. Der Wohnbereich mit einem Mix aus älteren und neueren Möbeln, strahlte viel Gemütlichkeit aus und wirkte nicht so steril, wie unten das Erdgeschoss der Eltern. Auf dem alten Schreibtisch, der unter dem Fenster stand, türmten sich säuberlich geordnet Ordner und etliche Studienunterlagen, die sich Frank mit Genehmigung des Vaters flüchtig ansah. Wie er aber nach kurzer Zeit feststellte, war für uns nichts von Bedeutung dabei. Er zog eine Schreibtischschublade nach der anderen auf, überflog den Inhalt, ebenfalls ohne wirklich etwas zu finden, was er als brauchbar befand.

Ich stand währenddessen im Schlafraum vor der kleinen Kommode und sah auf die Bilder, die darüber in modernen Rahmen an der Wand hingen. Mona, glücklich lächelnd, als Kleinkind, als Teenager, als junge Frau, und auf einem Foto schmiegte sie sich zärtlich in die Arme ihres Freundes.

„Ist das Herr Frobes?"

Heiters bejahte dies zähneknirschend, und ich sah mir den Mann genauer an, der bestimmt, so vermutete ich, zehn Jahre älter war als Mona. Mein Blick wanderte nochmals über die übrigen Bilderrahmen. Aber auf keinem Foto war Mona mit einem aufreizenden Kleidungsstück zu sehen, was meine Vermutung bestätigte, dass ein Doppelleben stattgefunden hatte. Nun interessierte mich noch brennender der Kleiderschrank der Toten. Mit einem fragenden Blick in Richtung Herrn Heiters, der mir in den Schlafraum gefolgt war, öffnete ich die erste Tür des Kleiderschrankes. Er schien nicht zu verstehen, warum mein Interesse an den Habseligkeiten, vor allem an der Kleidung seiner Tochter so groß war.

„Wenn Sie mir sagen, wonach Sie suchen, dann könnte ich Ihnen behilflich sein."

„Herr Heiters. Es gehört zu unseren Ermittlungen. Je mehr wir über die Opfer erfahren, umso klarer können wir uns ein Bild formen und gewissen Spuren nachgehen."

„Aber was glauben Sie denn hier zu finden? Ich verstehe es nicht."

Ich ergriff den Knauf des alten Bauernschranks, öffnete die Tür weiter auf und schob die Kleiderbügel einen nach dem anderen zur Seite. Nicht ein Teil der Kleidung fand ich, die Mona getragen hatte. Ich öffnete die zweite Tür. In den Fächern sah ich farbige Pullover und T-Shirts, ordnungsgemäß gebügelt und zusammengelegt. Das war wohl die Arbeit der Mutter, mutmaßte ich, und ein Hauch von Lavendel stieg mir in die Nase.

Ich inspizierte den ganzen Kleiderschrank genau, aber das, was ich suchte, war unter der ganzen Kleidung nicht zu finden. Für mich wurde die Vermutung mittlerweile zur Gewissheit. Es gab im Kleiderschrank nicht ein spezielles Teil, das der Kleidung der Toten glich. Aber wo befand sich der Ort, wo Mona sich umkleidete, fragte ich mich. Sollte das bei dieser Bettina Weber sein?

„Kannte Ihre Tochter die junge Frau, Kerstin Wagner?"

„Den Namen hat meine Tochter nie erwähnt." Dann schien es Herrn Heiters zu dämmern. „Ist das ... ist das nicht die Frau, die auch ermordet wurde?"

„Ja, Herr Heiters. … Hat Ihre Tochter immer nur diese Kleidung getragen?" Ich sah den Vater abwartend an. Als ich den vorwurfsvollen Blick bemerkte, war mir sofort bewusst, dass der Mann keine Ahnung hatte.

„Ja. Was haben Sie denn erwartet?" Entrüstet sah er mich an. Seine Empörung kam deutlich zum Ausdruck. „Unsere Tochter hat sich immer modern, aber sehr anständig gekleidet."

„Herr Heiters. Ich möchte Ihnen nicht zu nahetreten, aber als Ihre Tochter gefunden wurde, war sie anders gekleidet. Nicht mit dem zu vergleichen, was ich hier im Schrank sehe." Ich sah ihn abwartend an und wartete auf seine Reaktion.

„Das verstehe ich nicht. Als Mona das Haus verließ, trug sie eine beigefarbene Hose und eine rot-weiß gestreifte Bluse. Und sie hatte ihren roten Blouson dabei." Mit Bestimmtheit kamen seine Worte über seine schmalen Lippen, als wenn es da nichts zu rütteln gab.

„Es sind zu viele Fragen offen, die ich Ihnen im Moment noch nicht beantworten kann, Herr Heiters. Sie wollten uns das Notizbuch Ihrer Tochter geben", lenkte ich vom Thema der Kleidung ab, und Herr Heiters entfernte sich. Im gleichen Augenblick fiel mir die Freundin von Mona ein.

„Bettina Weber. Ihr sollten wir als Nächstes dringend einen Besuch abstatten", flüsterte ich Frank zu, der zu mir in den Schlafraum kam und an der Tür stehen blieb.

„Das denke ich auch", gab mir Frank ebenso leise zu verstehen, damit Heiters es nicht hörte.

Heiters fuhr sich mit der Hand durch die grauen Haare, die zuvor mit einem akkurat gezogenen Scheitel an seinem Kopf saßen – jetzt standen sie ab, wie er feststellte, als er einen Blick in den Spiegel warf, der neben der Tür zu Monas Schlafzimmer an der Wand hing. Er versuchte, die Haare wieder in die passende Richtung zu streichen. Ich sah ihm hinterher, und es war für mich ein weiterer Beweis, dass in dieser Familie alles seine Ordnung besaß, die selbst vor abstehenden Haaren nicht zurückschreckte.

Er bemerkte meinen erstaunten Blick, erinnerte sich plötzlich wieder an das Adressbuch, zog eine Schublade der Kommode auf, die unter dem Spiegel in dem Vorraum stand, entnahm das kleine schwarze Buch und reichte es Frank, der auf ihn zukam.

„Hier ist alles vermerkt, was Sie benötigen. Kann ich wieder zu meiner Frau gehen? Oder brauchen ...“

„Nein. Wir danken Ihnen, Herr Heiters. Wenn Sie erlauben, dann würden wir uns gerne noch einen Moment umsehen.“ Mir war es lieber, ohne den vorwurfsvollen Blick des Vaters, hier in Ruhe die Räumlichkeiten der Tochter zu durchsuchen.

Frank blätterte derweilen kurz in dem kleinen Notizbuch und ließ es in seiner Jackentasche verschwinden, ehe er sich wieder dem Bücherregal zuwandte.

Gut zur Hälfte bestand das Ausmaß an Büchern aus schulischer Lektüre. Er zog mehrere dicke Lehrbücher über Wirtschaft und Politik heraus, als er durch puren Zufall ein rotes in Leinen gebundenes Buch mit einem kleinen Schloss versehen, hinter den Büchern entdeckte.

„Walter!“

„Ja!“ Ich schaute auf und ging zu ihm.

„Wo versteckt man einen Schlüssel, der womöglich nicht gefunden werden sollte?“ Frank hielt mir das Buch entgegen.

„Ein Tagebuch?“

„Ja. Es sieht so aus, denn das Buch ist verschlossen.“

Das war des Rätsels Lösung. Ich erinnerte mich an den kleinen Schlüssel, der sich in der Geldbörse von Mona befand. Ich war mehr als gespannt, was ich in dem Tagebuch zu lesen bekommen würde. Diese Aufzeichnungen waren oft sehr viel wert, das wusste ich aus Erfahrung, denn hier wurden Tatsachen vermerkt und Gefühle geschildert, die für Dritte nicht gedacht waren.

Meine Tochter hatte auch so ein Buch geführt. Es war das Einzige, was mir aus ihrem Leben geblieben war. Wie sehr mich die Einträge von Marina erschüttertet hatten, konnte ich keinem erklären. Auf den Seiten und auch zwischen den Zeilen hatte ich erkennen müssen, wie sehr Marina im Alter von acht Jahren unter der Trennung ihrer Eltern gelitten hatte. Auch der Tod der Mutter, als Vierzehnjährige, hatte eine Art Trauma bei ihr ausgelöst. Ich las auch, wie enttäuscht meine Tochter lange Zeit von mir, ihrem Vater, gewesen war. Sie hatte mich als nutzloses Wesen angesehen, weil sie lange in dem Glauben gelassen wurde, dass ich ständig Verhältnisse zu anderen Frauen gehabt hätte. Das entsprach definitiv nicht der Wahrheit. Aber die Saat war aufgegangen. Mein Schwiegervater hatte wirklich bei allen beteiligten Personen ganze Arbeit geleistet, und ich selbst war den einfacheren Weg gegangen, dem ewigen Kampf müde, und das war etwas, was mir selbst heute noch schwer auf der Seele lastet. Leider kann ich das alles nicht mehr rückgängig machen.

Über den letzten Eintrag meiner Tochter, vierzehn Tage vor ihrem sinnlosen Tod, war ich zuerst fassungslos gewesen, aber die letzten Worte hatten mich umso glücklicher gemacht. Marina hatte vorgehabt, sich mit mir zu treffen, nachdem ihre Oma, Evas Mutter, ihr langes Schweigen gebrochen und die Wahrheit erzählt hatte. Leider war es zu diesem Treffen nicht mehr gekommen. Der Tod kam uns zuvor.

Wir blickten in zwei betroffene Gesichter, als Frank und ich dem Ehepaar Heiters erklärten, dass wir das Tagebuch der Tochter mit aufs Präsidium nehmen würden. Dass ihre geliebte Mona Geheimnisse vor ihnen gehabt hatte, konnten sie nicht verstehen, denn sie hatten keine Ahnung von dem Buch, wie sie uns zu verstehen gaben.

***

Auf dem Weg zu Bettina Weber telefonierte ich mit Jill, denn es interessierte mich brennend, was Versmann für mich im Präsidium hinterlassen hatte.

„Ja. Ich habe mich gerade damit befasst. Bingo, Chef. Die Fingerabdrücke, die am Wagen von Kerstin Wagner lokalisiert wurden, gehören eindeutig Marvin Frobes. Leider haben die Teppichfasern keine positive Bilanz hervorgebracht."

„Es wird wohl noch mehr Teppichfasern im Hause Frobes geben, Jill. Das Ergebnis hört sich aber im Allgemeinen schon sehr gut an. Wir haben im jetzigen Mordfall auch wieder mit einem Frobes zu tun." Und ich erklärte meiner Kollegin in kurzen Sätzen, was sich bis zu diesem Zeitpunkt zugetragen hatte. „Wir sind jetzt auf dem Weg zu Frau Weber." Ich legte auf und erzählte Frank von der positiven Nachricht.

***

Bernhard Frobes lief mit hochrotem Kopf und schnaufend in seinem mit edlen Möbeln ausgestatteten Wohnzimmer auf und ab.

War das Gespräch am Abend auch ausgefallen, da Martin erst am heutigen Tag zurückkehrte, gab es für den Senior jetzt kein Halten mehr. Er hatte einen Anruf entgegengenommen, der für Martin bestimmt gewesen war. Persönlich hatte ihn das Gespräch nicht berührt, aber er hatte sofort die Familienmitglieder zusammengetrommelt, um endlich Klarheit zu bekommen.

Abrupt blieb er vor dem pompösen Kamin, auf dem etliche Familienbilder standen, stehen und sah von seinem jüngeren zu seinem älteren Sohn Marvin, der es vorzog, im Raum stehend zu verharren. Die Hände in den Hosentaschen vergraben, wartete er auf den Wutausbruch seines Vaters, der unweigerlich kommen würde, nachdem der Patriarch unmissverständlich erklärt hatte, dass sein Filius an dem Gespräch teilnehmen musste.

Marvin kannte mittlerweile seinen Vater zur Genüge, aber noch hatte er keine Ahnung von den neusten Ereignissen, die mit seinem Bruder in Verbindung standen. Irritiert blickte er zu seiner Mutter, die neben seinem Bruder auf dem mit grünem Mohair bezogenen Sofa saß und dessen Hand hielt. Aufmunternd lächelte Clarissa Frobes ihren jüngeren Sohn an.

„Hier gibt es nichts zu Grinsen“, schrie Bernhard Frobes seine Frau an, die zusammenzuckte, als er ihren Blickkontakt mit Martin bemerkte. „Ich will jetzt klar und deutlich wissen, was es mit der ganzen Sache auf sich hat. Dass uns die Polizei behelligt, hat es in meinem ganzen Leben, in meiner ganzen Familie noch nie gegeben. Es ist eine Schande“, spuckte er die Worte vor den Familienmitgliedern aus. „Du Martin“, und er zeigte mit der Hand auf seinen Sohn, „warst mit diesem Flittchen auch noch befreundet! Und jetzt auch noch diese Mona! Ja, seid ihr von allen guten Geistern verlassen?“

„Mona?“, fragte Marvin erstaunt. „Ich denke, es geht um diese Wagner?“ Er blickte verblüfft von einem zum anderen.

„Mona ist *auch* ermordet worden ...“ Frau Frobes wollte ihren ältesten Sohn über die weitere Situation aufklären und wurde sofort von ihrem Mann unterbrochen.

„Genauso ein Flittchen“, brüllte Frobes Senior. „Wenn ich nur an gestern Abend denke, an diese Vorstellung, die uns die Heiters geboten hat, dann kommt mir jetzt noch die Galle hoch. Und mit so was warst du ebenfalls befreundet, Martin. Wir haben dir immer gesagt, dass du die Finger davonlassen sollst. Aber nein. Unser Sohn weiß ja alles besser ...“ Seine Stimme tropfte vor Ironie.

„Das mit Mona hat sich ja wohl damit erledigt“, gab Martin kaltschnäuzig von sich „und das mit Kerstin ... ist schon fast ein Jahr her“, verteidigte er sich und sah seinen Vater herausfordernd an.„Seitdem ...“

„Was, seitdem?“, fiel Frobes seinem Sohn ins Wort. „Du willst mir doch nicht erzählen, dass du seitdem keinen Kontakt mehr zu dieser Wagner hattest. Ich erinnere dich nur an die Betriebsversammlung.“

Martin warf seinem Bruder Marvin einen verstohlenen Blick zu, der unmerklich mit dem Kopf schüttelte, um dem Jüngeren zu verstehen zu geben, dass er sich zu diesem Thema nicht äußern sollte. Da Bernhard Frobes derart in Rage war, vom Fenster zum Kamin und zurückschritt, entging ihm die Verschwörung zwischen den Brüdern.

„Warum hatte ich keine Kenntnis von dem Arbeitsvertrag?", fauchte er erneut los. „Ich hätte nie die Zusage dazu gegeben, dass die Wagner in unserer Firma beschäftigt wird. Das hätte uns noch gefehlt. So wie sie gekleidet war. Einfach skandalös. Hier herrscht immer noch Zucht und Ordnung im Haus. Noch bin *ich* hier der Chef, und ich sage wo es langgeht. Wer also von euch beiden hat der Wagner diese Zusage gegeben?", schrie Frobes seine Söhne an. „Fehlt euch der Mumm, es mir ins Gesicht zu sagen?"

Es folgte eisiges Schweigen vonseiten seiner Söhne.

„Das eine kann ich euch sagen, schnüffelt die Polizei ein weiteres Mal in *meiner* Firma herum, könnt ihr beide was erleben", brüllte Frobes erneut los. „Ich werde euch beide enterben."

„Bernhard! Das kannst du doch nicht machen!", meldete sich die Dame des Hauses zu Wort, setzte sich sprungbereit auf die Kante des Sofas, um ihre Söhne – mehr aber ging es ihr um Martin, der schon immer ihr Liebling gewesen war – zu verteidigen, und erntete von ihrem Göttergatten einen erzürnten Blick.

„Du wirst dich aus allem heraushalten. Haben wir uns verstanden? Noch bin ich der Herr im Haus. Und ich bestimme, wer hier erbt. Ich habe lange genug die Zügel schleifen lassen. Was dabei herausgekommen ist, habe ich ja gesehen."

„Aber was können wir denn dafür, dass Kerstin und auch Mona jetzt ermordet wurden? Gut, mit dem Arbeitsvertrag, das war nicht in Ordnung. Ich habe Kerstin einen Gefallen tun wollen, da sie nicht mehr abends kellern wollte", versuchte Martin seinem Vater die Situation zu erklären und erntete dafür einen dankbaren Blick seines Bruders.

„Ohne meine ausdrückliche Genehmigung, wird in meinem Imperium nichts mehr von euch allein entschieden! Haben wir uns in Zukunft verstanden?" Als er von seinen Söhnen keine Bestätigung hörte, schrie er noch eine Oktave höher, ob sie ihn verstanden hätten.

„Kann ich jetzt gehen?", fragte Marvin, sah seinen Vater kurz an und wollte den Raum verlassen. Er hatte alles vernommen, was er wissen musste, und dankte seinem Bruder im Stillen. Er sah keine Veranlassung mehr, noch länger hier bei seinen Eltern zu verweilen.

„Ich bin noch nicht fertig mit euch. Setze dich gefälligst hin." Seine Hand fuhr zu dem nächsten Stuhl, der in Marvins Nähe stand, aber er ignorierte den Wunsch seines Vaters. „Zu dir komme ich auch gleich noch." Bernhard Frobes wandte sich erneut an seinen jüngeren Sohn. „Warum wolltest du unbedingt am Montag nach Essen? Was hast du mit dem Tod dieser Wagner zu tun?"

„Bernhard! Wie kannst du unseren Sohn so etwas fragen? Alleine nur der Gedanke ..." Weiter kam Clarissa Frobes nicht, da ihr Mann ihr mit einer herrischen Geste jegliches Wort verbot.

„Was ich frage und auch denke, hat dich nicht zu interessieren. Du und dein Martin. Du wirst noch sehen, was du mit deiner Erziehung erreicht hast. Also …", wandte er sich an Martin selbst, „was war der Grund?"

„Du weißt genau, dass das geplant war. Und nun unterstelle mir bitte nicht, dass ich mit dem Tod von Kerstin etwas zu tun habe." Auch an Martins Stimme war nun nicht mehr zu überhören, dass er seinem Vater die Stirn bot. In ihm brodelte es. Nicht nur, weil sein Vater seine Mutter so barsch behandelte, sondern auch, weil er das Gefühl nicht loswurde, hier zum Sündenbock gemacht zu werden. Mittlerweile war ihm klar, dass sein Bruder ihn auf eine Art, die er sich noch nicht erklären konnte, benutzt hatte. Es wurde Zeit, dass er ein klärendes Gespräch mit ihm führte.

„Wo ist eigentlich Constanze?" Frobes Senior drehte sich abrupt zu seinem älteren Sohn um, der noch immer im Wohnraum stand. Er hatte seine rechte Hand in der Hosentasche und sah seinen Vater herausfordernd an.

„Sie ist bei einer Freundin."

„So. Bei einer Freundin! Du solltest vielleicht Sorge dafür tragen, dass sie in deinem Bett schläft."

„Ich denke, dass dich das nicht zu interessieren hat."

„Nicht zu interessieren? Wage es nicht, so mit mir zureden. Ich werde dir jetzt einmal was sagen ..." Frobes Senior konnte seine Tirade nicht zu Ende bringen, denn es klingelte eindringlich an der Tür.

***

„In nicht einmal einer Woche zwei tote Frauen. Und beide kennen die Frobes. Was glaubst du, Walter, wer von den beiden Brüdern ist der Täter? Die ganze Sache schreit zum Himmel." Frank hielt vor dem Mehrfamilienhaus in der Hornstraße, wo Frau Weber wohnte. Laut der Aussage von Monas Eltern, hatte sie die letzten Stunden mit der Freundin verbracht.

„Ich weiß auch nicht, was ich von dem Ganzen halten soll und bin gespannt, ob die beiden bald wirklich im Präsidium erscheinen. Ich denke, unsere Kollegen sind schon auf dem Weg zur Firma oder … Aber erst wollen wir uns die Version von Frau Weber anhören."

Bettina Weber öffnete uns nach mehrfachem Läuten die Tür. Ihre Augen waren gerötet.

„Kriminalpolizei, Winter, und das ist mein Kollege Kommissar Wirtz. Wie ich sehe, haben Sie schon vom Tod Ihrer Freundin erfahren." Bettina nickte nur und ließ uns eintreten.

Ich vermutete, dass wir kaum das gepflegte Einfamilienhaus der Heiters verlassen hatten, als Horst Heiters ans Telefon geeilt war, um alle Beteiligten über den Tod seiner Tochter zu benachrichtigen. Er hätte es besser uns überlassen sollen.

Bleich und sichtlich erschüttert ließ Bettina uns in ihr kleines Zimmer eintreten, das nicht mehr als zwanzig Quadratmeter umfasste, so schätzte ich die Größe, als ich mich umsah.

„Eigentlich wollte ich morgen ... nach Neuseeland fliegen, … aber ich ... ich kann nicht." Sie fing wieder an zu weinen. Die Erschütterung über den grausamen Tod der Freundin ließ sie am ganzen Körper beben. Sie war nicht in der Lage, die Hände stillzuhalten.

„Entschuldigen Sie bitte die Unordnung", schniefte Bettina, „aber die Kisten werden für ein Jahr bei meinen Eltern untergestellt, da ich für diese Zeit meine kleine Wohnung an eine Studentin untervermietet habe."

Ich blickte zu der jungen Frau, die den Koffer vom Sofa entfernte, den sie ursprünglich für ihren Auslandsaufenthalt zu packen gedachte.

„Wir müssen uns mit Ihnen unterhalten, Frau Weber. Sie waren die Freundin von Mona Heiters. Aber Sie waren auch eine Bekannte von Kerstin Wagner."

Bettina sah mich erstaunt an. „Was soll die Frage nach Kerstin? Hier geht es doch einzig allein um meine Freundin."

„Ja, das ist richtig, aber wir haben Ihren Namen auch in Verbindung mit dem Mord an Frau Wagner vernommen."

„Ich kannte Kerstin nur flüchtig, da mein Cousin, Peter Henninger, zu ihrer Clique gehörte. Wir haben uns, glaube ich, zweimal auf einem Geburtstag bei Peter getroffen. Ansonsten hatte ich keinen Kontakt zu ihr. Trotzdem war ich erschüttert, als ich von ihrem Tod erfahren habe."

Ich bat Frau Weber, mir von dem Moment zu berichten, als Mona Heiters zu ihr gekommen war, und nahm auf dem kleinen Sofa Platz. Frank zog sich einen Stuhl heran und setzte sich der jungen Frau gegenüber, die in dem Ohrensessel zu versinken schien. Sie neigte den Kopf nach hinten und schloss die Augen. Sie konnte die Tränen nicht zurückhalten, die unaufhörlich an ihren Wangen herabtropften. Ihr Brustkorb hob und senkte sich, ihre Hände fuhren ruhelos über ihre nackten Oberarme.

„Ihre Freundin kam gestern Nachmittag zu Ihnen?", half ich ihr die erste Hürde zu nehmen.

„Ja. Mona ist gegen halb vier zu mir gekommen. Bis kurz vor zwanzig Uhr, dann ist sie zu einem Freund gefahren. Mona hatte etwas mit ihm zu klären. Wir wollten uns dann später im *Onkel Max* treffen."

„Wir sprechen von Martin Frobes?" Warum lange herumreden, dachte ich, und Bettina bestätigte meinen Verdacht, indem sie mit dem Kopf nickte. Sie öffnete die Augen, aber sie sah uns nicht an. Ihr Blick richtete sich auf das Fenster.

„Der Abend war zwar anders geplant, aber ich konnte sie verstehen. Wir wollten uns ja später im *Onkel Max* treffen,“ wiederholte sie.

„Welchen Grund gab es für das verspätete Treffen mit Ihnen, Frau Weber?“ Für meine Verhältnisse war die Zeitspanne zu lang, ehe sie mir antwortete. Ich hätte viel darum gegeben, ihre Gedanken lesen zu können.

„Mona ... musste dringend mit Martin reden.“

„Ich wüsste gerne den wirklichen Grund, warum ihre Freundin ihre Pläne änderte?“

Bettina blickte auf ihre Hände, die sie zwischen ihre Knie drückte, um das Zittern zu unterdrücken. Dass sie sich unwohl in ihrer Haut fühlte, konnte ich fast spüren. Wohl doch nicht der ideale Schwiegersohn, dachte ich, als mir die Worte von Jutta Heiters einfielen.

Die junge Frau hob ihren Kopf. Sah uns an. „Es ist so furchtbar. Nichts wird mehr so sein wie noch vor ein paar Stunden. Meine Freundin ist ermordet worden. Und ich bin schuld daran.“ Bettina senkte ihren Oberkörper fast bis zu den Oberschenkeln, ließ den Kopf für einen Moment auf ihren Knien liegen, ehe sie sich wiederaufrichtete und schluchzend von dem gestrigen Tag berichtete. Stockend begann sie zu erzählen, warum Mona am gestrigen Abend zu Martin gefahren war.

„Martin hat Mona schon länger bedrängt, mit ihm zusammen eine Wohnung zu beziehen. Aber Mona wollte das nicht. Nicht mit ihm zusammenziehen. Er ging ihr mittlerweile fürchterlich auf die Nerven. Überhaupt ... Mona hatte vor, die Beziehung zu beenden. Aber davon wollte Martin nichts wissen. Darum hat er meine Freundin auch ins Lokal begleitet, wo wir verabredet waren.“

„Ach. Herr Frobes hat den Abend mit Ihnen und Ihrer Freundin verbracht?“ Erstaunt zog ich eine Augenbraue in die Höhe.

„Ja. Ich war auch ziemlich erstaunt, als Mona mit ihm in dem Studententreff erschien. Ich hatte schon nicht mehr damit gerechnet, dass sie überhaupt kommen würde, denn es ging auf zweiundzwanzig Uhr zu. Meine Anrufe auf dem Handy hatte sie entweder nicht gehört oder ...“

„Oder was?“, fragte ich abwartend.

„Ich dachte zuerst, dass Mona sich doch mit ihm versöhnt hätte. Dann kam sie mit ihm im Schlepptau und verdrehte nur die Augen, als sie mich sah. Martin ließ Mona keinen Augenblick aus den Augen. Ständig hielt er sie besitzergreifend umfangen und redete ununterbrochen von dem Termin, den er für heute Morgen mit einem Immobilienmakler vereinbart hatte. Mona hat nur gelacht und gefragt, ob er es immer noch nicht begriffen hätte. Es wäre Schluss und er sollte verschwinden.“

„Wie hat Herr Frobes darauf reagiert? War er wütend?“

„Ja, das kann man wohl sagen.“

„Und dann?“ Ich tauschte mit Frank einen vielsagenden Blick.

„... Martin hat Mona dann … als eine dumme Pute beschimpft. Sie würde es noch bitter bereuen, dass sie sich ihm entsagen würde. Und so, wie sie sich kleiden würde, könnte er sich vorstellen, wo sie eines Tages noch landen würde. Martin hatte kaum die Worte vor ihr ausgespuckt, als Mona ihrem mehr oder weniger Ex-Freund darauf eine schallende Ohrfeige verabreichte. Sie war so wütend über seine Anmaßung und gab ihm zu verstehen, dass er sich endlich zum Teufel scheren sollte. Wenn überhaupt, dann wäre es an seiner Stelle angebracht, über die gegebene Situation einmal intensiv nachzudenken.“

„Über welche Situation sollte er nachdenken?“

Bettina überging die Frage und erklärte uns dafür, wie sie Martin erlebt hatte. „Ungläubig, völlig perplex war sein Blick zuerst. Wahrscheinlich hat es noch nie eine Frau gewagt, den Sohn aus gutem Hause so zu behandeln. Er war gewaltig in seiner Eitelkeit verletzt und verließ darauf fluchtartig das Lokal. Das schallende Lachen von Mona wird er bestimmt lange nicht vergessen.“

„Bitte beantworten Sie mir meine Frage. Um welche brisante Situation handelte es sich?“

„Muss ich das erzählen?“

„Ja, es würde vielleicht etwas mehr Licht ins Dunkel bringen. Und alles, was uns zu einer Spur des Täters führt ...“

„Es ging um Monas Kleidung. Martin selbst war der Verursacher der Verkleidung meiner Freundin.“

„Wie sollen wir das verstehen? Und wieso Verkleidung?“

Bettina blickte auf ihre Hände, schlang die Finger ineinander, und ich sah, wie sie mit sich kämpfte und fragte mich, was wirklich geschehen war. Tränen verschleierten ihren Blick.

„Es ist ein Alptraum. Wenn ich meine Augen schließe, sehe ich meine Freundin vor mir. Mona kam vor einer Woche verzweifelt zu mir. Sie berichtete mir von dem, was sie im Hause Frobes am Morgen zuvor erlebt hatte. Meine Freundin hatte bei Martin übernachtet. Es kam nicht so oft vor, aber … Er war schon außer Haus, als Clarissa Frobes, seine Mutter, ohne anzuklopfen in das Zimmer ihres Sohnes kam. Das allein empfand Mona schon als ziemlich krass. Dann hat sie wohl das Geld unter Monas Kopfkissen entdeckt, was meine Freundin selbst noch nicht einmal wahrgenommen hatte … Sie hat Mona als Nutte beschimpft: *„Wie ich sehe, wirst du für Liebesdienste bezahlt! So etwas hat es in unserer Familie noch nie gegeben.“* Für Mona waren die Worte niederschmetternd. Sie fühlte sich in diesem Moment so sehr erniedrigt. So schnell sie konnte, hatte Mona die alte Villa verlassen und sah Frau Frobes mit einem schadenfrohen Grinsen im Gesicht am Fenster stehen.“

„Wie hat sich Martin Frobes nach dem Zwischenfall verhalten?“

„Mona ist ihm aus dem Weg gegangen.“

Ja, dachte ich, und mir kamen die Worte Heiters in den Sinn, als er uns sagte, dass Martin am letzten Donnerstag vergebens zu Mona gefahren war.

„Dann hat sie Frobes erst am Dienstagabend wiedergesehen?“

„Ja. Hinsichtlich dieser prekären Situation, wusste Mona, dass sie das Verhältnis zu Martin sehr schnell beenden musste. Dem alten Frobes war sie sowieso ein Dorn im Auge gewesen, aber nur noch einmal wollte sie der Familie zeigen, dass, wenn man sie schon für diese leichtfertige Person hielt, sie sich auch genauso verhalten konnte.“

„Was geschah daraufhin?“

„Meine Freundin wollte die Familie schocken, und das ist ihr gelungen.“

„Dann hat Frau Heiters das Ganze nur inszeniert?“ Ich schüttelte sichtlich betroffen den Kopf. Um was für einen Preis, dachte ich nur.

„Ja. Monas Wut kannte keine Grenzen. Mit ihren Eltern konnte sie über das bestehende Problem nicht reden. Ihre Mutter war ja von Martin so begeistert, der in der Familie als gute Partie galt. Und ihrem Vater? Wenn sie ihm das erzählt hätte? Ich weiß nicht, was dann geschehen wäre.“

Bettina schüttelte den Kopf und fing erneut heftig an zu weinen. Ihr Körper beugte sich wie im Krampf nach vorn. Der Kopf lag wieder fast auf ihren Knien, und sie umfasste ihn mit ihren Händen. „Ich fühle mich an allem, was geschehen ist, so schuldig“, schluchzte sie laut auf.

„Inwiefern fühlen Sie sich schuldig, Frau Weber?“ Ich musste einige Minuten warten, ehe ich eine Antwort erhielt, denn ein Weinkrampf schüttelte die junge Frau.

„Als Mona mir das erzählte, habe ich ... ich habe sie noch darin ... bestätigt. Ich hätte ihr diesen Plan ausreden müssen. Oh mein Gott ... Ich kann den Gedanken daran nicht ertragen.“

„Ich glaube, wie der Plan aussah, kann ich mir denken. Was haben Sie beide unternommen?“

„Wir haben uns Freitagnachmittag getroffen und zahlreiche Boutiquen und Geschäfte durchstöbert, um nach aufreizender Kleidung zu suchen. Mona war der Meinung, dass das Geld von Martin gut angelegt sei, als wir mit Einkaufstüten bestückt zurückkamen. Mona hat alles in meiner Wohnung deponiert. In ihrem Elternhaus hätte sie keine Chance gehabt, sich so zu kleiden. Ihr Vater ... *Meine Eltern würden einen Herzinfarkt bekommen,* hat Mona noch gelacht, als sie gestern hier bei mir im Bad vor dem Spiegel stand. Ich habe ihr noch mit erhobenen Daumen zu verstehen gegeben, dass sie umwerfend aussah. Ich hätte Mona davon abhalten sollen“, schrie Bettina plötzlich los. Der ganze Schmerz um den Verlust der Freundin, erfasste sie mit geballter Wucht.

Dieses entsetzliche Gefühl des Mitverschuldens an dem ganzen Dilemma, das den Tod der Freundin hervorgerufen hatte, würde ihr niemand mehr nehmen können … das wurde uns in diesem Moment deutlich vor Augen geführt.

„Das gestern Abend war nicht die Mona, die alle kannten. Verstehen Sie nicht?" Ihre Stimme wurde immer schriller, und sie schnappte nach Luft, wie ein Fisch, der auf dem Trockenen lag. Hastig hob und senkte sich ihr Brustkorb. „Wenn ich diesen Unfug nicht auch noch unterstützt hätte, könnte meine Freundin heute noch leben!" Verzweifelt blickte sie uns an.

Frank reichte ihr ein Taschentuch, das sie dankend annahm, und schnäuzte sich geräuschvoll die Nase.

„Und alles nur, weil Mona für den Sohn aus gutem Hause nicht gut genug war", erklärte sie uns, und ihre Stimme war plötzlich nicht mehr als ein Flüstern.

Ich erhob mich, trat zu der jungen Frau und legte ihr beruhigend die Hand auf die Schulter. Das ganze Ausmaß war wirklich eine Katastrophe. Mona Heiters hatte ihr Leben geopfert, um einer Frau, Clarissa Frobes, zu beweisen, was es heißt, eine Hure zu sein – und das Geld ihres Sohnes für die Kleidung verwendet. Ein schlechter Scherz, der ein böses Ende fand.

„Dann hat sich also Ihre Freundin nur für den gestrigen Abend so aufreizend angezogen?" Ich dachte an die Vielzahl wohlgesitteter Kleidung in ihrem Kleiderschrank.

„Ja ... Mona hätte es von zu Hause aus nicht gewagt, so herumzulaufen. Ihre Eltern hätten das nie zugelassen. Nie!"

Mir kamen die Worte Herrn Heiters in den Sinn.

„Was geschah danach? Wie war die Situation?"

Frank stand auf und blickte aus dem zweiten Stockwerk hinunter auf die verkehrsberuhigte Straße. Kein Laut drang in die Wohnung, obwohl das Fenster leicht gekippt war.

„Martin ... nachdem er fluchtartig *Onkel Max* verlassen hatte, schilderte Mona anschaulich die Situation im Hause Frobes. Wir haben uns köstlich darüber amüsiert, als sie die Noblesse der Dame des Hauses nachahmte, die gerade mit einem extravaganten grünen Kostüm die Treppe herunter geschritten kam, als Mona in der großen Diele stand. Wie vom Donner getroffen, blieb sie wohl stehen und hat verächtlich ihre schmalen Lippen, betont mit dunkelrotem Lippenstift, zusammengepresst. Mona ließ kein Detail aus. Auge in Auge haben sie sich dann gegenübergestanden, hätten sich taxiert und sich gegenseitige Missbilligung bekundet. Mona in ihrer *Verkleidung*, dem kurzen, engen braunen Wildlederrock, der kaum ihr Hinterteil bedeckte, dem grünen Oberteil, mit einem atemberaubenden Ausschnitt, vorn sowie hinten, und den langen, bis über die Knie reichenden braunen Wildlederstiefeln. Die Szene war bestimmt perfekt gewesen ... Mona hatte wirklich das Zeug zur Schauspielerin. Früher in der Schule, während unserer Abiturzeit, hat sie in einer Theater-AG mitgewirkt. Sie war großartig. Aus diesem Grund konnte ich mir auch gut vorstellen, wie die Szene in der Villa Frobes abgelaufen war. Dieses süffisante Lächeln, das sie hier vor dem Spiegel immer wieder ausprobierte, die einmalige Umdrehung um die eigene Achse, damit diese Frau auch genau alles erkennen konnte, und die Frage, ob die Dame des Hauses sich das Outfit so vorgestellt hätte, war wohl zu viel für die Frobes gewesen. Wie die Königliche Hoheit persönlich sei sie erhobenen Hauptes die Treppe herabgeschritten, ohne Mona eines weiteren Blickes zu würdigen. An ihren Sohn gewandt, hatte sie sich wohl dahingehend geäußert, dass er *diese Person* sofort aus ihrem Haus entfernen möge. Mit derart niedrigem Volk müsse sie sich nicht abgeben."

„Und wie hat Martin Frobes darauf reagiert?" Frank lehnte am Fensterbrett, verschränkte die Arme vor der Brust und blickte auf Bettina herab.

„Es muss wohl zuvor auch zwischen Martin und Mona einen erbitterten Streit gegeben haben, so wie sie mir gestand. Er hätte ihr so ein Verhalten nicht zugetraut. Zudem wollte er ständig von Mona wissen, warum sie seine Mutter eine Heuchlerin genannt hatte. Finde es doch selbst heraus. Du wirst schon sehen, was hinter der Fassade steckt, hatte sie ihm lachend an den Kopf geworfen. Ihr war es sowieso egal gewesen, was er von ihr hielt. Er hat nicht begriffen, dass es wirklich das Ende bedeutete und bestand darauf, Mona ins *Onkel Max* zu begleiten. Vielleicht auch aus dem Grund, um zu erfahren was es mit seiner Mutter auf sich hat." Bettina knetete das Taschentuch zwischen ihren Fingern. „Ich verstehe nicht, warum Mona nicht mit ihrem Auto gefahren ist oder mich angerufen hat. Ich wäre ihr sofort zur Hilfe geeilt."

„Hat Sie Ihnen verraten, was es mit dem Geheimnis der Mutter auf sich hat?" Bettina Weber schüttelte nur mit dem Kopf.

Plötzlich hob Frau Weber ruckartig den Kopf, sah von Frank zu mir, fuhr mit der Hand durch ihre goldblonden Haare, die zu einem halblangen Bob geschnitten waren, und strich sie hinter ihr linkes Ohr. Erst jetzt bemerkte ich die leicht abstehenden Ohren, die durch die Haare verdeckt wurden.

„Hat Martin Mona getötet? Hat er ihr das angetan?" Sie riss bei dem Gedanken entsetzt die vom vielen Weinen geröteten Augen weit auf. Ich konnte die Ader an ihrem Hals pochen sehen. Krampfhaft klammerte sie sich an der Sessellehne fest und hatte wohl das Gefühl, jeden Augenblick in Ohnmacht zu sinken.

„Das wissen wir nicht, Frau Weber. Aber wir werden es herausbekommen, das können Sie uns glauben", erklärte ich der jungen Frau. „Haben Sie später ... zusammen mit Ihrer Freundin das Lokal verlassen?"

„Nein. Plötzlich wollte Mona gehen. Es war vielleicht eine Stunde, nachdem Martin gegangen ist. So gegen halb zwölf. Kann auch schon etwas später gewesen sein."

Frank notierte sich die Zeit.

„Warum wollte Ihre Freundin plötzlich gehen?“
„Ich habe noch gefragt warum, aber sie ist mir die Antwort schuldig geblieben. Ich habe das in dem Moment auch nicht begriffen.“
„Ist Ihre Freundin allein aus dem Lokal gegangen?“
„Ja.“ Bettina krauste ihre niedrige Stirn. „Ich weiß nicht, ob es von Bedeutung ist ... aber ...“ Sie legte ihre Hände an die Schläfen. Was ging in ihrem Kopf vor, fragte ich mich. „Der Wirt schob uns einen Caipirinha über den Tresen. Als ich Mona das Glas reichen wollte, wirkte sie so abgelenkt. Sie stierte in eine Nische, lächelte verhalten und dann ...“
„Was geschah dann?“
„Ich kann mich nicht genau erinnern. Ich glaube, da saß ein Mann allein an einem kleinen Tisch.Ob Mona mit ihm Blickkontakt hatte, kann ich nicht genau sagen.“
„Ist dieser Mann vielleicht Ihrer Freundin nach draußen gefolgt?“
„Nein, das glaube ich nicht. Nein. Mona ist allein gegangen. Das habe ich ganz deutlich gesehen.“
„Könnten Sie uns den Mann beschreiben?“
„Nein. Ich habe nicht darauf geachtet. Tut mir leid.“

***

„Bisher ist Jutta Heiters die einzige Person, die für Martin Frobes Begeisterung empfindet“, nahm ich das Gespräch auf, als wir uns auf der Rückfahrt zum Präsidium befanden. Ich war über das, was wir erfahren hatten, erschüttert. „Eine Mutter, die ihre Tochter am liebsten schon vor dem Altar gesehen hätte, eine junge Frau, die einer Familie die Stirn bot, und die Freundin, die sich ein Leben lang Vorwürfe machen wird, da sie diese Maskerade noch unterstützt hatte.“
„Das ist schon ziemlich makaber, Walter. Was sagt dir dein Gefühl?“
„Die Brüder Frobes befinden sich im Augenblick ganz oben auf der Liste der Verdächtigen. Zwei Brüder. Zwei unterschiedliche Motive. Bei Kerstin Wagner vermutlich die ungewollte Schwangerschaft, die einen Eklat hervorrufen würde. Und Mona Heiters? Was sich die junge Frau in den Augen der Frobes erlaubt hat, war für die Familie Frobes mehr als skandalös.“
„Aber deshalb tötet man nicht gleich jemanden.“
„Vergiss die Ohrfeige nicht, Frank.“
„Wer weiß, was wir noch von der Familie erfahren.“
„Ja, aber ... wurden Marvin und Martin jeweils zum Mörder? Einer von ihnen vielleicht.“
„Du denkst an Marvin Frobes?“, fragte Frank und setzte den Blinker, sah in den Seitenspiegel und bog in den Friesenring ein.

„Ja. Nur stellt sich dann die Frage: Was hat Marvin Frobes mit Mona Heiters zu tun?“

„Er kannte sie ebenfalls. Er ist ihr in seinem Elternhaus bestimmt des Öfteren begegnet. Vielleicht teilen sich die Brüder immer diese jungen Studentinnen?“

„Bei Kerstin Wagner magst du recht haben, Frank, aber ich glaube nicht, dass es bei Mona Heiters der Fall war. Wenn ich alleine an die Fotos in ihrem Elternhaus denke. ... Was mir nicht aus dem Kopf geht. Wer ist der Unbekannte aus dem Lokal?“ Ich sah Frank von der Seite aus an, der konzentriert auf den Verkehr achtete und schließlich auf den Parkplatz des Präsidiums fuhr.

„Du und Jill, ihr beide werdet heute Abend *Onkel Max* einen Besuch abstatten. Irgendjemand wird sich ja bestimmt an diesen Mann erinnern.“

Frank stöhnte bei meinen Worten laut auf, und er erklärte mir, dass er auch noch ein Privatleben hätte.

„Das haben wir alle.“ Damit war für mich das Thema beendet.

***

Während die Kommissare bei Bettina Weber verweilten, verließen zwei andere Polizeibeamte unverrichteter Dinge das Firmengelände der Frobes und fuhren direkt zu der alten im Jugendstil erbauten Villa der Familie.

Der Empfang, der sich den Beamten bot, ließ sie nur ahnen, was sich kurz zuvor im Haus abgespielt haben musste. Bernhard Frobes tobte, sein Gesicht war feuerrot angelaufen, als er den Beamten regelrecht die Vorladung seiner Söhne aus der Hand riss.

„Das wird ein Nachspiel haben“, schrie er den Beamten hinterher, als sie die beiden Brüder zu ihren Dienstwagen führten.

Clarissa Frobes war den Tränen nahe, und sie bat zitternd ihren Mann, sofort den Anwalt der Familie zu benachrichtigen. Das, was er ihr darauf erwiderte, wollte sie nicht glauben.

Geschlagene zwei Stunden saßen Marvin und Martin Frobes in verschiedenen Räumlichkeiten des Präsidiums und warteten. Marvin trommelte ununterbrochen nervös mit seinen Fingern auf der Tischplatte und fragte sich, wo der Anwalt blieb. Er konnte sich nicht vorstellen, dass der eigene Vater, auch wenn er immer auftrat, wie der Herrscher persönlich, nicht alle Hebel in Bewegung setzen würde, um diesem ganzen Dilemma ein Ende zu bereiten.

Martins Gedanken waren ähnlicher Gesinnung, nur, dass er seelenruhig in dem Raum auf und ab spazierte. Er hatte sich nichts vorzuwerfen und empfand die ganze Situation als reine Provokation gegenüber seiner Person.

***

Nur noch eine Woche bis zu meinem Urlaub, dachte ich kurz auf dem Weg zum Büro. Zwei Mordfälle lagen auf meinem Schreibtisch, und ich hoffte, dass diese Fälle bis zum Abend oder spätestens am nächsten Tag abgeschlossen sein würden.

Bevor ich mich die nächsten Stunden mit den Frobes-Brüdern befassen würde, benötigte ich dringend einen Kaffee. Außerdem wollte ich Jill bitten, an diesen Gesprächen teilzunehmen.

„Das wird Ihnen noch leidtun. Was erlauben Sie sich eigentlich?“, schnaubte Marvin Frobes, als wir den Raum betraten. „Ich will sofort meinen Anwalt sprechen.“

„Sie hatten lange genug Gelegenheit dazu, Ihren Anwalt zu verständigen, Herr Frobes. Jetzt unterhalten wir uns. Man hat Sie ja auf Ihre Rechte hingewiesen – und Ihnen erklärt, was man Ihnen zur Last legt. Und wenn Sie unserer Aufforderung gefolgt wären, als meine Kollegen Sie in Ihrer Firma aufgesucht haben, dann wäre Ihnen diese Peinlichkeit erspart geblieben. Außerdem haben wir mittlerweile eindeutige Beweise vorliegen.“ Ich zog eine Augenbraue in die Höhe. Jill blickte angewidert in Frobes Gesicht.

„Das ist alles erlogen. Ich wüsste nicht, was für Beweise Sie haben könnten, die gegen mich sprächen. Denn zufällig kenne ich die Tote gar nicht.“

„Das kann ich Ihnen erklären, Herr Frobes. Wir haben Ihre Fingerabdrücke, die sich rein zufällig auf dem Arbeitsvertrag von Frau Wagner befinden, mit denen am Auto von Frau Wagner verglichen. Und ganz zufällig stimmen sie hundertprozentig überein. Dafür, dass Sie die Frau nicht kannten, sind das meines Erachtens schon zu viele Zufälle. Finden Sie nicht auch?“

Ich betrachtete mein Gegenüber. Eben noch hatte er kerzengerade auf dem Stuhl gesessen und aus seinen stahlblauen Augen kamen wahre Blitze geschossen. Nun waren die Augen geschlossen. Ich wartete gespannt auf eine Antwort. In meinen Gedanken betitelte ich ihn ebenfalls als einen arroganten Pinsel, obwohl ich ihn heute das erste Mal sah. Auch ohne voreingenommen zu sein, hätte mich dieses Gefühl übermannt.

Frobes beugte sich nach vorne. Die Ellenbogen auf den Tisch gestützt. Seinen Kopf lehnte er an die äußerst gepflegten Hände. Durch die gespreizten Finger bemerkte er, wie ich ihm Kerstins Arbeitsvertrag über den Tisch schob. Was ging in seinem Kopf vor? Hatte *er* dieses unsinnige Schriftstück, das ihm jetzt Schwierigkeiten bereitete, in dem Wagen übersehen? Ich hätte es zu gerne gewusst.

„Wollen Sie mir jetzt bitte diese Zufälle erklären, Herr Frobes?“

„Da gibt es nichts zu erklären. Und ohne meinen Anwalt werde ich gar nichts sagen.“

„Der wird Ihnen auch nicht helfen können. Also, wo waren Sie in der Nacht vom einundzwanzigsten auf den zweiundzwanzigsten August?“ Frobes legte seine Hände auf den Tisch und blickte mich unverhohlen an. „Soll ich Ihnen sagen, wie es sich zugetragen hat? Kerstin Wagner hat noch in der Nacht bei ihrer Mutter angerufen, um ihr zu erklären, dass sie etwas verspätet nach Hause kommt. Sie wollte sich noch mit einem Freund treffen. Der Freund waren Sie, Herr Frobes. Frau Wagner hat Ihnen mitgeteilt, dass sie ein Kind von Ihnen erwartet. Aber vielleicht wussten Sie schon vor dem Treffen von dem Ereignis und haben sich nur aus dem Grund mit ihr getroffen, sich ihr Schweigen zu sichern."

„Was reden Sie denn da für einen Unsinn."

„Dann überzeugen Sie mich vom Gegenteil." Die Schwangerschaft hier anzusprechen, war nur ein Versuch ihn aus der Reserve zu locken, aber wer nicht wagte, der würde auch nicht gewinnen, war meine Devise. Noch war ja gar nicht klar, ob Frobes wirklich der Vater des Kindes war. Aber das musste ich Frobes nicht auf die Nase binden.

Die Tür wurde einen Spalt breit geöffnet. Ich sah Frank im Türrahmen stehen, der mir zu verstehen gab, dass ich dringend benötigt wurde. Genervt verließ ich den Raum und sah mich unmittelbar mit Bernhard Frobes konfrontiert, an seiner Seite der stadtbekannte Anwalt der Familie. Ich schloss die Tür und trat auf den Flur.

„Was wird hier eigentlich gespielt? Ich will sofort mit unserem Anwalt zu meinem Sohn", brüllte Frobes los, und sein Zorn ließ die Adern an seiner Stirn anschwellen. Seine Gesichtsfarbe wechselte erneut auf Dunkelrot, sodass ich einen Übergriff auf mich nicht auszuschließen vermochte.

„Was hier gespielt wird, können Sie Ihren Sohn später selber fragen. Ich habe meine Befragung noch nicht beendet. Und solange müssen Sie sich schon noch gedulden." Widerwillig öffnete ich dem Anwalt die Tür. Ich war dazu verpflichtet. „Zehn Minuten gebe ich Ihnen Zeit, um sich mit Ihrem Mandanten zu beratschlagen." Und keine Minute länger, hätte ich gerne noch hinzugefügt. Ich schloss geräuschvoll die Tür, nachdem Jill ebenfalls den Raum verlassen hatte und fasste Bernhard Frobes am Arm und gab ihm zu verstehen, dass er hier nicht erwünscht war. „Sie können dort hinten auf dem Flur warten."

„Das wird ein gewaltiges Nachspiel haben", polterte Frobes erneut los.

„Ja, das bemerkte Ihr Sohn auch schon. Auch von meinen Kollegen gab es dergleichen Äußerungen. Nichts Neues für uns, Herr Frobes."

„Wir sind ehrbare Bürger. Bezahlen immer pünktlich unsere Steuern. Und wie werden wir behandelt? Wie Verbrecher. Lassen Sie mich endlich los." Frobes schüttelte wütend meine Hand von seinem Ärmel und strich den Stoff seiner Anzugjacke zurecht.

Frank blickte von einem zum anderen und schob Frobes regelrecht den Flur entlang. Einen Polizeibeamten, der ihm gerade auf dem Flur entgegenkam, bat er, den Mann im Auge zu behalten, um weitere Störungen zu vermeiden. Ich sah ferner keinen Anlass mehr, mich weiter mit dem Choleriker zu unterhalten. Mein Blick wanderte zur Uhr. Die Zeitspanne war lange genug. Erneut betraten Jill und ich den Raum.

„Ist Ihr Mandant jetzt bereit eine Aussage zu machen?“

„Herr Frobes kann sich nicht erklären, wie seine Fingerabdrücke an den Wagen von Frau Wagner kommen. Was die Papiere angeht ...“

„Es geht hier nicht alleine um einen Vertrag, den Herr Frobes in den Händen hielt und auf dem sich seine Fingerabdrücke befinden. Ich denke, dass selbst die Unterschrift seine eigene ist. Das werden wir aber noch überprüfen. Meine Frage ist: Wie gelangen die Fingerabdrücke, ich sage es noch einmal, die identisch mit denen auf dem Auto von Frau Wagner sind, dort hin, wenn er die Frau nicht kennt? Und, ist es nicht auch ungewöhnlich, da sein Bruder mit der Toten befreundet war, dass Ihr Mandant der jungen Frau nicht im Elternhaus einmal begegnet ist? Herr Frobes wohnt doch auch dort, oder?“ Abschätzig blickte mich der Anwalt an. „Weiter möchte ich geklärt haben, wie die Schwangerschaft bei Frau Wagner zustande gekommen ist, wenn Herr Frobes sie nicht einmal kannte?“ Nun blickte ich herausfordernd von einem zum anderen und bemerkte den erstaunten Blick des Anwalts, der Frobes galt. Ich konnte sehen, wie es hinter seiner Stirn gewaltig arbeitete.

„Das sind doch alles nur Fantasien von Ihnen. Sie hören doch, mein Mandant kennt Frau Wagner nicht, ... und ein Verhältnis hatte er auch nicht mit dieser Frau.“

„So? Sind Sie mit Herrn Frobes Tag und Nacht zusammen, dass Sie das so überzeugt sagen können, Herr Brandner? Ihr erstaunter Blick sagt mir, dass Ihnen Herr Frobes dieses klitzekleine Detail verschwiegen hat. Und, ob es sich um Fantasien handelt, könnten wir gleich klären, wenn sich Ihr Mandant zu einer Speichelprobe bereit erklärt. Dann bekämen Sie es zusätzlich auch schriftlich in die Hand gedrückt.“

„Mein Mandant wird gar nichts abgeben. Woher nehmen Sie überhaupt die Weisheit, dass ausgerechnet Herr Frobes der Vater des Kindes sein soll? Wie ich das sehe, sind das von Ihnen ...“

„Das weiß Herrn Frobes wohl am besten“, unterbrach ich den Anwalt. Natürlich hatte er recht. Ich hatte keine Ahnung. Aber es passte alles zu gut zusammen und ich pokerte. „Die Beweise haben wir so oder so. Und es sieht für Ihren Mandanten nicht rosig aus, wenn er nicht bereit ist, mir zu erklären, wo er an dem besagten Abend war.“

Ich legte dem Anwalt das Schriftstück von Versmann vor, der es genau studierte.

„Das sieht nicht gut für Sie aus, Marvin“, flüsterte der Anwalt seinem Mandanten zu, aber ich hatte es doch vernommen. An mich gewandt, erklärte mir Brandner, wenn ich nicht mehr gegen seinen Mandanten vorzuweisen hätte, würde er jetzt mit ihm das Präsidium verlassen. Ich blickte bei seinen Worten Frobes an, der mich auf seine arrogante Art anlächelte.

„Wenn das“, ich wies auf Versmanns Erkenntnisse, was die Fingerabdrücke betraf, „nicht Beweis genug ist, um Antworten zu erhalten, dann ...“ Ich legte eine Hand auf die Akte, die vor mir lag, und blickte wenig beeindruckt zu den beiden Männern. Ich wartete, obwohl mir die Zeit davonlief.

Bei Jill, die die ganze Zeit schweigend neben mir saß, spürte ich, dass sie am liebsten Frobes vom Stuhl hochgezogen und ihm sein arrogantes Gehabe aus dem Gesicht geprügelt hätte. Ich konnte sie sehr gut verstehen. Mir erging es nicht anders. Unmerklich gab ich ihr ein Zeichen, Ruhe zu bewahren.

Der Anwalt änderte seine Sitzposition und richtete die akkurat sitzende Bügelfalte seiner grauen Hose.

„Wir warten, Herr Frobes. Ihr Schweigen nützt Ihnen wenig.“

„Ich will mit meinem Anwalt alleine reden. Das werden Sie mir nicht verwehren können.“

„Sie hatten dazu schon Gelegenheit, Herr Frobes. Meine Zeit ist begrenzt. Sie können aber auch gerne erst einmal eine Weile in einer Zelle verbringen, um sich darüber klarzuwerden, dass wir hier nicht zum Spaß die Zeit mit Ihnen verbringen.“ Ich hielt dem erbosten Blick Frobes stand, lächelte ihm sogar zu, und Marvin schien das Für und Wider abzuwiegen. „Herr Frobes. Ein letztes Mal. Wo waren Sie in der Nacht vom einundzwanzigsten zum zweiundzwanzigsten August?“

„Das hat mein Mandant Ihrem Kollegen doch schon gesagt. Er war zu Hause.“

„Vielleicht kann mir Herr Frobes das selber sagen, Herr Brandner. Also, Herr Frobes?“

„Ich war zu Hause. Meine Frau kann das bezeugen.“

„Ja, das sagten Sie meinem Kollegen bereits. Leider konnten wir Ihre Frau noch nicht erreichen, damit sie Ihr Alibi bestätigt.“

„Meine Frau ist zu einer Freundin gefahren. Sie kommt erst in vierzehn Tagen wieder.“

„Das dauert mir zu lange, Herr Frobes. Ich würde mich gerne mit Ihrer Frau in Verbindung setzen.“

„Das ist doch nicht meine Schuld“, polterte Marvin los. „Der Termin ... die Reise meiner Frau war schon lange geplant. Und nur, weil plötzlich ein Mord geschieht, können Sie mir das doch nicht anlasten.“

„Zwei Morde, Herr Frobes! Zwei – wenn ich Sie darauf aufmerksam machen darf. Ich denke, Sie wissen mittlerweile Bescheid über den Tod der Freundin Ihres Bruders.“ Wie der Vater, so der Sohn, dachte ich, denn diese polternden Stimmen gingen mir gehörig auf die Nerven. „Es geschehen zwei Morde. Und zufällig waren die Mordopfer mit Ihrem Bruder befreundet. Kerstin Wagner hatte zusätzlich einen Arbeitsvertrag Ihrer Firma im Auto, und die Fingerabdrücke von Ihnen sprechen ihre eigene Sprache. Außerdem befand sich am Tatort ein Schuhabdruck. Jetzt raten Sie mal, um welche Schuhgröße es sich handelt? Wohl zu viele Zufälle. Finden Sie nicht, Herr Frobes?"

„Was die Freundschaften meines Bruders angehen, das ist allein seine Sache. Da müssen Sie ihn schon selber befragen."

„Ja, das werde ich gleich im Anschluss tun. Aber im Augenblick beschäftige ich mich mit Ihnen. Erklären Sie mir, warum sich Ihre Fingerabdrücke am Auto der Toten befanden. Sie haben meinen Kollegen erzählt, Sie kannten Frau Wagner nicht. Und das ist eine glatte Lüge."

„Ich bin weder der Freund von Kerstin Wagner, noch habe ich sie getötet."

„Das ist doch schon mal etwas. Dann erzählen Sie mir, wie der Abend verlaufen ist." Ich trommelte leicht mit meinen Fingern auf die Akte.

„Mein Gott! Ja! Ich kannte Kerstin Wagner. Ich habe sie ein paar Mal im Haus meiner Eltern gesehen."

„Und warum haben Sie das abgestritten, als man Sie danach fragte?"

„Warum? Warum? Das können Sie sich doch wohl denken, wenn man in der Zeitung von dem Mord erfährt und kurze Zeit später steht die Kripo im Büro." Frobes erhob sich von seinem Stuhl. Ich forderte ihn dazu auf, sich wieder zu setzen, und sah, wie sich die Hand, die er in der Tasche seiner schwarzen Hose verschwinden ließ, zur Faust ballte. Widerwillig nahm Frobes wieder auf dem Stuhl Platz, ließ seine Hand in der Hosentasche stecken und schlug seine Beine übereinander. Er taxierte mich und versuchte in meinem Gesichtsausdruck zu erkunden, wie viel ich überhaupt wusste. Doch diesen Gefallen tat ich ihm nicht. Frobes' Anwalt flüsterte ihm zu, dass er lieber schweigen sollte, um sich nicht selbst zu belasten.

„Also. Wann und wo haben Sie Frau Wagner getroffen?"

„Ich habe Kerstin zufällig am Samstag getroffen, als ich auf den Schlossplatz fuhr, um zu parken. Und zufälligerweise parkte ich genau neben ihrem Wagen. Kerstin wollte gerade fahren, als sie mich sah und die Seitenscheibe herunterließ. Wir haben uns einen Augenblick unterhalten. Dabei werde ich wohl meine Hand ans Auto gelegt haben."

„Auf welcher Seite haben Sie sich an dem Wagen von Frau Wagner denn abgestützt?" Irritiert sah mich Frobes an, und sein Anwalt gab ihm erneut ein Zeichen zu schweigen. „Und zu welcher Uhrzeit fand Ihr zufälliges Treffen statt?"

„Keine Ahnung. Ich habe nicht auf die Uhr geschaut. Kann ich jetzt gehen?"

„Nein, Herr Frobes. Das ist mir alles zu undurchsichtig. War es morgens, mittags oder vielleicht sogar noch spät in der Nacht zum Sonntag? Und welche Seite des Autos haben Sie denn nun berührt?"

„Das wird wohl die Fahrerseite gewesen sein, denn Kerstin saß ja in ihrem

Auto. Und getroffen ... am Vormittag. Ich habe allerdings nicht auf die Uhr geschaut. Ich sagte es doch schon.“

„Saß Frau Wagner alleine in ihrem Wagen?“ Ich dachte an die Aussage von Julia Kurda und Kerstins Mutter. Nachdem Frobes das mit *Ja* bestätigte, wusste ich, dass es eine glatte Lüge war, denn Kerstin Wagner war zu dem Zeitpunkt mit ihrer Mutter auf dem Markt.

„War das jetzt alles? Ich habe noch andere Termine.“

„Ihre anderen Termine interessieren mich nicht, Herr Frobes. Warum haben Sie Frau Wagner einen unbefristeten Vertrag genehmigt?“

„Weil mich mein Bruder darum gebeten hat. Schließlich war Martin mit ihr befreundet gewesen. Wahrscheinlich war es ein Gefallen von ihm.“ Ob diese Aussage der Wahrheit entsprach, würde ich gleich bei der Befragung des Bruders erfahren.

„Sie haben Schuhgröße fünfundvierzig. Am Tatort ist ein Abdruck von genau dieser Größe lokalisiert worden. Und wie erklären Sie sich diesen Zufall?“

„Es wird ja wohl noch mehr Menschen geben, die mit dieser Schuhgröße herumlaufen“, erklärte mir der Anwalt, bevor sein Mandant antworten konnte.

„Ja, das wird schon möglich sein, aber in Verbindung mit dem Mord passt eben auch das zusammen, Herr Brandner.“ Es folgte eisiges Schweigen.

Meine Bemühungen, bei unserem Staatsanwalt Riegert einen Haftbefehl für Marvin Frobes zu bekommen, war fehlgeschlagen, denn die Schuhgröße und auch der Fingerabdruck waren ihm zu wenig stichhaltig, um diesen zu unterschreiben. Was das zu bedeuten hatte, darüber wollte ich nicht nachdenken. Deutlicher ging es doch nun wirklich nicht.

„Wir hätten gerne eine Speichelprobe von Ihnen, Herr Frobes“, hörte ich Jill sagen und konzentrierte mich wieder voll auf Frobes.

„Nein! Dazu ist mein Mandant nicht verpflichtet“, antwortete der Anwalt anstelle von Frobes, bevor der sich überhaupt dazu äußern konnte. „Herr Frobes hat Ihnen Ihre Fragen beantwortet, und was die Fingerabdrücke betrifft, das müsste damit ja wohl auch geklärt sein.“

„Wenn Sie das meinen? Ihr Mandant wird Zeit zum Nachdenken bekommen.“ Damit erhob ich mich, nahm meine Akte vom Tisch und blickte zu Frobes hinüber, der sich ebenfalls erheben wollte. „Ich denke, Sie warten hier auf mich, Herr Frobes.“ An den Anwalt gewandt, fragte ich, ob er den anderen Sohn der Frobes ebenfalls vertreten würde, denn dann könnte er mir zur nächsten Befragung folgen.

Die Arroganz und der Glaube, dass gewisse Gesetze nicht für alle Menschen galten, war etwas, womit ich nicht wirklich zurechtkam. Allerdings hatte ich das in diesem Ausmaß in meinen Berufsjahren als Polizist und auch später als Kriminalhauptkommissar zu dem ich mich emporgearbeitet hatte, noch nicht erlebt.

Es gab Befragungen, bei denen Schweigen an der Tagesordnung war, es gab Täter, die aus tiefstem Herzen bereuten, welche, die vor mir saßen und heulten wie Schlosshunde, aber so einer Familie, wie den Frobes, war ich noch nicht begegnet. Ich wappnete mich für den jüngsten Sohn.

Den Anwalt im Schlepptau, hatte Jill ihn zum nächsten Raum begleitet, um ihm ebenfalls zehn Minuten zur Besprechung mit seinem weiteren Mandanten zu geben.

Auf dem Weg zu meinem Büro, ich benötigte dringend einen weiteren Kaffee und etwas zu essen, sprang Frobes Senior von dem Stuhl auf, als er mich sah, aber ich beachtete ihn nicht. Ich fragte mich, ob die Firma, ohne die drei wichtigsten Männer, weiter existierten konnte? Ein Grinsen umspielte meine Lippen.

Kurz darauf betrat ich den Raum, knallte demonstrativ die Tür hinter mir zu und fragte Martin Frobes, ob er sich mit dem Rechtsverdreher eingehend beraten hätte. Erstaunt hob ich meine linke Augenbraue, als er verneinte.

Martin Frobes saß, ebenso wie sein Bruder, in teurer Designerkleidung am Tisch und blickte gelangweilt auf seine Hände.

„Herr Frobes. Ihnen ist ja bekannt, warum wir Sie aufs Präsidium gebeten haben. „Ihr Anwalt ...“

„Ich sagte es schon. Ich benötige keinen Anwalt, denn ich habe mir nichts zuschulden kommen lassen.

Über so viel Unverstand seines Mandanten schüttelte Brandner nur den Kopf, beugte sich zu ihm herunter und flüsterte ihm zu, ob er sich das gut überlegt hätte. Frobes gab ihm freundlich, aber bestimmt zu verstehen, dass alles seine Richtigkeit hätte, und er sich keine Sorgen machen sollte.

„Was geschieht denn jetzt, Herr Frobes? Soll ich jetzt die Befragung mit oder ohne Ihren Anwalt führen?“

„Ich denke, ich habe mich klar und deutlich genug ausgedrückt.“ Martin sah seinen Anwalt an und gab ihm nochmals zu verstehen, dass er entlassen sei. Brandner zog wütend seinen Aktenkoffer vom Tisch und verließ den Raum, ohne noch einen Blick auf seinen Mandanten zu werfen. Wahrscheinlich hatte er schon sein Honorar ausgerechnet, dass jetzt geringer ausfallen würde.

„Auch gut, Herr Frobes. Dann können wir ja beginnen. Wie auch Ihnen ja mittlerweile bekannt sein dürfte, ist Ihre Freundin, Mona Heiters, Opfer eines Verbrechens geworden. Und wie wir erfahren haben, haben Sie einen Teil des Abends mit ihr verbracht.“ In seinem Gesicht sah ich das selbstgefällige Lächeln. Von Trauer war keine Spur zu entdecken. „Ich hätte gerne aus Ihrer Sicht gewusst, wie der Abend *bei Onkel Max* mit Frau Heiters verlaufen ist.“

„Da gibt es nicht viel zu erklären. Ich war ungefähr eine Stunde mit ihr in dem Lokal und bin dann wieder nach Hause gefahren, weil Mona noch mit einer Freundin feiern wollte.“

„Und damit waren Sie einverstanden?“

„Ja, warum nicht. Diese Freiheiten muss man sich doch in einer Beziehung gönnen.“ Ironisch lächelnd blickte Martin Frobes mich an.

„Und der Streit mit Frau Heiters?“

„Eine kleine Auseinandersetzung. Aber nichts von Bedeutung.“ Frobes hob wie bedauernd seine Hände und schüttelte leicht den Kopf.

„Für Sie ist das also nichts von Bedeutung, wenn Sie geohrfeigt werden.“

„Wer erzählt denn so einen Unsinn?“

„Herr Frobes. Wir haben genug Zeugen, die das mitbekommen haben. Sie haben wütend das Lokal verlassen. Und Sie haben Frau Heiters bedroht.“

„Ich habe niemanden bedroht.“

„Sie haben also ihre Freundin nicht als dumme Pute beschimpft und gesagt, dass sie es noch bitter bereuen würde, sie verlassen zu haben?“

Martin Frobes lehnte arrogant, eine Hand lässig auf dem Tisch liegend, sich auf seinem Stuhl zurück und fixierte mich ungeniert. Mit seinen fünfunddreißig Jahren, den etwas längeren, bräunlichen Haaren, die mit Gel glatt nach hinten frisiert waren, dem tief gebräunten Gesicht und dem goldenen Armband sowie der Kette, die deutlich aus seinem Hemdausschnitt hervor blitzte, vermittelte er mir den Eindruck eines waschechten Playboys.

„Ich glaube, das tut nichts zur Sache. Das ist meine Privatangelegenheit.“

„Das sehe ich anders. Schließlich gibt es gleich zwei tote Frauen, mit denen Sie befreundet waren. Und für Sie muss es bestimmt sehr deprimierend gewesen sein, in einem überfüllten Lokal geohrfeigt zu werden.“

„Werden Sie nicht unverschämt.“ Martin kniff seine Augen leicht zusammen.

„In keiner Weise, Herr Frobes. Ich suche den Mörder dieser jungen Frauen. Sie und Ihr Bruder haben meines Erachtens beide ein sehr starkes Motiv.“

„Ich habe damit nichts zu tun.“ Eher gelangweilt, eine Spur zu selbstgefällig, sah mich Martin Frobes an. „Das mit Kerstin ist schon lange vorbei. Und Mona? Konnte ich ahnen, was an dem Abend geschieht?“

„Mehr haben Sie dazu nicht zu sagen?“ Martin öffnete einen Knopf seines grauen Jacketts und schlug ein Bein über das andere.

„Natürlich bedaure ich, was geschehen ist. Immerhin wollten wir heiraten.“ Seine Stimme klang mir zu abfällig, als dass ich ihm Glauben schenken konnte.

„Zu Ihrer Beziehung mit Kerstin Wagner konnte ich Sie leider noch nicht befragen, da Sie es ja vorgezogen haben, nach Essen zu fahren. Aber da komme ich gleich noch drauf zu sprechen. Es erstaunt mich allerdings, dass Sie und Frau Heiters heiraten wollten?“

„Was hat das mit dem Tod von Mona zu tun?“

„Ist es nicht viel eher so, dass lediglich Sie vielleicht an eine Heirat gedacht haben? Wenn überhaupt. Ihre Freundin sah das wohl nicht so. Und Ihre Eltern, denke ich, waren auch nicht mit Ihrer Wahl zufrieden.“

„Wie kommen Sie darauf. Wir haben uns geliebt! Und was haben meine Eltern damit zu tun? Ich bin ein erwachsener Mann von fünfunddreißig Jahren und nicht auf das Einverständnis meiner Eltern angewiesen. Außerdem wüsste ich wirklich gerne, was hier eigentlich gespielt wird?"

„Das hätte ich auch gerne gewusst. Was haben Sie unternommen, als sie *Onkel Max* verlassen haben?"

„Ich bin zu meinem Auto gegangen und nach Hause gefahren."

„Wie spät sind Sie gefahren, und wann sind Sie zu Hause eingetroffen?"

„Das muss so gegen dreiundzwanzig Uhr gewesen sein. Zehn Minuten später war ich zu Hause. Der Weg ist ja nicht weit."

„Haben Sie dafür Zeugen?"

„Ja, meine Mutter. Sie saß noch in der Bibliothek und las ein Buch."

„Können Sie sich an den Titel des Buches erinnern?"

„Mein Gott, nein. Wir haben unzählige Bücher. Ich habe nicht darauf geachtet. Ich habe mich ... ich habe noch mit meiner Mutter ein Glas Wein getrunken und bin dann in mein Zimmer gegangen."

„Sie wohnen noch im Elternhaus?" Obwohl das keine Bedeutung hatte, konnte ich mir diese Frage nicht verkneifen.

„Warum nicht. Mein Bruder wohnt mit seiner Frau ja auch in unserer schönen alten Villa." Da war ja der ganze Clan zusammen, dachte ich nur und versuchte mir das Familienleben bildlich vorzustellen. Es wurde Zeit, dass ich mir das Haus einmal genauer ansah und die Personen, denen ich noch nicht begegnet war. Vor allem Frau Frobes, die für mich immer mehr in den Fokus des Geschehens rückte. Beide Frauen waren ihr ein Dorn im Auge, so wie wir mittlerweile erfahren hatten. Das würde nur bedeuten, dass eine gewisse Eifersucht im Spiel war. Martin war ihr jüngster Sohn. Das Herzblatt einer Mutter?

„Haben Sie sich mit Ihrer Mutter über den Abend unterhalten? Die Stunden zuvor in Ihrem Elternhaus waren wohl sehr brisant verlaufen. Es wäre doch immerhin ein gemeinsames Gesprächsthema gewesen."

„Ich weiß nicht, was Sie meinen."

„Ich denke, das wissen Sie besser als ich." Ich stand auf, ohne den Mann aus den Augen zu lassen, stellte mich hinter meinen Stuhl und legte die Hände auf die Lehne.

„Ihre Eltern waren also mit Ihrer Wahl einverstanden? Die Szene, die man uns geschildert hat, lässt uns andere Schlüsse ziehen."

„Ich denke, das tut hier auch nichts zur Sache."

„Was veranlasste Sie denn dazu, Mona an dem besagten Abend ins Lokal zu begleiten?"

„Unternehmungen dieser Art waren nichts Ungewöhnliches für uns."

„Ihre Freundin hatte ursprünglich gar nicht vor, mit Ihnen dorthin zu gehen. Waren Sie eifersüchtig?"

„Warum sollte ich?“

„Wenn man bedenkt, wie Ihre Freundin gekleidet war ...“

„Nun, das war ein schlechter Scherz, den ich ihr verziehen hatte.“

„Sie haben also Frau Heiters nicht bedroht. Auch nicht bedrängt, mit Ihnen nach Hause zu fahren?“

„Nein! Bedrängt habe ich Mona nicht. Ich habe sie gebeten … gebeten hören Sie“, wiederholte er nochmals eindringlich, „denn wir hatten am heutigen Morgen einen Termin mit einem Makler. Und bedroht habe ich sie auch nicht! Das sind doch alles Hirngespinste.“

„Sie wollten also nicht mit Ihrer Freundin im Haus Ihrer Eltern wohnen? Wo doch so viel Platz ist?“ Ich konnte es nicht lassen, ihn zu provozieren. „Es gibt Zeugen, Herr Frobes.“

„Aha. Ich kann mir schon denken, wer mir da etwas anhängen will. Die gute Freundin Bettina. Nur, weil ich ihr keine Beachtung geschenkt habe. Was muss sie verzweifelt sein ...“

„Aus Ihren Worten kann ich nur entnehmen, dass Frau Weber auch ein Auge auf Sie geworfen hatte.“ Ich bemerkte ein Würgen im Hals.

„Meine Chancen stehen gut bei den Frauen“, gab Martin mit einem süffisanten Lächeln auf den Lippen von sich. Er musste sich seiner Ausstrahlung bei Frauen sehr bewusst sein, mutmaßte ich nach seinen Worten. Und lange würde er bestimmt nicht um seine Freundin trauern. Wusste dieser arrogante Pinsel überhaupt, was Trauer bedeutete?

„Haben Sie gestern Abend nicht vielleicht doch noch auf Ihre Freundin gewartet? Ich meine draußen – vor der Tür zum Lokal, um sie wegen der Ohrfeige zur Rechenschaft zu ziehen? Oder auch, um zu erfahren, warum Frau Heiters ihre Mutter eine Heuchlerin nannte? Vielleicht auch, warum sie die Beziehung mit Ihnen beendet hat? So etwas nimmt man ja auch nicht einfach hin, vor allem, wenn Sie, so wie Sie aussagten, heiraten wollten.“

„Nein. Ich bin sofort nach Hause gefahren. Das habe ich Ihnen eben schon zu verstehen gegeben.“ Ein feiner Schweißfilm bildete sich auf seiner Stirn, was mir nicht verborgen blieb. Bereute er seinen Entschluss? Ohne Anwalt die Befragung unversehrt zu überstehen?

Ich öffnete die spärlich gefüllte Akte von Mona Heiters und nahm das kleine rote, in Leinen gebundene Buch zur Hand.

Lange hatte ich mich den Einträgen nicht widmen können, aber die letzten Seiten waren für den Moment aufschlussreich genug gewesen. Ich schlug das Buch auf, blätterte bis zu der Seite, die ich gekennzeichnet hatte, drehte es in Frobes Richtung und gab ihm zu verstehen, es zu lesen. Martin Frobes hatte nicht die geringste Ahnung, was auf ihn zukam, als er sich vorbeugte, auf das gebundene Buch blickte, und es zu sich heranzog.

10. August

Martins Mutter spielt die feine Dame. Sie hat wohl vergessen, woher sie ursprünglich stammt. Die Welt ist eben klein. Clarissa Frobes ist furchtbar hochnäsig, dabei sollte sie ganz vorsichtig sein. Mit meinem Wissen wird sie noch einmal ganz böse auf die Nase fallen. Und ausgerechnet diese Frau glaubt, dass ich nicht gut genug für ihren Sohn bin. Aber das werde ich ihr beweisen.

Als Martin die ersten Zeilen von Mona gelesen hatte, zog er schnell seine Hand weg, als wenn er sich verbrannt hätte. Unter seiner künstlichen Bräune, die wohl von regelmäßigen Besuchen der Sonnenbank herstammte, wurde er verhältnismäßig blass. Wahrscheinlich fragte er sich, wie Mona nur so etwas hatte schreiben können? Er verpasste dem Buch einen Stoß, sodass es über den Tisch rutschte, und die Akte, die vor mir lag, durch den Schwung zu Boden fiel.

„Es muss sich ja wohl wirklich um etwas sehr Brisantes handeln, denn nicht nur Ihre Freundin, sondern auch eine Bekannte von Kerstin Wagner deutete so etwas an. Was wussten die beiden Frauen über Ihre Mutter?“ Martin Frobes blieb mir eine Antwort schuldig. Vielleicht hatte er selbst keine Kenntnis davon, was wirklich in seiner Familie gespielt wurde. Bereute er endlich, dass er seinen Anwalt vor die Tür gesetzt hatte? „Wurden Sie oder auch Ihr Bruder vielleicht erpresst?“Frobes schwieg beharrlich. Ich sah, wie es hinter seiner Stirn gewaltig arbeitete, und ließ ihn nicht aus den Augen, während ich mich nach der Akte bückte und sie zurück auf den Tisch legte. Auch ich hatte mich bisweilen gefragt, was die Familie, oder besser gesagt Frau Frobes, zu verbergen hatte. Womöglich hatte Clarissa Frobes selbst dadurch ein sehr starkes Motiv, schlussfolgerte ich erneut. Ohne Kommentar blätterte ich zwei Seiten in dem Tagebuch weiter, die ich abermals Frobes zu lesen gab. Es war ein Eintrag vom fünfzehnten August.

Ich habe Martins Bevormundung so satt. Was hat mich nur so geblendet? Martin nimmt mir die Luft zum Atmen. Außerdem hat er mir Geld unter das Kopfkissen gelegt. Seine Mutter hat mich als Nutte beschimpft. Es ist so erniedrigend.

„Das kann nicht sein, dass Mona das geschrieben hat. Wir haben uns geliebt. Wir waren sehr glücklich. Wenn ich ihr Geld gegeben habe, dann nur, um ihr eine Freude zu bereiten.“

„Die wohl nicht so gut bei Ihrer Freundin ankam. Und das, was Ihre Mutter betrifft ...“ Ich ließ den Satz unausgesprochen im Raum stehen. „Haben Sie Kerstin Wagner auch während Ihrer Beziehung finanziell unterstützt?“ Frobes kniff seine Augen zusammen. „Sie war ja auch Studentin“, half ich ihm auf die Sprünge.

„Das geht Sie doch nun wirklich nichts an.“

„Haben Sie Kerstin Wagner finanziell unterstützt?“ Ich ließ nicht locker.

„Ja. Manchmal. Sie musste ja ihr Studium selbst finanzieren."

„Kommen wir wieder zu Mona Heiters. So glücklich, wie Sie Ihre Beziehung darstellen, ist Frau Heiters wohl nicht gewesen. Das sind Tatsachen, vor denen wir nicht unsere Augen verschließen können. Was haben Sie wirklich unternommen, als Sie den Studententreff verlassen haben?"

Sichtlich genervt fixierte Frobes mich mit zusammengekniffen Augen. Ich spürte direkt, wie es in ihm brodelte. Plötzlich wurde seine Stimme um eine Oktave schriller, als er wiederholt erklärte, dass er sofort nach Hause gefahren sei.

„Wie ist eigentlich Ihr Verhältnis zu Ihren Eltern? Oder Ihrer Mutter? Ihre Freundin hat Sie bei einer ihrer Eintragungen als Muttersöhnchen bezeichnet." Ich konnte mir diesen Mann zwar nicht als solchen vorstellen, jedoch war es auch nicht unwahrscheinlich, dass Clarissa Frobes einen gewissen Einfluss auf ihren jüngsten Sohn besaß, sodass die Aussage trotz allem ins Bild passte.

„Das sind üble Verleumdungen."

„Da bin ich mir nicht so sicher. Da alle diese Einträge kurz vor dem Tod von Frau Heiters selbst verfasst wurden, könnte man auch davon ausgehen, dass irgendjemand Ihre Freundin zum Schweigen bringen wollte. Was meinte sie damit, dass sie etwas herausgefunden hat, was Ihre Mutter betrifft?"

„Ich habe keine Ahnung. Meine Mutter kommt aus einer ehrbaren Familie." Deprimiert kamen die Worte über Martins Lippen.

„Vielleicht sollten wir es mal von dieser Seite betrachten. Ich weiß leider noch nicht, um welche brisante Angelegenheit es sich bei Ihrer Mutter handelt, aber vielleicht hat Ihre Freundin Ihnen damit gedroht, es der Öffentlichkeit bekannt zu geben. Es wäre ein noch stärkeres Motiv, als die Ohrfeige. Hat womöglich auch Kerstin Wagner in dieser Richtung eine Drohung ausgesprochen?" Abwartend auf die Reaktion des jungen Frobes, lehnte ich mich in meinem Stuhl zurück und verschränkte die Arme vor der Brust. „Vielleicht haben Sie auch schon mit Ihrer Mutter über dieses Thema gesprochen, Herr Frobes! Oder hat Ihre Mutter vielleicht dafür gesorgt ..."

„Meine Mutter ist die Güte in Person. Ich verbitte mir solche Anschuldigungen. Weder meine Mutter noch ich haben mit dem Tod von Kerstin und Mona etwas zu tun."

Ich hob die Hände. „Ich wollte Ihnen nicht zu nahetreten. Haben Sie erneut ein Verhältnis zu Kerstin Wagner begonnen? Auch wenn Sie so glücklich mit Frau Heiters waren?"

„Ich weiß nicht, was hier wirklich gespielt wird. Was soll das alles?"

„Wären Sie so freundlich, uns eine Speichelprobe zu geben?"

„Was soll ich? Wozu?" Irritiert blickte Martin Frobes mich an.

„Um ausschließen zu können, dass Sie der Täter sind. Dass Sie nicht der Vater des Kindes sind, das Frau Wagner erwartete." Frobes Gesicht war ein einziges Fragezeichen.

„Ich hatte vor einem Jahr ein Verhältnis zu Kerstin. Von mir ist sie nicht schwanger gewesen. Und ich weiß genau, dass ich Mona und auch Kerstin nicht getötet habe. Genau aus diesem Grund werde ich mich auch nicht weigern, die Probe abzugeben. Sie wird nur meine Unschuld beweisen."

„Das ist sehr vernünftig, Herr Frobes." Mit dieser spontanen Zusage hatte ich nun gar nicht gerechnet. Frobes blickte auf seine gepflegten Fingernägel, die fein manikürt waren.

Ich dachte an die Aussage des Personalchefs Wilfried Hunsche und wog das *Für* und *Wider* ab. Ich entschied mich zu einer anderen Form, ohne den Mann zu belasten, indem ich Frobes erklärte, dass es Zeugen gäbe, die ihn und Frau Wagner Mitte Juni zusammen auf dem Werksgelände gesehen hätten.

„Was führte Kerstin Wagner zu Ihnen? Ging es um den Arbeitsvertrag? Haben Sie Ihren Bruder dazu animiert, Ihrer ehemaligen Freundin einen Arbeitsvertrag zu geben?"

Ich legte meine Hände gefaltet auf die Tischplatte und sah Martin Frobes in seine bräunlichen Augen, die um die Iris kleine gelbe Punkte aufwiesen, und fragte mich, wer von dem Ehepaar Frobes dem Sohn diese Augenfarbe vererbt hatte. Marvin und sein Vater, Bernhard Frobes, besaßen Augen von einem Blau, das eher an Stahl erinnerte. Vielleicht kam es auch nur von der Kälte, die ihre Blicke ausstrahlten, dass ich es so wahrnahm, aber braun wurden sie deshalb trotzdem nicht.

„Ich empfand es als echte Zumutung, als Kerstin im Juni plötzlich im Werk auftauchte. Wir haben uns nur kurz unterhalten. Es ist auch nicht von Bedeutung. Es gab nichts mehr zwischen uns zu besprechen."

„Trotzdem hätte ich gerne gewusst, worum es in dem Gespräch ging. Auch wenn es für Sie nicht von Bedeutung war. Frau Wagner schien laut Zeugenaussagen sehr deprimiert gewesen zu sein. Ging es um den Arbeitsvertrag?"

„Ich höre immer nur Arbeitsvertrag, Herr Kommissar. Wenn ich gewusst hätte, dass Kerstin sich um eine Stelle bemühte, dann hätte ich das zu unterbinden gewusst." Ich war mehr als erstaunt über diesen Kommentar und zog meine Stirn in Falten. Meine Gedanken nahmen einen anderen Weg, und ich überdachte noch einmal die Aussage seines Bruders. „Warum war Frau Wagner so niedergeschlagen? Und was wollte sie von Ihnen?"

„Ich habe Kerstin nicht gefragt. Es war mir egal. Ich habe ihr nur zu verstehen gegeben, dass ich ihr Verhalten mehr als empörend empfand. Kann ich jetzt gehen?"

„Und Sie haben Ihren Bruder nicht gebeten, Frau Wagner einen Arbeitsvertrag zu geben? Aus einem Gefallen heraus? Weil Sie einmal eng befreundet waren?"

„Nein! Meine Beziehung zu Kerstin war beendet, und ich sah keine Veranlassung, diese neu zu beginnen. Auch nicht in Form eines Arbeitsvertrags."

Ich ließ mir seine Worte durch den Kopf gehen und glaubte ihm. „Wenn Sie die Probe abgegeben haben, können Sie gehen.“

Ich nickte Jill zu, die sich von ihrem Stuhl erhob, das Röhrchen für die Probe schon parat in der Hand hielt und ich mich fragte, wo es die ganze Zeit gelegen hatte? Martin Frobes verzog widerwillig sein Gesicht, als sie ihm das Stäbchen in den Mund führte. Ihre Gedanken hätte ich in diesem Moment gerne gewusst, als ich ihren Gesichtsausdruck sah.

„Herr Frobes“, hörte ich Jill und zog erstaunt meine rechte Augenbraue hoch. „Verraten Sie mir Ihre Schuhgröße?“ Charmant lächelte sie ihn an. Martin Frobes blickte verblüfft zuerst meine Kollegin an und dann auf seine Schuhe.

„Warum interessiert Sie das denn?“

„Mich interessieren einfach Menschen und ihre Schuhgrößen. Ich schätze, Sie haben Größe fünfundvierzig.“

„Nein. Da sind Sie leider im Irrtum. Mehr als dreiundvierzig habe ich nie erreicht.“

Ich konnte kaum ein Lachen unterdrücken und wandte mich zur Tür. Dort verharrte ich solange, bis Frobes den Raum verlassen hatte.

Mein Magen verlangte nach einer anständigen Nahrung, und ich hatte das Bedürfnis, in Ruhe endlich eine Tasse Kaffee zu trinken. Es ging auf sechzehn Uhr zu. Martin Frobes Speichelprobe war auf dem Weg ins Labor, und ein weiteres Gespräch mit Marvin Frobes stand mir erneut bevor. Mein Gefühl sagte mir, dass ich ihn verhaften sollte, aber mir fehlte zum einen das Geständnis, zum anderen die Einwilligung des Staatsanwalts, und ich musste ihm beweisen können, dass er wirklich der Mörder der beiden jungen Frauen war. Ich fragte mich, als ich auf dem Weg zum Büro war, ob der älteste Sohn womöglich Kenntnis vom Geheimnis der Mutter hatte und sie vor der Öffentlichkeit schützen wollte?

Meine Nerven lagen blank, als ich das Büro betrat und Frank mir den Telefonhörer in die Hand drückte. Meine Hand auf der Muschel liegend, fragte ich nach dem Teilnehmer, und er gab mit zu verstehen, dass es Ulla Wagner sei.

„Frau Wagner?“

„Kommissar Winter. Ich habe noch lange über Ihre Frage nachgedacht“, hörte ich ihre aufgeregte Stimme. „Ich ... ich habe doch jemandem ... die Handynummer meiner Tochter gegeben. Ich habe mir nichts dabei gedacht.“

„Frau Wagner. War es ein Mann, dem Sie die Nummer gegeben haben?“

„Ja. Er hat sich als Studienkollege ausgegeben. Er erklärte mir, dass Kerstin noch Unterlagen von ihm hätte, die er dringend benötigen würde. Die Handynummer hätte er leider verlegt. Ich mache mir so große Vorwürfe.“

„Ja, das kann ich mir gut vorstellen. Man ist schnell dazu bereit etwas preiszugeben, wenn so eine Bitte gestellt wird.“ Ich hätte sie gerne getröstet, aber mir fehlten schlichtweg die Worte. Die Frage nach einem Namen konnte Frau

Wagner mir nicht beantworten. Sie war sich sicher, dass der Anrufer ihn nicht erwähnt hatte.

„Wann kam der Anruf, Frau Wagner?“

„Am Sonntagabend. Aber Kerstin war ja arbeiten, und das habe ich Kerstins Studienkollegen auch gesagt.“

Wenn es sich wirklich um einen Kommilitonen gehandelt hatte, überdachte ich das Gespräch.

***

Ich war schon fast wieder aus der Tür getreten, als mir Jens Bieber einfiel. „Später kommt noch dieser Jogger von heute Morgen, um seine Aussage zu Protokoll zu geben. Sollte ich nicht im Büro sein, dann übernimm du das Gespräch bitte, Jill.“ Bevor ich die Tür hinter mir zuzog, nickte ich ihr noch einmal zu und lief den Flur entlang. Frank im Schlepptau, der mich diesmal zu Marvin Frobes begleitete. Seinem Gesicht nach zu urteilen, hatte er keine gute Nachricht für mich.

„Wie ich erfahren habe, sitzt Marvin Frobes in dem Raum und schäumt nur so vor Wut, aber du wirst ihn selbst nicht einmal vierundzwanzig Stunden hierbehalten können. Staatsanwalt Riegert, mit dem ich eben telefoniert habe, bringt dir wenig Verständnis entgegen. Der spielt nicht mit. Ihm reichen die Beweise nicht aus.“

Frustriert fuhr ich mir durch die Haare.

Hier wurden Fäden gezogen, die ich nicht zu durchtrennen vermochte. Es deprimierte mich zunehmend, als ich die ganze Sachlage überdachte. Es ging rein um Indizien, und ich bedauerte, dass Jills Findigkeit mit den Teppichfasern zu keinem Ergebnis geführt hatte. Einen Durchsuchungsbeschluss für die Villa Frobes hatte ich auch nicht in der Tasche. Meine Überlegungen gingen in die Richtung, ob vielleicht die Familien Riegert und Frobes miteinander befreundet waren? Was hatte der alte Frobes in der Zeit, in der ich mich mit seinen beiden Söhnen befasst hatte, bewerkstelligt?

Nachdem ich Marvin Frobes eine weitere Stunde mit Beweisen konfrontierte, die er zu verschleiern versuchte, hielt ich die Aussage seines Bruders dagegen, die er als großes Missverständnis darstellte. Mir blieb nichts anderes übrig, als ihn gehen zu lassen. Vielleicht würde gerade jetzt der Täter, der auf dem Weg in die Freiheit war, sich die Hände reiben und freuen, dass er der Polizei ein Schnippchen geschlagen hatte.

***

Nur eine Stunde später, Jill hatte mir gerade eine weitere Tasse Kaffee auf den Schreibtisch gestellt, die ich, so hoffte ich, in dem Moment in Ruhe trinken könnte, klingelte mein Telefon. Ich nahm ab und vernahm eine sympathische Stimme am anderen Ende der Leitung. Constanze Frobes, die mir den Grund ihres Anrufs erklärte.

Nach allem, was ich bislang mit den einzelnen Familienmitgliedern erlebt hatte, passte diese Stimme nicht in das übrige Erscheinungsbild der Familie.

„Mein Mann hat mich gebeten, sein Alibi für die Nacht des zweiundzwanzigsten August zu bestätigen. Sobald ich von meiner Reise zurückkomme“, erklärte sie weiter, „und meine Unterschrift erforderlich ist ...“

„Ja, Frau Frobes. Ihre Unterschrift ist erforderlich. Wann kann ich mit Ihrem Kommen rechnen?“ Lass dich von der sympathischen Stimme nicht beeindrucken, dachte ich. Mein Verstand sagte mir etwas anderes. Ich glaubte ihr nicht. Ich traute der ganzen Familie nicht über den Weg. Und nachdem Frank vom Staatsanwalt unmissverständlich zu verstehen bekommen hatte, dass Marvin Frobes unverzüglich das Präsidium zu verlassen hätte, noch weniger.

Wie mir Frau Constanze Frobes dann zu verstehen gab, würde sie erst in vierzehn Tagen von ihrer Reise zurückkommen. Ich bat sie, eher ins Präsidium zukommen. Ich musste mir ein persönliches Bild von der Frau machen, dachte ich nur.

Dieser Tag hatte es in sich, und ich wurde das Gefühl nicht los, in einem Taubenschlag zu sitzen. Nie im Leben hätte ich Jens Bieber mit dem Jogger vom Morgen am Aasee in Verbindung gebracht. Er saß in einem grauen Anzug, einem weißen Hemd und mit einer graugrünen Krawatte gekleidet vor meinem Schreibtisch und gab alles Wesentliche zu Protokoll. Bieber bestätigte somit die Aussage von Bettina Weber, dass Martin Frobes allein das *Onkel Max* verlassen hatte. Außerdem sei ihm das eigenartige Verhalten der jungen Frau aufgefallen, sagte er, das gekünstelte Lachen und die Kleidung, die schon sehr gewagt gewesen sei.

Kaum hatte Jens Bieber das Büro verlassen, klopfte es erneut, und ich rief lauter als beabsichtigt: „Herein.“ Julia Kurda öffnete die Tür, trat in den Raum und blieb, nachdem sie die Tür geschlossen hatte, mitten im Büro stehen und sah von Jill zu mir hinüber.

Die braune, weite Leinenhose wirkte zerknittert und die Kombination mit dem hellbraunen, längeren Pullover war der Mode entschwunden und ließ ihre ansonsten sehr schlanke Figur unförmig wirken. Ich bat Julia vor dem Schreibtisch Platz zunehmen, während sie sich entschuldigte, dass sie noch an diesem Tag gekommen war.

„Ich habe Ihrer Kollegin am Telefon schon erklärt, dass ich morgen leider keine Zeit habe.“ Mir war es im Augenblick egal, auch wenn ich das Bedürfnis verspürte, nach Hause zu fahren. Ich dankte ihr für die Bereitschaft, nochmals mit uns zu sprechen.

„Frau Kurda, Sie deuteten bei unserem letzten Gespräch an, dass Ihre Freundin etwas Unschönes von Frau Frobes erfahren hatte. Können Sie mir Näheres darüber berichten?“ Hatte ich es beim letzten Mal noch nicht für wichtig gehalten, so brannte mir jetzt meine Neugierde förmlich unter den Nägeln, denn es würde die Ermittlungen vielleicht in eine andere Richtung lenken. „Wir haben jetzt, von anderer Seite, ebenfalls gewisse Details über die Familie erfahren.“

Julia blickte mich verstohlen an. Wahrscheinlich hatte sie mit dieser Frage nicht gerechnet.

„Woher wissen Sie das?“

„Aus Einträgen eines Tagebuchs.“

„Aber Kerstin hat doch kein Tagebuch geführt.“

„Nein, Ihre Freundin vermutlich nicht. Aber meine Erkenntnis stammt aus dem Tagebuch eines weiteren Opfers.“ Julia Kurda sah mich erstaunt an. „Sie können es ja noch nicht wissen. Heute Morgen … Womöglich kannte Ihre Freundin die junge Frau, denn das, was Sie andeuteten, und die Einträge aus dem Tagebuch sind fast identisch. Und vielleicht sind Sie so freundlich, mich über diese Gegebenheit genau aufzuklären.“

„Muss ich das erzählen?“ Julia war es mehr als unangenehm, das konnte ich an ihrem verschämten Blick erkennen. „Was hat das mit dem Tod von Kerstin zu tun?“

„Vielleicht eine ganze Menge. Also ...“

„Es war so. Eine Freundin meiner Mutter ... arbeitet in einer Kanzlei. Ich möchte ... hier keine Namen nennen. Bitte ...“ Sie sah mich mit ihren moosgrünen Augen hoffnungsvoll an. „Es wäre mir sehr, sehr ... unangenehm, denn ich habe etwas bekanntgegeben, was ich nicht ... hätte erzählen dürfen. Ich habe es Kerstin nur erzählt, nachdem sie vor längerer Zeit so von Martin abserviert wurde.“

„Frau Kurda, wie können Sie sich erklären, dass auch Mona Heiters, die junge Frau, … die letzte Nacht ermordet wurde, davon wusste?“ Entsetzt sah mich die junge Frau an. „Ja, es gibt ein zweites Mordopfer.“

„Das ist ja entsetzlich ...“ Sie legte ihre Hand auf den Mund.

„Ja, das ist es. Und ich will verhindern, dass noch ein weiterer Mord geschieht. Ich benötige dringend Ihre Information.“ Mein Blick ließ kein Nein zu.

„Ich weiß nicht, wem Kerstin dieses Wissen weitergegeben hat, obwohl ich sie gebeten hatte, darüber Stillschweigen zu bewahren.“

„Wenn schon so viele von diesem Thema Kenntnis haben, worum geht es denn nun eigentlich bei dem Familiengeheimnis?“

„Oh Mann. Ich könnte mich ohrfeigen. Was hat sich Kerstin nur dabei gedacht.“ Verzweifelt fuhr sich Julia mit den Fingern durch ihre wilden, rotbraunen Locken. „Ich habe Kerstin vertraut. Immer mehr komme ich zu der Erkenntnis, dass sie ... das schamlos für ihre Zwecke ausgenutzt hat. … Frau Frobes hat vor vielen

Jahren einen schweren Unfall verursacht ... der Fahrer des anderen Wagens ist ... in seinem Auto verblutet, da sie Fahrerflucht begangen hat."

Das war wirklich brisant und ein sehr starkes Motiv.

„Wissen Sie, wann das geschehen ist?"

„Das muss noch vor der Ehe von Frau Frobes gewesen sein. Der Anwalt, der das damals für die Frau geregelt hat, war oder ist noch ein guter Freund von Frau Frobes. Wohl schon aus früherer Zeit. Ich weiß nicht ..."

„Wie sind Sie an diese Informationen gelangt, Frau Kurda?" Mit ihren Fingern knetete sie nervös den Riemen ihrer Schultertasche.

„Durch puren Zufall ... Wie ich schon erwähnte, die Freundin meiner Mutter ... sie arbeitet in der Kanzlei. Diese Akte liegt im Safe der Kanzlei. Ich weiß, sie hätte es ... nicht erzählen dürfen."

Nein, das hätte diese Frau bestimmt nicht von sich geben dürfen, dachte ich, aber das war nicht mein Problem. Was wäre, wenn beide Frauen mit ihrem Wissen Frau Frobes unter Druck gesetzt hatten? Und womöglich Bernhard Frobes wirklich selbst keine Ahnung von der Vergangenheit seiner Frau hatte? Frau Frobes bekam durch das Wissen der Freundinnen in meinen Augen plötzlich ein eindeutigeres Motiv, im Gegensatz zu ihren Söhnen. Sie hatte verdammt viel zu verlieren.

„Was mich außerdem noch brennend interessiert, Frau Kurda, ist, ob Sie nicht doch von gewissen Freundschaften Ihrer Freundin wussten. Wie wir mittlerweile erfahren haben, war Frau Wagner nicht nur einem Flirt zugeneigt. Sie war doch ihre beste Freundin." Herausfordernd blickte ich Julia an, die sich fühlen musste, als würde ich sie zum Schafott führen. Ihr Blick ruhte auf ihren Händen, die sie zwischen ihre Knie drückte.

„Kerstin hat mir, das habe ich ... mittlerweile erkannt, nicht alles erzählt. Während ich ihr komplett vertraut habe. Ich hatte viel Zeit zum Nachdenken." Traurig sah sie mich an. Diesem Blick gegenüber fühlte ich mich hilflos. Ich spürte förmlich, dass ihr noch Einiges auf der Seele lastete, und ich ermutigte sie weiterzusprechen.

„Ich ... ich kann mir nicht vorstellen, dass sie sich doch mit dem Mann getroffen hat. Für sie war das Kapitel eigentlich abgeschlossen."

„Von welchem Mann ist hier die Rede, und von welchem Kapitel sprechen Sie, Frau Kurda?"

Frank betrat das Büro, und ich sah, wie seine Augen strahlten, als er Julia erblickte. Auch Jill war es nicht entgangen, denn ich erkannte ihr Schmunzeln über den Bildschirm hinweg. Frank setze sich an seinen Schreibtisch und ließ Julia nicht aus den Augen.

„Kerstin und ich haben vor längerer Zeit manchmal aus Spaß auf solchen Flirtseiten im Internet gesurft. Es war oft ganz lustig."

„Was genau war daran so lustig?" Ich sah von Julia zu Jill, die erstaunt die Augenbrauen hochzog und Julia verblüfft ansah, die ihr den Rücken zu wandte. Die Spannung in ihrem Gesicht war nicht zu übersehen, als sie sich vor ihrem Computer kerzengrade auf dem Stuhl aufrichtete und ihre kleinen Ohren spitzte. In Jill erwachte die Computerspezialistin. Sehr zu meiner Freude, denn das ganze moderne Hightech war mir ein Gräuel.

Schamesröte überzog Julias Wangen. Ihr schien es mehr als peinlich zu sein, uns Kommissaren diese Details zu erörtern.

„Na ja, diese Typen ... Es ist so einfach, auf den Seiten eine andere zu sein, als die, die man ist." Sie wagte nicht, mich anzublicken.

„Haben Sie sich mit diesen Typen aus dem Netz getroffen?" Ich hielt förmlich die Luft an. Mein Blick wanderte zu Jill, die sich von ihrem Stuhl erhob und zu uns gesellte.

„Nein."

Ich erinnerte mich – es hatte vor gar nicht langer Zeit einen Fall gegeben, in dem zwei minderjährige Mädchen heimlich nach Dortmund gefahren waren, um sich mit zwei Jungen zu treffen, mit denen sie im Chat kommuniziert hatten. Einem der Teenager war es zu verdanken, dass nicht ein entsetzliches Unglück passierte. Das Mädchen reagierte sofort und benachrichtigte über Handy die Polizei, als nicht zwei Jungen in ihrem Alter an dem verabredeten Treffpunkt erschienen, sondern zwei ältere Männer. Die Polizei konnte daraufhin schnell eingreifen und Schlimmeres verhindern. Von der täglichen Presse war diese Geschichte nur am Rande behandelt worden, aber etliche Institutionen hatten sofort reagiert und Jugendliche vor den Gefahren gewarnt, die der Chatroom bot.

„Hat sich Frau Wagner vielleicht mit einem dieser Männer getroffen?"

„Das weiß ich nicht Auf jeden Fall war da so ein Typ, der sich mit Kerstin treffen wollte. Als ich sie einmal darauf ansprach, hat sie nur gemeint, dass es ein Spinner wäre. Es hätte sich erledigt."

„Inwieweit bezeichnete sie den Mann als Spinner?" Ich zog eine Augenbraue hoch.

„Kerstin hat ein paar Mails von ihm erhalten, die sie mir gezeigt hat. Einmal schrieb er, dass sie ihn an eine Flaschenpost erinnerte, die in sein Leben geflossen sei. In einer anderen Mail erwähnte er ihre langen blonden Haare, die er gerne berühren würde und fragte, ob sie immer so ... aufreizende ... so sexy Kleidung tragen würde? Es würde zu ihr passen."

„Woher wusste denn der Mann, wie Ihre Freundin sich kleidete? Hat sie ihm eventuell ein Foto geschickt?"

Jill sah mich an. Ich nickte ihr bestätigend zu, das Gespräch fortzuführen. Es war ihr Metier.

Für mich war es eine Bereicherung, als das Präsidium Jill nach ihrer sehr erfolgreich abgeschlossenen Ausbildung meinem Team zuordnete. Diese quirlige, junge Frau, mit den kurzen, pechschwarz gefärbten Haaren, dem Nasenstecker und dem Piercing an der Augenbraue. Für meinen Geschmack schon zu viel, aber darüber konnte ich gut hinwegsehen. Was ich an ihr als Kollegin schätzte, war, dass sie immer ein Lächeln auf den Lippen trug, nie schlecht gelaunt war und die zu bearbeitenden Fälle mit Akribie und Scharfsinnigkeit betrachtete.

„Ich weiß es nicht. Vielleicht hat Kerstin ... Wir beide sind einmal in einer Diskothek fotografiert worden, und die Fotos wurden mit unserer Zustimmung für Werbezwecke im Internet benutzt. Vielleicht hat Kerstin ihm das zukommen lassen. Das Bild kann sich ja jeder ansehen."

„Ist das Foto immer noch auf der Seite des Veranstalters?"

Julia zuckte mit der Schulter und nannte den Namen der Diskothek, worauf sich Jill sofort ihrem Computer zuwandte.

„Hat Ihre Freundin diesem Mann mitgeteilt, wo sie wohnt? Oder auch ihre Handynummer genannt?"

„Ich weiß es doch nicht. Ich kann es mir zwar nicht vorstellen, dass Kerstin so dumm gewesen wäre. Aber, was weiß ich ... was sie wirklich getan hat und was nicht."

„Haben Sie selbst diese Mails gelesen? Können Sie sich an eine E-Mail-Adresse erinnern?", fragte ich unterdessen.

„Nein, ich habe nicht darauf geachtet. Aber vielleicht befinden sich noch Mails auf Kerstins Laptop. Das Gerät hatte sie immer bei sich."

Wer hatte den Laptop aus dem Auto der Toten entfernt? Plötzlich musste ich wieder an den Unbekannten aus dem *Onkel Max* denken.

Keine zehn Minuten später trat Jill vor meinen Schreibtisch und reichte mir einen Fotoausdruck, den ich entgegennahm und eingehend betrachtete. Ich sah Kerstin und ihre Freundin Julia lachend in freundschaftlicher Umarmung. Während Kerstin wirklich sehr aufreizend gekleidet war, war Julias Kleidung eher als bieder zu bezeichnen. Gegensätzlicher konnten zwei Frauen nicht sein. Das Foto war dem Datum nach vor fünf Wochen aufgenommen worden. Ich legte es vor Julia. Sie nickte zustimmend. Erneut traten Tränen in ihre Augen.

„Hat der besagte Mann mit Ihnen auch Kontakt aufgenommen?", fragte Jill, stellte sich mit dem Rücken zum Fenster, lehnte an der Fensterbank und verschränkte ihre Arme.

„Nein. Ich war wohl nicht sein Typ."

Gott sei Dank, dachte ich, und schluckte im letzten Augenblick die Worte, die mir fast über die Lippen gesprungen wären, herunter.

***

Martin stand vor dem gläsernen Schreibtisch, seine Hände abgestützt – die feuchten Finger hinterließen Spuren, und er sah seinen Bruder abschätzig an.
„Ich wüsste nicht, inwieweit ich dir helfen kann. Du bist doch derjenige gewesen, der mit der Wagner ein Verhältnis begonnen hat. Wusstest du eigentlich, dass sie schwanger war? Von dir?“ Martin schüttelte nur den Kopf. Dass ausgerechnet sein Bruder, der immer einen kühlen Kopf bewahrte, auf diese junge Frau hereingefallen war, war für ihn unbegreiflich. Ihm selbst war sie nach einiger Zeit ihrer Beziehung lästig geworden. Kerstins Ansprüche waren immer extremer geworden – ihre Forderungen, was Geld betraf, einfach geschmacklos.
„Hat sie dich erpresst?“ Als er immer noch keine Antwort von Marvin erhielt, richtete er sich auf und wandte sich dem Fenster zu, sah hinaus auf das Firmengelände und dachte an die Befragung im Polizeipräsidium.
„Warum hast du dem Kommissar erzählt, dass du keine Ahnung von dem Arbeitsvertrag hattest?“, ließ Marvin vernehmen und blickte auf seine Hände. Er benötigte einen Verbündeten und hoffte, seinen Bruder für sich zu gewinnen.
„Du erwartest doch wohl keine Antwort darauf“, gab Martin empört von sich und starrte weiter aus dem Fenster. „Wie konntest du dieser Frau so einen Vertrag anbieten? Ich verstehe es nicht. Wie so vieles nicht.“
„Ich weiß nicht, ob Constanze mein Alibi bestätigt. Du würdest mir schon helfen, wenn du dem Kommissar erklären könntest, dass du mich an dem besagten Abend zu Hause aufgesucht hast ... wir hätten noch Geschäftliches zu besprechen gehabt.“
Langsam drehte sich Martin zu seinem Bruder um und blickte ihn verblüfft an.
„Wo warst du wirklich?“
„Nicht, was du denkst.“
„Ich habe schon immer gemerkt, wie scharf du auf Kerstin warst, aber dass ausgerechnet du mit ihr ein Verhältnis hattest, hat mich dann doch erstaunt. Ich denke an die Betriebsversammlung. Wenn ich geahnt hätte, dass nicht mir das Zeichen galt, was sie gab, wäre ich bestimmt nicht zu ihr gegangen. Ich bin aus allen Wolken gefallen, als sie mir von eurem Techtelmechtel erzählt hat.“
„Und? Warum hast du nichts gesagt?“ Martin ging darauf nicht ein. Ihm brannte noch etwas ganz anders auf der Seele.
„Was mich noch mehr verwirrt hat, … ist, was sie über unsere Mutter angedeutet hat. Weißt du Näheres darüber? Ich fand es einfach ungeheuerlich.“
Marvin blieb seinem Bruder eine Antwort schuldig,
„Wenn sich das bewahrheiten sollte, dann haben wir ein ganz großes Problem. Vor allem mit dem Alten.“
Wenn man vom Teufel sprach, war er nicht weit. Bernhard Frobes stürmte ins Büro, riss die Tür auf, und sein Körper füllte den Türrahmen aus.
„Habt ihr beide alles bereinigen können oder muss ich immer noch damit rech-

nen, dass die Polizei hier weiter herumschnüffelt?“ Drohend blickte er hinter seiner Brille von seinem älteren zu dem jüngeren Sohn, der an der Schläfe seines Vaters eine Ader pochen sah.

„Ich denke, dass das erledigt ist.“ Marvin hoffte es inständig. Und er hatte nicht vor, noch mehr Öl ins Feuer zu gießen.

„Das will ich auch hoffen.“ Damit verließ er das Büro, aber bevor er die Tür endgültig hinter sich zuzog, drehte er sich nochmals um. „Ich habe deiner Constanze richtig eingeheizt. Damit wir uns verstehen, Marvin.“ Die Tür flog mit einem lauten Knall zu.

6

Freitag, 26. August

In den frühen Morgenstunden erwachte ich durch meinen eigenen Schrei und wusste zuerst nicht, wo ich mich befand. Starr lag ich im Bett, unfähig, mich zu bewegen, und zitterte am ganzen Leib. Kalter Schweiß lief mir am Körper entlang. Keuchend ging mein Atem, und eine Art Panik überfiel mich.

Draußen hörte ich den Regen rauschen, und der Wind rüttelte an den Rollläden. Ich weiß nicht, wie lange ich so in meinem Bett lag, als ich allmählich zu mir kam und auf meinen digitalen Radiowecker blickte, der vier Uhr siebenunddreißig anzeigte. Ich ließ mich ins Kissen zurücksinken und versuchte vergeblich, die Bilder der Nacht zu verscheuchen.

Ich befand mich in Kralmanns Wald. Meinem früher so geliebten Mischwald, der später der Fundort meiner ermordeten Tochter war.

Im Traum waren mir Kerstin, Mona und Marina erschienen, wie sie lachend, Hand in Hand durch den Wald liefen. Sie waren Kinder. Ich stand hinter einem Baum und beobachtete ihre Fröhlichkeit. Es hat mich erheitert. Als die drei mich entdeckten, streckten sie mir ihre Hände entgegen, aber ich konnte sie nicht greifen. Mein Griff ging ständig ins Leere. Die Worte, die sie mir zuriefen, konnte ich, so sehr ich mich auch bemühte, nicht verstehen. In meinen Ohren vernahm ich nur das Rauschen vom Laub der Bäume. Ich lief zu den jungen Mädchen, aber der Abstand vergrößerte sich mit jedem Schritt, bis sie plötzlich wie vom Erdboden verschwanden. Drohende, dunkle Wolken verfinsterten plötzlich den sonnigen Himmel, der durch das Laubdach zu erkennen gewesen war. Panisch, in alle Himmelsrichtungen verzweifelnd blickend, rief ich ihre Namen, aber sie antworteten mir nicht. Das glückliche Lachen war verstummt. Eine unheimliche Stille umfing mich. Verzweifelt war mein Blick im Wald umhergegangen, als ein einzelner Sonnenstrahl mir plötzlich den Weg wies. Im Laub, hinter einer riesigen Buche, sah ich die Kinder liegen. Noch in dem Glauben, dass sie mich nur neckten, musste ich mit Entsetzen feststellen, dass Kerstin, Mona und auch Marina ermordet worden waren. Verzweifelt stand ich vor ihnen, sah in weiße, maskenhafte Gesichter und starr blickende Augen. Mein Blick war ruhelos umhergewandert. Ich konnte niemanden entdecken, der für diese sinnlosen Taten verantwortlich war. Kraftlos ließ ich mich auf den mit Moos bewachsenen Waldboden sinken. Ich wollte sie berühren, als sich langsam ihre Lippen synchron bewegten. Sie flüsterten mir etwas zu, aber ich konnte ihre Worte nicht verstehen. Wie von Geisterhand, ihre Hände waren fest ineinander verschlungen, lösten sie sich von der Erde und verschwanden gemeinsam lachend im Nichts.

Die Fahrt zum Präsidium war ein einziges Fiasko, da ich mich kaum auf den Verkehr konzentrieren konnte. Der Regen klatschte an die Windschutzscheibe, und die Scheibenwischer kamen kaum dagegen an. Die Bilder der Nacht ließen mich trotz redlicher Anstrengung nicht los. Sie saßen in meinem Gehirn wie eingebrannt und ließen sich nicht aus meinem Gedächtnis löschen.

Unausgeschlafen, mit dunklen Rändern unter den Augen, betrat ich am Morgen schon frühzeitig mein Büro. Ich lehnte mit dem Kopf an der Fensterscheibe, als Jill den Lichtschalter betätigte und erschrak, als sie mich unvermutet am Fenster stehen sah.

„Sie sehen ja fürchterlich aus", entfuhr es ihr besorgt. „Es ist doch nicht schon wieder ..." Ein neuer Mord geschehen, wollte sie wahrscheinlich sagen. Sie verschluckte die letzten Worte.

Ich sah sie aus müden Augen an und schüttelte den Kopf. Was hätte ich ihr erzählen sollen? Den Traum? Den wollte ich nur ganz schnell vergessen.

Jill legte mir zwei Akten auf den Schreibtisch und erklärte mir, dass Ulrich Mertens sie ihr auf dem Weg ins Büro in die Hand gedrückt hatte. Mein guter Freund Ulrich, dachte ich, setzte mich an den Schreibtisch und schlug, ohne ein Wort verlauten zu lassen, die Akte auf. Die Buchstaben verschwammen vor meinen Augen, und ich versuchte mit meinen Fingern die Müdigkeit und auch den Schmerz hinter meiner Stirn zu vertreiben. Jill stand abwartend vor meinem Schreibtisch und beobachtete mich.

„Sie gefallen mir heute Morgen gar nicht", gab sie fürsorglich von sich. „Möchten Sie vielleicht einen Kaffee?"

„Besonders stark, wenn möglich. Danke, Jill." Ich versuchte, ein Lächeln über meine Lippen zu bringen, was mir gründlich misslang.

Der pathologische Bericht von Mertens, wie ich mit einem Blick bemerkte, war wieder exzellent, und ich fragte mich, wie mein Freund es mit den Toten im Keller aushielt, um dann im Anschluss auch noch die genausten Details zu Papier zu bringen und kaum zu schlafen? Mir selbst fehlten nur ein paar Stunden Schlaf, und ich fühlte mich wie von einer Dampfwalze überrollt.

Jill stellte einen großen Becher Kaffee auf den Schreibtisch – und einen Teller mit zwei belegten Brötchen. Erstaunt blickte ich auf.

„Wo hast du die denn hergezaubert?"

„Ich glaube, Sie haben noch nicht gefrühstückt. Ich schon." Jill zwinkerte mir zu.

„Weiß Frank eigentlich, was er an dir als Kollegin hat?" Jill schenkte mir ein Lächeln, ging hinüber zu ihrem eigenen Schreibtisch und schaltete ihren Computer an. „Seid ihr beide gestern noch im *Onkel Max* gewesen?"

„Ja ... Soll ich mit dem Bericht nicht warten, bis Frank im Büro ist?"

Du bist sehr diplomatisch, Jill, dachte ich bewundernd.

„Lange wird es ja wohl nicht mehr dauern. Ich nehme mir derweilen die Akten vor.“ Damit lehnte ich mich in meinem Stuhl zurück, führte die Tasse Kaffee zum Mund, nahm mit der anderen den Bericht zur Hand und begann zu lesen.

Mona Heiters hatte 1,2 Promille Alkohol im Blut. In knapp zwei Stunden?, überlegte ich überrascht, wenn man bedachte, dass sie erst um zweiundzwanzig Uhr im Onkel Max erschien und vor Mitternacht wieder den Ort verließ. Das war eine Menge.

Der Todeszeitpunkt war für kurz vor Mitternacht vermerkt. Die Zeit deckte sich mit der Aussage von Frau Weber. Also war Frau Heiters ihrem Mörder direkt in die Arme gelaufen. Außer die einschneidenden Wunden am Hals und an zwei Fingern, die von einem stabilen Draht herrührten, hatte Mertens keine weiteren Verletzungen feststellen können. Einem sexuellen Verbrechen war sie nicht zum Opfer gefallen, und wieder gab es keine Fingerabdrücke, die bei der Toten lokalisiert werden konnten.

Die zweite Akte von Volker Versmann, die ich zur Hand nahm, hatte auch nicht viel mehr zu bieten. Raubmord konnte ausgeschlossen werden, da weder Papiere noch das Handy fehlten, die sich in der kleinen, braunen Handtasche befunden hatten. Aber das hatten wir ja schon am Tatort festgestellt. Ich las weiter, dass es keine Spuren - keine brauchbaren Fußabdrücke - gab, die uns zum Täter führten. Was eindeutig am reichhaltigen Regen lag, der in der Nacht gefallen war.

Ich knallte die Akte auf meinen Schreibtisch. Dieser ganze Papierkram brachte mich keinen Schritt weiter. Ich hatte Motive und auch Verdächtige, aber ich konnte und durfte nicht so handeln, wie ich es gerne getan und auch in anderen Fällen bewerkstelligt hätte.

Auf welchem Holzweg befand ich mich? Ich überdachte die Aussage von Frau Kurda. Wenn Kerstin Wagner durch das Internet einen Mann kennengelernt hatte, war das vielleicht auch bei Frau Heiters der Fall? Hatte sie auch auf solchen Seiten gesurft? Auch diese Frage konnte uns nur Frau Weber beantworten. Vielleicht waren diese Frauen ehrlicher miteinander umgegangen.

„Wie war es gestern Abend im *Studententreff*?“ Ich fuhr mir frustriert über die Augen und hoffte, dass Jill etwas Positives zu berichten hatte. Es war kurz vor acht und Frank noch immer nicht anwesend. Wenn er der Meinung war, nur, weil er am letzten Abend Überstunden bewältigen musste, indem er mit Jill das Lokal aufsuchte, diese heute Morgen abzufeiern, dann hatte er die Rechnung ohne den Wirt gemacht, schwor ich mir sichtlich gereizt.

„Wenn Sie meinen ... Wir haben uns mit dem Personal unterhalten. Sie konnten sich alle gut an Mona Heiters erinnern, die wohl wirklich einen bleibenden Eindruck hinterlassen hat. Die Zeiten, die Bettina Weber angegeben hat, stimmen ziemlich genau überein. Der Wirt, das ist wirklich Onkel Max, und er wird auch von den Studenten so genannt, sagte aus, dass die beiden Frauen bei ihm an der

Theke so einige Caipirinhas getrunken hätten. Auch an die Ohrfeige konnte er sich gut erinnern. Der Mann wäre so was von wütend gewesen und hätte fluchtartig den Studententreff verlassen. Ob Mona später allein sein Lokal verlassen hätte, darüber waren sich der Wirt und die Angestellten nicht ganz einig. Zwei gaben uns zu verstehen, dass sie allein die Lokalität verließ und ihr auch keiner gefolgt sei, während eine Kellnerin aussagte, Mona hätte kurz nach einem Mann, den sie dort noch nie gesehen hätte, die Räumlichkeiten verlassen."

„Konnte die Angestellte den Mann beschreiben?"

„Ja, das konnte sie. Er hätte verdammt gut ausgesehen, sagte sie, und hat die Augen dabei verdreht. So ein südländischer Typ, war ihre Vermutung. Wir haben ...", Jill klappte ihren Block auf, „... Birgit Zander, so heißt die Angestellte, ist für heute Mittag aufs Präsidium bestellt, damit sie sich mit Herrn Bersbeck zusammensetzt."

„Auf das Phantombild bin ich gespannt." Ich dachte in dem Moment an eine bestimmte Person, die seit dem gestrigen Morgen in meinem Hirn herumspukte. Nur konnte ich das Gesicht nicht wirklich jemandem zuordnen.

„Was Frau Zander noch anmerkte, waren seine extrem langen Finger."

„Inwiefern?" Erstaunt zog ich eine Augenbraue hoch.

„So wie es aussieht, war Frau Zander von dem Gast wohl sehr angetan und hat sich den Mann näher betrachtet. So genau hat sie es zwar nicht verlauten lassen, aber ..."

„Und Mona Heiters hat kurz nach diesem besagten Mann das Lokal verlassen?"

„Ja, laut ihrer Aussage."

„Wenn dem so wäre, dann hätte doch auch Frau Weber das bemerken müssen. Sie ist sich aber nicht sicher und behauptete, dass ihre Freundin allein das Lokal verlassen hat."

„Frau Heiters hat ja die Lokalität wohl auch allein verlassen, laut der Aussage der Bedienung.Vermutlich hat Frau Weber gar nicht mitbekommen, dass ihre Freundin einem Mann gefolgt ist."

„Und diese Frau Zander hat aber genau *das* beobachtet?"

„Ja. Sie hat es sehr bedauert, als dieser Mann schon gegangen ist."

„Wo bleibt denn Frank heute Morgen?" Es ging auf halb neun zu. „Vielleicht hat sein Wecker nicht geklingelt?", gab Jill schmunzelnd von sich, als sie meinen erstaunten Blick bemerkte. Mein Kommentar vom gestrigen Tag schien in den Abteilungen seine Runde gemacht zu haben.

Und wie auf sein Stichwort wartend, betrat Frank das gemeinsame Büro. Ich warf nur einen Blick zur Uhr, der Bände sprach, wandte mich meinen Notizen zu und überdachte den Abend, den Jill beschrieben hatte. Ich fragte mich, ob ich mein Augenmerk weiter auf die Familie Frobes fixieren sollte oder mehr auf diesen Unbekannten?

Aber es passte einfach zu viel bei der Familie zusammen. Bis auf den alten Frobes hatten alle Familienmitglieder ein Motiv. Zwei Söhne, zwei tote Frauen. Und eine war schwanger. Aber Martin hatte Frau Wagner nicht geschwängert, wie ich dem kurzen Statement aus dem Labor, das als Notiz auf dem Aktendeckel klebte, entnehmen konnte. Es gab so viele Gemeinsamkeiten bei den Morden und trotzdem auch Widersprüche, nicht nur, was die beiden Frauen betraf. Kerstin hatte keinen Alkohol im Blut, während dagegen Monas Werte etwas anderes aussagten. Die eine kam von der Arbeit, die andere hatte gefeiert. Also war das nicht unbedingt von Bedeutung. Frau Wagner war mit einem Gürtel erdrosselt worden, während bei Mona Heiters ein Draht verwendet wurde.

Ich blickte zur Wand, wo die Fotos der Toten hingen. Es war der gleiche Typ von Frau. Blonde Haare, grell geschminkte Gesichter und aufreizende Kleidung. Nur wusste ich, warum Mona so gekleidet war, während Kerstin sich immer so kleidete.

„Hast du zu gestern Abend auch noch etwas zu berichten, Frank?“ Frank sah wütend zu Jill, die nur bedauernd die Schultern hob.

„Du brauchst gar nicht so wütend zu schauen. Jill wollte sich nicht profilieren. Das waren doch deine Gedanken. Sie hat sogar angeboten, so lange zu warten, bis du im Büro bist.“

„Ich denke, dass Jill dir schon alles erzählt hat.“ Sichtlich zerknirscht wendete Frank sich seinem Schreibtisch zu.

„Du hattest deine Chance, Frank. Ich wollte nicht länger warten.“ Ich wusste genau, worauf mein Kollege anspielte, aber den Zahn würde ich ihm schon noch ziehen. „Du fährst jetzt zu Frau Weber. Es sind noch Fragen offen, was das Internet betrifft.“

Eine Stunde später meldete sich Ulrich Mertens und erklärte mir, dass Herr und Frau Heiters auf dem Weg zur Pathologie seien, um ihre Tochter zu identifizieren. Ich hätte gerne einen wichtigen Termin vorgeschoben, aber da noch ein paar Fragen offen standen, entschied ich mich dazu, zu Ulrich zu gehen.

Erst gestern hatte mich der Weg zu ihm geführt, als Ulla Wagner, kaum aus dem Krankenhaus entlassen, dort erschienen war, um ihre Tochter noch einmal zu sehen. Auf den Arm ihres Bruders gestützt, war sie langsam zu dem Stahltisch getreten, hatte mit Tränen in den Augen auf ihre Tochter geblickt und ihr sanft über das Gesicht gestrichen. Ich hatte weiter hinten in dem Raum auf sie gewartet und gebetet, dass diese kleine, zarte Frau nicht zusammenbrechen würde, aber nichts dergleichen geschah. Ich bewunderte in dem Moment ihre Beherrschung und Stärke, die womöglich auch von den Medikamenten herrührten, obwohl sie nach dem plötzlichen Tod des Ehemanns vor einem Jahr nun die einzige Tochter verloren hatte.

Dagegen schrie Frau Heiters ihre Trauer heraus, wollte ihre Tochter umarmen, was Mertens verhinderte. Horst Heiters stand unbeweglich, mit starrem Gesicht vor der Toten, sah auf sie herab, als wenn ihn das alles nicht berührte. Wie unterschiedlich Menschen ihre Trauer kundtaten, hatte ich schon zu oft erlebt. Als ich zu den starren Gesichtszügen von Herrn Heiters blickte, erkannte ich darin eine unbändige Enttäuschung – Enttäuschung über das Versagen seiner Tochter.

Er wandte sich ab von seinem toten Mädchen, sah mich an und schüttelte nur den Kopf.

„Warum hat Mona uns das angetan?“

„Was soll ich Ihnen darauf antworten, Herr Heiters.“

„Diesen Frobes mochte ich nie. Wissen Sie, was mich am meisten enttäuscht? Dass Mona nicht ehrlich zu uns war. Warum musste meine Tochter diese Scharade vollziehen? Ich ... ich hätte die ganze Familie verklagt, wenn ich nur geahnt hätte, was unsere Mona dort erleben musste.“

„Sie wissen, was geschehen ist?“

„Ja. Bettina hat es mir gesagt. Ich wollte es unbedingt wissen. Ich habe dafür keine Worte.“ Die Starre in Heiters Gesicht verschwand. Seine Augen füllten sich mit Tränen.

„Ja, es ist schwer zu begreifen.“

Ich ergriff seinen Arm, zog ihn von dem Stahltisch weg und führte ihn in den kleinen Raum, der Ulrich als Büro diente. Frau Heiters folgte uns schluchzend am Arm von Mertens.

„Haben Sie Frobes schon verhaftet?“

„Herr Heiters. Es ist gar nicht sicher, dass Martin Frobes der Täter ist. Unsere Ermittlungen sind noch nicht abgeschlossen. Ich kann und werde Ihnen auch nicht mehr darüber berichten. Nur so viel, dass wir in mehrere Richtungen ermitteln.“

„Für Sie müsste es doch klar sein, dass nur der Frobes infrage kommt. Schließlich war er an dem Abend mit unserer Tochter in dem Lokal.“

„Das ist richtig, aber trotzdem ...“ Dass plötzlich ein völlig Unbekannter in unseren Ermittlungen aufgetaucht ist, sollte ich dem Vater nicht erklären.

„Ich werde der Familie keine ruhige Minute mehr gönnen“, schwor mir Heiters mit wütender Stimme, und ich sah ihn kopfschüttelnd an.

„Herr Heiters. Überlassen Sie uns die Arbeit. Diese Familie ist für Sie eine Nummer zu groß. Und wenn Sie unsere Ermittlungen dadurch blockieren ...“ Warnend sah ich ihn an und traute ihm plötzlich alles zu. Ich stellte mir den alten Frobes vor, wie er mit seiner cholerischen Art Heiters gegen die Wand spielte.

***

In Gedanken versunken, setzte ich schwerfällig einen Fuß vor den anderen, als ich die Stufen im Präsidium zu meinem Büro emporstieg. Meine linke Hand fuhr den Handlauf entlang, als ich plötzlich Finger spürte, die meine Hand berührten. Erschrocken blickte ich auf.

„Guten Tag, Walter." Da stand sie vor mir. Lächelte mich an, und sprachlos blickte ich in ihre Augen, die mich schon vor fast fünf Jahren an Bernstein erinnerten. Ein dicker Kloß saß in meinem Hals. Ich räusperte mich. Diese aparte Erscheinung von Kriminalpsychologin Sybille Parsch hatte ich nicht vergessen, aber ich trug große Schuld daran, dass wir uns seit langer Zeit aus dem Wege gingen.

„Hallo, Sybille. Wie geht es dir?" Ein verzweifeltes Lächeln zeichnete sich auf meinen Lippen ab, und vor meinen Augen entstanden Momente, die ich lange Zeit verdrängt hatte. Aus einer Zusammenarbeit hätte eine wundervolle Freundschaft werden können, wenn ich nicht so ein sturer Esel gewesen wäre, dachte ich und seufzte leise.

„Ganz gut ... ich habe von dem erneuten Mordfall gehört. Habt ihr schon eine Spur zum Täter?"

„Nein. Nicht wirklich. Es ist zum Verzweifeln. Erst dachte ich, dass es sich um einen Einzelfall handelt, aber sehr schnell bin ich ja eines Besseren belehrt worden. Um ehrlich zu sein, ich könnte deine Hilfe benötigen, Sybille." Verlegen blickte ich auf meine braunen Schuhe und dachte daran, dass ich vor langer Zeit einmal ihren Beistand abgelehnt hatte. Als ich sie ansah, bemerkte ich ihren erstaunten Blick. Abwartend, wie sie reagieren würde, spürte ich meinen Herzschlag. Ich schätzte Sybille nicht nur als eine kompetente Psychologin. Sie war auch die Frau, in die ich mich vor fast fünf Jahren verliebt hatte.

Es waren damals keine bösen oder verletzenden Worte zwischen uns gefallen. Die widrigen Umstände hatten dazu geführt, dass eine weitere Zusammenarbeit und auch die beginnende Freundschaft zwischen uns beiden im Sande verlief.

Da stand ich ihr nun im Treppenhaus gegenüber, übermannt von meinen Gefühlen. Ich empfand ihr gegenüber große Schuldgefühle, wobei es damals eher eine Art Hilflosigkeit war, in der ich gefangen saß. Nach dem Tod meiner Tochter hatte sich Sybille vergeblich bemüht, mir beizustehen. Aber ich war nicht in der Lage gewesen, diesen Trost und Beistand anzunehmen. Auf ihre Anrufe hatte ich nicht reagiert, hatte mich zurückgezogen und wie in einer Seifenblase gelebt. Eingeschlossen in eine Hülle, die mir jeglichen Kontakt von und nach außen verweigerte. Schließlich hatte Sybille es aufgegeben. Mich zu bedrängen, war nicht ihre Art.

Sybille betrachtete mein Profil. Wahrscheinlich hätte sie gerne Anteil an meinen Gedanken gehabt.

„Ist das wirklich dein Ernst, Walter?"

„Ja, Sybille. Wir waren doch schon einmal ein gutes Team. Ich würde alles in die Wege leiten, wenn du einverstanden wärst." Ja, ich wünschte es mir mehr denn je. Wie sehr, wurde mir erst jetzt bewusst. Vielleicht würde uns durch die erneute Zusammenarbeit das Schicksal eine zweite Chance einräumen.

***

Damals hatte sich Sybille Parsch gerade von ihrem Mann getrennt, hatte die Stadt gewechselt, da sie nicht mehr in der Lage gewesen war, mit ihrem Gatten weiter in der gemeinsamen Praxis zusammenzuarbeiten. Die Stelle als Kriminalpsychologin beim Polizeipräsidium Münster war ihr mehr als gelegen gekommen, und es trennten sie viele Kilometer zwischen der Vergangenheit und ihrem neuen Leben.

Nach knapp einem halben Jahr im Präsidium, hatte Sybille Walter Winter kennengelernt, als sie gemeinsam in einem Fall von Kindesmisshandlung mit Todesfolge ermittelten, in dem ihre psychologischen Kenntnisse gefragt waren.

Die unendliche Traurigkeit in ihren Augen hatte Winter bewegt, und er hatte sich um seine Kollegin bemüht. Sybille war dankbar für die Freundschaft, aber zu mehr war sie zu dem Zeitpunkt nicht bereit gewesen. Zu tief saßen die Wunden, die noch nicht vernarbt waren.

Urplötzlich hatte sich das Blatt gewendet. Der Tod der Tochter hatte den Mann, den sie schätzen gelernt hatte, mit dem sie eine freundschaftliche Verbindung verband, völlig aus der Bahn geworfen. Zu tief saß sein Schmerz, den auch sie nicht lindern konnte. Und nachdem er nicht auf ihre Hilfe reagiert hatte, hatte sie sich schweren Herzens aus seinem Leben zurückgezogen. Und das Präsidium war groß genug, um sich aus dem Weg zu gehen. Was ihnen auch gelungen war.

***

Endlich Mittag, dachte Britta erschöpft, als sie für zwei Stunden das Reisebüro schloss. Ihre letzten Kunden, ein älteres Ehepaar, hatten sich ausgiebig über ihre geringe Rente beklagt und hätten es am liebsten gesehen, wenn sie ihnen einen Urlaub in einem Fünf-Sterne-Hotel zum Nulltarif angeboten hätte. Ausgerechnet heute war ihr Chef nicht anwesend, der mit solchen Kunden resoluter umging.

Die Sonne kam hinter den dicken, weißen Wolken hervor, die durch den Wind am Himmel vorangetrieben wurden. Für den Nachmittag waren erneut Schauer gemeldet worden. Britta blickte zum Himmel. Nach Regen sah es im Augenblick noch nicht aus. Sie wandte sich vom Geschäft ab und erblickte aus dem Augenwinkel eine ihr bekannte Person. Jennifer Balzer, auf High Heels und nach der neusten Mode gekleidet, kam auf sie zu. Die junge Frau hatte ihr gerade noch gefehlt. Genervt blickte Britta ihr entgegen.

In Gedanken hörte sie bereits den Satz, Gut, dass ich dich noch antreffe, als ihn Jennifer, ihre blonden Haare über die Schulter werfend, auch schon aussprach.

„Ich habe keine Zeit.“ Brittas Stimme ließ keine Freundlichkeit zu.

„Du hast nie mehr Zeit. Das ist schon ein Dauerzustand, seit du diesen Mann getroffen hast.“ Abfällig kamen die Worte über Jennifers Lippen.

„Wenn du damit Heiner meinst, dann gebe ich dir recht.“ In Britta begann es zu brodeln. Sie hatte zwar nicht vor, ihrer Bekannten hier auf der Straße eine Szene zu liefern, aber die abfällige Bemerkung über ihren Freund stellte alles in den Hintergrund. Und in diesem Moment war es ihr egal. Sie konnte es genauso gut jetzt und hier, an Ort und Stelle, hinter sich bringen.

„Jetzt sag mir einmal, wie kommst du dazu, in meinem Bekanntenkreis so schlecht über meinen Freund zu sprechen. Erstens kennst du Heiner nicht, und zweitens geht es dich nichts an, mit wem ich meine Freizeit verbringe.“

„Ja, ja, du und dein Heiner. Nur weil ich erzählt habe, dass er geschieden ist? Stell dich bloß nicht so an.“

„Das ist es nicht allein und das weißt du. Ich muss hier nicht mehr anführen, was du alles von dir gegeben hast. Du bist ... du ...“ Ihr fehlten einfach die Worte, aber sie hatte auch nicht vor, sich auf die Schiene einer Jennifer Balzer zu begeben. „Und dann noch eins. Wer ist der Mann, der erst vor einer guten halben Stunde im Reisebüro war und nach Britta Langner gefragt hat? Er war ziemlich erstaunt, als ich ihm sagte, dass sie vor ihm stünde. Weißt du, was er geantwortet hat? Dass das wohl ein Irrtum sei. Und ich ihm darauf erwiderte, dass ich genau wüsste, wer ich bin.“

„Woher soll ich das denn wissen?“ Arrogant sah Jennifer Britta von oben bis unten an.

„So, du weißt es nicht?“ Britta traute ihrer Bekannten mittlerweile allerhand zu.

„Keine Ahnung.“

„Lüg mich nicht an, Jennifer. Ich denke, du weißt es genau.“

„Und wenn schon. Was geht es dich noch an. Du hast doch deinen Heiner.“

„Es geht mich sehr viel an. Ich möchte gerne wissen, was hier gespielt wird. Und lass bitte meinen Freund aus dem Spiel.“

„Wie sah er denn aus?“ Neugierig sah Jennifer Britta an.

„Darauf kann ich dir leider keine genaue Antwort geben. Nur so viel, er war schwarz gekleidet, trug eine Kappe und hatte eine Sonnenbrille auf.“ Sonnenbrille, dachte Britta, als sie das Wort aussprach. Mit einem Mal wurde ihr bewusst, wo sie das Gesicht mit der dunklen Brille schon einmal gesehen hatte.

„Vielleicht ist es der Typ, den wir im Chat kennengelernt haben!“

„Du meinst wohl, den du kennengelernt hast.“ Plötzlich ging Britta ein Licht auf, und sie war so empört, dass sie ihre Hände fest um ihre braune Handtasche krallte. „Jetzt sag nur noch, dass du dich für mich ausgegeben hast. Das ist doch einfach die Höhe."

„Ach, stell dich doch nicht so an. Es war ein Scherz."

„Den ich überhaupt nicht witzig finde. Ich glaube es einfach nicht. Wie kannst du nur so, so ..." So eine bodenlose Unverschämtheit konnte sie einfach nicht verstehen. Sprachlos und kopfschüttelnd stand sie vor Jennifer.

In Brittas Augen war Jennifer mit ihren fünfundzwanzig Jahren eine verzogene Göre, die aus wohlhabendem Hause stammte, Vaters Liebling war, der ihr nie irgendwelche Grenzen gesetzt hatte. Es war eine große Dummheit gewesen, das wurde Britta immer mehr bewusst, als sie die Bekanntschaft mit Jennifer vor gut einem Jahr eingegangen war. Und das alles nur, weil sie sich auf einer Hochzeit in Wuppertal kennengelernt und festgestellt hatten, dass sie beide in der gleichen Stadt wohnten.

Brittas Cousin hatte eine weitläufige Verwandte von Jennifer geheiratet.

In der ersten Zeit hatte sie noch über Jennifers verrückte und spontane Ideen gelacht, aber dann war ihr die Bekannte zu stressig geworden. Und nun verging ihr zunehmend das Lachen. In letzter Zeit häuften sich die Vorfälle, die Britta die Haare zu Berge stehen ließen. Wie oft hatte sie, als die Ältere, Jennifer bereits ins Gebet genommen, aber die gut gemeinten Worte waren leider nicht auf fruchtbaren Boden gefallen.

„Du wirst das bei dem Mann klarstellen. Hast du mich verstanden?"

„Du hast mir gar nichts vorzuschreiben."

„Oh doch. Denn es geht hier um mich. Ich möchte in Zukunft weder von dir noch von dem besagten Mann belästigt werden. Unsere Wege trennen sich hiermit." Britta war im Begriff zu gehen, als sie die langen, lila lackierten und mit kleinen Ornamenten bestückten Nägel schmerzhaft an ihrem Arm spürte.

„Ach, nun stell dich doch bloß nicht so an ..."

Britta ließ sie gar nicht ausreden. Zornig sah sie Jennifer an.

„Ich habe dir nichts mehr zu sagen und nun lass mich bitte los."

Bevor Jennifer der Bitte nachkam, drückte sie ihre Nägel noch einmal kräftig in Brittas Oberarm, die den Schmerz selbst durch den Stoff ihrer hellgrünen Kostümjacke spürte.

„Dann geh doch zu deinem langweiligen Heiner. Und spiel in Zukunft Kindermädchen bei seinem Balg. Wirst schon sehen, was du davon hast." Britta wollte darauf nicht mehr antworten. Jedes Wort wäre zu viel gewesen und wäre in Jennifers Spatzenhirn sowieso nicht angekommen.

Der Appetit auf eine Mahlzeit, die sie gewöhnlich mit Heiner um diese Zeit einnahm, war Britta gründlich vergangen. Er würde sicher schon warten und sich wundern, wo sie blieb. Ohne sich noch einmal umzublicken, wechselte sie die Straßenseite. Jennifer drehte sich abrupt zornig um und stolzierte mit einem gekonnten Hüftschwung in die entgegengesetzte Richtung davon.

Hinter der nächsten Hausecke trat ein höchst zufriedener Mann hervor. Die beiden Frauen hatten nicht gerade leise gesprochen. Und sie hatten ihn nicht bemerkt. Er beglückwünschte sich zu seinem perfekten Timing und wusste, was er zu tun hatte. Hier war jemand, der ihn belogen hatte.

***

Ich bediente den schweren Eisenring, der als Türklopfer fungierte, und ließ ihn heftig gegen die große Eichentür der Villa Frobes zurückprallen. Bei dem lauten Geräusch zuckte ich unwillkürlich zusammen. Frank, der eine Stufe tiefer stand als ich, seine Hände tief in den Jackentaschen vergraben, konnte sich ein Schmunzeln über meine Reaktion nicht verkneifen.

„Wenn man bedenkt, was Jill über die Familie alles herausgefunden hat. Ist schon erstaunlich. Man möchte eigentlich meinen, dass diese Villa über Generationen hinweg überlebt hat, dabei gehört Frobes der Kasten erst seit etwa zehn Jahren."

Ich wurde einer Antwort enthoben, als eine Bedienstete uns die Tür öffnete, wir ihr unsere Ausweise entgegenhielten und sie darum baten, Frau Clarissa Frobes sprechen zu dürfen. Dass der Ehemann selbst zu dieser Zeit im Hause anwesend war, ließ die ganze Sache für mich interessanter werden.

Wir wurden gebeten, in der großen, geräumigen Diele zu warten, doch ich sah keine Veranlassung dazu, bis sich die Dame des Hauses bequemte, Frank und mich zu empfangen. Kurz blickte ich mich unverhohlen um, meine Augen wanderten von der geschwungenen Eichentreppe zu dem wunderschönen, geschnitzten Treppengeländer, und mein Blick blieb an den großen Gemälden, die das Treppenhaus zierten, hängen.

„Gekaufte Ahnen?", flüsterte Frank mir hinter meinem Rücken zu.

„Vermutlich." Wir betraten das feudal eingerichtete Speisezimmer, das keine Überlegung zuließ, welchen Preis Frobes für die Möbel auf den Tisch gelegt hatte. Aus seiner eigenen Produktion stammte diese Einrichtung wohl auf keinen Fall, stellte ich fest, denn erst in der letzten Woche hatte ich von der Produktion der Frobes ein Prospekt in der Zeitung, das die moderne Variante von Einrichtungsgegenständen anbot.

Es ging auf dreizehn Uhr zu, und das Ehepaar Frobes saß sich, wie es wohl nur in hochherrschaftlichen Häusern zuging, an dem langen Esszimmertisch gegenüber, an dem locker zwanzig Personen Platz gefunden hätten und nahmen das Mittagsmahl ein. Noch bevor Frobes Senior sich vom Tisch erheben konnte, erklärte ich ihm großzügig, dass er sich nicht bemühen sollte, denn wir wären nur gekommen, um mit seiner Frau zu sprechen.

„Können Sie uns nicht einmal zur Mittagszeit in Ruhe lassen? Sie sehen doch, dass wir gerade speisen. Und wir haben Sie nicht gebeten einzutreten." Die Stimme konnte ich kaum noch ertragen, die grollend zu uns herüber dröhnte. Ich fragte mich, ob dieser Mann überhaupt in der Lage war, in einem vernünftigen, ruhigen Ton zu sprechen? Aber ich hatte auch nichts anderes erwartet, seit ich gesehen hatte, dass der Hausherr anwesend war.

Wütend schmiss Frobes seine Serviette auf den Tisch. Sein massiger Körper schloss mit der Tischkante ab. Ich blickte auf den Teller, der vor ihm stand, und es wunderte mich nicht, wie man zu so einer Leibesfülle gelangen konnte. Mein Blick wanderte über die belegten Platten – vom feinsten Lachs über Roastbeef und diverse Käsesorten hatte der Tisch so allerhand zu bieten. Mir lief das Wasser im Mund zusammen, denn mehr als das eine Brötchen, das Jill mir am Morgen überlassen hatte, hatte ich noch nicht zu mir genommen.

Maria, so hieß die ältere Frau, die uns die Tür geöffnet hatte, huschte von einem zum anderen, um sie gebührend zu bedienen. Mit einer Handbewegung scheuchte Frobes die Frau aus dem Zimmer, und leise zog sie die in einem sanften Grünton gestrichene Flügeltürhinter sich zu.

„Ich hätte ein paar Fragen an Sie, Frau Frobes. Könnten wir uns alleine mit Ihnen unterhalten?" Ich ließ mich nicht von dem drohenden Blick einschüchtern, den mir die Herrin des Hauses zuwarf. Irritiert, fast sprachlos, blickte Bernhard Frobes von einem zum anderen. Meine Vermutung lag nahe, dass der gute Ehemann keine Ahnung hatte, was wir von seiner Gattin wollten.

„Ich weiß gar nicht, was Sie ständig ..." Ich ließ ihn nicht ausreden.

„Frau Frobes. Soll ich Ihnen hier, in Gegenwart Ihres Gatten, die Fragen stellen?", fragte ich sie ein weiteres Mal.

„Ich glaube kaum, dass Sie allein mit meiner Frau sprechen werden. Hier, in diesem Haus, gibt es keine Geheimnisse."

„Wie Sie meinen, Herr Frobes. „Ich wandte mich Frau Frobes zu. „Ich hätte von Ihnen gerne gewusst, wo Sie am Sonntag in der Zeit zwischen dreiundzwanzig Uhr und Mitternacht waren?"

„Das geht Sie gar nichts an", antwortete Frobes anstatt seiner Frau. „Außerdem war meine Frau bei mir zu Hause." Eine andere Antwort hatte ich auch nicht erwartet.

„Ich habe Sie nicht gefragt, Herr Frobes. Also, Frau Frobes? In der Zeit wurde nämlich die Freundin Ihres Sohnes, Mona Heiters, ermordet."

„Sie haben doch meinen Mann gehört. Ich war zu Hause. Und was Mona betrifft: Sie hat es nicht besser verdient." Abfällig, ohne eine Spur von Gefühl in der Stimme, gab sie den kurzen Kommentar von sich und führte seelenruhig ihre Gabel zum Mund. Ganz die Dame des Hauses, nahm sie die gestärkte Damast-Serviette und betupfte sich ihre Mundwinkel. Mir entging nicht, wie ihre Hand leicht zitterte.

Über die abfällige Äußerung von Frau Frobes zeigte ich äußerlich keine Regung, aber innerlich war ich mehr als bestürzt. Die Worte von Bettina Weber und auch der Eintrag aus dem Tagebuch bekamen für mich ein noch viel stärkeres Gewicht.

„Jetzt reicht es mir aber. Zuerst verdächtigen Sie meine Söhne und jetzt auch noch meine Frau.“ Die Schnelligkeit, die Frobes entwickelte, indem er wütend von seinem Stuhl aufsprang, hätte ich ihm gar nicht zugetraut. „Verlassen Sie sofort mein Haus.“ Frobes wies mit dem Finger zur Tür.

„Sie haben ein sehr starkes Motiv, Frau Frobes. Das ist Ihnen doch bestimmt bewusst. Vermutlich haben Ihre Söhne mit Ihnen über gewisse brisante Details, die Sie persönlich betreffen, gesprochen, die Ihrer Vergangenheit angehören.“ Ich sah, wie die Frau des Hauses ihre Gesichtsfarbe wechselte. Und wenn Blicke hätten töten können ...

„Ich sagte, dass Sie mein Haus verlassen sollen. Das wird für Sie ein Nachspiel haben“, schrie Frobes und lief zur Hochform auf. Seine Augen hinter der dunkel umrandeten Brille schienen hervorzutreten.

„Um Ihren Ruf müssen Sie sich keine Gedanken mehr machen.“

„Wie soll ich das verstehen?“

„Denken Sie, was Sie wollen, Herr Frobes. Und was Ihre Drohungen betrifft: Sie wissen genau, dass wir das Recht haben, während unserer Ermittlungen gewisse Fragen zu stellen. Ob Ihnen das nun passt oder nicht.“ Und an Frau Frobes gewandt, stellte ich die Frage, ob sie eventuell wegen ihrer Vergangenheit erpresst worden war. Es dauerte nur einen Moment, in dem man eine Stecknadel hätte fallen hören können, als sie sich von dem Schock erholte und mir mit tonloser Stimme erklärte, dass es keinen Grund gäbe für eine Erpressung.

Ich sah Frank an, der mir ein Zeichen gab. Stumm blickte er zu dem großen Kaminsims, wo etliche Bilder standen. Ich kniff meine Augen zusammen, suchte den Anlass für seinen kryptischen Hinweis und erstarrte. Genau das hatte ich vermutet.

„Wir werden uns bestimmt noch des Öfteren sehen. Einen guten Tag die Herrschaften.“

***

„Ich würde jetzt zu gerne bei den Frobes’ Mäuschen spielen“, bemerkte ich, als ich Sybilles Büro betrat. Erstaunt sah sie zu mir auf und legte ihr psychologisches Gutachten, das sie für einen Kollegen fertigte, zur Seite. Ich setzte mich vor ihren Schreibtisch und berichtete ihr meine Eindrücke und die vielen Details der Familie Frobes.

„Da hast du in ein Wespennest gestochen, Walter“, schmunzelte Sybille.

„Ja, da hast du recht. Diese Familie … sie bringt mich zur Weißglut. Und doch komme ich irgendwie nicht weiter. Außerdem habe ich Kenntnis erhalten, warum und von welcher Seite ich ständig ausgebremst werde."

Ich blickte aus dem Fenster. Obwohl es auf Ende August zuging, lösten sich im heftigen Wind die ersten Blätter des großen Ahorns, der im Hinterhof des Präsidiums stand. Dabei hatte das Laub noch nicht einmal seine herbstliche Farbe angenommen.

Sybille musste wohl meinen müden Gesichtsausdruck bemerkt haben. Das konnte ich ihrem besorgten Blick entnehmen. Ich konnte ihn nicht vor ihr verbergen. In meinem Kopf war das reinste Chaos, dem ich kaum Herr werden konnte. Nach der entsetzlichen Nacht, dem Traum und meinen Überlegungen in eine bestimmte Richtung, die auch mit dem Phantombild in Verbindung standen, wusste ich immer noch nicht, wo und wie ich dieses Gesicht unterzubringen hatte. Und dieser Gedanke quälte mich.

„Du bist doch nicht nur aus dem Grund zu mir gekommen, Walter. Was quält dich sonst noch?" Erstaunt drehte ich mich um und sah Sybille an. Sie schien den sechsten Sinn zu haben. Das hatte ich schon oft bei der damaligen Zusammenarbeit bemerkt und musste schmunzeln.

„Eigentlich bin ich gekommen, weil ich grünes Licht vom obersten Chef bekommen habe. Willkommen im Team, Sybille. Ich würde mich freuen, wenn du dabei sein würdest. Frank kennst du ja schon, und mit Jill wirst du dich bestimmt gut verstehen."

„Dem zufolge, was man so von ihr hört, ist sie sehr engagiert."

„Ja, das kann man wohl sagen."

„Was hast du denn da ...?" Sybille blickte auf das Blatt, das ich in den Händen hielt und das in einer Folie steckte.

„Ach, das habe ich mir gerade von Bersbeck abgeholt. Ein Phantombild von einem Gast aus dem Studententreff *Onkel Max,* wo Mona, bevor sie getötet wurde, mit einer Freundin gefeiert hat. Ich kenne das Gesicht, aber ich weiß nicht, wo und in welchem Zusammenhang ich es einordnen soll. Dazu kommt, dass ich dieses Gefühl seit gestern Morgen schon habe, als ein rücksichtsloser Fahrradfahrer Frank auf der Hammerstraße die Vorfahrt genommen hat. Mir geht das nicht mehr aus dem Kopf. Und je intensiver ich darüber nachdenke, desto mehr komme ich zu der Überzeugung, dass es mit einem vergangenen Fall zu tun hat."

***

Clarissa Frobes war auf alles gefasst gewesen, aber nicht darauf, dass die Kommissare ausgerechnet zu ihr kamen. Und dann noch in Gegenwart ihres Mannes. Äußerlich wirkte sie beherrscht, aber in ihrem Inneren tobte ein entsetzlicher

Sturm der unterschiedlichsten Gefühle. Ihr Lächeln wirkte gezwungen, als sie zu ihrem Mann blickte, der sie lange schweigend musterte.

Weder ihr Mann noch die Kinder hatten Kenntnis davon, dass es einen schwarzen Fleck in ihrem Leben gab. Sie hatte es viele Jahre über einfach verdrängt. Was hätte es auch für einen Sinn ergeben darüber zu grübeln. Es war geschehen. Das Ganze lag immerhin fast vierzig Jahre zurück, und sie war immer der Meinung gewesen, dass ihr alter Freund aus Jugendzeiten der Einzige sei, der von diesem Zwischenfall Bescheid wusste.

Zehn Jahre älter als sie, hatte der Freund damals gerade die kleine Kanzlei seines Vaters übernommen, als sie zu ihm geeilt war und ihn um Hilfe gebeten hatte, weil sie mit achtzehn Jahren einen Unfall verursacht hatte, der Fahrer des anderen Autos noch am Unfallort verstorben war und sie Fahrerflucht begangen hatte.

Er hatte ihr geholfen. Sie hatte dafür gezahlt. Viele Jahre. Zu viele in ihren Augen, aber er hatte sie in der Hand gehabt, was sie sich damals, als sie dem Deal zustimmte, so nicht hatte vorstellen können.

Dass ausgerechnet jetzt so eine kleine, dahergelaufene Studentin ihr durch die Blume ihr Fehlverhalten zu verstehen gab, hatte sie als reine Beleidigung empfunden. Seit der Stunde, seit dieser Provokation, lebte sie in ständiger Angst. Der Schaden wäre nicht auszudenken.

„Was soll das, Clarissa? Was wollten die Kommissare von dir? Und was faselte der Kommissar immer von Vergangenheit? Was wird hier eigentlich gespielt? Bin ich hier der Einzige, der blind durch die Gegend läuft? Und ihr macht euch über mich wohl auch noch lustig.“ Er sah das leichte Lächeln, das über ihre Lippen glitt.

Nein, dachte sie, du bist nicht der Einzige. Auch unsere Söhne hatten davon keine Kenntnis. Bis vor Kurzem, dachte Clarissa Frobes betrübt, die ihr Geheimnis gerne für immer bewahrt hätte. Warum hatte der Kommissar das ausgerechnet jetzt erwähnt – sie konnte es nicht begreifen. „Ich habe keine Ahnung, Bernhard. Ich bin genauso erstaunt wie du. Und was diese beiden Studentinnen angeht ...“

„Deine abfällige Bemerkung hättest du dir ruhig schenken können ... du ...“

„Nun, du warst auch nicht gerade begeistert von den beiden Frauen. Weder Martin noch Marvin haben mit den Morden etwas zu tun. Das Ganze ist doch nur entstanden, weil so ein unsinniger Vertrag bei dieser Kerstin gefunden wurde. Sonst hätte man uns nie mit den Morden in Verbindung gebracht.“

Clarissa Frobes Hände lagen in ihrem Schoß, unter dem Tisch versteckt, um das Zittern vor ihrem Mann zu verbergen.

„Der Vertrag. Dieser unsinnige Vertrag. Ich hätte ihn nie bewilligt. Hattest du eine Ahnung davon?“

„Nein, mein Lieber. Woher auch? Du weißt, dass ich mich nie um die Firmenangelegenheiten gekümmert habe.“

Bernhard Frobes war der Meinung, in einem Tollhaus zu sein. Er stand vor seiner Frau, die Hände an seine fülligen Hüften gestemmt und blickte abfällig auf sie herab. Den Blick ihres Gatten mochte Clarissa Frobes nicht erwidern. Was sie in seinen Augen lesen konnte, wollte sie lieber nicht sehen.

Achtunddreißig Jahre Ehe hatten ihr gezeigt, dass ein Leben im Hause Frobes einfacher war, wenn sie schwieg, als das Wort, das ihr Mann führte, anzuzweifeln. Wie oft hatte sie sich beherrschen müssen, um ihrem Mann nicht einen Gegenstand an den Kopf zu werfen, den sie gerade in der Hand hielt, wenn er tobend durch die Räume gerannt war. Aber sie sagte sich immer wieder, dass sie selbst diesen Weg gewählt hatte, um zur besseren Gesellschaft zu gehören.

Und in diesem Moment wurde ihr mehr als klar, wenn ihr Mann herausfand, was sie ihm so viele Jahre verschwiegen hatte, und es war nicht nur der Unfall - dann würde es einem Todesurteil nahe kommen.

„Mir ist der Appetit gründlich vergangen." Damit drehte sich Frobes um und schritt wütend zur Tür, die er hinter sich zuschlug.

***

Jill stand vor ihrem Schreibtisch, die Protokolle der letzten Zeugenaussagen in der Hand, und sah auf das Phantombild, das auf meinem Arbeitsplatz lag.

„Ein markantes Gesicht", bemerkte sie und wies auf das Bild.

„Jill, bitte vervielfältige das Foto und gib es allen Beamten, die morgen Nachmittag an der Beisetzung von Frau Wagner teilnehmen."

„Ich habe mich mit Frau Zander noch eine Zeit lang über den Mann unterhalten, als ich die Kellnerin aus dem Lokal zu Bersbeck begleitet habe. In der Nische, wo er gesessen hat, wäre es zwar dunkel gewesen, aber sie hätte ihn schließlich bedient. Und er hätte ihr einfach gefallen. So, wie ich schon vermutet habe."

„Hoffentlich sieht der Mann wirklich so aus. Und nicht so, wie diese Zander sich den Mann vom Aussehen her wünscht. Meist stimmen solche Bilder nicht mit der Wirklichkeit überein", bemerkte Frank und sah auf das Phantombild von Bersbeck.

„Es ist sehr gut getroffen", bemerkte ich zu Frank gewandt, der an der Kante von meinem Schreibtisch lehnte und immer noch eingehend das gezeichnete Bild betrachtete. „Auf welche Person als Täter richtest du jetzt dein Augenmerk?"

Mir wurde die Antwort erspart, als das Faxgerät piepte und Jill sich dem Gerät zuwandte. Sie entnahm das Papier, überflog den kurzen Text, legte es auf ihren Schreibtisch und suchte in der Ablage nach einer anderen Notiz.

„Was Wichtiges?", fragte ich und blickte gespannt zu ihr hinüber.

„Ja. Einen kurzen Augenblick." Jill hatte das Gesuchte gefunden, verglich die Werte mit dem des Fax und kam mit gerunzelter Stirn zu mir, hob den Daumen in die Höhe und reichte das Schriftstück und die Notiz herüber. „Marvin Frobes

hat Kerstin Wagner geschwängert. Er ist eindeutig der Vater. Es war doch gut, dass ich das Wasserglas aus dem Frobes getrunken hat, ins Labor gegeben habe."
„Nur können wir leider das Ergebnis nicht offiziell verwenden."
„Aber die Frage der Vaterschaft hätten wir trotz allem geklärt. Aber da gibt es noch etwas Interessantes. Hier!" Jill wies auf das andere Papier in ihrer Hand. „Martin Frobes hat ganz andere DNA-Werte als sein Bruder."
„Was willst du uns damit sagen?", fragte Frank und sah seine Kollegin etwas genervt an.
„Normal wäre, wenn ..." Und Jill erklärte ihrem Kollegen ausführlich, wie sich die DNA-Informationen der Eltern zu denen ihrer Kinder verhalten müssten. Ich war beeindruckt, während ich ihren Worten lauschte und Frank Jill nur noch mit offenem Mund erstaunt anblickte.
„Und das bedeutet ...?" Mir fehlten die Worte.
„Genau. Da gibt es ein Kuckucksei in der Familie Frobes."
„Könntet ihr mich vielleicht aufklären? Ich verstehe nur noch Bahnhof." Franks Gesicht war ein einziges Fragezeichen, aber bevor Jill ihm noch einmal die Sachlage erklären konnte, wurde die Tür zum Büro geöffnet. Das Klopfen hatten wir überhört.
Eine uns unbekannte Frau betrat den Raum, blickte uns lächelnd an, und ich fragte sie, inwieweit wir ihr behilflich sein könnten. Als ich ihren Namen hörte, blieb mir fast vor Staunen der Mund offenstehen, denn damit hatte ich nun wirklich erst in vierzehn Tagen gerechnet.
Ich bat Constanze Frobes vor meinem Schreibtisch Platz zu nehmen. Sie war in einfacher Jeans, einer weißen Bluse und einem dunkelblauen Jackett gekleidet. Abwartend sah sie mich an.
Schon am Telefon, als ich die Stimme von Constanze Frobes vernommen hatte, hatte ich sie als sehr sympathisch wahrgenommen, obwohl ich mich davon nicht beeindrucken lassen wollte. Ich konnte mir nicht vorstellen, wie diese Frau, die nun mit einem warmen Lächeln auf den Lippen auf mich zukam, mir die Hand reichte und sich setzte, in die Familie Frobes integriert war.
„Und Sie sind sich ganz sicher, dass Sie Ihrem Mann das Alibi wirklich geben wollen, Frau Frobes?" Ihre ganze Haltung drückte Hilflosigkeit aus, und in ihren grau-grünlichen Augen erkannte ich bei meinen Worten eine plötzliche Traurigkeit. Ich betrachtete das schmale, aparte Gesicht, die übergroßen Augen, die ohne die Betonung durch Schminke wunderschön waren. Sie sah mich lange schweigend an. Hatte meine Frage sie zum Nachdenken angeregt? Ich wollte sie nicht bedrängen. Langsam schob ich das Schriftstück ihrer telefonischen Aussage über die Schreibtischplatte.
„Sie wissen, was eine Falschaussage für rechtliche Konsequenzen hat?" Constanze nickte leicht und sah mich abwartend an.

„Können Sie mir eine Frage beantworten, Kommissar Winter?“

„Was möchten Sie von mir wissen?“

„Ist es erwiesen, dass mein Mann ein Verhältnis zu dieser jungen Studentin hatte?“

Was sollte ich darauf antworten? Die Wahrheit wäre *Ja* gewesen.

„Ihr Schweigen sagt mir mehr als tausend Worte“, kam es leise über ihre Lippen. „Es ist ja nicht das erste Mal. Und es wird auch nicht das letzte Mal sein. Ich bin mir über die Sachlage voll im Klaren.“ Für einen Moment schloss sie die Augen und sog die Luft tief ein. Dann blickte sie mich an, und ich bemerkte, dass sich ihr Gesichtsausdruck veränderte.

„Sie haben recht, Herr Kommissar. Ich werde nicht für meinen Mann lügen. Nein, er war in der besagten Nacht nicht bei mir. Er kam irgendwann gegen drei Uhr nachts nach Hause.“

„Hat er mit Ihnen in der Nacht noch gesprochen?“

„Nein. Er ist nicht in mein Schlafzimmer gekommen. Das ist bei uns auch nicht üblich.“

„Wir haben Ihre Familie kennengelernt. Es tut mir leid, wenn wir Ihnen jetzt Unannehmlichkeiten bereiten.“

„Nein, das tun Sie nicht. Im Gegenteil. Ich bin froh, dass es so gekommen ist. Sie haben mir sogar geholfen, meine endgültige Entscheidung in die Tat umzusetzen.“

„Wie darf ich das verstehen? Ich möchte nicht indiskret sein.“

„Nicht Marvin hat mich darum gebeten, dass ich meinem Mann das Alibi verschaffe, sondern ...“

„Ich kann es mir schon denken. Bernhard Frobes?“

Constanze Frobes nickte fast unmerklich.

„Ich habe lange genug in einem goldenen Käfig gelebt.“

„Was werden Sie jetzt unternehmen?“

„Eine gute Freundin wartet unten im Wagen auf mich. Eigentlich wollte ich nur meine Unterschrift leisten, aber ich denke sie wird mir finanziell helfen, sodass ich nach Süddeutschland zu meiner Schwester fahren kann. Alles andere wird sich ergeben. Ich werde nicht zu meinem Mann zurückkehren.“

„Also wird Ihr Mann jetzt nicht erfahren, dass Sie Ihre Unterschrift ...“

„Nein. Wenn ich darf, dann würde ich das gerne Ihnen überlassen.“ Ich lächelte sie an. Diesen Überraschungseffekt wollte ich mir wirklich nicht entgehen lassen. „Ich danke Ihnen, Kommissar Winter. Für alles.“

Constanze Frobes erhob sich von ihrem Stuhl und reichte mir ihre zierliche Hand, die sich in meiner eiskalt anfühlte. Ich wusste, es war kein leichter Weg, den sie gehen würde und wünschte ihr für die Zukunft alles Gute. Ihr Lächeln war bezaubernd, als sie sich dafür bedankte und fast beschwingt unser Büro verließ.

„Alle Achtung. Die Frau hat Stil. Kaum zu glauben, dass sie mit einem Frobes verheiratet ist.“ Jill lachte mich fröhlich an.

„Du sprichst mir aus der Seele, Jill. Eine sehr sympathische Frau.“

„Aber in ihrer Haut möchte ich trotzdem nicht stecken. Und Geld ist nicht alles, wenn man unglücklich ist.“

„Da hast du auch recht, Jill“, sagte ich und warf einen Blick zu Frank hinüber.

7

Sonntag, 28.August

Ein Wochenende – fernab meines Büros – und doch verbrachte ich die Stunden nur mit Grübeleien, die mich kein Stück weiterbrachten. Ich war entsetzlich müde und doch fand ich nicht die nötige Ruhe. Die zweite Nacht in Folge. Lange würde ich das nicht aushalten können.

Es war weit nach Mitternacht. Ich lag noch keine Stunde in meinem Bett, als ich die Nachttischlampe betätigte. Gedämpftes Licht erhellte mein Schlafzimmer. In meinem Kopf befand sich ein Karussell. Es hielt einfach nicht an, damit ich aussteigen konnte, um Ruhe zu finden. Meine Gedanken kreisten unentwegt um eine Person, die mit mir in diesem Fahrgeschäft saß. Ich schloss die Augen und sah das Gesicht vor mir, das ich nicht zuordnen konnte.

Es ist sinnlos, hier im Bett zu liegen, dachte ich total überspannt, schlug die Bettdecke zurück und schnappte mir meinen Bademantel. Zielstrebig ging ich in die Küche, wo noch immer Stift und Schreibblock auf dem Küchentisch lagen. Neben dem Phantombild. Vielleicht hätte ich es besser im Büro gelassen, um ruhige Stunden zu verbringen, aber ... Nein. Es hatte bestimmt einen Grund, warum es hier in meiner gemütlichen Küche thronte. Mir war klar, dass ich nicht eher Ruhe bekam, bevor ich das Rätsel gelöst hatte. Und wenn es bis in die Morgenstunden dauern würde. In dieser Hinsicht konnte ich mit mir selbst sehr konsequent sein.

Meine entsetzliche Müdigkeit war plötzlich verflogen. Ich setzte mich an den Tisch, zog den Block heran und nahm den Stift in die Hand. Von dem Moment an, als ich das detaillierte Bild von Bersbeck in den Händen hielt, war es für mich eindeutig, dass der Unbekannte aus *Onkel Max*, der Fahrradfahrer war, der Frank die Vorfahrt genommen hatte. Schon lange hatte ich nicht mehr eine so gute und genaue Beschreibung eines Menschen erhalten, die mit meiner Erinnerung übereinstimmte. Ich spürte, dass ich ganz nah am Geschehen war, aber der zündende Funke schien nicht überzuspringen. Meine Finger spielten erneut mit dem Kugelschreiber, während meine Gedanken immer wieder in eine bestimmte Richtung eilten.

Mein Blick wanderte zum Fenster. Es regnete immer noch. Für einen kurzen Moment war ich abgelenkt, als ich an den bevorstehenden Urlaub dachte. An viel Sonne, Strand und ein blaues Meer. Doch im gleichen Augenblick verwarf ich diesen Plan. Gleich morgen würde ich zum Reisebüro gehen und die Reise stornieren. Es wäre kein erholsamer Urlaub für mich, denn wenn die Fälle nicht abgeschlossen waren, würde ich nur grübelnd am Strand liegen. Und mit niemandem hätte ich mich über meine Gedanken unterhalten können. War ich auch noch vor ein paar Tagen der Hoffnung erlegen, dass es ein schnelles Ermittlungsverfahren werden würde, so glaubte ich in dieser Stunde nicht mehr daran. Mein Gefühl, das sich im Bauch regte, sagte es mir. Noch dazu kam, dass Sybille wieder in mein Leben getreten war und zusammen mit mir im Team ermitteln würde. Mich hätten keine zehn Pferde mehr alleine in einen Flieger setzen können. Bei dem Gedanken an die Frau spürte ich eine wohlige Wärme in mir. Das erste Mal nach so langer Zeit.

Mein Blick ging hinüber zur Kaffeemaschine. Ich stand auf, goss den frischen Kaffee in eine Tasse und setzte mich erneut an den Tisch.

Und begann von vorne. Setzte mich gedanklich ins Karussell und ließ meine Gedanken kreisen. Ich war mir mittlerweile so sicher, dass es mit einem älteren Fall zu tun hatte - nur *meine* Ermittlungen waren es nicht gewesen. Daran hätte ich mich erinnert. Es musste in der Zeit gewesen sein, in der ich nicht als Kommissar arbeitete. Ich beschrieb ein Blatt nach dem anderen, riss es vom Block und knüllte es zusammen.

Erneut begann ich, auf einem freien Blatt in der Mitte einen runden Kreis zu malen und setzte in die Mitte ein Fragezeichen. Die Namen der toten Frauen notierte ich rechts und links daneben und die gleichen Merkmale der Toten jeweils darunter. Lange blonde Haare, stark geschminkte Gesichter. Unten auf der linken Seite schrieb ich die Namen der Verdächtigen, während ich auf der rechten unteren Seite *Fahrradfahrer, Unbekannter/Onkel Max* schrieb. Von Marvin Frobes aus zog ich einen Strich zu Kerstin Wagner, notierte *Schwangerschaft/ Vater* und hinter Mona Heiters setzte ich ein Fragezeichen. Warum war ich mir so sicher, dass Mona nicht durch die Hand von Martin Frobes gestorben war, fragte ich mich. Komischerweise traute ich diesem Playboy Einiges zu, aber auch hier entschied sich mein Gefühl gegen den jüngeren Frobes. Dick unterstrich ich den Namen von Clarissa Frobes und zog jeweils von der Frau zwei Linien zu Mona und Kerstin. Und auch hier notierte ich das Motiv. Trotzdem glaubte ich, auf der Stelle zu treten.

Ich griff zu meiner Kaffeetasse, führte sie zum Mund und stutzte. Sollte da die Lösung liegen? Als wenn ich plötzlich im Kaffeesatz die Wahrheit erkannt hätte, sah ich die bedeutungsvollen Schlagzeilen, die damals die Zeitungen gefüllt hatten, sah förmlich das Titelbild vor mir – und erinnerte mich an diesen Fall, der auch mich persönlich berührt hatte. Eine Familie hatte ihr Kind verloren. *Kinder sollten nicht vor ihren Eltern von der Welt gehen.* Ja, das war des Rätsels Lösung.

Und diese Familie hatte einen Sohn. Mein Fall begann sich zu konkretisieren.

8

Montag, 29. August

Kurz vor sieben. Nach einem Wochenende – das nicht der Erholung gedient hatte – betrat ich das Präsidium, fühlte mich trotz allem geradezu beflügelt und stürmte die Treppen hinauf. Die letzte Gewissheit konnte mir nur ein Kollege geben, der damals vor zwei Jahren diesen Fall bearbeitet hatte.

Kommissar Rainer Jülich blickte erstaunt auf, als ich in sein Büro gestürmt kam.

„Haben Sie noch die Akte von dem zehnjährigen Mädchen? Ich glaube, Ramona hieß sie. Ist der Fall eigentlich jemals aufgeklärt worden?"

„Warum interessiert Sie das, Kollege Winter?" Jülich stand hinter seinem Schreibtisch auf und humpelte zum Aktenschrank.

„Was ist denn mit Ihrem Bein geschehen?"

„Hat sich das noch nicht herumgesprochen? Dummer Skiunfall zu Ostern, der nicht so problematisch gewesen wäre, wenn die Ärzte anständig gearbeitet hätten. Ich habe mehrere Operationen hinter mir, Reha-Klinik und das ganze Programm." Ich hatte im Frühjahr so etwas in der Richtung vernommen, aber da ich wenig mit dem Kollegen zusammenarbeitete, hatte ich es auch genauso schnell wieder vergessen. „Warum interessieren Sie sich für den Fall von Ramona Hamann?"

„Genau. Ramona Hamann. Wenn Sie mir die Akte kurz überlassen würden, kann ich Ihnen mehr dazu sagen. So wären es nur Vermutungen."

„Der Fall hat vor zwei Jahren im Präsidium allgemeine Bestürzung hervorgerufen. Es hat mich damals ziemlich frustriert, dass ich diesen Fall nicht bis zur endgültigen Aufklärung durchführen konnte. Ich sehe manchmal in Gedanken die Kleine immer noch vor mir."

„Das glaube ich Ihnen gerne, Kollege Jülich. Ein Mord ist immer eine unschöne Sache, aber wenn es ein unschuldiges Kind trifft, dann steckt niemand das so einfach weg. Dazu gehört schon eine gewaltige Kaltblütigkeit, wie sie wohl nur der Täter selbst vorweisen kann." Jülich nickte mir zu und zog die Schublade auf, in der seine wenigen, ungeklärten Fälle lagerten.

Er reichte mir die Akte von Ramona, die ich sofort aufschlug und erschüttert auf das Foto des zehnjährigen Mädchens blickte. Eine Seite weiter war das Bild des Bruders befestigt.

„Ich habe es geahnt. Vielleicht schon die ganze Zeit, aber ..." Ich klappte die Akte zu und schlug sie in meine geöffnete Hand.

„Würden Sie mich nun über Ihre Vermutungen aufklären?"

„Ich glaube, dass ich nicht nur in zwei Mordfällen ermittle. Die beiden ermordeten Frauen weisen die gleichen Merkmale auf wie das ermordete Mädchen. Ramona Hamann."

„Ich habe von den Fällen gehört, aber da ich erst seit drei Tagen wieder arbeite, bin ich natürlich noch nicht über alles im Bilde."

„Die Akte überlassen Sie mir, bitte. Und kommen Sie um zwölf in mein Büro. Ich werde bis dahin alles Notwendige in die Wege leiten." Ich ließ einen mehr als erstaunten Jülich zurück, der wahrscheinlich nur erahnen konnte, was das zu bedeuten hatte.

***

„Worüber machst du dir solche Gedanken, Britta? Du bist seit Freitag total verändert." Heiner Beckert saß seiner Freundin gegenüber am Tisch und sah sie besorgt an.

„Ach, mir geht die Unverschämtheit von Jennifer nicht aus dem Kopf. Du hast sie ja einmal kurz gesehen."

„Ja, das habe ich." Mehr sagte er nicht, denn es lag ihm fern, über andere Menschen, die er nicht kannte, zu urteilen. Ihm war die Bekannte gleich ein wenig skurril vorgekommen, aber ... Seine Finger spielten mit dem Stiel des Weinglases, das vor ihm stand.

„Heiner, du hast doch sicher auch von den Morden an den beiden Studentinnen gelesen. Hast du auch auf die Bilder geachtet?"

„Worauf willst du hinaus?"

„Als ich im Café an der Lamberti-Kirche auf dich gewartet habe – es war an dem Tag, als du Paul nicht mitbringen durftest. Erinnerst du dich?"

Heiner nickte bei ihren Worten. An den Tag konnte er sich noch sehr gut erinnern. Es war für ihn ein besonders schlimmer Moment gewesen, als er seinen kleinen Sohn weinend hatte zurücklassen müssen, nur, weil seine Exfrau so stur gewesen war. Aber mittlerweile sah er ein Licht am Ende des Tunnels, wie ihm sein Rechtsanwalt erst am Vormittag bestätigt hatte.

Britta reichte Heiner die Schüssel mit den grünen Bandnudeln hinüber. Mit ihren Kochkünsten hätte sie keinen Wettbewerb gewinnen können. Das überließ sie gerne ihrem Freund, der das Kochen hervorragend beherrschte und wieder ein vorzügliches Mahl gezaubert hatte. Das Lachsfilet war zart und saftig. Die Weißweinsauce mit dem frischen Dill einfach nur köstlich. Britta wusste das, wie so viele Eigenschaften von Heiner, zu schätzen.

Ich müsste darüber glücklich sein, dass die geplante Reise um vierzehn Tage verschoben wurde, dachte Britta und drehte gedankenverloren die Nudeln um ihre Gabel. Diesen freien Tag wollte sie nur mit ihrem Freund genießen – aber das Erlebnis vom Freitag mit Jennifer ließ keine Freude aufkommen.

„Als ich an dem Tag das Foto in der Zeitung sah, dachte ich im ersten Moment, dass es sich um Jennifer handelte. Dieser Mann, der die Zeitung in den Händen hielt, war ... bei mir ... im Reisebüro." Und sie erzählte ihm die ganze Geschichte, wie sich die Begegnung mit ihrer Bekannten abgespielt hatte. Sie ließ kein Detail aus.

„Ja, aber ..." Heiner ließ seine Gabel sinken, die er zum Mund geführt hatte, und blickte seine Freundin betroffen an. Seine Stirn legte sich in Falten.

„Zum einen hat Jennifer viel Ähnlichkeit mit den Mordopfern. Zum anderen ..., ist es nicht ein komischer Zufall, dass vermutlich ausgerechnet dieser Mann Jennifers Internetbekanntschaft sein soll?"

„Du meinst ..."

„Ja, Heiner. Dieser Mann tauchte gestern, kurz bevor ich mittags das Reisebüro geschlossen habe, bei Tramer auf und fragte nach Britta Langner? Er war so perplex, als ich ihm sagte, dass ich diejenige bin. Dieser Mann hat mich danach so sonderbar angesehen und hatte noch die Unverschämtheit zu sagen, dass es sich wohl um einen Irrtum handeln müsste. Ich habe mich durch das Gespräch mit Jennifer plötzlich an den Tag erinnert, als er in dem Café saß. Vielleicht ist er dir aufgefallen. Er saß mir schräg gegenüber."

„Nein, darauf habe ich nicht geachtet. Ich hatte nur Augen für dich." Liebevoll strich er ihr über den Tisch hinweg die Wange.

„Ich habe Angst, Heiner. Was soll ich jetzt unternehmen? Soll ich zur Polizei gehen?"

„Wenn ich recht überlege, wird es das Beste sein. Du bist doch nicht etwa in Gefahr?"

„Ich weiß es nicht. Das glaube ich nicht. Aber was ist mit Jennifer?"

„Du solltest offen mit der Polizei darüber reden und den Beamten die Situation erklären. Was weiter geschieht, das wird sich zeigen. Die Entscheidung liegt dann nicht mehr bei dir."

„Du hast recht. Ich werde morgen Mittag in meiner Pause zum Polizeipräsidium fahren."

„Soll ich dich begleiten?" Britta lächelte dankbar, schüttelte aber ablehnend den Kopf.

***

„Ich darf euch mitteilen, dass Kommissar Rainer Jülich und Kriminalpsychologin Sybille Parsch ab sofort mit im Team ermitteln. Wie ich euch gleich weiter erklären werde, nehmen die Fälle ungeahnte Dimensionen an."

„Wieso das denn?" Frank sah mich fragend an und blickte verblüfft von einem zum anderen.

„So wie es den Anschein hat, haben wir nicht nur zwei junge Frauen, mit langen, blonden Haaren und stark geschminkten Gesichtern, die erdrosselt wurden, sondern womöglich einen dritten Fall, den wir aufklären müssen.“ Ich blickte in betroffene Gesichter.

„Wenn ich Sie richtig verstehe, dann wird der Fall Ramona Hamann erneut aufgerollt.“

„Ja, Kollege Jülich. Da Sie damals die Ermittlungen geleitetet haben, ist die Staatsanwaltschaft damit einverstanden, Sie mit ins Boot zu holen. Gehen wir also die Mordfälle gemeinsam durch.“

„Wieso glauben Sie, dass zwischen den neuen und dem damaligen Fall Zusammenhänge bestehen? Ramona wurde erstickt und nicht erdrosselt. Außerdem war sie ein Kind von zehn Jahren.“ Jülich schüttelte den Kopf, dass seine Naturlocken wippten, die er schon länger nicht mehr in Form hatte schneiden lassen.

Jill blickte bestürzt zu Sybille. Auch Frank ließ das Gehörte nicht kalt, wie ich seinem Gesichtsausdruck entnehmen konnte. Obwohl, so wusste ich aus vergangenen Gesprächen, er selbst mit Kindern nicht viel anzufangen wusste. Er selbst war mit drei Geschwistern aufgewachsen, die mittlerweile auch schon über Nachwuchs verfügten, und er war daher jedes Mal froh, wenn die traditionellen Familientreffen dem Ende zugingen.

„Das ist mir schon bewusst, Kollege Jülich, aber nachdem ich die Akte der Kleinen sorgfältig gelesen habe …“ Ich hatte den halben Vormittag damit verbracht.

Aus der Akte entnahm ich das Foto von Ramona, ging an die Wand, wo die Bilder der beiden ermordeten Frauen hingen und befestigte das Foto des Kindes daneben. „Was fällt euch auf?“ Ich wartete keine Antwort ab. „Die Kleine war blond! Sie war stark geschminkt!“

„Aber sie war doch ein Kind“, ließ Jill schockiert vernehmen, als sie auf das Foto starrte. „Mona und Kerstin waren Erwachsene.“

„Ja, das ist richtig. Aber wir sollten uns die Frage stellen, warum ein zehnjähriges Mädchen unter diesen Umständen sterben musste? Zu viele Indizien sind bei den zwei neusten Fällen identisch. Und es gab damals wie heute keine wirkliche Spur zum Täter. Nur einen Verdächtigen. Und dem konnte man den Mord an der Schwester nicht nachweisen.“

„Schwester?“, bemerkten Jill und Frank gleichzeitig betroffen.

„Ja!“ Ich sah meine Kollegen der Reihe nach an. Bemerkte allgemeine Bestürzung und Trauer in den Gesichtern meines Teams. „Damals war der Bruder von Ramona derjenige, der verdächtigt wurde. Heute sind es zwei Mordfälle. Zwei oder sogar auch drei Personen aus der Familie Frobes haben ein starkes Motiv, und wir werden das trotz allem nicht aus den Augen verlieren, aber ein Gefühl sagt mir, dass Mona Heiters einem anderen Täter zum Opfer gefallen ist.

Vielleicht sogar auch Kerstin Wagner. Aber genau dazu sind wir jetzt hier, um darüber zu diskutieren und eine weitere Strategie zu erörtern.“ Ich nahm das Bild von Florian Hamann aus der Akte, ging zur Wand und heftete es neben das Phantombild von Bersbeck. Ich ahnte, was in Jill vorging, als sie auf das Foto starrte. Mir entging ihr Gesichtsausdruck nicht. Ich selbst hegte ähnliche Gedanken, die mir sagten, dass Einiges in diesem Fall im Argen lag. „Und jetzt schaut euch bitte das hier genau an. Das ist der Unbekannte aus dem Lokal *Onkel Max.*“ Ich klopfte mit dem Finger auf das Bild von Bersbeck. „Und das hier“, ich machte eine kurze Pause und sah kurz jeden aus meinem Team an, „ist der Fahrradfahrer, der Frank an dem Morgen, als wir uns vom Aasee entfernten, mit dem Rad fast einen Zusammenprall mit uns verursachte. Leider hat mein Kollege in dem Moment nicht auf das Gesicht des Mannes geachtet, aber ich wusste sofort, dass ich es schon einmal gesehen hatte. Es war Florian Hamann.“ Ich nahm einen Stift und schrieb den Namen der jüngsten Toten unter das Foto.

„Es gibt kein perfektes Verbrechen. Irgendwann verrät ein Indiz den Täter. Zwar vergehen manchmal Jahre, aber durch die neusten Technologien haben wir die Möglichkeit, Spuren neu auswerten zu können. Nachdem ich das Gesicht zuordnen konnte, sehe ich einen Hoffnungsschimmer am Horizont aufblitzen.“

„Warum ist die Kleine so stark geschminkt?“ Jill konnte ihren Blick nicht von dem Foto wenden. „Das Kind hat Ähnlichkeit mit einem schlafenden, blond gelockten Engel.“ Ich sah, wie Sybille ihr bestätigend zunickte.

„Diese Frage kann ich Ihnen beantworten“, sagte Jülich und blickte Jill an. „Es war Februar. Karneval. Ramona war zu einer Geburtstagsfeier ihrer Freundin eingeladen, und die Kinder durften sich, laut der Mutter der Freundin, Frau Wilm, schminken.“

„Das erklärt Einiges. Danke.“ Jill nickte dem neuen Kollegen zu.

„Ramona wurde damals angeblich, laut der Aussage von Frau Wilm, von ihrem Bruder Florian Hamann gegen neunzehn Uhr von der Feier abgeholt. Aber laut der Aussage Hamanns, hat er zu dem Zeitpunkt einem Kunden aus Münster den Wagen nach Hause gefahren. Florian Hamann arbeitete zu der Zeit in einer Autowerkstatt in Amelsbüren. Er war im dritten Ausbildungsjahr. Von Münster aus ist Hamann mit dem Zug zurück nach Amelsbüren gefahren. Das hat er die ganze Zeit über immer wieder beteuert. Und diese Aussage hat auch sein damaliger Chef bestätigt.“

„Das ist aber ziemlich widersprüchlich, Kommissar Jülich“, kommentierte Frank. „Da muss sich doch jemand mit den Zeiten geirrt haben?“

„Was ist mit der Fahrkarte? Konnte Herr Hamann diese vorzeigen?“ Fragend sah Jill den Kollegen Jülich an, der nur mit der Schulter zuckte.

„Dieser Beweis wurde also nie erbracht. Hatte Herr Hamann seinen Fahrschein verloren oder ... was ist mit einem Handy? Heutzutage lässt sich doch so etwas sehr gut lokalisieren." Jill ließ nicht locker. Sie bombardierte Jülich mit Fragen, auf die er keine Antworten gab.

„Hier in der Akte steht, dass Hamann damals schwarzgefahren sei, da er angeblich seine Geldbörse im Spind der Autowerkstatt hatte liegen lassen", gab ich Jill die Antwort. „Florian Hamann wurde vor gut zwei Jahren verhaftet. Er hat drei Monate in Untersuchungshaft verbracht, aber da ihm nichts direkt nachgewiesen werden konnte, ... es gab keine Spur, die mit ihm in Verbindung stand." Jülich sah die Skepsis in Jills Gesicht, als ich innerlich ziemlich erregt das Ergebnis seiner Ermittlungen preisgab.

„Wenn wir davon ausgehen, dass eine Verbindung zwischen den drei Morden besteht, dann ist es ziemlich eindeutig, dass der Täter blonde und geschminkte Frauen bevorzugt. Egal, wie alt sie sind, denn er macht auch vor einem Kind nicht halt." Sybille, obwohl sie sich noch nicht eingehend mit den Akten beschäftigten konnten, sprach verhalten ihre erste Vermutung aus und studierte die Fotos. „Es geht etwas Verruchtes von Mona und auch Kerstin aus. Vom Aussehen der Kleinen, die Schminke betreffend, gibt es kaum Unterschiede – nur die Kleidung. Der Täter muss etwas erlebt haben, was für ihn zum Sinnbild des Bösen wurde. Das trifft in irgendeinem Zusammenhang mit dem Erscheinungsbild der ermordeten Frauen zu. Eine inadäquate Persönlichkeitsstörung würde ich vermuten. Ein Mensch wird von jemandem stark dominiert – zumindest ist er in dem Glauben, und das, was er erlebt hat, hält ihn in seinem *Sein* gefangen. Und sein einziger Ausweg ist, zu töten. Das Böse zu entfernen – in seinen Augen. Außerdem erscheint er mir sehr intelligent zu sein, denn er ist in der Lage, die Polizei an der Nase herumzuführen. Wir wissen allerdings nicht, was er erlebt hat, um so zu reagieren." Sybille lehnte sich auf ihrem Stuhl zurück und sah mich an.

„Das ist ein gutes Argument, Sybille." Ich blickte meine Kollegin an, und um meine Lippen zog sich ein leichtes Lächeln. Ich wusste, warum ich auf ihre Mitarbeit in unserem Team nicht verzichten wollte.

„Das ist nur eine erste Vermutung von mir, wenn ich die Fotos betrachte. Ich müsste mir natürlich die Akte erst noch genauer ansehen."

„Das ist selbstverständlich, Sybille."

„Ein Mord in Amelsbüren, einer in Nienberge und einer am Aasee in Münster. Glaubt ihr, dass es sich wirklich um ein und denselben Täter handelt?" Frank stand auf und stellte sich mit verschränkten Armen vor die Magnetwand und betrachtete eingehend die Fotos.

„Es muss eine Verbindung geben. Ich habe auch noch keine Ahnung, wo sie liegt, aber sie ist da", erklärte ich ihm.

„Und du bist dir sicher, dass das der Radler ist?" Frank wandte sich um und blickte mich skeptisch an. „Leider kann ich das nicht bestätigen, denn ich habe nicht auf das Gesicht geachtet."

„Ich weiß, Frank. Das ändert aber nichts an der Tatsache."

„Was ist mit der Familie Frobes?", fragte Jill. „Martin kannte beide Frauen und hatte jeweils ein Verhältnis mit ihnen. Sein Bruder ebenfalls mit Kerstin Wagner. Das wissen wir ja nun auch genau. Was wäre, wenn sich der Täter zufällig an den Fall vor zwei Jahren erinnert und die Taten kopiert hat?"

„Das ist ebenfalls ein gutes Argument, Jill. Auch das sollten wir nicht außer Acht lassen. Was mich allerdings zurzeit mehr beschäftigt, sind die gegensätzlichen Aussagen der Zeugen im Fall Ramona Hamann. Und, warum begegnet mir Florian Hamann ausgerechnet in der Nähe vom Aasee. Er war in Schwarz gekleidet. Außerdem habe ich an dem Morgen auf der gegenüberliegenden Seite des Sees einen Mann aus dem Gebüsch treten sehen. Ich könnte nicht sagen, dass es sich um Hamann handelte, aber der Mann war ebenfalls dunkel gekleidet."

„Ja, das ist schon etwas eigenartig", gab Sybille mir zu verstehen.

Ich schloss für einen Moment die Augen. Mir fiel die letzte Pressekonferenz ein. Den ausführlichen Bericht hatte ich in der Tageszeitung zu lesen bekommen und nur, weil keine Spuren zum Täter führten, wurde die gesamte Polizei von der Presse als Deppen dargestellt, die unfähig und stümperhaft ermittelten. Mit der Aussage der Presse konnte ich leben, denn ich wusste es besser, aber Einige sahen es als ein großes Fiasko an. Mein oberster Chef, und selbst der Staatsanwalt übten Druck aus, was ich nicht verstand, denn woher die Nachlässigkeit von Riegert kam, dass er mir weder einen Durchsuchungsbeschluss für das Anwesen der Frobes noch einen Haftbefehl für Marvin Frobes aushändigte, hatten Frank und ich erkannt, als wir das Foto auf dem Kamin im Esszimmer der Frobes sahen. Staatsanwalt Riegert und Bernhard Frobes als eng befreundetes Paar beim Golf.

Wenn die Presse nun noch Wind davon bekam, dass es womöglich einen dritten Mordfall gab, der Parallelen aufwies und ungeklärt geblieben war, würde die Hetzjagd erst recht beginnen.

Ich sah Jülich an und überlegte, ob mein Kollege damals bei dem Mordfall Ramona Hamann wirklich ausreichend recherchiert hatte. So, wie es im Moment aussah, war Einiges nicht beachtet worden.

„Bevor wir jetzt nicht wirklich einen Anhaltspunkt haben, gibt es keinen Kommentar mehr an die Presse", ließ ich augenblicklich vernehmen. „Und selbst, wenn wir eine Spur auftun sollten, werden wir keine Details mehr bekanntgeben. Nicht, ehe ich es genehmige." Alle waren sich in diesem Punkt einig. „Kollege Jülich, wir beide werden noch heute nach Amelsbüren fahren und Familie Hamann aufsuchen, Familie Wilm nicht zu vergessen, und wir werden auch dem damaligen Chef von Florian Hamann einen Besuch abstatten. Wir fangen noch einmal ganz von vorne an."

„In welche Richtung sollen wir uns in der Zeit bewegen?" Frank verlagerte sein Gewicht auf das linke Bein und blieb mit verschränkten Armen, den Rücken zur Wand, davor stehen.

Ich sah auf die große Uhr gegenüber an der Wand, die mich immer an eine Bahnhofsuhr erinnerte.

„Die Beisetzung von Kerstin Wagner ist um vierzehn Uhr dreißig, auf dem Waldfriedhof Lauheide. Jill und du, Frank, ... ich würde es begrüßen, wenn ihr daran teilnehmt. Haltet euch im Hintergrund. Es wäre ja nicht das erste Mal, dass sich der Täter unter die Trauergemeinde mischt, um sich an dem Leid der Angehörigen zu weiden. Es werden noch mehr Beamte in Zivil anwesend sein. Alle haben von Jill das Phantombild bekommen."

„Vielleicht könnte Frau Parsch mit Frank zur Beisetzung gehen. In der Zeit könnte ich mich mit den verschiedenen Zeiten auseinandersetzen, die im Fall Ramona für Verwirrung sorgten, soweit sie in der Akte vermerkt sind."

Ich war immer wieder über Jill erstaunt, die mit ihrer Scharfsinnigkeit einen Schritt weiterdachte. Sie war sehr intelligent, und ich traute ihr eine Menge zu. Das hatte sie bei ihren vielen Recherchen schon oft bewiesen.

„Das ist eine gute Idee, Jill. Wärst du mit dem Vorschlag einverstanden, Sybille?"

„Ja. Warum nicht. Der Vorschlag von Jill ist nicht von der Hand zu weisen. Ich darf doch Jill sagen?"

„Aber natürlich." Jill lächelte der Psychologin zu.

***

„Wissen Sie, wo Florian Hamann jetzt beschäftigt ist?" Ich blickte, während ich den Dienstwagen in Richtung Amelsbüren lenkte, kurz zu Jülich hinüber.

„Nein, das entzieht sich meiner Kenntnis." Jülich vermied es, mich anzusehen und blickte gedankenverloren aus dem Seitenfenster.

Der Herbst stand eindeutig vor der Tür. Vereinzelt begann sich das Laub der Bäume zu verfärben, und Schwärme von schwarzen Vögeln versammelten sich auf den abgeernteten Feldern.

Mir gingen die Worte von Sybille nicht aus dem Sinn, wie sie die eventuellen Beweggründe des Täters beschrieben hatte. Und wenn sie wirklich damit recht hatte?

Wir durften keine Zeit verlieren.

Ich versuchte mich auf die Familie Hamann zu konzentrieren, aber meine Gedanken schweiften zu der Frau, die mich auch nach so vielen Jahren des Schweigens immer noch faszinierte. Ich wusste, dass Sybille zehn Jahre jünger war als ich und in meinen Augen eine sehr selbstbewusste Frau darstellte, die zudem auch noch über hervorragendes Wissen verfügte. In dieser Hinsicht drückte meine Miene Zuversicht aus. Vielleicht wäre jetzt die Zeit reif für uns beide, um unsere neu begonnene Zusammenarbeit zu vertiefen und die Fälle mit ihr zu lösen.

Kommissar Jülich trommelte nervös mit seinen kurzen, nicht gerade schlanken Fingern auf seinem Bein, und ich blickte verstohlen an meinem Beifahrer entlang, sah das blaue Oberhemd, das sich um den Bauch spannte, und mir kam in den Sinn, ob Jülich die Vierzig schon überschritten hatte. Nein, von einem Bauchansatz war ich meilenweit entfernt.

Die Gegend wurde immer ländlicher. Nur noch vereinzelte Gehöfte waren zwischen weitläufigem Land zu erkennen. Auch wenn ich schon ewig in Münster wohnte, in diese Gegend hatte es mich noch nicht geführt. Es irritierte mich ein wenig.

„Wenn Hamann damals mit dem Zug nach Hause gefahren ist ... wie weit ist der Weg vom Bahnhof bis zu seinem Elternhaus?“

„Darauf kann ich Ihnen keine genaue Antwort geben. Da, dort drüben“, Jülich wies in eine Richtung, „da wohnt die Familie Wilm. Und dort liegt der Hof der Familie Hamann.“

Ich bog in die nächste landwirtschaftliche Straße ein, wo diese beiden Bauernhöfe lagen.

Damit war aber meine Frage nicht beantwortet, und ich fragte mich, wie lange der junge Mann benötigt hatte, um vom Bahnhof bis hierher zu kommen. Und das im tiefsten Winter. Ein Detail, das ich der Akte entnommen hatte, die Jülich, was das Wetter betraf, sehr detailliert verfasst hatte.

„Gab es damals wirklich keine Spuren rund um den Fundort?“

„Spuren gab es genug, aber ... Es war eine kuriose Geschichte. Mit Eltern und Nachbarn hat Hamann gemeinsam in der Dunkelheit seine Schwester gesucht. Wie ich bei der Besprechung schon erklärt habe, hat Florian Hamann selbst seine Schwester gefunden. Daher auch die vielen Fußabdrücke. Er hat die Kleine aufgehoben und zum Hof getragen. Er stand unter Schock. Wir sind erst im Anschluss verständigt worden. Am Fundort, den er uns dann zeigte, waren im Schnee etliche Abdrücke von Stiefeln. Sie sind auch alle überprüft worden. Das Ergebnis war negativ in dem Sinne, dass die Abdrücke wohl nur von den Suchenden waren. Ja, und die Fingerabdrücke von Hamann ... auf seiner Schwester? Er hat sie getragen. Spuren hat er genug auf der Kleinen hinterlassen. Andere Beweise hatten wir nicht.“

„Ein Glück für den Täter“, antwortete ich sarkastisch. „Woher wusste Hamann, wo seine Schwester lag?“ Das war die Frage, die mich brennend interessierte. „Und ... wieso hat er nicht sofort die Polizei benachrichtigt? Das weiß doch mittlerweile jeder, dass man nichts von einem Fundort entfernt, nicht ehe die Kripo den Fall aufgenommen hat.“

„Ich sagte es ja. Wohl der Schock.“

„Schock hin oder her. War es wirklich Dummheit oder sogar Berechnung von Hamann?“ fragte ich leicht erbost. Jülich blieb mir eine Antwort schuldig.

„Florian Hamann hat sich wie alle Nachbarn an der Suche nach dem Kind beteiligt. Dass er selbst auf seine tote Schwester gestoßen ist, war wohl nur Zufall“, gab mir Jülich nach einer kurzen Pause erneut zu verstehen.

„So?“

Ich fuhr die lange Auffahrt zum Hof der Hamanns und bemerkte Jülichs erstaunten Blick.

„Vor zwei Jahren, als der Mord geschah, hat die weiße Pracht den gepflegten Zustand des Hofes noch unterstrichen. Es war bitterkalt.“

Verblüfft sah ich zur Seite. Der strenge Winter musste bei meinem Kollegen wirklich einen wahnsinnigen Eindruck hinterlassen haben, dachte ich und schüttelte unmerklich den Kopf.

Von einem gepflegten Hof konnte man kaum etwas erkennen. Zwischen den Pflastersteinen wucherte das Unkraut. Ich blickte auf verwilderte Blumenbeete, und in den Blumenkästen fehlte die für diese Jahreszeit typische, blühende Pracht. Eine alte Schubkarre stand ohne Rad achtlos in einer Ecke, in der mehrere Müllsäcke lagerten. Der weiße Anstrich des Fachwerks wies hässliche Flecken auf und vom großen Scheunentor blätterte die grüne Farbe ab.

Eine Frau kam gerade mit einem Eimer in der Hand aus dem Hühnerstall. Ich vermutete, dass es sich um Elvira Hamann handelte. Sie hatte Jülich wohl wiedererkannt, denn sie stellte das Hühnerfutter auf die alte Bank und wischte sich ihre Hände an der verwaschenen Schürze ab. Aus ihrem achtlos zusammengesteckten, ergrauten Haar hingen zahlreiche Strähnen heraus, die sich durch ihre Tätigkeit wohl gelöst hatten und ihr durch den frischen Wind in das Gesicht fielen. Mit dem Unterarm strich sie sich die Haare aus dem Gesicht und kam auf uns zu.

In den Augen der Frau erkannte ich eine große Traurigkeit. Ich vermutete, dass sich seit dem verhängnisvollen Tag kein Lächeln auf ihren Lippen abgezeichnet hatte. Ihr hübsches Gesicht wies einen verhärmten Ausdruck auf, und es gab nur ein Wort dafür: leidgeprüft.

Zögernd stand sie vor uns. Abwartend, den Blick auf uns gerichtet, bis Jülich ihr unser Kommen erklärte.

„Sie haben den Mörder unserer kleinen Tochter immer noch nicht verhaften können?“

„Nein. Leider nicht.“

„Wenn Sie gut zwei Jahre keinen Erfolg hatten, den Mörder von unserer Ramona zu ermitteln, warum kommen Sie jetzt wieder zu uns?“ Zweifelnd sah sie uns an.

„Der Fall Ihrer Tochter wird erneut bearbeitet. Es gibt zwei weitere Mordfälle, die sehr viele Parallelen aufweisen“, erklärte ich ihr, nachdem ich mich vorgestellte hatte.

„Was haben die anderen Morde mit unserem Kind zu tun?“ Elvira Hamanns Augen füllten sich mit Tränen, die sie vergeblich zu unterdrücken versuchte.

Ich blickte in ihr Gesicht, wo nur Verzweiflung und Trauer zu erkennen waren. Der sinnlose und völlig grundlose Tod der Kleinen, war für die Eltern sehr schwer zu verstehen. Diese Wunde, damit kannte ich mich aus, würde niemals verheilen.

Wortlos drehte sich Elvira Hamann um. Von der Seite aus sah ich die Tränen, die an ihren Wangen herabliefen. Wie viele dieser Tränen hatte sie schon um ihre Tochter geweint, fragte ich mich. Tage und Nächte. Ein trostloses Leben.

Ihr Blick richtete sich in die Ferne, und ich wurde das Gefühl nicht los, dass die leidgeprüfte Frau wie unter Zwang handelte, als sie uns auf dem Hof stehen ließ und wie in Trance um das Haus zu der angrenzenden Wiese schritt.

Ich sah Jülich fragend an, der nur mit der Schulter zuckte. Mit einem Wink gab ich ihm zu verstehen, dass wir der Mutter von Ramona folgen sollten, die bis zu dem Bachlauf ging, der knapp hundert Meter hinter dem Haus entlang floss. Abrupt blieb ich stehen und hielt meinen Kollegen am Arm fest, als ich auf ein farbenfrohes Blütenmeer blickte, aus dem ein schlichtes Holzkreuz ragte. Inmitten der verschiedensten Sommerblumen lag eingebettet ein kleiner Teddy neben einem großen, knienden Engel. Dass, was man mit einem Blick auf dem Hof vermisste, war an dieser Gedenkstätte in Hülle und Fülle vorhanden.

Frau Hamann kniete davor und entfernte ein paar welke Blütenblätter, die sie achtlos in ihrer Schürzentasche verschwinden ließ. Ich bemerkte das Zittern ihrer Hände, als sie liebevoll über den Engel strich. Für einen Moment ruhte ihre Hand auf dessen geneigtem Kopf. Ihre Lippen bewegten sich. Formten Worte, die wir nicht verstanden. Wir sahen ihr zu, wie sie den kleinen Teddy wieder in seine ursprüngliche Position brachte, die durch den Wind verändert wurde.

Ich räusperte mich. Den Anblick konnte ich nicht mehr ertragen, denn was im Herzen der Frau vorging, wusste ich nur zu gut. Wie oft fuhr ich, wenn es meine Zeit zuließ, zum Friedhof, um meiner Tochter und auch Eva näher zu sein. Ich hielt mit ihnen stumme Zwiegespräche, und immer waren es die gleichen Fragen, auf die ich keine Antworten erhielt. Es war diese Endgültigkeit, die mir auch nach so vielen Jahren zu schaffen machte. Und nichts wünschte ich mir mehr, als dass dieser Schmerz endlich enden würde.

Mehr als erstaunt blickte Elvira Hamann zu uns herüber. Sie hatte nicht bemerkt, dass wir ihr gefolgt waren.

„Hier bin ich Ramona am nächsten. Sie war so ein fröhliches Kind. Und sie hat uns so viel Freude bereitet. Warum? Warum das alles?“

„Das fragen sich im Augenblick auch andere Eltern. Ihre Kinder waren zwar älter als Ihre Tochter, aber sie sind auch ermordet worden. Wir benötigen ... Ihre Hilfe.“ Ich ging ein paar Schritte auf die Frau zu, reichte Frau Hamann meine Hand und half ihr aufzustehen.

„Wohnt Ihr Sohn noch bei Ihnen?"
Frau Hamann sah erstaunt zu mir hoch.
„Warum fragen Sie nach unserem Sohn?"
„Wir haben Zeugenaussagen ... Ihr Sohn ist an Orten gesehen worden, an denen auch die Opfer waren. Wir würden uns gerne mit ihm unterhalten."
„Lassen Sie Florian in Ruhe. Er hat genug gelitten. Wie wir alle." Energisch, mit einer Spur Unverständnis, spuckte sie die Worte vor uns aus. „Florian hat seine Schwester geliebt! Sie war sein Ein und Alles! Florian hat sie nicht getötet! Und auch die anderen Frauen nicht. Florian ist kein Mörder."
„Wohnt Ihr Sohn noch bei Ihnen?" Ich ließ mich nicht beirren, auch wenn ich ihre Resignation verstehen konnte.
„Nein! Unser Sohn wohnt inzwischen in Münster. Er hat dort eine gute Arbeitsstelle in einer Autowerkstatt. Florian konnte ... das Haus ... ohne Ramona nicht mehr ertragen. Ich habe ihn darum beneidet, als er auszog", gab sie uns mit einer Hilflosigkeit in der Stimme zu verstehen und faltete wie zum Gebet die Hände.
„Können wir Ihnen ein paar Fragen stellen?" Ich legte bittend eine Hand auf ihren Arm und führte sie von der Stelle fort, wo ihre Tochter vor Jahren gefunden wurde. Hundert Meter vom Elternhaus entfernt. Mein Blick umfasste die Wiese, den Bachlauf, der die Flächen trennte und die Weite, die dann folgte. Von wo aus war der Täter gekommen, um Ramona dort, wo die Gedenkstätte errichtet wurde, abzulegen?, fragte ich mich. Über den Hof hätte er nicht kommen können, stellte ich fest. Dann wäre er womöglich von jemandem aus der Familie entdeckt worden. Das Risiko hatte der Täter bestimmt nicht in Kauf genommen. Also kam nur die weitläufige Wiese in Frage. Ich blickte zu dem Hof der Familie Wilm, wo die Kleine mit Freundinnen einen Geburtstag gefeiert hatte. Die Entfernung schätzte ich auf gut dreihundert Meter.
„Wozu das Ganze?", riss mich Frau Hamann aus meinen Gedankengängen. „Wir haben Ihnen schon alles vor zwei Jahren gesagt!" Resigniert sah sie mich von der Seite an.
Wir hatten wieder den Hof erreicht.
In dem Augenblick fuhr ein Mann mit seinem Trecker auf den Hof. Rainer Jülich flüsterte mir zu, dass das Rudi Hamann sei, der aus dem Führerhaus sprang, die Tür lautstark zuknallte und mit derben Schritten, den aufgekrempelten Hemdsärmeln und einer Pfeife im Mund auf uns zukam. Seine grauen tiefliegenden Augen hinter der randlosen Brille blickten erbost von mir zu Jülich, als seine Frau ihm die Situation erklärte.
„Lassen Sie unseren Sohn zufrieden. Ist es nicht Beweis genug, dass man Florian damals wieder aus der Untersuchungshaft entlassen musste? Die Kripo hat doch damals nichts gefunden. Aber ich sage Ihnen nur eins: Sollte der Mörder unserer Tochter gefunden werden, werde ich ihn eigenhändig töten." Rudi Hamann hob drohend die Faust.

Ich erkannte mich selbst in Hamanns Worten wieder. Und doch hatte ich es nicht getan. Am Ende siegte bei mir die Vernunft. Für mich war es schon eine Genugtuung, meinen Ex- Schwiegervater hinter Gittern zu wissen. Ob Hamann das jemals genügen würde, den Mörder seiner Tochter im Gefängnis zu sehen?, fragte ich mich, als er mir seine Tötungsabsicht wütend vor die Füße knallte. Vielleicht würde aber auch bei ihm die Vernunft siegen. Vermutlich sogar, wenn sich bewahrheiten sollte, dass es sich um den eigenen Sohn handelte. Und das versuchte ich so schnell wie möglich herauszufinden.

„Ihr Sohn hätte seine Schwester nicht ins Haus tragen dürfen. Das muss ich Ihnen doch sicherlich nicht noch einmal erklären. Dabei sind viele Spuren verwischt worden. Ihr Sohn, Herr Hamann, hat sich nicht gerade vorbildlich verhalten."

„Kommissar Winter. Richtig? Wie Sie die Sache sehen, ist mir ganz egal. Florian ist kein Mörder. Unser Sohn ist ein gütiger, warmherziger Mensch, der keiner Fliege etwas zuleide tut. Und jetzt lassen sie ihn bitte in Ruhe."

„Wie ich es eben schon Ihrer Frau erklärt habe, ist Ihr Sohn in Münster gleichzeitig in einem Lokal gesehen worden, wo sich eine der toten Frauen aufhielt. Außerdem sind bei den Morden an diesen Frauen viele Merkmale denen des Mordes an Ihrer kleinen Tochter ähnlich. Wir benötigen Ihre Hilfe, denn dort draußen läuft ein Mörder herum, der sich schon heute oder morgen das nächste Opfer schnappen könnte. Wir wären Ihnen sehr dankbar, wenn Sie sich ein wenig kooperativer zeigen würden."

„Wir haben vor zwei Jahren alles gesagt."

Wirklich alles?, hätte ich am liebsten geantwortet. Ich sah, wie Elvira Hamann vergeblich nach der Hand ihres Mannes suchte, aber Rudi Hamann drehte sich wütend um und schritt eilends zurück zu seinem Traktor. Schwang sich auf den Sitz und stellte den Motor an, der jegliches Gespräch für den Moment übertönte. Wie verloren stand seine Frau auf dem Hof, sah auf ihre Füße herab und seufzte leise.

„Außerdem gibt es zu viele Widersprüche in dem Fall Ihrer Tochter", rief ich ihm hinterher.

Herr Hamann beugte sich vor. Hielt sich am Gestänge der Fahrerkabine fest und schrie zurück:

„Sie haben damals wohl nicht sehr gewissenhaft recherchiert, wenn Sie uns heute wieder damit behelligen."

Ich sah, wie Jülich bei Hamanns Worten die Gesichtsfarbe wechselte. Für ihn mussten die Worte wie eine Ohrfeige sein, und ich fragte mich wiederholt, ob mein Kollege wirklich akribisch genug in dem Fall ermittelt hatte. Auf jeden Fall war wertvolle Zeit verloren.

„Frau Hamann, hätten Sie eventuell ein aktuelles Foto von Ihrem Sohn? Auch hätte ich gerne seine jetzige Adresse, privat und von dort, wo er zurzeit beschäftigt ist."

„Florian hat schon einmal seine Arbeitsstelle verloren. Die Menschen hier sind ihm aus dem Weg gegangen. Sie hatten Angst. Die Kinder wurden nicht mehr ohne Aufsicht gelassen. Florian konnte den Zustand nicht mehr ertragen. Und sein damaliger Arbeitgeber … Das können Sie ihm nicht noch einmal antun, dass er wieder seine Arbeitsstelle verliert."

Ich konnte Frau Hamann ja verstehen. Ebenso die Menschen in ihrem Umfeld. Natürlich entsprach es dem Umstand, dass ein Mörder frei herumlief, dass die Angst umso größer war.

„Trägt Ihr Sohn immer noch seine Haare so lang wie vor gut zwei Jahren?"

Frau Hamann sah mich entgeistert an.

„Was haben Florians Haare denn mit allem zu tun?"

„Bitte, beantworten Sie mir nur die Frage."

Elvira drehte sich wortlos um und ging mit schleppenden Schritten ins Haus. Kurze Zeit später kam sie mit einem Foto ihres Sohnes und einem Zettel, auf den sie hastig die Adressen notiert hatte, zurück. Ich warf einen Blick auf das Bild und ließ es in meiner Jackentasche verschwinden. Es war das gleiche, das sich in der Akte seiner Schwester befand.

„Trägt Ihr Sohn die Haare zum heutigen Zeitpunkt immer noch zu einem Pferdeschwanz gebunden, so wie hier auf dem Foto?" Ich wiederholte meine Frage und blickte Elvira direkt an.

„Ja ... seine wunderschönen Locken ... wir haben sie damals nicht abschneiden lassen. Und heute? Florian hat an seinem Aussehen nichts geändert."

***

Frank zeigte Sybille Parsch stumm die Nachricht, die er von seinem Vorgesetzten auf dem Handy erhalten hatte. Sie nickte ihm zu, und er entfernte sich von der Beisetzung Kerstin Wagners.

Ohne die nähere Umgebung außer Acht zu lassen, das Gesicht von Florian Hamann vor Augen, verfolgte Sybille weiterhin die ergreifende Grabrede des Pfarrers, der von dem sinnlosen Tod Kerstins sprach und den Anwesenden die Tote als eine fürsorgliche Tochter, die nie das Wohl ihrer Mutter aus den Augen verlor, beschrieb. Vor allem nach dem frühen Tod des Ehepartners. Bei seinen Worten zitterte Frau Wagner so heftig, dass sie gestützt werden musste. Ihre Beine versagten ihr den Dienst.

Verzweifelt starrte Ulla Wagner, die sich krampfhaft an den Arm ihres Bruders klammerte, auf den mit weißen Rosen geschmückten Sarg ihrer Tochter. Auf der anderen Seite stand die Schwägerin, die der leidgeprüften Mutter den Arm um die schmalen Schultern gelegt hatte und ihr liebevoll über den Rücken strich.

Viele Freunde, Kommilitonen und auch Arbeitskollegen standen am Grab und hielten kleine Rosensträuße in der Hand. Niemand konnte begreifen, dass Kerstin nicht mehr unter ihnen weilte. Wenn auch nicht immer Freundschaft im Spiel gewesen war, so hatte niemand der jungen Frau so ein Ende gewünscht.

Sybille stand halb hinter einer großen Kiefer verborgen, blickte immer wieder verstohlen nach allen Seiten, und ihr Blick ruhte kurz auf Frau Wagner. Sie verspürte heftiges Mitleid mit der Mutter. Dieses Schicksal würde ihr erspart bleiben, dachte sie und steckte ihre Hände in die dunkelblaue Lederjacke. Ihr Exmann hatte keine Kinder gewollt, und aus heutiger Sicht war es auch besser so, und nun, da sie fast neununddreißig war, war der Zug für sie abgefahren. Sie hatte keine kleinen Passagiere in ihrem Abteil.

Sie blickte zu einem Kollegen, der ihr schräg hinter einem Grabstein gegenüberstand, als sie aus dem Augenwinkel einen Schatten hinter einem Buschwerk bemerkte. Als sie in die Richtung sah, duckte sich die Person und verschwand wie von Zauberhand im Nichts. Schnell gab sie dem Kollegen, dem ihr verblüffter Gesichtsausdruck nicht entgangen war, ein Zeichen. So schnell sie konnten, eilten sie in die Richtung, in der sie den Anwesenden vermuteten.

***

In seinem Dienstwagen saß Frank auf einem Parkstreifen gegenüber der Werkstatt in Münster und wartete auf weitere Anweisungen seines Vorgesetzten. Er beobachtete das weite Gelände des Autohändlers, die Werkstatt und die Personen, die dort ein und aus gingen. Es war ein stetes Kommen und Gehen. Kunden fuhren mit ihren Autos auf den Werkstattparkplatz, stiegen aus und gingen durch die verglaste Eingangstür in den Verkaufsraum - Automechaniker fuhren kurz darauf die Wagen in die Werkshalle, aber Florian Hamann sah er nicht.

Nach einer halben Stunde, sein Vorgesetzter hatte ihm neue Instruktionen über das Handy mitgeteilt, verließ Frank den Wagen, ging zielstrebig auf das Autohaus zu und betrat den großen Ausstellungsraum. Ein älterer Herr in einem blauen Anzug kam aus seinem Büro und auf ihn zu.

„Kann ich Ihnen helfen?“

„Ich hätte gerne Florian Hamann gesprochen. Wäre das möglich?“

„Ist etwas nicht in Ordnung?“

„Doch, es ist alles in Ordnung. Ich hätte nur ein paar Fragen an ihn.“

Der ältere Herr entfernte sich und kam nach kurzer Zeit aus der Werkstatt zurück.

„Florian ist im Augenblick nicht da. Er unternimmt gerade eine Probefahrt mit einem Wagen.“ Frank zog irritiert eine Augenbraue hoch und die Kurzmitteilung von Sybille, die in dem Moment sein Handy erreichte, versetzte ihn in Alarmbereitschaft.

„Wo werden die Probefahrten vorgenommen?“
„Warum wollen Sie das wissen?“
„Kommissar Wirtz. Kripo Münster. Könnten Sie mir bitte Auskunft geben?“
„Kripo? Was … was hat Florian denn verbrochen?“
„Wo finden Ihre Testfahrten statt?“, fragte Frank erneut.
„Meist auf der B51. Aber ...“
„Wann erwarten Sie Herrn Hamann wieder zurück?“
„Ich verstehe nicht?“
„Ich hätte nur ein paar Fragen an ihn. Wir ermitteln in einem Fall, und ich benötige nur eine Zeugenaussage.“ Den Autoverkäufer darüber aufzuklären, dass sie einen Mörder suchten, der womöglich Florian Hamann hieß, hielt er im Augenblick nicht für nötig.
Frank bedankte sich, drehte sich um, verließ ohne weiteren Kommentar das Autohaus mit angrenzender Werkstatt und ließ einen verdutzten Angestellten zurück. Er ging zu seinem Wagen zurück, setzte sich hinter das Steuer, und verständigte seinen Vorgesetzten.
Seine Geduld wurde auf eine harte Probe gestellt.
Endlich, nach ewigen Zeiten, so kam es Frank vor, fuhr Florian mit einem älteren Modell einer Nobelmarke auf das Firmengelände und verschwand in der Halle.
Während Frank die Instruktionen seines Chefs entgegennahm, sah er, wie Florian Hamann mit seinem Handy am Ohr aus der großen Werkstatt trat, sich nebenbei eine Zigarette anzündete und tief inhalierte. Der Qualm verflüchtigte sich, während er sprach. Frank beendete das Gespräch, klappte sein Handy zu, verließ den Dienstwagen und ging über die Straße auf den jungen Mann zu.
„Florian Hamann.“
„Ja?“ Frank zeigte ihm seinen Ausweis. Florian zog heftig an seiner Zigarette, die er zwischen Daumen und Zeigefinger hielt. „Ich wusste, dass Sie kommen. Meine Mutter hat mich gerade informiert. Ich weiß, was Sie von mir wollen, aber ich muss Sie enttäuschen. Sie suchen bei mir vergebens.“
„Das wird sich noch herausstellen. Vielleicht können Sie mir trotzdem ein paar Fragen beantworten. Welche Route haben Sie eben bei der Testfahrt gewählt?“
„Ich bin die B 51 gefahren. Diese Strecke fahren wir immer.“
„In Richtung Lauheide?“
Florian Hamann sah Frank an, als wenn er an seinem Verstand zweifeln würde.
„Was soll ich in Lauheide?“
„Beantworten Sie einfach nur meine Frage.“
„Nein, in die entgegengesetzte Richtung. Was soll das Ganze?“
„Wo waren Sie in der Nacht vom einundzwanzigsten auf den zweiundzwanzigsten August? Und auch zwei Tage später. Fast zur gleichen Zeit?“

„Am Mittwochabend war ich bei meinen Eltern in Amelsbüren. Meine Mutter hatte Geburtstag. Sie wird das bezeugen können. Und Sonntagnacht? Da habe ich geschlafen. Hören Sie ... Herr Kommissar. Ich habe hier eine gute Arbeitsstelle. Man hat mir eine Chance gegeben, nachdem ich unschuldig in Untersuchungshaft saß. Wollen Sie mir das wieder zerstören?“

„Ich will Ihnen gar nichts zerstören, Herr Hamann. Wir suchen nur nach der Wahrheit.“

Florian schüttelte den Kopf und trat seine Zigarette auf dem Asphalt aus. Ein Kollege kam über den Hof und sah sich nach ihm um. Als er Florian bemerkte, kam er auf ihn zu.

„Mein Gott, wo bleibst du denn? Der Chef sucht dich schon.“ Der Arbeitskollege musterte Frank, drehte sich um und ging zurück in die Halle.

„Ich muss zurück an die Arbeit. Sie haben es selbst gehört.“ Florian ging ein paar Schritte, als er Franks Hand auf seinem Arm spürte.

„Ich hätte gerne die genauen Daten Ihrer Testfahrt. Uhrzeit, Kilometer und was Sie mir noch zu bieten haben.“

„Wie soll ich das meinem Chef erklären?“

„Herr Hamann! Das ist mir ganz egal. Ich kann auch mitkommen, wenn Ihnen das lieber ist. Dann müssen Sie Ihrem Vorgesetzten nichts erklären. Und?“

***

Wir saßen Herrn Mentrup, dem ehemaligen Chef von Florian, in seinem Büro in Amelsbüren gegenüber, der erstaunt war, dass er noch einmal mit dem Fall Hamann behelligt wurde.

„Herr Mentrup, Sie haben damals ausgesagt, dass Florian zu dem Zeitpunkt des Mordes an seiner Schwester einem Kunden aus Münster den Wagen nach Hause gefahren hat. Können Sie mir das auch heute noch bestätigen?“ Ich sah ihn abwartend an.

Herr Mentrup stand auf, ging zum Aktenschrank und entnahm einen Ordner aus dem Regal. Er schlug ihn auf und suchte nach dem Eintrag, der bewies, dass Florian an dem besagten Abend wirklich das Auto einem Kunden geliefert hatte.

„Bei uns wird alles notiert. Wann welcher Wagen in die Werkstatt kommt und genauso, wann uns das Auto wieder verlässt. Die Werks- und auch Arbeitszeiten mit Datum und Uhrzeit können Sie hier einsehen.“ Mentrup blätterte weiter und reichte mir den Ordner.

„Sie haben von jedem Angestellten so ein Verzeichnis?“, bemerkte ich, als ich die ganzen Einträge sah.

„Ja. Da bin ich sehr korrekt und wie man es ja jetzt wieder sieht, wird es auch später manchmal noch benötigt.“

Mehr als erstaunt blätterte ich den Aktenordner durch. Es fehlten weder Kopien von Sozialversicherungen, noch von Zeugnissen der Berufsschule, Arbeitsberichte und diverse Einträge vonseiten Herrn Mentrups. Eine Kopie des Belegs, der sich auch in der Akte von Ramona befand, zeugte von der vermeintlichen Zeit, die uns erneut bestätigt wurde. Ich blickte auf die Unterschrift des Kunden, der den Auftragsbeleg unterschrieben hatte.

„Kann es sein, dass Florian mit dem Wagen früher zu dem Kunden gefahren ist?"

„Wenn dort steht, dass das Auto die Werkstatt um siebzehn Uhr zehn verlassen hat, dann wird es so sein."

„Und dass ein anderer Mitarbeiter diese Fahrt übernommen hat? Vielleicht hat Herr Hamann jemanden darum gebeten."

„Das kann ich mir erst recht nicht vorstellen. Florian war ein sehr ehrlicher Mitarbeiter. Wenn es so gewesen wäre, dass er keine Zeit gehabt hätte, dann hätte er das auf jeden Fall mit mir geregelt."

„Wenn Sie Florian so beschreiben, warum haben Sie ihn dann entlassen?"

„Es ist für Sie vielleicht nicht nachzuvollziehen, Herr Kommissar, aber es war nicht gut für meinen Ruf und den der Werkstatt. Auch wenn Florian sehr beliebt bei meiner Kundschaft war, aber nach seiner Verhaftung wurde viel geredet. Kunden stornierten ihre Termine, und seine Arbeitskollegen weigerten sich, weiter mit ihm zu arbeiten. Wir sind hier in einem kleinen Vorort von Münster. Ich habe immer an Florians Unschuld geglaubt, aber ... mir waren die Hände gebunden. Ich musste an mein Geschäft denken."

So etwas nennt man Mobbing, dachte ich betrübt und blätterte weiter in dem Ordner, und mein Blick blieb an der Kopie des Gesellenbriefs hängen. Erstaunt zog ich die linke Augenbraue hoch.

„Ich dachte, Herr Hamann wäre zu dem Zeitpunkt noch in der Ausbildung gewesen?"

„Nein. Florian hat vierzehn Tage bevor er verhaftet wurde, seine Gesellenprüfung mit Auszeichnung bestanden. Wegen sehr guter Leistungen konnte er schon nach zweieinhalb Jahren seine Prüfung vor der Prüfungskommission ablegen. Aber das habe ich doch damals alles zu Protokoll gegeben, ... Florian war ein äußerst gelehriger Schüler. Er ist technisch sehr begabt, sehr intelligent und hat eine schnelle Auffassungsgabe. Wenn das vor gut zwei Jahren nicht geschehen wäre, hätte ich Florian nicht gekündigt. Ich habe ihn immer noch als einen sehr liebenswerten Menschen in Erinnerung. Manchmal etwas verschlossen, melancholisch würde ich sagen, aber trotz allem immer freundlich zu allen. Er hatte, soviel ich weiß, mit niemandem irgendwelche Diskrepanzen. Sie können das gerne nachprüfen. Florian war ein ruhiger, angenehmer Mitarbeiter."

„Hatte er Freunde? Unter den Arbeitskollegen, meine ich." Während ich das Gespräch führte, saß mein Kollege stumm neben mir.

„Um die Freizeit meiner Angestellten habe ich mich noch nie gekümmert. Da kann ich Ihnen keine Auskunft geben. Außerdem werden Sie ja damals schon seine Arbeitskollegen befragt haben." Mentrup sah zu Jülich, der verschämt auf seine Hände blickte, und ich fragte mich nach seinem jetzigen Verhalten, ob er das wirklich getan hatte. Mittlerweile bekam ich immer mehr den Eindruck, dass ein Fehlverhalten meines Kollegen zutage kam.

„Ich würde den Ordner gerne mitnehmen. Sie bekommen ihn selbstverständlich zurück." Danach verabschiedeten wir uns von Hamanns ehemaligem Chef.

„Jetzt bin ich genauso schlau wie vorher", seufzte ich, als wir zum Wagen zurückgingen. „Wenn man die Worte von Herrn Mentrup hört, fällt es einem schwer, in Florian Hamann einen Täter zu sehen, der vielleicht drei Menschenleben auf dem Gewissen hat. Und zu dumm, dass wir die Aussage von Frau Wilm heute nicht noch einmal überprüfen konnten. Dass Frau Wilm ausgerechnet jetzt nicht zu erreichen ist. Ich hoffe, dass Herr Wilm ihr wirklich von unserem Besuch berichten wird. Er machte nicht gerade den Eindruck, als wenn ihn das sehr beschäftigen würde."

„Sie kennen Frau Wilm nicht. Ihr Mann wird schon seine Gründe haben", gab mir Jülich zu verstehen, was ich in dem Moment noch nicht richtig verstand.

„Haben Sie damals die Arbeitskollegen von Hamann eigentlich befragt?"

Jülich ließ sich auf den Beifahrersitz sinken und blieb mir eine Antwort schuldig, was meine Gedanken in Mentrups Büro nur bestätigten.

***

Frank blickte auf seine Uhr. Es war achtzehn Uhr dreißig, als er seinen Dienstwagen auf dem Parkplatz am Präsidium verließ. Für neunzehn Uhr war eine Dienstbesprechung angesetzt, um die Ergebnisse des Tages zusammenzutragen. Erneut würde es Überstunden geben, dachte er seufzend. Seit den Morden an Kerstin und Mona und nun auch noch der ältere Fall von Ramona, der sie zusätzlich beschäftigte, war er an keinem Abend pünktlich zu Hause gewesen. Geschweige denn bei seiner neusten Errungenschaft. Seine noch frische Beziehung schien schon wieder erste Risse zu bekommen, denn seine Freundin zeigte wenig Verständnis für seinen Beruf. Und ihr ewiges Murren, weil er die Verabredungen nicht einhielt, hatte er zudem allmählich satt.

Vielleicht packte sie sogar in diesem Moment ihre wenigen Sachen aus seiner Wohnung zusammen. Die Andeutung, als er vor zehn Minuten mit ihr gesprochen hatte, um ihr die Verspätung mitzuteilen, war in diese Richtung gegangen. Sollte er darüber traurig sein? Nein, sagte er sich. Es war nett mit ihr gewesen, aber es gab genug andere Frauen. Und warum sollte er sich an eine einzige Frau binden?

***

Die Abendsonne stahl sich hinter den Wolken hervor. Der Wind hatte nachgelassen. Elvira Hamann saß gedankenverloren neben der Küchentür auf der Gartenbank, die dringend einen neuen Anstrich benötigte. Aber wen interessierte es noch, ob sie in einem glänzenden Weiß gestrichen war oder ob die Farbe fehlte? Niemanden. Die Welt schien bei ihnen stillzustehen.

Wie stolz war sie vor Jahren auf ihren Bauernhof gewesen, der ein schmuckes Kleinod in der Landschaft zwischen all den Wiesen und Feldern dargestellt hatte. Wie sehr hatte sich doch alles verändert. Jegliche Freude war ihnen mit dem Tod der Tochter genommen worden, und nun wurde ihr Sohn zum wiederholten Male verdächtigt, seine kleine Schwester getötet zu haben. Sie konnte es nicht begreifen.

Elviras Hände strichen immer wieder unruhig über die Schürze, die sie noch nicht abgelegt hatte. Es war ihr alles so egal. Mit ihren Gedanken weilte sie bei ihrem Sohn. Sie hatte es als ihre Pflicht angesehen, ihn anzurufen, um ihm zu erzählen, dass die Kommissare erneut am Nachmittag bei ihnen gewesen waren.

Die Unruhe in ihr wuchs stetig, denn sie hatte keine Ahnung, ob ihr Sohn wieder im Präsidium weilte oder was überhaupt geschehen war. Er hatte sich noch nicht wieder gemeldet. Als sie ihn benachrichtigte, hatte er nur zögernd gesagt: „Mama, sie haben nichts in der Hand. Mach dir keine Sorgen.“ Dann hatte er aufgelegt, ehe sie noch eine Frage stellen konnte. Sie wollte ihm so gerne glauben.

Eine kleine Katze strich um Elviras Beine. Abwartend sah das Tier an ihr hoch und wartete auf eine Reaktion der Frau, die ihr sonst immer Leckerbissen zuschob. Aber Elviras Gedanken weilten weit entfernt bei dem verhängnisvollen Tag, der ihr aller Leben zerstörte, sodass sie auf das leise Miauen nicht reagierte.

Sie sah den Abend vor ihren Augen, an dem ihr Mann von einem Nachbarn zum anderen gelaufen war, nach Ramona fragte, die nicht wie vereinbart mit Florian nach Hause gekommen war. Das Telefon hatten sie damals überhört. Florian hatte der Polizei gegenüber immer wieder diesen Anruf beteuert, bei dem er seinen Eltern mitteilen wollte, dass er seine Schwester nicht zu dem vereinbarten Zeitpunkt von der Familie Wilm abholen könne, da er noch beruflich unterwegs wäre. Zu allem Übel kam noch hinzu, dass ihre Nachbarin, Sofie Wilm, immer wieder betont hatte, dass Florian es gewesen sei, der seine Schwester von der Geburtstagsfeier abgeholt hätte.

Elvira fragte sich verzweifelt, was an dem Abend wirklich geschehen war. Ihr ging auch die Frage des Kommissars nicht mehr aus dem Kopf, woher ausgerechnet Florian so genau wusste, wo Ramona zu finden war War es wirklich nur Zufall gewesen?

Die Katze sprang auf die Bank, legte sich auf Elviras Schoß und leckte über ihre Finger.

„Ach, Morle. Wenn ich nur wüsste, was ich machen soll.“ Zärtlich streichelte sie der Katze das Fell, die es ihr mit einem leisen Schnurren dankte. „Unser Florian ist doch kein Mörder. Er hat Ramona so sehr geliebt. Aber so Vieles passt nicht zusammen. Ich weiß nicht mehr, was ich überhaupt glauben soll." Leise sprach sie mit der Katze, als ihr Mann wortlos an ihr vorüberschritt, sich umdrehte und auf seine Frau hinabsah. Sie tat ihm leid, aber er konnte ihr verhärmtes Gesicht nicht mehr ertragen. Und immer wieder die gleichen Fragen. Ramona fehlte ihm ebenso wie seiner Frau, aber das Leben ging nun einmal weiter. Mit dem ständigen Gejammer wurde sein kleiner Sonnenschein auch nicht wieder lebendig, dachte er nur frustriert.

Auf dem Weg zur Scheune überlegte er es sich dann doch anders und ging zurück zu seiner Frau. Nach dem heftigen Streit am Nachmittag, kaum, dass die Kommissare den Hof verlassen hatten, war ein versöhnliches Gespräch dringend notwendig, überlegte er. Beim Pflügen auf dem Feld hatte er lange über ihre Worte nachgedacht. Auch ihm kamen mittlerweile Zweifel. Hatten sie beide wirklich einen großen Fehler begangen?

Er ließ sich neben seiner Frau auf der Bank nieder. Fast zaghaft nahm er ihre Finger in seine großen, mit Schwielen übersäten Hände, und drückte sie leicht. Eine ganze Weile saßen sie schweigend nebeneinander und keiner wagte es, etwas zu sagen.

Seit dem Tod ihrer Tochter hatte sich eine Kluft zwischen ihnen gebildet, die unüberwindbar schien. Jeder war mit dem Tod von Ramona überfordert und statt gemeinsam den Verlust zu verarbeiten, sich von außerhalb Hilfe zu erbitten, stand nur noch eisiges Schweigen zwischen ihnen. Florian, auf den er immer so stolz gewesen war, hatte schon mehrmals versucht zwischen den Eltern zu vermitteln, er hatte aber schließlich einsehen müssen, dass es zwecklos war. Und nun hegte seine Frau plötzlich Zweifel. Dieser Gedanke machte ihn fast verrückt, doch wenn er darüber nachdachte, musste er ihr sogar recht geben. Aber er wollte einfach nicht an die Schuld Florians glauben. „Doch nicht unser Florian", hatte er sie noch vor ein paar Stunden angeschrien, und es tat ihm so leid.

„Elvira, ich möchte, dass dieser Alptraum endlich ein Ende hat. Warum glaubst du plötzlich, dass unser Sohn ein Verbrecher ist? Er hat uns immer nur Freude bereitet. Florian hat Ramona geliebt. Glaubst du wirklich, dass er sie getötet hat?"

„Ich weiß nicht mehr, was ich glauben soll. Florian lebt jetzt in Münster. Ich muss immer wieder an die beiden toten Frauen denken. Wie mir der Kommissar erklärte, sind die begangenen Morde in vielen Teilen identisch. Und Florian ist an Orten gesehen worden, wo auch die ermordeten Frauen waren. Wir sollten der Polizei vielleicht die Wahrheit sagen."

„Was willst du ihnen denn erzählen? Das alles ist doch Vergangenheit." Rudi Hamann stand auf und ging mit schweren Schritten über den Hof.

Vergangenheit. Was bedeutete diese Vergangenheit?, fragte sich Elvira und blickte traurig ihrem Mann hinterher. In ihr kämpften die widersprüchlichsten Gefühle, die sie niemandem erklären konnte.

***

Sybille saß mir am Schreibtisch gegenüber, während Jill noch letzte Informationen ausdruckte und dann neben ihrer neuen Kollegin Platz nahm.

Frank betrat unser gemeinsames Büro, hängte seine Jacke an den Kleiderhaken und begab sich zu seinem Schreibtisch. Sein Blick ruhte auf den vielen losen Blättern in Jills Hand, und er krauste seine Stirn. Auch ich hatte mich schon gefragt, was sie uns alles mitteilen würde, aber dadurch, dass ich mich mit Sybille gerade über die Aussage von Frau Zander unterhielt, unterdrückte ich meine Neugierde.

„Ich kann das, was Frau Zander aussagte, nur bestätigen", sagte Frank, als das Gespräch auf die äußerst langen, schmalen Finger von Florian Hamann kam. „Als ich ihn heute Nachmittag getroffen habe, fiel es mir auch sofort auf."

„Hast du die Zeiten seiner Testfahrt, Frank?"

„Ja. Aber angeblich ist er in entgegengesetzter Richtung unterwegs gewesen, was wir aber leider nicht kontrollieren können." Frank reichte Jill seine Notizen hinüber.

„Doch Frank. Wir können. Ich werde sehen, was ich über sein Handy in Erfahrung bringen kann. Wenn es eingeschaltet war, kann es geortet werden."

„Der spielt doch mit uns Katz und Maus. Wenn er so intelligent ist, dann ließ er sein Handy während der Fahrt bestimmt nicht eingeschaltet", widersprach ihr Frank, und sein Ton entsprach keiner kollegialen Bereitschaft.

„Wir werden es auf jeden Fall überprüfen, Frank. Um jegliche Fehler von unserer Seite ausschließen zu können." Ich dachte an meinen Kollegen und seine Nichtbeachtung der einzelnen Gegebenheiten. „Es wird auch auf jeden Fall eine Gegenüberstellung mit Frau Zander und auch mit Bettina Weber geben, Sybille", ich wandte mich an meine Kollegin, „wie deutlich hast du die Person auf dem Friedhof gesehen?"

„Ich habe einen Mann wahrgenommen, der schwarz gekleidet war. Sein Gesicht? Ich bin mir nicht sicher, inwieweit ich ihn identifizieren kann."

„Es wäre gut, wenn du trotzdem bei der Gegenüberstellung anwesend wärst." Sybille nickte mir zu, und ich blickte zu Jill. In ihrem Gesichtsausdruck bemerkte ich etwas, das ich nicht richtig deuten konnte. Ihre Finger strichen immer wieder über die Unterlagen, die auf ihrem Knie lagen.

„Du hast neue Informationen für uns, Jill?"

„Ja, und ich glaube, dass Ihnen diese nicht gefallen werden." Mit ernster Miene sah sie mich an.

„Du machst es ja wieder sehr spannend." Ich sah Frank bei seinen Worten warnend an.

Auch Jill ließ sich nicht von den Worten ihres Kollegen provozieren.

„Es könnte sein, dass es noch einen weiteren, ungeklärten Fall gibt, mit dem wir uns befassen müssen", verkündete sie und blickte in unsere betroffenen Gesichter. „Ich habe nach ..."

„Wie? ... Was?" Frank unterbrach seine Kollegin, und ich hob nur die Hand, um ihm Einhalt zu signalisieren.

„Worauf basiert deine Vermutung, Jill?" Obwohl ich noch nicht wusste, worauf sich ihre Ermittlungen konzentrierten, wurde mir klar, dass ihre kleine Spürnase uns allen einen Schritt voraus war.

„Es war nur so ein Gefühl, als ich mich im Polizeiregister umgeschaut ... und nach Parallelen ungeklärter Fälle umgesehen habe. Ich bin auf einen Fall gestoßen, der sechs Jahre zurückliegt und in Bochum geschah. Daraufhin habe ich mich mit dem Kommissar, der damals den Mord in Bochum bearbeitete, in Verbindung gesetzt. Hier ist die Akte, die mir Kommissar Reinke gefaxt hat." Jill reichte sie mir über den Schreibtisch und bedauerte, dass sie noch nicht ordnungsgemäß geheftet war.

Betroffen blickte ich Jill an und hoffte nur, dass sich meine junge Kollegin diesmal gründlich irrte. Wenn das wirklich der Fall war, dann wären es schon vier Morde. Ich sah das Bild der Toten, und wusste doch im gleichen Augenblick, dass es sich um keinen Irrtum handeln konnte. Ich blätterte die Akte durch und las, dass die sechsunddreißigjährige Prostituierte, Marietta Löver, in ihrer Wohnung erdrosselt aufgefunden worden war. Auch dieser Mord wurde nicht aufgeklärt. Und wiederum gab es auch bei diesem Mordfall keine Spur zum Täter. Die Fingerabdrücke in der Wohnung konnten damals nicht lokalisiert werden. Ich reichte die einzelnen Blätter Sybille hinüber.

„Jill, du hast nicht zufällig noch mehr ungeklärte Fälle im Register gefunden?" Frank sah sie spöttisch an und erntete dafür einen drohenden Blick von mir.

„Nein Frank. Ich kann dich beruhigen. Ich bin über das Foto gestolpert, und nachdem ich den dazugehörigen Bericht gelesen hatte, habe ich mich mit dem Kommissar in Bochum in Verbindung gesetzt, um ganz sicherzugehen. Gott sei Dank habe ich nicht noch mehr derartiger Fälle entdeckt." Jill schenkte ihrem Kollegen ein hinreißendes Lächeln.

„Du machst mir ja richtig Hoffnung, Jill." Ich fuhr mir mit der Hand am Nacken entlang und setzte mich zurück auf meinen Stuhl.

„Die Kripo ist davon ausgegangen, dass es womöglich ein Freier gewesen ist, der die Prostituierte getötet hat. Herr Reinke sagte wortwörtlich: „Alle Ermittlungen sind im Sande verlaufen, denn niemand, der Marietta kannte, wusste, mit wem sie die letzten Stunden in ihrem Leben verbracht hat." „Die Merkmale sind wirklich identisch, alleine schon, wenn ich das Foto der Toten betrachte", hörte ich Sybille und blickte sie von der Seite an. „Ich kann mich nur wiederholen. Unser Täter tötet unter einer Art Zwang. Die wiederkehrenden Muster, sowohl des Tathergangs als auch der Opfer, lassen kaum Zweifel zu. Aus irgendeinem Grund müssen es blonde Frauen sein ... die ..." Sybille blickte von einem zum anderen.

„Du hast schon einmal so etwas geäußert, Sybille. Wenn du mit deiner Vermutung wirklich recht hast, was hat das dann zu bedeuten?" Ich stellte ihr die Frage und sah sie hoffnungsvoll an.

„Das Verhaltensmuster passt in das gesamte Bild. Wir können jetzt allerdings nicht alle blonden Frauen von der Straße entfernen. Wir können sie zwar vor einem Wahnsinnigen warnen, aber das führt bei vielen zu Unverständnis. So nach dem Motto: Mir passiert schon nichts. Wir müssen nur jetzt schneller sein als er, sonst haben wir noch einen weiteren Mord ohne Spuren."

„Male bitte nicht den Teufel an die Wand, Sybille. Drei, wenn nicht sogar vier Fälle reichen nun wirklich."

„Ein Kind, zwei Studentinnen und eine Prostituierte. Das macht doch alles keinen Sinn." Frank schüttelte unmissverständlich mit dem Kopf.

„Es ist auch schwer zu verstehen, Kommissar Wirtz." Sybille drehte sich auf ihrem Stuhl zu ihm. „Nur sollten wir nicht außer Acht lassen, dass die Muster identisch sind. Auch wenn es eventuelle Abweichungen bei Ramona und Kerstin Wagner gab, wurde die Zehnjährige erstickt, während alle anderen Frauen erdrosselt wurden. Aber die Toten waren alle blond und stark geschminkt. Auch bei Frau Löver sind diese Merkmale sehr gut zu erkennen."

Ich stand auf und heftete das Foto von Marietta Löver zu den anderen Bildern der Toten an die Wand. Jetzt, da sie alle nebeneinander hingen, gab es wirklich kaum noch Zweifel.

„Wieso gibt es bei allen Fällen keine Spuren?" Auch Frank hatte den Bericht des Kollegen aus Bochum überflogen. Seine Skepsis war durch Sybilles Worte noch nicht endgültig beseitigt worden.

„Keine Fingerabdrücke. Kein Haar des Täters oder ein Gegenstand, der uns zum Mörder führt. Den Draht, mit dem Frau Heiters stranguliert wurde, kann man in jedem Baumarkt kaufen. Bei Frau Wagner handelt es sich laut Versmann um eine Art Gürtel. Der Täter trägt Handschuhe. Davon können und müssen wir ausgehen. Die Frauen werden hinterhältig getötet. Es gibt bei allen Fällen keine Kampfspuren." Jill blickte mich abwartend an, und ich ließ mir ihre Worte durch den Kopf gehen.

„Das ist richtig, Jill. Gehen wir davon aus, dass es sich um ein und denselben Täter handelt, der wirklich sehr geschickt und, wie Sybille schon bemerkte, auch sehr gescheit ist. Das bestätigte uns heute übrigens auch der ehemalige Chef von Hamann, – dass sein ehemaliger Angestellter sehr intelligent ist."

„Wo ist eigentlich unser neuer Kollege Jülich? Ich dachte, er würde mit im Team ermitteln." Ich konnte Franks Frage durchaus verstehen und winkte nur ab.

„Mich beunruhigt im Augenblick, dass zwischen den ersten beiden Morden eine so große Zeitspanne lag, während die aktuellen in so kurzem Abstand passiert sind." Sybille blickte zu mir hinüber. Auch mich beängstigte mittlerweile die schnell aufeinanderfolgenden Taten.

„Jill, ..." Sybille rieb sich mit ihren schmalen Fingern über die Stirn. Nachdenklich blickte sie zu den vier Fotos an der Wand. „Ist in der Akte von Familienmitgliedern, Geschwistern oder eigenen Kindern von Frau Löver die Sprache?"

„Nein. Kommissar Reinke hat in dieser Richtung nichts erwähnt. Ich habe mich auch noch nicht mit den ganzen Gegebenheiten in der Akte vertraut machen können. Wenn, dann müsste das bestimmt auch in den Unterlagen zu finden sein. Ich weiß nur, dass es nicht viele Zeugenaussagen gab."

Ich wanderte im Büro auf und ab. Mir gingen so viele Gedanken durch den Kopf, auf die es keine Antworten gab. Was lief hier aus dem Ruder?, fragte ich mich und blieb am Fenster stehen, sah auf die Straße hinunter, als mich Franks ironische Worte aufhorchen ließen, der Jill fragte, was sie denn nun wieder beschäftigen würde. Ich drehte mich um und sah ihr nachdenkliches Gesicht, als sie auf die Fotos starrte. Ich kannte sie mittlerweile gut genug und wusste, dass sie sich mit etwas Wesentlichem auseinandersetzte.

„Als Sie eben von Kindern sprachen, Frau Parsch. Mir ist da gerade ein Gedanke gekommen. Wenn man die Fotos von Ramona und Florian betrachtet, ist es kaum vorstellbar, dass es sich um Geschwister handelt. Man würde es wahrscheinlich nicht mal vermuten. Die beiden sind extrem unterschiedlich."

Unsere Augen richteten sich zu der Wand mit den Fotos. Ich überdachte Jills Worte und verglich Florian und Ramona miteinander. Ich musste Jill recht geben. Auch mir gelang es nicht, eine Ähnlichkeit zwischen den Geschwistern zu entdecken. Warum war mir das nicht schon zuvor aufgefallen?

„Da hast du verdammt recht, Jill." Dies waren Worte, die ich Frank gar nicht zugetraut hätte, als er seine Kollegin mit einer Mischung aus Verwunderung und Anerkennung ansah.

„Ich habe heute das Ehepaar Hamann kennengelernt. Beide haben mittelblonde Haare, die von Frau Hamann eine Spur ergrauter, … aber so dunkelbraune, fast schwarze Haare wie ihr Sohn, hat keiner der beiden Eheleute. Und die Augenfarbe auch nicht", erklärte ich meinen Kollegen.

„Vielleicht hat einer der beiden Elternteile den Jungen oder das Mädchen mit in die Ehe gebracht? Wir sollten dieser Spur auf jeden Fall nachgehen", bemerkte Jill.

„Arbeitest du eigentlich rund um die Uhr, Jill", ließ Frank vernehmen.

„Nein Frank. Nur bei mir zu Hause gibt es eine ähnliche Situation." Jill sah ihn mit einem gespielt bezaubernden Lächeln an, doch in ihrer Stimme erkannte ich eine kleine Spur von Wut.

„Eine ähnliche Situation?", wiederholte ich. Mir fiel in diesem Moment auf, dass ich gar nichts Privates aus dem Leben von Jill wusste Meine junge Kollegin war kein Mensch, der viel plauderte, es sei denn, es war mit ihrer Arbeit verbunden.

„Ja. Ich war neun Jahre alt, als meine Mutter an Krebs starb. Mein Vater hat nach etlichen Jahren wieder geheiratet. Seine neue Frau hat einen Sohn mit in die Ehe gebracht. Wir beide haben auch keine Ähnlichkeiten, gelten aber trotzdem als Geschwister."

„Es tut mir leid, Jill, das konnte ich ja nicht ahnen", entschuldigte sich Frank ziemlich zerknirscht.

„Das war wohl auch fällig", ließ ich vernehmen und schüttelte den Kopf, als ich Frank ansah. Wieder an Jill gewandt, bedankte ich mich für ihre Offenheit. „Vielleicht hast du sogar mit deinen Vermutungen recht."

Ich erklärte im Anschluss meinem Team, wie der Tag in Amelsbüren verlaufen war. Was meine Überlegungen, den Kollegen Jülich betreffend, angingen, hielt ich mich bedeckt.

9

Dienstag, 30. August

Es ging auf dreizehn Uhr zu, als es an der Tür zu unserem Büro klopfte. Eine junge Frau, die mir irgendwie bekannt vorkam, öffnete die Tür. Abwartend blickte ich ihr entgegen und bemerkte auch ihren erstaunten Blick. Augenblicklich fiel es mir wie Schuppen von den Augen, wo und warum ich mit ihr schon einmal in Kontakt getreten war. So musste es ihr auch ergangen sein, als sie sich erinnerte, dass ich der Kunde aus dem Reisebüro war, dem sie die Reise zu den Kanarischen Inseln verkauft hatte. Sie hatte mir die Reise empfohlen und mich zuvorkommend bedient.

„Herr Winter? Sie arbeiten hier?"

„Ja, Frau Langner. Was kann ich für Sie tun? Wie Sie sehen, bin ich leider nicht im Urlaub."

„Guten Tag, Herr Winter, oder muss ich Kommissar Winter sagen? Sie haben Ihren Urlaub storniert? War mit der Reise etwas nicht in Ordnung?"

„Herr Winter reicht vollkommen aus. Die Buchung war in Ordnung. Manchmal kommt eben alles anders, als man denkt, und gewisse Situationen haben Priorität. Sie wollen zu mir? Aber sicher nicht wegen der Absage im Reisebüro." Ich lächelte sie an.

„Nein, deswegen bin ich nicht hier. Ein Kollege von Ihnen unten in der Zentrale erklärte mir, dass Sie die Mordfälle der jungen Frauen bearbeiten."

„Ja, so ist es." Ich bat sie, vor meinem Schreibtisch Platz zu nehmen. „Worum handelt es sich denn, dass Sie mit mir über die Mordfälle sprechen möchten? Kannten Sie die Opfer?"

„Nein. Die Opfer kannte ich nicht. Aber ... ich habe eine Bekannte ... ich weiß nicht, wie ich es Ihnen erklären soll, aber ... Jennifer Balzer heißt sie. Es gibt von ihr Aussagen, die mich nachdenklich gemacht haben."

Und dann erzählte sie mir die ganze Geschichte, und ich hörte ihr mit wachsendem Interesse zu. Am Ende ihres Berichts stand ich auf, entfernte Florian Hamanns Foto von der Wand hinter mir, und legte es vor Frau Langner auf den Schreibtisch.

„Ist das der Mann, dem Sie zweimal begegnet sind?"Sie betrachtete das Bild eingehend.

„Ja, da bin ich mir ziemlich sicher. Der Mann hatte allerdings immer eine Sonnenbrille auf und trug im Reisebüro eine Kappe. Was ich noch bemerkte, er hatte auffallend lange und schmale Finger. Ungewöhnlich. Ich achte sehr viel auf Hände, müssen Sie wissen, beispielsweise, wenn Kunden bei mir ihre Reiseunterlagen unterschreiben." Sie lächelte ein wenig entschuldigend.

Ich sah verstohlen auf meine Finger, die wesentlich kürzer, aber auch schlank waren. Nachdenklich faltete ich meine Hände und legte sie auf den Schreibtisch. Auch jetzt waren wieder die berüchtigten langen Finger im Gespräch.

„Und Sie wissen, dass Frau Balzer und dieser Mann sich über das Internet kennengelernt haben. Hat Sie Ihnen vielleicht diverse E-Mails zu lesen gegeben?"

„Nein. Die habe ich nicht gelesen. Nachdem, was Jennifer mir gestern erzählt hat … bin ich davon ausgegangen. Außerdem, … als ich vor vierzehn Tagen bei Jennifer vorbeikam, da sie bei mir ihre Jacke vergessen hatte, saß sie vor dem Computer und chattete. Da hat sie mich auf ihre Bekanntschaft aufmerksam gemacht, mit der sie sich treffen wollte. Dass sie allerdings meinen Namen verwendete, davon hatte ich keine Ahnung."

„Hat Sie Ihnen ein Foto von dem Mann gezeigt?"

„Nein. Ein Bild habe ich nicht gesehen."

„Haben Sie Kenntnis darüber, ob sich Frau Balzer schon mit der Internetbekanntschaft getroffen hat?"

„Das entzieht sich meiner Kenntnis."

Britta konnte mir gegenüber ihre Betroffenheit und auch ihr Unwohlsein nicht verbergen.

„Sie haben Angst um Ihre Bekannte. Gehe ich recht in der Annahme?"

„Ja, auch wenn ich ihr die Freundschaft gekündigt habe, wie ich es Ihnen eben erklärt habe. Aber mittlerweile habe ich selbst Angst. Was ist mit mir? Der Mann kennt mich."

„Das kann ich verstehen, aber erstens sind Sie mit Sicherheit nicht sein Typ, und zweitens ..." Was sollte ich ihr raten? Ich fuhr mir, wie immer bei gewissen Gelegenheiten, übers Kinn. „Am besten halten Sie sich von Frau Balzer fern. Sollte der Mann noch einmal in Ihre Nähe kommen, dann rufen Sie mich bitte sofort an." Britta nickte mir zu, holte einmal tief Luft und versprach, meinen Rat zu beherzigen.

„Aber die Angst kann mir trotzdem niemand nehmen."

„Nein, leider nicht. Wir werden Ihre Bekannte aufsuchen und mit ihr sprechen."

Nachdem Britta Langner das Kommissariat verlassen hatte – auch sie hatte Hamann eindeutig erkannt –, saß ich eine Weile nachdenklich an meinem Schreibtisch, trommelte mit den Fingern auf die vor mir liegende Akte und überdachte nochmal die ganze Geschichte.

„Und wieder eine Zeugin. Alle Fäden laufen bei Hamann zusammen", sprach ich mehr zu mir selbst, als dass meine Worte an Jill gerichtet gewesen wären, die von ihrem Schreibtisch aus das Gespräch mit Interesse verfolgt hatte.

„Auch Frau Langner fielen die ungewöhnlichen Finger auf."

„Ja, erstaunlich. Wo ist Frank?"

„Soviel ich weiß in der Kantine."

„Gut. Dann gehe ich hinüber und werde mit ihm zu Frau Balzer fahren. Wenn sie laut Frau Langners Aussage so aussieht wie die toten Frauen, dann ist sie definitiv in Gefahr. Und Hamann möchte ich hier im Präsidium wissen, wenn wir zurückkommen. Leite bitte alles in die Wege, Jill."

Nur eine Stunde später standen Frank und ich vor der reichlich mit Schnitzereien verzierten Eichentür eines älteren Stadthauses aus dem neunzehnten Jahrhundert. Ich sah an dem Haus mit dem ergrauten Putz entlang, drückte auf die Klingel, und wir vernahmen eine äußerst genervte Stimme durch die Sprechanlage.

„Winter, Kriminalpolizei." Es dauerte einige Zeit, bis der Türsummer betätigt wurde. Frank drückte die schwere Tür auf.

So alt das Haus von außen auch erschien, so erstaunt waren wir, als wir den Hausflur betraten. Der aus reinem Marmor bestehende Bodenbelag glänzte, obwohl man ihm ansehen konnte, dass er schon viele Füße gesehen hatte. Eine alte, ebenso gepflegte Eichentreppe wand sich empor zu den drei Stockwerken, und die Wände waren beigefarben gestrichen.

„Sagtest du nicht, Jennifer Balzer ist auch Studentin?" Frank sah sich unverhohlen um.

„Ja, ich bin auch beeindruckt", ließ ich vernehmen. „Wollen mal sehen, was uns weiter erwartet."

Die Tür wurde uns auf der oberen Etage von einer jungen Frau geöffnet, die der Beschreibung von Frau Langner komplett entsprach. Frau Balzer studierte unsere Ausweise eingehend, aber machte keine Anstalten, uns in ihre Wohnung zu bitten.

„Ich glaube, wir sollten uns nicht hier im Flur unterhalten, Frau Balzer."

„Um was geht es eigentlich?"

„Um Ihre Bekannte. Britta Langner." Ich ließ die Frau nicht aus den Augen.

„Und, was ist mit Britta, dass sie mir die Polizei auf den Hals hetzt?", kam es spitz über ihre vollen, rot geschminkten Lippen. Genervt rollte sie ihre Augen.

Ich empfand es immer wieder erstaunlich, wie schnell man für Menschen Sympathie oder auch das Gegenteil verspürte. Hier war es eindeutig, dass mir die Frau unsympathisch war. Ihre arrogante Art, wie sie schon vor uns stand und uns abfällig ansah, gab mir zu denken.

„Von Hetzen kann keine Rede sein. Wir würden uns gerne einmal mit Ihnen unterhalten."

„Das soll wohl ein Scherz sein."

„Wir sind nicht zum Scherzen hier, Frau Balzer. Können wir nun miteinander sprechen?" Meine Tonlage war eindeutig.

Widerwillig öffnete sie uns weiter die Tür. Auch wenn die Mittagszeit bereits überschritten war, schritt sie graziös, in einem kurzen, weißen, seidenen Morgenmantel gekleidet, voran in den großzügig gestalteten Wohnraum, der modern und definitiv mit teuren Möbeln ausgestattet war. Wir trauten unseren Augen nicht. Und unsere Vorstellungskraft reichte nicht aus, um zu verstehen, dass sich eine Studentin heutzutage so eine Wohnung leisten konnte. Wahrscheinlich sah Frank im Geiste seine kleine Wohnung vor sich, mit der schon für ihn horrenden Miete. Und so viel ich wusste, stammten seine Möbel allesamt aus einem billigen Möbelmarkt.

Die große Tür zum Balkon mit einer imposanten Balustrade war weit geöffnet, und die Gardine bauschte sich leicht im Wind. Mein Erstaunen konnte ich kaum verhehlen, als ich mich in der Wohnung umsah, während sich Jennifer auf das mit weißem Wildleder überzogene Sofa niederließ. Sie schlug die Beine übereinander – ihr Bademantel klaffte auseinander und ließ wohlgeformte, lange Beine erkennen. Abwartend blickte sie uns an. Unaufgefordert nahmen wir ihr gegenüber Platz.

„Frau Langner ist ziemlich beunruhigt. Sie haben sich für sie ausgegeben. Das ist doch richtig? Sie wissen hoffentlich, was das bedeutet?"

„So viele Fragen auf einmal, Herr Kommissar?" Provozierend sah sie von mir zu Frank, entnahm aus einem silbernen Zigarettenetui eine Zigarette und ließ das kleine, ebenfalls silberne Feuerzeug aufschnappen. Provokativ blies sie den Qualm in meine Richtung, doch ich zeigte mich wenig beeindruckt.

„Vielleicht kommen wir jetzt einfach einmal zur Sache. Sie scheinen ja nicht gerade über unser Erscheinen erstaunt zu sein." Ich blickte direkt in ihre hell-blauen Augen, die mich an kalte Bergseen erinnerten, und der silber-blaue Lidschatten untermalte zusätzlich diesen Eindruck. Als ich sie so betrachtete, erschienen andere Bilder vor meinen Augen.

Jennifer beugte sich vor, um die Asche ihrer Zigarette über dem Aschenbecher abzuklopfen. Ganz bewusst blieb sie einen Augenblick länger als notwendig in dieser Stellung und gab meinem Kollegen somit einen Moment Zeit, ihren üppigen Busen zu betrachten. Man merkte ihr an, dass Frank ihr gefiel. Vielleicht war sie ihrer Bekannten sogar dankbar, überlegte ich, denn sonst hätte sie meinen Kollegen nie kennengelernt. Ich bemerkte ein kurzes Aufleuchten in Franks Augen, als sie sich mit der Zungenspitze über ihre vollen Lippen fuhr. Er konnte es wirklich nicht lassen.

„Was soll mich erstaunen?", erwiderte sie gelangweilt und lehnte sich zurück in die Polster. „Außerdem kenne ich Britta, die muss alles immer so dramatisieren. Es war ein Scherz. Nichts weiter."

Meinen verständnislosen Blick ignorierte sie, und ich hätte sie am liebsten an ihren Schultern genommen und geschüttelt. So etwas Kaltschnäuziges war mir schon lange nicht mehr untergekommen. Doch, musste ich meine Gedanken revidieren - die Arroganz der Familie Frobes.

„Ein schlechter Scherz! Jetzt hören Sie mir einmal gut zu. Ihre Bekannte ist nicht zu uns gekommen, um sich über Sie zu beschweren. Frau Langner ist zu uns gekommen, weil dort draußen“, ich wies mit dem Zeigefinger in Richtung Balkon, „ein Mörder sein Unwesen treibt. Wenn ich Sie so sehe, dann sind Sie genau der Typ Frau, auf den er abfährt.“

„Ach wie süß von Britta. Macht sie sich wirklich Sorgen um mich?“ Ironischer hätte ihr Ton nicht sein können. „Das hätte ich ihr gar nicht mehr zugetraut. Aber ich kann sehr gut auf mich alleine achtgeben. Vielen Dank. Sagen Sie ihr das bitte bei der nächsten Begegnung.“

„Hoffentlich“, konnte Frank sich nicht verkneifen, der nach anfänglicher Begeisterung für die Blondine scheinbar auch meiner Meinung war. Mittlerweile verfinsterte sich seine Miene.

„Frau Langner vermutet, dass es sich bei dem besagten Mörder um Ihre Internetbekanntschaft handeln könnte.“

„Warum fragen Sie nach meiner Internetbekanntschaft? Das geht Sie doch nun wirklich nichts an.“

„Frau Balzer. Vielleicht haben Sie die prekäre Lage noch nicht erfasst. Um es kurz zu machen: Wir ermitteln in zwei Mordfällen. Und wir gehen jedem noch so kleinen Hinweis nach, damit niemand mehr zu Schaden kommt. Mehr Kooperation von Ihrer Seite wäre daher nur angebracht, schon in Ihrem eigenen Interesse. Haben Sie zufällig ein Foto von dem Mann?“

„Sind Sie jetzt mit der Vernehmung fertig?“ Erbost sah sie mich an und warf daraufhin Frank einen schmachtenden Blick zu, der ihn zu meiner Verwunderung ignorierte.

Frank entnahm aus seiner Jackentasche das Foto von Florian Hamann und schob ihr das Bild über den kleinen Rauchglastisch hinüber.

„Ist das der Typ? Sieht so ein Mörder aus?“ Jennifer nahm kurz das Foto zur Hand. „Tut mir leid, meine Herren. Ich kann Ihnen nicht helfen.“ Sie gab Frank das Foto zurück und berührte kurz seine Hand, die er aber angewidert zurückzog, als wenn er sich verbrannt hätte.

„Wir hätten gerne Einsicht in Ihren Computer.“

„Ich glaube, ohne eine dazugehörige Bescheinigung werde ich das Gerät nicht in fremde Hände geben.“

„Gut, diese Bescheinigung können Sie von uns erhalten, Frau Balzer. Halten Sie sich deshalb bereit. Es werden gleich Beamte kommen, die das Gerät abholen werden. Ich hätte Sie allerdings für intelligenter gehalten.“

„Was wollen Sie damit sagen?“ Wütend funkelte Jennifer mich an.

„Sie haben mich schon verstanden.“

„Das ist einfach eine ungeheuerliche Unterstellung.“ Wütend sprang sie auf ihre nackten Füße.

„Wir suchen einen Mörder, Frau Balzer, und in meinen Augen“, betonte Frank ausdrücklich, „sind Sie unbelehrbar, egozentrisch oder um es einfacher zu sagen, nur dumm."

„Das muss ich mir ja wohl nicht sagen lassen!" Ihre Stimme schwoll schrill an, und ihre Augen funkelten zornig, als sie Frank ansah, der nur mit den Schultern zuckte. „Mein Privatleben geht Sie gar nichts an! Und nun verlassen Sie meine Wohnung!" Jennifer drückte ihre Zigarette in dem Aschenbecher aus Bleikristall aus, um ihren Worten Nachdruck zu verleihen.

„Sie sind in Gefahr, Frau Balzer", versuchte ich es ein letztes Mal. „Außerdem würde ich Ihnen empfehlen, keinen Kontakt mehr zu dieser Person im Internet aufzunehmen. Es besteht der dringende Verdacht, dass er etwas mit den Morden zu tun hat." Dabei kam mir der Gedanke, dass Jennifer Balzer sich als Lockvogel hervorragend eignen würde, wenn sie sich etwas kooperativer zeigen würde.

„Das ist ja wohl ein schlechter Scherz!"

„Wenn Sie es so sehen! Haben Sie diesem Mann gegenüber jemals Ihre Adresse oder die Ihrer Bekannten preisgegeben?"

„Nein! Ich bin doch nicht blöd. Ich kommuniziere einfach gerne mit Menschen im Internet. Ist das verboten?"

„Das müssen Sie alleine entscheiden, aber falsche Namen zu verwenden, das ist strafbar."

„Es war ein *Scherz*. Wie oft soll ich Ihnen das denn noch sagen?" Sie zündete sich erneut eine Zigarette an.

„Kennen Sie diesen Mann wirklich nicht?" Frank wies erneut auf das Foto, das er immer noch in den Händen hielt. Ich beobachtete Jennifer genau. Schon bei ihrem ersten Blick auf das Foto hatte sie für den Bruchteil einer Sekunde unmerklich ihre Gelassenheit verloren. Das verkniffene Lächeln auf den rot bemalten Lippen, das in diesem Moment folgte, sprach Bände.

„Nein. Den kenne ich nicht."

„Sind Sie sich da sicher?"

Ein verächtliches Schnauben war die Antwort.

„Wie kann man sich als Studentin so eine Wohnung leisten? Haben Sie einen guten Nebenjob?", provozierte Frank die junge Frau erneut.

„Ich glaube, das geht Sie beide genauso wenig etwas an."

Resigniert hob ich die Hände. „Halten Sie sich bitte zur Verfügung, Frau Balzer." Die Wohnungstür zog ich kräftiger als nötig zu.

„Wie kann man so dumm sein?", bemerkte Frank, als wir die Treppe hinuntergingen.

„Das habe ich mich auch die ganze Zeit über gefragt. Frau Balzer weiß mehr, als das, was sie preisgegeben hat. Ich hoffe nur, dass sie weiß, was sie tut."

***

Florian Hamann saß mittlerweile im Vernehmungsraum und wartete auf die Kommissare. Seine Gefühle fuhren Achterbahn. Angst und Hoffnungslosigkeit wechselten sich mit Wut und Unverständnis gegenüber den Beamten ab, die ihn einfach von seinem Arbeitsplatz geholt hatten. Dadurch würde er erneut arbeitslos werden, und seine Zukunft würde ein weiteres Mal in Scherben liegen.

„Das haben Sie ja wirklich gut hinbekommen." Florian stand von seinem Stuhl auf und blickte mich mit seinen tiefbraunen Augen frustriert an, als ich mit Sybille den Raum betrat.

„Herr Hamann. Setzen Sie sich bitte."

„Ich wäre auch so gekommen. Freiwillig! Ohne dass mein Chef davon Wind bekommt. Ein Anruf von Ihnen hätte gereicht. Und die Morde können Sie mir nicht anhängen."

„Ich will Ihnen nichts anhängen. Wir gehen bei unseren Ermittlungen nur Spuren nach, und zufällig führen diese immer zu Ihnen." Ich sah den jungen Mann herausfordernd an, entnahm aus seiner Akte die Fotos der Toten und schob sie ihm über den Tisch. „Kerstin Wagner, Mona Heiters, und zu diesem Foto Ihrer Schwester muss ich wohl nichts mehr sagen." Florian schloss gequält die Augen. Seine Hände lagen zitternd auf dem Tisch. „Schauen Sie sich die Bilder an ... Herr Hamann. Und hier haben wir noch eine Tote. Die Prostituierte Marietta Löver." Ich bezog diesen Fall mit in das Verhör ein, obwohl ich auch hier keine Beweise dafür besaß, dass Hamann der Täter war. Es waren alles Vermutungen, Spekulationen –alles nur Fäden, die ich in den Händen hielt. Nur den richtigen Faden – hatte ich ihn jetzt gezogen? Mir fiel in dem Moment eine Gegebenheit aus meiner Kindheit ein, als ich mit meinen Großeltern auf der Kirmes war. Dieser Stand mit den Schnüren hatte mich schon immer fasziniert. Ich hielt in meiner kleinen Hand immer eine Menge Fäden. Einen durfte ich daraus ziehen und hatte jedes Mal gehofft, dass damit ein Gewinn zum Vorschein kommen würde. Wenn das nicht der Fall war, hat es mich sehr traurig gemacht. Heute deprimierte es mich, wenn ich mein Gefühl mit dem von früher verglich.

War beim Foto seiner Schwester eine Träne an seiner Wange entlanggelaufen, so starrte Florian das Bild von Frau Löver an und konnte den Blick nicht davon lösen.

Sybille warf mir einen Blick zu, den ich nicht zu deuten wusste.

„Sie kennen diese Frau?", stellte sie fest.

„Nein. Ich sehe sie zum ersten Mal." Florian schluckte. Ich konnte es an seinem Kehlkopf erkennen.

„Und Sie sind sich da sicher?"

„Ja. Warum fragen Sie?"

„Wo waren Sie am sechzehnten Juni vor sechs Jahren?"

„Das weiß ich doch heute nicht mehr."

„Waren Sie vielleicht in Bochum?“

„Ich war noch nie in Bochum. Ich wüsste auch nicht, was ich dort sollte. Was wollen Sie überhaupt von mir?“

„Das kann ich Ihnen sagen. Vor sechs Jahren waren Sie in Bochum. Dafür gibt es Beweise. Und was den jetzigen Mord angeht, haben Sie meinem Kollegen Wirtz zu verstehen gegeben, dass Sie in der Nacht, als Kerstin Wagner ermordet wurde, zu Hause waren und in ihrem Bett tief und fest geschlafen haben, Herr Hamann. Zeugen haben Sie aber genau zu dem Zeitpunkt im *Farbklecks* gesehen, wo Frau Wagner beschäftigt war.“ Frank hatte dem Wirt und auch den Angestellten ein Foto von Florian Hamann vorgelegt, und sie hatten alle bestätigt, dass der junge Mann dort ein paar Tage vor ihrem Tod gesehen worden war. „Außerdem: Wie erklären Sie sich, dass Sie kurz vor Mitternacht, als Mona Heiters ermordet wurde, von einer Person identifiziert wurden, die aussagte, dass Sie an dem besagten Abend im Studententreff *Onkel Max* waren?“

Waren Frau Zander, die Angestellte aus dem Lokal, und Britta Langner sich ihrer Wahrnehmung bei der Gegenüberstellung vor einer Stunde sehr sicher gewesen, so hatte Bettina Weber ihre Zweifel geäußert, die ich zu dem seltsamen Verhalten der Freundin erneut befragt hatte.

„Wo soll das *Onkel Max* sein? Und wer will mich dort gesehen haben?“

„Dort, wo Sie Mona Heiters getroffen haben. Diese junge Frau.“ Ich klopfte mit meinem Zeigefinger auf das Foto der Toten.

„Nein! Ich kenne diese Tote nicht, und ich weiß auch nicht, wo sich diese Kneipe befindet.“

„Wie lange wohnen Sie jetzt schon in Münster, Herr Hamann? Und der Studententreff am Aasee ist ein sehr beliebter Ort für Menschen Ihres Alters.“

„Bin ich ein Student? Nein. Und ich sage es noch einmal, ich kenne weder die Toten noch die Lokalitäten, die Sie mir nennen.“

„Ich habe Sie persönlich gesehen, wie Sie an dem frühen Morgen, nachdem wir vom Tatort von Frau Heiters in Richtung Ludgeriplatz fuhren, meinem Kollegen im Kreisel zur *Hammerstraße* die Vorfahrt genommen haben.“

Florian hob erstaunt seinen Kopf. Blickte zuerst mich und dann Sybille verblüfft an.

„Ich kann es nicht glauben. Was wollen Sie mir noch unterstellen?“ Florians dunkle Stimme glich mehr einem Krächzen.

„Das möchte ich gerne von Ihnen erfahren, Herr Hamann. Surfen Sie im Internet? Besuchen Sie Chats? Suchen Sie dort Ihre Bekanntschaften? Frauen, die alle blond sind?“ Fragen über Fragen, die mir alle auf der Seele lagen und für die ich Antworten erwartete, flossen aus meinem Mund.

„Nein, nein und nochmals nein. Ich weiß nicht, woher Sie Ihre Weisheiten haben, aber das ist nicht mein Ding.“

„Gestern während der Testfahrt. Sie sind auf der B51 unterwegs gewesen. Sie haben nicht zufällig einen Abstecher nach Lauheide unternommen?“

„Nein! Das habe ich Ihrem Kollegen auch schon erklärt. Ich bin in die entgegengesetzte Richtung gefahren. Ich war nicht auf dem Friedhof. Warum sollte ich dorthinfahren?“

„Gestern war die Beisetzung von Kerstin Wagner. Täter zieht es oft dorthin, um sich angesichts der Trauer der Angehörigen stärker zu fühlen.“

Florian fuhr sich mit seinen langen Fingern durch die Lockenpracht, und ich bemerkte den Blick von Sybille, die sich keine seiner Bewegungen entgehen ließ.

„Bis wir Ihre Aussagen und alle Daten überprüft haben, bleiben Sie hier in Gewahrsam, Herr Hamann. Es wird Ihnen nichts mehr nützen, alles zu leugnen. Es ist vorbei.“

„Ich verstehe Sie nicht? Was soll vorbei sein?“

„Oh, Sie verstehen mich sehr gut.“ Ich nahm die Akte vom Tisch, nickte dem Beamten zu, der sich weiter um Florian Hamann kümmern würde, und verließ mit Sybille den Raum, ohne den jungen Mann noch eines Blickes zu würdigen.

„Was läuft hier verkehrt, Sybille? Ist Hamann so abgebrüht? Fühlt er sich trotz der Zeugenaussagen so sicher?“

Sybille zuckte mit den Schultern.

Wir gingen den langen Flur entlang, als uns Jill entgegenkam. „Ich habe mir seine Arbeitszeiten vom Autohaus besorgt und noch einmal kontrolliert. Normalerweise kann Florian Hamann nicht der Fahrradfahrer sein, den Sie gesehen haben. Hier“, sie reichte mir die notierten Daten, „zu dem Zeitpunkt war er in der Werkstatt. Das beweist seine Stempelkarte. Es sei denn, er hätte sich von dem Ort entfernt, ohne sich abzumelden. Und die Testfahrt wurde wirklich in die andere Richtung unternommen. Die Handydaten ... “

Ich starrte auf das Blatt Papier und konnte es nicht glauben. Auch ich fragte mich in dem Moment, was hier gespielt wurde, denn ich wusste genau, dass ich mich nicht geirrt hatte.

Ich hatte mittlerweile nur noch das Bedürfnis, mich in meine vier Wände zurückziehen zu können. Ich wollte dem ganzen Elend, dem „Nicht-wahrhaben-wollen“ und der Hilflosigkeit, die mich überfiel, entfliehen.

Nach dem Besuch bei Frau Balzer und jetzt dem wenig ermunternden Gespräch mit Hamann, war ich auch nicht in der richtigen Stimmung, um mich mit Marvin Frobes zu befassen, der mit seinem Anwalt in einem Zimmer saß und mit jeder Minute, die man ihn warten ließ, wahrscheinlich wütender wurde. In dieser Hinsicht kam er seinem Vater gleich.

„So, Herr Frobes. Nun zu Ihnen“, bemerkte ich gereizt, als ich mit Frank und Sybille das Zimmer betrat und die Tür geräuschvoller als beabsichtigt schloss.

„Was glauben Sie eigentlich, wen Sie vor sich haben? Sie lassen mich hier ständig antanzen und behandeln mich wie einen Schwerverbrecher und dann ...“

„Herr Frobes. Jetzt halten Sie endlich mal die Luft an. Erstens wurden Sie nicht wie ein Schwerverbrecher behandelt, und zweitens sind Sie zu einem Gespräch aufs Präsidium gebeten worden. Ich möchte jetzt endlich wissen, wo Sie in der Nacht vom einundzwanzigsten auf den zweiundzwanzigsten August waren?“ Auch in meiner Stimme lag keinerlei Freundlichkeit mehr.

Sybille, die neben mir saß, schaute mich von der Seite an. Ich bemerkte ihren Blick aus dem Augenwinkel heraus. So emotional hatte sie mich wahrscheinlich noch nie erlebt.

„Für die Nacht habe ich ein Alibi. Meine Frau hat Ihnen das bestätigt.“

Ich schob ihm die Aussage ohne die Unterschrift von Constanze Frobes über den Tisch, die der Anwalt sofort entgegennahm. Erstaunt sah er von mir zu seinem Mandanten.

„Das Schriftstück ist ja gar nicht unterschrieben? Was soll das?“

„Da fragen Sie am besten Ihren Mandanten.“ Ich dachte kurz an Frau Frobes. Anscheinend hatte sie Wort gehalten und ihrem Mann ihre Entscheidung nicht mitgeteilt.

Marvin saß wie vom Donner gerührt auf seinem Stuhl und blickte verdutzt auf das Stück Papier, das ohne die Unterschrift seiner Frau nichts wert war.

„Also? Ich hätte jetzt gerne eine Antwort von Ihnen. Und vielleicht haben Sie dafür auch eine Erklärung?“ Ich schob Frobes das Ergebnis der Analyse über den Tisch.

„Woher haben Sie das? Sie wissen ganz genau, dass so ein Ergebnis nicht anerkannt wird“, brüllte der Anwalt los. Er pfefferte das Formular auf den Tisch und schlug mit der Faust darauf, um seinen Unmut zu bekunden.

„Herr Frobes hätte ja genauso wie sein Bruder mit uns kooperieren können. Das Ergebnis wäre ebenso ausgefallen. Wir benötigten nur Gewissheit. Und erzählen Sie mir nicht, was richtig oder falsch ist“, belehrte ich den Anwalt.

Seinem Gesichtsausdruck zufolge, war sich Marvin Frobes bewusst, dass er verloren hatte. Da würde ihm auch der Anwalt der Familie nicht mehr helfen können. Er fuhr sich mit der rechten Hand durch sein Haar. Für einen Moment ruhten seine Finger auf der Stirn, die er nachdenklich in Falten zog. Wahrscheinlich wog er das Für und Wider ab, aber ich hatte nicht vor, mich weiter an der Nase herumführen zu lassen.

„Ich warte, Herr Frobes.“ Es schien mir eine Ewigkeit zu dauern, ehe er zu sprechen begann. Sein Blick richtete sich auf seine Hände, die auf der Tischplatte lagen.

„Ja, ... ich hatte ein Verhältnis ... mit Kerstin Wagner, aber von der Schwangerschaft habe ich nichts gewusst. Das habe ich erst erfahren, als die Kommissare zu mir ins Büro kamen.“

Ja, geht doch, dachte ich und konnte ein Schmunzeln kaum unterdrücken. Von der Arroganz, die Frobes mir und meinen Kollegen gegenüber an den Tag gelegt hatte, war im Augenblick nicht mehr viel zu erkennen.

„Wollen Sie uns nicht erklären, wie der Abend verlaufen ist, Herr Frobes?“, fragte Sybille ihn freundlich, aber bestimmt. Ihre Hände lagen gefaltet auf ihren Knien. Marvin blickte von Sybille zu seinem Anwalt, von dem keine Reaktion kam und der nur mit verschränkten Armen neben ihm saß. Womöglich fragte dieser sich, warum er den ganzen Zirkus überhaupt mitmachte. Im Grunde war er hier ziemlich überflüssig.

„Ich ... habe Kerstin an dem Abend ... eine Nachricht auf ihr Handy geschickt, um das Verhältnis zu beenden. Sie wusste ja, dass ich verheiratet bin und dass unsere Beziehung nicht von Dauer sein würde. Darüber habe ich sie nicht im Unklaren gelassen. Kerstin schrieb zurück und machte eine Andeutung, mit der ich nichts anzufangen wusste. Wahrscheinlich wollte sie mir an dem Abend erzählen, dass sie schwanger ist. Ich ... ich konnte mir aber zu dem Zeitpunkt darauf keinen Reim machen und habe sie angerufen, um das telefonisch zu klären.“

„Und, was hat Sie Ihnen gesagt?“ Ich sah, wie er seine Finger nervös knetete.

„Ich fragte Kerstin, ob es sich um die Stelle handelte, die ich ihr in der Firma aus reiner Gefälligkeit eingeräumt hatte. Sie hat nur gelacht und bestand darauf, dass wir uns treffen.“

„Wurden Sie von Frau Wagner erpresst?“, fragte ich ihn.

„Warum sollte sie mich erpressen?“

„Sagen Sie es mir. Gründe gab es bestimmt genug.“

„Ich kann mir nicht vorstellen, welche Informationen Sie haben, die nur auf Ihren Vermutungen basieren.“

„Ich könnte Ihnen so einige aufzählen, Herr Frobes. Die Schwangerschaft, die Ihre Ehe massiv gefährdet hätte. Ihr Verhältnis mit Frau Wagner überhaupt. … Oder hat Kerstin Wagner Ihnen Einblick in eine, ich würde sagen, sehr prekäre Situation gewährt. Mit ihrem Wissen hätte sie einen großen Skandal inszenieren können, was eine Bloßstellung ihrer Familie in der Gesellschaft zur Folge gehabt hätte.“

Nun bekam ich die volle Aufmerksamkeit vonseiten Frobes geschenkt, indem er mich nicht nur erstaunt ansah, sondern mich regelrecht anstarrte.

„Wovon sprechen Sie eigentlich?“, kam es schroff über Marvin Frobes Lippen.

„Hat Ihre Mutter nicht mit Ihnen darüber gesprochen? Das wundert mich aber. Clarissa Frobes hütet also noch immer ihr Geheimnis. Ich werde das Gefühl nicht los, dass schon die halbe Stadt davon Kenntnis hat, Herr Frobes.“ Abwartend blickte ich mein Gegenüber an, der meine Worte wohl erst einmal verdauen musste. Oder hatte er wirklich keine Ahnung von der Verfehlung seiner Mutter?, fragte ich mich. Weiter ging mir durch den Sinn, was der ältere Frobes davon halten würde, wenn er erfuhr, dass sein jüngerer Bruder nur sein Halbbruder war.

Während unserer Ermittlungen bekam ich immer mehr das Gefühl bei der Familie in ein Wespennest zu stechen.

„Was meinen Sie damit, dass die ganze Stadt Kenntnis hat? Von was?“, fragte mich sein Anwalt, der mich erstaunt ansah.

Ich überging diese Frage.

„Herr Frobes. Noch einmal. Wurden Sie von Kerstin Wagner erpresst? Ich habe Ihnen die Situation erklärt und hätte jetzt von Ihnen gerne eine Antwort.“

„Ich habe Kerstin nicht getötet.“ Er versuchte ein letztes Mal, sich sauber aus der prekären Lage zu entziehen, indem er mir erklärte, dass er bei dem vereinbarten Treffpunkt ungefähr eine halbe Stunde gewartet habe – sie über ihr Handy versucht hatte zu erreichen – , aber Kerstin nicht erschienen war. Ebenso konnte oder wollte er mir keine Antwort darauf geben, warum Frau Wagner den Termin mit ihm eingegangen war und doch nicht zum vereinbarten Treffpunkt kam. Diese Aussage musste ich erst einmal hinnehmen, ob ich wollte oder nicht. Und ich fragte mich erneut, wer der Unbekannte in Nienberge gewesen war, mit dem sich Kerstin Wagner getroffen hatte.

„Wo war denn dieser Treffpunkt?“

Irritiert blickte Frobes mich an, überlegte angestrengt und kam ins Stottern, als er das Schloss erwähnte.

„Und das soll die ganze Wahrheit sein, Herr Frobes?“

„Ja.“

„Und wie erklären Sie sich die Fingerabdrücke am Wagen von Frau Wagner?“

„Das habe ich Ihnen schon einmal gesagt. Ich habe am Samstag auf dem Schlossplatz Kerstin zufällig getroffen.“

„Nein, Herr Frobes. Das haben Sie nicht. Frau Wagner war in Begleitung ihrer Mutter ... Wenn Sie die junge Frau dort getroffen hätten, dann ...“ Ich ließ den Satz unvollständig im Raum stehen.

„Dann habe ich den Tag verwechselt. Dann war es eben am Freitagnachmittag, als ich Kerstin auf dem Parkplatz traf..“ Wie ein trotziger Junge kam mir Frobes in dem Moment vor.

Auf die Frage von Sybille, die es interessierte, warum er nicht schon an dem Nachmittag, wenn überhaupt, die Beziehung zu Frau Wagner beendet hätte, antwortete Frobes ihr, dass er es zu dem Zeitpunkt noch nicht in Erwägung gezogen hätte. Erst am Sonntag wäre diese Entscheidung für ihn relevant gewesen. Der Grund wäre rein privat.

Ich schaltete das Aufnahmegerät aus und gab Frobes zu verstehen, dass er das Präsidium verlassen konnte. Auch wenn mir mein Gefühl etwas anderes sagte.

„Deine Entscheidung ist für den Moment richtig, Walter“, gab Sybille mir zu verstehen, als wir gemeinsam den Flur entlangschritten. „Wir können seine Aussage nicht widerlegen.“

„Warum hat Frobes das dann nicht sofort bei der ersten Befragung zugegeben?"

„Er hat gepokert, Walter. Und er war in dem Glauben, dass seine Frau sein Alibi bestätigt."

„Und genau darum geht es. Frobes hat für die Nacht kein Alibi. Und das mit dem zufälligen Treffen auf dem Schlossplatz, Freitag oder Samstag – ich vermute, dass es gelogen ist. Außerdem weiß ich nicht, ob ich ihm glauben soll, dass er vergeblich auf die junge Frau gewartet hat."

„Auch das werden wir herausbekommen, Walter", gab mir Sybille zu verstehen, und auch Frank, der vor uns ging, drehte sich um und nickte zu ihren Worten.

Ich lächelte ihr trotz meiner Frustration und auch der Zweifel, die ich in mir spürte, verhalten zu. Sie hatte ja recht. Ich hatte zwar den endgültigen Beweis, dass Frobes der Vater des Kindes war, konnte aber diese Beweislage dem Staatsanwalt nicht vorlegen, der mich aus seinem Büro verwiesen hätte, noch bevor ich es überhaupt betrat. Der einzige Trost, den ich empfand, war, dass ich mit meiner Meinung nicht allein dastand.

10

Mittwoch, 31. August

„Was haben wir heute für einen Tag?“

„Den einunddreißigsten August.“ Jill blickte mich erstaunt an. Noch nie hatte ich solch eine unsinnige Frage gestellt. Und noch nie, solange ich denken konnte, war es mir passiert, nicht zu wissen, was für ein Datum war.

„Ist die Akte aus Bochum noch bei Sybille?“

„Nein. Sie liegt auf Ihrem Schreibtisch. Ihre Kollegin hat sie heute Morgen dort abgelegt.

Ich schlug die Akte auf. Wie oft ich mich mit dieser und auch den Akten der anderen Mordfälle beschäftigt hatte, ich kam immer wieder zu der Überzeugung, dass wir etwas Wesentliches übersahen. Ich las die Zeilen, die mein Kollege Reinke auf der letzten Seite formuliert hatte. *Nach ausgiebigen Ermittlungen mussten wir feststellen, dass niemand der Befragten Näheres über das Leben der Toten, Marietta Löver, bekunden konnte.* Dahinter waren drei Fragezeichen gesetzt worden.

Die drei Affen, vermutete ich. Nichts hören, sagen, sehen. Das war in dem Milieu, in dem sich Frau Löver befand und als Prostituierte tätig war, nicht ungewöhnlich. Bei einem Fall vor fünf Jahren hatte ich Ähnliches erlebt. Niemand wollte etwas mit der Polizei zu tun haben. Was aber verband Hamann mit der Löver?, fragte ich mich, denn mir ging sein entgeisterter Blick nicht mehr aus dem Sinn, als Florian das Foto gesehen hatte.

„Was, Sybille, übersehen wir die ganze Zeit“, fragte ich, als ich mich vor ihrem Schreibtisch niederließ. „Es gibt Zeugen, die Hamann eindeutig identifizieren, aber es gibt nicht einen einzigen Fingerabdruck an den Tatorten, geschweige denn an den toten Frauen, keine Fußspur, die auf Florian Hamann hinweisen würde. Frank hat noch einmal über die angegebenen Arbeitszeiten mit dem jetzigen Arbeitgeber von Hamann gesprochen, die Jill recherchiert hat. Alles ist mehr als korrekt. Ich verstehe es nicht.“

„Du wirst auch hier keinen Haftbefehl vom Staatsanwalt bekommen, Walter, wenn du ihm das erklärst. Es ist wirklich alles ziemlich kurios.“

„Ja, er wird mich garantiert immer aus seinem Büro schmeißen. Egal, ob es um Hamann oder Frobes geht. Mir ginge es wesentlich besser, wenn der Täter, wer auch immer es ist, endlich hinter Gittern wäre.“

„Wir können Hamann noch vierundzwanzig Stunden in Gewahrsam behalten, Walter. Soll ich noch einmal eine Befragung mit ihm durchführen?“ Ich sah sie an und spürte nur noch eine große Portion Resignation in mir.

Ich stand auf und wollte schon ihr Büro verlassen. Spontan war mir ein Gedanke gekommen. Ich wandte mich erneut Sybille zu und schloss die Tür. Sie schaute erstaunt auf.

Ich hatte es so satt, wieder einen Abend allein zu Hause zu sitzen, nur über den Fällen zu brüten, die mich nicht losließen, und mich ständig dabei im Kreis zu drehen. Mir fehlte nur eine Kleinigkeit. Aber wo war sie?

„Ich würde gerne mit dir Essen gehen, Sybille. Hättest du heute Zeit?"

„Das würde ich auch gerne, Walter, aber leider nicht heute Abend. Wie wäre es mit Freitag?"

„Abgemacht. Ich freue mich darauf."

***

Frank lag mit Grippe im Bett. Bewaffnet mit Medikamenten, heißem Tee und dicken Decken versuchte er, diesen Anfall von Viren zu überstehen. Seine Freundin hatte endlich nach einem heftigen Streit das Weite gesucht, die in seinen Augen für nichts Verständnis aufbrachte. Und dass er nun das Bett hüten musste, hatte er sich nicht freiwillig ausgesucht.

Fast stündlich rief er im Kommissariat an, um zu erfahren, ob sich etwas Gravierendes bei den Ermittlungen geändert hatte. Hatte ihr Kollege Angst um seine Zukunft, fragte sich Jill nach dem fünften Anruf. Sie schüttelte belustigt den Kopf und gab ihm bereitwillig Auskunft.

„Wie wäre es, Frank, wenn ich dich anrufe, sobald sich etwas ereignet. Kuriere deine Grippe richtig aus, genieße die Ruhe oder ist dir etwa langweilig?", spottete Jill und lachte in den Hörer.

„Ach, du musst mich nicht auch noch auf den Arm nehmen. Nur weil ich Interesse bezeuge. Ja, mir ist langweilig. Du hast den Nagel auf den Kopf getroffen", schniefte Frank ins Telefon.

„Und ich dachte, du wirst liebevoll umsorgt."

„Vergiss es, Jill. Es hat sich erledigt."

„Frank, ich habe ein Gespräch auf der anderen Leitung. Mach's gut, Kollege."

Ehe Frank noch etwas erwidern konnte, hatte Jill schon aufgelegt.

Eigentlich ist sie ja wirklich sehr nett, dachte er und ließ sich in seine Kissen sinken. Frank überdachte so manche Situationen, in denen er ihr das Leben schwer gemacht hatte.

***

Sofia Wilm war mit ihren Nerven am Ende, als sie auf den Hof zurückkehrte. Endlich würde im Haus Ruhe einkehren, denn ihre Mutter, die seit Jahren bei der Tochter und Familie gewohnt hatte, hatte sie mit der fortschreitenden Demenz fast in den Wahnsinn getrieben. Und es war gar nicht so einfach gewesen, ein geeignetes Heim zu finden, das auch noch kostengünstig war. An die Kosten durfte sie gar nicht denken, aber so war es auch kein Zustand mehr gewesen.

Endlich die Beine hochlegen, genüsslich eine Tasse Kaffee trinken und die Stille genießen, doch daraus wurde nichts, denn ihre zwölfjährige Tochter kam mit zwei Freundinnen in die große Bauernküche gewirbelt, um die Mutter zu begrüßen.

„Wie geht es der Oma? Fühlt sie sich dort auch wohl?“ Fragend und besorgt sah die Tochter ihre Mutter an.

„Ja, ja. Oma bekommt sowieso nichts mehr mit. Die merkt das gar nicht.“

„Wann können wir Oma denn besuchen?“

Genervt sah Sofie Wilm zuerst ihre Tochter, dann deren Freundinnen an. „Ich bin doch gerade erst wieder zurück. Wo ist dein Vater?“ Herrischer als beabsichtigt, stellte sie ihrer Tochter die Frage.

„Papa ist im Stall und füttert die Kaninchen. Bei unseren Nachbarn ist die Polizei gewesen. Ob es wieder wegen Ramona ist?“ Nur eine harmlose Frage der Tochter. Plötzlich hatte sie die ganze Aufmerksamkeit der Mutter erlangt.

„Bei den Hamanns?“ Hellhörig geworden, sah Sofie Wilm ihre Tochter an.

„Uns fehlt Ramona. Wir vermissen sie alle so sehr“, bemerkte eines der Mädchen und die anderen beiden nickten bestätigend zu ihren Worten.

„Sie wird aber nicht wiederkommen. Ihr müsst euch endlich damit abfinden. Was wollte denn die Polizei von den Hamanns? Das ist ja eigenartig. Haben sie doch endlich den Florian als Mörder überführt? Wurde aber auch Zeit.“

„Du sollst nicht so abfällig über unsere Nachbarn sprechen.“ Heinz Wilm hatte die letzten Worte seiner Frau gehört, als er die Küche betrat und schüttelte nur den Kopf. „Und schon gar nicht vor den Kindern.“

Diese geschwätzige Art seiner Frau, ihre ständige Neugierde, was den Klatsch in dem kleinen Ort betraf, ging ihm oft gehörig auf die Nerven. Heinz Wilm war eher der ruhende Pol und lebte nach dem Motto: Was ich nicht weiß, macht mich nicht heiß.

„Was du immer hast. Ist doch wahr. Gut, dass er nicht mehr hier in Amelsbüren wohnt.“

„Sofia!“ Ehe er sich weiter mit seiner Frau unterhalten wollte, gab er den Kindern liebevoll zu verstehen, dass er noch Futter für die Kaninchen benötigte. „Es sind noch Reste vom Kohl im Garten. Die könnt ihr ihnen geben.“ Damit zog er die Tür wieder hinter sich zu und sah seine Frau abwertend an. „Du wirst dich noch um Kopf und Kragen reden, Sofia. Lass doch endlich die Familie Hamann in Frieden. Es gab schon einmal Zeiten, da warst du von Florian mehr als angetan.“

„Ja und? Da wusste ich auch noch nicht, dass er ein Mörder ist.“

„Und, das weißt du heute ganz genau?“ Er schüttelte nur den Kopf über so viel Unverständnis seiner Frau.

Er stand schon an der Küchentür, um weiter seiner Arbeit nachzugehen, als ihm die Karte einfiel, die der Kommissar ihm hinterlassen hatte.

„Da“, er wies auf den Küchenschrank, „da liegt so eine Karte. Du sollst dich sofort bei dem Kommissar melden. Sie waren auch hier bei uns auf dem Hof.“ Damit verließ er den Raum, um allem Weiteren zu entgehen.

Vor zwei Jahren hatte Heinz Wilm sich an der Suche der kleinen Ramona beteiligt und war erschüttert gewesen, als Florian mit dem toten Kind auf dem Arm zum elterlichen Hof gekommen war. Es hätte auch seine eigene Tochter treffen können. Darüber durfte er auch heute nicht nachdenken. Wie die Suche nach Ramona abgelaufen war, hatte er den Kommissaren erneut erklärt, aber zu den exakten Zeiten konnte er ihnen keine Auskunft geben. Zu dem Zeitpunkt, als die Kinder von der Geburtstagsfeier abgeholt wurden, war er nicht im Haus gewesen.

Sofia sprang vom Stuhl auf, in Windeseile fegte sie durch die große Bauernküche und griff nach dem Kärtchen, welches ihr Winter hinterlegt hatte.

„Warum hast du mich nicht eher benachrichtigt“, schrie sie hinter ihrem Mann her. „Es ist bestimmt wichtig.“

Aufgeregt eilte sie zum Telefon, wählte die Nummer und musste enttäuscht feststellen, dass Kriminalhauptkommissar Winter im Augenblick nicht zu erreichen war. Es sei aber bestimmt wichtig, erklärte sie der Beamtin, die den Anruf entgegennahm. Sie hinterließ ihre Telefonnummer und teilte aufgeregt mit, dass sie jederzeit zu erreichen wäre.

11

Donnerstag, 1. September

Am anderen Morgen fand ich eine Notiz auf meinem Schreibtisch, in der man mir mittelte, dass am gestrigen Abend eine Frau Wilm aus Amelsbüren versucht hatte, mich zu erreichen.

Auf diese Frau war ich gespannt, denn was mir mein Kollege Jülich über die Nachbarin der Hamanns berichtet hatte, ließ so Einiges zu wünschen übrig. Aber wir mussten mit ihr wie mit den anderen Zeugen noch einmal über Zeitpunkte und Zeitabläufe sprechen.

Ich ging zu Jülich ins Büro, nachdem ich Frau Wilm erreicht hatte und sie sofort ihr Kommen zugesagt hatte. Dabei wären wir auch nach Amelsbüren gefahren, aber so war es mir natürlich lieber.

„Um die Mittagszeit wird Frau Wilm uns hier besuchen. Halten Sie sich bitte zur Verfügung, Kollege Jülich." Sein Blick sprach Bände, aber ich wollte ihn nicht verschonen. Mir wurde immer mehr bewusst, dass mein Kollege viele Schritte versäumt hatte, die zur Aufklärung des Falls beigetragen hätten.

Sybille kam mir auf dem Flur entgegen. Ihr Blick sagte mehr als tausend Worte.

„Ich war gerade bei Jill, Walter. Sie leistet wirklich gute Arbeit."

„Was willst du mir wirklich sagen, Sybille? Ich sehe es dir an", sagte ich lächelnd, aber vorsichtig.

„Florian Hamann hat vor einer halben Stunde das Präsidium verlassen. Wir konnten ihn nicht länger in Gewahrsam halten. Du weißt das."

„Verdammt."

„Ich weiß, wie du dich fühlst. Und ich weiß auch, dass du das nicht hören willst, aber ich komme immer mehr zu der Überzeugung, dass er nicht der Täter ist."

Sanft strich sie über meinen Arm. Wollte sie mich eventuell beruhigen oder mich vielleicht um Verzeihung bitten, weil sie meine Theorie nicht ganz teilte?

„Wie viele Gespräche haben wir jetzt mit Hamann geführt? Drei? Vier? Mit denen, die du mit ihm geführt hast, noch mehr", ließ ich frustriert vernehmen.

„Ja. Und wir sind nicht einen Schritt weitergekommen. Du und auch … ich, haben ihn immer wieder mit den gleichen Situationen konfrontiert. Ich habe ihn ganz genau beobachtet. Er ist kein Schauspieler. Außerdem passt nichts wirklich zueinander."

Ich blickte Sybille wie ein siebtes Weltwunder an. Was sie mir sagte, war für mich nichts Neues. Aber ich wollte es einfach nicht glauben.

„Wohin hat sich Hamann jetzt gewandt?"

„Er sagte mir, dass er zu seinen Eltern fahren wird."

„Ich hoffe, da wird er auch bleiben und sich nicht irgendwohin absetzen."

***

„Sofia Wilm. Sind Sie Kriminalhauptkommissar Winter?“ Mit diesen Worten kam sie forsch und ohne anzuklopfen in unser Büro gestürmt. „Mein Mann hat mir erst gestern Abend erzählt, dass Sie mich sprechen wollten. Leider musste ich mich um meine demenzkranke Mutter kümmern, die seit gestern in einem Heim untergebracht ist. Es war für alle der beste Weg.“

Das hatte mir jetzt noch gefehlt. Diese Frau war ja kaum in ihrem Redefluss zu bremsen.

„Es ist bestimmt wichtig, wenn Sie schon den weiten Weg nach Amelsbüren auf sich genommen haben, um mit mir zu reden. Haben Sie Florian endlich überführen können?“

Ich stand vor meinem Schreibtisch, ging der Frau die paar Schritte entgegen und unterbrach endlich ihren Redeschwall.

„Guten Tag, Frau Wilm. Das ist sehr nett von Ihnen, dass Sie extra den weiten Weg auf sich genommen haben. Bitte nehmen Sie Platz.“ Ich griff zum Hörer, um Jülich zu benachrichtigen. Diese Frau wollte ich ihm wirklich nicht vorenthalten.

„Gehe ich recht in der Annahme, dass es sich immer noch um die kleine Ramona handelt? Mein Gott. So ein entzückendes Kind. Das war wirklich ein schwerer Schlag für die Familie.“

„Ja, das ist es immer.“ Ich suchte nach der Akte Hamann auf meinem Schreibtisch. Frau Wilm ließ mich nicht einen Moment aus den Augen und fragte sich wohl, warum ich nicht mit der Befragung begann.

Die Tür ging auf und Jülich humpelte ins Büro. Er begrüßte Frau Wilm, die ihn sofort wiedererkannte und sogleich von ihm wissen wollte, was denn mit seinem Bein geschehen sei. Vor zwei Jahren wäre doch noch alles in Ordnung gewesen.

„Ein kleiner Unfall, Frau Wilm.“

Ich tauschte mit Jülich einen bedeutungsvollen Blick. Wenn er auch in dem Fall Vieles unterlassen hatte, aber immerhin hatte er mich auf die geschwätzige Frau vorbereitet.

„So, dann wollen wir einmal sehen“, begann ich, um Frau Wilm nicht noch weiter Gelegenheit zu geben, Jülich zu den Details des Unfalls zu befragen. „Frau Wilm, Sie haben nach dem Mord von Ramona ausgesagt, dass deren Bruder Florian seine Schwester von der Geburtstagsfeier ihrer Tochter abgeholt hat.“

„Ja. So war es. Florian hat Ramona abgeholt. Ich habe es doch mit eigenen Augen gesehen. Die Kleine hing an ihrem Bruder wie eine Klette. Ich sehe noch ihr lächelndes Gesicht vor mir. Freudestrahlend ist Ramona auf ihn zugegangen und hat sich an seinen Arm gehängt. Gemeinsam sind sie dann über den erleuchteten Hof den Weg entlang zur Straße gegangen.“

„Und das haben Sie genau gesehen?“

„Ja. Ich blieb in der Tür stehen."
„Zu welcher Uhrzeit war das?"
„Aber das habe ich doch alles schon vor zwei Jahren zu Protokoll gegeben. Haben Sie das Schriftstück verloren?" Missbilligend sah sie mich an.
„Bitte. Vielleicht beantworten Sie nur meine Frage." Ich spürte eine gewisse Abneigung gegenüber Frau Wilm. Ihren Redefluss und die abschätzige, selbstgefällige Art ging mir auf die Nerven, die in den letzten Tagen ziemlich blank lagen.
Im Augenblick erkannte ich mich selbst nicht mehr. Im Prinzip war ich derjenige, der Ruhe ausstrahlte und bei meinen Kollegen als Vorbild galt. Nicht nur einmal war es vorgekommen, dass ich ihnen beruhigend auf die Schulter klopfte, wenn sie zu verzagen drohten. Es zeugte wohl davon, dass ich einfach urlaubsreif war. Die Fälle, die sich mittlerweile auf meinem Schreibtisch türmten, und die, so wie es aussah, miteinander verflochten waren, gaben mir das Gefühl, auf der Stelle zu treten. Und nun saß vor meinem Schreibtisch auch noch eine geschwätzige Frau, von der ich nicht viel mehr erwarten konnte.
„Na ja, die Kinder wurden alle so gegen neunzehn Uhr von ihren Eltern abgeholt. Ramona war eine der Letzten", wurde ich von den Worten Frau Wilms in die Realität zurückgeholt, und ich fragte sie, ob ihr an dem Abend etwas Besonderes aufgefallen sei. Schließlich seien sie Nachbarn, die sich gut kannten.
„Ja, Nachbarn sozusagen. Aber jetzt sind wir nicht mehr miteinander befreundet!" Sofia rümpfte ihre zu groß geratene Nase. „Seit damals! Dass der Sohn immer noch frei herumläuft, kann ich nicht verstehen. Er war doch der Letzte, der Ramona lebend gesehen hat." Giftig kamen die Worte über ihre Lippen.
„Wenn Sie, wie Sie sagen, Florian kannten, war er an dem besagten Abend wie immer?" Ich lehnte mich in meinem Stuhl zurück und verschränkte die Arme.
Jülich saß abwartend neben dem Schreibtisch, um sein krankes Bein besser ausstrecken zu können und verfolgte schweigend die Unterhaltung zwischen mir und Frau Wilm.
„Eigentlich war Florian immer ein sehr netter, höflicher und zuvorkommender Junge. Er hat früher auch immer mit meinem Sohn gespielt. Die beiden sind fast im gleichen Alter. Es hat nie Schwierigkeiten gegeben", kam es hochnäsig aus ihrem Mund. „Aber heute legt mein Sohn auch keinen Wert mehr auf eine Freundschaft mit dem ..."
„Und Sie alle trauen ihm trotz allem einen Mord zu?" Ich konnte es nicht fassen.
„Er war ja schließlich, wie ich schon mehrfach sagte, derjenige, der mit Ramona von unserem Hof gegangen ist. Wenn ich es genau überdenke, dann hat er an dem besagten Abend allerdings nichts gesagt. Er hat nur geschellt, ich habe ihm die Tür geöffnet, dann kam auch schon seine Schwester angeflogen und hat ihn umarmt."

„Und Sie waren darüber nicht verwundert, dass er nichts gesagt hat? Keinen guten Abend wünschte oder sich verabschiedete?“

„Ich fand es sehr unhöflich, muss ich gestehen. Es hat mich schon verärgert.“ Sie beugte sich vor und sah mich an, als wenn sie von mir eine gewisse Bestätigung erwartete. Den Gefallen tat ich ihr nicht.

„Warum haben Sie das damals nicht zu Protokoll gegeben, als ich Sie danach fragte?“, nahm Jülich das Gespräch auf.

„Nun ... ich habe mir erst später darüber Gedanken gemacht. Ich war einfach mit meinen Nerven fertig. Haben Sie mal zwölf Kinder in der Wohnung, die wie verrückte Hühner herumgackern, wild durch die Wohnung hüpfen und ständig neue Ideen von sich geben. Da kann man schon mal etwas vergessen. Ich bin auch nur ein Mensch. Das will ich Ihnen nur verdeutlichen! ... Damit die Kinder endlich beschäftigt waren, erlaubte ich ihnen, dass sie sich gegenseitig schminken durften. Es war ja Karneval. Rosenmontag. Danach wurde es endlich etwas ruhiger, und ich konnte mich bei einer Tasse Kaffee von den Strapazen erholen.“

Sofia Wilm öffnete ihre braune, schon ältere Handtasche und entnahm ein Taschentuch. Als wenn sie diesen Tag noch einmal durchlebte, wischte sie sich demonstrativ den Schweiß von der Stirn. „Außer meiner Tochter natürlich, war Ramona eines der hübschesten Kinder. Mit der ganzen Schminke und ihrem raffinierten Karnevalskostüm wirkte sie älter, als sie war. Was glauben Sie, was ich mir später für Vorwürfe gemacht habe. Es war mir ja so unangenehm.“

Ich musste im Geheimen Frau Wilm recht geben. Als ich vor Tagen das erste Mal das Foto von Ramona gesehen hatte, konnte ich auch nicht glauben, dass es sich um ein zehnjähriges Mädchen handelte.

„Wer weiß, auf welche Gedanken dieser Bastard gekommen ist. Ich habe damals ja gleich gesagt, wenn es nicht dein Eigenes ist, weiß man ja nie, wo die herkommen ...“

„Moment. Was meinen Sie mit „nicht dein Eigenes“? Wer ist nicht wessen Kind?“ Wir sahen Frau Wilm erstaunt an. Also hatte Jill recht gehabt mit ihrer Vermutung, dachte ich und hielt für einen kurzen Moment die Luft an.

„Wussten Sie das nicht? Ach, … dann haben die Hamanns Ihnen das wohl damals verschwiegen, Kommissar Jülich“, wandte sie sich an meinen Kollegen. „Das ist ja ein Ding. Unfassbar!“ Sie spie die Worte regelrecht verächtlich heraus und blickte abwartend von Jülich zu mir.

„Sie können es uns bestimmt erklären, Frau Wilm“, gab ich ihr zu verstehen.

„Ja, das kann ich selbstverständlich. Die beiden, … also Elvira und Rudi, sie wollten unbedingt Kinder, aber Elvira wurde nicht schwanger.“ Blasiert zog sie die linke Augenbraue hoch. „Florian war, … glaube ich, … drei oder vier Jahre alt, als er als Pflegekind zu den Nachbarn kam. Später konnten sie ihn dann adoptieren. Die haben ihren Pflegesohn regelrecht vergöttert“, plapperte Sofia Wilm weiter. Diesmal wollte ich ihren Redefluss nicht stoppen, denn durch ihre Worte kam etwas zutage, was womöglich ansonsten nie zur Sprache gekommen wäre.

„Man weiß ja auch nie, wo so ein Kind herkommt. Nicht wahr? Ich würde so etwas niemals angehen. Weiß man, mit was für Genen so ein Kind behaftet ist?“ Frau Wilm wuchs über sich hinaus. Ich wurde das Gefühl nicht los, dass die Frau vor uns sich endlich im Mittelpunkt des Geschehens sah.

„Und Ramona? War sie auch ein Pflegekind?“

„Nein! Wo denken Sie hin! Ganz plötzlich war Elvira doch in anderen Umständen. Sie haben ja schon wirklich nicht mehr damit gerechnet. Florian muss zu dem Zeitpunkt zwölf Jahre alt gewesen sein. Angeblich war ja seine Schwester sein Ein und Alles.“

„Auch seine Schwester hing an ihrem Bruder, wie Sie ja schon bemerkten“, gab ich genervt von mir.

„Adoptivbruder. Ja“, verbesserte Frau Wilm mich.

„Wenn Sie schon über die Familienverhältnisse so viel Kenntnis besitzen, können Sie uns vielleicht auch erzählen, von welcher Stelle aus Florian vermittelt wurde.“ Die Bauersfrau bemerkte nicht einmal meine Ironie, so sehr war sie in ihrem Element.

„Zu ärgerlich, aber darüber hat Elvira nie ein Wort verloren.“ Ich konnte mein verächtliches Grinsen bei ihren Worten kaum verbergen.

„Ja, das ist natürlich bedauerlich, aber wir werden es bestimmt von der Familie Hamann persönlich erfahren. Wir danken Ihnen für Ihre Informationen“, setzte ich dem Gespräch ein Ende. „Wenn wir noch Fragen haben, dürfen wir uns sicherlich an Sie wenden.“ Ein gespieltes Lächeln lag auf meinen Lippen, als ich Frau Wilm zum Abschied die Hand reichte.

„Aber natürlich. Sie können mich jederzeit anrufen, wenn Sie noch Fragen haben.“ Trotz des seichten, schwammigen Drucks konnte ich die Schwielen in ihrer Hand spüren.

„Das werden wir, Frau Wilm.“

„Was sollen wir jetzt von der ganzen Sache halten?“ Rainer Jülich blickte mich von der Seite an. „Selbst, wenn Florian ein Pflegekind ist, was die Familie Hamann damals und auch heute verschwiegen hat, sind wir doch genauso schlau wie vorher. Wo gibt es da einen Zusammenhang?“

„Es gibt einen. Ich habe so eine Vermutung, und das ist genau der Teil, der uns fehlt, um den Fall abschließen zu können. “

War es nun unfair meinem Kollegen gegenüber oder hatte ich ihn bewusst nicht über den erneuten Fall aus Bochum informiert, fragte ich mich in diesem Moment.

„Irgendjemand muss sich doch irren“, bemerkte Jülich, während er auf sein

Bein starrte. „Der damalige Chef von Florian hat seine Aussage von vor zwei Jahren nochmals bestätigt und auch Frau Wilm besteht darauf, dass Florian Ramona abgeholt hat."

„Woraufhin Sie Florian damals verhaftet haben."

„Ja, weil er derjenige war, der Ramona als Letzter lebend gesehen hat und die Kleine auch auf der Weide fand. Aber wir hatten nichts in der Hand. Es gab keine direkte Spur zu Florian. Es wurde daraufhin die Anklage fallen gelassen. Ich weiß, ich hätte akribischer an den Fall gehen sollen. Es ist unverzeihlich."

„Sie erwarten jetzt bestimmt keine Antwort von mir, Herr Kollege. Da Sie bei den letzten beiden Besprechungen nicht anwesend waren ..., es gibt noch eine weitere Tote. Und zwar in Bochum. Gleicher Typ, und der Fall wurde nicht geklärt. Das Ganze liegt jetzt sechs Jahre zurück."

***

Gedankenverloren stand Elvira Hamann am Herd und rührte mit dem Holzlöffel die Himbeeren für die Marmelade um, die zu kochen begann. Trotz allem wäre es unverzeihlich gewesen, sie anbrennen zu lassen, dachte sie betrübt.

Jeder Tag war für Elvira eine Qual. Warum verrichtete sie überhaupt diese Arbeit? Immer und immer wieder fragte sie sich das, und es nahm kein Ende. Sie zog den Topf vom Herd und stellte ihn auf die Spüle, wo schon die Gläser bereitstanden.

Mit wie viel Freude hatte sie früher diese Tätigkeit ausgeführt. Das Gemüse und Obst aus dem eigenen Garten für ihre Familie eingemacht. Ihre kleine Tochter hatte bei ihr gestanden, abwartend, bis sie von der fertigen Marmelade naschen durfte, und auch ihr Florian zog sich bei der Gelegenheit einen Löffel aus der Schublade, um zu probieren. Wie lange war das alles schon her. Tränen traten in ihre Augen, die sie nicht zu unterdrücken vermochte. Heute war diese Arbeit ein reines Muss. Sie hielt sich beschäftigt, um nicht ständig dazusitzen und zu grübeln. Doch jede Tätigkeit stellte eine Erinnerung an ihr früheres Leben dar, die sie nicht zu vergessen imstande war.

Ich muss endgültig damit aufhören, dachte sie traurig.

Ihr Blick folgte einer Bewegung, die sie aus dem Augenwinkel wahrnahm. Sie sah aus dem Küchenfenster. Ihr Mann kam mit dem Pferd aus der Scheune.

Elvira seufzte. Hatte sie nicht mit ihrem Mann Freud und Leid teilen wollen? So, wie sie es vor vielen Jahren vor Gott am Altar geschworen hatten? Und doch hatten sie sich beide so weit voneinander entfernt.

Elvira Hamann hoffte auf ein Entkommen aus diesem Alptraum. Sie wünschte es sich so sehr. Gestern, nach so langer Zeit hatte ihr Mann sie endlich wieder intensiv in den Arm geschlossen. Ihre Nähe gesucht. Sie wollte diesen Moment nicht wieder zerstören, aber das Problem lastete schwer auf ihrer Seele. Sie musste ständig an die jungen toten Frauen denken. Das Versäumte wurde ihr immer gravierender bewusst. Wie viele schlaflose Nächte hatte sie in letzter Zeit zugebracht, hatte sich heimlich aus dem gemeinsamen Schlafzimmer geschlichen und Zuflucht im Zimmer von Florian gesucht, das noch immer, so wie auch Ramonas kleines Reich, unverändert geblieben war.

Im Dunkeln saß sie viele Stunden in dem Schaukelstuhl, wo sie ihren Sohn liebevoll in den Armen gehalten hatte, wenn er damals als Kleinkind von entsetzlichen Alpträumen heimgesucht worden war.

Sie ließ sich auf der langen Küchenbank nieder, und mit gefalteten Händen sandte sie ein Gebet zu Gott, aber der erhoffte Frieden wollte sich nicht einstellen. Florian war doch ihr Sohn! Aber hätte sie die Frauen vielleicht retten können, wenn sie vor zwei Jahren der Polizei die Wahrheit gesagt hätte? Fragen über Fragen, die ihr immer wieder durch den Kopf gingen. Plötzlich an Florian zu zweifeln, bereitete ihr neue ungeheure seelische Schmerzen.

Rudi Hamann öffnete die Küchentür. Er sah den dampfenden Topf, die leeren Gläser und öffnete den Mund, doch im letzten Moment schluckte er die Worte, die ihm auf den Lippen lagen, hinunter. Er sah die Tränen, die seiner Frau an den Wangen herabliefen. Sie blickte kurz zur Seite, aber da war er schon bei ihr und nahm sie in den Arm. Ihr Kopf lag an seiner Schulter, und sie schluchzte kurz auf. Der Geruch des Pferdes haftete an seinem karierten Hemd.

Da war es wieder. Alleine der Geruch des Tieres, und sie sah Florian und Ramona, wie sie beide auf dem Pferd saßen, sie vor ihm und ihr Bruder hatte beschützend den Arm um die Kleine gelegt.

„Ich ertrage es nicht mehr, Rudi. Alles, wirklich alles erinnert mich an die Kinder. Solange habe ich dagegen gekämpft, aber seit die Kommissare hier waren, finde ich keine Ruhe mehr."

„Ich weiß."

Wie lange sie eng umschlungen auf der Bank saßen, hätten sie nicht sagen können, als sie von dem Motorengeräusch aus ihrer lang ersehnten Zweisamkeit gerissen wurden. Herr Hamann blickte zum Fenster, während er seine Frau weiter im Arm hielt.

„Die Kommissare", war sein einziger Kommentar. Sie sah ihn mit ihren graublauen, geröteten Augen verzweifelt an.

„Warum haben Sie uns nicht die Wahrheit gesagt?", fragte ich noch vor einer Begrüßung und sah von Rudi zu Elvira Hamann, die beide in der Küchentür standen. Ich hatte mir vorgenommen, nicht vorwurfsvoll zu klingen, aber meine Stimme sagte etwas anderes. Warum auch immer das Ehepaar dieses wichtige Detail verschwiegen hatte, so hoffte ich, an diesem Tag endlich Klarheit zu bekommen.

Ich sah Elvira Hamanns gerötete Augen und fragte mich, was in den letzten Minuten geschehen war.

„Ist Ihr Sohn zu Hause?“ Das Ehepaar schüttelte nur den Kopf, und in ihren Blicken war Erstaunen zu erkennen. „Er wollte, nachdem er das Präsidium verließ, zu Ihnen nach Hause kommen.“

„Florian ist nicht hier. Aber wenn Sie es sagen ...“ Mit dem Handrücken fuhr Elvira Hamann über ihre Augen.

Wir nahmen alle an dem großen Küchentisch Platz, der für zehn Personen gereicht hätte. Rudi saß neben seiner Frau, und behutsam nahm er ihre linke Hand in die seine.

„Wir hätten schon gerne von Ihnen selbst erfahren, dass Florian Ihr Adoptivsohn ist. Warum haben Sie das damals wie heute verschwiegen?“

„Florian ist unser Sohn. Er ist es und wird es immer bleiben. Wir haben das nicht für wichtig gehalten, Sie davon in Kenntnis zu setzen.“ Rudi Hamann sah von Jülich zu mir hinüber und drückte beruhigend die Hand seiner Frau. „Von wem haben Sie es nach der langen Zeit erfahren?“

„Das steht im Augenblick nicht zur Debatte. Ihr Sohn ... es gibt zu viele unbeantwortete Fragen.“

Elvira strich mit zitternden Fingern über die rotkarierte Tischdecke. „Ramona hat immer mit ihren kleinen Fingern die Kästchen nachgezogen. Da war sie vier Jahre alt.“

Ich blickte betroffen zu Frau Hamann. Diese Erinnerungen besaß ich auch. Es gab zwar nicht viele Momente mit meiner Tochter, aber die, die vorhanden waren, würde ich nie vergessen. Ich versuchte, meine Vergangenheit abzuschütteln.

„Vielleicht erzählen Sie uns jetzt alles, damit wir endlich Licht in das Dunkel bringen können.“

Elvira sah ihren Mann verzweifelt an, und er strich ihr liebevoll über die Wange.

Hatte ich noch vor ein paar Tagen das Gefühl, dass sich das Ehepaar nicht mehr zu viel zu sagen hatte, so fragte ich mich, was seitdem geschehen war.

„Florian ... kam als ... Vierjähriger zu uns“, begann Elvira stockend. „Ich werde den Tag ... nie vergessen. Es tobte ein heftiges Gewitter, als der Wagen der Sozialarbeiterin auf den Hof fuhr. Ich sah in ... große Kinderaugen, die ... eine ... unendliche Traurigkeit ... ausdrückten. Florian war total abgemagert. Die Kleidung, die er trug, war alt und sehr schmutzig. Seine wunderschönen dunklen Locken waren so verfilzt, und er hielt einen ... alten, abgewetzten Teddy ... im Arm.“

Für einen Moment bemerkte ich den feinen Glanz in den Augen der leidgeprüften Frau. Es musste für sie ein besonders glücklicher Tag gewesen sein, dachte ich, als Herr Hamann den Bericht vollendete.

„Das erste Vierteljahr hat Florian mit uns kein Wort gesprochen. Er war total verstört. Nach und nach fasste er dann Vertrauen. Die Tiere hier auf dem Hof haben auch sehr viel zu seiner Genesung beigetragen. … Manchmal saß Florian im Stall – im Stroh, hatte die kleinen Katzen, die gerade geboren waren, um sich geschart und sprach mit ihnen. Wir haben ihn nicht bedrängt, sondern ihn nur spüren lassen, dass wir ihn liebten.“ Ein zaghaftes Lächeln umspielte die Lippen seiner Frau, als sie die Worte ihres Mannes vernahm.

„Wir haben keinen Tag bereut, uns zu diesem Schritt entschieden zu haben. Es war zwar eine schwere Zeit für uns, … aber später hat uns Florian nur Freude bereitet“, erklärte Frau Hamann und sah mich an.

„Glauben Sie wirklich, dass unser Sohn für die Morde verantwortlich ist? Dass er seine eigene Schwester getötet hat? Die anderen Frauen?“ Verzweifelt sah Rudi Hamann zu mir hinüber.

„Er hat Ramona so sehr geliebt. Sie hätten ihn erleben sollen“, ließ Elvira Hamann vernehmen und fuhr mit dem Handrücken über ihre Augen.

Ich musste an die Worte von Sybille denken. Was sollte ich dem Ehepaar darauf antworten?

„Es spricht einfach sehr viel dafür, Herr Hamann. Ihr Sohn ist an Orten gesehen worden, wo auch die ermordeten Frauen waren. Dafür gibt es etliche Zeugen. Und ja. Ihr Sohn ist, obwohl wir ihn wieder entlassen mussten, für uns ein Hauptverdächtiger.“

„Wir können es trotzdem nicht glauben“, flüsterte Frau Hamann und sah ihren Mann an, der ihr zunickte, um ihre Worte zu bestätigen.

„Von welcher Behörde wurde Ihnen Ihr Sohn vermittelt?“

„Wir waren für einen Säugling als Pflege- oder auch Adoptiveltern in Münster registriert. An dem Tag, als Florian zu uns kam, bekamen wir morgens einen Anruf vom hiesigen Jugendamt.Man fragte uns, ob wir auch bereit wären, einen vierjährigen Jungen zu uns zu nehmen“, erklärte Herr Hamann und seine Frau gab uns sofort zu verstehen, dass es für beide gar keine Überlegung gewesen sei, ob sie nun ein Baby bekamen oder ein älteres Kind.

Das konnte ich mir bei dem Ehepaar auch nicht anders vorstellen, wenn man sehnlichst auf ein Kind wartet und dann so einen Anruf von der Behörde erhält. Und dass sie liebevolle Eltern gewesen waren, stand außer Frage.

„Wir wurden davon in Kenntnis gesetzt, dass uns eine Sozialarbeiterin den Jungen im Laufe des Tages bringen würde“, sagte Herr Hamann.

„Dann kam das Kind aus Münster?“

„Nein. Die Sozialarbeiterin kam mit dem Kleinen aus Bochum“, bekundete Herr Hamann.

Als ich *Bochum* hörte, schellten sofort sämtliche Alarmglocken in meinem Kopf.

„Ihr Adoptivsohn hatte nicht zufällig den Namen Löver? Florian Löver?“

Als ich die betroffenen Gesichter des Ehepaars sah, wusste ich, dass ich einen Volltreffer gelandet hatte. Mein Spürsinn, nachdem wir von Frau Wilm dieses Detail mit dem Pflegekind erfahren hatten, hatte mich nicht im Stich gelassen.

„Woher ...?“

„Also stimmt der Name?“, unterbrach ich Herrn Hamann.

„Ja, aber woher wissen Sie das?“

„Das tut im Augenblick nichts zur Sache.“

Ich wollte dem Ehepaar noch nichts von dem erzählen, was wir erst vor ein paar Tagen erfahren hatten. Später vielleicht. Je nachdem, wie das Gespräch weiter verlaufen würde.

„Haben Sie damals von der Sozialarbeiterin erfahren, wer die Familie Ihres Pflegesohnes war?“

„Nein. Das hat man von der Behörde abgelehnt. Wir wussten bis zu dem Tag, als wir die Genehmigung zur Adoption erhielten, gar nichts. Erst zu dem Zeitpunkt erfuhren wir den vollständigen Namen der Mutter und wurden über die gegebenen Umstände unterrichtet.“

„Der Marietta Löver lautete.“ Herr und Frau Hamann mussten es mir nicht erst bestätigen. Ihre Gesichter sprachen Bände. Und mit der Verbindung konnte ich endlich ein weiteres Mosaiksteinchen zu dem noch unvollendeten Bild setzen.

„Woher wissen Sie das alles? Wir haben mit niemandem darüber gesprochen.“

„Hatten Sie jemals Kontakt zu der Mutter Ihres Sohnes?“, ließ ich das Ehepaar weiter im Unklaren. Ich wollte erst meine Fragen beantwortet wissen.

„Nein. Dazu bestand kein Anlass. Die Unterlagen waren notariell beglaubigt, und es war für alle besser so“, gab Rudi Hamann betrübt von sich. „Wenn Sie schon den Namen kennen, dann wissen Sie bestimmt auch, wie Florians leibliche Mutter gelebt hat.“

Ich nickte ihm verhalten zu.

„Hat Ihr Sohn nie nach seiner Mutter gefragt?“

„Auch das nicht“, sagte Hamann, stand auf und wanderte in der Küche auf und ab.

„Nein“, bestätigte Frau Hamann noch einmal die Aussage ihres Mannes. „Florian hat nie von der Zeit, die er bei seiner leiblichen Mutter gelebt hat, gesprochen. Wahrscheinlich war er auch einfach zu klein, um sich an sie zu erinnern.“

War Florian wirklich zu jung gewesen, um diesen Zustand, den er bei seiner Mutter erlebte, zu vergessen?, fragte ich mich und dachte an Sybilles Worte bei unserer ersten Besprechung. Ihr Täterprofil, das sie erstellt hatte, … sollte sie damit recht behalten?, fragte ich mich in diesem Augenblick. Hatte er womöglich das Geschehen nur für eine Zeit lang verdrängt? Aber wenn das wirklich zutraf, warum war meine Kollegin jetzt plötzlich anderer Ansicht, was den Sohn Hamanns betraf? Traf das Profil des Täters nicht mehr auf Florian Hamann zu?

Ich musste an den Ausdruck in Florians Gesicht denken, als ich ihm das Foto von Marietta Löver vorgelegt hatte. Seine großen, dunklen Augen, die dieses Foto angestarrt hatten. Hatte ich den Namen erwähnt? Wenn ja, davon ging ich aus, dann hatte er sich damit in Verbindung gebracht. Vorausgesetzt, er kannte den Namen seiner Mutter. Ich wünschte, Florian wäre noch im Präsidium.

„Ihr Sohn, ... weiß er davon, dass er nicht ihr leiblicher Sohn ist?"

„Ja. Florian war circa sechs Jahre alt, als wir es ihm erzählten. Das war für uns der Zeitpunkt, es ihm so schonend wie möglich zu erklären,..." Rudi Hamann stemmte seine Hände an die Tischkante und sah mich an.

„Und wie hat Ihr Sohn die Situation aufgefasst?" Ich konnte mir vorstellen, dass es ein Schock für einen sechsjährigen Jungen bedeutete, plötzlich die Wahrheit über sich und seine Mutter zu erfahren. „Haben Sie Ihrem Sohn auch erklärt, in welchem Milieu seine Mutter verkehrte?"

„Nein. Das haben wir ihm verschwiegen. Wie sollten wir einem sechsjährigen Kind erklären, dass ... seine Mutter ..." Das Wort konnte Elvira wohl nicht aussprechen. „Florian hat es erstaunlich gut aufgefasst, als wir ihm die Wahrheit sagten. Er hat immer wieder beteuert, dass *wir* seine richtigen Eltern sind." Elvira konnte ihre Tränen nicht unterdrücken. „Er hat mich damals in den Arm genommen, obwohl er noch so klein war. „Du bist meine Mama", hat er immer wieder gesagt."

„Könnte es möglich sein, dass Florian, als er älter wurde, doch Kontakt zu seiner leiblichen Mutter gesucht hat? Besteht die Möglichkeit? Dass er Sie nicht darüber informiert hat?" Ich blickte das Ehepaar abwechselnd an. Rudi hatte wieder neben seiner Frau Platz genommen und beschützend den Arm um sie gelegt.

„Wir haben nie wieder mit ihm über seine leibliche Mutter gesprochen. Und Florian hat den Kontakt zu seiner Mutter auch nicht gesucht."

„Sind Sie sich da ganz sicher?"

„Hat das die Mutter von Florian behauptet?", stellte Hamann eine Gegenfrage an mich, die ich noch nicht beantworten wollte.

Ich fragte mich, ob Florian seine Mutter nicht doch, ohne das Wissen seiner Adoptiveltern, aufgesucht hatte? Genau dieses Detail musste ich klären.

„Sie haben doch sicher Papiere. Hatte Ihr Sohn Zugang zu den Unterlagen?"

„Die Papiere sind in einem Ordner, zu dem Florian jederzeit Zugang gehabt hätte, aber es hat ihn nicht interessiert", bemerkte Rudi Hamann mit Nachdruck, und ich verzichtete auf weitere Fragen diesbezüglich.

„Diesen Aktenordner ... Sie würden uns sehr helfen, wenn wir Einblick in die Unterlagen bekämen und für weitere Ermittlungen mitnehmen dürften", worauf Herr Hamann sich erhob und die Küche verließ.

„Glauben Sie wirklich, dass unser Florian mit den Morden etwas zu tun hat?", wie oft hatte Frau Hamann nicht nur uns diese Frage gestellt?

„Was wir glauben, wird nichts zur Sache tun, Frau Hamann. Ihr Sohn hat ein Vierteljahr in Untersuchungshaft gesessen, aber meine Kollegen konnten ihm damals den Mord an Ihrer Tochter nicht nachweisen. Aber es sprechen heute wie damals noch viele Indizien dafür, dass Ihr Sohn mit den Verbrechen zu tun haben könnte. Wenn er wirklich unschuldig ist, werden wir das herausfinden." Aber, dass er unschuldig ist, sieht für mich nicht so aus, hätte ich am liebsten hinzugefügt.

Eine Träne rollte erneut an der Wange von Frau Hamann hinab, die sie energisch fortwischte.

Herr Hamann kam zurück und reichte mir den Ordner.

„Wo befinden sich die Unterlagen, Herr Hamann?", fragte ich ihn und schlug den Aktendeckel auf.

„In meinem Büro. Florian hatte immer Zugang zu dem Raum. Ich weiß nicht, was geschehen ist. Ich habe auch keine Ahnung, was sich gedanklich wirklich im Inneren bei Florian die ganzen Jahre vollzogen hat, aber ich kann nur sagen, dass sich unser Sohn zu einem sehr liebevollen, freundlichen und hilfsbereiten Menschen entwickelt hat, der uns sehr viel Freude bereitete."

Es erschien mir wie ein Schlussplädoyer, als ich die Worte von Hamann vernahm.

Es ging schon auf zwanzig Uhr zu, als wir uns auf dem Rückweg nach Münster befanden.

„Ich weiß nicht, wie ich damals reagiert hätte, wenn mir das bekannt gewesen wäre", ließ Jülich vernehmen.

Ja, diesen Spruch hatte ich in den letzten Tagen des Öfteren von meinem Kollegen zu hören bekommen. Ich wollte ihm nicht unterstellen, dass er anders reagiert hätte, aber vorstellen konnte ich es mir nicht. Ich verscheuchte diesen negativen Gedanken und vermittelte Jülich unterdessen, dass wir uns vielleicht auf dem richtigen Weg befanden.

Wer hätte gedacht, dass diese Fälle plötzlich so eine Wende nehmen, dachte ich und verspürte eine große Müdigkeit.

12

Freitag, 2. September

Ich stand nach einer ausgiebigen Dusche vor meinem Kleiderschrank und inspizierte meine Kleidung. War es nicht das Privileg der Frauen, sich nie entscheiden zu können, was sie anziehen sollten, überdachte ich die Situation und musste innerlich schmunzeln. Ich konnte mich nicht entscheiden, wie ich mich für den Abend mit Sybille kleiden sollte. Schließlich entschied ich mich für meine dunkelgraue Jeans, mit dem dazu passenden grau-weiß gestreiften Hemd und einem schwarzen Jackett. Ich war aufgeregt wie ein Junge vor seinem ersten Rendezvous, als ich an die kommenden Stunden dachte.

Es lag eine anstrengende Woche hinter mir und meinem Team. Es kam dazu, dass ich zwei Tage auf Frank verzichten musste. Mittlerweile hoffte ich inständig, dass Florian Hamann wirklich bei seinen Eltern war und dass wir nicht den Fehler bereuen mussten, ihn wieder entlassen zu haben. Aber daran wollte ich in diesem Moment nicht denken. Das Wochenende lag vor uns und weder von der Spurensicherung noch von den Behörden in Bochum erwartete ich irgendwelche neuen Erkenntnisse. Ich wollte einfach nur für ein paar Stunden alles vergessen und nach langer Zeit einen entspannten Abend verbringen. Alle wiederkehrenden Gedanken, die ausschließlich in Zusammenhang mit den Mordfällen standen, verbannte ich endlich hartnäckig,

Den Schlüssel vom Schlüsselbrett nehmend, einen letzten prüfenden Blick in meinen großen Garderobenspiegel werfend, meinem Spiegelbild zulächelnd, trat ich hinaus und die Haustür hinter mir fiel ins Schloss. Jetzt würde es nur noch Sybille und mich geben.

Im Autoradio lief eine Instrumentalaufnahme von Richard Clayderman, die ich mitsummte, während ich meinen Ford Mondeo sicher über die Straßen von Münster in Richtung Coerde lenkte, wo Sybille eine kleine Eigentumswohnung besaß. Meine gute Laune würde mir an diesem für mich so besonderen Abend niemand mehr nehmen.

Als ich vor dem Haus hielt, kam Sybille mir schon in einem dunkelblauen Hosenanzug und der dazu passenden Handtasche, die sie um die Schulter gehängt hatte, auf dem Plattenweg entgegen. Schnell stieg ich aus, ging die paar Schritte um den Wagen herum und öffnete ihr die Beifahrertür.

„Du siehst ganz bezaubernd aus, Sybille“, begrüßte ich sie, und mein Blick blieb für einen Augenblick an ihrer schlanken Gestalt haften.

„Danke, Walter. Aber du bist auch nicht zu verachten“, schmunzelte Sybille. „Wo werden wir hinfahren?“

„Ich habe gedacht, wir essen heute italienisch, wenn es dir recht ist.“

„Du hast es nicht vergessen.“
„Nein, Sybille. Es ist schön, dass du meine Einladung angenommen hast.“
„Hatte ich eine andere Wahl?“, neckte sie mich.
„Die hattest du. Du hättest ablehnen können.“ Ich blickte kurz zur Seite und fädelte mich in den Abendverkehr ein.
„Ja, aber dann hättest du mich nie wieder gefragt“, lachte sie und sah mich von der Seite liebevoll an. Dankbar für ihre ehrlichen Worte, griff ich zaghaft ihre Hand und drückte sie leicht. In diesem Moment fühlte ich mich richtig befreit. Wie lange war es schon her, dass ich so empfunden hatte, überlegte ich. Diesen Abend wollte ich mit der Frau an meiner Seite genießen, für die es sich lohnte zu kämpfen. Wir hatten schon viel zu viel Zeit verloren.
Vor uns stand ein Glas trockenen Rotweins, und das Licht der einzelnen Kerze auf dem Tisch spiegelte sich in den Augen von Sybille wider. Wir plauderten angeregt, während wir auf das Essen warteten. Ich lächelte sie an und spürte mein Herz vor Freude lautstark pochen. Im Hintergrund war leise Musik zu vernehmen, die meine Empfindungen ausdrückte.
„Es ist sehr schön hier, Walter“, hörte ich ihre Stimme und schob meine Hand vorsichtig über den Tisch, bis ich ihre Finger berührte. Liebevoll, mit glänzenden Augen, sah ich sie an.
„Ich habe eben nicht vergessen, was du magst, Sybille.“ Sie legte ihre freie Hand auf die meine und sah mich abwartend an. Ich spürte die Wärme, die von ihrer Hand ausging, und ein herrliches Gefühl der Zuneigung erfüllte meinen Körper.
Wie viel Zeit hatten wir beide durch die widrigen Umstände verstreichen lassen, dachte ich und in ihren Augen konnte ich erkennen, dass auch Sybille einen Anfang für uns sah.
„Sybille ... es tut mir leid, was damals ...“ Sie schüttelte den Kopf und drückte meine Finger.
„Du musst mir nichts erklären, Walter. Sieh es einfach so, dass damals die Zeit für uns noch nicht gekommen war. Lass uns nicht mehr davon sprechen. Lass uns das Heute, diesen Moment und was noch kommt, genießen.“
„Du bist eine ganz erstaunliche Frau, Sybille.“
Es folgten vorzügliche Antipasti, ein hervorragendes Fischgericht, dazu ein exzellenter Weißwein, eine köstliche Pannacotta und ein Espresso, um den kulinarischen Abend abzurunden.
„Ich habe schon lange nicht mehr so gut gegessen“, schwärmte Sybille nach fast drei Stunden und fasste sich an ihren Bauch. „Da passt wirklich nichts mehr rein.“
„Ja, da hast du recht. Und ich habe mich schon lange nicht mehr so wohlgefühlt. Das ist allein dein Verdienst.“

„Schmeichler“, lachte sie. „Aber mir geht es auch nicht anders. Es war ein sehr schöner Abend. Ich wusste gar nicht, dass man sich so gut mit dir unterhalten kann.“ Sie neigte den Kopf und schaute schelmisch zu mir herüber.

Ich beglich die Rechnung, bestellte ein Taxi, denn wir waren beide nicht mehr in der Lage zu fahren und bedauerten, dass der Abend schon dem Ende zuging. Wie schnell die Stunden verflogen waren. Wann würde sich so ein Abend wiederholen, fragte ich mich, als ich den Arm um Sybille legte und sie nach draußen geleitete.

„Ich danke dir für den wunderschönen Abend, Walter.“

„Ich habe zu danken.“

„Bin ich sehr unmoralisch, wenn ich dich jetzt bitten würde, noch mit in meine Wohnung zu kommen? Ich habe zwar leider keine Briefmarkensammlung, aber einen guten Kaffee könnte ich dir anbieten“, gab sie mir leise zu verstehen, als das Taxi vor ihrem Haus hielt.

Sybille lachte über mein verdutztes Gesicht, ehe sich ein breites Lächeln bemerkbar machte. Mit allem hatte ich gerechnet, aber bestimmt nicht mit diesem Angebot.

„Du bist wundervoll“, kam es lächelnd über meine Lippen.

13

Samstag, 3. September

Es war kurz nach sechs Uhr, als das Handy neben mir auf dem Nachttisch klingelte. Ich tastete verschlafen nach dem Gerät, um dieses penetrante Läuten zu beenden. Im ersten Augenblick wusste ich gar nicht, wo ich mich befand, als sich ein nackter Arm um meinen Körper schlang. Mit einem Schlag war ich hellwach. Ich lag in Sybilles Bett, und die Frau meiner Träume schmiegte sich an mich.

„Kannst du dieses grässliche Geräusch nicht beenden?“, hörte ich ihre verschlafene Stimme. „Ich bin noch so müde. Wie spät ist es denn?“

Ich blickte auf die Leuchtziffern des Weckers und sagte es ihr. Endlich hatte ich mein Handy gefunden, das auf dem Boden zwischen meiner Kleidung lag und brummte in den Hörer: „Weißt du eigentlich, wie spät es ist, Jill? Wieso rufst du mich an? Es ist Samstagmorgen, sechs Uhr zehn und ...“ Mir blieb das Wort im Hals stecken. Ich ahnte nichts Gutes.

„Wenn es nicht dringend wäre, würde ich Sie nicht wecken. Ihre Kollegen stehen am Ostende des Bahnhofs. Wir haben schon wieder eine Leiche.“

„Sag nichts, Jill, ... blond, geschminkt und erdrosselt. Eine Flasche im Arm?“

„Ja.“

„Verdammt. Ich komme so schnell es geht.“

Benommen schwang ich meine Beine aus dem Bett. Meine Haare standen zu Berge. Verschlafen fuhr ich mir über die Augen und drehte mich langsam um. Sie war wirklich da. Lag nackt in Laken gehüllt neben mir und blinzelte mich verschlafen lächelnd an. Es war nicht nur ein schöner Traum.

„Ich komme mit.“ Sybille hob ihre langen, nackten Beine aus dem Bett.

„Du kannst doch noch ein wenig schlafen, Sybille.“

„Denk daran, dass du kein Fahrzeug hast, um an den Tatort zu fahren“, grinste sie und sah mich herausfordernd an. Daran hatte ich in diesem Moment gar nicht gedacht.

„Das wird auffallen“, lächelte ich verschmitzt zurück, ging auf sie zu, umarmte sie und küsste sanft ihre Wange.

„Wir sind erwachsen und keinem Rechenschaft schuldig.“ Sybille verschwand im Bad. Während ich nach meiner Hose griff, dachte ich über unsere erste gemeinsame Nacht nach. Es war einfach nur atemberaubend gewesen, ihren schlanken, biegsamen Körper zu spüren, der sich lustvoll an meinen geschmiegt hatte. Ich verbot mir jeden Gedanken, dass der Alkohol schuld an dieser wunderbaren Nacht gewesen sein könnte. Nein, unsere Sinne waren nicht so benebelt gewesen, dass wir beide uns zu etwas hätten hinreißen lassen, was wir später bereuen würden. Nein, ich bereute nichts. Während ich mein Hemd zuknöpfte, sagte mir mein Gefühl, dass das zwischen uns nicht ehrlicher hätte sein können.

Sybille kam aus dem Bad, legte von hinten ihre Arme um mich und schmiegte sich für einen kurzen Moment an mich.

„Es war wunderschön mit dir“, flüsterte sie an meinem Rücken.

„Das fand ich auch. Wir können diesen Abend gerne wiederholen.“

„Wenn wir dazu noch Zeit finden. Es wird wieder eine Menge Arbeit geben. Du kennst die Tote? Oder habe ich das falsch verstanden?“

„Ich vermute es, Sybille. Und ich Idiot habe zwei Verdächtige wieder gehen lassen müssen. Ich darf gar nicht daran denken.“

„Du denkst an Hamann.“

„Ein anderer kommt für mich eigentlich nicht mehr infrage, aber da ist noch der andere. Frobes.“

Bevor ich kurz im Bad für die spärliche Morgentoilette verschwand, griff ich nach meinem Handy und wählte die Nummer von Jill. Ich musste alle Hebel in Bewegung setzen, um Hamann ins Präsidium zu bekommen.

Kaum zwanzig Minuten später lenkte Sybille konzentriert ihr Fahrzeug in Richtung Bahnhof. Alle, die ich erwartet hatte, waren schon anwesend und der Fundort war weiträumig abgeriegelt. Sybille parkte den Wagen direkt hinter einem Polizeifahrzeug. Frank blieb vor Staunen der Mund offen stehen, als er bemerkte, wie wir gemeinsam, zu dieser frühen Stunde, aus dem Fahrzeug stiegen.

Der Tag versprach, heiter zu werden. Die ersten Sonnenstrahlen stahlen sich zwischen die Häuser und erleuchteten das Mauerwerk der umstehenden Gebäude.

„Keinen Kommentar, bitte“, versuchte ich ein Grinsen zu unterdrücken, als ich Franks erwartungsvollen Blick erhaschte. Am liebsten hätte ich es hinaus in die Welt geschrien, dass ich sehr glücklich war. Dann erst kam mir in den Sinn, dass Frank ja gar nicht hier sein sollte.

„Ich dachte, du liegst im Bett und lässt dich pflegen?“

„Es geht schon wieder“, antwortete Frank verschnupft und zückte sein Taschentuch. „Jill hat mich benachrichtigt. Und in meinem Bett war es langweilig.“

Auf den letzten Kommentar von Frank reagierte ich nicht, da ich genau wusste, was mein Kollege mir damit andeuten wollte. Zielstrebig ging ich auf das Auto zu, das am Ende des Parkplatzes stand. Alle Türen waren weit geöffnet, und ich blickte auf den Rücken meines Freundes Mertens, der sich schräg über die Leiche beugte.

„Ich glaube, wir haben einen kleinen Hinweis erhalten. Hier.“ Mertens nahm den Plastikbeutel hoch, in dem sich ein langes, gelocktes Haar befand. „Das hatte die Tote zwischen den Fingern.“

„Der Morgen fängt doch gut an“, bemerkte Frank mit dumpfer, heiserer Stimme grinsend und stellte sich neben mich.

„Er hätte weitaus besser beginnen können“, knurrte ich. Man hatte mein wohlverdientes Wochenende gestört. So, wie der vorherige Abend und auch die Nacht verlaufen war, hätte der Tag bestimmt noch Einiges zu bieten gehabt.

„Frank, schick alle Beamten, die zur Verfügung stehen, in die umliegenden Wohnungen. Sie sollen alle Bewohner befragen, ob ihnen etwas Außergewöhnliches aufgefallen ist.“ Ich ging um den Wagen auf die andere Seite und betrachtete das Gesicht der Toten. Ihre hübschen Gesichtszüge waren zu einer Fratze entstellt. Die geschminkten Augen schienen ihr aus dem Kopf treten zu wollen. Es war kein schöner Anblick. Vor ein paar Tagen hatte sie wesentlich besser ausgesehen.

„Hat es einen Kampf gegeben?“

„Es sind keine erkennbaren Kampfspuren zu sehen, aber die Tote muss dem Täter wohl ins Haar gefasst haben. Es befand sich genau hier.“ Mertens hob die Hand hoch und wies auf die Stelle, zwischen den Fingern. Ich nickte zu den Worten meines Freundes. „Frank sagte mir, dass ihr die Tote erst vor ein paar Tagen gewarnt habt.“ Ulrich blickte mich an und sah meinen verzweifelten Blick.

„Ja. Ich habe so etwas befürchtet, aber sie hat mir nicht geglaubt.

„Das werde ich an Versmann weiterreichen, der es gleich mit in die KTU nimmt.“ Er sah mich an und wies mit der Hand in die entgegengesetzte Richtung. „Kannst du dich noch an den Typen erinnern, Walter? Schau mal hinüber zum Fahrradständer. Der hat doch glatt eine Videokamera in der Hand.“

Zu welchem Fundort ich auch gerufen wurde, dort traf ich diesen Rotschopf. Es war nicht zu fassen. „Den werden wir uns jetzt einmal vornehmen müssen. Das ist endgültig fällig. Jill hat vor ein paar Tagen seine Internetseite gefunden. Ulrich, du glaubst nicht, was der alles filmt und dann im Internet verbreitet.“ Ich winkte einem Polizisten zu.

„Dort drüben, Werner. Siehst du den Rothaarigen. Das ist ein Fall für euch. Berger heißt er, wenn ich mich recht erinnere. Der ist bei allen Tatorten und Unfällen dabei ... und setze dich bitte mit meiner Kollegin Jill Kirchhoff in Verbindung. Sie gibt dir weitere Details bekannt, was diesen Berger betrifft.“ Ich sah meinem Kollegen hinterher, der auf den jungen Mann zuging, ehe ich mich wieder Mertens zuwandte.

„Wer hat die junge Frau gefunden?“, fragte ich Mertens, doch meine Gedanken weilten bei diesem Berger. Immer wieder dieser Edwin, dachte ich. Er wurde nicht nur am Fundort von Kerstin Wagner gesehen, da er ja ihre Leiche entdeckt hatte, sondern auch bei Mona Heiters und jetzt bei der neuen Toten, Jennifer Balzer. Kehrte ein Mörder nicht oft an die Stätten zurück, wo er die Tat begangen hatte? Hatten wir hier etwas Gravierendes übersehen?, fragte ich mich in diesem Moment. Ich spürte eine Hand auf meiner Schulter und drehte mich um.

„Der Mann mit dem Hund.“ Frank beantwortete meine Frage, wies in die Richtung, wo der Hundehalter abseits vom Geschehen an einer Mauer lehnte. „Ich habe ihn schon befragt. Er ist gestern circa gegen dreiundzwanzig Uhr mit seinem Hund noch einmal Gassi gegangen. Zu dem Zeitpunkt hat er gesehen, wie die Frau im Auto saß. Als er von seinem Gang mit dem Hund zurückkam, hätte sie dort immer noch gesessen. Er war der Meinung, dass sie vielleicht eingeschlafen sei, hat aber nicht weiter nachgesehen. So etwas käme am Bahnhof öfter vor, erklärte er mir. Wenn Reisende spät mit dem Zug ankämen und müde seien, würden sie in ihrem Wagen erst eine Runde schlafen, bevor sie sich dazu entschlössen, weiterzufahren. Als er dann heute Morgen, gegen halb sechs, wieder mit dem Hund hinausging, hätte sich sein Hund merkwürdig verhalten und ihn regelrecht zu dem Auto gezogen. Ihm war das dann doch sonderbar vorgekommen, dass die Frau dort immer noch saß. Er hat an die Scheibe geklopft, aber sie hätte nicht reagiert, worauf er schließlich die Polizei anrief.“

„Ein absoluter Frühaufsteher. Oder vielmehr sein Hund. Dann war Frau Balzer vermutlich schon vor dreiundzwanzig Uhr tot?“ Ich blickte zu dem Hundehalter, der nervös eine Zigarette rauchte.

„Ja, so habe ich den Todeszeitpunkt auch eingeschätzt“, bemerkte Mertens und drehte sich zu mir um und beobachtete mich besorgt.

Auch mein Freund sah nicht gerade munter aus, dachte ich.

Ein Kälteschauer lief über meinen Körper, als ich einen letzten Blick auf die Tote warf. Ich empfand diesen Mord als eine persönliche Niederlage. Nicht nur, weil Jennifer Balzer nicht ehrlich zu uns gewesen war, sondern vielmehr, weil ich Verdächtige hatte laufen lassen müssen. Ich hätte sie vielleicht schützen können.

„Sie hat nur gelacht, als ich ihr erklärt habe, dass sie in Gefahr ist.“

„Die junge Frau war sich wohl zu sicher, Walter. Du kannst nicht alle retten.“

„Nein, das kann ich nicht, aber mit ihr hätten wir eine Chance gehabt. Wir hätten uns dem Täter ein Stück nähern können“, antwortete ich ihm mit grollendem Unterton in der Stimme. „Für einen Moment habe ich daran gedacht, Frau Balzer als Lockvogel einzusetzen, da sie genau den Typ Frau verkörperte, aber ... gut, dass ich diese Idee schnell verworfen habe. Sie hat uns jetzt hintergangen und hätte es auch in der gegebenen Position getan.“ Es deprimierte mich. Das war eine Sache, die mich noch lange beschäftigen würde.

„Blond, langhaarig, stark geschminkt, eine Flasche und erdrosselt. Das gleiche Muster.“

„Wenn man davon absieht, dass nur eine Frau eine Flasche im Arm hielt. Marietta Löver. Außerdem wurden die Frauen und das Kind jeweils unterschiedlich getötet, Ulrich, dann hast du mit deiner Prognose recht.“ Aber „Mir ist etwas Gravierendes aufgefallen, Walter. Fährt ein Auto ohne den dazugehörigen Schlüssel?“, fragte mich Ulrich und blickte mich abwartend an, ob ich seine

Quizfrage beantworten könnte. Erstaunt sah ich ihn an, bis ich begriff, was er mir damit sagen wollte.

„Es sieht so aus, als hätte der Täter das Schlüsselbund mitgehen lassen. Vermutlich befand sich auch ein Haustürschlüssel daran, denn so ein Gegenstand ist nicht hier."

„Was ist mit einem Handy?" Mertens schüttelte verneinend den Kopf.

Verdammt. Wie elektrisiert fuhr ich mir über meine mit kurzen Stoppeln versehene Wange. Einen Rasierapparat hatte Sybille leider nicht für mich gehabt, und meine Morgentoilette war auch nur sehr spärlich ausgefallen. Die Zeit eilte sehr, wenn wir zu einem Fundort gerufen wurden, um wichtige Informationen zu erhalten und keine Spuren zu verlieren. Dieser Zeitdruck hatte mich nicht in einen Spiegel schauen lassen. Wahrscheinlich standen selbst meine Haare noch zu Berge. Es war mir peinlich, so ungepflegt hier zu stehen, was meine Kollegen nicht von mir gewohnt waren.

Es war kein Ort zum Scherzen, dafür waren alle zu sehr entsetzt über das erneute Verbrechen, aber Sybille, die meine Geste bemerkt hatte, ließ ebenso leise vernehmen, dass ich verdammt gut aussehen würde. „Vielleicht ein wenig verwegen, aber ich mag dich so, wie du aussiehst." Sie zwinkerte mir zu.

„Frank!", rief ich und winkte in die Richtung meines Kollegen, der mit einem Polizisten sprach und mit wenigen Schritten bei mir war.

„Der Haustürschlüssel ist verschwunden. Außerdem das Handy von Frau Balzer. Irgendwie müssen wir in ihre Wohnung. Ich glaube zwar, dass wir zu spät kommen, aber es ist einen Versuch wert. Ich weiß, was der Täter sucht."

„Und das wäre?"

Teil 2

Dumm und naiv.
Diese kleine Nutte spielte schon länger in meinem Drehbuch eine Rolle.
Sie beging nur einen großen Fehler.
Sie hat mich belogen.
Mich belügt man nicht.
Wer es dennoch wagt, der wird bestraft.
Eine Darstellerin weniger auf meiner Liste.
Was ich mit ihrer Freundin anstelle, das werde ich noch überdenken müssen.
Mein Typ ist sie nicht, aber es wäre sicherlich interessant,
eine Spur in eine andere Richtung zu lenken.
Weg von mir.

Ich hatte zu der frühen Morgenstunde keine Skrupel, auf die vielen Klingeln zu drücken, die neben der imposanten Eichentür angebracht waren. In der Sprechanlage knackte es. Eine Frau fragte mit bedächtiger Stimme, wer dort sei. Der Stimme nach zu urteilen, musste es sich um eine ältere Frau handeln, die ich nicht unnötig beunruhigen wollte und fragte nach dem Hausmeister, der glücklicherweise im Haus wohnte und uns kurz darauf die Tür öffnete.

„Kriminalpolizei, Winter, Kommissar Wirtz." Wir zeigten ihm unsere Ausweise. „Wir benötigen dringend Einlass in die Wohnung von Frau Balzer. Könnten Sie uns bitte behilflich sein und uns ihre Wohnungstür öffnen?" Der Hausmeister krauste zweifelnd die Stirn, blickte noch einmal skeptisch von mir zu Frank, schlurfte in seine Wohnung und kam mit einem Schlüssel zurück.

„Das hat es in diesem Haus noch nie gegeben, dass die Polizei gekommen ist. Ich werde ein ernstes Wort mit Frau Balzer sprechen müssen. Haben Sie eigentlich einen Durchsuchungsbeschluss?"

„Nein, Herr ...?"

„Assmus. Heinrich Assmus."

„Wir werden ihn nachreichen. Aber jetzt ist Eile geboten." Ich hielt die Hand auf und wartete auf den Schlüssel, den mir der Hausmeister nur zögernd überreichte.

Zielstrebig liefen wir, gleich zwei Stufen mit einem Mal nehmend, die Treppe hinauf. Oben angekommen, schnappte ich kurz nach Luft. Die Nacht mit Sybille und wohl auch der Alkohol beeinträchtigten meine sonst so gute Kondition.

Frustriert blickten wir beide auf das Chaos, das sich unseren Augen bot, als wir in die Wohnung traten.

„Ich habe es geahnt. Wir kommen leider zu spät. Verdammt", fluchte ich laut und griff in meine Hosentasche, wo sich immer für Notfälle ein paar Handschuhe befanden. Der Griff ging ins Leere, und mir wurde bewusst, dass ich immer noch die Kleidung vom vorherigen Abend trug.

Während Frank die Spurensicherung anrief, reichte er mir schmunzelnd ein paar Handschuhe herüber. Ich sah in die kleine Küche, die erstaunlicherweise von dem Verursacher des Chaos verschont geblieben war.

„Hier, Walter, das musst du dir einmal anschauen." Frank kam mit mehreren losen Blättern in der Hand in die Küche. „Das muss derjenige, der die Wohnung durchsucht hat, wohl übersehen haben."

Ich nahm Frank die Papiere ab und sah, dass es sich um E-Mails handelte, die Jennifer, aus was für einem Grund auch immer, ausgedruckt hatte.

„Da haben wir ja wenigstens etwas Brauchbares in der Hand. Jill wird womöglich durch die Mails eine Verbindung mit dem Verfasser herstellen können?"

„Das wird die gute Jill bestimmt."

„Was hast du eigentlich für ein Problem mit ihr? Es ist zwar jetzt nicht der richtige Zeitpunkt, aber wir beide sollten uns einmal ernsthaft unterhalten."

„Was ist denn hier passiert?", hörten wir plötzlich eine Stimme, und Frank, der eine Äußerung auf den Lippen hatte, wie ich bemerkte, wurde einer Antwort enthoben. Wir beide drehten uns um und sahen den Hausmeister in der Tür stehen. „Darf die Polizei denn eine Wohnung auf diese Art und Weise durchsuchen?" Erbost sah er uns an.

„Nein, Herr Assmus. Die Polizei darf so etwas nicht. Aber wir haben diesen Zustand auch nicht verursacht. Bitte fassen Sie nichts an und bleiben Sie dort stehen", erklärte ich ihm, als er einen Schritt in die Wohnung wagte. „Haben Sie hier eventuell in der Zeit von Mitternacht bis, sagen wir mal, fünf Uhr morgens etwas Außergewöhnliches bemerkt. Jemand, der das Haus betreten oder auch verlassen hat? Den Sie nicht kannten?" Ich betonte es ausdrücklich.

„Hier im Haus wohnen mit mir und meiner Frau noch zwei Ehepaare und Frau Balzer. Da kommt immer mal jemand zu Besuch, aber wir achten nicht drauf. Und um diese Zeit haben meine Frau und ich geschlafen."

„Es hätte ja sein können, dass Sie etwas Ungewöhnliches bemerkt haben", erwiderte Frank.

„Ich weiß nicht, ob ihr Besuch hier Frau Balzer so recht ist ..."

„Frau Balzer ist heute Morgen ermordet in ihrem Auto gefunden worden", erklärte ich dem älteren Mann und sah, wie Herr Assmus sich am Türrahmen festhielt und die Gesichtsfarbe wechselte. Ich machte einen Schritt auf ihn zu und entfernte seine Hand von dem Rahmen. Kollegen der Spurensicherung würden von dem älteren Herrn später die Fingerabdrücke nehmen müssen, dachte ich nur.

„Das ist ja fürchterlich."
„Wann haben Sie Frau Balzer das letzte Mal gesehen, Herr Assmus?"
„Gestern, so gegen Mittag. Sie stand an ihrem Briefkasten und holte die Post heraus. Wir haben uns kurz unterhalten, dann ist sie hoch in ihre Wohnung gegangen."
„Und später nicht mehr?"
„Nein. Vielleicht hat meine Frau Jennifer noch gesehen. Ich kann sie ja mal fragen."
„Ja gleich. Wie gut kannten Sie Frau Balzer?"
„Ich kannte Jennifer schon als Kind. Ich war früher bei ihrem Vater beschäftigt. Herr Balzer hat eine große Werbeagentur. Als ich in Rente ging, hat mir Jennifers Vater den Hausmeisterposten und auch diese Wohnung angeboten."
„Dann gehört Jennifers Vater dieses Haus?" Ich zog erstaunt eine Augenbraue hoch. Heinrich Assmus nickte. „Dann können Sie uns bestimmt auch sagen, wo wir Herrn Balzer erreichen können."
Frank nahm sofort seinen Stift und Block zur Hand und notierte sich die Adresse, die ihm der ältere Herr nannte.
„Schade um die tolle Wohnung", bemerkte Frank, nachdem Herr Assmus Jennifers Reich verlassen hatte.
„Sie ist ja jetzt frei, Frank. Du bist doch immer auf der Suche nach dem Außergewöhnlichen", bemerkte ich ironisch.
„Diese Wohnung kann ich mir aber bei meinem kleinen Gehalt bestimmt nicht leisten. Außerdem fühle ich mich in meiner Bude ganz wohl."
„So?"
„Habe ich was anderes behauptet?" Frank nieste laut und zog sein Taschentuch aus der Jackentasche.
„Ich habe von dir schon oft anderes gehört. Außerdem gehörst du ins Bett. Dich hat es wirklich heftig erwischt." Ich sah ihn noch mitfühlend an, als mein Handy klingelte und Sybille fragte, ob sie die Eltern von Jennifer Balzer übernehmen sollte.
„Ja, das wäre gut. Wir haben gerade die Adresse erfahren." Nach einer kleinen Pause – ich hätte ihr gerne etwas anderes gesagt – murmelte ich leise: „Ich danke dir, Sybille. Ich werde Jill benachrichtigen, die sich dann mit dir vor dem Haus treffen wird. Wir warten hier in der Wohnung von Frau Balzer noch auf Versmann von der Spurensicherung."
Wieder ein Ehepaar, das um die Tochter trauern würde, dachte ich und trat auf den runden Balkon. Ich blickte auf den kleinen Garten unter mir, der meinem sehr ähnlich war. Wild und doch gepflegt. Ein großer Walnussbaum stand rechts im Garten, an dem viele Früchte hingen und der im Sommer den nötigen Schatten spendete, wenn die Sonne schien. Es würde eine gute Ernte geben, dachte

ich kurz, sah auf die drei Rosenbäumchen, die links in einem Beet wiederholt ihre volle Pracht entwickelten und einen betörenden Duft, selbst bis zum oberen Stockwerk, verbreiteten. Auch ich liebte die Rosenblüte im Sommer. Ein alter Rosenstock, den noch meine Großeltern gepflanzt hatten, hütete ich wie meinen Augapfel. Die gelbe Blütenpracht an der Wand zu meiner Terrasse war atemberaubend.

Und zahlreiche Rosen in allen Variationen hatte ich auch im Garten der Familie Heiters gesehen. Seitdem das Ehepaar die Tochter in der Pathologie identifiziert hatte, hatte ich sie nicht mehr gesehen. Mir war es mehr als recht gewesen, dass Sybille mir alle weiteren Begegnungen und Gespräche mit dem Ehepaar abgenommen hatte. Ich wusste, dass die beiden psychisch betreut wurden, denn sie kamen mit dem Wissen nicht zurecht, dass sie durch einen dummen Streich, den zwei junge Frauen ausgeheckt hatten, um eine andere Familie zu schockieren, ihre Tochter verloren hatten. Mona hatte weder im Internet nach Bekanntschaften gesucht noch hatte sie sich jemals so gekleidet, und meine Vermutung lag immer noch nahe, dass sie ihrem Mörder nur zufällig über den Weg gelaufen war.

Ich stieß mich von der Balkonbrüstung ab. Und dieser Mord war genau so sinnlos, dachte ich. Erneute Verzweiflung übermannte mich. Wo hatte ich versagt, fragte ich mich zum wiederholten Male an diesem Morgen.

Während meine Gedanken bei Florian Hamann weilten, klingelte mein Handy. Was ich von meinen Kollegen zu hören bekam, gefiel mir in keiner Weise. Florian Hamann war nicht in seiner Wohnung und, so wie es aussah, war er auch die ganze Nacht nicht dort gewesen. Seine Hauswirtin hatte ihn aber am Nachmittag das letzte Mal gesehen. Ein Anruf bei seinen Eltern war niederschmetternd. So, wie er es Sybille versprochen hatte, war er nicht bei ihnen angekommen. Sagten Hamanns die Wahrheit? Oder wollten sie ihren Sohn nur schützen?

„Gebt eine Fahndung nach Hamann raus."

***

Jill stoppte ihren Wagen direkt vor dem großen schmiedeeisernen Tor des Bungalows der Familie Balzer. Sybille stieg aus ihrem Wagen, der etwas entfernt in einer Parkbucht stand, als sie die Kollegin sah. Sie ging auf sie zu.

„Es ist doch erstaunlich", bemerkte Jill und wies die Straße hinunter, „dass nur drei Häuser weiter die Familie Frobes wohnt. Sozusagen Nachbarn."

„Ach, das ist ja interessant. Weiß Walter das?"

„Ja, als Herr Assmus, der Hausmeister, ihm die Adresse nannte, ist es unserem Chef sofort aufgefallen, wie er mir sagte." Jill drückte auf die Schelle am kleineren Gartentor.

„Wen darf ich melden“, hörte sie aus der Gegensprechanlage eine freundliche Stimme.

„Wir hätten gerne Herrn und Frau Balzer gesprochen. Kripo Münster.“

Die Haushälterin öffnete ihnen. Erschrocken blickte sie Jill und Sybille entgegen. „Polizei?“ Angstvoll blickte sie auf die Ausweise der beiden Frauen und stellte erneut die Frage, was denn geschehen sei. Sybille gab der Hausangestellten zu verstehen, dass es sehr wichtig sei, mit dem Ehepaar zu sprechen, worauf die Frau mittleren Alters die Tür weit öffnete und die Kommissarinnen eintreten ließ.

„Frau Balzer! Hier sind zwei Beamtinnen von der Polizei, die Sie dringend sprechen möchten“, hörten sie die Hausdame mit besorgter Stimme sagen. Ungebeten folgten Sybille und Jill der Hausdame ins Esszimmer, wo Frau Balzer saß.

Michelle Balzer blickte erstaunt auf, legte ihr Brötchen, das sie gerade zum Mund führte, zurück auf den Teller und erhob sich.

„Ja, bitte?“, fragte sie ahnungslos, denn es war noch keine halbe Stunde her, dass sie mit ihrem Mann gesprochen hatte. Also, war ihre Schlussfolgerung, konnte ihm nichts geschehen sein.

„Frau Balzer, wir haben leider eine traurige Nachricht für Sie. Es geht um Ihre Tochter Jennifer.“ Sybille war auf Vieles gefasst. Nur nicht auf das, was sie im nächsten Moment erlebte.

„Was ist mit ihr?“ Frau Balzer vermittelte Jill und Sybille einen gleichgültigen Eindruck. Verdutzt sahen sie sich an.

„Möchten Sie sich nicht lieber wieder setzen?“ Sybille sah die Frau, die sie auf Mitte vierzig schätzte, besorgt an. Doch Michelle Balzer schüttelte nur den Kopf. Sie sah dazu keinerlei Veranlassung.

„Ihre Tochter ist heute Morgen tot in ihrem Auto aufgefunden worden. Sie wurde ermordet“, erklärte ihr Sybille behutsam und ging auf Frau Balzer zu, um ihr Halt zu geben. Doch die Frau, die elegant in einem modischen, hellgrauen Hosenanzug gekleidet war, sah nur von einem zum anderen, ohne auf das Gesagte zu reagieren.

„Haben Sie gehört, Frau Balzer? Jennifer ...“

„Ja, ja. Ich habe schon verstanden ...“ Sie drehte sich um und ging ein paar Schritte zu der großen, bis auf den Boden reichenden Fensterscheibe. Ihr Blick ruhte auf dem gepflegten Garten mit den vielen Sommerblumen, die noch in allen erdenklichen Farben blühten.

Sybille sah Jill an und zuckte mit der Schulter, blickte zum Frühstückstisch, der nur für eine Person gedeckt war.

„Sie wundern sich bestimmt, warum ...“ Langsam wandte sich Frau Balzer wieder den Beamtinnen zu. „Ich bin betroffen, … keine Frage, vielleicht sogar etwas traurig. In Tränen werde ich allerdings nicht ausbrechen ... Sie können mich für

kalt und herzlos halten, ... aber das bin ich nicht. Nur der Tod von Jennifer berührt mich nicht so, wie es vielleicht sein sollte. Mein Gefühl gilt mehr meinem Mann. Sie müssen wissen, Jennifer ist nicht meine Tochter ... Und wir hatten nie ein gutes Verhältnis zueinander. … Sie hat mich regelrecht gehasst."
„Wir müssen Sie das leider fragen, aber wo waren Sie gestern Abend?" Frau Balzer hob erstaunt die Augenbrauen und lächelte Jill an.
„Sie glauben doch nicht im Ernst, dass ich meine Stieftochter getötet habe. Ich hätte zwar tausend Gründe, aber für Jennifer würde ich nicht mein Leben opfern." Ihre Stimme war ruhig und gefasst, als sie das von sich gab. „Ich war mit zwei Freundinnen im Theater, hier in Münster. Wir haben uns eine Komödie angeschaut. Im Anschluss sind wir drei noch in einer kleinen Bar eingekehrt, wo ich, nein wir drei, um etwa zwei Uhr ein Taxi bestellt haben. Ich war ungefähr um halb drei Uhr nachts zu Hause. Die Adressen meiner Freundinnen, der Bar und des Taxiunternehmens, werde ich Ihnen gerne notieren. Die Theaterkarte kann ich Ihnen ebenfalls überlassen. Setzen Sie sich doch bitte. Möchten Sie eine Tasse Kaffee?"
„Ja, danke. Das ist sehr freundlich von Ihnen." Da sie am Morgen mit Walter schnell ihre Wohnung verlassen hatte, um zum Tatort zu fahren, freute sich Sybille über das Angebot. Jill lehnte dankend ab.
Sybille und Jill nahmen jeweils auf einem Stuhl Platz. Jill legte das Notizbuch auf den Tisch und schlug ein Bein über das andere.
„Warum war Ihr Verhältnis nicht gerade freundschaftlich?", fragte Jill und blickte der Frau direkt in ihre dunkelblauen Augen, die ein Gedeck vor Sybille stellte und nach der Kaffeekanne griff, die auf einer Wärmeplatte stand.
„Nein, das war es wirklich nicht. Jennifer hat immer geglaubt, dass ich ihre Familie zerstört habe. Dem ist nicht so. Vielleicht hatte sie auch nur Angst, dass ich ihr das Erbe streitig machen könnte ... Ich habe Jennifer schon seit über einem halben Jahr nicht mehr gesehen. Sie hat sich mit ihrem Vater immer in der Stadt oder in ihrer Wohnung getroffen."
„Das Verhältnis Ihres Mannes zu Jennifer war, wenn ich es richtig verstehe, als gut zu bezeichnen?" Sybille sah Michelle Balzer abwartend an.
„Sie war sein absoluter Liebling. Ein Einzelkind. Und sie hat ihre Vorteile zu nutzen gewusst. Ein verwöhntes Kind, das nicht fähig ist, für sich selbst zu sorgen." Bitter kamen die Worte aus Frau Balzers Mund.
„Und wie hat Ihr Mann auf das gestörte Verhältnis zwischen Ihnen reagiert?", fragte Sybille, schlug ein Bein über das andere und legte ihre gefalteten Hände auf ihr rechtes Knie. Sie bedankte sich für den Kaffee, den ihr Frau Balzer eingeschenkt hatte. Danach setzte sich Michelle Balzer wieder auf ihren Platz, stützte die Ellbogen auf den Tisch und legte ihre gefalteten Hände an ihr Kinn.
„Mein Mann hat immer wieder versucht, zwischen Jennifer und mir zu vermitteln, aber ... ich habe mich zu Anfang auch sehr darum bemüht, aber es hat nichts

genutzt. Jennifer sah in mir, wie soll ich sagen, nicht nur die böse Stiefmutter, die ihrem Vater den Kopf verdreht hat. Sie hat mich auch für das Scheitern der Ehe ihrer Eltern verantwortlich gemacht."

„Ich möchte nicht indiskret sein, aber ..." Noch ehe Sybille ihre Überlegungen zur Sprache bringen konnte, kam ihr Frau Balzer zuvor.

„Mein Mann war schon vier Jahre geschieden, als wir uns unverhofft auf einem Empfang bei gemeinsamen Freunden wiedergetroffen haben. Sie müssen wissen, Jennifers Mutter und ich waren einmal Freundinnen. Vor sehr ... langer Zeit. Und ich kannte daher natürlich auch meinen jetzigen Mann. Wie es eben so ist, wenn die Freundin verheiratet ist. Man kennt sich. Ein Verhältnis hatten Christian und ich damals aber nicht miteinander."

„Aber Ihre Stieftochter hat Ihnen das nicht geglaubt." Sybille empfand die Situation mehr als brisant.

„Nein. Für Jennifer war ich ja keine Unbekannte. Immerhin kannte ich sie schon als Kind. Sie hat die Wahrheit, dass ihre Mutter es war, die sich mit einem anderen Mann davonstahl, nie sehen wollen. In ihren Augen war ich daraufhin die Böse, die alles zerstört hat. Sie haben Jennifer nicht gekannt, denn dann wüssten Sie, wovon ich spreche."

„Nein, das haben wir nicht, aber unser Vorgesetzter ist erst ein paar Tage zuvor bei Ihrer Stieftochter gewesen. Was er erlebt hat, hat ihn ziemlich nachdenklich werden lassen. Und er hat Jennifer vor gewissen Gefahren gewarnt, denn sie war genau der Typ Frau, die unser Täter bevorzugt. Vielleicht haben Sie von den Morden an den beiden Studentinnen gehört?" Jill blickte Frau Balzer an, aber da sie nicht weiter darauf reagierte, sprach sie weiter. „Jennifer hat wahrscheinlich über das Internet mit diesem Mann kommuniziert. Sie hätte uns helfen können ... und würde heute noch leben."

„Dann hat Ihr Vorgesetzter ja einen kleinen Eindruck von Jennifer erhalten." Michelle Balzer dachte an die letzte bittere Szene, die sie vor einem halben Jahr hier im Haus mit Jennifer erlebt hatte. „Als mein Mann seinen fünfzigsten Geburtstag feierte und das ganze Haus voller Gäste war, kam es zum Eklat. Und seitdem habe ich seine Tochter nicht mehr gesehen."

„Möchten Sie uns davon berichten?" Sybille blickte Michelle Balzer verständnisvoll an und führte ihre Tasse zum Mund.

„Ich weiß zwar nicht, was es jetzt noch für einen Sinn hat, Ihnen das zu erklären, aber ..."

„Bitte. Ich möchte es einfach verstehen, um mir selbst ein Bild von der Situation zu machen." Ja, es würde zwar nichts mehr an dem ganzen Drama ändern, da hatte Frau Balzer natürlich recht, aber Sybille wurde das Gefühl nicht los, dass es die Frau, die angeblich die böse Stiefmutter von Jennifer sein sollte, erleichtern würde, darüber zu sprechen.

„Natürlich durfte Jennifer an diesem Ehrentag nicht fehlen. Sie hat ihren Vater den ganzen Abend in Beschlag genommen, die Dame des Hauses gespielt und mich nur von oben herab behandelt. Nicht, dass Sie jetzt denken, ich wäre auf Jennifer eifersüchtig gewesen. Nein. Ich wusste ja, wie sie mich sah. Ich habe schon im Vorfeld dem Abend mit gemischten Gefühlen entgegengesehen. Wie es sich später dann bestätigte, endete er im Fiasko. Zum Höhepunkt kam es dann zu vorgerückter Stunde und nach etlichen Gläsern Champagner. Jennifer, im angetrunkenen Zustand, erklärte einigen Gästen, dass ich, die zweite Frau, wobei sie *zweite* stark betonte, ihrer Mutter nicht das Wasser reichen könne. ‚Michelle hat sich doch nur ins gemachte Nest gesetzt.' Ihr gehässiges Lachen klingt jetzt noch in meinen Ohren. Ich habe mich provozieren lassen. Und das, was dann folgte, hätte nicht geschehen dürfen."

„Inwiefern?" Sybille empfand Mitleid mit der Frau. Und das sollte sich noch verstärken, nachdem Frau Balzer die Frage beantwortete.

„Ich habe mich dazu hinreißen lassen, der Tochter des Hauses ein Glas Champagner über ihr entzückendes, natürlich vom Vater gekauftes, giftgrünes Mini-kleid zu gießen … „Oh, entschuldige bitte. Das ist ja auch von mir nicht anders zu erwarten gewesen", habe ich ironisch gesäuselt und in ihr wütendes Gesicht geblickt. Im ersten Moment empfand ich nur Genugtuung, aber kurz darauf, als ich über mein Tun nachdachte, ärgerte ich mich maßlos darüber. Ich habe mich zu etwas hinreißen lassen, anstatt ihr die kalte Schulter zu zeigen ... Und mein Mann ... seine tadelnden Worte: „Du benimmst dich wirklich wie die böse Stiefmutter im Märchen", hallten noch lange in mir nach. Ich habe noch in der gleichen Stunde einen kleinen Koffer gepackt, das Haus verlassen, und bin in ein Hotel gezogen."

„Das war wahrscheinlich die beste Entscheidung von Ihnen … Aber ich gehe davon aus, dass Ihr Mann Ihnen verziehen hat."

„Ja, aber es hat von meiner Seite her einige Zeit gedauert, bis ich wieder hierher zurückgekehrt bin. Ich benötigte einfach eine gewisse Zeit, um über meine Gefühle Klarheit zu erlangen. Und ich habe meine Konsequenzen daraus gezogen. Meine Bedingung war, dass sich Vater und Tochter nur außerhalb des Hauses trafen. Diese Bedingung konnte ich stellen, denn es ist *mein* Haus." Verwundert blickten sich Sybille und Jill an.

„Hatte Jennifer noch Kontakt zu ihrer Mutter?", fragte Sybille.

„Keine Ahnung. Ich will es auch nicht wissen. Maria, Jennifers Mutter ... ach, das tut hier nichts zur Sache und ist schon so lange vorbei." Sie neigte den Kopf zur Seite und fuhr sich mit der Hand durch ihre rötlich blonden Haare, die ihr bis zur Schulter reichten. „Damit muss sich mein Mann jetzt auseinandersetzen."

„Sie sind Nachbarn der Familie Frobes. Haben Sie engeren Kontakt zueinander?" Erstaunt sah Frau Balzer Jill an. Sie konnte sich beim besten Willen nicht vorstellen, was es mit dieser plötzlichen Frage auf sich hatte.

„Was hat das mit Jennifers Tod zu tun?"
„Es würde mich nur interessieren, Frau Balzer."
„Naja, man sieht sich, grüßt sich, und das war es dann auch schon. Soviel ich weiß, sind die Frobes Kunden meines Mannes, der eine große Werbeagentur leitet."
„War die Familie Frobes auch auf dem Geburtstag Ihres Mannes geladen?"
„Ja. Die ganze Familie." So, wie Frau Balzer sich ausdrückte, hätte sie auch genauso gut sagen können: Eine sehr unangenehme Familie.
„Kannte Ihre Stieftochter vielleicht die Söhne der Familie näher?"
„Keine Ahnung. Da bin ich überfragt. Frobes haben vor etlichen Jahren die alte Villa gekauft."
„Wo können wir Ihren Mann erreichen, damit wir ..."
„Mein Mann ist vor drei Tagen beruflich nach New York geflogen. Ich werde ihn selbst benachrichtigen."
Michelle Balzer begleitete Jill und Sybille persönlich zur Tür und sah ihnen nach, als sie die Gartenpforte hinter sich schlossen.
„In der Haut von Frau Balzer möchte ich nicht stecken", sagte Jill zu ihrer Kollegin. Sie sah an der Fassade des Hauses entlang, als sich die Haustür hinter Michelle schloss.
„Da gebe ich dir recht, Jill. Ich sollte mir kein Urteil erlauben, aber ich finde die Frau sehr sympathisch. Auch wenn sie keine Trauer zeigt, so bin ich der Meinung, dass wir sie von der Liste der potentiellen Täter streichen können."
„Das denke ich auch."

***

„Sybille!", rief ich schon von Weitem, als ich den Gartenweg von meiner Garage zum Haus entlanglief. Sie erhob sich von den Treppenstufen und lächelte mir in der nahenden Dunkelheit verschmitzt entgegen.
„Ich dachte, du liegst schon selig im Bett und träumst von mir", lachte ich und streckte Sybille meine Hände entgegen.
„Wolltest du nicht duschen, Walter?" Verwirrt sah ich Sybille an, bis es mir dämmerte.
„Weißt du, dass du die erstaunlichste Frau bist, der ich je begegnet bin? Ich hatte es fast vergessen. Gut, dass du mich daran erinnerst", grinste ich verschmitzt zurück und drückte sie herzlich an mich und schloss die Tür auf, während ich sie im Arm hielt.
Seit dem Mittag hatte ich mir vorgenommen nach Hause zu fahren, zu duschen und eine Kleinigkeit zu essen, aber wann immer ich die Türklinke vom Büro in der Hand hielt, war etwas Wichtiges dazwischengekommen. Zuletzt hatte ich

noch Florian Hamann in Empfang nehmen können, der doch im Haus seiner Eltern gefasst worden war. Wie ich schon vermutet hatte, so wollte das Ehepaar Hamann ihren Sohn schützen. Dass Florian Hamann sich selbst stellte, konnte und wollte ich nicht glauben. Hatte er eingesehen, dass es keinen Sinn mehr hatte, zu fliehen?

Auf jeden Fall lag der Haftbefehl auf meinem Schreibtisch, und ab Montag würde ich mich mit dem jungen Mann eingehend beschäftigen.

Meine Müdigkeit war verschwunden. Die drückende Last löste sich in Nichts auf. Jetzt gehörten die restlichen Stunden des Tages und der Sonntag nur noch uns beiden.

14

Montag, 5. September

Immer schwerer fiel es Olga Schukowski ihren Beruf als Sozialarbeiterin im Jugendamt Bochum auszuüben. Mit jedem dieser vielen Schicksale fühlte sie sich verbunden. Wenn es nach ihr gegangen wäre, hätte sie die kleinen Seelen bei sich aufgenommen, aber das hätte in den dreißig Jahren, in denen sie beim Jugendamt Bochum tätig war, eindeutig den Rahmen gesprengt.

Sie betrat am späten Montagvormittag ihr Büro, nachdem sie zwei kleine Kinder, zwei und vier Jahre alt, Pflegeeltern überlassen hatte, denn die Eltern waren drogenabhängig und nicht mehr in der Lage gewesen, für die Kleinen zu sorgen. Traurige Kinderaugen und vernachlässigte kleine Körper, die vor Hunger schrien, waren etwas, was sie mit zunehmendem Alter nicht mehr ertragen konnte.

Sie hängte ihre Jacke in den Schrank neben der Tür und setzte sich an ihren Schreibtisch. Ihr Blick richtete sich sofort auf den Zettel, der mit einem fett unterstrichenen *Wichtig* gekennzeichnet war. Darauf befand sich die Telefonnummer mit dem Verweis *Kommissariat Münster*. Olga wunderte sich zwar, aber nicht im Entferntesten vermutete sie einen Zusammenhang mit einem ihrer Schützlinge. Und Münster? Dann, wie aus dem Nichts emporgehoben, entstand in ihrem Kopf plötzlich ein Bild, das sie in den vielen Jahren nie vergessen hatte. Verdrängt ja, denn das Schicksal war ihr besonders nahegegangen.

Spontan griff Olga Schukowski zum Hörer.

„Kommissariat Münster, Kommissarin Jill Kirchhoff", hörte Olga eine sympathische Stimme.

„Olga Schukowski. Jugendbehörde in Bochum. Ich habe Ihre Telefonnummer auf meinem Schreibtisch liegen sehen. Was kann ich für Sie tun?"

„Frau Schukowski. Können Sie sich eventuell an Florian Löver erinnern? Es müsste zwanzig Jahre her sein, dass der Kleine von Ihnen zu Pflegeeltern nach Münster gebracht wurde."

„Florian Löver?" Wenig erstaunt wiederholte sie den Namen. Warum gerade dieses Kind, das sie nie wirklich vergessen hatte, dachte Olga. „Was ist mit Florian?"

„Sie können sich noch an ihn erinnern?"

„Ja. Ich habe zwar viele Kinder betreut, aber sein Schicksal ging mir damals sehr unter die Haut. Darf ich fragen, wie Sie ... ach ja. Sie haben meine Telefonnummer bestimmt von der Familie Hamann erhalten. Eine sehr nette Familie. Aber was ist denn nun mit Florian?"

Jill erklärte der Sozialarbeiterin mit wenigen Worten die Sachlage. Sie zweifelte daran, ob Frau Schukowski alles richtig verstanden hatte. Florian stand unter

Mordverdacht? Für Olga Schukowski unvorstellbar. Aber wusste man denn genau, wie sich ein Mensch mit den Jahren entwickelte?

Jill bat sie, die Akte von Florian zur Ansicht und weiterer Überprüfung dem Kommissariat zu überlassen.

„Ich werde die Akte aus dem Archiv holen müssen, Frau Kirchhoff. Die Behörde ist zwar dabei, alles zu digitalisieren, aber was vor zwanzig Jahren geschah, liegt immer noch im Keller verborgen. Sobald ich sie gefunden habe, werde ich Ihnen die Akte zukommen lassen", versprach Olga und beendete das Gespräch.

Still und erschüttert saß Olga noch lange an ihrem Schreibtisch und dachte über das Gespräch nach. Florian. Der kleine Florian. Sie konnte es sich nicht vorstellen und fragte sich, was in den vielen Jahren geschehen war, dass ihr Schützling zum mutmaßlichen Mörder wurde.

Im Archiv ging Olga die vielen Regale entlang, die Ordner waren nach Jahr und Monat geordnet, bis sie die richtige Ablage gefunden hatte. Mit dem Finger strich sie von einem Aktenordner zum anderen, bis sie den Namen Löver las. Sie zog den Ordner hervor, wischte mit einem Taschentuch den Staub von der Oberfläche und kehrte in ihr Büro zurück.

Bevor sie die Akte öffnete, verharrte sie minutenlang auf ihrem Stuhl und dachte an den Morgen, als sie Florian von seiner Mutter trennte. Es waren keine guten Erinnerungen, die sie mit der Frau verband. Alleine bei dem Gedanken überkam sie ein Gefühl des Widerwillens.

Es war Ende Juli gewesen, als sie mit dem gerichtlichen Beschluss zu dem alten, schon baufälligen Haus gefahren war. Die Tür, halb aus den Angeln gehoben, war nur angelehnt, und als sie den Hausflur betrat, schlug ihr ein ekelhafter Geruch von getrocknetem Urin entgegen, der sich mit Gerüchen von gekochtem Essen vermengte. Es war nicht der erste Besuch gewesen, den Olga in diesem Haus tätigte, aber es sollte der Letzte sein. Das Haus war nur ein paar Wochen später der Abrissbirne zum Opfer gefallen.

Ein alter, verschmutzter Kinderwagen hatte verwahrlost in einer Ecke gestanden und war seit ihrem letzten Besuch in diesem Haus nicht mehr bewegt worden. Die Wände waren mit hässlichem Graffiti beschmiert, von denen zum Teil der Putz bröckelte. Eine Tür war einen Spalt breit geöffnet und schnell wieder geschlossen worden. Sie hatte die ältere Frau bemerkt, als ihr Weg sie direkt über die ausgetretene Treppe zu der Wohnung ins Dachgeschoss führte, wo sie mehrmals laut an die schäbige, braune Tür klopfte. Klingeln schien es im ganzen Haus nicht zu geben. Es hatte einige Zeit gedauert, bis die abgeschabte, schon halb verwitterte Tür von einer jungen Frau geöffnet wurde, die sich, nur in einem verwaschenen Bademantel bekleidet, in einem bedauernswerten Zustand befand. Die blonden Haare fielen ihr zottelig um die schmalen Schultern, und sie betrachtete ausdruckslos ihr Gegenüber. Der glasige Blick der jungen Frau entging Olga nicht.

Aufmerksam waren das Jugendamt und somit auch Olga sechs Wochen zuvor geworden, nachdem der kleine Sohn mitten in der Nacht, nur in einem Schlafanzug gekleidet, von Passanten auf der Straße aufgegriffen worden war. Weinend, mit seinem Teddy unter dem Arm, hatte Florian seine Mutter gesucht.

Dieses wurde, unbegreiflich für Olga, als ein einmaliger, verhängnisvoller Vorfall von Seiten der Behörde zu den Akten gelegt, nachdem Frau Löver immer wieder beteuert hatte, dass das nie wieder vorkommen würde. Man hatte ihr geglaubt, obwohl Olga den bedauerlichen Zustand schon in Bezug auf die Wohnung gesehen und in ihrem Bericht ausdrücklich vermerkt hatte. Sie wurde zwar aufgrund dessen mit der Betreuung von Marietta und ihrem kleinen Sohn beauftragt, hatte auch sehr gewissenhaft ihre Besuche getätigt und immer wieder Einwände erhoben, wenn sie mit ihrem Vorgesetzten darüber gesprochen hatte, doch es hatte sich nichts geändert. Sie kannte das Umfeld, in dem der Junge aufwuchs, und konnte es kaum mit ihrem Gewissen vereinbaren. Als sich der Vorfall drei weitere Mal wiederholte, dass der kleine Florian von der Straße aufgegriffen wurde, bekam sie endlich die Bescheinigung vom Gericht, sodass sie Florian Pflegeeltern anvertrauen konnte.

Olga klappte die Akte auf und stutzte. Das, was obenauf lag, da war sie sich ganz sicher, hatte sie nicht eingeheftet. Sie betätigte die Klammer und nahm den großen DIN-A4-Umschlag heraus, öffnete ihn, und neben einem Foto kamen mehrere lose Zettel zum Vorschein. Sie las die einzelnen Notizen und sah sich zum Schluss eingehend das Bild an.

Die Bestürzung war ihr ins Gesicht geschrieben. Sie las wiederholt die Zeilen und schüttelte erschüttert den Kopf. Das durfte alles nicht wahr sein, dachte sie verzweifelt. Warum wusste ich nichts davon?, fragte sie sich, griff zum Hörer, rief ihren Chef an und bat ihn um ein Gespräch.

***

Jill erschrak, als Frank ihr am Montagmorgen eine Tasse Kaffee auf den Schreibtisch stellte – den Löffel ließ er geräuschvoll auf ihre Tischplatte fallen. Sie war so mit der Akte von Jennifer Balzer beschäftigt gewesen, dass sie ihn nicht bemerkt hatte. Sie drehte sich auf ihrem Stuhl in seine Richtung und strahlte ihn an. Wann würde dieser Typ endlich bemerken, dass er ihr mehr als sympathisch war, dachte sie und blickte in seine blauen Augen, die sie musterten.

„Es gibt also etwas Neues zu berichten?“ Frank beugte sich näher zu ihr herüber. Sein Ton enthielt eine Spur von Neugierde, und er ließ sich auf ihrer Schreibtischkante nieder.

„Meinst du etwas Bestimmtes?“, neckte sie ihn. Sie konnte sich schon denken, was er auf dem Herzen hatte, aber so einfach würde sie es ihrem Kollegen nicht machen. Sie hasste den alltäglichen Büroklatsch gewaltig. Bislang war sie in dem Glauben gewesen, dass dies nur bei Frauen so ausführlich praktiziert wurde, aber dass auch Männer nicht ganz unbeteiligt waren, versetzte sie in Staunen.

Dass sich zwischen ihrem Vorgesetzten und der Kriminalpsychologin etwas anbahnte, hatte sie schon vor Tagen bemerkt, denn ihr Chef hielt sich auffällig oft im Büro von Frau Parsch auf. Ganz zu schweigen von den Blicken, die sie sich zuwarfen.

„Walter und Frau Parsch kamen am Samstagmorgen gemeinsam zum Tatort."

„Ja und? Er hat sie wahrscheinlich abgeholt."

„Bist du naiv", konnte Frank sich nicht verkneifen zu sagen. „Er stieg aus ihrem Auto."

„Stell dir vor. Habe ich auch bemerkt. Ich war auch vor Ort. Aber lieber naiv, als den neusten Tratsch zu verbreiten. Die beiden sind doch alt genug, oder?" Sie gönnte ihm noch kurz ein Lächeln, zwinkerte ihm zu, bevor sie ihre ganze Aufmerksamkeit den Schriftstücken, die vor ihr lagen, schenkte. „Danke für den Kaffee."

An Jills Abfuhr hatte er eine Weile zu knabbern und verließ frustriert das Büro.

Kurz darauf steckte Frank erneut den Kopf durch die Tür.

„Es gibt einen Zeugen, der Samstagnacht einen Mann aus dem Haus von Jennifer Balzer hat kommen sehen. Herr Hilmer. Ich fahre sofort dort hin." Frank schnappte sich seine Jacke vom Haken und war auch schon aus dem Büro verschwunden. Jill blickte erstaunt hinter ihm her.

Frank sah zu dem Haus hinüber, in dem Jennifer gewohnt hatte, als er auf die Klingel im gegenüberliegenden Haus drückte. Er hörte eine feste, sonore Stimme, zog die Augenbrauen erstaunt zusammen, als ihm die Tür geöffnet wurde und er verdutzt auf den älteren Mann blickte, der im Rollstuhl saß.

„Sie lassen sich ja mächtig Zeit", wurde Frank freundlich, aber bestimmt begrüßt.

„Herr Hilmer? Ich bin Kommissar Wirtz. Wir haben gerade miteinander telefoniert."

„Ja. Kommen Sie herein." Henry Hilmer wendete seinen Rollstuhl und rollte vor Frank den Flur entlang ins Wohnzimmer, wies ihm den Platz in dem Sessel zu und platzierte seinen Rollstuhl ihm gegenüber.

„Ich habe Sie schon viel eher erwartet, nachdem ich das Aufgebot an Polizei am Samstagmorgen hier gesehen habe. Sie haben ja die Ruhe weg."

„Wir haben im Augenblick alle Hände voll zu tun, Herr Hilmer." Frank vermutete, dass sich der Mann einfach nur nach einer Unterhaltung sehnte und ihn deshalb zu sich gebeten hatte. Wahrscheinlich sah er sich auch gerne Krimis an, in denen alles innerhalb einer guten Stunde, vom Mord bis zur Aufklärung der Fälle, geschah. Dass er ihm wertvolle Informationen geben würde, konnte er sich beim besten Willen nicht vorstellen. Er fragte den älteren Herrn, was er ihm denn berichten konnte.

„Ich bin vielleicht ein wichtiger Zeuge“, ließ sich Hilmer wenig beeindrucken und wollte wissen, was dort drüben in dem Haus wirklich vorgefallen sei. Dass die Balzer ermordet worden war, hatte er schon von einer Nachbarin gehört und sich so seine Gedanken zu dem Fall gemacht. Als er dann vor einer Stunde das Bild in der Zeitung gesehen hatte, wusste er, dass er die Polizei informieren musste.

„Sie kennen Jennifer Balzer?“

„Natürlich. Das Mädchen ist ein bisschen zu arrogant. Aber mit meinen gut neunzig Jahren kann man wohl nicht mehr viel erwarten. Meist wird man ja nur noch abfällig oder mitleidig von der Jugend betrachtet. Vor allem, wenn man noch dazu im Rollstuhl sitzt.“

Frank hob erstaunt die Augenbrauen, als er das Alter des Mannes hörte. Das hatte er nicht vermutet. Bis auf ein paar kleine Falten um die Augen und auch an den Mundwinkeln, war die Haut des Mannes beneidenswert glatt. Auch das graumelierte Haar war noch erstaunlich voll, und er sah sich genötigt, Herrn Hilmer zu sagen, dass er sich altersmäßig total verschätzt hätte.

„Ja, das sagt jeder, aber die alten Knochen wollen nicht mehr. Ich komme ja nicht mehr so häufig aus meiner Wohnung, seitdem ich in diesem Gefährt sitze. Was ist denn nun wirklich geschehen?“

„Ich dachte, dass Sie mir das erzählen können, Herr Hilmer? Wann haben Sie die junge Frau das letzte Mal gesehen?“

Hilmer musste nicht lange überlegen, denn er hatte Jennifer noch spät am Samstagabend gesehen. So gegen einundzwanzig Uhr dreißig. Sie sei aus dem Haus geeilt und mit ihrem kleinen Sportwagen weggefahren.

Frank zog seinen Block aus der Jackentasche und notierte die Uhrzeit.

„Sie müssen wissen, Herr Kommissar. Die Balzer fährt immer mit quietschenden Reifen los. Das muss man nicht unbedingt sehen, man kann es gar nicht überhören.“

„Haben Sie sonst noch etwas Ungewöhnliches bemerkt?“

„Wissen Sie, Herr ...“

„Wirtz ist mein Name. Kommissar Wirtz.“

„Herr Wirtz. Ich sitze immer hier am Fenster. Ich bekomme fast alles mit. Wer ins Haus geht oder es verlässt. Ich mache es natürlich nicht aus Neugier, müssen Sie wissen. Mich interessieren einfach die Menschen. Ich war früher bei der Bundesbahn beschäftigt. Da kommt einem jeder Schlag Mensch unter.“

Während des ausführlichen Beitrages über seine Berufsjahre stand Frank auf und blickte aus dem Fenster auf das gegenüberliegende Haus, unterbrach den Redeschwall Hilmers und fragte den älteren Herrn eindringlich, was er denn nun gesehen hätte.

„Es war wie immer sehr ruhig. Hier ist eine ruhige Wohngegend."

Hatte es wirklich Sinn, dachte Frank, hier bei dem Mann seine Zeit zu vertrödeln. Er startete einen letzten Versuch, indem er Hilmer nach Personen befragte, die ins gegenüberliegende Haus gegangen seien. „Vielleicht sogar in der Nacht?"

„Ja, darum habe ich Sie doch angerufen. Das Ehepaar, das dort wohnt, kam so gegen einundzwanzig Uhr nach Hause. Dann verließ die Balzer das Haus. Und den Hausmeister, Herrn Assmus, habe ich noch kurz nachdem Frau Balzer fortgefahren ist vor der Tür stehen sehen. Wissen Sie, er darf in der Wohnung nicht rauchen. Seine Frau ist strikt dagegen." Frank konnte sich bei den Worten Hilmers ein Schmunzeln nicht verkneifen.

„Herr Hilmer. Haben Sie nun noch andere Personen gesehen? Die Einwohner aus dem Haus haben wir alle schon befragt."

„Nun haben sie es doch nicht so eilig."

„Doch, Herr Hilmer. Es eilt."

„Wenn ich Sie nicht angerufen hätte, dann wären Sie doch auch noch nicht bei mir, und ich könnte Ihnen nichts Wichtiges erzählen."

„Wir wären gekommen, Herr Hilmer. Glauben Sie mir das. Also, können Sie mir jetzt bitte mitteilen, was und wen Sie gesehen haben?"

„Auch, wenn ich Frau Balzer nicht sehr sympathisch fand, aber das Ende ..."

„Ich fürchte, Sie können mir nicht wirklich helfen, Herr Hilmer." Resigniert erhob sich Frank aus dem Sessel, klappte seinen Block wieder zu, in dem nur die Uhrzeiten vermerkt waren, die ihnen schon zum Teil bekannt waren.

„Da war doch dieser Mann." Hilmer sah Frank an, als wenn er sagen wollte: Ich habe Sie schon nicht umsonst herbeordert. Und er erklärte Frank, dass um circa ein Uhr nachts ein Mann mit einer großen Umhängetasche vor den Briefkästen gestanden hätte.

„Wahrscheinlich steckt er diese Reklameblätter in die Briefkästen, habe ich noch gedacht. Das ist wirklich eine Zumutung, müssen Sie wissen. Die Kästen sind immer randvoll. Was mich nur verwundert hat, war, dass er kurz darauf in das Haus hineinging. Die Briefschlitze befinden sich doch außen am Mauerwerk."

„Haben Sie auch gesehen, wann der Mann das Haus wieder verlassen hat, Herr Hilmer?"

„Ja. Es dauerte etwa eine halbe Stunde, bis er wieder herauskam. Ich habe ihn zuvor noch nie gesehen. Bis auf heute Morgen. Das Bild in der Zeitung."

„Dieser Mann, Herr Hilmer?" Frank entnahm seiner Jackentasche das Foto von Hamann und hielt es dem älteren Mann vor die Augen.

„Er hatte eine schwarze Mütze auf dem Kopf."

„Und das konnten Sie von hier aus genau sehen?" Frank stellte sich erneut ans Fenster und bezweifelte, ob bei Dunkelheit wirklich so viel zu erkennen war, aber Herr Hilmer erklärte ihm, dass bis auf seine Knochen alles noch bestens funktioniere. Sogar sein Arzt sei immer über die guten Werte erstaunt.

Frank musste sich gewaltsam zusammenreißen und dachte an Jill, der er den Fall hätte überlassen sollen, denn Herrn Hilmer wäre bei ihr in bester Gesellschaft gewesen.

„Und die Laterne vor dem Haus brennt die ganze Nacht“, gab Hilmer Frank mit Nachdruck zu verstehen, als er den skeptischen Blick des Kommissars bemerkte. „Der Mann hatte auch so einen Pferdeschwanz. Da irre ich mich bestimmt nicht.“

„Nun, Herr Hilmer, sie haben mir definitiv sehr geholfen! Vielen Dank ...“

***

Ein Orkan in Form von Bernhard Frobes fegte am Montagmorgen durch die Firma, als das Schreiben eines von ihm unbekannten Rechtsanwalts, das eigentlich an Marvin gerichtet war, in seine Hände geriet.

Frobes Senior hatte keine Bedenken, die Post seines Sohnes zu öffnen. Er las zweimal das Schreiben, starrte auf die Scheidungspapiere von seiner Schwiegertochter Constanze Frobes, die er in Händen hielt und schüttelte verständnislos den Kopf, bis ihm klar wurde, was hinter seinem Rücken gespielt wurde. Schwarz auf weiß las er zum dritten Mal, warum sich seine Schwiegertochter von seinem älteren Sohn trennen wollte.

Frobes stürmte von seinem Büro in das seines Sohnes, ließ eine verblüffte Vorzimmerdame hinter sich, riss die Tür auf und schmiss das Schreiben auf Marvins Schreibtisch.

„Kannst du mir das hier einmal erklären?“

Marvin griff nach dem Brief, las, dass er an ihn adressiert war, und sah seinen Vater nur abwertend an. Er hatte es so satt.

„Da gibt es nichts zu erklären. Da du ja meine“, er legte die Betonung auf *meine*, „Post schon gelesen hast, nimm es einfach zur Kenntnis.“ Dass Constanze sich wirklich zu diesem Schritt entschieden hatte, damit hatte er schon gerechnet, nachdem sie ihm das Alibi nicht bestätigt hatte. Und es war ihm mittlerweile egal. Er war trotz allem mit einem blauen Auge davongekommen. Außerdem hatten sie vor der Eheschließung einen Ehevertrag abgeschlossen, auf den sein Vater vor zehn Jahren bestanden hatte. Auch in dieser Hinsicht konnte ihm nicht mehr viel geschehen.

„Das hat es in unserer Familie noch nie gegeben ...“

„Nein. In unserer noch nicht, aber wir sind auch nicht die erste, in der es geschieht“, unterbrach Marvin seinen Vater. Für deine Weitsichtigkeit, was den Ehevertrag angeht, bin ich dir dankbar, aber in Zukunft bitte ich darum, meine Post nicht mehr zu öffnen. Und nun habe ich zu arbeiten.“ Es war wohl das erste

Mal, dass er so mit seinem Vater sprach, denn Frobes Senior stand der Mund offen, und er konnte nicht glauben, dass er wie ein Schuljunge von seinem eigenen Sohn abserviert wurde.

„Das wird dir noch leidtun, mein Sohn. Du, ein notorischer Fremdgänger. So wirst du doch in dem Schreiben betitelt. Bist du von allen guten Geistern verlassen?!“, tobte Frobes und lief zur Höchstform auf. „Entweder bringst du das Dilemma mit Constanze wieder in Ordnung oder aber du verlässt augenblicklich die Firma. Hast du mich verstanden? Wir sind eine ehrbare Familie!“

„So, wir sind eine ehrbare Familie? Da habe ich aber etwas anderes gehört.“ Vor Hohn triefend blickte Marvin auf seine Unterlagen, als wenn er beschäftigt wäre, öffnete eine Akte, nahm einen Stift zur Hand und beugte sich über die Papiere.

„Was willst du damit andeuten?“, brüllte Bernhard Frobes erneut los.

„Finde es selbst heraus. Und jetzt verlass bitte mein Büro.“

„Du glaubst allen Ernstes, dass ich bluffe. Da irrst du dich gewaltig. Du hast die Wahl.“ Damit knallte Frobes hinter sich die Tür zu.

Marvin saß wie vom Blitz getroffen in seinem Stuhl. Langsam stand er auf, ließ alles so liegen und ging hinüber zum Safe, tippte seinen Code ein und öffnete die Tür. Der Schlag, den er empfand, hätte nicht heftiger sein können, als er in einen leeren Safe blickte, und er fragte sich verzweifelt, wer sich Zugang zu seinen privaten Dingen verschafft hatte. Sein ganzes Geld, was er immer mal wieder abgezweigt hatte, war verschwunden. Auch brisante Unterlagen, die er im Geldschrank als sicher empfunden hatte, waren entwendet worden. Es kamen nur zwei Menschen in Frage, überlegte er wütend. Und beide hatten ihn in der Hand.

***

Auch wenn ich es nicht für möglich gehalten hätte, so hatte ich es doch Sybille zu verdanken, dass der Sonntag für uns beide zu einem wunderschönen Tag wurde.

Am Frühstückstisch hatte ich noch von mir gegeben, dass ich mich am liebsten sofort mit Hamann befassen würde, denn es kribbelte in mir, ihm endgültig ein Geständnis zu entlocken. Fünf tote Frauen – oder vier und ein zehnjähriges Mädchen – waren genug. Ich war fest in dem Glauben, dass auch er Jennifer Balzer getötet hatte. Alleine das einzelne Haar, das am Tatort gefunden wurde, konnte nur von ihm stammen. Ich war mir so sicher, auch ohne den Bericht der KTU.

„Walter“, hatte Sybille schmunzelnd gesagt, „entspann dich ein wenig.“ Sie hatte sich hinter den Stuhl gestellt, auf dem ich saß, um meine verspannte Schultermuskulatur zu massieren.

„Für deine ansonsten sehr zarten Finger hast du einen ganz schön festen Griff, meine Liebe“, erwiderte ich schmunzelnd, um gleich darauf schmerzhaft mein

Gesicht zu verziehen, denn sie hatte einen Punkt erwischt, der mir schon die ganze Woche Probleme bereitete.

Erholt, als wenn eine Woche Urlaub hinter mir läge, betrat ich am Montagmorgen mein Büro. Meine gute Laune wurde noch durch den Anruf vom KTU verstärkt. Ich nahm den Hörer ab und vernahm Versmanns Stimme.

„Ich habe mir gedacht", hörte ich ihn mit seiner ruhigen, besonnenen Stimme sagen, „dass du bestimmt sofort wissen möchtest, wem das einzelne Haar zwischen den Fingern der Toten gehört. Und auch der Fingerabdruck in der Wohnung von Frau Balzer."

„Du liebst es, mich auf die Folter zu spannen, Volker. Wir kennen den Täter? Habe ich Recht? Florian Hamann?"

„Bingo, Walter. Du warst immer schon ein heller Kopf", lachte Versmann in den Hörer. „Ja, du hast recht. Es gibt keinen Zweifel. Ich hatte ja die DNA von Hamann und bin dir zuliebe mit einem Kollegen das Wochenende alle mysteriösen Spuren durchgegangen, um dir ein Ergebnis zu präsentieren. Das Ergebnis ist eindeutig."

„Mit dem Beweis werde ich ihn endlich festnageln können."

„Viel Erfolg, Walter."

Und eine Stunde später bekam ich den nächsten Beweis, dass ich auf der richtigen Straße wanderte. Der Anruf meines Kollegen aus Bochum ließ mein Herz höherschlagen. Da Jill ihm die DNA von Hamann schon vor Tagen gefaxt hatte, um sie mit den Spuren in Marietta Lövers Wohnung zu vergleichen, hatte man wohl auch dort auf Hochtouren gearbeitet, um mir ein positives Ergebnis zu liefern. Kollege Reinke erklärte mir, dass die Fingerabdrücke eindeutig mit denen ihres Sohnes identisch wären. Ich hatte ein weiteres Indiz, das mich geradezu euphorisch werden ließ. Ich dankte Reinke für die Zusammenarbeit. Nicht immer war eine enge Zusammenarbeit der Kollegen, wenn es ortsübergreifend war, selbstverständlich. Da hatte ich schon ganz andere Dinge in meinen Berufsjahren erlebt.

„Jetzt kommt endlich Bewegung in die ganze Sache." Jill trat vor meinen Schreibtisch und reichte mir die gewünschten Unterlagen.

„Hast du schon etwas Neues in Erfahrung gebracht, Jill?"

„Die Sozialarbeiterin aus Bochum, Olga Schukowski, hat mich heute Morgen angerufen. Sie wollte die Akte aus dem Archiv holen und sie mir dann zufaxen. Ich warte darauf."

„Gut. Und ich werde mich jetzt mit Florian Hamann befassen."

Fast wäre ich mit Sybille zusammengestoßen, als ich aus dem Büro stürmte und sie vor der Tür stand. Erstaunt sahen wir uns an.

„Ich hoffe, ich störe nicht."

„Du störst nie, Sybille“, schmunzelte ich.

„Ich habe mich noch einmal mit der Akte von Florian Hamann eingehend befasst“, erklärte sie mir. Ich gab ihr mit der Hand zu verstehen, dass sie vor meinem Schreibtisch Platz nehmen sollte. Auch wenn ich schon auf dem Weg zu Hamann war, wollte ich mir doch noch ihre Eingebung anhören.

„Hast du eine neue Erkenntnis, die mir bei der Vernehmung jetzt helfen könnte?“

„Ich weiß nicht, ob es für dich relevant ist. Laut deiner Erklärung, Walter, war Florian damals, als er zur Familie Hamann kam, ziemlich traumatisiert.“

„Ja, so haben mir seine Adoptiveltern die Situation erklärt.“

„Was im Inneren eines Kindes von vier Jahren in dem Zustand vorgeht, ist schwer zu sagen. Viele verdrängen das Erlebte und erst später, wenn sie mit einer Situation konfrontiert werden, kann das, was im Unterbewusstsein noch vorhanden ist, wieder hervorkommen. Es bedarf manchmal nur einer Kleinigkeit und das Verschwundene ist plötzlich wieder vorhanden. Inwieweit Herr Hamann sich plötzlich an seine Mutter erinnert hat, ... ich vermute, dass es ein einschneidendes Erlebnis mit dieser blonden Frau gab. Marietta Löver; Hat sie ihn erniedrigt? Gedemütigt? Oder nur verbal misshandelt? Wir wissen ja nicht, was Florian als Vierjähriger wirklich erlebt hat. War seine Mutter ständig betrunken? Es wäre interessant zu wissen, ob er selbst jemals Alkohol getrunken hat.“ Sybille blickte aus dem Fenster. „Ich habe damals in der Praxis in viele kleine Seelen schauen können. Ihr glaubt gar nicht, was in den Kinderköpfen vorgeht. Manchmal auch erst sehr viel später, wenn sie älter wurden. Manches konnte ich zuvor nicht ahnen. Auch wenn Florian in einem liebevollen Elternhaus aufwachsen durfte, ... es gab einen Auslöser. Es muss einen gegeben haben.“

Ich ließ mir ihre Worte durch den Kopf gehen. Ehe ich Sybille stoppen konnte, ging sie zur Wand und wies auf das Foto von Marietta.

„Gehen wir einmal davon aus, dass Frau Löver damals, als sie sich von ihrem Sohn trennte, genauso ausgesehen hat, wie hier auf dem Foto, dann ist es genau das Bild, das sich bei Florian fest verankert hat. Das aber vermutlich lange nicht an die Oberfläche seines Bewusstseins getreten ist. Und die toten Frauen verkörpern den gleichen Typ wie seine Mutter.

„Seine Mutter muss ihn sehr verletzt haben. Können wir davon ausgehen, dass der Täter … von den anderen Frauen verschmäht oder verletzt wurde?“, fragte Jill und sah Sybille abwartend an.

„Ja. Ich gehe davon aus, Jill. Wie hat sich laut Protokoll Frau Kurda geäußert? Kerstin hatte den Mann als einen Spinner bezeichnet. Es hätte sich erledigt. Wir wissen nicht genau, ob Kerstin Wagner mit dem Mann über den Chat in Kontakt stand, weil der Laptop fehlt, aber wir wissen von Frau Kurda, dass ihre Freundin auf solchen Seiten im Internet surfte. Und vielleicht hat sie ihn wirklich verschmäht oder verspottet? Noch wissen wir es nicht genau. Es sind nur Vermutungen. Im Fall Mona Heiters hat womöglich die Kleidung eine Rolle gespielt, Alkohol war im Spiel – oder war die Ohrfeige, die Martin Frobes erhielt, ein Auslöser für den Täter?“

Jill stellte sich zu Sybille an die Magnetwand und betrachtete eingehend die Fotos. Sie warf mir einen verstohlenen Blick zu.

„Und Ramona war stark geschminkt. Hat ihr Bruder sie deshalb vielleicht zur Rechenschaft gezogen und die Kleine hat ihn ausgelacht?

„Das ist gut möglich, Jill“, bestätigte Sybille die Vermutung ihrer jungen Kollegin.

Ich verfolgte interessiert das Gespräch zwischen Sybille und Jill. Solch eine Zusammenarbeit lobte ich mir. Wenn Frank doch nur ein wenig in diese Richtung arbeiten würde, dachte ich seufzend.

„Wenn wir den Fall Jennifer Balzer betrachten. Sie hat sich ihm gegenüber unter falschem Namen ausgegeben. Sie hat ihn ja in gewisser Weise auch belogen“, war Jills nächste Überlegung.

„Ja, Jill. Genau. Das sind alles Motive, die zutreffen könnten.“ Sybille nahm wieder auf dem Stuhl Platz.

„Aber ...“, ich suchte nach passenden Worten, „aber ich frage mich trotz allem, warum Ramona? Seine Schwester! Sie war ein Kind! Und überall, auch in den Protokollen von vor zwei Jahren, wird immer wieder betont, dass Florian seine Schwester geliebt hat.“

„Lassen wir einmal die Tatsache weg, Walter, dass sie ein zehnjähriges Mädchen war. Sie trug ihre blonden Haare offen, die Kinder durften sich auf diesem Geburtstag schminken. Es lässt sich nicht von der Hand weisen, wenn wir das Foto betrachten, dass sie sehr erwachsen wirkte und somit den anderen Mordopfern ähnelte. Die Kleine kommt ihm freudestrahlend entgegen. Er sieht das geschminkte Gesicht, die langen blonden Haare, auch wenn sie gelockt waren, und plötzlich entsteht ein Bild in seinem Kopf, das er nicht vergessen kann.“

„Ja, zu dem Zeitpunkt hatte er ja schon seine Mutter getötet. Das Ganze liegt sechs Jahre zurück. Florian war achtzehn Jahre alt. Ramonas Tod vier Jahre später und plötzlich nach zwei Jahren, in nur zwei Wochen, drei weitere Morde an jungen Frauen. Warum diese Zeitspanne zwischen den beiden ersten Mordfällen? Und dann drei Morde gleich hintereinander?“ Ich schüttelte den Kopf.

„Auch die Frage kann ich dir nicht beantworten, Walter.“

„Ich hätte aber gerne eine Antwort. Begleitest du mich zur Vernehmung? Frank ist auf dem Weg zu einem Zeugen – im Fall Balzer.“

***

Florian lag mit verschränkten Armen unter dem Kopf in der Zelle auf der harten Pritsche und starrte an die Decke. Nachdem er das Präsidium verlassen hatte, war er mit dem Fahrrad zu seiner Arbeitsstelle gefahren. Es kam für ihn nicht überraschend, aber im Geheimen hatte er nicht mit dem Ende gerechnet. Kaum, dass er den Fuß über die Schwelle des Autohauses gesetzt hatte, war ihm sein Chef entgegengeeilt und hatte ihm die Papiere in die Hand gedrückt – mit den Worten: „Es ist besser für uns alle, wenn du so schnell es geht verschwindest." Er hatte ihn nicht einmal ausreden lassen. Dabei wollte er ihm doch nur sagen, dass sich alles als ein großer Irrtum herausgestellt hatte.

Und dann die fristlose Kündigung. Wieder einmal lag sein Leben in Scherben.

Er hatte der freundlichen Kriminalpsychologin versprochen zu seinen Eltern zu fahren. War es nicht der Ort, an dem er sich immer sicher gefühlt hatte? Zwei Stunden hatte er auf dem Bahnsteig gesessen, das Für und Wider abgewogen, bis er schließlich in den Zug nach Amelsbüren gestiegen war.

Aber es war ein Fehler gewesen. Ein großer Fehler, wie er sich jetzt zugestand, als er die Situation in seinem Elternhaus überdachte.

Kaum war er zur Tür hereingekommen, hatte sein Vater ihn mit Fragen überfallen. Ob er heimlich seine leibliche Mutter aufgesucht und ob er jemals einen Blick in den Aktenordner geworfen hatte. Diese Fragen versperrten ihm den Weg in eine Sicherheit, die er sich so erhofft hatte.

Jegliche Antwort wäre eine Lüge gewesen.

Und dann war erneut dieser Anruf aus dem Präsidium erfolgt, den sein Vater angenommen hatte. „Sie suchen dich. Und du wirst wissen, warum."

Fluchtartig hatte Florian sein Zimmer aufgesucht. Er wusste, was er zu tun hatte. Ansonsten würde es nie aufhören. Er wusste nicht, wie er die Anschuldigungen, die man ihm vorwarf, entkräften konnte.

Florian hatte sich noch nie so isoliert gefühlt, als er an seinen alten Teddy dachte, der ihn sein ganzes Leben begleitet hatte. Jetzt saß er einsam und verlassen auf dem Regal in seinem Zimmer im Elternhaus. So einsam und verlassen, wie er sich in diesem Moment in der Zelle fühlte.

Nur ein kleiner Teil aus der Vergangenheit, der ihm geblieben war. Wer hatte ihm diesen Teddy geschenkt?, überlegte er. Hatte er ihn zu einem Geburtstag bekommen? Von seinen Adoptiveltern stammte er nicht. Das wusste er genau.

Dass dieser schon häufig geflickte Teddy ein winziger Teil aus dem Leben seiner Mutter war, würde Florian nie erfahren. Es war niemand da, der ihm das erzählen konnte.

Die Frage nach seiner Mutter hatte ihn oft beschäftigt, auch wenn er seinen Eltern gegenüber immer wieder beteuert hatte, dass sie seine wahren Eltern seien. Doch seine Neugierde hatte ihn dazu getrieben, einen Blick in den Ordner zu werfen, der sein früheres Leben beinhaltete.

Es war ein stürmischer Herbsttag gewesen. Die Eltern waren bei den Nachbarn eingeladen, und er wusste, dass sie nicht so zeitig zurückkehren würden. Er war in das Büro seines Vaters geschlichen, hatte den Ordner vom Regal entfernt und die ganze Wahrheit erfahren. Damals war er sechzehn gewesen.

Es war nur ein Griff gewesen, aber damit hatte er einen Teil seiner Vergangenheit geöffnet. Zum ersten Mal nach so vielen Jahren las er den vollständigen Namen seiner Mutter und den kurzen Brief der Behörde – die Aussage war niederschmetternd. Er musste lesen, in welchem Gewerbe seine Mutter tätig war. Elvira und Rudi, seine Adoptiveltern, hatten ihm verschwiegen, woher er ursprünglich kam.

Empfindungen und verschwommene Bilder, die körperliche Schmerzen verursachten, tauchten erneut vor seinen Augen auf, als Florian an den Abend zurückdachte. Als wenn er sich an dem Ordner verbrannt hätte, hatte er ihn schleunigst zugeklappt und zurück auf das Regal gestellt, in der Hoffnung, dass seine Adoptiveltern es nie bemerken würden. Mit diesem neuen Wissen, war es ihm sehr schwer gefallen, sein unbekümmertes Wesen nach außen hin weiter aufrechtzuerhalten.

Es begann mit Träumen in der Nacht. Mit jedem Traum kamen vage Erinnerungen zutage. Immer öfter erschien eine blonde Frau, aber ihr Gesicht war ständig verschwommen. Jetzt wusste er, wie seine Mutter aussah. Das Foto hatte ihm der Kommissar vorgelegt.

Florian fragte sich, ob seine leibliche Mutter ihn auch in den Arm genommen hatte? Hatte sie ihn überhaupt geliebt? Hatte er überhaupt einen Platz in ihrer Gedankenwelt eingenommen? Jetzt konnte er keine Antwort mehr von ihr erwarten. Er fragte sich, wie seine Mutter in dieses Leben abrutschen konnte? Unaufhörlich kreisten seine Gedanken um diese Frau. Schon damals, als er sechzehn war und nicht den Mut fand, sich seiner Adoptivmutter zu offenbaren.

Je mehr er sich damit befasste, umso mehr nahm es ihm die Luft zum Atmen. Er wollte nur vergessen, aber es war nicht mehr möglich.

Die Zellentür wurde geöffnet und Florian aus seinen Gedanken gerissen.

***

Warum hatte sie erst heute von dem Tod Mariettas erfahren? Sechs Jahre später? Und dann fiel es Olga wie Schuppen von den Augen. Vor sechs Jahren hatte ein rücksichtsloser Autofahrer, der noch dazu alkoholisiert war, sie selbst auf ihrem Fahrrad erfasst, als sie zur Arbeit fuhr. Lange Zeit hatte sie im Krankenhaus gelegen und sich nach vielen Operationen zurück ins Leben gekämpft. Wie oft hatte sie später schmunzelnd bei ihren Kollegen behauptet, dass die Kinder, die sie betreute, sie damals am Leben erhalten hatten.

Olga saß ihrem Vorgesetzten in dessen Büro gegenüber und erklärte ihm die ganze Sachlage, die sie seit der entsetzlichen Entdeckung nicht mehr ruhen ließ.

„Wie ist so etwas möglich? Ich hatte von allem keine Ahnung“, erklärte Olga und sprach kurz ihre den Unfall zu diesem Zeitpunkt an.

Ihr Vorgesetzter besah sich das Foto. Ein junges Mädchen, höchstens siebzehn, schätzte er, glatte, glänzende, dunkelbraune Haare umrundeten ein kindliches Gesicht, der wuchtige Pony reichte bis unter die Augenbrauen. Die Farbe der Augen konnte er nicht richtig deuten, sie zeugten womöglich von einem helleren Braun. Unternehmungslustig hatte dieses Mädchen in die Kamera geblickt.

Er drehte das Foto um, las die Namen, die auf der Rückseite vermerkt worden waren, legte das Foto zur Seite und besah sich den Briefbogen, auf dem nur wenige Zeilen geschrieben standen. Im Anschluss befasste er sich mit den Notizen, die der Kollege Niersmann dort vermerkt hatte. Auf dem Blatt las er ebenfalls die zwei Namen, die jeweils mit einem Strich und einem dicken Fragezeichen gekennzeichnet waren. Sein Finger wanderte weiter auf dem Papier entlang, wo der Name einer Klinik in Bochum und ein Geburtstermin vermerkt waren. Erstaunt sah er Olga an. Dann las er ganz unten und dick unterstrichen: Muss die Polizei benachrichtigen.

„Das ist wirklich unfassbar. Von Ihnen sind diese Unterlagen nicht in die Akte gelegt worden?“, vergewisserte sich Olgas Vorgesetzter nochmals.

„Nein. Nachdem der Fall Florian Löver für die Behörde erledigt war, ist diese Akte ins Archiv gelegt worden. Und dieser Inhalt war darin sicher nicht erhalten.“

„Ihr Kollege, der damals Ihre Vertretung übernommen hat ..., er muss hiervon gewusst haben. Oder jemand hat ihn davon in Kenntnis gesetzt. Und daraufhin hat Niersmann recherchiert. Aber wer hat ihn auf diese Spur gebracht? Und ihm das Foto zukommen lassen?“

„Das hätte ich auch gerne gewusst.“

„Leider können wir ihn nicht mehr fragen. Wie Sie wissen, ist ihr Kollege nur ein Jahr später ganz plötzlich an einem Herzinfarkt verstorben. Dabei war er erst dreiundvierzig.“

„Ja, das hat mich damals auch sehr erschüttert, als mein Mann es mir erzählt hat. Was ich nur nicht verstehe, warum ist die Akte wieder ins Archiv gelegt worden, wenn solche brisanten Details ans Licht gekommen sind?“

„Da gibt es eigentlich nur eine Antwort. Auf der Akte steht der Vermerk „Erledigt“. Als andere Kollegen das Büro von Herrn Niersmann aufgeräumt haben, hat sich keiner die Mühe gemacht, die Akten durchzusehen, ob sie noch bearbeitet werden mussten. Erledigt heißt erledigt, Frau Schukowski. In diesem Fall eine unverzeihliche Nachlässigkeit.“

„Ja, ich darf mir gar nicht vorstellen, was wir vielleicht alles damit hätten verhindern können. Soviel mir die Kommissarin Frau Kirchhoff berichtete, gibt es fünf Mordopfer. Vier Frauen und ein zehnjähriges Mädchen. Unter den Opfern Marietta Löver. Die Mutter von Florian."

„Wenn wir davon ausgehen, dass es sich bei dem Foto um diese Löver handelt …"

„Wie sie das bewerkstelligt hat, keine Ahnung, aber sie hat ja nicht nur den Namen geändert, sondern auch ihr komplettes Aussehen. Mein verstorbener Kollege muss wohl unter dem anderen Namen die andere Akte im Archiv gefunden haben, die ja mit der von Florian zusammengeheftet wurde. Das passt alles zusammen, wenn man eins und eins zusammenzählt."

Ihr Vorgesetzter, Manfred Peters, schlug die zweite Akte auf, die ihm Olga über den Schreibtisch hinübergeschoben hatte. Was er da zu lesen bekam, konnte er nicht glauben, musste aber seiner Mitarbeiterin recht geben.

„Ja, es ist bedauerlich, dass der Kollege Niersmann während seiner Recherchen verstorben ist."

„Was geschieht jetzt? Wie soll ich mich verhalten, Herr Peters?"

„Setzen Sie sich mit der Kripo hier in Bochum in Verbindung. Wie Ihnen die Kollegin aus Münster erklärte, sind die Fälle miteinander verknüpft. Aber dieser Fall liegt eindeutig in dem Bereich der Polizei hier in Bochum. Sie wissen, um welchen Kommissar es sich handelt?"

„Ja. Kommissar Reinke. Er hat vor sechs Jahren in dem Mordfall Marietta Löver ermittelt."

***

Kommissar Reinke aus Bochum ließ der Fall Löver ebenfalls keine Ruhe. Nachdem er die Akte an das Kommissariat in Münster gefaxt hatte, war dieser Mord auch für ihn wieder ganz aktuell. Es war der vierte Tag infolge, dass er sich damit beschäftigte. Ihm ging nicht mehr aus dem Kopf, dass die Tote einen Sohn hatte, der zum heutigen Zeitpunkt vierundzwanzig war. Er durchforschte sämtliche Protokolle der Zeugen, die im Leben von Frau Löver eine Rolle gespielt hatten. Viele waren es nicht gewesen. Der Barbesitzer, ein schmieriger Typ, erinnerte Reinke sich, der in seinen Augen seine Pferdchen gut unter Kontrolle hatte und ihnen kaum etwas durchgehen ließ. Ein Zuhälter. Er und seine Barmiezen hatten fast das Gleiche zu Protokoll gegeben: Marietta hätte seit fünf Jahren in der Spelunke gearbeitet und wäre zu den Gästen stets freundlich und zu Diensten gewesen. Niemand konnte sich an den letzten Gast oder auch Freier erinnern, mit dem sie ins Separee gegangen war. Wahrscheinlich wollte sich auch niemand daran erinnern, war schon vor sechs Jahren sein Gedanke gewesen. Und auch heute gingen seine Überlegungen in die gleiche Richtung. Diese Verschwiegenheit war gut für das Geschäft, das wusste er genau. Aber nicht für ihn. Seine einzelnen Schritte während der Ermittlung waren im Sande verlaufen. Mehrfach hatte er die Frage gestellt, ob Marietta auch Freier mit in ihre kleine Wohnung genommen hätte? Daraufhin hatte der Barbesitzer lautstark protestiert. Privat würde nicht in dieser Hinsicht gearbeitet, und es hätten sich bislang alle daran gehalten. Auch Marietta.

Was Reinke bezweifelt hatte, denn zwei Straßen weiter, wo Marietta ein kleines Zimmer besaß, war sie am sechszehnten Juli ermordet und einen Tag später von ihrer Vermieterin entdeckt worden. Eine Kollegin aus der Bar war von dem Besitzer zu Marietta geschickt worden, da sie nicht wie gewohnt auf ihrer Arbeitsstelle erschienen war.

Über männliche Besucher in Mariettas Wohnung konnte oder wollte die Hausbesitzerin, eine ältere Dame, keine Auskunft erteilen. Sie hatte immer pünktlich die Miete erhalten, hatte sie ihm damals erklärt, und alles andere, was die Tote betraf, wäre ihr egal gewesen.

Reinke klappte die Akte zu. Nein, er hatte nichts übersehen und ihm war in dieser Hinsicht kein Fehler unterlaufen. Und auch sein Team hatte gründlich nach Familienmitgliedern geforscht, war auf etliche mit dem Namen Löver gestoßen, aber niemand kannte eine Marietta Löver. Nun, da ihm bekannt war, dass die Fingerabdrücke in der Wohnung mit denen von diesem Hamann identisch waren, war der Fall auch für ihn gelöst. Er erwartete den Anruf seines Kollegen aus Münster.

Dass der Fall noch weitere Kreise ziehen würde, ahnte auch Reinke in diesem Moment nicht.

***

Am Montagmorgen rief Britta ihren Chef an und entschuldigte sich dafür, dass sie nicht in der Lage sei zu arbeiten. Während sie mit Tramer sprach, starrte sie immerzu auf die Fotos in der Zeitung, auf denen Jennifer und der Mann, der sie auf dem Gewissen hatte, abgebildet waren.

Wie lange wird es dauern, bis er gefasst ist?, dachte sie total übermüdet, denn sie hatte seit zwei Nächten kaum geschlafen. Wann würde dieser Alptraum aufhören?

Der Versuch, zu einem normalen Leben ohne Angst zurückzukehren, fiel Britta Langner schwer, nachdem sie im Kommissariat gewesen war und ihre Bedenken geäußert hatte. Wenn ihr auch Kriminalhauptkommissar Winter wohlwollend bestätigte, dass sie nicht der Typ Frau war, auf den der gesuchte Täter es absah, so verließ sie kaum noch das Haus. Und wenn, dann nur in Begleitung ihres Freundes oder der Eltern, die sie bis zu ihrer Arbeitsstelle begleiteten und auch nach Feierabend wieder abholten.

Aus der selbstbewussten Britta Langner war eine angstvolle, zerstörte Frau geworden, die immer wieder das Bild vor Augen hatte, wie der Mann vor ihr im Reisebüro gestanden hatte. Sie kannte sein Gesicht und fragte sich, ob ihm auch die Begegnung im Café noch in Erinnerung geblieben war? Sie hatte ihn schon einmal im Präsidium identifiziert und konnte nicht verstehen, warum er wieder auf freiem Fuß weilte. Er kannte sie. Er kannte ihr Gesicht. Und er wusste, wo er sie finden konnte. Das waren die ständigen Begleiter, die sich im Kopf von Britta fest verankerten. Panikattacken gehörten mittlerweile zur Tagesordnung. Es ging so weit, dass sie den Auftrag ihres Chefs – eine geplante Reise nach Andalusien – ablehnte. Sie war nicht in der Lage, diesen Auftrag auszuführen.

Seit dem Wochenende, als sie den verhängnisvollen Anruf ihrer Mutter erhielt, die ihr den Tod von Jennifer mitteilte, weilte sie in Heiners Wohnung. Winter hatte die junge Frau persönlich benachrichtigen wollen und von der Mutter erfahren, dass ihre Tochter seit ein paar Tagen bei ihrem Freund wohnte. Sie gab Winter zu verstehen, dass sie Britta von dem Tod der Bekannten selbst in Kenntnis setzen würde.

Nachdem Britta von ihrer Mutter über den Tod von Jennifer benachrichtigt wurde, war sie so erschüttert, dass sie kaum noch einen klaren Gedanken fassen konnte. Zusammengesunken saß sie in der Sofaecke, ein Kissen fest an sich gedrückt, und weinte still vor sich hin. Auch Heiner vermochte sie nicht zu beruhigen. Er saß neben ihr und versuchte, sie zu trösten.

„Ich hätte vielleicht doch besser noch einmal zu Jennifer gehen sollen“, schniefte sie in ihr Taschentuch. „Ich hätte ihr gut zureden sollen.“

„Britta. So leid es mir auch für deine Bekannte tut, aber du hättest an der ganzen Situation gar nichts ändern können. Das hat der Kommissar nicht nur dir, als du im Präsidium warst, erklärt, sondern auch deiner Mutter zu verstehen gegeben. Ich kann mir vorstellen, wie du dich jetzt fühlst, aber mach dir keine Vorwürfe. Du hättest Jennifer Balzer nicht retten können. Das hat ja nicht einmal die Polizei zustande gebracht.“

Heiner hatte Britta noch nichts von dem Gespräch mit Kommissar Winter erzählt, das er erst vor einer Stunde mit ihm geführt hatte. Daher wusste er auch, wie Jennifer sich beim Besuch der Kriminalpolizei aufgeführt hatte. In seinen Augen hatte sich die Frau das selbst zuzuschreiben. Schließlich war jeder für sein Leben verantwortlich.

***

Ein vereinzelter Sonnenstrahl stahl sich in den Raum und hinterließ ein bizarres Muster von Regenbogenfarben auf der grauen Tischplatte, die dadurch etwas freundlicher erschien, als sie ursprünglich war.

Florian starrte auf den Strahl, legte seine Hand in die Mitte und spürte für einen kurzen Moment Wärme, die in seinem Inneren fehlte. Er dachte an seine Eltern, an die Verzweiflung in ihren Augen. Wie hätte es auch anders sein können, überdachte er die prekäre Lage und strich sich seine dunklen Locken aus der Stirn. Er konnte es ihnen nicht einmal verübeln.

Sybille, Jülich und ich standen hinter der Scheibe des Vernehmungsraums und beobachteten Florian Hamann, wie er mit dem Sonnenstrahl spielte. Ihn immer wieder durch seine Finger gleiten ließ, der sich nicht einfangen ließ. Für kurze Zeit ließen wir das Schauspiel auf uns wirken.

Als wenn er die eingehenden Blicke spürte, verschwand seine Hand unter dem Tisch und sein Blick heftete sich auf die Scheibe. Seine Augen schienen sich regelrecht in das Glas zu bohren.

Unter meinem Arm klemmte die gefüllte Akte von Hamann. Mein Handy klingelte. Ich sah, dass es Frank war und nahm das Gespräch an. Ich krauste die Stirn. Gut, dass er mich noch benachrichtigt hatte, bevor ich Hamann aufsuchte.

„So, Herr Hamann. Lange hat es ja nicht gedauert, bis Sie hier wieder vor mir sitzen. Kaum aus dem Präsidium entlassen, schnappen Sie sich die nächste blonde Frau. Eine Ihrer Internetbekanntschaften?"

Das Aufnahmegerät surrte leise vor sich hin, und ich blickte in Florians braune Augen, die von einem Kranz schwarzer Wimpern umrundet wurden. Ich schob die Akten auf dem Tisch zurecht. Beneidenswerte Augen, dachte ich, die doch so verlogen waren.

„Herr Hamann. Sie sind davon in Kenntnis gesetzt worden, was man Ihnen erneut zur Last legt. Um es noch einmal kurz zu wiederholen: fünf Morde, die Sie zu verantworten haben."

„Nein. Ich habe niemanden getötet."

„Sie sind eindeutig identifiziert worden. Wollen Sie diese Taten immer noch leugnen?" Ich dachte an die Fotografie von dem jungen Mann. Egal, wo wir das Foto herumgehen ließen, fast immer war die gleiche Antwort erfolgt. „Sie sind im *Studentengärtchen* und im *Farbklecks* erkannt worden. Ebenso im Studententreff *Onkel Max*. Außerdem in Internetcafés. In diesen besagten Cafés haben Sie Mails an Kerstin Wagner verschickt und auch an Jennifer Balzer. Ihr letztes Mordopfer vom Wochenende."

An diese Tote durfte ich gar nicht denken. Kaum, dass Hamann das Präsidium verlassen hatte, war er vermutlich Stunden später erneut zum Täter geworden. Und Jennifer Balzer könnte noch leben, dachte ich frustriert, wenn sie sich kooperativer gezeigt hätte. Sie war ja noch nicht einmal bereit gewesen, uns ihren Laptop auszuhändigen. Als Beamte mit einem Beschluss vor ihrer Tür gestanden hatten, hatte sie entweder nicht geöffnet oder hatte zuvor das Haus verlassen.

Und dann war es zu spät gewesen. Jetzt hatten wir leider auch nach ihrem sinnlosen Tod keinen Einblick in das Gerät, weil der Täter schneller gewesen war als wir. Nur die einzelnen Ausdrucke in der Wohnung von Frau Balzer lagen uns als Beweise vor.

„Ich kenne weder eine Kerstin Wagner noch eine Jennifer Balzer."

„Dann kannten Sie wohl auch nicht Mona Heiters? Die junge Frau aus dem Lokal *Onkel Max*. Sie sind an dem Abend, als Frau Heiters dort war, ebenfalls gesehen worden. Sie haben laut Zeugenaussagen an einem kleinen Tisch in der Ecke gesessen."

„Ich war in keinem der genannten Lokale. Ich weiß noch nicht einmal, wo diese sind."

„Das können Sie jemand anderem erzählen, aber mir nicht. Wo waren Sie denn am Abend und in der Nacht von Samstag zu Sonntag, als Mona Heiters ermordet wurde?

„Zu Hause."

Diesen Spruch hatte ich in letzter Zeit zu oft gehört. Wenn alle Welt zu Hause wäre, würden andere Menschen nicht zu Tode kommen, dachte ich verzweifelt. Doch ich musste meine Gedanken revidieren. Meine Marina war im Haus der Großeltern ums Leben gekommen.

„Beamte der Polizei haben Sie am letzten Samstagmorgen nicht in Ihrer Wohnung angetroffen. Ich hatte das als Erstes angeordnet, als ich zum Fundort von Frau Balzer gerufen wurde."

„Ich war zu Hause. Bei meinen Eltern."

„Herr Hamann, ein Zeuge hat Sie nachts um circa ein Uhr in Jennifer Balzers Haus mit einer großen Umhängetasche hinein- und auch wieder herausgehen sehen." Ich war vor dem Verhör von Frank telefonisch über die Aussage von Opa Hilmer, wie er ihn nannte, informiert worden. Das Verhör hatte ich daraufhin kurz verschoben, denn ich erwartete Frank, der mir ein weiteres Beweisstück liefern wollte.

„Ich weiß nicht, wovon Sie sprechen?"

„Und was ist das hier?" Ich griff neben meinen Stuhl und beförderte ein wichtiges Detail zutage, was ich ihm präsentierte. In einer Plastikfolie steckend, legte ich eine gräuliche große Tasche mit einem längeren Haltegurt auf den Tisch. Nach Herrn Hilmers Information war Frank sofort mit zwei Beamten zu Hamanns Wohnung gefahren, wo sie dieses Utensil auch fanden.

„Das ist nicht meine Tasche. Ich besitze so etwas nicht."

„Dann sagen Sie mir bitte, wie die Tasche in Ihre Wohnung kommt, denn dort haben Beamte sie heute vor nicht einmal einer Stunde gefunden. Wir haben für Ihre Wohnung einen Durchsuchungsbeschluss vorliegen. In der Tasche befand sich ein Laptop, der gerade untersucht wird." Noch war ich gespannt, wem der Laptop gehörte und was sich auf dem Gerät für Material befand.

Hamann blickte mich an, als wenn er mich zum ersten Mal sehen würde. „Das kann und darf alles nicht wahr sein."

„Herr Hamann. Es hilft Ihnen nichts mehr, zu leugnen. Es hat lange gedauert, aber wir haben endlich die Beweise. Genug Beweise, die alle gegen Sie sprechen. Wenn Sie vorgeben, bei Ihren Eltern gewesen zu sein, warum hat man Sie dann nachts vor dem Haus von Frau Balzer erkannt? Und die Tasche, die Sie in Ihrer Wohnung hinterlassen haben?"

„Sie bluffen doch nur. Sie haben nichts gegen mich in der Hand. Was Sie benötigen, ist ein Sündenbock, dem Sie das alles in die Schuhe schieben können." Florian sah von mir zu Sybille. Sein Gesichtsausdruck wirkte gequält.

„Nein, ich sehe Sie nicht als Sündenbock, sondern als Täter. Wenn Sie Frau Balzer nicht kannten, dann erklären Sie mir bitte, wie ein einzelnes Haar von Ihnen zwischen ihre Finger gelangt?"

„Wie kommen Sie darauf, dass es mein Haar ist?"

„Ihre DNA besagt das eindeutig. Sie sind ja nun schon seit zwei Jahren bei uns registriert, und so etwas ändert sich nun einmal nicht. Meinen Sie nicht, dass Sie uns lange genug an der Nase herumgeführt haben?" Ich trommelte nervös mit meinen Fingern auf der Akte. „Weiter wurden Sie im Reisebüro Tramer & Tramer gesehen." Ich dachte an Britta Langner. Ihre große Angst, nicht nur wegen der Bekannten, sondern auch um ihre Person, bei unserem Gespräch im Präsidium. Sie würde aufatmen können, wenn ich ihr berichten konnte, dass wir den Täter gefasst hatten.

„Ich weiß nicht, woher Sie alle diese Informationen haben, aber ich kann Ihnen immer nur wieder beteuern, dass ich weder die Frauen noch die Orte kenne. Ich chatte nicht im Internet und habe dadurch auch keine dieser Frauen kennengelernt. Da will mir jemand etwas unterschieben. Sie müssen mir glauben. Ich war es nicht! … Glauben Sie wirklich, wenn ich all diese Taten begangen hätte, dass ich mich dann freiwillig in Ihre Fänge begeben hätte?"

Ich wollte es nicht hören.

„Wo waren Sie denn am sechzehnten Juli vor sechs Jahren?" Florian blickte verblüfft auf.

***

Jill, die neben Jülich vor der Scheibe stand, krauste die Stirn, als sie die Worte ihres Vorgesetzten vernahm. Sie rief sich das Datum ins Gedächtnis. Jülich schaute ihr irritiert hinterher, als sie sich geschwind umdrehte und fast im Laufschritt ins Büro eilte. Hastig durchblätterte sie die Kopien, bis sie das richtige Schriftstück gefunden hatte. Schnell überflog sie die Zeilen. Ihr Blick blieb an der Zahlenkombination hängen. Dass mir das nicht schon vorher aufgefallen ist, dachte sie. Wie gut, dass sie Frank darüber keine Rechenschaft schuldig war. Auf sein geringschätziges Grinsen konnte sie gut verzichten.

Jill entnahm den Beweis der Akte, notierte ihre Entdeckung und heftete den Zettel darauf fest. Eilig lief sie zurück, klopfte an die Tür, obwohl ihr Chef keinerlei Störung bei Verhören wünschte und reichte ihm wortlos die Nachricht.

Er las: Der Todestag von Marietta Löver ist gleichzeitig Florian Hamanns Geburtstag. An dem Tag wurde er achtzehn.

„Und noch einmal, Herr Hamann. Sie wissen also nicht, wo Sie an diesem besagten Tag waren? Ich kann Ihnen gerne helfen. Sie haben bestimmt nicht vergessen, dass Sie an diesem Tag Geburtstag haben. Soll ich Ihnen auch sagen, was Sie an diesem Tag unternommen haben?"

„Dann müssten Sie ja hellseherische Fähigkeiten besitzen. Ich bin gespannt."

„Herr Hamann. Wie lange wollen Sie mich noch zum Narren halten? Hier ..." Ich nahm das Foto von Frau Löver aus der Akte und legte es vor Hamann hin, der wie schon beim ersten Mal mit übergroßen Augen auf das Bild starrte. Ich warf einen Blick zu Sybille, die den jungen Mann nicht aus den Augen ließ. „Ihre Mutter. Marietta Löver. Sie starb an Ihrem Geburtstag. An dem Tag wurden Sie achtzehn. Waren volljährig." Florians Brust hob und senkte sich heftig. Durchlebte er noch einmal den Tag oder Abend, den er mit seiner Mutter verbrachte? Oder spürte er nach, wie er ihr den Gürtel ihres Bademantels um den Hals legte und sie damit gnadenlos strangulierte? Meine Vermutung ging in die Richtung. Hamann bedeckte das Gesicht mit seinen Händen, ließ den Kopf langsam sinken, bis seine Stirn die Tischplatte berührte.

„Ich warte auf Ihre Antwort." Hamann hob kurz den Kopf und schüttelte ihn, ehe er mir antwortete.

„Ja, ich wurde vor sechs Jahren achtzehn. Da haben Sie recht, aber alles andere stimmt nicht, denn an dem Tag war ich bei meinen Eltern, die für mich eine Geburtstagsfeier ausgerichtet haben."

„So?" Ich glaubte, nicht recht zu hören. „Nein. Sie feierten keinen Geburtstag. Vielleicht erst viel später. An dem besagten Tag waren Sie bei Ihrer Mutter. Bei Ihrer leiblichen Mutter. Marietta Löver. Einer Prostituierten, die in Bochum wohnte. Sie sind zu ihr gefahren. Was ist geschehen, dass Sie einen Gürtel nahmen und sie erdrosselt haben? In der Wohnung Ihrer Mutter sind zahlreiche Fingerabdrücke von Ihnen. Vor sechs Jahren konnten sie nicht zugeordnet werden, aber jetzt ..."

„Nein! Nein und noch einmal nein. Wie kommen Sie auf meine Mutter? Ich habe diese Frau nie kennengelernt."

„Hatten Sie nie das Bedürfnis diese Frau, wie Sie sagen, wiederzusehen? Sie wussten doch von ihrer Existenz." War ich mir bis zu diesem Zeitpunkt nicht sicher, so erhielt ich prompt die Antwort.

„Ja. … Aber meine Eltern sind Rudi und Elvira Hamann. Das waren sie immer für mich. Alles andere hat mich nicht interessiert."

„Herr Hamann. Ihre DNA wurde in der Wohnung Ihrer Mutter gefunden. Sie können mir erzählen, was Sie wollen. Ich glaube Ihnen nicht."

Fassungslos blickte Florian mich an. „Eine Unterschrift hat genügt, um zu bekunden, dass es mich in ihrem Leben nicht mehr geben soll. Warum sollte ich diese Frau aufsuchen?"

„Um Ihre Mutter zu fragen, warum sie es getan hat?", stellte Sybille die Frage, die uns alle beschäftigte.

„Das glauben Sie doch nicht im Ernst?"

Ich schob Florian das Foto seiner leiblichen Mutter noch näher hin. „Schauen Sie sich die Frau genau an. Und hier." Ich legte die anderen Bilder der Toten nebeneinander. „Sehen Sie die Ähnlichkeit. Alle Frauen sind der gleiche Typ. Sogar Ihre Schwester."

Der Brustkorb des Angeklagten hob und senkte sich rasend schnell. Er starrte auf das Bild seiner Schwester, und jeder Muskel seines Gesichts schien in Bewegung zu sein. Verzweifelt hob er den Kopf, und sah von mir zu der gräulichen Decke.

„Warum schauen Sie weg? Ramona, Ihre Schwester. Kerstin Wagner. Mona Heiters. Jennifer Balzer. Und Ihre Mutter. Lange blonde Haare, geschminkte Gesichter. Sie haben selbst vor Ihrer Schwester nicht haltgemacht. Und jetzt möchte ich ein Geständnis von Ihnen, Herr Hamann."

Seine Hand fuhr über den Tisch und fegte mit einem Griff die Bilder vom Tisch.

„Das hilft Ihnen auch nicht, Herr Hamann."

„Nein. Ich kenne die Frauen nicht. Nur meine kleine Schwester."

„Die Sie getötet haben!"

„Nein! Ich habe Ramona nicht getötet! Ich habe auch die anderen Frauen nicht getötet!" Florian schrie die Worte förmlich heraus.

In seinem Blick erkannte ich eine Hilflosigkeit, die ich nicht richtig deuten konnte. Alles sprach gegen ihn. Und doch schwor Hamann, dass es nicht der Wahrheit entsprach. Wie lange würde er die Taten noch leugnen?, fragte ich mich und ließ ihn nicht aus den Augen. Seine Gesichtszüge wirkten eingefallen. Die Blässe in seinem Gesicht war nicht zu übersehen. Und ich bemerkte noch etwas, was mich irritierte. In seinen Augen schwammen Tränen, die er mühsam zu unterdrücken versuchte.

Ich schob meinen Stuhl zurück, nahm die Akte, die vor mir auf dem Tisch lag und stand auf. Ich konnte nicht länger in das für mich verlogene Gesicht von Hamann blicken und bückte mich, um die Fotos vom Fußboden aufzuheben. Ich schob sie zwischen die Papiere der Akte.

„Führen Sie Herrn Hamann zurück in seine Zelle", gab ich die Order an den

Beamten weiter, der neben der Tür saß und dem Gespräch stillschweigend gelauscht hatte.

***

Mir ist ein unverzeihlicher Fehler unterlaufen.
Ich muss eine kleine Drehbuchänderung vornehmen.
Ich bin der Künstler und bestimme, wann der Vorhang fällt.
Bislang war ich trotz allem das Genie.
Ich war lange genug ein „Niemand.“

***

Sybille folgte mir in mein Büro, das verwaist war. Ich fragte mich, wo Jill zurzeit war. Mein Blick auf die Uhr sagte mir, dass wir uns knapp drei Stunden mit Florian Hamann beschäftigt hatten. Und doch war nichts dabei herausgekommen. Ich hatte immer noch kein Geständnis.

Frank war unterwegs, um die Tasche endlich in die KTU zu bringen und sie auf Fingerabdrücke untersuchen zu lassen. Diese Untersuchung, bevor ich die Ergebnisse Hamann präsentieren konnte, hätte zu viel Zeit beansprucht – und ich war mir sicher, dass sich seine Spuren auf der Tasche befanden. Ich hatte ihn aber damit konfrontieren können, was für mich eine Genugtuung gewesen war.

„Ich möchte dich einfach umarmen, Sybille.“

„Dann tu dir keinen Zwang an, Walter. Es können alle sehen.“ Sie sah mir tief in die Augen, und ich nahm sie in den Arm. Schnupperte an ihrem Haar, das nach Limonen roch.

„Wann werden wir wieder einen Abend miteinander verbringen können?“, flüsterte ich an ihrem Hals und Sybille hauchte mir einen Kuss auf die Wange.

„Bestimmt bald.“

Gerade, als sich mein Mund dem der geliebten Frau näherte, öffnete sich die Tür. Wie ertappte Sünder fuhren wir auseinander.

„Lassen Sie sich von mir nicht stören“, schmunzelte Jill, legte die Akten, die sie in der Hand hielt, auf meinen Schreibtisch, zog ihre Jacke aus und hängte sie an den Garderobenständer.

„Noch mehr Arbeit, Jill?“

„Ja.“ Sie sah uns verschmitzt an. „Mir ist etwas aufgefallen, was ich noch unbedingt heute erledigen muss. ... Wenn ich aber geahnt hätte, ...“

Ich drohte ihr gespielt empört mit dem Finger und wandte mich Sybille zu.

„Wie beurteilst du denn nun Hamann?“, fragte ich Sybille

„Willst du die Wahrheit hören, Walter?“

„Ja, natürlich.“ Ich sah sie abwartend von der Seite an, und mich überkam plötzlich ein eigenartiges Gefühl, als ich ihren mitleidsvollen Blick bemerkte.

Ich sah zum Fenster hinaus, wo es anfing, dämmerig zu werden. Noch gut sechs Wochen, dachte ich, dann werden die Uhren umgestellt und ab achtzehn Uhr würde es dunkel werden. Diese Jahreszeit mochte ich weniger, wenn die Nebel aufstiegen, die Stürme heftiger wurden und mich an eine trostlose Zeit erinnerten. Die Advents- und Weihnachtszeit hatte ich in den letzten Jahren immer an mir vorbeiziehen lassen. Ich blickte zu Sybille. Ich fühlte es in mir, mit ihr würde es in diesem Jahr anders sein. Ich setzte mich auf die Schreibtischkante, kreuzte meine Arme und wartete auf das, was Sybille mir zu sagen hatte.

„Ich habe Herrn Hamann nicht aus den Augen gelassen. Die Reaktion bei dem Foto seiner Mutter ist immer wieder erstaunlich. Hast du seine übergroßen Augen bemerkt?“ Ich nickte ihr zu. „Für mich hatte es den Anschein, ... dass er ... Florian ... dass er versucht, sich nach so langer Zeit an seine Mutter zu erinnern.“

„Immerhin sind es ja nur sechs Jahre her, seit er sie das letzte Mal gesehen hat.“ Ich erklärte Sybille, wie ich die Situation sah.

Sybille sah mich an. „Nein, das meine ich nicht. Ich meine vielmehr, dass nach dem ersten Erstaunen eine gewisse Traurigkeit zu erkennen war. Auch war sein Blick von unterdrückten Tränen verschleiert.“ Ja, das war auch mir aufgefallen, und trotzdem erklärte ich Sybille erneut meine Version.

„Er sah die Fotos heute nicht zum ersten Mal, Sybille. Ich weiß zwar, was du mir damit sagen willst, aber glaubst du diesem Schauspieler?“

Sybille ging nicht auf meine Worte ein, sondern fuhr fort: „Ebenso bei dem Foto seiner Schwester. Die Qual in seinem Gesicht, die Trauer in seinen Augen, sind meines Erachtens nicht gespielt. Florian hat seine Tränen mühsam unterdrückt“, wiederholte sie und ließ sich von meinen Worten nicht irritieren.

„Und was hat dir sein Blick bei den anderen toten Frauen für eine Kenntnis gebracht?“ Meine Stimme nahm einen grollenden, gereizten Ton an, der mir im nächsten Moment, als es mir bewusst wurde, schon wieder leidtat. Sybille konnte nichts für meine Stimmung, die mit ihrer Beobachtung oder auch Bewertung auf den Nullpunkt sank. Weil ich ihre Kompetenz schätzte, ihren Weitblick, den sie auch mit Ehrlichkeit vertrat, hatte ich sie ja gebeten, mich bei den Mordfällen zu unterstützen. Ich strich ihr um Verzeihung bittend über die Wange.

„Es war eher ein Bedauern in Hamanns Augen, Walter.“

„Willst du etwas Bestimmtes damit andeuten?“ Ich blickte zu Jill, die unserem Gespräch große Beachtung schenkte.

„Entschuldigen Sie bitte, wenn ich mich in Ihr Gespräch einmische. Nachdem ich Ihnen das Datum beim Verhör gereicht hatte, habe ich Frau Hamann angerufen, um sie nach dem achtzehnten Geburtstag ihres Sohnes zu fragen. Zwar haben seine Eltern erst drei Tage später seine Geburtstagsfeier ausgerichtet,...

aber am Geburtstag selbst war ihr Sohn, laut der Aussage von Frau Hamann, den ganzen Tag bei ihnen zu Hause.“ Schuldbewusst blickte sie mich an.

„Ich kann mich drehen und wenden, wie ich möchte, aber immer habt ihr irgendeinen Einwand.“ Ich raufte mir die Haare, die daraufhin zu Berge standen. Es musste lustig aussehen, denn ich sah nicht nur Jill grinsen, sondern auch Sybille.

„Und ich kann darüber gar nicht lachen.“

„Möchten Sie das andere auch noch hören?“ Jills Gesicht wirkte plötzlich wieder sehr ernst. Ich wusste, wenn sie recherchierte, dann gründlich. Also musste ich ihr wohl oder übel Glauben schenken.

„Ebenso habe ich Frau Hamann nochmals auf ihren eigenen Geburtstag angesprochen. Das war die Nacht, in der Mona Heiters getötet wurde. Laut ihrer Aussage war Florian da ebenfalls zu Hause. Er hat dort auch übernachtet. Das Einzige, was seine Mutter nicht bestätigen kann, ist, ob er zwischen Mitternacht und sechs Uhr in der Früh wirklich in seinem Bett gelegen hat. Aber bis circa dreiundzwanzig Uhr dreißig hat er mit seinen Eltern und deren Bekannten zusammengesessen. Sie hat mir sogar die Namen der Bekannten genannt, um das zu überprüfen, aber dazu bin ich noch nicht gekommen.“ Jill klopfte auf die Papiere, die sie eben noch auf ihren Schreibtisch gelegt hatte. „Es wäre das erste Mal gewesen, erklärte sie mir, dass sie nach Ramonas Tod wieder ein paar Freunde eingeladen hätten. Und Florian besitzt keinen eigenen Wagen … Er hätte schon das Auto seines Vaters nehmen müssen, um nach Münster zu fahren. “

„Wann ist Mona Heiters getötet worden?“

„Vor Mitternacht, laut Ihres Freundes, dem Rechtsmediziner.“

„Soll das heißen, dass er gar nicht im *Onkel Max* war?“ Hatte Hamann schon bei dem Verhör gefragt, was hier gespielt wurde, so fragte ich mich das nun ebenfalls. Wollten seine Eltern absolut verhindern, dass er für lange Zeit im Gefängnis saß? Ich konnte es sogar verstehen. Wäre es mein Sohn gewesen, hätte ich wahrscheinlich auch so reagiert. Schließlich war es auch lange Zeit mein Bestreben gewesen, um meine Tochter zu kämpfen. Aber das war schließlich etwas ganz anderes, dachte ich resigniert. Sie hatte ja niemanden getötet. Marina war getötet worden.

„Die anderen Zeiten und Daten sind wir schon so oft durchgegangen.“ Jill ging zur Wand, wo die große Karte von Münster an der Wand hing, nahm eine Dose zur Hand, und während sie sprach, steckte sie eine kleine Nadel nach der anderen auf die einzelnen Strecken, die sie kommentierte.

„Vor zwei Jahren ist Herr Hamann von Amelsbüren mit dem Wagen des Kunden nach Münster gefahren, müsste ursprünglich den Zug um achtzehn Uhr bestiegen haben, um pünktlich in Amelsbüren zu sein, um seine Schwester abzuholen.“

„Vielleicht haben sich doch der Kunde und Hamann mit der Uhrzeit geirrt, die auf dem Auftrag vermerkt wurde.“

Jill schüttelte den Kopf. War nur ich derjenige, der sich ständig irrte?

„Erstens: Zu dem Zeitpunkt fuhr kein Zug nach Amelsbüren. Und zweitens: Florian Hamann ist aus der Werkstatt in Amelsbüren erst um siebzehn Uhr weggefahren. Bis Münster und zurück, bei dem Abendverkehr, könnte er das selbst nicht dann schaffen, wenn ein Zug gefahren wäre. Außerdem hätte er mindestens zwanzig Minuten benötigt – vom Bahnhof Amelsbüren zum Elternhaus. Und damals lag viel Schnee."

„Ja, das habe ich nun wirklich oft genug gehört", gab ich gereizt von mir. Jetzt reichte es mir endgültig. Mit diesem verdammten Winterwetter war mir mein Kollege Jülich schon gewaltig auf die Nerven gegangen.

Ich hatte mich dem Fenster zugewandt, legte meine Stirn an die kühle Scheibe. Ich fühlte mich miserabel. Nur mit halbem Ohr lauschte ich der weiteren Unterhaltung zwischen Sybille und Jill.

„Was für mich unbegreiflich ist, wenn ich Ihrer ganzen Analyse folge, Frau Parsch, warum versucht unser Täter bislang sehr bedacht, keine Spuren zu hinterlassen, wenn er offensichtlich nun Lokale besucht, wo er durch Gegenüberstellung erkannt wird, ein Haar am Tatort hinterlässt und dann der Fingerabdruck in der Wohnung von Frau Balzer. Wird er nachlässig?", fragte Jill und sah Sybille abwartend an.

„Entweder will er, dass endlich alles vorbei ist, oder er fühlte sich als Täter zu sicher, da ihm solche Fehler unterlaufen sind", beantwortete sie Jill die Frage. „Obwohl Fehler kann man es eigentlich nicht nennen. Gehen wir einmal davon aus, dass Florian Hamann Kenntnis davon hatte, wer seine Mutter ist. Er sucht sie, findet sie – die Situation eskaliert. Vielleicht wollte er sie gar nicht töten. Wir wissen nicht, was sich in der Wohnung von Marietta Löver wirklich abgespielt hat. Doch wenn wir berücksichtigen, dass diese Tat für ihn ungesühnt blieb, denn niemand bringt ihn mit der Toten in Verbindung … vielleicht hat er dadurch ein Stück Sicherheit bekommen."

„Diese Sicherheit wurde ja selbst durch den Tod der Kleinen bestärkt, da man ihm den Mord nicht nachweisen konnte", mischte ich mich in das Gespräch ein und mein Ton wurde noch um eine Spur gereizter. „Seine Spuren hat er bewusst verwischt, da er das Kind ja persönlich ins Haus trug."

„Ja. Und das halten wir seiner Intelligenz zugute." Ich hörte meiner jungen Kollegin interessiert zu. Ihre Denkweise hatte mich schon oft in eine spezielle Richtung geführt.

„Und das alles, trotz der guten, liebevollen Kindheit, so wie mir das Ehepaar Hamann bestätigte." Ironisch kamen die Worte über meine Lippen, und ich drehte mich mit verschränkten Armen zu den beiden Frauen.

„Ja, Walter. Es ist zwar sehr widersprüchlich, aber wenn Florian Hamann wirklich unser Täter ist, was ich nicht glaube, dann muss ein unbändiger Hass in ihm stecken, was mir wiederum bestätigt, dass er das, was er damals erlebte, nie wirklich verarbeitet hat. Es ist wirklich ein sehr verworrener Fall."

„Aber du glaubst trotzdem nicht daran, dass er unser Täter ist, Sybille?"

„Nein, Walter. Er ist weder ein Schauspieler noch ein Lügner – in meinen Augen."

Wir standen voreinander und blickten uns stumm an. In Sybilles Augen erkannte ich einen Funken Verständnis, den ich Florian Hamann entgegenbringen sollte. Hatte sie nicht von Anfang an, trotz ihrer Analyse, immer wieder betont, dass Hamann kein Schauspieler sei?

„Wir haben alle in verschiedene Richtungen recherchiert, aber es gab und gibt trotzdem so einige Widersprüche", versuchte Jill die Situation zu retten. „Was ist mit der Familie Frobes? Was sie betrifft, die sollten wir auch nicht ganz außer Acht lassen. Eins greift bei dieser Familie ins andere."

„Jill! Ich bitte dich. Wir haben endlich den Täter. Florian Hamann. Jetzt komm du mir bitte nicht auch noch mit einer anderen Theorie." An diesem Tag, an dem alles passend in eine Richtung driftete, wollte ich das nicht mehr hören. Meiner Stimme war die Heftigkeit meiner Gefühle anzumerken, und Sybille sah mich betroffen an. Ehe ich mich entschuldigen konnte, hörte ich Jills Version, als sie an die Wand trat. An ihr schien mein Frust regelrecht abzuprallen.

„Jeder der Verdächtigen hat ein Motiv. Sowohl Marvin Frobes bei Kerstin Wagner, da er der Vater des Kindes war, und es hätte einen ausgesprochenen Skandal bedeutet, wenn das an die Öffentlichkeit gedrungen wäre, so wie sein Bruder Martin, der von Mona in der Öffentlichkeit geohrfeigt wurde. Obwohl die Schuhgröße nicht übereinstimmt. Clarissa Frobes? Welches Geheimnis diese Frau verbirgt, wissen wir. Sie sollten wir auf jeden Fall näher unter die Lupe nehmen. Soll ich sie schriftlich dazu auffordern, ins Präsidium zu kommen?", stellte Jill die Frage, sah mich abwartend an, und ich gab ihr zu verstehen, dass wir uns im Anschluss darüber unterhalten würden.

„Und dann die Internetbekanntschaften von Kerstin Wagner und Jennifer Balzer", kommentierte Jill weiter, „von denen niemand genau sagen kann, ob die Begegnungen persönlich zustande gekommen sind. Die getötete Mutter und dann auch die Schwester von Florian Hamann und seine nachweisliche Präsenz an beiden Tatorten. Aber gewisse Zeiten sind nicht identisch mit seinen Aufenthaltsorten. Da muss ich meiner Kollegin Frau Parsch recht geben. Ich bin jetzt mittlerweile die Zeiten der Morde wohl hundert Mal durchgegangen. Sie stimmen nicht überein. Das Einzige, was stimmt, ist der Fußabdruck von Größe fünfundvierzig am Tatort Kerstin Wagner. Und der könnte von Marvin Frobes sein ..."

„... die DNA ist aber von Florian Hamann vorhanden. In Frau Balzers Wohnung sowie in Bochum in der Wohnung seiner Mutter sind sie gefunden worden. Und das einzelne Haar von ihm bei der toten Jennifer Balzer kann ich auch nicht ignorieren“, vollendete ich Jills Satz. Nein, ich wollte nichts mehr von anderen Theorien hören. „Jetzt ist Schluss damit. Ich werde jetzt nach Hause fahren.“ Kurz überlegte ich, ob ich Sybille bitten sollte, dass sie mich begleitet. Aber ich tat es nicht.

***

Sie hatte schon so viele Tränen geweint. Zu viele. Zuerst um den Verlust ihrer Tochter, und jetzt nahm man ihnen ein weiteres Mal den Sohn.

Elvira Hamanns Gedanken gingen viele Jahre zurück.

Sie strich über die verfilzten Locken eines kleinen Jungen, der sie mit großen, traurigen Augen angeblickt hatte. Vom ersten Moment an hatte sie dieses Kind geliebt.

Sie traute sich nicht mehr aus dem Haus, seitdem Florians Foto groß in der Zeitung prangte. Und dann sein Anruf. Aus dem Präsidium. Warum war er freiwillig dorthin zurückgegangen?, fragte sich Elvira Hamann. Florian hatte keine Andeutung gemacht, als er am Samstagnachmittag den Hof verließ.

Bei dem Gedanken, dass Florian sie die ganze Zeit belogen haben könnte, legte sich eine Last, die noch schwerer erschien, als das, was sie schon erlebt hatte, auf ihr Herz. Nie hatte sie an Florians Worten gezweifelt. Immer hatte er seine Unschuld beteuert. Warum hatte er sich dann selbst gestellt? Hatte sie die Wahrheit wirklich nicht sehen wollen?

Zwei Kinder zu verlieren, war etwas, was kaum zu ertragen war. Sie dachte an ihren Wunsch, eine große Kinderschar um sich zu wissen, der ihr leider nicht vergönnt war. Zwei Kinder, und nun blieb nicht ein einziges, für das es sich lohnte zu leben. Sie und ihr Mann hatten sich immer ein harmonisches Familienleben gewünscht. Eine Familie. Kinder. Zusammenhalt. Was war davon geblieben?

Rudi Hamann kam in die große Bauernküche und sah seine Frau am Fenster stehen, die Arme um ihren Körper geschlungen. Sie hatte ihn nicht bemerkt und erschrak, als sie seinen Arm auf ihrer Schulter spürte. Sein sanfter Blick gab ihr erneut Hoffnung. Die Wand, die Kälte, die seit dem Tod ihrer Tochter entstanden war, bröckelte zunehmend. Auch wenn die Situation nicht dem entsprach, was sie sich von Herzen wünschten, so wurde ihnen in diesem Moment bewusst, dass es vielleicht einen neuen Anfang für sie geben würde. Auch auf die Gewissheit hin, dass ihr Sohn ein Mörder war.

„Wir werden hier nicht mehr leben können, Rudi. Die Menschen meiden mich schon beim Einkauf.“

„Ja, ich weiß. Auch mir begegnen die Nachbarn mit Feindseligkeit. Aber es ist doch unser zu Hause.“

„Ist es das wirklich noch?"

Was sollte Rudi darauf antworten? Er konnte sie mittlerweile gut verstehen, auch wenn er erbost darüber gewesen war, als sie das erste Mal Zweifel an Florian bekundet hatte.

Kommissar Winter hatte sie mittlerweile vom Tod der leiblichen Mutter ihres Adoptivsohnes in Kenntnis gesetzt und beide fragten sich, was sie in all den Jahren verkehrt gemacht hatten?

„Was haben wir übersehen, Rudi?"

„Ich kann dir keine Antwort darauf geben, Elvira. Auch wenn alles gegen Florian spricht, ich ..."

Für ihn war es immer noch unwahrscheinlich, wenn auch die Fakten eine andere Sprache sprachen.

***

Anstatt nach Hause zu fahren, kam mir ein anderer Gedanke. Nach diesem Fiasko im Vernehmungsraum und der Diskussion mit Sybille und Jill benötigte ich unbedingt jemanden, mit dem ich reden konnte, der neutral, nicht vorbelastet war und gut zuhören konnte. Wer war da besser geeignet als Ulrich Mertens, mein Freund aus Kindertagen, mit dem ich schon im Sandkasten gespielt, Streiche ausgeheckt und Lehrer zur Verzweiflung gebracht hatte? Seltsamerweise hatte es uns beide in die Kriminologie verschlagen. Nur auf unterschiedlichste Weise. Während ich die Mörder jagte, sezierte Ulrich die Opfer.

Ich betrat Mertens Reich. Die Pathologie.

„Du kannst es wohl nicht abwarten, Walter, bis ich dir meinen ausführlichen Bericht über die kleine Balzer schriftlich schicke. Ich hatte wirklich keine Zeit, wie ich dir schon angekündigt habe. Aber dass du mich hier in meinem Reich besuchst, ist schon erstaunlich."

„Wie kannst du es Tag für Tag hier aushalten und immer wieder das Innenleben der Toten durchforschen?" Ich schluckte meine aufkommende Übelkeit hinunter.

„Du hattest wirklich schon einmal eine gesündere Farbe im Gesicht."

„Lass deine Scherze. Hast du einen Augenblick Zeit?"

Ulrich legte das Skalpell zur Seite, zog das grüne Tuch über die männliche Leiche, die auf dem blank gescheuerten Edelstahltisch lag und streifte seine Handschuhe ab, die er in den Behälter unter den Tisch schmiss.

„So werde ich nie mit meiner Arbeit fertig", brummte er, aber ich kannte meinen alten Freund und klopfte ihm beruhigend auf die Schulter.

„Das hier ist deine Welt, Ulrich, und ich komme nur, wenn es sich nicht vermeiden lässt. Aber im Augenblick ..." Ein schwaches Lächeln umspielte meine Lippen.

Es hat sich nichts geändert, dachte ich, als ich die Eingeweide eines Toten in der Schale liegen sah. Ich schloss für einen Moment die Augen. Mir wurde noch übler. Ulrich bemerkte meinen verkniffenen Gesichtsausdruck, nahm die Schale vom Tisch und deckte auch sie mit einem Tuch zu.

„Die Autopsie bei Frau Balzer habe ich zwar heute beendet, aber für den Bericht hatte ich noch keine Zeit. Hier geht es zu wie im Taubenschlag. Aber es gibt auch nicht viel Nennenswertes zu berichten. Die Todeszeit stimmt mit der Aussage des Hundehalters überein. Und das Wesentliche habe ich dir ja schon per Telefon bekanntgegeben." Ulrich ging um einen zweiten Tisch herum und schlug das grüne Laken zurück, das die sterblichen Überreste von Jennifer bedeckte. „Ein schöner Körper, nicht wahr? Es ist eine Schande, dass so etwas mutwillig zerstört wird."

„Sie hätte ehrlich zu uns sein sollen, dann könnte sie noch leben." Ich blickte auf die Tote herab. „Ihr Körper ist makellos." Makellos gewesen, korrigierte ich in Gedanken, denn jetzt zierten viele Nähte die sterblichen Überreste. „Schade darum. Aber was nützt die Schönheit, wenn man seinen Verstand nicht benutzt."

Draußen vor der Tür der Pathologie wurden Stimmen laut. Ein Mann schrie einen Assistenten an, der den Tobenden aufzuhalten versuchte. Ich blickte auf die Uhr an der gekachelten, weißen Wand. Es ging auf neunzehn Uhr zu.

„Ich will zu meiner Tochter! Lassen Sie mich verdammt noch einmal los!" Edelstahlschalen schepperten zu Boden. Es hallte laut in den Katakomben der Pathologie.

Ulrich und ich eilten zur Tür und sahen gerade noch, wie Mertens Assistent Toni von einem großen, kräftigen Mann an die grün gekachelte Wand gedrückt wurde. Die Hand lag an dessen Kehle, und Tonis Augen traten beängstigend hervor.

„Loslassen. So geht das nicht!" Ich griff von hinten den linken Arm des Mannes und drehte ihn, ehe er sich versah, auf den Rücken. „Jetzt beruhigen Sie sich erst einmal. Wer sind Sie?"

„Ich bin Christian Balzer. Jennifers Vater. Ich will zu meiner Tochter!"

„Wenn Sie mir versprechen, ruhig zu sein, werde ich Sie loslassen, und dann können wir uns in Ruhe unterhalten."

„Und wer sind Sie?" Die Stimme Herrn Balzers klang blechern, als er sich zu mir umwandte. Ich klärte ihn auf, hielt aber seinen Arm noch immer nach hinten, auf seinem Rücken gebogen, fest. Sein Gesicht nahm einen schmerzverzerrten Ausdruck an, und ich lockerte meinen Griff. Er nickte dankbar, als er sich ganz zu mir umdrehte.

„Kommen Sie." Ich führte den Mann in den Vorraum, zog einen Stuhl heran und bat ihn, sich zu setzen.

Schwerfällig und mit seinen Nerven am Ende, sackte der Mann auf dem Stuhl zusammen. Christian Balzer schlug die Hände vor seine Augen und weinte bitterlich. Mertens ging in sein kleines Büro, holte ein Glas Wasser und reichte es Herrn Balzer. Das Wasser schwappte über den Rand des Glases, so sehr zitterten seine Hände.

„Ich komme direkt vom Flughafen", schluchzte er und wischte sich mit dem Ärmel seines grauen Übergangmantels über die Augen. Er suchte in seiner Tasche vergeblich nach einem Taschentuch. Toni, der sich von seinem Schrecken erholt hatte, reichte ihm eine Packung Zellstofftücher.

„Danke. Ich ... muss mich ... bei Ihnen entschuldigen. Ich bin so ... fertig." Herr Balzer sah von einem zum anderen.

„Das kann ich nachvollziehen." War mein Schmerz um meine Tochter auch anders geworden, aber, wenn ich diese Situationen erlebte, erkannte ich mich immer wieder selbst in diesem Teufelskreis, der nur die Hölle bedeutete.

„Ich war beruflich in New York. Als meine Frau mich anrief, war ich gerade mitten in einer wichtigen Besprechung. Ich ... habe gedacht, mir wird der Boden ... unter den Füßen ... weggezogen." Seine Tränen vermochte Herr Balzer nicht zu stoppen. Unaufhörlich liefen sie an seiner mit Bartstoppeln versehenen Wange hinab. Ich legte ihm tröstend eine Hand auf die Schulter. „Wie konnte das nur geschehen?", schluchzte er.

Was sollte ich ihm darauf antworten? Die Wahrheit? Wie ich die Tochter erlebt hatte? Dass es auch das eigene Verschulden der Tochter war? Das konnte ich dem verzweifelten Vater in diesem Moment nicht erklären. Es gab Wahrheiten, die in Augenblicken wie diesen nicht zur Sprache gebracht werden mussten, wenn wie in diesem Fall ein gewisses Fehlverhalten des Vaters gegenüber der Tochter nicht von der Hand zu weisen war. Aber ich fühlte mich nicht dazu verpflichtet ihm das zu erklären. Von den Gegebenheiten im Hause Balzer hatten mir meine beiden Kolleginnen erzählt.

„Meine Tochter war so voller Lebensfreude", schluchzte der verzweifelte Vater und fuhr sich mit dem Handrücken über die Augen. „Ich habe ... doch noch, bevor ich geflogen ... bin, mit ihr ... telefoniert. Jennifer hatte einen bestimmten Wunsch ... ich sollte ihr aus Amerika ..."

„Es tut mir sehr leid, Herr Balzer. Möchten Sie Ihre Tochter sehen?" Ich wollte gar nicht hören, was für Wünsche die Tochter geäußert hatte.

Christian Balzer sah mich an, und doch hatte ich das Gefühl, als wenn der Vater durch mich hindurchsah. Er erhob sich von dem weißen Kunststoffstuhl. Ich wusste aus Erfahrung, dass ihm jetzt das Schlimmste bevorstand, wenn er seine Tochter so auf dem Stahltisch liegen sah.

Meine Hand fest um Herrn Balzers Arm gelegt, führte ich ihn in den sterilen Raum zu dem Tisch, auf dem Jennifer lag, die Mertens kurz zuvor eilig wieder ganz mit dem Tuch bedeckt hatte. Die Spuren an der Toten waren nicht für den Vater bestimmt.

Christian Balzer stand vor dem langen Edelstahltisch und blickte auf das grüne Laken. Die Konturen seiner Tochter, die volle Brust, die sich unter dem Laken hervorhob, waren deutlich zu erkennen. Einige Strähnen ihres blonden Haares hatten sich gelöst und hingen wie eine Gardine am Tisch herunter. Der Vater griff danach und ließ sie durch seine Finger gleiten.

„Sie hat Haare wie Seide. Meine kleine Prinzessin“, flüsterte Balzer. Mein Blick und auch der meines Freundes sprachen Bände, als wir uns verstohlen über den Tisch hinweg ansahen.

Christian Balzer nickte Mertens zu, der vorsichtig das Tuch zur Seite schlug, um das Gesicht der Tochter freizulegen.

„Wir lassen Sie einen Moment alleine, Herr Balzer.“ Ob es ein guter Gedanke war, wusste ich nicht, aber ich konnte auch verstehen, wenn der Vater allein Abschied von der Tochter nehmen wollte.

Von Weitem beobachteten wir ihn, wie er seiner Tochter liebevoll über den Kopf strich und unaufhaltsam schluchzte.

„Was ist mit der Mutter?“, fragte Ulrich leise, und ich erklärte ihm kurz die Situation.

„Morgen ist übrigens die Beerdigung von Mona Heiters.“

„Beamte benötigt ihr ja nicht mehr, da ihr den Täter endgültig hinter Gittern wisst. Herzlichen Glückwunsch, Walter. Das wurde aber auch langsam Zeit. Meine Überstunden bekomme ich nicht bezahlt.“

„Da wäre ich mir gar nicht so sicher. Es gibt schon wieder neue Erkenntnisse.“

„Wie soll ich das verstehen?“

Ehe ich antworten konnte, wurden wir von Herrn Balzer unterbrochen, der mit schleppenden Schritten auf uns zukam.

„Finden Sie den Mörder meiner Tochter. Bitte.“

Ich nickte. Was hätte ich sagen sollen? Dass wir ihn schon festgenommen hatten? Oder vielleicht doch den Falschen? Irgendwie war mir mein gutes Bauchgefühl, worauf ich mich immer verlassen konnte, in diesem Fall abhanden gekommen.

„Eine Frage, Herr Balzer: Hatte Ihre Tochter zu den Söhnen der Familie Frobes Kontakt?“

„Was hat die Familie Frobes mit dem Tod meiner Tochter zu tun?“

„Beantworten Sie bitte nur meine Frage, Herr Balzer.“

„Ja, Jennifer und Martin waren schon einmal vor längerer Zeit befreundet. Auch wenn wir Nachbarn sind, habe ich diese Verbindung nicht so gerne gesehen. Martin war in meinen Augen zu ... alt für meine Tochter. Und er hatte immer wieder neue Bekanntschaften, wie ich erfuhr. Außerdem...“

„Was wollen Sie damit andeuten?“

„Clarissa hütet ihren Martin wie einen Augapfel. Und auch das fand ich nicht

normal. Immerhin war der Sohn zu dem Zeitpunkt schon dreißig, als er mit Jenny ..."
„Und zum jetzigen Zeitpunkt?"
„Nein, das glaube ich nicht, dass Jenny wieder Kontakt zu der Familie hatte. Damals hat meine Tochter Clarissa ziemlich wütend erklärt, dass sie ihren Sohn doch in einen Glaskasten mit Watte packen sollte. Was zuvor geschehen ist, entzieht sich meiner Kenntnis."
„Hat Ihre Tochter einmal ein Geheimnis erwähnt, das im Zusammenhang mit Frau Frobes besteht?"
Herr Balzer fuhr sich mit der rechten Hand über seine müden Augen.
„Ich weiß nicht, ob das von Bedeutung ist, aber Jenny hat einmal ein Telefongespräch im Hause Frobes mitbekommen, das wohl nicht für ihre Ohren bestimmt war. Es handelte sich wohl um Clarissa, die nur immer wieder am Telefon gestammelt hätte, sie hätte alles gegeben, was er denn noch mehr von ihr fordern würde. Und dann hätte sie einen Termin mit dem Anrufer vereinbart. Jenny muss dann wohl Clarissa zu ihrem Termin gefolgt sein."
„Hat Ihre Tochter Ihnen erzählt, wohin Frau Frobes gefahren ist?"
„Das war wohl eine Anwaltskanzlei."
Hier bestätigte sich wieder die Aussage von Julia Kurda, die von der Untreue der Angestellten der Kanzlei gesprochen hatte.
Ich dankte Herrn Balzer.
„Sollen wir Ihnen ein Taxi rufen?" Balzer hatte sich schon abgewendet und winkte nur mit der Hand ab.
„Was ist dein Problem, Walter? Ich sehe es an deinem Gesicht." Mertens schüttelte den Kopf, und eine Strähne seines dünnen, längeren Deckhaars fiel ihm in die Stirn, die er mit dem Unterarm zurückstrich. „Du siehst nicht gerade glücklich aus. Wo bleibt dein Jubel, Walter? Mit dem Beweis, den ich dir liefern konnte und durch den du Hamann festgenagelt hast, wäre doch der Fall gelöst."
„Ja, das dachte ich auch. Ich kann einfach so Vieles nicht begreifen. Die Beweise gegen Florian Hamann sind so eindeutig. Und ich frage mich, ob er so clever ist oder wir nur als dumm zu bezeichnen sind?"
„Komm, Walter. Wir trinken einen Kaffee zusammen und dann schütte mir dein Herz aus. Wo drückt denn der Schuh?"
Ich folgte Ulrich mit müden Schritten, die eigentlich schwungvoller hätten sein sollen, in sein Büro. Ulrich goss mir einen Kaffee ein, den er selbst täglich literweise trank.
„Florian Hamann wurde vor gut zwei Jahren verdächtigt, seine Schwester getötet zu haben, was ihm nicht nachgewiesen werden konnte. Ein Haar befand sich jetzt zwischen den Fingern der Toten. Deine Analyse, Ulrich, stimmt mit der von vor zwei Jahren überein. Ich war mir sicher, ihn einmal von Weitem am Tatort

gesehen zu haben. Ich glaubte auf jeden Fall, dass er es gewesen ist. Dann dieser Fahrradfahrer, der mich nächtelang nicht schlafen ließ und sich als Hamann entpuppte. Vielleicht habe ich auch schon Halluzinationen." Mertens nickte, und ich fragte mich verzweifelt, ob er mir damit recht geben wollte?

Ulrich gab reichlich Zucker und Milch in seinen Kaffee und rührte bedächtig in seiner Tasse. Für meinen Geschmack etwas zu viel von allem.

„Hamanns Mutter. Eine Prostituierte. Sie wurde vor sechs Jahren erdrosselt in ihrer Wohnung aufgefunden. Wir wissen nicht genau, ob es sein erster Mord war, gehen aber davon aus, der aber auch nicht geklärt werden konnte. Auch hier, in der Bleibe seiner Mutter, sind seine Fingerabdrücke laut des Kollegen in Bochum vorhanden. Vor Jennifer Balzers Tod war Hamann vierundzwanzig Stunden im Präsidium. Und kaum ist er auf freiem Fuß, wird die Frau getötet. Die Zeugenaussagen ... Ulrich, da stimmt doch etwas nicht. Ich bin mit meinem Latein am Ende. Und jetzt kommt mir Reinke mit einer völlig neuen Theorie."

„Wieso Reinke? Wer ist das denn?"

„Kommissar Reinke aus Bochum, der damals die Ermittlungen im Mordfall Marietta Löver leitete. Habe ich dir das noch nicht erzählt?"

„Nein, das hast du noch nicht, aber wir sehen uns ja im Augenblick nur noch an Fundorten. Es wird Zeit, dass sich das ändert."

„Wem sagst du das, Ulrich. Also … ich bekam heute Nachmittag einen Anruf aus Bochum. Die Sozialarbeiterin, die damals Florian Hamann zu seinen Pflegeeltern brachte, hat im Archiv des Sozialamtes eine Aktennotiz gefunden, die jetzt nicht nur bei der KTU in Bochum vorliegt, sondern Reinke und sein Team haben weitere Recherchen unternommen. Das endgültige Ergebnis haben wir noch nicht. Ich erwarte in wenigen Tagen seinen Anruf."

„Meine Analysen sind so klar. Da gibt es gar keinen Zweifel, Walter. Und das habe ich dir schon zu verstehen gegeben."

„Was soll ich denn jetzt von der Geschichte der Sozialarbeiterin ... aus Bochum halten?

15

Mittwoch, 7. September

Zwei Tage später überschlugen sich die Ereignisse, als ich am Nachmittag einen Anruf von meinem Kollegen Reinke aus Bochum erhielt. Ich war fassungslos.

„Kann daran wirklich etwas Wahres sein?“, fragte ich Ulrich, zu dem ich geeilt war, um ihm von dem Anruf zu berichten. Bevor ich mit meinem Team darüber sprechen wollte, benötigte ich Gewissheit.

„Du siehst immer noch schlecht aus, Walter. Der Fall scheint dich wirklich sehr mitzunehmen.“

„Eigentlich läge ich jetzt in der Sonne.“

„Ja, ich habe von Jill gehört, dass du alles storniert hast.“

Ulrich führte seine Tasse zum Mund, und mit der anderen Hand schaltete er seinen Computer an. „Deine Worte klingen für mich zwar ziemlich konfus, aber ...“ Das Programm war hochgefahren, seine Finger bewegten sich schnell auf der Tastatur, und er sah mich dabei so sonderbar an.

„Ich will dich alten Spielgefährten aus Kindertagen nicht auf eine falsche Fährte locken, aber an dem Gespräch mit deinem Kollegen Reinke könnte was dran sein. Ich weiß, dass es das gibt, aber selbst bin ich noch nicht in meiner unterirdischen Welt damit konfrontiert worden. Warte einen Augenblick, Walter. Ich komme gleich wieder.“

Mein Freund verließ kurz den Raum, der sein Heiligtum war, wo er sich zurückziehen konnte, wenn er eine Pause benötigte. Wenn er nach akribischer Suche bei den Leichen die Autopsien beendete und seine Berichte überdachte, die er später an seinem Computer schrieb. Schon immer war Ulrich als reines Arbeitstier bezeichnet worden, das keinen Feierabend kannte. Wenn er sich auch manchmal über die vielen Arbeitsstunden beklagte, aber zu Hause war niemand, der ihn erwartete. Er hatte nie geheiratet, und seine wenigen Verwandten waren in der ganzen Welt verstreut. Ich hatte schon oft scherzend gefragt, warum er nicht seinen wohlverdienten Urlaub in fernen Gefilden verbringen würde, aber mein Freund war und blieb ein Einzelgänger, der die Menschen, die lebten, mied. Meine Frage, die ich vor langer Zeit einmal gestellt hatte, war, wie er es ständig mit den Toten aushielt – Ulrich hatte mir scherzhaft geantwortet, dass sie ihm nie widersprachen, egal, was er mit ihnen anstellte, ohne zu klagen.

Das war mein Freund Ulrich. Immer zu Scherzen aufgelegt und ich sein einziger wahrer Freund.

Nachdenklich, die Hand an den Kopf gestützt, saß ich auf meinem Stuhl, als Ulrich kurz darauf zurückkam, und mir einen Bericht vorlegte, den ich akribisch las. Woher wussten wir, wer wirklich in Untersuchungshaft saß?

„Und das gibt es wirklich? Ulrich, wenn das stimmt, dann wäre es vielleicht *die* Erklärung. Ich danke dir. Wenn wir endlich Erfolg hätten, dann stünde ich tief in deiner Schuld." Mein Freund nickte und klopfte mir auf die Schulter.

„Ich komme darauf zurück", schmunzelte Ulrich und klopfte mir wiederholt auf die Schulter.

***

Es taten sich neue Seiten auf, mit denen wir nie gerechnet hatten. Die einfach nur ungeheuerlich waren. Sybille, Frank und ich waren auf dem Weg nach Bochum. Mein Kollege Reinke hatte uns dringend gebeten, zu kommen.

Im Labor in Bochum hatte die kriminalistische Untersuchung eines Fotos, welches die Sozialarbeiterin Olga Schukowski Kommissar Reinke übergeben hatte, eine Frau identifiziert, die eindeutig Marietta Löver war.

Auf dem Bild war ein junges Mädchen zu sehen – dunkles Haar, ein voller Pony, der bis zu den Augenbrauen reichte und schmale Gesichtszüge. Aber es handelte sich eindeutig um das gleiche Gesicht, obwohl die Tote Marietta Löver lange blonde Haare gehabt hatte und stark geschminkt gewesen war.

Und durch die wenigen Zeilen, die ein Unbekannter der Behörde in Bochum zugeführt hatte, war es ein Einfaches gewesen, das Krankenhaus ausfindig zu machen, in dem Marietta Löver oder, wie sie sich früher nannte, Marita Löwitsch, entbunden hatte.

Wir bekamen in Reinkes Büro alle Unterlagen vorgelegt, nicht nur die neuesten Erkenntnisse der Akte vom Jugendamt, sondern auch drei Protokolle – die frisch am Vortag abgeheftet worden waren –, Zeugenaussagen von Personen, die noch immer in der Klinik tätig waren. Ein Arzt, um die fünfzig, heutiger Chefarzt der gynäkologischen Abteilung der Klinik, der zur damaligen Zeit noch Assistenzarzt gewesen war, eine Oberschwester, die kurz vor der Rente stand und sich noch sehr gut an den Fall erinnerte, der einigen Wirbel ausgelöst hatte. Außerdem eine Krankenschwester, die zu dem damaligen Zeitpunkt gerade ihre Ausbildung in dem Krankenhaus in Bochum begann.

Ich legte die Unterlagen zurück, nahm den Brief mit den Informationen zur Hand und las die wenigen Zeilen: Ich lasse Ihnen ein Foto zukommen und einige Daten. Sie werden erstaunt sein. Keine Unterschrift, die auf den Adressaten hinwies.

„Sehr kurios", entfuhr es mir, denn zu mehr fehlten mir im Augenblick die Worte. In meinem Kopf kreisten tausend Gedanken, als ich die Stimme der Sozialarbeiterin vernahm.

„Mein verstorbener Kollege ist durch die wenigen Zeilen auf eine Spur gelenkt worden, die einfach unglaublich ist. Ich war entsetzt, als ich von dem zweiten

Kind erfuhr, das dürfen Sie mir glauben. Mir ist immer noch schleierhaft, warum Frau Löver nicht beide Kinder in der Obhut des Krankenhauses gelassen hat."

„Wie wir gestern bei der Befragung einer Zeugin aus der Klinik erfahren haben, gab man einem Jungen kaum eine Chance zu überleben, aber erstaunlicherweise hat das Kind es doch geschafft."

„Da bekommt eine junge Frau Zwillinge, verschwindet mit einem Kind aus der Klinik und ist spurlos verschwunden. Niemand erinnert sich an sie?" Sybille ist wie wir alle erschüttert.

Reinke schüttelte nur mit dem Kopf. „Um Ihre Frage zu beantworten, warum so etwas geschehen konnte? Dass sich niemand an Frau Löver erinnerte? Wenn man bedenkt, in welchem digitalen Zeitalter wir heute leben, dann hat früher meines Erachtens die Welt stillgestanden."

„Wie wahr, Kommissar Reinke."

„Der 18. Geburtstag der Zwillinge ist auch gleichzeitig Frau Lövers Todestag."

Erstaunt blickte Reinke meine Kollegin an. Wahrscheinlich war ihm das noch nicht bewusst geworden. „An dem Tag sind die Söhne von Frau Löver achtzehn geworden? Volljährig!"

„Als die Zwillinge geboren wurden, war ich gerade in der Ausbildung. Ich könnte mich nicht erinnern, damals von Seiten der Presse etwas davon vernommen zu haben. Aber ich habe einen Kollegen gebeten, sich mit der hiesigen Tageszeitung in Verbindung zu setzen. Hier." Reinke entnahm der Akte eine Kopie von dem damaligen Bericht, der im Zeitungsarchiv gefunden worden war, und reichte ihn mir. „Dieser kleine Artikel stand auf der dritten Seite. Und das Phantombild der jungen Frau ist auch nicht gut getroffen, wenn ich von dem Foto der jungen Frau ausgehe, welches mir Frau Schukowski überließ."

Ja, da musste ich meinem Kollegen recht geben. Viel Ähnlichkeit besaß es nicht. Ich las: „Wer kennt diese junge Frau? Sie ist circa eins siebzig groß, hat längere dunkelblonde Haare und ist mit einem Säugling unterwegs. Wer sie gesehen hat…" Es folgte eine Telefonnummer der Klinik Bochum.

„Hatte die Polizei hier in Bochum davon keine Kenntnis? Schließlich handelte es sich doch um Kindesentführung." Frank, dem ich den Artikel gegeben hatte, sah Reinke fragend an.

„Nein. Es war ja kein fremdes Kind, das entführt wurde. Es ging der Klinikverwaltung wohl mehr um die Kosten, die beglichen werden sollten. Wir haben in den letzten zwei Tagen in alle Richtungen recherchiert, aber es ist damals nichts bei uns auf dem Revier eingegangen. Aus dem Grund habe ich ja auch vor sechs Jahren nach dem Tod Frau Lövers nichts erfahren können. Außerdem – der andere Name, der uns nicht geläufig war …"

„Mein Gott, ist das ist eine verzwickte Situation", stöhnte ich leise auf und lehnte mich auf dem Stuhl zurück. Welcher Sohn hat denn an dem Tag seine Mutter aufgesucht? Fabian oder Florian?“ Das war eine berechtigte Frage, wenn ich den Worten meines Freundes Glauben schenkte, der von einer genetischen Gleichheit sprach und berichtete meinem Kollegen von dem Gespräch mit Mertens.

„Wenn Ihr Freund mit seiner Theorie wirklich recht hätte, Kollege Winter, dann wäre der Spuk noch nicht zu Ende.“

Und genau das befürchtete ich auch. Konnten wir mit Sicherheit sagen, ob wir uns am gestrigen Tag mit Florian Hamann unterhalten hatten?

Ich schaute Sybille von der Seite aus an, als wenn ich von ihr die Antwort erwartete.

„Eine genaue Antwort kann ich dir auch nicht geben, Walter, aber als ich bei dem Gespräch zugegen war …, du kennst meine Meinung. Aber eine hundertprozentige Garantie?“ Sie schüttelte verhalten den Kopf.

Ich glaubte Sybille. Sie hatte mir von Anfang an zu verstehen gegeben, dass sie Florian Hamann nicht für den Täter hielt. „Du hattest wahrscheinlich immer mit deiner Theorie recht, Sybille. Ich glaube, wir haben keine Vorstellung, was der andere Sohn von Frau Löver erlebt hat, der ja auch von Ihrer Behörde aus zu Pflegeeltern kam.“ Ich sprach Frau Schukowski direkt an.

„Ich habe von diesem Kind nie erfahren. Den Fall habe ich auch nicht bearbeitet. Aber wenn ich davon gewusst hätte, dann hätte ich anders agiert.“

Das glaubten wir der Sozialarbeiterin sofort, die uns sehr kompetent erschien. Traurig blickte sie über ihre randlose Brille zu uns herüber und schüttelte verzweifelt den Kopf.

„Das Kind ist ja auch unter dem Namen Löwitsch geführt worden. Klingt zwar so ähnlich, aber wer kann so etwas schon ahnen“, wandte sich Sybille an Frau Schukowski.

„Wer hat denn dem zweiten Kind überhaupt den Vornamen Fabian gegeben?“ Mich interessierte diese Frage.

„Wenn ich dem Arzt Glauben schenken darf, dann hat die Mutter in dem Moment sogar etwas Menschlichkeit bewiesen. Sie muss wohl, als sie Florian aus seinem Bettchen nahm, einen Zettel hinterlegt haben, auf dem geschrieben stand, dass ihr dem Tode geweihtes Kind den Namen Fabian erhalten sollte.“ Reinke sah von einem zum anderen.

„Aber wie ist so etwas möglich, dass ein Kind ungesehen mit der Mutter aus der Klinik verschwinden kann?“

„Da muss es nur einen Notfall gegeben haben, zu wenig Personal. Es gibt so viele Möglichkeiten. Hierüber zu spekulieren, bringt uns wirklich gar nichts. Was in der Nacht im Krankenhaus geschehen ist, darüber konnten uns die Zeugen auch keine Auskunft mehr geben. Fabian war fast fünf Monate in der Klinik, bis er Pflegeeltern übergeben wurde.“

„Ich habe versucht, den Kollegen, der damals für Fabian verantwortlich war, ausfindig zu machen, aber wie ich erfahren habe, war er nur ein gutes Jahr im Jugendamt tätig und lebt seit seiner Pensionierung in Spanien. Adresse unbekannt", erklärte uns Frau Schukowski.

„Aber wir können das für Sie gern ausfindig machen." Reinke blickte einmal in unsere Runde.

Ich winkte ab. Was würde es noch für einen Sinn ergeben, diesen Sozialarbeiter zu belangen. Vierundzwanzig Jahre waren vergangen. Verlorene Jahre für zwei junge Männer, die keine Ahnung voneinander hatten. Noch wussten wir nicht, wie Fabians Leben verlaufen war, aber ich vermutete, dass einige Menschen seinen Lebensweg zum Leidensweg hatten werden lassen.

***

„Und Sie meinen wirklich, dass wir hier richtig sind, Kollege Reinke?" Ich drückte auf die Klingel, auf der der Name Wolters kaum zu erkennen war, und blickte an der grauen Hausfassade der großen Wohnsiedlung entlang.

„Wenn wir nur den kleinsten Anhaltspunkt vor sechs Jahren gehabt hätten, dann hätte es die Opfer womöglich nicht gegeben. Es ist einfach unglaublich, wie viele verzwickte Situationen es im Leben von Fabian gegeben haben musste, die alle hätten verhindert werden können, wenn mehr Behörden Hand in Hand zusammengearbeitet hätten", erklärte Reinke uns drei Kommissaren und drückte wiederholt auf die Klingel der Familie Wolters.

Waren es von uns nur Vermutungen, reine Spekulationen in Reinkes Büro gewesen, so erlebten wir das ganze Ausmaß hautnah, als wir endlich nach Ewigkeiten den Türsummer hörten, die Tür aufdrückten und in den Flur traten, der dringend einmal gesäubert werden musste, wo Fahrräder standen, Reklameblätter lose durch den Windzug herumflogen und die Wände bemalt waren.

Wir stiegen die Treppenstufen empor bis zum dritten Stockwerk. Im Treppenhaus lag ein Geruch von Essen in der Luft. Die Wände benötigten auch in den verschiedenen Etagen dringend einen neuen Anstrich und die beiden großen Pflanzen im zweiten Stockwerk hingen braun und vertrocknet in den Blumenkübeln. Vor den jeweiligen Eingangstüren der Bewohner standen entweder Schuhe gestapelt oder ein Kinderroller, Pappkartons und im Falle der Familie Wolters zwei Müllsäcke, die achtlos herumlagen.

„Das ist ja schrecklich hier." Sybille blickte sich betroffen um.

„In diesen Wohnsilos können Sie nicht viel mehr erwarten, Frau Parsch. Hier lebt leider die unterste Schicht der Bürger. Aber das wird in anderen Städten auch nicht viel anders sein." Reinke drückte auch oben an der Eingangstür nochmals extrem lange auf die Klingel.

„Ja!", hörten wir durch die Tür einen Mann brüllen.

***

Mit Mühe hievte Wilfried Wolters erneut seinen massigen Körper aus dem alten, stark durchgesessenen Fernsehsessel. Die Flasche Bier, aus der er gerade trinken wollte, knallte er wütend auf den Couchtisch. Der Fernseher dröhnte im Hintergrund, und er hasste diese verdammten Störungen. In seinen ausgetretenen Pantoffeln schlurfte Wolters zur Tür. Es klingelte erneut. Diesmal direkt an der Etagentür.

Wenn das Elsa, seine Frau, war, die ja dauernd den Schlüssel vergaß, konnte sie was erleben, dachte er wütend. Wieso war sie überhaupt schon wieder zurück? Er riss die Tür auf. Er wollte gerade ein Donnerwetter loslassen, als er erstaunt in die ernsten Gesichtszüge von drei Männern und einer Frau blickte.

***

„Guten Tag, Herr Wolters. Kommissar Reinke, Kripo Bochum, und das sind meine Kollegen aus Münster: Kriminalpsychologin Sybille Parsch, Kriminalhauptkommissar Winter und Kommissar Wirtz."

„Und was wollen Sie von mir?"

„Wir hätten ein paar Fragen an Sie, Herr Wolters. Es betrifft Ihren Pflegesohn Fabian."

„Den? Den habe ich schon lange nicht mehr zu Gesicht bekommen", gab Wolters brummig von sich und wollte die Tür schließen, aber ich drückte meine Hand dagegen.

„Nicht so schnell, Herr Wolters. Wir hätten gerne auf ein paar Fragen eine Antwort." Herausfordernd sah ich Wolters an, der mich kritisch taxierte.

„Sie können uns auch gerne mit aufs Präsidium begleiten", kam es barsch über Reinkes Lippen. Widerwillig ließ Wolters uns eintreten und knallte die Tür hinter uns zu, um wohl zu demonstrieren, dass er keine Lust verspürte, mit uns zu reden.

Verstohlen sahen wir uns um und dachten wohl alle das Gleiche. Hier war Fabian Löwitsch aufgewachsen.

Wolters Gang erinnerte mich an eine Ente, als er vor uns ins Wohnzimmer watschelte. Gewaltige Fettmassen bewegten sich. Schwerfällig ließ sich Wilfried Wolters in seinen Sessel sinken. Er sah keine Veranlassung uns einen Platz anzubieten, was wir auch nicht von dem ungepflegten, wenig kultivierten Mann erwarteten. Sein schmutziges Unterhemd, das er trug, barg diverse Essensreste, und ich fragte mich, wann der letzte Wechsel stattgefunden hatte? Die alte, ausgebeulte Trainingshose, ich konnte es kaum glauben, war an den Nähten aufgeplatzt, und der Bauch hing ihm bis auf die Oberschenkel. Die Haare schrien förmlich nach Shampoo und hätten dringend einen Schnitt benötigt. Und so einem Menschen vertraute das Jugendamt Kinder an. Ich bekam ein wahres Ekelgefühl. Sybille schien es nicht anders zu ergehen, als ich ihren Gesichtsausdruck vernahm.

Wolters griff sich die Bierflasche, die neben ihm auf dem kleinen Tisch stand, ließ das Bier seine Kehle entlangrinnen und rülpste einmal lautstark. Angewidert wandte ich mich dem Fenster zu und sah auf den wenig erfreulichen Hinterhof. Ein paar ältere Kinder spielten Fußball, während ein kleines Mädchen verschüchtert auf den Pflastersteinen saß und immer wieder von einem der Jungen attackiert wurde.

Es gab immer noch so viel Elend, was Kinder betraf, dachte ich deprimiert. Wann wachten Politiker und auch Behörden endlich auf, um diese misslichen Umstände zu ändern?

„Herr Wolters, wann haben Sie Ihren Pflegesohn das letzte Mal gesehen?" Ich überließ meinem Kollegen Reinke die Befragung und hoffte, dass ich ganz schnell wieder aus der Wohnung fliehen konnte.

„Keine Ahnung. Ist schon ein paar Jahre her. Bin auch ganz froh darüber. Hat nur Scherereien mit dem Rotzlöffel gegeben." Wolters verschränkte seine Arme vor seiner ausgeprägten Brust.

„Warum man Ihnen ein Pflegekind hat zukommen lassen, Herr Wolters, ist mir schleierhaft", konnte ich mir nicht verkneifen zu sagen. Ich lehnte an der Ecke der braunen Schrankwand, die mit dem Fensterrahmen abschloss.

Frank stand neben mir, drehte sich um und besah sich den Inhalt des Schrankes. Ich folgte seinem ratlosen Blick. In den Regalen herrschten chaotische Verhältnisse. Zwischen zerfledderten Büchern, Comic-Heften und Gläsern stand verwahrlost eine bunte Blumenvase, die bestimmt mit einem Strauß Blumen auf dem Couchtisch ihre Wirkung gezeigt hätte. Eine Reihe von Videokassetten und DVDs waren wahllos aufeinandergestapelt. Einige ohne Hüllen.

Auch Sybille war unseren Blicken gefolgt und entdeckte eine Fotografie in einem einfachen Holzrahmen. Sie griff danach und hielt mir das Foto entgegen. Ein Junge von circa zehn Jahren und ein Mädchen mit langen Zöpfen, das nicht älter als vierzehn war, so vermutete ich.

„Sind das Ihre eigenen Kinder oder auch Pflegekinder?", fragte Sybille, die das Foto Wolters entgegenhielt.

„Warum wollen Sie das wissen?"

„Beantworten Sie einfach die Frage der Kollegin", lies Reinke grollend vernehmen.

„Die Eigenen. Sie glauben doch nicht, dass ich mehr als ein Pflegekind ertragen hätte."

„Herr Wolters. Haben Sie ein Foto von Fabian?"

„Nee. Wozu?"

„Sie haben ein Pflegekind angenommen und können noch nicht einmal ein Bild vorweisen, Herr Wolters?" Abschätzig betrachtete Sybille den fettleibigen Kerl. In ihren Augen erkannte ich eine unbändige Wut auf den Mann, der sich so selbstgefällig gab.

Wolters ignorierte Sybilles Blick und griff erneut zu seiner Bierflasche, stellte sie auf seinen dicken Bauch und kratzte sich am Schritt. Sie blickte ihn mit zusammengekniffenen Augen angewidert an und schüttelte nur den Kopf.

„Das geht Sie gar nichts an. Außerdem wollte ich dieses Balg nicht."

„Sie sprechen von einem Kind, Herr Wolters." Hätte ich dieses Gefühl nicht schon beim Betreten der Wohnung empfunden, wäre mir spätestens jetzt das Grauen gekommen. Es war unvorstellbar, in welch einer lieblosen Umgebung Fabian aufgewachsen war, und ich fragte mich innerhalb weniger Minuten mehrfach, warum Behörden solchen Menschen ein Pflegekind vermittelten. Es war einfach unglaublich. Hatte man vor vierundzwanzig Jahren weniger darauf geachtet? Waren die Kinderheime so überfüllt gewesen? Oder hatte es damals andere Zustände im Hause Wolters gegeben? Was ich mir allerdings nicht vorstellen konnte.

Reinke ging zum Fernseher und stellte das Gerät kurzerhand aus. Dieses Gedröhne ging nicht nur ihm gehörig auf die Nerven.

„Was erlauben Sie sich eigentlich?", schnauzte Wolters los. „Noch habe ich zu sagen, wann der Kasten ausgestellt wird."

„Und jetzt sage ich, dass wir uns über Ihren Pflegesohn unterhalten, Herr Wolters." Reinke verschränkte seine Arme vor der Brust und sah den Pflegevater direkt an. Er kniff seine kleinen, grün-grauen Augen zusammen, sodass nur noch Schlitze zu erkennen waren.

Wolters Gesicht war vom Alkohol aufgedunsen, aber die tiefliegenden Augen, über denen buschige Augenbrauen wucherten, zeigten nach dieser Ansage zumindest einen Funken Aufmerksamkeit.

„Ich frage sie das noch einmal. Wo befindet sich Ihr Pflegesohn?"

„Keine Ahnung. Sagte ich doch schon. Irgendwann ist er nicht mehr nach Hause gekommen."

Das wäre ich auch nicht, dachte ich beklommen.

„Seit wann haben Sie Fabian nicht mehr gesehen? Könnten Sie sich etwas genauer ausdrücken?"

„Achtzehn war er. Gleich nach seinem Geburtstag hat er die Biege gemacht. War ganz froh darüber. Der hat uns nur Schwierigkeiten gemacht." Wolters steckte sich eine Zigarette an und blies genüsslich den Rauch aus.

„Worin bestanden die Schwierigkeiten?" Ich bemerkte, wie gewaltsam Sybille sich zusammenreißen musste, um den Mann nicht zu prügeln. Ich hätte sie nicht davon abgehalten.

„Aufsässig war der Bengel. Hat ständig gelogen, und mit meinen Kindern konnte er sich nicht vertragen. Immer gab es Streit. Und er hat alles zerstört."

„Haben Sie sich nie mit dem Jugendamt in Verbindung gesetzt, wenn es so massive Probleme gab?", fragte sie, und ich wartete gespannt auf die Antwort.

„Elsa wollte damals absolut ein Pflegekind. Da gab es richtig viel Geld für. Das hatte sie von einer Nachbarin erfahren."

„Sie haben es also nur des Geldes wegen getan? Nur aus diesem Grund haben Sie ein Pflegekind aufgenommen?" Ich war empört über diese Aussage.

„Na und?", grunzte Wolters, dem nicht in den Sinn kam, was für Gefühle er mit seinen Worten bei uns auslöste.

„Wir nehmen an, dass Elsa Ihre Frau ist. Wo können wir sie erreichen?" Sybille stand hinter dem anderen Sessel, Wolters gegenüber, und stemmte ihre Hände auf die Lehne. Ihre Nägel krallen sich in den alten, verblassten Stoff.

„Die ist arbeiten. Kommt um vier Uhr wieder."

„Wo?", fragte ich und ballte hinter meinem Rücken die Hand zur Faust, die ich dem Mann am liebsten ins Gesicht geschlagen hätte.

„Was wo?", fragte Wolters irritiert.

„Wo Ihre Frau arbeitet? Muss man Ihnen eigentlich jede Information aus der Nase ziehen, Herr Wolters?" Reinke zwang sich ebenfalls zur Ruhe, aber seine Stimme klang mehr als gereizt. Tausend Gedanken um *diese* Familie kreisten in meinem Kopf.

„In der Reinigung um die Ecke."

„Wo könnte sich Fabian aufhalten, Wolters? Haben Sie eine Ahnung? Hatte er Freunde?"

„Der und Freunde? Hab' ich davon eine Ahnung? Und wo er abgeblieben ist? Er war doch volljährig. Außerdem waren wir alle froh, dass er die Biege gemacht hat."

„Was sind Sie nur für ein Mensch, Herr Wolters", schimpfte ich laut und konnte mich nur mit Mühe zurückhalten, um diesem Fettsack nicht an die Kehle zu gehen. Er ekelte mich nur noch an, und das gab ich ihm zu verstehen, indem ich sagte: „Sie widern mich an, Herr Wolters."

Die Eingangstür wurde lautstark geöffnet. Da ich von meiner Position aus in den schmalen Flur blicken konnte, sah ich, wie ein schwergewichtiger, junger Mann der Tür mit seinem rechten Fuß einen gewaltigen Stoß versetzte.

„He, Alter. Wie geht's?" Erstaunt blickte er uns an, als er ins Wohnzimmer trat. „Und was haben die hier zu suchen?" Er taxierte uns ungeniert.

„Und wer sind Sie, wenn ich fragen darf?" Es konnte sich meiner Vermutung nach nur um den Sohn handeln, der vom Aussehen her mit Wolters Ähnlichkeit aufwies. Nicht nur die Gesichtszüge, sein derber Körperbau und der über die Hose hängende Bauch waren gleich. Auch das unerhörte Benehmen hatte er von seinem Vater übernommen. Der Apfel fällt nicht weit vom Stamm, erinnerte ich mich an einen alten Spruch meiner Großmutter. Was hatte ich doch selbst für ein Glück in meinem Leben gehabt, selbst, als meine Mutter sehr früh starb und mein Vater mit meiner Erziehung, dem verwaisten Haushalt und der Trauer überfordert gewesen war, dass ich bei meinen Großeltern aufwachsen durfte.

Der junge Mann überhörte meine Frage, griff in die Kiste mit Bier, die neben seinem Vater am Sessel stand und entnahm eine Flasche, die er an der Tischkante öffnete. Nun war mir klar, wie die vielen Schrammen und Abschürfungen auf dem Holz entstanden waren. Ralf ließ sich schwer auf dem Sofa nieder und sah abwartend von einem zum anderen.

„Das sind Bullen, und die wollen wissen, wo Fabian steckt", setzte Wilfried Wolters abfällig seinen Sohn in Kenntnis.

„Hast du nicht immer gesagt, dass er uns irgendwann einmal die Bullen auf den Hals hetzt?" Ein süffisantes Lächeln erschien auf den Lippen des jungen Mannes.

„Ich gehe davon aus, dass Sie der Sohn des Ehehpaars Wolters sind."

„Ja, das ist Ralf. Mein Prachtbursche", lachte Wolters, und sein Bauch hob und senkte sich über seiner Trainingshose.

„Können Sie uns vielleicht sagen, wo sich Ihr Bruder aufhält?" Zwischen meinen Augenbrauen erschien eine zornige Falte, die Ralf in seiner Überheblichkeit nicht wahrnahm.

„Bruder? Dass ich nicht lache. Das war nie mein Bruder. Und wo der sich aufhält, will ich gar nicht wissen." Geringschätzig blickte er in unsere betroffenen Gesichter. Und an seinen Vater gewandt maulte er: „Hat die Alte uns was zu essen in den Backofen geschoben?"

„Nee. Wirst schon warten müssen, bis die nach Hause kommt."

Wir werden hier gar nichts erreichen, dachte ich mir. Wir hatten nur noch das Bedürfnis, endlich die Wohnung verlassen zu können, um Vater und Sohn in ihrer blasierten Art sich selbst zu überlassen.

Draußen, an der frischen Luft, atmeten wir alle einmal kräftig durch.

„Ich finde es erschreckend, dass keiner von beiden Interesse gezeigt hat, um zu erfahren, warum wir Fabian suchen."

„Frank, bei der Familie wundert mich gar nichts mehr. Die Gleichgültigkeit ist nur abstoßend." Ich saß neben Reinke auf dem Beifahrersitz und drehte mich zu meinem Kollegen um, während wir auf Sybille warteten.

***

Die Unverschämtheiten, die sich sein Vater mittlerweile erlaubte, gingen Marvin Frobes gehörig gegen den Strich. Nicht nur, dass der Senior sich in seine Ehe einmischte, indem er die Post geöffnet hatte, die ihm Constanze durch ihren Rechtsanwalt zukommen ließ, er hatte sich auch Zugriff zu seinem Safe verschafft, wie er erfahren hatte.

Und diese Dreistigkeit konnte Marvin ihm nicht verzeihen.

Das Geld hatte Marvin Firmenkonten entnommen und war bislang auch nicht damit aufgefallen. Die Summe war beträchtlich und hätte ihm gerade jetzt in der Situation weitgehend geholfen.

Nun aber hatte Bernhard Frobes davon Kenntnis erhalten und seinen Sohn als elenden Dieb beschimpft.

Marvin schritt wütend in seinem Büro auf und ab, blieb am Fenster stehen und sah auf den Werkshof, wo gerade wieder ein LKW das Firmengelände verließ, um eine Lieferung einem Händler zu überbringen.

Seine Hände, zu Fäusten geballt, steckten in seiner Anzughose. Am liebsten hätte er gegen den nächsten Gegenstand getreten, der ihm im Wege stand, als er zurück zu seinem Schreibtisch ging, verächtlich auf das Schreiben blickte, das ihm sein Vater vor zwei Tagen auf die Ablage geknallt hatte und ihm zu verstehen gab, dass er sofort die Firma zu verlassen hätte.

„Du hast dich nicht nur an Firmengeldern bereichert. Du hast mit deinen ständigen Liebschaften auch deine Ehe ruiniert, du notorischer Fremdgänger und somit auch die Familie in den Schmutz gezogen. Verschwinde endlich aus meinem Leben.“ Die Worte hallten immer noch in Marvins Kopf nach. Die Adern an den Schläfen seines Vaters waren während seiner Schimpftirade regelrecht hervorgetreten.

Diese Wutausbrüche seines Vaters kannte er schon von Kindesbeinen an. Die strenge Hand seines Vaters hatte ihn zu einem wirklich harten Geschäftsmann werden lassen, der Erfolge vorweisen konnte. In diesem Moment aber empfand er nur noch unbändigen Hass für seinen Vater.

Das Schriftstück auf seinem Schreibtisch sagte Marvin klar und deutlich, dass er aus der Erbschaftsfolge ausgeschlossen war. Unumwunden. Was ihm eventuell noch zustand, wäre ein Pflichtteil. Und wie er seinen Vater kannte, würde selbst dieser Anteil, von dem er hätte gut leben können, für ihn nicht mehr erreichbar sein.

Wenn er nur im Entferntesten geahnt hätte, dass der Senior sich Zugang zum Safe verschaffen würde, er hätte den Zahlencode sofort geändert. Sein Fehlverhalten ärgerte Marvin maßlos. Wie konnte er sich nur so sicher fühlen? Nun aber war es zu spät für diese Überlegung. Es war ja nicht nur das Geld, was entwendet wurde, sondern die genaue Auflistung wie er das kleine Vermögen abgezweigt hatte und gewisse Details über seine Verhältnisse der letzten Jahre. Das war natürlich Wasser auf die Mühlen seines Vaters gewesen.

Erneut stand er am Fenster, als er sah, wie die Limousine seines Vaters durch die erhobene Schranke fuhr, die sich hinter dem Wagen wieder senkte. Ein kleines Lächeln umspielte seine Lippen.

Zehn Minuten später wurde die Tür zu Marvins Büro aufgestoßen.

„Du wagst es noch, meinen Aufforderungen zu trotzen? Ich sagte, du sollst hier verschwinden. Ich habe mich doch wohl klar und deutlich ausgedrückt!" Wutschnaufend stand Frobes Senior in der Tür und sah seinen Sohn verächtlich an.

„Ich dachte, du wolltest nach Essen in die Zweigniederlassung fahren?"

***

Während ihre Kollegen im Wagen, der in einer Nebenstraße parkte, ausharrten, betrat Sybille die Reinigung. Sie hatte den Wunsch geäußert, zuerst alleine mit Frau Wolters zu reden.

Mit einem Zettel in der Hand stand eine junge Frau an den Kleiderständern und suchte für eine Kundin die gereinigte Kleidung aus den vielen vorhandenen Teilen.

„Ich hätte gerne Frau Wolters gesprochen." Sybille lächelte der Angestellten zu, als diese über die Schulter blickte, Sybille kurz musterte und durch den Vorhang, der den Geschäftsraum von der hinteren Fläche abteilte, nach Elsa rief.

„Hier ist eine Frau, die dich sprechen will!"

Elsa Wolters, eine verhärmte Frau mit grauen Haaren, die sie achtlos zu einem Knoten gebunden hatte, trat durch den Vorhang in den vorderen Raum und blickte Sybille erstaunt an.

„Ja?"

„Frau Wolters? Ich hätte Sie gerne einen Moment gesprochen." Elsas Kollegin spitze die Ohren. „Wo können wir uns ungestört unterhalten?"

„Warum?" Sybille hielt ihr ihren Ausweis entgegen. Elsa erblasste und schaute sich verstört um. „Ist was mit Ralf? Oder vielleicht mit meinem Mann?" Fast gleichgültig kamen die Worte über Elsas Lippen, wie es Sybille erschien.

„Nein, Frau Wolters. Es geht um Ihren Pflegesohn. Um Fabian."

Das war nicht für die Ohren ihrer Arbeitskollegin bestimmt, schien Elsa Wolters zu überlegen und entschied sich, mit Sybille in den Hinterhof zu gehen, wo sie sonst auch ihre Pausen einlegte, wenn sie eine Zigarette rauchte.

„Warum fragen Sie nach Fabian?"

„Frau Wolters. Ich bin Kriminalpsychologin und arbeite mit dem Kommissariat Münster zusammen. Können Sie mir sagen, wo Fabian sich zurzeit aufhält?"

Das Bild von ihrem Pflegesohn war in ihrem Inneren schon gewaltig verblasst, und sie hätte nicht geglaubt, jemals wieder etwas von ihm oder auch über ihn zu hören. Sie überlegte und kam zu dem Schluss, dass es wohl schon über sechs Jahre her war, als sie ihn das letzte Mal gesehen hatte. Sie schüttelte den Kopf.

„Sie wissen also auch nichts über ihn. Frau Wolters, warum haben Sie damals ein Pflegekind aufgenommen? Ihr Mann ..."

„Sie waren bei meinem Mann?“ Erstaunt sah sie Sybille an und senkte darauf verschämt den Blick auf ihre Füße, mit denen sie auf den Steinen scharrte. In diesem Moment schämte sie sich für ihre Familie, denn was diese Psychologin dort zu Gesicht bekommen hatte, konnte sie sich denken.

„Ihr Mann hat uns erklärt, dass Sie damals Fabian nur als Pflegekind angenommen haben, weil es gut bezahlt wurde. Ist das wirklich so gewesen, Frau Wolters?“ Sybille konnte es sich immer noch nicht vorstellen, dass es der Familie nur ums Geld gegangen war. Aber wenn sie sich die Zustände ins Gedächtnis rief, war nichts unmöglich.

Elsa Wolters wurde in diesem Moment bewusst, dass die Vergangenheit sie eingeholt hatte. Damals hatte sie ein Gespräch im Wartezimmer eines Arztes mitbekommen, als sich zwei Frauen über Pflegekinder unterhalten hatten. Dabei war auch Geld erwähnt worden, und sie hatte verstohlen, aber mit großer Neugier das Gespräch verfolgt. Bis zu dem Zeitpunkt hatte sie nicht gewusst, dass man für Pflegekinder sogar Geld beziehen konnte. Diese Worte waren nicht mehr aus ihrem Kopf gewichen. Sie hatte gehofft, mit dem Geld ihr Leben verändern zu können.

Über die regelmäßige Kontrolle der Behörden waren sie und ihr Mann erst aufgeklärt worden, als die Unterlagen unterschrieben waren.

„Er war so ein süßes Baby. Wenn er nur nicht die ganze Zeit so geschrien hätte. Das habe ich bei meinen beiden Kindern nicht erlebt. Mein Mann hat nur noch getobt.“ Dass Wilfried Wolters nur widerwillig den Vertrag unterschrieben hatte, verschwieg sie Sybille.

Frau Wolters steckte sich eine Zigarette an und inhalierte tief den Rauch. Sie blickte an der grauen Fassade des Hauses entlang.

So, wie an dem heutigen Tag, war sie damals mit ihren Nerven am Ende gewesen. Sie hatte das Kind nur noch gehasst. Aber zurückgeben konnte sie den Kleinen nicht, denn das Geld benötigten sie dringend. Ihr Mann hatte ständig wechselnde Arbeitsstellen, was sie der Behörde nicht mitgeteilt hatten, und gefragt hatte sie keiner danach.

„Wenn Sie mit dem Kind überfordert waren, Frau Wolters, warum haben Sie das nicht der Behörde gemeldet. Es findet doch immer eine fortlaufende Betreuung der Kinder und auch innerhalb der Familie statt.“

„Am Anfang ist ein Sozialarbeiter wöchentlich erschienen Danach nur noch einmal im Vierteljahr, und plötzlich kam niemand mehr.“ Elsa trat ihre Zigarette auf dem Betonboden aus.„Zwei Jahre … lebte Fabian schon bei uns, als mein Mann wieder arbeitslos wurde. Schon zu dem Zeitpunkt interessierte sich von der Behörde niemand mehr für das Kind. … Die Miete für die damalige Wohnung konnten wir nicht mehr aufbringen. Wir waren gezwungen, in unsere jetzige Bleibe zu ziehen.“ Der Betrag, den sie damals weiterhin für den Kleinen vom Staat erhielten, deckte einen Teil ihrer Kosten im Monat. Aber damit war es ja vorbei. Von dem wenigen Arbeitslosengeld konnten sie nicht leben. Aus diesem Grund arbeitete sie nicht nur in der Reinigung, sondern hatte noch drei Putzstellen. Manchmal war sie mit ihren Kräften am Ende.

Auch wenn Frau Wolters das gegenüber Sybille nicht erwähnt hatte, so erinnerte sich die Kriminalpsychologin an die abfälligen Worte von Wolters und dachte sich ihren Teil. Es war also wirklich nur um Geld gegangen.

„Wo ist Ihr Sohn jetzt?“ Sybille bemerkte, dass der Frau im Unterkiefer mehrere Zähne fehlten, und auch oben wies Frau Wolters Zahnlücken auf, die sie zu verbergen versuchte, was ihr aber nur schlecht gelang.

„Ich weiß es nicht.“ Ich will es auch gar nicht wissen, hätte Elsa am liebsten hinzugefügt. Aber in dieser Hinsicht war sie etwas taktvoller als ihr Mann und der Sohn.

„Interessiert es Sie wirklich nicht, wo Ihr Pflegesohn sich aufhält?“

„Nein. Es ist gut so, wie es jetzt ist. Wir leben alle wieder friedlicher.“ Sie bemerkte den erstaunten Blick von Sybille und senkte den Blick.

Friedlicher, dachte Sybille ironisch. Wenn das, was in ihrer Wohnung zu Hause stattfand, für Frau Wolters Frieden bedeutete, was mussten sich in den vielen Jahren für Szenen abgespielt haben?

Sybille revidierte in Gedanken ihr Profil des Täters, das sie ihren Kollegen vorgelegt hatte. Nach dem Erlebten wurde ihr bewusst, dass es nicht ausreichte.

„Ihre Tochter. Wir würden sie auch gerne befragen. Wo können wir sie erreichen?“

„Sabine? Die wird Ihnen auch nichts anderes sagen können.“ Aber Sybille ließ nicht locker, als sich Elsa Wolters weigerte, ihr nähere Auskunft über die Tochter zu geben. Und genau aus diesem Grund war Sybille auf diese Frau gespannt, nachdem sie den abfälligen Ton in der Stimme von Frau Wolters vernommen hatte. Widerwillig ging Elsa zurück in die Reinigung, um kurz darauf mit einem abgerissenen Zettel, auf dem die Adresse der Tochter stand, zurückzukehren.

***

Volker Versmann betrat das Büro und seine Augen begannen zu glänzen, als er Jill einsam und verlassen vor ihrem Computer sitzen sah. Auf diese Gelegenheit hatte er gewartet. Einmal ohne Walter und Frank mit ihr sprechen zu können. Schon lange hatte er ein Auge auf die junge Kommissarin geworfen, die ihn aber stetig abblitzen ließ. Das müsste sich doch ändern lassen, dachte er hoffnungsvoll, als das Telefon schellte, Jill das Gespräch annahm und er genervt an die Decke blickte.

„Ja!“ Volker blickte Jill fragend an. Ihr kritischer Blick sagte ihm, dass es sich um etwas Gravierendes handeln musste.

„Ja, das kann ich von hier aus durchaus bestimmen. Auch wenn mein Chef zur Zeit nicht anwesend ist“, hörte Volker Jill mit Bestimmtheit sagen.
„Was ist geschehen, Jill? Du bist ja richtig wütend geworden.“
„Ein junger Beamter aus der Zentrale meinte doch glatt, dass ich das nicht alleine entscheiden könnte.“
„Und, was ist überhaupt geschehen?“
„Unser Phantom ist gesichtet worden und ich habe Beamte zu der Wohnung von Florian Hamann geschickt. Es ist Eile geboten, bevor er uns wieder entwischt. Ich habe keine Zeit erst meinen Vorgesetzten zu benachrichtigen.“
„Du bist ja richtig geladen. So kennt man dich ja gar nicht“, schmunzelte Volker und wollte ihr über die Wange streichen, als er den abfälligen Blick von ihr spürte und er seine Hand sinken ließ.
„Schade. Wir beide wären ein unschlagbares Team.“
„Vergiss es, Volker. … Warum bist du eigentlich hier?“, fragte ihn Jill.
„Es geht um einen Fingerabdruck, den Walters Freund bei Mona Heiters entdeckt hat.“
„Und wem gehört er?“
„Nicht Florian Hamann.“
Damit rutschte Volker von ihrem Schreibtisch, drehte ihr den Rücken zu, hob kurz die Hand zum Gruß und verschwand aus dem Büro. Jill blickte ihm verblüfft hinterher.

***

Während Sybille in den Wagen von Kommissar Reinke stieg und ihm die Adresse mit wenigen Worten erklärte, klingelte mein Handy. Ich sah, dass es Jill war, die versuchte, mich zu erreichen.
„Was gibt es, Jill?“
„Es geschieht hier Unglaubliches, Chef.“ Sie nannte mich immer Chef, obwohl ich ihr schon des Öfteren angeboten hatte, mich mit dem Vornamen anzusprechen. „Ich erhielt gerade einen Anruf von der Vermieterin, Frau Gröger, bei der Florian Hamann wohnt. Sie hat mich gefragt, ob Hamann doch unschuldig sei und wieder aus dem Gefängnis entlassen worden wäre. Sie klang sehr beängstigt.“
„Wie kam sie auf den Gedanken?“
„Ihr Untermieter hätte heute Morgen gegen zehn Uhr das Haus betreten und wäre in seine Wohnung gegangen. Ich habe sofort Beamte zu dem Haus geschickt und hoffe, dass sie nicht zu spät kommen.“
„Es ist gut, dass du dich gemeldet hast, Jill. Das muss sein Bruder gewesen sein. Wir können es leider noch nicht mit Sicherheit sagen, Jill ..., müssen aber

davon ausgehen, dass die beiden Brüder sich sehr ähnlich sehen. Kläre auch die Beamten darüber auf, dass es sich eindeutig um eineiige Zwillinge handelt. Wir werden jetzt gleich noch zu der Tochter der Wolters fahren und kommen dann sofort zurück. Es wäre gut, wenn wir dich noch im Büro antreffen würden."

„Das geht klar, Chef. Zu welcher Tochter fahren Sie noch?" Jill hatte es wohl akustisch nicht verstanden.

„Das erklären wir dir später."

Ich erzählte meinen Kollegen kurz von Jills Anruf, während Reinke sich in den Verkehr einfädelte. Der Himmel verdunkelte sich zunehmend. Schwere Regenwolken zogen auf, und es war nur eine Frage der Zeit, wann der Himmel seine Schleusen öffnen würde. Reinke lenkte seinen Wagen die Schnellstraße entlang zu einem kleinen Vorort von Bochum, in dem Sabine Wolters wohnte. Wir waren alle auf diese Frau gespannt. Nach dem, was wir vier in der letzten Stunde erlebt hatten, konnten wir uns nicht vorstellen, einen anderen Typ Mensch zu erleben.

Bei der angegebenen Adresse handelte es sich um ein Neubaugebiet. Die Häuser hier waren alle nicht älter als fünf Jahre, so schätzte ich. Die Siedlung machte allesamt einen gepflegten Eindruck auf uns. Hatte uns Frau Wolters wirklich die richtige Adresse gegeben? Noch war es für uns unvorstellbar.

Eine junge, attraktive Frau öffnete uns die Tür. Erschrocken blickte sie auf unsere Ausweise und fragte spontan nach ihrem Mann und ihren Kindern.

„Wir hätten gerne Frau Sabine Wolters gesprochen", sagte ich ihr und war noch mehr erstaunt, als sie mir erklärte, dass sie es selbst sei.

Das sollte die Tochter der Wolters sein? Schnell rechnete ich nach und kam zu dem Ergebnis, dass Sabine Wolters Mitte dreißig sein musste. Ich hätte sie eher auf Ende zwanzig geschätzt. Ihre goldblonden Haare trug sie kinnlang und sie umschmeichelten ihr Gesicht. Auf der kleinen Stupsnase und den Wangen waren etliche Sommersprossen zu erkennen. Erstaunt blickte sie mit ihren großen hell-blauen Augen von einem zum anderen.

„Darf ich fragen, worum es sich handelt?"

„Wir dachten ..., da hier an der Klingel der Name Ahlert vermerkt ist ..."

„Das ist der Name meines Mannes."

„Entschuldigen Sie bitte, Frau Ahlert, aber könnten wir einen Augenblick mit Ihnen sprechen? Das sind meine Kollegen, Kommissar Reinke, Kriminalpsychologin Sybille Parsch und Kommissar Wirtz." Ich hielt ihr noch immer meinen Ausweis entgegen.

„Kriminalpolizei? Was ist denn geschehen? Ist mein Mann..."

„Nein." Ich konnte ihre Erleichterung förmlich spüren.

„Es geht um Ihren Bruder." Eben noch fassungslos und wie vom Blitz getroffen, änderte sich spontan der Gesichtsausdruck von Frau Ahlert, als sie Sybilles Worte vernahm.

„Ralf?", fragte sie verhalten. „Ich glaube, darüber kann ich ihnen kaum Auskunft geben."

„Nein, nicht Ralf, sondern Ihr Bruder Fabian. Wissen Sie, wo er sich aufhalten könnte?"

Innerhalb weniger Minuten musste Sabine Ahlert wohl ein Wechselbad der Gefühle erleben. In ihren Augen erkannte ich plötzlich eine gewisse Neugierde.

„Fabian? Nein, ich habe ... keine Ahnung, wo er sein könnte. Warum suchen Sie ihn?"

Verwundert nahm ich zur Kenntnis, dass sie die Erste war, die es interessierte.

„Dürfen wir uns mit Ihnen über Ihren Bruder unterhalten?" Sybille sah die Frau freundlich an.

Sabine ließ uns eintreten und ging voran in den großen Wohnraum, der nicht nur gemütlich eingerichtet, sondern auch sauber und aufgeräumt war. Hier, so sah ich, hatte alles seine Ordnung. Bücher standen nach Autoren sortiert im Bücherregal, und in einem Fach erkannte ich Teile alten Porzellans und eine wunderschöne alte Karaffe aus geschliffenem Bleikristall. Für diese Dinge hatte ich immer sofort ein Auge und hätte Frau Ahlert gerne über das Alter der Gegenstände befragt.

„Bitte, nehmen Sie doch Platz. Darf ich Ihnen etwas anbieten? Einen Kaffee vielleicht?"

So viel Freundlichkeit hatten wir nicht von der Tochter der Wolters erwartet. Auch das ganze Umfeld verblüffte uns. Sybille und ich nickten dankend, während Reinke und auch Frank sich für ein Glas Wasser entschieden. Sabine verschwand in der angrenzenden Küche, und wir hörten sie dort mit Tassen hantieren.

„Ich bin beeindruckt", flüsterte Sybille, sah sich verstohlen um und griff zu einer Kinderzeichnung, die neben ihr auf dem kleinen Beistelltisch lag.

„Nach dem, was wir bisher erlebt haben, erstaunt es mich auch", bestätigte ich ihre Worte.

„Das Bild strahlt sehr viel Freude aus. Hier, Walter. Sieh es dir an." Ich nahm es Sybille ab, als Frau Ahlert aus der angrenzenden Küche kam und ein Tablett auf ihren Händen balancierte.

„Das Bild hat meine jüngste Tochter gemalt. Sie ist fünf Jahre alt."

„Ihre Tochter ist sehr begabt, wenn ich das bemerken darf." Sybille lächelte und nahm Frau Ahlert die Tasse ab, stellte sie vor mich hin und nahm ihre in Empfang. Frank und Kollege Reinke bekamen ihr gewünschtes Glas Wasser gereicht. Danach setzte sich Frau Ahlert in den freien Sessel uns gegenüber.

Ans Fenster prasselten die ersten Regentropfen, und kurz darauf folgte ein wahrer Sturzbach vom Himmel.

„Woher haben Sie meine Adresse, wenn ich fragen darf?"

„Von Ihrer Mutter. Sie war so freundlich, sie uns zu geben." Das war mehr als übertrieben, dachte ich. Sybille wählte ihre Worte mit Bedacht, aber wahrscheinlich wusste die Tochter auch so Bescheid. Sabine nickte nur und sah Sybille an.

„Das wundert mich …, denn die Familie ist nicht gut auf mich und meinen Mann zu sprechen."

„Sie haben keinen Kontakt zu ihnen? Ich will nicht indiskret sein." Vertrauensvoll blickte Sybille Sabine an.

Erneut klingelte mein Handy. Ich entschuldigte mich, stand auf und ging zum anderen Ende des Wohnraums, da ich gesehen hatte, dass es erneut Jill war, die mich kontaktierte. Wollte sie mir die frohe Botschaft verkünden, dachte ich schon hoffnungsvoll und nahm das Gespräch an. Was ich dann aber zu hören bekam, konnte und wollte ich zuerst nicht glauben. Frank sah mich erstaunt an, als er meinen Gesichtsausdruck bemerkte. Ich schüttelte unmerklich den Kopf.

„Sobald du Näheres in Erfahrung gebracht hast, gib mir bitte Bescheid, Jill." Damit beendete ich das Gespräch und nahm wieder Platz. Nur mit halbem Ohr verfolgte ich das weitere Gespräch, denn meine Gedanken gingen ganz andere Wege.

„Nein. Ich gehöre nicht mehr zur Familie." Aufgeschlossen blickte Sabine uns an. In ihren Augen ließ sich keine Traurigkeit erkennen. Eher erschien es mir wie eine Erleichterung. „Da Sie ja bestimmt bei meinen Eltern zu Hause waren, muss ich auch nicht lange um den heißen Brei herumreden. Mein Vater hat mich vor vielen Jahren wütend vor die Tür gesetzt, als ich ihm unmissverständlich klargemacht habe, dass er ein fauler, alkoholabhängiger Schmarotzer sei, der auf Kosten anderer Menschen und der Behörden lebt."

Donnerwetter, dachte ich, diese Frau hatte Schneid, als ich wie von Weitem ihre Worte vernahm. Sabine Ahlert blickte aus dem Fenster. Überlegte sie, ob sie uns mehr erzählen sollte? Doch dann sah sie uns abwartend an und wiederholte die Frage nach Fabian.

„Wir ermitteln in mehreren Mordfällen und suchen dringend Fabian Löwitsch. Wann haben Sie Ihren Bruder das letzte Mal gesehen?" Ich sah keine Veranlassung, der jungen Frau zu verhehlen, warum wir sie aufgesucht hatten und konzentrierte mich wieder auf den Moment.

„Das ist schon ewig her. Aber was hat Fabian mit den Fällen zu tun? Ich verstehe nicht?" Tief betrübt sah sie uns an. „Ist Fabian ...? Das wäre ja entsetzlich."

„Wir vermuten es. Ja. Es tut mir leid, Ihnen das sagen zu müssen." Mitfühlend sah ich Frau Ahlert an, der ich viel Sympathie entgegenbrachte. Frank entnahm aus seiner Seitentasche das Foto von Florian Hamann und reichte es der jungen Frau. „Sieht Fabian, Ihr Bruder, so aus?", fragte ich unterdessen, als sie das Bild in die Hand nahm und es eingehend betrachtete. Sie legte es zurück auf den Tisch, konnte aber den Blick nicht davon wenden.

„Ja, das ist Fabian. Wie gesagt, ich habe ihn schon so lange nicht mehr gesehen. Es müsste so ungefähr zwölf Jahre her sein. Er wirkt auf dem Foto älter, aber...aber, wenn Sie ein Bild von Fabian haben, dann wissen Sie doch, wie er aussieht."

„Das ist nicht Fabian", gab ich ihr zu verstehen.

„Nicht? Das verstehe ich nicht." Fragend sah Sabine Ahlert uns an.

„Fabian hat einen Zwillingsbruder. Das hier auf dem Foto ist sein Bruder Florian. Von Ihrem Bruder haben wir leider kein Bild. Und wie Sie uns jetzt bestätigen, besteht eine große Ähnlichkeit zwischen Florian und Fabian." Ja, dachte ich und musste an die Worte von meinem Freund Mertens denken. Es waren eineiige Zwillinge. Eine genetische Gleichheit.

Sabine starrte auf das Foto. „Fabian hatte einen Bruder? Es ist für mich unglaublich." Irritiert blickte sie auf, als Sybille ihr die nächste Frage stellte.

„Für uns kam das auch sehr überraschend. Bis vor ein paar Tagen hatten alle Beteiligten keine Ahnung", erklärte sie ihr.

„Wie war Ihr Verhältnis zu Fabian eigentlich, Frau Ahlert?" Da sie bisher sehr aufgeschlossen wirkte, hoffte ich, mehr über Fabians Leben zu erfahren. Sie atmete schwer, fuhr sich mit der rechten Hand über die Augen, und sah uns betrübt an.

„Damals nicht gut. Ich schäme mich heute dafür, was ich getan habe, und ich würde mich gerne bei ihm entschuldigen, aber ich habe Fabian ...", Sabine überlegte einen Moment, „eine Ewigkeit nicht mehr gesehen. Ich wüsste gerne, wo er ist. Auch, um ihn um Verzeihung zu bitten." Verlegen knetete sie ihre Hände.

„Was ist damals geschehen, Frau Ahlert?" Sybille beugte sich zu der Frau, legte mitfühlend ihre Hand auf die schmalen Finger und blickte sie freundlich und auch vertrauensvoll an.„Es fällt mir sehr schwer ..., darüber zu sprechen. Was würde es heute noch ändern?"

„Wir würden vielleicht manches besser verstehen und können besser agieren."

Frau Ahlert lehnte sich im Sessel zurück. Ich wollte sie nicht drängen, als sie wie verloren aus dem Fenster starrte. Überlegte sie, wo sie beginnen sollte? Oder auch nur, was sie uns mitteilen wollte? Mir erschien es wie eine Ewigkeit bis sie zu sprechen begann. Ich hätte gerne das Gespräch schneller beendet, um nach Münster zurückzukehren. Auch wenn mir Jill nicht die Bestätigung gegeben hatte, dass wir unser Phantom endlich im Präsidium wussten, so war das, was in unserer Abwesenheit geschehen war, ebenso gravierend. Noch fehlte mir eine gewisse Kenntnis, aber meine Überlegung ging in eine Richtung, die …, wenn sich das bewahrheiten sollte, einfach nur ungeheuerlich war.

„Ich habe es nie vergessen. Es bewegt mich immer noch." Sabine sah weiter zum Fenster. In ihren Augen schwammen Tränen. „Ich war sieben Jahre alt, als Fabian zu uns kam. Er war so ein winziges Baby mit großen, dunklen Augen. Ralf war zu diesem Zeitpunkt vier Jahre alt. Ich bekam die Order, auf dieses

Baby aufzupassen. Jeden Tag. Wenn ich aus der Schule kam, ging meine Mutter arbeiten. Ich musste mich somit nicht nur um Ralf kümmern, sondern auch noch um Fabian. Nachts, wenn er schrie, tobte mein Vater, und ich zog mir die Bettdecke über die Ohren. Ich habe dieses Kind gehasst, und als Fabian älter wurde, habe ich ihn für die Zeit büßen lassen, die er mir gestohlen hat."

„Sie waren mit der ganzen Situation überfordert, Frau Ahlert. Sie waren selbst noch ein Kind. Ich glaube nicht, dass Sie eine Schuld trifft." Sybille lächelte sie verständnisvoll an. Hinter meiner Stirn formte sich ein Bild, das genau in dieses gesamte Schema passte.

„Es kam doch ein Sozialarbeiter zu Ihnen nach Hause. Hat er nichts bemerkt?" Reinke brannte die Frage förmlich auf der Zunge.

„Ja, am Anfang schon. Aber er hat sich immer angemeldet. Dann war die Wohnung aufgeräumt, und wir bekamen von unserer Mutter die Ansage, besonders nett und freundlich zu sein."

Mich überlief ein großer Schauer, wenn ich daran dachte, wie sehr immer nur der einfache Weg von den Behörden eingeschlagen wurde. Warum immer zuvor diese Ankündigung, fragte ich mich und musste an die Worte von Sybille in Reinkes Büro denken, als die Sprache auf dieses Thema mit der Sozialarbeiterin kam. *Unangemeldete Besuche würden oft mehr zutage fördern.* Ja. Ich konnte mich ihrer Äußerung nur anschließen. Dieser Fall zeigt es und es ging auf Kosten eines kleinen Kindes, das sich nicht wehren konnte.

„Was ist weiter geschehen, Frau Ahlert?", fragte ich vorsichtig. Mir wurde vor Augen geführt, dass die junge Frau auch ein Opfer dieser Familie geworden war. Sie tat mir leid, aber es beruhigte mich auch, dass sie ihren eigenen Weg gefunden hatte.

Sabine Ahlert entnahm aus ihrer Rocktasche ein Taschentuch und wischte die Tränen fort, die sie nicht zu unterdrücken vermochte.

„Mein Vater wurde nicht nur einmal arbeitslos und schimpfte jedes Mal auf die Gesellschaft. Wir haben ihm geglaubt. Schließlich war er unser Vater. Wir kannten ja nichts anderes. Ralf glaubt auch heute noch alles, was unser Vater ihm erzählt und lebt nach den gleichen Prinzipien wie er. Sie haben die beiden ja bestimmt auch erlebt."

„Ja, und es war nicht gerade erfreulich, wenn ich das mal so sagen darf", erklärte ich ihr.

„Sie können mich damit nicht mehr kränken. Als ich meinen jetzigen Mann traf, war ich sechzehn. Heute empfinde ich es als pures Glück, denn mein Mann und seine Familie haben mir gezeigt, was es heißt, in einer liebevollen Umgebung zu leben. Ich war damals wie in einem tiefen Loch gefangen."

„Was ist in Ihrer Familie mit Fabian geschehen?", nahm Sybille das Gespräch wieder auf.

„Sie kennen doch die Rangordnung. Ralf und ich wurden von oben getreten und haben es an den Schwächeren weitergegeben. Das war dann Fabian. Wir haben ihn … büßen lassen. Für alles. Ralf hat ständig Geld aus dem Portemonnaie unserer Mutter entwendet … und Fabian beschuldigt, wenn sie es bemerkte. Fabian hat sich dagegen gewehrt, aber je mehr Worte er darüber verlor, umso grausamer wurden wir. Wir haben ihm seine Kleidung zerstört und er hat bei unseren Eltern darunter leiden müssen. Später in der Schule – Fabian im ersten Schuljahr, Ralf in der fünften Klasse, die er zweimal wiederholen musste, und ich besuchte die Zehnte. Wir sind sogar so weit gegangen, dass wir Fabians Schulbücher zerrissen haben oder sie sogar einmal in die Toilette warfen." Sabine liefen erneut die Tränen an den Wangen entlang, die sie mit dem Handrücken fortwischte. „Es tut mir alles so leid. Ich kann Ihnen gar nicht sagen, wie sehr ich mich dafür schäme."

„Wie haben Ihre Eltern reagiert?" Ich sah, wie Sybille selbst mit den Tränen zu kämpfen hatte.

„Sie haben ihn geschlagen und in den Keller gesperrt. Dort musste Fabian manchmal die ganze Nacht bleiben. Wenn ich heute von solchen Fällen in den Zeitungen lese, dann steht das, was ich Fabian angetan habe, immer zu deutlich vor meinen Augen. Ich weiß, dass ich mit dieser Schuld leben muss."

„Frau Ahlert. Das müssen Sie nicht. Sie waren ein Kind. Wir haben Ihre Familie kennengelernt. Sie haben immer nur getan, was andere von Ihnen verlangten. Haben Sie schon einmal professionelle Hilfe in Anspruch genommen?"

„Ja, aber ..."

„Haben sie nur die eine Tochter?" Ich wollte das Thema wechseln. Das beklommene Gefühl in meiner Brust wollte nicht weichen.

„Wir haben zwei Töchter. Louisa und Larissa." Ein Lächeln stahl sich auf ihre Lippen.

„Ich kann mir vorstellen, dass Sie zu Ihren Kindern ein gutes Verhältnis haben."

„Ja. Sie entschädigen mich für Vieles. Und lassen mich auch viel vergessen, aber nicht das, was mit Fabian geschehen ist."

„Haben Sie mit Ihrer Mutter jemals über diese Erlebnisse gesprochen?"

Sabine schüttelte den Kopf. Sie erhob sich aus dem Sessel und wandte sich dem Fenster zu, an dem immer noch der Regen gegen die Scheiben peitschte. Wie musste es in ihrem Inneren aussehen, fragte ich mich und sah Sybille an. In ihren Augen erkannte ich große Fassungslosigkeit.

Sabine drehte sich zu uns um und legte ihre Hände an die Oberarme. Es wirkte, als wenn sie sich selbst umarmen wollte. Abwartend blickten wir sie an.

„Nein. Es hätte auch nichts an der Situation geändert. Für sie war er nur der Hurensohn, der er ihrer Meinung nach auch immer bleiben wird. Vor allem, wenn sich bewahrheiten sollte, was er jetzt vielleicht getan hat."

„Wieso hat Ihre Mutter Fabian einen Hurensohn genannt?", fragte ich geschockt.

„Fabian war acht oder neun Jahre alt. Ralf hatte mit einem Stein eine Fensterscheibe eingeschlagen. Als sich der Eigentümer bei meiner Mutter beschwerte und den Schaden ersetzt bekommen wollte, gab Ralf natürlich an, dass es Fabian gewesen sei, der sich jedoch gegen diese Ungerechtigkeit zur Wehr setzte und Ralf beschuldigte. Meine Mutter hat sich dann dazu hinreißen lassen, ihn als einen verdammten Hurensohn zu beschimpfen. Er sollte es nie wieder wagen, ihre Kinder in ein falsches Licht zu setzen."

„Ihre Eltern wussten, wer Fabians Mutter war?"

„Wieso? Was hat denn Fabians Mutter getan?"

„Sie haben keine Ahnung?", fragte Reinke und sah sie zweifelnd an.

„Ich weiß wirklich nicht, was Sie meinen. Wahrscheinlich hat meine Mutter das nur so dahergesagt, weil sie wütend war."

Ich fühlte mich dazu veranlasst, Frau Ahlert über Frau Löver kurz aufzuklären, worauf sie mir bestätigte, dass sie das nicht gewusst hatte.

„Weiß Ihr Mann von der Geschichte?" Sybille schlug ein Bein über das andere und griff zu ihrer Kaffeetasse.

„Ja, natürlich. Ihm lag es fern, mich zu verurteilen. Er ist der Meinung, dass nicht jeder das Privileg hat, in einem verständnisvollen Elternhaus aufwachsen zu dürfen. Wenn Fabian wirklich das, was Sie erwähnt haben, getan hat, dann fühle ich mich noch viel mehr schuldig. Ich wünschte, ich könnte mein Verhalten ungeschehen machen."

„Nein. Sie sind nicht schuld an Fabians Verhalten. Da gibt es viele andere Menschen, die man dafür zur Verantwortung ziehen müsste. Im Leben von Fabian Löwitsch ist alles verkehrt gelaufen. Das fängt bei seiner Mutter an, und auch die zuständigen Behörden sind nicht schuldlos, die Ämter, die weggesehen haben, die sich Unterlagen von ihren Eltern unterschreiben ließen, ohne den genauen Aufenthaltsort des Pflegekindes zu überprüfen."

„Was ist mit Fabians Mutter? Haben Sie die Frau schon ausfindig gemacht?"

„Seine Mutter ist unter den Opfern."

Sabine hielt sich die Ohren zu. „Nein! Ich will nichts mehr hören. Es ist alles so grausam. Bitte gehen Sie. Meine Kinder kommen gleich mit meinem Mann nach Hause. Ich möchte nicht, dass sie Sie sehen. Dass sie mich so sehen."

Für einen Moment ruhte Frau Ahlerts Hand auf Sybilles Arm, als sie uns zur Haustür begleitete.

„Würden Sie mir Bescheid geben, wenn Sie Fabian gefunden haben? Ich würde auch gerne seinen Bruder kennenlernen."

***

Ich verspürte nach der Fahrt und nach diesem ereignisreichen Tag den dringenden Wunsch zu duschen, mir dieses Fiasko von der Haut zu rubbeln, das mir nicht nur diese Zwillinge bescherten. Es ging auf neunzehn Uhr zu, als wir mein Büro betraten. Ich hatte noch um eine Besprechung gebeten, um die Tagesergebnisse Revue passieren zu lassen. Auch um weitere Schritte zu besprechen, die wir infolgedessen unternehmen mussten. Vor allem wollte ich endlich Näheres über den Unfall erfahren, der sich an diesem Nachmittag auf der A1 kurz hinter der Abfahrt Ascheberg ereignet hatte. Von Jill hatte ich keine neuen Informationen erhalten, während wir bei Frau Ahlers saßen.

Meine erste Frage galt allerdings Fabian Löwitsch und ob von den Beamten, die die Wohnung observierten, Erfolg gemeldet worden war. Doch Jill schüttelte nur bedauernd den Kopf. Wir suchten die berühmte Nadel im Heuhaufen – in Form eines Phantoms, das in eine Wohnung spazierte, die nicht ihm gehörte, und sich dabei total sicher fühlte. Ich empfand es als ungeheure Dreistigkeit. Zu unserem Bedauern waren die Beamten leider zu spät gekommen.

Sybille stand neben mir. Sie musste wohl meine Niedergeschlagenheit bemerkt haben. Ich legte meinen Arm um sie. Hielt sie umfangen. Sollten es doch alle sehen, dachte ich übermüdet. Ich spürte ihre Arme, ihre Nähe, und sie ließ ihren Kopf auf meine Brust sinken. Wie gut sie sich anfühlte und die gemeinsame Nacht stand vor meinen Augen. Ich hatte schon lange nicht mehr so viel Zärtlichkeit empfangen.

„Bist du auch so erledigt, Walter?“, flüsterte sie an meiner Brust.

„Ja, und ich muss gestehen, dass ich gerade von meiner Dusche geträumt habe.“ Meine Lippen lagen dicht an ihrem Ohr, sodass Frank und Jill meine Worte nicht hörten.

„Nur von der Dusche?“, neckte sie mich leise und ich hauchte ihr schmunzelnd einen Kuss auf ihr Haar. Über ihren Kopf hinweg sah ich Frank, der verstohlen wegschaute. Soviel Diskretion hätte ich ihm gar nicht zugetraut.

„Mit dir natürlich“, flüsterte ich.

„Lügner.“ Sybille sah zu mir auf, da sie einen Kopf kleiner war als ich.

„Später bei mir zu Hause?“ Ich sah Sybille liebevoll an und hoffte auf ihre Zusage. Ich sah ihren Blick, den Glanz darin, und ohne ihre Worte wusste ich, dass sie damit einverstanden war. Ich sah etliche lose Blätter in Jills Hand und fragte mich, ob ich alles zeitlich schaffen würde, was ich mir vorgenommen hatte, bis zu meiner Verabredung mit Sybille.

„Und wie ich sehe, hast du noch reichlich Arbeit für uns, Jill.“

„Ja, das habe ich. … Sie wollen bestimmt als nächstes wissen, was es mit dem Unfall auf sich hat?“

„Nun mach es doch nicht immer so spannend, Jill“, gab Frank von sich und zwinkerte zu meiner Verwunderung seiner Kollegin zu.

Jill ging nicht weiter auf die Bemerkung ein, die sie schon oft gehört hatte.
„Ich habe nur durch einen Zufall von dem Unfall gehört, da er eigentlich nicht in unserem Zuständigkeitsbereich liegt. Aber ein Kollege von der Autobahnpolizei hat sich an einen Namen eines Insassen erinnert und die Zentrale in Münster benachrichtigt. Dadurch bin ich benachrichtigt worden und habe sämtliche Unterlagen angefordert, die bei dem Unfall aufgenommen wurden. Zeugenaussagen von Beteiligten und natürlich der Polizeibericht sowie den der Sachverständigen. Leider liegen sie noch nicht vor."
„Hat man dir wenigstens mitgeteilt, um wen es sich genau handelte und was überhaupt geschehen ist?"
„Wie ich Ihnen schon am Telefon sagte, handelt es sich um einen Frobes, der bei dem Unfall ums Leben kam. Aber um welchen es sich handelt, davon habe ich noch keine Kenntnis erhalten. Ich habe die ganze Zeit gehofft, dass man mich benachrichtigt. Vielleicht ist das selbst den Kollegen noch nicht klar, was ich mir eigentlich nicht vorstellen kann."
Ich hatte Frank und Sybille auf der Heimfahrt kurz von dem Unfall erzählt, die ebenso erstaunt gewesen waren, als ich ihnen den Namen genannt hatte.
„Es handelte sich um die Firmenlimousine, die sich mehrfach überschlagen hat. Die Person, die wohl hinten gesessen hat, ein Frobes?, wurde aus dem Wagen geschleudert und … von einem weiteren Wagen, der dem nicht mehr ausweichen konnte, überrollt. Der Fahrer der Limousine ist mit schwersten Verletzungen in die Uniklinik eingeliefert worden. Im Ganzen waren drei Autos beteiligt, wobei alle Insassen ausschließlich mit dem Schrecken davon gekommen sind."
Wen von der Familie Frobes hatte es erwischt?, fragte ich mich erneut. Gab es vielleicht doch noch eine Gerechtigkeit?
Ich fuhr mir mit der rechten Hand über mein Kinn.„
Aber ich habe noch etwas anderes herausgefunden", sagte Jill.
„Nun mach es doch nicht so spannend", drängte Frank, und ich warf ihm einen warnenden Blick zu. Sein Blick wanderte zur Uhr an der Wand. Auch ich hatte es eilig, aber das hier hatte Priorität.
„Nachdem Sie mir den Namen des Bruders durchgegeben haben ... Fabian Löwitsch ..." Hier machte Jill erneut eine Pause, und ich vermutete, dass sie es Frank zuliebe tat, der seine Augen zur Decke schweifen ließ. Ich sah ihr schelmisches Lächeln. „Fabian Löwitsch ist in Münster beim Ordnungsamt gemeldet und dadurch war es ein Leichtes, seine Adresse herauszubekommen. Er wohnt im Stadtteil Kinderhaus."
„Fabian Löwitsch lebt in Münster? Und?"
„Ich hoffe, Sie verzeihen mir meine Eigenmächtigkeit, denn ich habe Beamte auch zu Löwitschs Wohnung geschickt, die nun rund um die Uhr bewacht wird. Die Genehmigung bekam ich allerdings schon von Ihrem Vorgesetzten", gab Jill unumwunden zu.

Ich nickte und gab ihr mit einem Lächeln meine Zustimmung zu verstehen.
„Zur Mutter. Marita Löwitsch. Sie stammt ursprünglich aus einem kleinen Dorf in der Nähe von Augsburg. Die Mutter von Frau Löwitsch ist schon vor etlichen Jahren verstorben, und weitere Familienmitglieder scheint es nicht zu geben."
„Wie bist du an diese Informationen gekommen?" Was hatte ich bislang nur ohne Jill angefangen, die mit ihrer Recherche immer eine Punktlandung vollbrachte.
„Wenn man Kenntnis von richtigen Namen hat, ist es manchmal gar nicht so schwer, an Informationen zu kommen. Und außerdem – ich glaube, Vieles wollen Sie gar nicht wissen." Jill zwinkerte mir zu. Ich hatte schon oft die Vermutung gehabt, dass meine junge Kollegin gewisse Kenntnisse und Beziehungen besaß, die nicht immer ganz legal waren, aber wenn es hilfreich war, dann konnte ich auch gut darüber hinwegsehen.
„Danke, Jill. Gute Arbeit."

***

Das Feuer im Kamin prasselte. Auf dem Kaminsims brannten Kerzen und im Esszimmer war der Tisch für zwei Personen liebevoll gedeckt. Kerzen leuchteten in silbernen Kerzenhaltern und selbst den Blumenschmuck hatte ich nicht vergessen, als ich schnell das Präsidium verließ.
Als es an meiner Haustür klingelte, warf ich noch schnell einen Blick in mein Wohn- und Esszimmer, knipste die Deckenbeleuchtung aus, und der ganze Raum wurde vom Schein des Feuers und der Kerzen in ein romantisches Licht getaucht. Mit beschwingtem Schritt ging ich zur Haustür.
Ein frischer Wind erfasste mich, als ich Sybille die Tür öffnete. Fasziniert starrte ich die Frau an, die mir lächelnd, mit einem Regenschirm bewaffnet, gegenüberstand.
„Willkommen in meinem bescheidenen Heim. Es ist schön, dass du meiner Einladung gefolgt bist." Ich half ihr aus der dunkelblauen Lederjacke und hängte sie an die Garderobe.
„Ich danke dir für die Einladung, Walter. Nach diesem aufregenden Tag hätte ich", schmunzelte sie, als ich sie in meine Arme schloss, „viele Menschen auch nicht mehr ertragen. Du weißt schon, was gut für uns ist."
Ihre Worte bestätigten nur mein Gefühl. Außerdem wollte ich endlich wieder einmal allein mit der Frau sein, die ich liebte. Ich führte Sybille in den Wohnraum. Erstaunt blieb sie stehen, sah mich von der Seite an und strich mir liebevoll über die Wange.
„Du bist ja ein richtiger Romantiker, Walter." Sybille ging ein paar Schritte auf den Kamin zu und wärmte sich ihre Hände an der Glut, die leise knisterte. Ich betrachtete ihr Profil und blickte an ihrer schlanken Figur entlang. Mein Blick

konnte sich kaum von dem Anblick lösen, als ich die beiden Weingläser vom Tisch nahm, die ich gefüllt hatte. Lächelnd wandte sie sich zu mir und ich reichte ihr ein Glas.

„Auf uns, Sybille. Dass dieser Moment in unseren Herzen nie vergeht."

„Auf uns, Walter." Sybille nippte an ihrem Weinkelch. Hm, der Wein ist aber köstlich."

„Habe ich deinen Geschmack getroffen?"

„Aber hundertprozentig", schmunzelte sie. „Du weißt sehr gut, was mir gefällt." Hunderte von Kobolden schienen in ihren Augen zu tanzen, als sie mich liebevoll ansah.

„Ich möchte einfach, dass du dich bei mir wohlfühlst, Sybille."

Das Essen hatte ich noch schnell auf dem Weg vom Büro nach Hause in einem Feinkostgeschäft besorgt. An diesem Abend gelobte ich mir die längeren Öffnungszeiten, ansonsten galt mein Bedauern den Angestellten, die zu dieser Stunde noch aktiv waren.

„Wo hast du nur diese delikaten Oliven her, Walter? Auch alles andere, die Antipasti, das Brot und dann das wahnsinnige Dessert. Du verwöhnst mich."

„Das bleibt geheim, Sybille. Sonst kann ich dich ja nicht mehr verwöhnen", lachte ich und fühlte mich so leicht und frei wie schon lange nicht mehr.

Später saßen wir auf dem kleinen Sofa vor dem Kamin. Sybille hielt ihr Glas in der Hand und betrachtete den Wein, der im Kerzenlicht wie Rubine funkelte.

„Worüber denkst du nach, Sybille?"

„Entschuldige, Walter. Es hat leider mit unserem Fall zu tun, aber wir sollten uns jetzt nicht damit befassen." Sie drehte sich zu mir und lächelte mich an.

„Du bist ein sehr gefühlvoller und auch mitfühlender Mensch, Sybille. Ich glaube, wenn es nicht so wäre, würde mir etwas fehlen. Du denkst an Florian?"

„Nicht nur an ihn, sondern auch an seinen Bruder. An Fabian. Was wäre aus ihm geworden, wenn er mit seinem Bruder bei der Familie Hamann hätte zusammenleben dürfen? Hätte Frau Schukowski das damals erfahren, sie hätte bestimmt alle Hebel in Bewegung gesetzt, um es zu ermöglichen. Wäre aus Fabian trotz allem ein Mörder geworden?"

„Das lässt sich leider nicht sagen. Ich glaube jedoch nicht. Aber mit der Sozialarbeiterin gebe ich dir recht. Eine sehr kompetente und engagierte Mitarbeiterin. Das Amt kann sich nur glücklich schätzen."

Ich stellte mein Glas auf den kleinen Beistelltisch und legte den Arm um Sybilles Schultern. Ihren Kopf lehnte sie an mich und ich spürte, wie geborgen sie sich fühlte.

Lange saßen wir schweigend nebeneinander – in Gedanken versunken.

„Ich bedaure, dass es kein Foto aus Fabians Kindertagen gibt. Es hätte mich interessiert, ob er, so wie Florian schon immer, seine Haare lang getragen hat oder ob er sie sich erst wachsen ließ, als er seinen Bruder ausfindig gemacht hatte. Um ihn zu kopieren." Ich strich ihr einmal liebevoll über die Nase und gab ihr einen kleinen Stupser.

„Glaubst du, dass er bewusst die Morde in die Richtung seines Bruders gelenkt hat, Sybille?"

„Ja. Vieles spricht dafür, Walter. Die Wohnung von Florian, die womöglich sein Bruder betreten kann oder konnte, wann immer er wollte. Wie er sich Zugang verschafft hat. Wir sollten uns mit Florians Vermieterin unterhalten. Ich vermute, dass Fabian vielleicht mit der Begründung bei ihr geklingelt hat, dass er seinen Schlüssel verloren hat. Hat sie ihm einen Zweitschlüssel ausgehändigt?"

„Deine Frage ist begründet, Sybille. Es wäre interessant, das zu erfahren. Dann hat er wohl auch die Tasche zum passenden Zeitpunkt dort deponiert, damit wir sie finden." Sie nickte mir bestätigend zu. „Auch das Haar zwischen den Fingern der toten Jennifer Balzer. Es ist ja identisch. Oder auch DNA Material, das in ihrer Wohnung hinterlassen wurde."

„Ja, Walter. Es passt alles zueinander. Wenn es wirklich so ist, dann zeugt es davon, dass er seinen Bruder genauso leiden lassen will, wie er selbst in den vielen Jahren gelitten hat. Und das ist ihm gelungen. Zum Beispiel, als er ihm die Schwester nahm. Walter ... ich hatte sofort das Gefühl, dass Florian nicht der Täter ist, aber wie sollen wir weiter vorgehen? Können wir ihn trotz allem jetzt entlassen?"

„Nein, das können wir nicht. Alleine schon..."

„Florian ist unschuldig, Walter.

„Ja, ich weiß … was ich sagen wollte, ist, wir können der Öffentlichkeit nicht bekannt geben, dass es zwei von der Sorte gibt. Fabian Löwitsch soll sich in Sicherheit wiegen. Löwitsch hat bestimmt davon Kenntnis, dass sein Bruder verhaftet wurde. Immerhin haben die Zeitungen ein Foto seines Bruders herausgebracht. Wir können nur auf die aufmerksame Bevölkerung hoffen. Die vielen Telefonate, die Jill heute entgegengenommen hat, haben es ja schon bewiesen." Sybille nahm einen Schluck aus dem Weinglas und nickte mir zu.

„Ich hoffe nur, dass wir bald einen Treffer landen. Wie, und woher hat Fabian überhaupt von der Existenz seines Bruders Kenntnis bekommen? Diese Frage ist für mich im Moment ebenfalls sehr relevant."

„Nicht nur von seinem Bruder. Auch den Verbleib seiner Mutter. Das ist etwas, worüber ich lange auf der Fahrt von Bochum nach Münster gegrübelt habe."

„Ob wir das jemals erfahren?" Gedankenvoll blickte ich in die Glut des Kamins.

„Vielleicht hat Jill Glück." Sybilles Worte verscheuchten meine Gedanken, und sie schenkte mir ihr bezauberndes Lächeln. „Sie hat die Qualitäten, einmal deinen Platz einzunehmen, Walter."

Um meine Lippen zuckte es. Sybille bestätigte nur meine Gedanken, denn auch ich hatte darüber nachgedacht, meine junge Kollegin in diese Richtung zu lenken. Ehrgeiz und Biss hatte sie für zwei – und einen erstaunlichen Weitblick.

„Ich bin gespannt, ob wir morgen Näheres über den Unfall erfahren? War es wirklich ein Unfall?“

„Das habe ich mich auch schon gefragt, Walter. Es sind zwar reine Spekulationen von mir, aber wenn es sich um den Senior handeln würde, dann ...

Alle aus der Familie Frobes hätten ein Motiv. Clarissa Frobes, Marvin sowie auch Martin, wobei ich mein Augenmerk auf Martin setzen würde. Er ist der Liebling seiner Mutter. Unumwunden. Und für seine Mutter würde er wahrscheinlich durchs Feuer gehen. Clarissa Frobes wurde in seiner Gegenwart von Mona Heiters beleidigt. Und wir wissen nicht, inwieweit Kerstin Wagner ebenfalls deutliche Worte gegenüber dieser Frau verwendet hat? Hat Kerstin ihrem Ex-Liebhaber womöglich ihr Wissen weitergereicht?“ Sybille sah mich fragend an.

„Du glaubst, dass Frau Frobes ihre Söhne vielleicht zu etwas angestiftet hat?“

„Immerhin ist sie in eine ziemlich ausweglose Situation geraten. Wenn es sich wirklich um ihren Mann handelt, dann muss es doch für die Frau wie ein Befreiungsschlag sein.“

„Ja, da gebe ich dir recht, Sybille. Unter den gegebenen Umständen hätte sie bestimmt sehr viel zu verlieren.“

„Ich habe Marvin sowie auch Martin Frobes kennengelernt, Walter. Den Ältesten schätze ich als einen Menschen ein, der sich nicht hinter die Fassade blicken lässt, während Martin nur ein Schönling in meinen Augen ist, der seine Vorzüge zu nutzen weiß. Vielleicht herrschte zwischen den Brüdern schon immer eine gewisse Rivalität? Marvin Frobes wird es nicht verborgen geblieben sein, dass sein Bruder bei der Mutter immer bevorzugt wurde. Denn davon gehe ich aus. Dann der Senior Frobes, der ein herrisches Regiment führt. Über alles die Kontrolle behalten will. Das beweist ja schon, dass er seiner Schwiegertochter Constanze vorgeschrieben hat, das Alibi ihres Mannes zu unterschreiben. Die Bitte kam ja nicht von Marvin Frobes, wie du erfahren hast. Vielleicht wollte Marvin seiner Mutter einfach nur beweisen, dass sie sich auch auf ihn verlassen kann. Womöglich wollte er sich selbst von dem Druck seines Vaters befreien.“

„Was wäre, wenn es einen Sohn getroffen hat? Wir gehen nur von dem Senior aus. Wer hätte dann ein Motiv, wenn es kein normaler Unfall gewesen ist?“

„Das ist schwer zu sagen.“ Sybille erhob sich, nahm ihr Glas zur Hand und stellte sich mir gegenüber an den Kamin. Lange sah sie mich an. An ihrem Gesichtsausdruck konnte ich erkennen, wie es hinter ihrer Stirn arbeitete.

„Dann wird für Clarissa Frobes eine schwere Zeit kommen. Um sie herum ist ein Gerüst aus Lügen. Was für ein Leben, wenn man nicht nur plötzlich die Kontrolle darüber verliert, sondern auch noch einen ihrer Söhne. … Wir sollten den morgigen Tag abwarten, Walter. Alles, was wir hier von uns geben, sind ja doch nur Vermutungen. Wir wissen nur, dass es sich um einen der Frobes handelt."

Ich nickte Sybille zu. Natürlich hatte sie vollkommen recht. Wir sollten diesen Abend wirklich nicht mit Spekulationen verbringen.

Teil 3

Ich habe in meinem Leben
noch nie so viel Aufmerksamkeit erfahren.
Ich spüre eine Veränderung.
Ich stehe unter Beobachtung.
Bin ich schon bereit meine
Bühne zu verlassen?
Ich, der Niemand?

Fabin Löwitsch irrte durch Münster. Er wusste, dass er nicht mehr lange sicher durch die Straßen gehen konnte. Am gestrigen Tag hatte er gerade noch Glück gehabt. Kaum, dass er die Wohnung seines Bruders verlassen hatte, hatte er den Wagen bemerkt, der langsam auf der Straße entlangfuhr. Schnell hatte er sich in eine geöffnete Garage gedrängt, um den Blicken der Polizisten zu entgehen.

Und zurück in sein eigenes kleines Zimmer konnte er auch nicht mehr, wie er kurz darauf bemerkte. Auch dort stand ein Wagen, der sich nicht von der Stelle bewegte, wie er nach langem Warten hinter einer Mauer versteckt feststellte.

Alles, was ihm von seinem armseligen Leben geblieben war, befand sich in diesem Zimmer.

16

Donnerstag 8. September

Ich musste nicht erst ins Präsidium fahren, um dort Näheres über den Unfall, der sich gestern auf der Autobahn ereignet hatte, zu erfahren. Die Schlagzeile prangte mir schon am Frühstückstisch aus der Zeitung entgegen. Sybille stand hinter mir, eine Hand auf meine Schulter gelegt und blickte gleichzeitig mit mir auf das Foto, das an der Magnetwand im Büro platziert hing.

„So viel zu unseren gestrigen Spekulationen, Sybille. Wer hätte das gedacht."

„Was wirst du nun unternehmen, Walter?"

„Herausfinden, ob es sich wirklich um einen Unfall gehandelt hat. Diese Familie war mir noch nie ganz koscher, aber damit hätte ich nicht gerechnet."

„Nein, ich auch nicht. Mein Gedanke war auch eher auf Frobes Senior gerichtet. Lass uns ins Büro fahren, Walter. Bestimmt erfahren wir dort Näheres."

„Hätten Sie das erwartet, Chef." Mit diesen Worten begrüßte uns Jill sofort, als wir gemeinsam das Büro betraten.

„Wir haben es eben aus der Zeitung erfahren. Sind schon Unterlagen von den Beamten, die vor Ort waren und den Unfall aufgenommen haben, hier?"

„Ja, aber im Prinzip ist es auch nicht viel mehr, als das, was in der Zeitung steht. Aber ich habe noch etwas anderes für Sie, was Sie interessieren dürfte. Volker erklärte mir, dass bei der Toten Mona Heiters doch ein Fingerabdruck gefunden wurde."

Erstaunt blickte ich Jill an.

„Ich dachte, so wie Ulrich mir berichtet hat, dass der Täter wohl Handschuhe getragen hat."

„Das ist richtig und dennoch wurde einer gefunden, der noch abgeglichen wird. Nur so viel dazu. Dieser Abdruck gehört nicht Florian Hamann."

„Dass es nicht Florian Hamann sein kann, wissen wir ja mittlerweile. Wenn, dann nur dieser Fabian Löwitsch." Dann erst begriff ich, was mir Jill damit sagen wollte.

Ich setzte mich an meinen Schreibtisch und zog die gut gefüllte Akte der Zwillinge zu mir hin. War ich nur urlaubsreif?, fragte ich mich oder nahmen die Fälle ständig eine andere Wende, weil ich etwas ganz Wesentliches übersehen hatte.

Mein Telefon auf dem Schreibtisch schellte und holte mich aus meinen ständig kreisenden Gedanken.

Das hatte mir noch gefehlt, dachte ich frustriert, als ich die Stimme von Staatsanwalt Riegert vernahm, der mich sofort in sein Büro zitierte.

Der Staatsanwalt war mit unserer Vorgehensweise, was den Fall Löver/Löwitsch betraf, nicht einverstanden, aber darüber konnte ich mich hinwegsetzen.

Aber das war nicht sein Hauptthema, denn schnell kam er auf die Familie Frobes zu sprechen, die genug Leid zu tragen hätte, was so viel hieß wie, dass ich die Finger von der Familie lassen sollte. Bevor ich das Büro von Riegert verließ, gab ich ihm trotz allem unmissverständlich zu verstehen, wenn auch nur der Hauch eines Verdachts bestehe, dass es sich nicht um einen normalen Unfall handele, würde ich meine Ermittlungen weiter so leiten, wie ich es für richtig hielt. Dabei hatte ich die Tür zu seinem Büro lauter als beabsichtigt hinter mir zugezogen.

Bei uns beiden stimmte die Chemie einfach nicht und ich musste über den Gedanken schmunzeln.

Sybille war unterdessen bei Florian Hamann und ich hoffte, dass er mit unserer Vorgehensweise einverstanden war. Eine andere Möglichkeit sah ich auch nicht.

***

„Das ist jetzt ein schlechter Scherz von Ihnen." Florian Hamanns Stimme war nur mehr ein Flüstern. Der dicken Kloß, den er im Hals verspürte, vermochte nicht zu verschwinden.

„Nein, Florian. Ich scherze nicht. Unsere Recherchen haben das ergeben. Ihr Zwillingsbruder heißt Fabian Löwitsch. Der womöglich für alles, was man Ihnen vorwirft, verantwortlich ist." Sybille saß in seiner Zelle neben ihm am Tisch und hätte gerne seine Hände ergriffen, die auf der Tischplatte lagen.

Vor ihm lag sein Foto. Und wenn er ihren Worten Glauben schenken sollte, dann war das auch gleichzeitig das seines Bruders.

Es dauerte eine Weile, bis Florian das Gehörte richtig begriff. Wie war das möglich, fragte er sich, dass er davon nichts wusste. War auch ein Bruder aus seiner Erinnerung verschwunden, so wie das Leben bei seiner Mutter?

„Ich kann mich nicht an einen Bruder erinnern. Aber das müsste ich doch wissen? Oder? Ich meine, wenn ich die ersten Jahre mit einem Bruder aufgewachsen wäre?"

„Nein, das sind Sie ja auch nicht." Und sie erzählte ihm so schonend wie möglich die ganze Wahrheit, ließ auch die Pflegefamilie Fabians nicht außer Acht, und als sie mit der Bitte, die Sabine Ahlert ausgesprochen hatte, an ihn herantrat, sah sie seine Tränen, die er mühsam zu unterdrücken versuchte.

„Und mein Bruder ist für alle Morde verantwortlich? Auch für den an unserer Mutter und meiner Schwester?" Als er seine Schwester erwähnte, schlug er mit Entsetzen seine Hände vor sein Gesicht.

Sybille klopfte auf sein eigenes Foto. „Darum auch die extrem detaillierten Aussagen von Zeugen, die Sie jeweils an den Orten gesehen haben, wo sich zuvor die nun toten Frauen und auch Ihre Schwester aufhielten. Wir gehen davon aus, Herr Hamann. Leider haben wir Ihren Bruder noch nicht gefasst. Sie und ihr

Bruder sind eineiige Zwillinge. Was das bedeutet, muss ich Ihnen bestimmt nicht erklären." Florian konnte es nicht wirklich begreifen. Wie war es möglich, dass Fabian wusste, dass er einen Bruder hatte, während er im Unklaren geblieben war? Obwohl, dachte er, hatte er nicht immer gespürt, dass ihm etwas gefehlt hatte? Er hätte nie sagen können, was es gewesen war, aber jetzt wurde ihm klar vor Augen geführt, worum es ging.

Florian stand auf, ging mehrere Schritte in der schmalen Zelle auf und ab und setzte sich schließlich stillschweigend auf die Bettkante, die Arme um seinen Körper geschlungen, und blickte Sybille mit verschleiertem Blick an. Sie wollte ihn nicht drängen. Dass er mit der neuen Situation erst einmal fertig werden musste, konnte sie verstehen. Es musste für ihn ein wirklich großer Schock sein. Zu begreifen, dass er nicht nur einen Bruder hatte, sondern auch, dass dieser die abscheulichen Taten begangen hatte, für die er büßen sollte

Sein Blick richtete sich zu dem schmalen Oberlicht, das vergittert war. Er bemerkte den bewölkten Himmel, der wenig vom Blau erkennen ließ. Seine Gedanken weilten bei einer Begebenheit, die jetzt nach dem Gehörten eine ganz andere Bedeutung erhielt. Vor Jahren, es musste etwa ein Vierteljahr vor dem Tod seiner Schwester gewesen sein, hatten zwei seiner Arbeitskollegen aus Amelsbüren behauptet, dass sie ihn in einer Diskothek in Münster gesehen hätten. Er wäre, obwohl sie ihn angesprochen hätten, stur an ihnen vorbeigegangen. Als heimlicher Partygänger war er lange Zeit gehänselt worden.

Also war es sein Bruder gewesen.

Und noch eine merkwürdige Gegebenheit fiel ihm ein. In dem kleinen Lebensmittelgeschäft in Amelsbüren, hatte ihn die Inhaberin lächelnd gefragt, ob er noch etwas vom Einkauf für die Mutter am Morgen vergessen hätte. Ziemlich sprachlos hatte er sie angesehen, denn er war schon seit mehreren Tagen nicht mehr in dem Geschäft gewesen. Damals hatte er wirklich an einen Doppelgänger geglaubt, es aber wieder vergessen, da es für ihn nicht relevant war. Aber als er über die Worte der Kriminalpsychologin nachdachte, ahnte er, dass er der Wahrheit ins Auge geblickt hatte. Der Wahrheit in Form seines Bruders.

Florian erzählte Sybille von dem Erlebten, das ihn zu dem damaligen Zeitpunkt nichts Böses ahnen ließ.

„Herr Hamann, ich danke Ihnen für Ihre Offenheit. Das bestätigt uns einmal mehr, dass Ihr Bruder …", sie hob verzweifelt die Hände und ließ sie auf ihren Schoß sinken.

„... So aussieht wie ich", vervollständigte Florian traurig ihren unausgesprochenen Satz.

„Ja. Man kann es wohl nur so sehen. Und Ihr Bruder hat sich in Ihrem Leben bewegt, hat Sie ausgekundschaftet und niemand hat es bemerkt."

„Dann glauben Sie endlich, dass ich unschuldig bin? Ich habe es immer beteuert."

„Ja, das haben Sie."
„Was geschieht jetzt weiter?"
„Sie werden rehabilitiert, Florian."
„Dann werde ich jetzt entlassen?" Hoffnungsvoll sah er die Kriminalpsychologin an. Im gleichen Augenblick wurde ihm aber bewusst, dass er nie wieder so würde leben können, wie es noch vor Jahren war, als er noch nicht als Mörder seiner Schwester gefasst worden war – und friedlich mit seiner Familie gelebt hatte.
Sybille schüttelte bedauernd den Kopf. „Es ist noch nicht zu Ende, Herr Hamann."
„Wird es das wirklich? Ich meine, jemals zu Ende sein? Wird man sich nicht immer wieder an diese Geschichte erinnern? An mein Gesicht? Es wird immer wieder Menschen geben ..."
„Ja, Florian. Diese Menschen gibt es leider. Aber Sie haben ein gutes Elternhaus. Sie haben eine gute Erziehung genossen. Es stehen Ihnen Menschen zur Seite, die Sie trotz allem sehr lieben."
„Und wann können Sie mich entlassen?"
„Leider sind uns im Augenblick die Hände gebunden. Solange Ihr Bruder sich nicht im Präsidium befindet, würden wir es begrüßen, Sie hier in Sicherheit zu wissen."
Sybille dachte an das lange Gespräch, das Walter wahrscheinlich in diesem Augenblick mit seinem obersten Vorgesetzten führte. Sie hoffte, dass Riegert – wenn auch widerwillig - erkannte, dass sie sich nur in diese Richtung bewegen konnten.
Florian ließ sich Sybilles Worte durch den Kopf gehen. Wenn er sich auch nach der Freiheit sehnte, so gestand er sich doch ein, dass er im Gefängnis nicht der Verachtung der Bevölkerung ausgesetzt war. Und genau davor hatte er Angst.

***

Am späten Nachmittag lagen endlich die Unterlagen der Polizeibehörde Ascheberg auf meinem Schreibtisch. Das Einzige, was noch fehlte, war der ausführliche Bericht des Sachverständigen. Aber den benötigte ich im Augenblick auch nicht, denn was ich zu lesen bekam reichte aus, um meine Ermittlungen in eine Richtung zu leiten, die erneut eine andere Wende in meine Fälle brachte.
Und dieses Mal würde ich mich durch niemanden bremsen lassen. Und schon gar nicht von Riegert.
„Frank, wir beide fahren jetzt zu der Familie Frobes. Und wir werden uns nicht von deren Trauer abschrecken lassen. Auch ohne den ausführlichen Bericht des Sachverständigen steht fest, dass die Limousine manipuliert wurde. Irgendje-

mand wollte da auf Nummer Sicher gehen. Dass es aber Martin Frobes getroffen hat, ist für mich immer noch unbegreiflich."

„Ja, da stellt sich dann die Frage, wer sollte eigentlich in dem Wagen sitzen?"

„Genau Frank. Motive für so eine Tat gibt es in der Familie reichlich. Und im Anschluss werden wir diesen Anwalt, den guten Freund von Frau Frobes, aufsuchen. Mal sehen, wie er auf den Tod seines Sohnes reagiert."

„Wenn es der Sohn überhaupt ist."

„Da gehe ich ganz stark von aus."

***

Die letzten Stunden im Hause Frobes waren durchzogen von großer Trauer, die Clarissa Frobes über den Tod ihres jüngsten Sohnes beklagte – eher Erleichterung bei Marvin, der zwar nicht begreifen konnte, dass sein Bruder nicht mehr anwesend sein würde, aber sein Geheimnis, das er ihm nur einen Tag zuvor anvertraut hatte, mit ins Grab nehmen würde. Und alles mischte sich mit der Wut des Cholerikers, der vor Marvin stand, ihm ständig vor die Brust stieß und ihn einen Mörder nannte.

„Meinst du, ich hätte vergessen, dass du mich fragtest, ob ich nicht nach Essen fahren wollte? Ja", schrie er aus vollem Hals, „ja, eigentlich hätte ich in diesem Wagen gesessen. Aber leider ist dir das nicht gelungen. Aber jetzt hast du deinen Bruder getötet. Und, wie fühlt man sich dabei, wenn man einen Menschen auf dem Gewissen hat?"

„Bist du jetzt endlich fertig? Ja, ich bedaure, dass du nicht in dem Wagen gesessen hast. Aber wenn ich dich hätte umbringen wollen, dann wäre ich mit dir zur Jagd gegangen und hätte es wie einen Jagdunfall aussehen lassen. Für dich mache ich mir meine Finger nicht schmutzig. Was du hier lieferst schreit zum Himmel. Und das nicht nur jetzt, sondern solange ich dich kenne. Schon als Kind hast du mich terrorisiert. Dir konnte man nie etwas recht machen."

Benhard Frobes wollte zum Gegenschlag ausholen, als an der schweren Eichentür der Türklopfer betätigt wurde.

Ich schritt mit Frank direkt hinter der Hausdame her, die uns zuvor höflich darauf hinwies, in der imposanten Diele zu warten.

Dazu sah ich keine Veranlassung.

Noch ehe sie bei den Herrschaften auch nur einen Ton von sich geben konnte, standen wir schon in der großen Bibliothek. Marvin Frobes stand an einem Büцherregal gelehnt und hatte ein Glas mit einer braunen Flüssigkeit in der Hand. Ich vermutete, dass es sich um einen guten Cognac handelte. Bernhard Frobes stand mit feuerrotem Gesicht mitten im Raum und starrte uns entgeistert an.

Clarissa Frobes schien um Jahre gealtert seit dem letzten Mal, was ich ihr nachfühlen konnte. Sie saß in einem schwarzen Kleid, um den Hals eine Perlenkette sowie ein Perlenarmband am rechten Handgelenk, zusammengesunken im Sessel vor dem Kamin, der erkaltet war.

Es traf sich gut, dass hier alle versammelt waren.

„Können Sie uns nicht einmal in unserer Trauer in Ruhe lassen?“, knurrte uns der Senior sogleich an, als er sich wohl von dem Schreck erholt hatte, uns zu sehen.

Marvin stellte sein Glas auf das kleine Tischchen neben dem Sessel seiner Mutter und legte die Hand auf ihre Schulter.

„Mein Beileid“, brachte ich gerade so zustande ohne dem alten Frobes die Hand zu reichen, die er wohl auch ignoriert hätte.

„Bestimmt möchten Sie erfahren, wie sich der Unfall Ihres Sohnes Martin zugetragen hat?“ Bei meinen Worten drehte sich Frau Frobes in meine Richtung und starrte mich hasserfüllt an.

„Verlassen Sie dieses Haus! Sofort!“ Herrisch spuckte mir Bernhard Frobes seine Worte vor die Füße, aber ich ließ mich davon nicht verscheuchen. Ich kannte mittlerweile diesen Ton hier im Haus. Es würde sich wahrscheinlich auch nie ändern.

„Ich wäre nicht hier, wenn der Unfall Ihres Sohnes wirklich ein Unfall gewesen wäre. Ich würde sagen – es war eindeutig Mord. Die Frage, die sich mir damit stellt, ist, wer von Ihnen nicht nur die Bremsleitung durchtrennt, sondern auch noch zusätzlich die Radmuttern gelöst hat, um auf Nummer sicher zu gehen?“

Für einen Moment hätte man eine Nadel fallen hören können. Selbst das Atmen schienen die Frobes eingestellt zu haben. Ich blickte von einem zum anderen und versuchte in den Gesichtern zu lesen. Unbändiger Hass von Seiten Frau Frobes strahlte mir entgegen, während der eiskalte Blick von Bernhard Frobes mich traf. Marvin Frobes dagegen beugte sich zu seiner Mutter herab und legte den Arm besorgt um ihre Schultern. In seinem Gesicht hätte ich auch gerne eine Regung gesehen.

Kurz wanderte mein Blick über die gewaltigen Bücherregale und ich fragte mich, ob diese Auswahl je gelesen wurde. Erstaunlich diese Vielfalt an Lesestoff.

„Es ist bemerkenswert, dass Ihr Weg Sie immer zu uns führt. Egal was geschieht. Darf ich Sie daran erinnern, dass Sie den Mörder von Kerstin und Mona in unserem Haus gesucht haben. Lange genug hatten Sie uns ja in Verdacht. Ja, ich lese Zeitung, Herr Kommissar, und weiß, dass Sie den Täter in anderen Reihen geschnappt haben.“ Frobes Stimme tropfte regelrecht vor Ironie, als er mir das zu verstehen gab. Ich ging auf seine Provokation nicht ein.

„Ich möchte jetzt gerne von Ihnen allen wissen, wo sie sich während der Stunden vor dem Unfall aufgehalten haben. Und wehe, Sie können mir kein stichhaltiges Alibi liefern.“

„Sie wollen mir drohen? Was glauben Sie eigentlich wer Sie sind? Raus jetzt. Sofort. Suchen Sie woanders denjenigen, der unserem Sohn das angetan hat."
„Sind sie nicht auch schon auf den Gedanken gekommen, Herr Frobes, dass dieser Anschlag, denn das ist er gewesen, vielleicht sogar Ihnen gegolten hat? Ich würde an Ihrer Stelle einmal darüber nachdenken. Fühlen Sie sich noch sicher in Ihrem Haus?"
Ich blickte von einem zum anderen.
Bernhard Frobes schritt grollend zur Zimmertür und riss sie weit auf. Ich bemerkte aus den Augenwinkeln das leichte hämische Grinsen in Marvins Gesicht, bevor wir am Senior vorbeigingen.
„Die halten alle zusammen wie Pech und Schwefel, Walter. Die haben alles unter Kontrolle."
„Und ich werde ihnen diese Kontrolle zerstören."

***

Wir blickten beide auf das goldene Schild, das am Eingang der Kanzlei von Hans-Hermann Schnaat prangte. *Rechtsanwalt und Notar für Familienrecht* las ich und war gespannt auf diesen Anwalt. Ich drückte die Tür auf und wir befanden uns in einem schmalen Flur, von dem aus eine geschwungene Treppe ins erste Geschoss führte. Oben angelangt führte uns ein Pfeil an der Wand weiter einen langen Gang entlang, bis wir vor der Tür des Advokaten standen.
„Wir hätten gerne Herrn Schnaat gesprochen." Ich hielt der Empfangsdame meinen Ausweis hin und steckte ihn sogleich wieder zurück in meine Jackentasche. War das womöglich die geschwätzige Frau, überlegte ich, die das Geheimnis um Frau Frobes ausgeplaudert hatte? Sie musterte uns unverhohlen.
„Herr Schnaat hat gerade eine Mandantin. Das kann etwas länger dauern", gab sie mir reserviert zu verstehen.
„Wir haben Zeit. Aber Sie könnten uns trotzdem schon einmal anmelden, wenn Sie so freundlich wären." Ein bisschen Druck von außen würde uns vielleicht eher den Weg ebnen.
„Es dauerte keine zehn Minuten, als eine elegante Frau die Räumlichkeiten des Rechtsanwalts verließ und Herr Schnaat uns in sein Zimmer bat. Ich musterte den Mann, während er sich hinter seinen alten, aus Eichenholz bestehenden Schreibtisch stellte und mit der Hand auf die beiden Stühle davor wies.
„Was führt Sie zu mir?"
„Clarissa Frobes. Die Frau dürfte Ihnen ja keine Unbekannte sein."
„Nein, das ist sie nicht. Aber trotzdem verstehe ich nicht ganz, was Sie mir damit sagen wollen?"
„Wie lange kennen Sie diese Frau schon?"

„Soll das hier ein Verhör werden?“ War der Rechtsanwalt zuvor noch freundlich uns gegenüber, veränderte sich schlagartig seine Stimmung, wie mir schien.

„Ein Verhör, und da muss ich Ihnen ja nichts Neues erklären, würde ich im Präsidium durchführen. Wir haben nur ein paar Fragen an Sie und hoffen, dass Sie mir diese beantworten. Wie lange kennen Sie Frau Frobes schon?“

„Eigentlich schon eine Ewigkeit. Aus der Schulzeit würde ich sagen.“

„Dann sind Sie bestimmt mit den Gepflogenheiten der Familie bestens vertraut?“

„Ich kann mir nicht vorstellen, was Sie damit andeuten wollen?“

„Dann werde ich Ihnen ein wenig auf die Sprünge helfen, Herr Schnaat. Wie uns bekannt ist, haben Sie vor langer Zeit eine junge Frau, die heutige Frau Frobes, bei ihrem schweren Fehlverhalten sehr unterstützt. Muss ich noch deutlicher werden? Gehörte Ihnen zu dem Zeitpunkt schon die Kanzlei?“

„Woher haben Sie diese Information?“ Wie vom Donner gerührt saß der Anwalt kerzengerade in seinem Stuhl und starrte von einem zum anderen.

„Also stimmt es, wie ich Ihrer Reaktion entnehme. Diese Information ist gut verbreitet worden. Wir fragen uns natürlich, ob aus diesem Grund mehrere Menschen sterben mussten? Und jetzt auch Martin Frobes, der durch einen tragischen Unfall ums Leben kam..“

„Martin Frobes?“

„Ach, Sie wussten das noch nicht? Ja, … gestern. Er hatte einen Unfall auf der Autobahn.“ Ich ließ ihm einen kurzen Moment Zeit, um das zu verdauen und fragte mich gleichzeitig, ob er nicht doch schon von seiner ehemaligen Mandantin informiert worden war. Ich blickte ihm direkt in die Augen und stellte fest, dass seine Pupillen den gleichen intensiven Braunton aufwiesen, den ich bei Martin Frobes bemerkt hatte. Das Kuckucksei in der Familie. Ich hatte mich nicht geirrt. Und als ich den Mann noch näher betrachtete, fielen mir weitere Merkmale auf. Die etwas zu groß geratene Nase und auch die vollen Lippen.

„Hatten Sie damals keine Angst, dass das, was Sie für Frau Frobes erledigten, Ihre berufliche Existenz hätte kosten können? Sie standen bestimmt am Anfang Ihrer Karriere. Immerhin war es kein Kavaliersdelikt.“

„Ich verstehe immer noch nicht, wie Sie davon Kenntnis erhalten haben?“

„Ich glaube, dass das im Augenblick auch keine Rolle spielt.“

„Und Sie haben nicht nur Frau Frobes geholfen, sondern hatten auch gleichzeitig ein Verhältnis mit ihr. Ist sie freiwillig darauf eingegangen oder ...“ Von Erpressung wollte ich noch nicht sprechen, sondern wartete auf die Reaktion des Mannes, der sämtliche Farbe aus seinem Gesicht verlor.

„Wir hatten kein Verhältnis. Clarisssa und ich. Aber wenn Sie Ihr Augenmerk auf Martin gesetzt haben … ja, Martin ist mein Sohn. Und ich bin sehr bestürzt über seinen frühen Tod.“ Ich war erstaunt. Mit dieser Aussage hatte ich nicht gerechnet. War das von dem Advokaten reine Berechnung, wenn er uns entgegenkam?", fragte ich mich. Hatte er womöglich Angst, dass wir weiter in seinem Umfeld schnüffeln würden? Oder sagte ihm sein Wissen, dass das alles schon viel zu lange zurücklag, um ihm jetzt noch zu schaden.

Viel zu oft hatte ich mich in diesen verzwickten Fällen in die Irre führen lassen. Etwas, was ich mir selbst nicht verzieh.

„Martin Frobes … hatte er davon Kenntnis, dass Sie sein Erzeuger sind?"

„Nein. Martin und ich sind uns nie bewusst begegnet, was ich jetzt natürlich sehr bedaure."

„Und Sie haben Frau Frobes auch nie unter Druck gesetzt? Schließlich gehört sie zu der Oberschicht. Oder hat sie sich revanchiert, indem sie Ihnen Mandanten zukommen ließ?"

„Ich weiß nicht, was Sie jetzt von mir erwarten? Sie wissen von meiner Verfehlung. Sie haben das langgehütete Geheimnis um Martin gelüftet und mehr kann ich Ihnen leider nicht bieten."

Ich nahm mir vor, Jill noch einmal auf den Mann anzusetzen.

17

Montag, 12. September

Fast jeden Tag saßen wir alle zum Feierabend hin noch zusammen im Büro und gingen das Für und Wider der Fälle durch. Unsere Köpfe rauchten, und es entstanden hitzige Debatten, in denen drei Männer die Hauptrollen spielten. Eigentlich waren es vier, wenn man den Anwalt Schnaat dazurechnete, der uns zwar sehr offen auf unsere Fragen geantwortet hatte, aber Jill hatte auch eine dunkle Seite bei ihren Recherchen entdeckte.

Rechtsanwalt Schnaat war ein Spieler, der seine Freizeit oft in Casinos verbrachte. Als ich davon erfuhr, dachte ich gleich an Geld, das Clarissa Frobes ihm vermutlich für ihr Fehlverhalten vor Jahren, das sie jahrelang ihrer Familie verschwieg, gezahlt hatte.

Und wahrscheinlich fragte sich Frau Frobes verzweifelt, warum ausgerechnet ihr jüngster Sohn sterben musste.

Florian Hamann harrte in seiner Zelle aus und wartete darauf, dass wir seinen Bruder endlich verhaften würden. Fabian Löwitsch, sein Zwillingsbruder, spielte wie alle anderen Verdächtigen mit uns Katz und Maus. Wir hatten so viele Beweise, aber wir hatten nichts in der Hand, um den Fall abschließen zu können.

Der Bericht des Sachverständigen war heute eingetroffen. Die Bremsleitung war nur leicht beschädigt worden, was auch durch den Unfall selbst hätte entstanden sein können, aber an drei Rädern waren die Muttern gelöst worden, was eindeutig zu dem Unglück führte, als der Wagen mit einer Geschwindigkeit von gut hundertachtzig Stundenkilometern über die Autobahn gefahren war.

Ein Alptraum.

Zu allem Übel erhielt ich an diesem Abend einen Anruf der Gefängnisverwaltung, die mir mitteilte, dass mein Ex-Schwiegervater einen Schlaganfall erlitten hatte und verstorben war. Ich empfand keine Trauer. Kein Bedauern. Dieser Mann hatte mir etwas sehr Wertvolles genommen.

Meine Tochter Marina.

Auch wenn es sich damals als Unfall herausgestellt hatte. Ich konnte ihm nicht verzeihen, dass er meine Tochter geschlagen hatte, die durch die Wucht des Schlages gegen die Kante eines Schranks geflogen war und dadurch einen Genickbruch erlitt.

18

Montag, 26. September

Die Hälfte des Monats lag schon hinter uns. Das Laub verfärbte sich und es versprach doch noch ein goldener Herbst zu werden. Die Prognosen standen günstig, was ich in meinem dubiosen Fall nicht sagen konnte. Tag für Tag warteten wir auf ein positives Ergebnis, um die Mordfälle zu Ende bringen zu können. Auch den Mord an Martin Frobes, der damit verflochten sein musste.

Hatten zu Anfang aufgeregte Bürger unsere Leitungen blockiert, so wurden hilfreiche Telefonate mit jeder Stunde weniger. Polizeibeamte waren überall auf den Straßen präsent. Beide Wohnungen der Brüder wurden zwischenzeitlich observiert, aber unser Phantom schien wie von der Bildfläche verschwunden zu sein.

Unsere Nerven lagen blank. Noch war keine neue Tote zu beklagen, und ich hoffte, dass es so bleiben würde.

Florian Hamann wurde von Sybille psychologisch betreut. Sie führten viele lange Gespräche.

Ein neuer Fall von Brandstiftung mit Todesfolge lag auf meinem Schreibtisch, und ich gab Jill und Frank die Chance, besser miteinander kooperieren zu können. Ich bemerkte wohlwollend, dass sich das Klima zwischen den beiden zunehmend besserte, obwohl ich meine junge Kollegin im Büro vermisste.

Die Zusammenarbeit der beiden war mit ein Grund, wieso ich mir zwei wohlverdiente Urlaubstage gönnte, die ich gemeinsam mit Sybille in meinem Garten verbrachte. Tage, wie im Hochsommer.

Sybille richtete den Gartentisch fürs Mittagessen. Ich trat gerade mit einem beladenen Tablett auf die Terrasse, als mein Handy klingelte.

„Unser Phantom ist auf dem Weg ins Präsidium, Chef", hörte ich Jill mit erregter, freudiger Stimme sagen.

„Wie?" Ich konnte es nicht glauben. „Und wo ist er verhaftet worden?"

„In seiner eigenen Wohnung. Sein Vermieter hat uns benachrichtigt, der mehr zufällig mitbekommen hat, wie Löwitsch mit einer Reisetasche durch den Garten geschlichen kam, um durch den Keller Zugang zu seiner Souterrain-Wohnung zu bekommen."

Wir hatten nicht die Menge an Beamten zur Verfügung, um die Wohnungen der Zwillingsbrüder rund um die Uhr observieren zu lassen, und waren dazu verdammt gewesen, es dem Zufall zu überlassen, wann uns Fabian Löwitsch ins Netz gehen würde.

„Durch die schnelle Reaktion des Vermieters, konnten unsere Kollegen Fabian Löwitsch noch in seiner Wohnung verhaften", erklärte mir Jill.

Mir fiel ein Stein vom Herzen. Hatte ich doch in den letzten Wochen immer wieder befürchtet, dass unser Täter erneut zuschlagen würde.

„Wir sind schon unterwegs, Jill." Unser Essen musste warten, auch wenn ich das sehr bedauerte, denn Sybille hatte mein Lieblingsessen zubereitet: Pfeffersteak mit einer delikaten Sauce und für mich ein Muss: die dazugehörige Folienkartoffel mit Kräuterquark. Mir lief das Wasser im Mund zusammen, wenn ich nur daran dachte.

19

Dienstag, 13. September

Florian war jemand,
ich, ein Niemand – ein Nichts.
Mein Bruder – der Gute.
Und ich – der Böse.
Mein Bedauern,
als Genie versagt zu haben.

Fabian Löwitsch richtete seinen Blick zu dem Polizeibeamten, der unbeteiligt, mit verschränkten Armen auf dem Stuhl neben der Tür saß.

Er überdachte seine Situation.

Wie oft würden sie ihn hier in diesen Raum führen? Er würde nicht mitzählen. Es würde auch keinen Sinn ergeben. Für ihn hatte sich ein Kreis geschlossen. Es war vorbei. Endgültig. Das Ende bedauerte er, aber nicht seine Taten. Reue? Was für ein unbedeutendes Wort in seinen Augen. Es hatte auch für die Menschen, die für ihn verantwortlich gewesen waren, keine Bedeutung. Dieses kleine Wort hatte er schon vor Jahren aus seinem Gedächtnis gestrichen.

Er hielt seine Hände gefaltet und lehnte sie an die Tischkante. Die Tür öffnete sich, aber er achtete nicht darauf, wer sich zu ihm gesellen würde.

Das Spiel konnte beginnen.

So hatte er es auf seinem neuen, eigens für ihn konzipierten Spielplan stehen. Jetzt hieß es für ihn nur, erneut durchzuhalten. Keine Schwäche zeigen. Er hatte nur den Schauplatz gewechselt, nicht aber die Bühne, auf der er zu spielen gedachte.

Er würde die vielen Fragen des Kommissars nicht beantworten. Er hatte nichts zu sagen. Eines musste er sich eingestehen. Er zollte den Beamten eine gewisse Bewunderung für ihre konsequente Arbeit. War es ihnen wirklich gelungen, in akribischer Kleinarbeit sein Leben bis zu seiner Geburt zurückzuverfolgen, um somit sein Innerstes nach außen zu kehren?

Sein Blick richtete sich auf das Glas Wasser, das er mit seinen langen, schmalen Fingern umfasste. Seine Daumen strichen gedankenverloren über das Gefäß. Er wartete, aber niemand legte Akten auf den Tisch. Kein Stuhl wurde zurechtgerückt.

Meinen Part habe ich gespielt,
ich wollte die Welt vom Bösen befreien,
und war doch meist nur der Zuschauer,
der bedenkenlos zusah,
wie andere Menschen leiden.

Gedanken, die in seinem Kopf kreisten.

Er nahm sich vor, das Drehbuch, das andere für ihn geschrieben hatten, auch wenn sein Vorhang viel zu früh fiel, zu ignorieren. Für ihn hatte sich doch nur die Kulisse verändert. Noch bestimmte er, wann, wie und was weiter geschehen sollte. Sechs Jahre war er das Genie gewesen. Ein Niemand, der nicht zu greifen war. Er stand auf der Bühne, auf seiner Lebensbühne.

Fabian starrte auf den Rekorder, der vor ihm auf dem Tisch stand. Er hatte nicht vor, dieser Spule Nahrung zu geben. Alles, was sein verfluchtes Leben betraf, befand sich in einer dicken Akte dieser Kommissare. In seiner Akte. Er hatte dem nichts mehr hinzuzufügen. Das Ende ließ er noch offen. Sein endgültiges Ende würde er allein bestimmen und bezwang den aufsteigenden Zorn auf diejenigen, die sich in seine Rolle eingemischt und denen er seine Verhaftung zu verdanken hatte. Er faltete erneut seine Hände. Legte sie auf die Tischkante. Sein Theaterstück benötigte eine neue Probe.

***

„Herr Löwitsch. Ich bin Kriminalhauptkommissar Winter, und das ist meine Kollegin Kriminalpsychologin Frau Parsch. Sie sind darüber aufgeklärt worden, was Ihnen zur Last gelegt wird.“ Ich drückte auf den Rekorder, gab Name, Datum und Uhrzeit an und stellte das Mikrofon vor Fabian.

Erstaunt sah Fabian auf. Mein schroffer Ton schien ihn in keiner Weise zu beeindrucken. Wir hörten das leise Surren des Aufnahmegeräts. Er neigte seinen Kopf mit einem Grinsen. Ich hätte gerne seine Gedanken erraten.

„Wir haben genug Beweise zusammengetragen, Herr Löwitsch. Das alles zu leugnen, wird Ihnen nicht mehr helfen. Da können Sie so viel grinsen, wie Sie wollen. Es wird Ihnen nichts nützen.“ Ich blickte in Rage versetzt in die maskulinen Gesichtszüge des Mannes. Seine dunkelbraunen Augen, von unglaublich langen, schwarzen Wimpern umrandet, richteten sich starr auf mich.

Ich suchte in seinen Gesichtszügen nach nur einem kleinen Detail, das es bei seinem Bruder nicht gab, konnte aber nicht das geringste feststellen. Als ich diesen jungen Mann das erste Mal gesehen hatte, hatte mich die Ähnlichkeit zu seinem Bruder mehr als verblüfft.

„Sie waren achtzehn, als sie ihre Mutter trafen. Wie hat sie auf Ihr plötzliches Erscheinen reagiert? War sie erstaunt, ihren totgeglaubten Sohn vor sich zu sehen?“ Ich konfrontierte ihn direkt mit dem ersten Mord. Eisiges Schweigen folgte. „Sie glauben, mit Ihrem Schweigen Ihr Ziel zu erreichen, aber Sie irren sich gewaltig.“

Teilnahmslos, als wenn ihn das alles nicht berührte, saß mein Gegenüber auf dem harten, einfachen Holzstuhl am Tisch, seine Beine weit von sich gestreckt, die Füße übereinandergeschlagen, - blickte er gelangweilt auf seine gefalteten Hände.

„Wie haben Sie Ihre Mutter ausfindig gemacht? In den Unterlagen Ihrer Pflegefamilie waren weder Adresse noch andere Hinweise vermerkt.“ Ein provozierendes Lächeln auf seinen Lippen folgte meinen Worten.

„Und Ihr Bruder? Hat Ihre Mutter Ihnen von seiner Existenz erzählt? Wohl kaum“, gab ich ihm die Antwort vor, denn diese Frage hatte ich mit Sybille mehrmals erörtert. Ich wusste, dass ich grausam war, aber ich wollte nur noch ein Ziel erreichen und diesen jungen Mann aus der Reserve locken. „Ach ja! Ich vergaß! Ihre Mutter hatte ja keine Kenntnis davon, dass auch das andere Kind am Leben war. Sie, Herr Löwitsch, hätten laut der Ärzte nicht lebensfähig sein dürfen. Und in diesem Glauben hat Ihre Mutter die Klinik heimlich verlassen. Wenn sie sich im Entferntesten an ihr Kind, das vier Jahre bei ihr gewesen war, erinnern konnte, dann muss es ein Schock für sie gewesen sein, Sie so plötzlich vor sich stehen zu sehen. Sie wird Sie mit dem Namen Florian angesprochen haben. War es nicht so?“ Ein abfälliger Ausdruck trat in Löwitschs Gesichtszüge. Sollte ich das als positives Zeichen betrachten? Hatte ich den Nagel auf den Kopf getroffen?

Ich blickte zur Seite. Sybille ließ Löwitsch nicht eine Minute aus den Augen, als sie meinen Blick bemerkte. Ich bewunderte in diesem Augenblick die Ruhe, die sie ausstrahlte, während ich innerlich kochte. Dieser Fall brachte Seiten in mir zum Ausdruck, die ich an mir so nicht kannte.

„Da sind noch die anderen Opfer, die zu beklagen sind. Kerstin Wagner, Mona Heiters, Jennifer Balzer. Mussten diese Frauen alle sterben, weil sie Ihrer Mutter so ähnlich waren?“ Ich legte die Fotos der toten Frauen vor ihm hin. Bei einem Bild hatte ich das Gefühl, dass er erstaunt, sogar verständnislos darauf blickte. Aber bei welchem hätte ich nicht genau sagen können „Ramona Hamann.“ Auch das Bild schob ich hinüber. Die kleine Schwester Ihres Bruders. Sie, Herr Löwitsch, haben sich als ihr Bruder ausgegeben. Hat Sie an dem verhängnisvollen Tag auch die Ähnlichkeit mit Ihrer Mutter so erschreckt, dass Sie das Kind getötet haben? Oder wollten Sie einfach nur Ihren Bruder verletzen?“

Ich bombardierte Löwitsch mit Fragen, konfrontierte ihn weiterhin mit seiner Vergangenheit, die er bei den Wolters verbracht hatte, aber es kam kein Laut über seine Lippen. Ab und zu ein Erstaunen im Blick, dann wieder Trauer und wiederkehrende Abneigung. Nach fast eineinhalb Stunden brach ich das Verhör abrupt ab. Außer Sybille und mir hatte in diesem Raum niemand gesprochen.

Ich habe in meinen vielen Berufsjahren schon zahlreiche Verbrecher verhört, die vor mir saßen, die heulten, schimpften und fluchten und am Ende doch gestanden. Aber so einen Täter? Ich konnte mich nicht erinnern, das jemals erlebt zu haben. Und dann dieses verdammte Grinsen auf seinen Lippen. Es brachte mich schier zur Weißglut, und ich hätte es ihm gerne aus dem gebräunten Gesicht geprügelt.

Mein Stuhl schrammte über den Boden, als ich ihn zurückschob, den Rekorder ausschaltete und die Akte vom Tisch nahm. Ohne einen Blick auf den jungen Mann verließ ich mit Sybille den Raum, während Löwitsch weiter dort verweilte. Mit ihm war ich noch nicht fertig, auch wenn das für den Moment den Anschein hatte.

„Egal, was einem das Leben abverlangt, niemand hat das Recht, Selbstjustiz zu verüben. Ich kann deine Wut verstehen, Walter. Niemand, der die Akte gelesen hat, beneidet diesen Mann, aber seine Taten sind nur verabscheuenswürdig. Ich bin mir nicht sicher, ob Fabian Löwitsch nicht besser in einer Psychiatrie aufgehoben wäre?“

„Das haben wir dann nicht mehr zu entscheiden.“

„Nein! Das haben wir nicht. Aber er ist ein sehr guter Schauspieler. Ihm wird es gelingen, irgendwann wieder auf freiem Fuß zu sein. Und er wird immer ein unkalkulierbares Risiko für die Menschheit sein.“

Was sollte ich auf Sybilles Worte erwidern, während wir uns meinem Büro zuwandten, um eine kurze Pause einzulegen, bevor wir uns wieder dieser Person widmen würden.

„Mein Gott, ist das ein Kaliber.“ Frank folgte uns ins Büro. Er hatte dem Verhör seine Aufmerksamkeit vor der großen Scheibe gewidmet und ließ sich auf seinem Stuhl am Schreibtisch nieder.

***

Müde schloss Fabian die Augen. Nicht nur sein Rücken schmerzte. Sein ganzer Körper schien von innen zu bluten. Am liebsten hätte er sich die Ohren zugehalten, als die Worte des Kommissars ihn immer wieder mit seiner Vergangenheit konfrontierten. Wie viele Qualen er damals erleiden musste, davon hatten alle keine Ahnung, dachte er resigniert.

Ja, er hatte getötet. Und doch sah er sich selbst nicht als Mörder. Aber sie hatten es alle nicht besser verdient. Aber das Kind? Das war ein Kapitel, das nicht in seinem Drehbuch gestanden hatte. Er hatte die Kleine nicht töten wollen. Es war ein Unfall. Ein unseliger Unfall in seinen Augen.

Wie oft in den letzten Jahren hatte er sich gefragt, woran Ramona bemerkt hatte, dass er nicht Florian gewesen war? Sie war die Einzige, die sich nicht hatte an der Nase herumführen lassen, während alle anderen Personen, denen er über den Weg gelaufen war, nicht daran zweifelten. Sogar Florians Adoptiveltern, die er aus reiner Neugierde aufgesucht hatte. Er hatte an ihrem Küchentisch gesessen, hatte seine Suppe verspeist, die ihm Elvira Hamann vorgesetzt hatte. Bei dem Gedanken lief es ihm kalt über den Rücken.

Warum hatte er sich dazu hinreißen lassen, die Kleine abzuholen? Weil ich nur einmal spüren wollte, wie sich diese Kinderhand anfühlt, gab er sich selbst die Antwort. Ihr Lächeln sehen, wenn sie ihn so verschmitzt ansah, wie sie es immer bei seinem Bruder tat. Er hatte die ganze Familie Hamann lange heimlich von Weitem beobachtet. Und ihn, den *Niemand,* hatte keiner bemerkt. Es war so einfach gewesen. Aber das würde er nicht jedem auf die Nase binden, schwor sich Fabian, als erneut die Tür geöffnet wurde und er dem wütenden Blick Winters entgegenblickte. Sollten sie doch weiter Mutmaßungen anstellen. Er würde nichts sagen.

***

Während Winter an der Seite von Frank erneut den Raum für Vernehmungen betrat, war Sybille auf dem Weg zu Florian Hamann.

„Herr Hamann … ich habe eine gute Nachricht für Sie."

„Ja, ich habe es schon erfahren. Sie haben meinen Bruder verhaftet." Sein Blick, den er der Kriminalpsychologin zuwarf, bezeugte eine Spur von Trauer, Angst und Ratlosigkeit.

Sie konnte ihn verstehen.

„Hat er gesagt, warum er meine Schwester getötet hat?" Unendliche Traurigkeit breitete sich über Florians Gesichtszügen aus. Sybille sah die Tränen, die in seinen Augen schwammen. Er bemühte sich nicht, sie zu unterdrücken.

„Nein. Bislang hat sich Ihr Bruder noch nicht dazu geäußert. Er schweigt wie ein Grab."

Es folgte eine Weile Schweigen zwischen ihnen, bis Florian den Kopf hob, Sybille plötzlich herausfordernd ansah und mit belegter Stimme fragte: „Kann ich mit ihm sprechen?"

„Sie möchten ... Ihren Bruder sehen? Mit ihm reden? Was versprechen Sie sich davon?"

„Ich möchte ihn fragen, warum er meine Schwester getötet hat. Warum unsere Mutter, egal, was sie getan hat. Und auch die anderen Frauen. Ich möchte es einfach verstehen."

„Und Sie meinen, dass Ihr Bruder Ihnen darauf eine Antwort gibt?" Sybille schüttelte verhalten mit dem Kopf. Im gleichen Augenblick kam ihr ein Gedanke, den sie selbst als ungeheuerlich empfand. Aber es wäre eine Chance, dachte sie und seufzte leise.

„Das kann ich nicht alleine entscheiden, Herr Hamann."

***

Wieder verlorene Stunden, ohne den gewünschten Erfolg. Vergebliche Mühe. Fabian Löwitsch hatte nicht einen Ton von sich gegeben. Stumm hatte er vor mir und Frank gesessen, seine Finger betrachtet, sie andächtig gefaltet und mich immer wieder, mal erstaunt, dann wieder mit einem höhnischen Grinsen, angesehen. Ich war mit meinem Latein am Ende. Schließlich ließ ich Löwitsch von einem Polizeibeamten abführen.

Als Frank und ich frustriert ins Büro traten, warteten Sybille, Kollege Jülich und Jill auf uns, und ich sah die Flasche Sekt auf meinem Schreibtisch stehen.

„Gibt es etwas zu feiern?" Im Prinzip war mir nicht danach zumute, denn was ich heute erwartet hatte, war nicht eingetroffen. Ein Geständnis des Täters, der sich in Schweigen hüllte.

„Ja, ich dachte", Jülich kam zu mir und gab mir die Hand, „ich möchte Ihnen danken, Kollege Winter. Ohne Sie wäre der Fall Ramona Hamann nie geklärt worden. Ich habe in Vielem versagt, das gebe ich unumwunden zu, aber die Umstände damals, der viele Schnee und dann der Schock des Bruders …" Jülich zuckte bedauernd mit der Schulter.

Was sollte ich darauf antworten? Jeder machte Fehler, aber hier waren sie schon gravierender, da gab es gar keine Frage. Da hatten auch der viele Schnee und der Schock nichts mit zu tun. Wenn es die geschwätzige Nachbarin Frau Wilm nicht gegeben hätte, von der wir den entscheidenden Tipp erhalten hatten, wer wusste schon zu sagen, ob ich mit meinem Team dann an dem Punkt, an dem wir heute standen, wäre. Und das gab ich meinem Kollegen zu verstehen.

Jill verteilte den Sekt, den Jülich ausgab, in unsere Wassergläser und reichte jedem ein Glas.

„Auf unsere Arbeit!", bemerkte Jülich, und ich glaubte, mich verhört zu haben. *Unsere* war wohl ein bisschen übertrieben, denn er hatte oft bei Besprechungen mit Abwesenheit geglänzt, bei den Verhören lieber alles hinter der Scheibe betrachtet … und wenn wir unterwegs waren, war ich es gewesen, der die Fragen an ehemalige Zeugen gestellt hatte. Aber ich hatte keine Lust mehr, mich darüber zu ärgern. Außerdem hatte ich die längste Zeit mit dem Kollegen zusammengearbeitet. Der Fall der Zwillinge war weitgehend gelöst.

„Ja, aber uns fehlt leider noch das Geständnis. Und wann damit zu rechnen ist … keine Ahnung." Noch versuchte ich freundlich zu sein.

„Der wird schon noch reden", hörte ich großspurig Jülichs Worte, drehte mich zu ihm um und sah ihn verblüfft an.
„Bitte, Herr Kollege. Ich überlasse Ihnen gerne Herrn Löwitsch. Versuchen Sie Ihr Glück." Anhand meines Tonfalls musste er bestimmt gemerkt haben, dass mit mir nicht mehr zu spaßen war. Ich war gereizt, müde und ausgelaugt, und sein Ausspruch brachte einfach das Wasser zum überlaufen.
„Es war eine lange, nervenaufreibende Zeit, die zwar noch nicht zu Ende ist, aber die größte Hürde dürfte wohl überwunden sein." Ich sah Sybille an. Ja, dachte ich. Sie hat ja recht.
„Und viele blonde Frauen können wieder sicherer leben." Doch dieser Scherz vom Kollegen Jülich kam bei meiner Kollegin nicht gut an. Betroffen blickte Sybille zu ihm herüber, als er sich einen Stuhl heranzog, da sein Bein schmerzte.
Hatte Sybille gerade eben noch versucht, die Wogen zu glätten, hatte ich das Gefühl, dass sie gleich explodieren würde. Auch ihre Nerven schienen blank zu liegen.
„Aber die, die nicht mehr unter uns weilen, könnten noch leben, wenn nicht so viele Fehler bei den jeweiligen Ermittlungen begangen worden wären." Sybille wandte sich kurz Rainer Jülich zu, um ihn dann zu ignorieren. Ich sah, wie sie einmal tief einatmete. Es war ein Punkt, bei dem ich ihr recht geben musste.
„Es tut mir leid, Kollege Jülich. Ich hatte kein Recht, darüber zu urteilen. Wir alle machen Fehler.", sagte sie kurz darauf und blickte Jülich frustriert an.
„Ich weiß gar nicht, was Sie haben, Frau Parsch. Das sind doch Tatsachen. Und was dieser eine Zwilling getan hat ..."
Hatte dieser Mann wirklich so wenig Taktgefühl?, fragte ich mich.
„Ich möchte nicht mit Ihnen darüber diskutieren, Herr Jülich." Ich sah ihrer ganzen Haltung an, dass Sybille vor Wut schäumte. „Was Fabian Löwitsch getan hat! Es war abscheulich ..., aber das, was wir erfahren haben ..., war wahrscheinlich nur ein geringer Teil seines beschissenen Lebens. Ein verdammt mieses Leben. Ich kann dieses Gefühl nicht abstreifen, aber Fabian ... hat mein ..."
„Und was ist mit den Eltern?", fragte Jülich provozierend.
„Ich empfinde große Trauer, wenn ich an die Eltern denke, die etwas sehr Wertvolles verloren haben. Ihre Kinder, die nie wieder durch die Türen gehen, die ihnen immer offen gestanden haben. Es wird keine liebevollen Umarmungen mehr geben. Keine Gespräche, die von Bedeutung sind. Der Tod, das wissen wir alle, ist etwas Endgültiges." Sybille blickte mich an, und ich wusste, was sie damit sagen wollte. Tröstend fuhr sie mir mit ihren schlanken Fingern über meine Hand.
Lange Zeit war absolute Funkstille in meinem Büro.
„Sie haben recht, Frau Parsch. Nehmen Sie meine Entschuldigung an?" Sybille sah ihren Kollegen lange an, ehe sie ihm die Hand reichte.
„Florian Hamann möchte mit seinem Bruder sprechen", gab Sybille von sich,

als Jülich unser Büro verlassen hatte. Für seine Ohren war dieses Gespräch bestimmt auch nicht geeignet, hatte Sybille wohl gedacht, als sie uns mit dem Wunsch konfrontierte.

Ziemlich irritiert sah ich sie an. „Wie sollen wir das denn bewerkstelligen? Das wird weder der Staatsanwalt noch der Polizeichef absegnen." Halt, dachte ich nur, als ich meine eigene Stimme vernahm. Sybille konnte nun wirklich nichts für meine Laune. Sie kam mit einem Lächeln auf mich zu.

„Sie müssen es ja nicht erfahren, Walter."

Ich ließ mir ihre Worte durch den Kopf gehen. Hätten wir mit dem Bruder mehr Glück? Ich nippte an meinem Glas. Wenn ich das Geständnis heute erhalten hätte, dieses Getränk hätte mir auch aus einem einfachen Pappbecher geschmeckt.

„Frau Parsch hat recht, Chef. Ich glaube auch, wenn wir Löwitsch mit seinem Bruder konfrontieren, dann bekommen Sie vielleicht das Geständnis schneller als Sie denken."

„Dass ihr Frauen euch immer so einig sein müsst." Ich sah von Jill zu Sybille, die mir wohlwollend zunickte. Dann bemerkte ich Frank, der ebenfalls der Meinung meiner Kolleginnen war.

Ich wollte diesen Tag endlich beenden. „Morgen früh werden wir uns mit Löwitsch beschäftigen. Vielleicht ist deine Idee wirklich nicht so schlecht, Sybille", beendete ich diese verhängnisvolle Szene. „Und wir sollten heute endlich einmal früher an den Feierabend denken." Ich schluckte den Kloß, der in meiner Kehle steckte, mühsam hinunter. Die liebevolle Geste von Sybille half mir, nicht schmerzvoll an Marina zu denken. Wie recht sie mit ihren Worten hatte. Was blieb, war nur die Erinnerung.

„Wir sollten uns trotz der Trauer der Hinterbliebenen und der Gefühle, die wir für viele Menschen hegen, der Botschaft widmen, dass der Fall vor dem Ende steht. Also lasst uns anstoßen. Ich glaube sagen zu können, dass wir uns ein Schlückchen verdient haben", versuchte Jill die gespannte Atmosphäre zu retten und ging mit ihrem Wasserglas zu jedem und stieß mit ihm an.

***

Während Sybille und Walter gemütlich vor dem Kamin saßen, Kommissar Jülich im Kreise seiner Familie den Abend verbrachte, fasste sich Frank ein Herz und lud Jill, die gleichzeitig mit ihm das Präsidium verließ, spontan zum Essen ein.

Verblüfft sah sie ihren Kollegen an und fragte ihn ernsthaft, ob es ein Scherz sei, den er sich mit ihr erlaubte. Doch in seinen Augen konnte sie einmal nichts Verwerfliches erkennen. Da war nicht der kritische, abschätzende Blick, den er ihr sonst oft zuwarf.

„Du meinst es wirklich ernst?"

„Ja. Wenn du natürlich ... keine Lust hast oder ... etwas anderes ..., dann ..." Frank musste über sein Gestammel schmunzeln. Er, der immer ein sicheres Auftreten sein Eigen nannte, vor allem was Frauen betraf, erkannte sich plötzlich selbst nicht wieder. Aber Jill war in seinem Ansehen einige Stufen gestiegen, und das, was seine Kollegin in der Runde von sich gegeben hatte, hatte ihm sehr imponiert. Er hatte schon seit Längerem erkannt, dass sie eine gute Kommissarin abgab. Lange Zeit konnte er sich das nicht eingestehen, aber nun freute er sich, als sie seine Einladung annahm.

Jill konnte es nicht glauben. Ihr Gesicht drückte weiter Verwunderung aus, als sie beide beim Mexikaner saßen, sich Tapas und Nachos schmecken ließen und sich plötzlich viel zu erzählen hatten.

Sie sagte sich, während sie Franks Worten lauschte, dass sie Prügel verdient hätte, wenn sie diese Einladung ausgeschlagen hätte. Manchmal lohnte es sich einfach, etwas länger zu warten.

Und Frank staunte immer mehr über seine Kollegin, mit der er herzhaft lachen konnte, je weiter der Abend fortschritt. So etwas hatte er schon lange nicht mehr erlebt. Dieser kleine, flippige Wirbelwind verdrehte ihm total den Kopf, und als sie sich weit nach Mitternacht voneinander trennten, dachte er über sein Liebesleben der vergangenen Jahre nach. Der letzte Gedanke, bevor er in den wohlverdienten Schlaf sank, galt allerdings Jill.

20

Montag, 19. September

Dieser Septembertag brachte eine Wende, die uns im Nachhinein noch unglaublich in Erstaunen versetzte. Während wir bei unseren Ermittlungen oft das Gefühl hatten, auf der Stelle auszuharren, ereigneten sich Situationen, die wir nicht für möglich gehalten hätten.

Es begann morgens damit, wie wir uns abwechselnd Stunde um Stunde mit Fabian Löwitsch befassten, der seine Taktik nicht änderte. Es schien ihm Freude zu bereiten, mit uns zu spielen.

Lange hatte ich mich gegen den Vorschlag von Sybille gewehrt, aber schließlich griff ich zu Plan B. Mein letzter Versuch. Auch auf die Gefahr hin, dass unser Vorgesetzter davon Wind bekommen würde.

Zwei Räume für Vernehmungen lagen nebeneinander. Wir gingen von einem zum anderen Raum, blieben von außen an der Scheibe stehen und blickten wie im Zoo staunend auf die zwei besonders exotischen Exemplare, die absolut identisch aussahen. Wir konnten nicht ein Detail an den beiden Brüdern feststellen, das uns sagen konnte, wer nun welcher war. Das Aussehen, selbst die Kleidung war ähnlich. Hier hatte die Natur uns allen ein Schnippchen geschlagen.

Ohne Handschellen verließ Florian Hamann den Raum. Nur die Hand von Sybille lag fest an seinem Oberarm, als er aus der Tür trat und nur ein paar Schritte weiter zur nächsten Scheibe geführt wurde.

„Glauben Sie mir jetzt, Herr Hamann?“ Sybille ließ ihn nicht einen Moment aus den Augen. Sie sah seinen erstaunten, vollkommen verständnislosen Blick, als er auf den Mann starrte, der sein Bruder war und in seine Richtung schaute.

Florian kam es wahrscheinlich so vor, als wenn er in einen Spiegel blicken würde. Und er sah an sich selbst hinunter. Sein Bruder trug eine ebenso schwarze Hose, wie er sie liebte. Die Schuhe, das T-Shirt, selbst den Pullover trug er um die Schulter geschlungen. Fassungslos sah er den Mann an, der sein Bruder war. Wie war so etwas möglich?

„Da hat uns die Natur einen ungeheuren Streich gespielt“, flüsterte er. Ich sah, wie seine Hände zitterten.

„Kommen Sie, Herr Hamann. Wir haben uns ja über die weitere Vorgehensweise unterhalten.“

Sichtlich erschüttert blickte ich Florian Hamann hinterher. Die gräuliche Farbe in seinem Gesicht war offensichtlich. Ich hatte in seinen Augen diese Fassungslosigkeit gesehen, die man so nicht hätte heucheln können. Nein, er war nicht so wie sein Bruder, der geborene Schauspieler, musste ich mir eingestehen. Lange hatte es gedauert, bis ich es eingesehen hatte. Ich musste Sybille recht geben und wünschte mir nur, dass er nicht so ungewollt hätte leiden müssen. Auch was seine Arbeitgeber betraf – trotz allem konnte ich auch diese Menschen verstehen.

Sybille hatte die Tür geöffnet und hinter Fabian Hamann wieder geschlossen. Ich mochte gar nicht atmen, so sehr stand ich unter Spannung. Würde uns dieser Morgen die Hoffnung erfüllen?, hatte ich noch kurz zuvor im Büro von mir gegeben.

„Das haben sich die Bullen aber fein ausgedacht.“, hörten wir die ersten Worte, die Fabian Löwitsch in diesem Raum sprach, als die Tür geöffnet wurde. Er sah seinen Bruder vor sich stehen. Hohl hallten seine Worte in dem kalten Raum wider.

Wir standen zu viert hinter der Scheibe und beobachteten, wie Florian langsam zu dem Tisch trat, davor stehen blieb und seinen Bruder traurig, aber auch mit einer Spur Neugierde anblickte.

Was jetzt in Hamanns Kopf vor sich ging, hätte ich zu gerne gewusst. Ich glaube, wenn ich in dieser Situation gewesen wäre, ich hätte mich auf den Mann gestürzt und auf ihn eingeschlagen.

„Was haben sie dir denn dafür versprochen? Die Freiheit? Hm ... Hat es dir die Sprache verschlagen, Bruderherz?“, hörten wir weiter.

„Nein! Du irrst dich gewaltig. Ich bin schon ein freier Mann. Ich wollte dich sehen und kennenlernen. Mein Bruder.“

Wir konnten sehen, wie Florians Hände zitterten, die er hinter seinem Rücken versteckte. Ich war mir gar nicht mehr so sicher, ob wir die richtige Entscheidung getroffen hatten und gab es Sybille zu verstehen.

„Gib uns allen ein wenig Zeit, Walter. Hab Geduld. Bitte.“

Gespannt blickte ich durch die Scheibe, sah, wie Florian sich einen Stuhl heranzog, sich seinem Bruder gegenübersetzte und seine Hände in der Hosentasche verschwinden ließ.

„Was willst du?“

„Mit dir reden, Fabian. Ich möchte aus deinem Mund hören, warum du meine kleine Schwester getötet hast. Warum?“

Fabian sah seinen Bruder unverhohlen an. Ihm wurde in dem Moment wohl klar, wenn er jetzt reden würde, wäre das sein Untergang. Die Schlussszene auf seiner Lebensbühne, wie ich vermutete.

„Rede mit mir! Ich will es verstehen!“ Heiser, kaum zu vernehmen, lauschten wir der Stimme Florians, die zu uns durch das Mikrofon drang.

„Wenn ich es dir auch sagen würde, du würdest mir doch nicht glauben. Ihr habt euch alle doch schon eure Meinung über mich gebildet. Für euch alle bin ich nur Abschaum. Und weißt du, was ich wirklich bin? Ich will es dir sagen! Ich bin ein Niemand, und das, solange ich denken kann. Ein Nichts! Weißt du, was das bedeutet?“ Fabian blickte in das verständnislose Gesicht seines Bruders. „Ich sehe, du hast keine Ahnung. Wie solltest du auch?“

„Ich bedaure, dass ich dich nicht eher kennenlernen durfte. Und ich bin traurig darüber, dass man uns nicht die Chance gegeben hat, zusammen aufzuwachsen."

„Es rührt mich zu Tränen, Bruderherz. Was glaubst du, wem wir das zu verdanken haben? Ich werde es dir sagen. Dieser Hure …, die dich mitgenommen hat. Und was war mit mir? Warum du und nicht ich? Weißt du, wie oft ich mir diese Frage gestellt habe?"

„Nein. Ich kann es nicht wissen. Ich weiß gar nichts. Nichts über unser Leben. Warum ich und nicht du. Erkläre du es mir."

„Florian macht das richtig gut", gab ich Sybille zu verstehen. Bislang hielt sich Florian genau an die Anweisungen, die sie ihm gegeben hatte.

Lächelnd sah Jill mich an. „Florian wird das schaffen, was Löwitsch Ihnen verwehrte, Chef." Ich verschränkte meine Arme vor der Brust und blickte wieder zu den Brüdern. Wir hatten Tisch und Stühle so platziert, dass wir beide gut beobachten konnten.

„Woher hast du gewusst, dass es mich überhaupt gibt?", hörten wir Florian fragen.

„Soll das jetzt ein Verhör werden? Du würdest dich dazu eignen. Frage doch einmal nach, ob die nicht noch eine Stelle für dich bei der Kripo haben. Oder blick in meine dicke Akte. Dort wirst du bestimmt auf alles Antworten finden."

Sybille hatte Florian erklärt, dass er jederzeit den Raum verlassen könnte, aber er hatte ihr zur Antwort gegeben, dass er seinem Bruder, egal, wie das Gespräch verlaufen würde, diese Genugtuung nicht gönnen würde.

„Hamann lässt sich nicht durch die provozierende Spielweise irritieren." Frank stellte sich breitbeinig mit verschränken Armen neben Jill, sah sie lächelnd an, und ich krauste die Stirn.

„Du hast also unsere Mutter gefunden. Wenigstens hast du sie einmal gesehen. Hat sie dich um Verzeihung gebeten?" Florian begann nun ebenfalls, seinen Bruder zu provozieren. „Erzähl mir von ihr. Wie war sie? Hat sie dich in den Arm genommen?"

Fabian sah schräg zur Scheibe. Er konnte uns nicht sehen, aber er wusste, dass wir dort standen und jedes Wort hörten, das er von sich geben würde. Er grinste zu uns herüber. Dann blickte er seinen Bruder abschätzig an.

„Als sie mich sah, weißt du, wie sie mich angesprochen hat? Fabiano hat sie mich genannt. Ich habe sie gefragt, wer das sein soll. Und weißt du, was sie darauf antwortete: „Ich liebe dich, Fabiano." Sie hat mir über die Wange gestrichen. Dann muss es ihr wohl eingefallen sein, dass ich zu jung für ihren ehemaligen Liebhaber war. „Du siehst ihm so ähnlich." Fabian äffte die Stimme seiner Mutter nach, die uns um etliche Oktaven höher erschien.

„Und dann nannte sie mich plötzlich Florian. „Mein lieber kleiner Florian. Dass ich dich noch einmal wiedersehe." Und sie wollte mich in ihre Arme schließen.

Am liebsten hätte ich ihr da schon den Hals umgedreht, aber ich benötigte noch mehr Informationen von ihr, die ich nach und nach in ihrem besoffenen Zustand aus ihr herauslockte. Es war einfach nur widerlich." Verächtlich kamen die Worte über Fabians Lippen. „Diese versoffene Schlampe. Ich hätte kotzen können."

Und wieder dieser Blick zu uns herüber, der sagte: Habt ihr das gewusst?

„Hast du sie nicht darüber aufgeklärt, wer du bist?" Fragend blickte Florian seinen Bruder an.

„Warum sollte ich?"

„Wie hast du unsere Mutter überhaupt ausfindig machen können? War es Zufall?"

„Nenne sie in meiner Gegenwart nicht Mutter. Sie hat diesen Titel nicht verdient. Und Zufall? Ja, so kann man das auch nennen." Wieder dieser hämische Blick zur Scheibe, als ob Fabian sagen wollte: Seht her, was ihr nicht geschafft habt. „Die Welt ist klein. Manchmal sogar verdammt klein. Das Steinchen kam ein halbes Jahr vor unserem achtzehnten Geburtstag ins Rollen, ... deiner wurde bestimmt gebührend gefeiert", kam es höhnisch über seine Lippen. „Meiner dagegen? Ich war in der feinen Gesellschaft, in der ich aufgewachsen bin, nur der Hurensohn – und wurde wie der letzte Dreck behandelt. Ich weiß gar nicht, was es heißt, Geburtstag zu feiern."

Uns allen lief eine Gänsehaut die Arme entlang. Florian beugte sich vor, und legte seine Hände auf die Tischplatte, so wie sein Bruder. Als es ihm bewusst wurde, sahen wir, wie er sie schnell unter den Tisch schob.

„Es ist unglaublich wie gleich die Gesten der Brüder sind." Jill hielt förmlich den Atem an.

Ich drehte mich zu ihr um, sah sie und Frank in schönster Eintracht nebeneinanderstehen. Es hätte nur noch gefehlt, dass sie Händchen gehalten hätten. Was war seit dem gestrigen Abend geschehen, fragte ich mich und konnte ein Grinsen kaum unterdrücken.

„Ich saß eines Tages im Zug nach Essen. Da sprach mich so eine alte Frau an, wohl eine ausgediente Hure, so wie sie aussah, und sie fragte mich, ob ich Florian sei. Sie hätte einmal einen kleinen Jungen kennengelernt, mit dem ich sehr viel Ähnlichkeit besäße. Und dessen Vater, von dem sie ein Foto hätte."

„Und?"

„Was und?"

„Was hast du der Frau gesagt?"

„Ja, glaubst du wirklich, ich hätte die Alte über ihren Irrtum aufgeklärt?" Fabian schüttelte verständnislos den Kopf. „Ich war neugierig. Also wurde ich dieser Florian, und was ich da erfuhr, war für mich hochinteressant. Für mich taten sich plötzlich Welten auf. Sie wusste alles aus dem Leben von dieser Hure, die uns geboren hat." Überheblich sah er seinen Bruder an. „Und diese Nutte hat nicht einmal erfahren, als ich sie aufsuchte, dass ihr zweiter Sohn sie ..."

„Was hat sie nicht erfahren?“
„Du bist ja ein ganz schlaues Kerlchen. So läuft das nicht. Und ich glaube auch, das willst du gar nicht wissen.“
Hier war der Punkt, an dem ich die Luft anhielt, als ich das siegessichere Grinsen in Löwitschs Gesicht sah. Im letzten Augenblick war ihm wohl bewusst geworden, dass es fast ein Geständnis gewesen wäre, wenn er ausgesprochen hätte, was er gedacht hatte. Und ich bewunderte Florian, der nicht lockerließ.
„Was hat dir denn die ältere Frau über unsere Mutter erzählt?“ Wieder wählte Florian das Wort Mutter und erntete einen bitterbösen Blick seines Bruders.
„Was interessiert dich das überhaupt?“
„Ich brenne darauf, es zu erfahren. Ich würde gerne wissen, warum sie uns beide getrennt hat.“
„Du bist wirklich ein ganz Schlauer“, wiederholte er. „Und ich wäre fast darauf reingefallen.“ Fabian neigte seinen Kopf zur Seite und sah seinen Bruder abwertend an.
„Ja. Vergiss nicht, schließlich sind wir eineiige Zwillinge. Mehr geht gar nicht. Nicht nur du hast diese schlaue Ader“, hörten wir Florian Hamann, und ich musste sogar schmunzeln. Nach allem, was er bislang durchgestanden hatte, bot er seinem Bruder unwiderruflich die Stirn.
„Von wem wir das wohl haben? Von dieser total betrunken Hure mit ihrem Spatzenhirn bestimmt nicht.“

Fabian blickte auf das Glas vor sich, nahm es in seine Hände und hätte es am liebsten gegen die graue Wand geschleudert. Durchlebte er noch einmal die Zugfahrt mit der älteren Frau, die für ihn die bittere Wahrheit zutage brachte?, fragte ich mich. Wahrscheinlich wollte er seinen Bruder verletzen? Hätte ihn Florian angeschrien oder wäre er in Tränen ausgebrochen, dann hätte er bestimmt nach Plan weiterarbeiten können, aber so ...
Alle Zuschauer wären mehr als erstaunt gewesen, wenn sie geahnt hätten, wie sehr Fabian das Gefühl verspürte, die Hand nach seinem Bruder auszustrecken. Die Hand seines Bruders zu erfassen. Darüber streichen zu können, um ihn um Verzeihung zu bitten. In seinem Inneren schrie es vor Schmerz. Er blickte zur Scheibe. Sein Blick hatte alles Hämische verloren und eine unendliche Traurigkeit hatte darin Platz gefunden.
Auch Florian bemerkte diesen Wechsel bei seinem Bruder und das, wozu sein Bruder nicht fähig war, gelang ihm. Er schob langsam seine Hand über den Tisch. Öffnete sie und sah seinen Bruder, den er eigentlich hassen sollte, abwartend an.
„Es ist vorbei, Fabian.“ Wir sahen uns alle erstaunt an, als wir sahen, wie Fabian die Hand seines Bruders ergriff.
„Ja, ich weiß. Mein Vorhang senkt sich. Ich bin ein Nichts. Ein Niemand und

werde immer einer bleiben. Es wäre damals für alle besser gewesen, wenn die Ärzte sich nicht so um mein Leben bemüht hätten. … Kalt, ohne großes Bedauern, hat mir die Nutte zu verstehen gegeben, dass ich tot sei. Sie hat noch nicht einmal begriffen, woher ich von diesem Kind, was ich ja gewesen war, wusste. So betrunken war sie. Und sie lallte mir zu, dass das besser für sie gewesen sei. Sie hätte ja noch ein Kind gehabt, das sie an ihre große Liebe erinnern würde. Da war kein Schmerz in ihrer Stimme. Es schien ihr wirklich egal zu sein."

Waren das Tränen, die in Fabians Augen schwammen? Ich sah Sybille erstaunt an.

„Aber dich, mein kleiner Florian, gebe ich nicht wieder her." Als ich das hörte …, ich habe ... es nicht gewollt, aber du hast sie nicht erlebt. Du kannst es nicht verstehen. Sie hatte es nicht besser verdient." Fabian versuchte, die Hand seines Bruders abzustreifen, aber Florian hielt sie fest umfangen.

„Und wie hast du mich und unsere Mutter überhaupt gefunden?"

„Diese Alte im Zug, sie nannte sich Betty", begann Fabian und blickte verhalten auf seine Hände. „Sie hat mir die Lebensgeschichte der Hure erzählt. Eine Zeit lang lebte sie mit dieser Betty in einer Gartenkolonie in Essen. Nachdem sie mit *dir* heimlich die Klinik verlassen hatte, hat Betty ihr damals eine neue Identität verschafft. Sie hat wohl gewisse Beziehungen in dem Milieu gehabt. Aber das interessierte mich nicht wirklich. So erfuhr ich aber, dass aus einer Marita Löwitsch eine gewisse Marietta Löver wurde, die mit sechzehn die Biege von zu Hause gemacht hatte, sich unsterblich in unseren Vater, einen gewissen Fabiano della Scetta aus Florenz, der für eine Zeit in Bochum lebte, verliebte und ihm hörig wurde. Und von dieser Betty habe ich weiter erfahren, dass sie gar nicht vorhatte, das Kind nach der Entbindung zu behalten. Nur dann waren es plötzlich zwei. Wir beide. Mit mir konnte sie ja nicht mehr rechnen, da ihr die Ärzte meine geringe Lebenserwartung wohl erklärt haben. Warum sich dann mit mir unnötig belasten? Aber du, der Lebensfähige, von dem konnte sie sich plötzlich nicht mehr trennen. Ich habe mich die ganze Zeit gefragt, warum das so war?" Aus seinen letzten Worten tropfte regelrecht die Ironie.

„Winter", hörten wir vier eine Stimme rufen, die mir sehr wohl bekannt vorkam. Was jetzt folgen würde, daran durfte ich gar nicht denken, und schon stand der Staatsanwalt vor uns, blieb abrupt stehen, als er uns drei Kommissare und Sybille vor dem Raum für Vernehmungen stehen sah und blickte verdutzt durch die Scheibe in den Raum. „Was wird denn hier gespielt? Sind das die neuen Methoden für Verhöre? Wer hat Ihnen denn das gestattet?" Breitbeinig, mit verschränkten Armen stand er vor uns.

„Ich erkläre es Ihnen später, Staatsanwalt Riegert. Bitte!", sagte Sybille, die ein paar Schritte auf ihn zuging, ihm direkt in die Augen sah, da er zwar ihre Größe besaß, aber mindestens achtzig Kilo schwerer war.

„Das wird für Sie alle ein Nachspiel haben, Frau Parsch. Ich erwarte Sie alle in meinem Büro."

„Augenblick mal. So geht das nicht", meldete ich mich zu Wort. „Frau Parsch hat damit nichts zu tun, und außerdem behindern Sie gerade einen wichtigen Schritt in dem Fall, wegen dem Sie mir schon seit Wochen die Hölle heiß machen. Wir erscheinen in Ihrem Büro, aber erst dann, wenn das hier zu Ende ist. Und keine Minute früher." Meine Tonlage ließ ihm keine Wahl.

Fassungslos blickte der Staatsanwalt mich an, drehte sich um und stampfte den Flur entlang. Er knallte die Verbindungstür, hinter der die anderen Büros lagen, kräftig zu.

„Haben wir etwas Wichtiges verpasst?", fragte ich meine Kollegen und sah von einem zum anderen. Jill schüttelte den Kopf, gab mir aber leise zu verstehen, dass es sich bei dem Gespräch gerade um Fotos handelte.

„Wann hast du die Bilder erhalten?", hörte ich Florians Frage.

„Ich bin Bettys Einladung gefolgt, als der Zug in Essen hielt. Ich hatte so viel in Erfahrung gebracht, dass ich neugierig auf die Fotos war, die sie besaß."

„Da ist aber einer ganz schön geladen", lachte Frank, als er mit zwei Kaffeebechern in der Hand zu uns zurückeilte. „Was habt ihr denn mit dem Staatsanwalt gemacht?"

Jill legte einen Finger an den Mund, wies zur Scheibe und flüsterte ihm etwas zu, was ich nicht verstand. Sie nahm ihm einen Becher ab. Den anderen bot er Sybille an, die aber mit der Hand abwehrte, woraufhin er ihn mir anbot. Ich nahm ihn dankend an. Trotz der Konzentration, die ich den beiden Brüdern widmete, schielte ich immer wieder zu meinen beiden Kollegen.

„Und hast du sie noch?" Ich konnte mir vorstellen, dass Florian darauf brannte, die Bilder seiner Mutter und seines Erzeugers zu sehen.

„Von dieser Hure? Nein. Ich habe beide Namen auf der Rückseite notiert und sie dem Jugendamt zukommen lassen. Aber anscheinend hatte man dafür wenig Interesse, denn das Postfach, das ich eigens dafür mietete, blieb leer."

Verblüfft schauten wir uns bei Fabians Worten an. Uns allen war in dem Moment klar, wie das Foto der jungen Marita Löwitsch in die Hände des Sozialarbeiters geraten war. Ich musste Olga Schukowski später unbedingt über dieses Wissen in Kenntnis setzen, nahm ich mir vor.

„Aber damit ist meine Frage noch nicht beantwortet. Wenn dir das Amt nicht geholfen hat, wer gab dir die Information, wo du mich finden konntest?"

„Diese Betty. Die Infos waren zwar sehr spärlich, aber sie wusste, dass man dich irgendwo in Münster untergebracht hatte. Ebenso, dass diese Hure in irgendeiner Spelunke in Bochum arbeiten musste. Also habe ich mich zuerst auf die Suche nach ihr begeben. Dass mir gerade an dem Tag, als wir achtzehn wurden, die Nutte über den Weg lief, ist schon Ironie. Oder?"

„Ja, das denke ich auch“, gab Sybille von sich und sah mich an. Ich empfand es einfach als unglaublich, wie das Schicksal die Fäden miteinander verknotet hatte.

„Warum hast du dich nicht bei mir gemeldet?“ Abwartend, mit einer Spur von Traurigkeit, sah Florian seinen Bruder an.

Gespannt lauschte ich auf die Antwort. Dieser Punkt interessierte mich brennend, und ich fragte mich verzweifelt, ob es dann noch zu weiteren Morden gekommen wäre?

„Ich wollte es. Ich war oft ... in deiner Nähe. Ich habe geglaubt, du würdest es spüren.“

„Nein, das wusste ich nicht. Aber ich habe immer gespürt, dass mir etwas fehlt, nur konnte ich es nicht zuordnen. Dieses Gefühl. Jetzt weiß ich es.“

„Du bist in einer sehr glücklichen Familie aufgewachsen, Bruderherz.“

„Ja, die du so sinnlos zerstört hast! Warum hast du Ramona getötet? Konntest du mein Glück nicht ertragen?“

„Wer hat dir denn den Scheiß erzählt?“ Plötzlich kam wieder die arrogante Seite von Fabian zum Vorschein, um ja nicht seine wirklichen Gefühle preisgeben zu müssen. Verächtlich sah er seinen Bruder an, der sich bei der Geburt nur fünf Minuten eher in diese für ihn beschissene Welt gedrängt hatte.

„Deine kleine Schwester wollte ich nicht töten. Es war ein Unfall. Wenn sie nicht angefangen hätte zu schreien, dann könnte sie heute noch leben.“

Eine feine Nuance von Bedauern klang in der Stimme Fabians mit, die uns nicht verborgen blieb.

„Wieso und woher hast du überhaupt gewusst, wo sich Ramona an dem Tag befand und dass ich sie nicht abholen konnte? Und wie soll ich das als Unfall verstehen?“

Auch diese Antwort interessierte mich brennend. Eisiges Schweigen zwischen den Brüdern folgte. Florian lief eine Träne an seiner Wange entlang. Was sich in Fabians Gesicht abspielte? Er neigte seinen Kopf, die langen dunklen Locken fielen vor sein Antlitz, verhüllten jegliche Einblicke, und langsam sank der Kopf auf die Tischplatte. Ich fragte mich, ob ihn die Reue überkam? Weinte auch er und wollte die Tränen vor seinem Bruder verbergen?

Stille in dem Raum. Für einige Zeit eisiges Schweigen. Wie in Zeitlupe hob Fabian seinen Kopf, setzte sich gerade auf seinen Stuhl, und sein Blick, den er seinem Bruder zuwarf, sprach Bände.

„Was glaubst du eigentlich? Ich war über dein Leben bestens informiert, seit ich dich ausfindig gemacht hatte. Ich wusste, wann du aufgestanden bist und wann du schlafen gingst. Muss ich noch mehr erklären?“ Als Fabian keine Antwort von seinem Bruder erhielt, sprach er weiter: „Deine Ramona. Ich wollte für einen Moment spüren, was es heißt, bedingungslos geliebt zu werden. Sie war die Einzige, die den Unterschied zwischen uns beiden festgestellt hatte. Nicht einmal deine Adoptiveltern haben etwas bemerkt."

Ich war so perplex, als ich das Gehörte wahrnahm. Wo hatte sich Löwitsch überall Zugang verschafft?, fragte ich mich, obwohl wir ja schon so Einiges erfahren hatten.

„Einem Niemand traut man so etwas wohl nicht zu, nicht wahr? Für mich hat es sich so angefühlt, als wenn ich unsichtbar wäre."

Florian überdachte seine Worte. Für ihn war es unvorstellbar, dass sein Bruder sich in seinem eigenen Leben frei bewegen konnte, ohne dass es aufgefallen war. Was würden seine Eltern empfinden, wenn sie davon erfahren würden? Noch hatten sie keine Ahnung von der Existenz seines Bruders. Er hatte sich an die Anweisungen der Kriminalpsychologin gehalten, seine Eltern nicht über die Gegebenheiten aufzuklären. Es war ihm schwergefallen. Und er fragte sich, ob sie Fabian jemals akzeptieren würden? Er, der ihnen alles genommen hatte?

Das, was ihm die Kriminalpsychologin vorab über das Leben seines Bruders erklärt hatte, hatte ihn erschüttert. In ihm waren Gefühle entstanden, die er nicht verstand. Er hätte Hass auf seinen Bruder verspüren müssen – allein schon, weil er ihm die kleine Schwester genommen hatte. Die Trauer war immer noch so stark vorhanden. Aber da war kein Hass. Keine Verachtung. Nur große Leere.

„Leider senkt sich mein Vorhang. Du hast es geschafft, mich aus der Reserve zu locken. Mich von meiner Bühne zu vertreiben. Dabei war ich noch nicht am Ende angelangt."

Gott sei Dank, dachte ich, und blickte in ebenfalls erleichterte Gesichter meiner Kollegen.

„Wir sollten Frau Wilm für ihre Geschwätzigkeit danken. Vielleicht solltest du ihr einen Strauß Blumen zukommen lassen, Walter." Frank sah mich schmunzelnd an.

So hatte ich ihn noch nie erlebt. Sollte es mit Jill zu tun haben? In jeder Lage ein Teufelsmädchen, wenn dem so sei.

„Was du mir zu verstehen gegeben hast, Fabian, ist einfach unglaublich. Und ich frage mich nur, warum das alles. Du erklärst mir, dass du den Tod von unserer ... und auch Ramona nicht gewollt hast. Aber was haben die anderen Frauen ...?"

„Von welchen anderen Frauen sprichst du? Es war nur eine. Und die hat sich benommen wie eine Nutte."

„Es gibt drei tote Frauen, Fabian. Drei Morde, die du mir ankreiden wolltest."

„Nein mein Freund. Nur eine. Jennifer hieß sie. Sie hat mich belogen. Genauso wie die Hure, die uns geboren hat. Die anderen beiden gehen nicht auf mein Konto.

„Aber deshalb hättest du sie nicht töten müssen."

Plötzlich funkelten Fabians Augen wütend. „Sie hat mich angemacht. Es hat mich angewidert, als sie mich küssen wollte." Er fasste in seine Haare, drehte sie nach hinten und zog ein kleines Band darüber, sodass die Locken zu einem Pferdeschwanz wurden. „Und die andere. Ein noch schlimmeres Flittchen. Belogen hat sie mich, hat sich für jemand anderen ausgegeben. Ja, ich war an den Orten, wo diese Kerstin und auch die Mona gesehen wurden. Die eine total betrunken. Sie kam mit einem Freund. Im Lokal hat sie ihn sogar geohrfeigt. Und im Anschluss folgte sie mir nach draußen. … Aber da wartete schon jemand anderes auf dieses Flittchen. Ich habe es gesehen, habe aber nicht verhindert, was geschah. Sie war böse – böse, verstehst du das nicht? Diese Frau wird nie wieder einen anderen Menschen verletzen!" Fabian schrie diese Worte abfällig heraus, die gehässiger nicht hätten sein können.

„Und was ist mit dieser Kerstin?"

„Ich habe davon gehört." Gleichgültigkeit sprach aus Fabians Worten. „Auch, wenn man mir das anhängen will. Nein, ich habe an ihr keine Hand angelegt. Ich habe diese Wagner übers Internet kennengelernt. Sie war auch nicht besser als das andere Flittchen."

„Du hast sie aber gekannt."

„Ja, ich war ein paar Mal in der Kneipe, in der sie servierte und sich mit Männern amüsierte. Sie wusste da noch nicht, wer ich war, als sie mich bediente. Auch mit mir hat sie dieses Spiel abgezogen. Mir schöne Blicke zugeworfen und mir billig ihren Busen vor die Nase gedrückt. Wir waren in der für sie verhängnisvollen Nacht ebenfalls verabredet, aber sie ist nicht gekommen. Diesen Mord kann man mir nicht anlasten. Wer dafür verantwortlich ist, darf die Kripo schön selbst herausfinden."

Wir tauschten erstaunte Blicke.

„Die Schuhe. Welche Größe mag Fabian haben?"

Wir blickten erstaunt zu Jill, wandten langsam unsere Blicke zur Scheibe – zu den Füßen des Mannes. Uns dämmerte, was sie damit sagen wollte. Und es gab nur einen, der für die Morde an Kerstin Wagner und Mona Heiters verantwortlich sein musste, denn der eine Fingerabdruck, den mein Freund Ulrich bei Mona entdeckt hatte, gehörte ebenfalls Marvin Frobes.

Epilog

Zwei Jahre sind seit dem Tag vergangen, als ich meinen Bruder das erste Mal sah. Noch heute, wenn ich daran zurückdenke, erscheint mir alles wie ein Alptraum.

Wenn man davon absieht, dass ich zweimal unschuldig wegen Mordes in Untersuchungshaft saß, so kann ich doch sagen, dass ich sehr viel Glück in meinem Leben habe und hatte. Ich durfte behütet aufwachsen, hatte sehr viele Freiheiten – und das Wichtigste war und ist noch, ich werde geliebt. Geliebt von wunderbaren Eltern, die mich adoptiert haben.

Wenn ich dagegen über das Leben meines Bruders nachdachte, dann fühlte ich mich oft sehr schlecht. Auch schuldig. Wie oft habe ich mich gefragt, warum ausgerechnet er so viel leiden musste?

Mein Leben läuft wieder in geordneten Bahnen. Dank der Hilfe von Sybille Parsch, mit der ich immer noch in Verbindung stehe. Mein früherer Arbeitgeber aus Amelsbüren gab mir eine zweite Chance, und viele Menschen im Ort kamen, um sich bei mir zu entschuldigen. Ich bin nicht mehr der Geächtete.

Lange blieben diese widersprüchlichen Gefühle in mir. Zum einen war ich es gewesen, der Fabian das Geständnis für die Taten, die er begangen hatte, entlocken konnte. Zum anderen versuchte ich, ihn zu verstehen, denn die vielen abscheulichen Dinge, die er in seiner Kindheit erleiden musste, hatten mich bis ins Mark erschüttert, als ich davon erfuhr: Mein Bruder wäre bestimmt nicht zum Mörder geworden, da war ich mir ganz sicher, wenn er mit mir hätte aufwachsen dürfen. Von Kindheit an.

Wiederum gab es aber Tage, da verabscheute ich ihn – für die Morde, die er begangen hatte.

Das Urteil lautete lebenslänglich. Dem Prozess bin ich, aus Rücksicht meinen Eltern gegenüber, ferngeblieben.

Ein halbes Jahr später hatte ich beschlossen, zu handeln. Er war mein Bruder. Und er fehlte mir. Er war ein Teil von mir. Viel zu lange hatte ich auf ihn verzichten müssen. Ich wollte ihn nicht weiter seinem Schicksal überlassen.

Mir war bewusst, dass es meine Eltern tief in ihrem Inneren treffen würde. Schließlich hatte mein Bruder ihnen etwas ganz Wertvolles entrissen. Auch mir fehlte meine kleine Schwester. Es verging kein Tag, an dem ich nicht an Ramona dachte und nach dem Warum fragte.

Die Kriminalpsychologin führte auch mit meinen Eltern lange, ausführliche Gespräche. Und daran knüpfte ich meine ganze Hoffnung. Ich musste ihnen erklären, dass ich meinen Bruder im Gefängnis besuchen wollte. Und hoffte auf die Güte meiner Mutter.

Nachdem ich das erste Mal bei ihm war – es war ein bewegender Augenblick –, folgten viele dieser Besuche, auf die wir uns beide freuten. Ich sah in seinen Augen, dass ich ihm etwas bedeutete.

Ein Zufall, dass der Mörder, nicht nur von Kerstin und Mona, sondern auch der, der für den Unfall seines Bruders verantwortlich war, nur drei Türen entfernt von meinem Bruder in seiner Zelle sitzt? Wie ich damals aus der Zeitung und auch von Sybille Parsch erfuhr, hatte die Kriminalpolizei den Mann zwei Tage später verhaftet – den Mann, der meinem Bruder die Morde an den beiden Frauen anlasten wollte: Marvin Frobes. Der Skandal in Münster war perfekt gewesen.

In meinen Augen waren und blieben es immer noch abscheuliche Taten.

Hatten mich vor zwei Jahren, nach der Haft, meine Eltern glücklich in ihre Arme geschlossen, so war es manchmal mein Wunsch, dass sie auch meinem Bruder verzeihen könnten. Doch das erwähnte ich mit keinem Wort. Ich ließ die Zeit für mich arbeiten. Und ich hatte recht mit meiner Überlegung.

Eines Tages begegnete ich Sabine Ahlert. Ich sehe es heute als Schicksal an, dass wir uns beide an einem sonnigen Tag im Gefängnis trafen. Es war unser fünfundzwanzigster Geburtstag. Auch sie hatte sich ein paar Wochen zuvor mit Fabian ausgesöhnt.

Heute, nach zwei Jahren, weiß ich, dass sich mein Wunsch erfüllt hat. Meine Mutter ist mit mir zu meinem Bruder gefahren. Mein Vater kann uns mittlerweile besser verstehen, aber er benötigt bestimmt noch einige Zeit, bis er meinem Bruder gegenübertreten kann.

Auf dem Hof meiner Eltern spielen zwei Mädchen, Sabines Töchter. Louisa und Larissa. Und das Schönste für mich ist, dass das Lachen meiner Eltern zurückgekehrt ist.

Dank

Einen herzlichen Dank sage ich allen, die immer an mich geglaubt haben.